Lynn Austin

TÖCHTER DER KÜSTE

Lynn Austin

Töchter der Küste

francke

Bibliografische Information Der Deutschen Bibliothek
Die Deutsche Bibliothek verzeichnet diese Publikation in der Deutschen Nationalbibliografie; detaillierte bibliografische Daten sind im Internet über http://dnb.ddb.de abrufbar.

ISBN 978-3-86827-625-1

Originally published in English under the title
Waves of Mercy
by Bethany House Publishers,
a division of Baker Publishing Group,
Grand Rapids, Michigan, 49516, USA

Deutsch von Dorothee Dziewas
Umschlagbilder: © dreamstime.com / Yuriyzhuravov;
© fotolia.com / ekaterina 1922; © istockphoto.com / ImagineGolf;
© shutterstock.com / photoagent
Umschlaggestaltung: Verlag der Francke-Buchhandlung GmbH / Christian Heinritz
Satz: Verlag der Francke-Buchhandlung GmbH
Druck und Bindung: CPI books GmbH, Leck

www.francke-buch.de

Für Lyla Rose
in Liebe

„Kindeskinder sind eine Krone der Alten.“
Sprüche 17,6

Ich bin ganz sicher, dass nichts uns von seiner Liebe trennen kann:
weder Tod noch Leben, weder Engel noch Dämonen noch
andere gottfeindliche Mächte, weder Gegenwärtiges noch
Zukünftiges, weder Himmel noch Hölle. Nichts in der ganzen
Welt kann uns jemals trennen von der Liebe Gottes,
die uns verbürgt ist in Jesus Christus, unserem Herrn.

Römer 8,38-39

1. Kapitel

Anna

Lake Michigan
1897

Ich durchlebe gerade meinen Albtraum. Ein heftiges Unwetter hat unser Dampfschiff eingeholt, und nachdem wir eben noch auf dem Kamm einer Welle hinaufgetragen wurden, stürzen wir nun so heftig in einen Wassergraben, dass mir schlecht wird und ich mir sicher bin, dass wir untergehen werden. Alles ist genauso wie in meinem Albtraum – dem Traum, der mich im Schlaf verfolgt, solange ich denken kann.

Mutter und ich kauern auf dem Passagierdeck, während der Wind den Regen und die Wellen gegen die Fenster schleudert. Donner grollt und dröhnt wie Fässer voller Kanonenkugeln, die bergab rollen. Wann immer Blitzdolche den dunklen Horizont zerschneiden, schließe ich hastig die Augen. Bei dem brüllenden Wind kann ich kaum mein eigenes Wimmern hören oder Mutters Stimme, die mich zu trösten versucht.

„Schhh … nicht weinen, Anna."

Mit meinen dreiundzwanzig Jahren bin ich eine erwachsene Frau, aber sie versucht trotzdem, meine Ängste genauso zu beschwichtigen, wie sie es getan hat, als ich ein Kind war. Damals bin ich in der Nacht von dem Albtraum aufgewacht und habe vor Schrecken geschrien, während ich zitterte, als würde das eiskalte Wasser mich bei lebendigem Leibe verschlingen.

Aber diesmal träume ich nicht. Wir sind an Bord eines Schiffes, das *City of Holland* heißt und sich in einem schrecklichen Unwetter abmüht, den Lake Michigan zu überqueren. Die Kessel hämmern und pochen unter meinen Füßen wie ein drängender Herzschlag, der mein eigenes Herz nachzuahmen scheint. Von dem wilden Hin- und Herwerfen des Schiffes, das auf dem See wie ein Spielzeug tanzt, ist mir ganz schwindelig. Ich hätte nie einwilligen sollen, mit einem Dampfschiff zu reisen, doch ich hatte es derart eilig, Chicago zu verlassen, dass ich das Transportmittel wählte, das mir am schnellsten und direktesten erschien. Ein tragischer Fehler. Wie hatte ich nur den Albtraum vergessen können, der mich in meiner Kindheit so quälte? Ich werde sterben, aber ich will nicht.

„Schhh … nicht weinen, Anna", sagt meine Mutter besänftigend. „Ich bin ja hier."

Aber mein Vater ist zu Hause in Chicago und in dieser Hinsicht unterscheidet sich dieser echte Albtraum von dem Traum, den ich all die Jahre hatte. Deshalb weiß ich, dass Mutter und ich sterben werden. In meinem Traum verlassen Mama und ich das sinkende Schiff mit den anderen Passagieren und klettern in ein überfülltes Rettungsboot. Plötzlich schlägt eine riesige Welle über uns zusammen, wirft das Rettungsboot um und schleudert uns in das eisige Wasser. Der Schock raubt mir den Atem. Meine Haut kribbelt und brennt, als stünde sie in Flammen. Wir sinken unter die Wasseroberfläche, während wir uns aneinanderklammern, aber Mamas schwere Röcke und Unterröcke ziehen uns hinunter. Ich kann nichts sehen, kann nicht atmen. Sie strampelt und versucht mit aller Kraft, an die Oberfläche zu gelangen, und als uns das endlich gelingt, schreien und rufen überall um uns herum Menschen um Hilfe. Die Weite des Sees dämpft den Klang. Ich sehe Vater, wie er unweit von uns im Wasser auf der Stelle tritt, und sie fleht: *„Bitte! Meine Tochter! Bitte retten Sie meine Tochter!"* Ich will Mama nicht loslassen, aber Vater zieht mich in seine starken Arme und hält meinen Kopf über die peitschenden Wellen. Als ich mich umdrehe, ist Mama verschwunden. Über dem turbulenten Wasser ist nur noch ihre Hand zu sehen, als winkte sie zum Abschied. Vater will die Hand erfassen, aber er ist zu spät. Mama ist fort, verschlungen von dem aufgewühlten schwarzen Meer.

Ich schreie immer auf, wenn ich aus dem Traum erwache, aber aus diesem Albtraum gibt es kein Erwachen. Ich umklammere meine Mutter so fest, dass sie keucht: „Nicht so fest, Anna. Ich bekomme keine Luft!"

„Diesmal ist Vater nicht hier, um uns zu retten. Wir werden untergehen und ich will nicht sterben!"

„Wir gehen nicht unter, mein Schatz."

Ich bin nicht davon überzeugt. Ich erinnere mich an den allerletzten Gottesdienst, den ich in der Kirche in der Chicago Avenue besucht habe, und mit einem Mal erscheint mir das Thema der Predigt prophetisch. Der Pastor beschrieb ein plötzliches Unwetter wie dieses hier, nur auf dem See Genezareth, und er schilderte die Szene so lebendig wie in meinem Albtraum. Jesus schlief im Boot und seine Freunde weckten ihn, weil sie Angst hatten, mit dem Boot zu sinken. Jesus rief: „Schweig und verstumme!", und sofort ließen Wind und Wellen nach. Sie waren gerettet. *„Jesus kann auch die Stürme deines Lebens beruhigen"*, hatte der Pastor gesagt. Dann hatte er gefragt: *„Hast du Jesus als deinen Heiland angenommen? Ist er an deiner Seite, wenn du durch die stürmische See deines Lebens segelst? Wenn du morgen sterben müsstest, würdest du dann in den Himmel kommen?"* Nach seiner Einladung wäre ich am liebsten zusammen mit den anderen nach vorne gegangen, aber ich hatte Angst. Jetzt bin ich wegen dieser Predigt an Bord dieses Schiffes, mitten in einem heftigen Unwetter. William hatte mir verboten, noch einmal in die Kirche in der Chicago Avenue zu gehen, und als er herausfand, dass ich mich ihm widersetzt hatte, löste er unsere Verlobung. Ich habe Chicago verlassen, um meinem gebrochenen Herzen die Chance zu geben zu heilen. Zusammen mit meiner Mutter wollte ich zu einem Ferienort auf der anderen Seite des Lake Michigan fahren. Jetzt scheint es, als würden wir nie dort ankommen.

Noch ein Donnerschlag ertönt und er klingt weiter entfernt. „Alles wird gut, Anna", sagt Mutter. Ich frage mich, ob sie von der Reise spricht oder von meinem Herzen. Vielleicht von beidem. „Mach die Augen auf und sieh selbst." Sie löst sich aus meiner Umklammerung und ich hebe den Kopf, den ich in ihrer Bluse vergraben hatte. „Siehst du, mein Schatz? Der Sturm zieht vorüber. Dort drüben ist der Himmel schon heller. Nicht mehr lange, dann sind wir da." Aber das Ufer ist noch immer nicht zu sehen und der vom Wind aufgewühlte See brodelt weiter und verheißt eine stürmische Fahrt zum Hotel Ottawa, das am Ufer des Lake Michigan steht.

„Es ähnelt meinem Albtraum so sehr, Mutter. Weißt du noch? Erinnerst du dich daran, wie ich nachts immer schreiend aufgewacht bin? Ich habe schon sehr, sehr lange nicht mehr geträumt, dass ich ertrinke, aber durch diesen Sturm kommt alles wieder hoch. Der Traum hat sich immer so echt angefühlt!"

„Du hast es im Augenblick nicht leicht. Da ist es ganz natürlich, dass du aufgewühlt bist."

Ich habe William geliebt und gedacht, er liebte mich auch, aber er hat mir das Herz gebrochen, indem er unsere Verlobung gelöst hat. Ich presse die Faust auf mein Herz und spüre, dass es schlägt wie das Herz eines verletzten Vogels. „Es tut immer noch weh", sage ich.

„Ich weiß, mein Schatz ... ich weiß."

Aber meine Mutter kennt nicht den wahren Grund, warum William mich nicht mehr heiraten will. Es hat etwas mit Religion im Allgemeinen zu tun – und mit der Kirche an der Ecke Chicago Avenue und LaSalle Street im Besonderen. *„Ich habe dir doch gesagt, dass ich nichts mehr von diesem Ort hören will, Anna"*, hatte er geschrien. Noch nie zuvor hatte ich erlebt, dass William die Stimme erhob. „Ich habe gesagt, du sollst nicht mehr dorthin gehen. Es macht dich verrückt. Ich habe dir verboten hinzugehen und du hast dich mir widersetzt!"

William glaubt, wie meine Eltern, dass Kirchen Orte sind, an denen man heiratet und begraben wird und die eine vornehme Chicagoer Familie an Weihnachten und Ostern und zu anderen besonderen Anlässen besucht. Er sagte, ein schamloses Zeigen von Gefühlen, wie es bei Mr Moodys Evangelisationen und in der Kirche in der Chicago Avenue üblich sei, sei etwas für die unwissende Einwanderermenge und nicht für gebildete Menschen wie uns. Aber irgendetwas hat mich wieder dorthin gezogen, selbst nachdem William es mir verboten hatte. Die Kirche erschien mir wunderbar vertraut und die Worte des Pastors berührten einen tiefen, leeren Ort in meiner Seele – den Teil, der sich anfühlt wie die Fotografien von Chicago nach dem Großen Brand, auf denen kilometerweit nichts als verkohlte Mauerreste und leblose, von Trümmern bedeckte Straßen zu sehen sind. Als ich versuchte, William zu erklären, wie ich mich gefühlt hatte und warum ich zurückgegangen war, löste er unsere Verlobung. *„Ich kann nicht zulassen, dass meine Frau, die Mutter meiner Kinder, einem solchen Unsinn verfällt."* Ich frage mich, ob er um mich trauern wird, wenn er erfährt, dass dieses Schiff untergegangen ist und ich ertrunken bin.

Das Dampfschiff wiegt sich immer weiter. Die Sicht durch die Fenster ist aufgrund des Regens verschwommen, außerdem sind die Scheiben von unserem Atem von innen beschlagen. Ich spüre immer noch, wie wir zu den Wellenkämmen aufsteigen und dann auf der anderen Seite wieder hinabgleiten. Wenn Jesus mit mir an Bord wäre, könnte er dann wirklich rufen: „Schweig und verstumme!", und damit den Sturm stillen? William glaubt nicht an Wunder.

Als mein Vater erfuhr, dass William unsere Verlobung gelöst hat, war er schockiert. Er war es ja gewesen, der mich mit William zusammengebracht hatte, und er fürchtet nun, ich würde meinen guten Ruf verlieren, wenn die anderen Mitglieder unserer gesellschaftlichen Kreise davon erfahren und Gerüchte die Runde machen. „Ich werde mit William reden", hat er versprochen. „Mal sehen, was ich tun kann, um die Wogen zu glätten." Will ich, dass William mich zurücknimmt? Ich glaube, ja. Ich glaube, ich liebe ihn immer noch.

Stunden scheinen zu verstreichen, bis ich einen der Passagiere sagen höre: „Ich sehe die Lichter des Hafens!" Mutter zieht ihr Spitzentaschentuch aus dem Ärmel und wischt über das beschlagene Fenster, aber ich sehe nichts. Und selbst wenn wir tatsächlich in der Nähe des Hafens sein sollten, könnte unser Schiff immer noch auf Grund laufen. Das geschieht in meinem Albtraum. Deshalb müssen Mama und ich in meinem Traum das Schiff verlassen und in ein Rettungsboot klettern.

„Wir können immer noch auf Grund laufen."

Mir wird erst bewusst, dass ich den Gedanken laut ausgesprochen habe, als Mutter ihre behandschuhten Finger auf meine Lippen legt und sagt: „Still, Anna."

„Das ist der Hafen", sagt derselbe Mitreisende. „Ich erkenne den Leuchtturm." Ein paar Leute stehen auf, um selbst nachzusehen, und stürzen auf dem wackeligen Deck beinahe. Es scheint Jahre zu dauern, bis wir näher herankommen. Als ich endlich die Einfahrt zum Kanal sehe, der vom Lake Michigan in den kleineren See führt, wirkt die Öffnung viel zu eng. Wie kann der Kapitän den Steinpieren auf beiden Seiten ausweichen, obwohl die Wellen über ihnen zusammenschlagen? Irgendwie gelingt es ihm. Wir fahren durch den Kanal in den Black Lake, der auch nicht ruhiger ist als der Lake Michigan, und ich sehe die ersten Lichter des Ferienortes in der Dunkelheit aufleuchten. Die dunkle Silhouette der dahinterliegenden Sanddüne wird von entfernten Blitzen erhellt. Weitere Lichter offenbaren eine Reihe Bauernhäuser und auch die Hotels am gegenüberliegenden Strand des schmalen Binnensees sind erleuchtet.

Irgendwann höre ich Männer draußen an Deck rufen; sie manövrieren das Schiff neben dem Anleger des Hotels Ottawa an seinen Platz. Gepäckträger eilen mit Regenschirmen herbei, um den Passagieren beim Von-Bord-Gehen behilflich zu sein. Ich stehe auf, weil ich das Schiff so schnell wie möglich verlassen will, obwohl ich mir ganz und gar nicht sicher bin, dass meine zitternden Knie mich tragen werden. Die Deckarbeiter müssen mich um die Taille fassen, um mich sicher vom Schiff zu befördern, das im bewegten Wasser auf und ab hüpft. Dass Fremde mich so berühren, ist mir ein Gräuel.

„So, Miss", sagt einer der Männer, als meine Füße festen Boden berühren. Meine Knie geben nach und ich drohe zu fallen, doch er fängt mich gerade noch rechtzeitig wieder auf. „Hoppla! Alles in Ordnung, Miss?"

„Ja, danke." Ich stoße seine Hände fort. Mutter und ich drängen uns gemeinsam unter einen Regenschirm. Der Boden unter unseren Füßen bewegt sich, als wir den hölzernen Steg zum Eingang hinaufgehen. In der Hotellobby sinke ich auf den erstbesten Stuhl und warte, während Mutter sich um unsere Zimmerschlüssel kümmert. Es wird mit Sicherheit sehr merkwürdig, ohne unsere Zofe hier zu sein. Mutter wollte Sophia eigentlich mitnehmen, aber ich habe darauf bestanden, dass ich ganz allein sein möchte. Wir werden Freizeitkleidung tragen, während wir hier sind, befreit von unseren Korsetts und Verpflichtungen, sodass niemand uns die Kleider herauslegen oder die Haare kunstvoll hochstecken muss. Noch habe ich keine Ahnung, was ich den ganzen Tag mit mir anfangen soll oder wie lange mein Herz zum Heilen braucht.

„Der Gepäckträger wird uns unsere Zimmer zeigen", sagt Mutter, als sie mit ihm und unseren Schlüsseln zurückkehrt. „In der nächsten Stunde wird noch Abendessen serviert."

„Mir ist zu schlecht zum Essen", erkläre ich ihr. „Ich möchte mich nur umziehen und ausruhen."

Unsere Zimmer, die nebeneinanderliegen, sind in dem ursprünglichen Hotelgebäude und nicht in dem Anbau. Sie sind klein, aber hübsch, und meines bietet eine Aussicht auf den Black Lake und die

City of Holland, die noch am Dock liegt. Sie ist im Sturm nicht untergegangen; Mutter und ich sind nicht im Lake Michigan ertrunken. Aber als ich das tanzende Schiff und die weißen Gischtkronen der Wellen sehe, schwöre ich mir insgeheim, mit dem Zug nach Chicago zurückzufahren, wenn es Zeit ist abzureisen. Solange ich lebe, werde ich kein Schiff mehr besteigen.

2. Kapitel

Geesje

Holland, Michigan
1897

„Willst du mitfahren, Geesje?", fragt einer der anderen Oldtimer, als die Sitzung zu Ende ist. Die Leute nennen uns „Oldtimer", weil wir die wenigen noch verbliebenen Siedler sind, die vor fünfzig Jahren aus den Niederlanden nach Michigan kamen. Aber ich fühle mich überhaupt nicht alt.

„Nein danke, Mrs Kok", sage ich zu ihr. „Es ist ein so schöner Sommertag, da gehe ich lieber zu Fuß. Außerdem muss ich auf dem Heimweg bei Van Puttens Kurzwaren vorbeischauen."

Mrs Kok legt ihre faltige Hand auf meinen Arm. Sie wirkt zerbrechlich, allerdings ist sie bestimmt auch schon Mitte siebzig, also beinahe zehn Jahre älter als ich. „Nimmst du an all den Paraden und Feierlichkeiten teil, die sie planen, Geesje?", fragt sie. „Mir scheint, sie machen zu viel Aufhebens um den fünfzigsten Jahrestag unserer Stadt, meinst du nicht auch? Wie kommt es nur, dass diese fünfzig Jahre so schnell verflogen sind?"

„Ich weiß nicht", antworte ich lachend. „Mir kommt es auch nicht so vor, als wäre es schon so lange her." Dabei ist es ein ganzes Leben. Mein Leben. „Ich brauche Zeit, um über all ihre ausgefallenen Ideen nachzudenken, bevor ich dem Komitee eine Antwort gebe", sage ich. „Wenn Sie wollen, kann ich Ende der Woche bei Ihnen vorbeischauen, dann können wir gemeinsam überlegen."

„Das wäre sehr freundlich von dir, meine Liebe. Einen guten Tag wünsche ich dir."

„Ich Ihnen auch, Mrs Kok." Ich verlasse das Bankgebäude, in dem die Sitzung stattgefunden hat, und trete auf die belebte Straße hinaus. Dort blicke ich zu der neuen Turmuhr hinauf, um zu sehen, wie spät es ist. Ich bin mir nicht sicher, ob es eine gute oder eine schlechte Idee ist, ständig an die Uhrzeit erinnert zu werden. Früher hatten wir kaum Verwendung für Uhren. Aber vermutlich ist die Turmuhr ein Zeichen des Fortschritts so wie die Holzpfähle und das Kabelgewirr, das über der Straße den Himmel durchzieht. Und wie die neuen elektrischen Straßenlaternen, die den Platz der alten Kerosinlampen eingenommen haben und den Lampenanzünder des Dorfes seine Stellung gekostet haben. Zumindest hatte jemand genug Geschmack, um für das neue Bankgebäude mit dem Turm Sandstein zu benutzen, anstatt wieder einmal auf die Schnelle eine Holz- und Ziegelkonstruktion zusammenzubauen. Der Stein, der in dieser Region abgebaut wird, verleiht dem Turm ein Gefühl der Dauerhaftigkeit – obwohl immer noch Welten zwischen Holland und den schönen Städten liegen, die ich in den Niederlanden zurückgelassen habe, mit ihren Jahrhunderte alten Gebäuden und den Kopfsteinpflasterstraßen.

Ich warte, bis ein Pferdewagen vorbeigefahren ist, dann überquere ich die River Avenue und gehe die Eighth Street hinauf. Bei allem Fortschritt, der in unserer Stadt Einzug hält, verstehe ich nicht, warum die Straßen noch immer ungepflastert sind. Selbst die alten Römer hatten genug Verstand, um ihre Straßen zu pflastern. Das Komitee für die Fünfzigjahrfeier sollte besser beten, dass es während der Feierlichkeiten nicht regnet, sonst werden die Wagen für die Parade und die Musikkapellen im Schlamm versinken.

Nachdem ich beim Kurzwarenhändler eingekauft und ein wenig mit Mrs Van Putten über die bevorstehenden Festtage geplaudert habe, bleibe ich einen Augenblick stehen, um beim Bau des riesigen Bogens aus Holz und Leinwand zuzusehen, der sich von einer Seite der Eighth Street bis zur anderen erstrecken soll. Das Komitee hat uns eine Zeichnung gezeigt, auf der zu sehen ist, wie die Konstruktion aussehen soll, mitsamt einem Porträt von *Dominee* Van Raalte hoch oben in der Mitte des Bogens. Wie er das gehasst hätte!

Später an diesem Nachmittag sitze ich in meinem Lieblingsstuhl und stricke, als mein Sohn Jakob auf einen Besuch vorbeischaut und frische Eier von einem seiner Gemeindemitglieder mitbringt. „Wie war deine Sitzung mit dem Jubiläumskomitee, *Moeder*?“, fragt er. Zu Hause sprechen wir miteinander Niederländisch, wie unsere Familie es immer getan hat.

Ich lasse mein Strickzeug sinken und die Hände und die halb fertige Socke auf meinem Schoß ruhen. „Ach, sie machen so viel Aufhebens – Paraden und Reden und Musikkapellen und so weiter. Und dieser alberne Bogen über der Eighth Street, für den sie Geld verschwenden. Allerdings finde ich es schön, dass der einheimische Indianerstamm zurückkommt, um an den Feierlichkeiten teilzunehmen, nachdem sie vor Jahren aus der Stadt verdrängt wurden. Der Häuptling wird eine Rede halten."

„Und was erwarten sie von dir und den anderen?" Während er spricht, lockert Jakob sein weißes Kollar. In diesem Moment sieht er seinem Vater so ähnlich, dass es mich überrascht.

„Zum Glück keine Reden. Sie wollen, dass wir bei der Parade auf einem der Wagen mitfahren. Wenn du mich fragst, ist das albern. Und sie wollen, dass ich meine Geschichte für ein Buch aufschreibe, das sie über die Geschichte unserer Stadt herausbringen. Alles, woran ich mich erinnere aus der Zeit, als wir vor fünfzig Jahren aus den Niederlanden hergekommen sind und uns hier niedergelassen haben."

„Ich finde, das ist eine großartige Idee. Das machst du doch hoffentlich."

„Ich weiß nicht … da wüsste ich doch gar nicht, wo ich anfangen soll."

„Du kannst doch damit beginnen, warum ihr beschlossen habt, die Niederlande zu verlassen."

„Ich habe gar nichts beschlossen. Meine Eltern haben das entschieden. Ich war siebzehn Jahre alt."

„Du weißt, was ich meine. Du solltest auch einen Teil ihrer Geschichte erzählen. Warum sie ihre Heimat und die Kirche in den Niederlanden verlassen haben. Für deine Enkel und die Generationen nach ihnen ist es wichtig zu wissen, was geschehen ist und warum sie hier sind."

Ich senke den Blick, hebe meinen Strickbeutel hoch und sehe nach, wie viel Garn ich noch habe, weil ich Zeit schinden will. Als ich einen Blick in Jakobs Richtung riskiere, sehe ich eine Falte der Ungeduld zwischen seinen Augenbrauen. „Schreiben die anderen Siedler, die von Anfang hier waren, auch ihre Geschichten auf?", fragt er.

„Das Komitee möchte es. Aber du weißt ja, dass ich nicht gut auf Englisch schreiben kann, Jakob. Es wäre mir peinlich, wenn die Leute sehen, wie schlecht meine Rechtschreibung ist."

„Ich helfe dir. Joanna und ich sorgen dafür, dass deine Geschichte perfekt ist, bevor du sie abgibst."

„Ich weiß nicht ..." Ich nehme meinen Strickstrumpf und wickele das Garn um meinen Finger, damit ich die Runde zu Ende stricken kann. Die Nadeln flüstern leise, wenn sie aneinanderreiben, als würden sie Geheimnisse erzählen. „Ich bin mir nicht sicher, ob sie nur wissen wollen, was damals geschehen ist und mit welchen Bedrängnissen wir zu kämpfen hatten, oder ob ich ihnen die ganze Wahrheit sagen soll."

Jakob blinzelt verdutzt und richtet sich in dem Stuhl mir gegenüber ein wenig auf. „Was meinst du damit, *Moeder*?"

Ich antworte nicht. Was ich meinte, ist: Soll ich die Wahrheit darüber sagen, wie oft ich Gottes Liebe nicht gespürt habe? Über all die Gelegenheiten schreiben, bei denen ich voller Zweifel war und mein Glaube erschüttert wurde, sodass ich ihm verärgert den Rücken gekehrt habe? *Nay*, manchmal war es mehr als Verärgerung – es war Zorn. Diese Gefühle sind auch Teil meiner Geschichte, aber sie sind der Teil, den ich all die Jahre verborgen habe. Gehören sie in dieses Buch, das sie über unsere Vergangenheit zusammenstellen wollen?

„Natürlich, sag die Wahrheit, *Moeder*. Es geht doch um einen historischen Bericht, nicht wahr?" Die Falte zwischen Jakobs Augenbrauen wird tiefer und er fährt erneut mit dem Finger hinter seinem Kragen entlang. „Bitte denk ernsthaft darüber nach – und sei es nur unserer Familie zuliebe. Ich hoffe, du erklärst dich bereit, es zu machen."

„Ja", sage ich seufzend. „Ja, ich werde meine Geschichte wohl erzählen."

„Gut." Jakob erhebt sich. Er bleibt nie lange. „Wenn du magst, bringe ich das nächste Mal ein Notizbuch mit, in das du schreiben kannst. Und Tinte und einen guten Füllfederhalter."

„Ich würde lieber mit Bleistift schreiben." So kann ich ausradieren, was ich lieber doch nicht erzählen möchte.

„Dann bringe ich dir Bleistifte mit. Brauchst du noch etwas, bevor ich gehe?" Ich schüttele den Kopf und er beugt sich vor, um mir einen Kuss auf die Wange zu geben. Einen Moment lang liegt seine dicke Hand auf meiner Schulter. Sein wolliger Bart kitzelt mich im Gesicht, während ich den sauberen Duft von Kernseife einatme. „Wir sehen uns am Sonntag zum Essen, Mama." Dann dreht er sich um und ich beobachte, wie er den Kopf einzieht, als er sich unter dem Rahmen meiner Wohnzimmertür hinwegduckt. Wann ist aus dem blonden barfüßigen Jungen, den ich früher auf dem Schoß hielt, dieser große Mann mittleren Alters geworden?

Ich beginne wieder zu stricken. Im Moment möchte ich nicht an die Vergangenheit denken oder vergrabene Erinnerungen wieder aufwühlen. Ich muss mich konzentrieren, während ich die Ferse der Socke arbeite, um anschließend den Fuß zu stricken. Ich hätte Jakobs Füße messen sollen, als er hier war. Die Socken sind für ihn. Von Weitem höre ich meine Küchentür auf und zu gehen. „Hast du etwas vergessen, Jakob?", rufe ich.

„Ich bin es, Tante Geesje." Ich blicke auf und sehe zu meiner Überraschung den Nachbarsjungen in der Tür zu meinem Wohnzimmer stehen. Aber Derk ist auch kein Kind mehr. Er ist jetzt ein Mann, so groß wie mein Sohn.

„Nanu, Derk! Du liebe Zeit!" Ich stopfe die unvollendete Socke in den Beutel mit der Wolle und erhebe mich mühsam von meinem Sessel, sodass wir einander umarmen können. „Wie schön, dich zu sehen! Es ist viel zu lange her – Ostersonntag war es, glaube ich."

„Ich weiß! Und es tut mir leid, dass ich so lange nicht hier war. Die letzten Monate sind wie im Flug vergangen mit meinen Studien am Seminar und den Abschlussprüfungen – und gleich am nächsten Tag fing mein Ferienjob an. Wie geht es dir, Tante Geesje?" Er nennt mich Tante, aber wir sind nicht miteinander verwandt.

„So gut, wie man es nach all den Jahren erwarten kann. Komm, ich hole dir etwas zu essen. Ich glaube, in der Dose ist noch Gebäck." Ich rede, als wäre er immer noch das mutterlose Kind, das für mich Besorgungen gemacht, an kalten Wintertagen die Kohlen aus dem Keller geholt und meinen Ascheeimer ausgeleert hat, und nicht der erwachsene junge Mann, der er geworden ist. Derk und ich haben uns viele Jahre lang umeinander gekümmert. Er kam immer genau zum richtigen Zeitpunkt in meine Küche, wenn ich mich einsam fühlte und jemanden zum Reden brauchte, so als hätte Gott selbst Derk ins Ohr geflüstert und ihn zu mir geschickt. „Tee oder Kaffee?“, frage ich. „Oder vielleicht ein Glas Milch?“

„Mach dir keine Umstände, Tante Geesje. Ich bin nur kurz vorbeigekommen, um zu sehen, wie es dir geht.“

„Aber zu meinen Mandelplätzchen musst du etwas trinken. Die magst du doch am liebsten.“

Er grinst. „Dann Milch, bitte.“ Er setzt sich auf seinen üblichen Platz an meinem Küchentisch, die langen Beine ausgestreckt, und sein Lächeln macht den Raum mit der niedrigen Decke ganz hell. Er ist zu einem genauso kräftigen und gut aussehenden Burschen herangewachsen, wie sein Großvater es in seinem Alter war. Sollte ich über seinen Großvater schreiben, wenn ich meine Geschichte erzähle? Das wäre ein Schock für meinen Sohn! Aber ich glaube nicht, dass es Derk schockieren würde.

Er öffnet die Plätzchendose und wählt einen Keks aus, während ich das Feuer schüre und etwas Holz auflege, bevor ich den Wasserkessel auf die Flammen stelle. „Erzähl mir alles, was du seit dem letzten Frühjahr gemacht hast“, sage ich.

„Lass mich überlegen. Meine Kurse am Seminar sind für dieses Semester zu Ende – dieses Jahr war ganz schön schwierig, aber jetzt habe ich nur noch ein Jahr vor mir. Habe ich dir erzählt, dass ich während des Sommers im Hotel Ottawa arbeite?“

„Was tust du denn dort, mein Junge?“

„Von allem ein bisschen: Ich trage das Gepäck der Gäste in ihre Zimmer, kümmere mich um die Ruderboote und Kanus, vielleicht gebe ich sogar ein bisschen Segelunterricht oder leite Exkursionen um den Black Lake, wenn sich jemand dafür anmeldet. Du weißt ja, wie gerne ich segle.“ Derk stürzt die Milch hinunter, die ich ihm eingeschenkt habe.

Wir reden wie die zwei guten Freunde, die wir immer waren, während ich meinen Tee trinke und Derk meine Plätzchendose leert. „Darf ich dich in einer Sache um deine Meinung bitten, mein Junge?“, sage ich nach einer Weile. „Ich könnte deinen Rat brauchen.“

„Du kannst mich alles fragen, Tante Geesje, das weißt du doch. Obwohl ich mir nicht sicher bin, ob meine Meinung viel wert ist.“

„Für mich ist sie das ... Ich habe mich heute mit ein paar Leuten vom Jubiläumskomitee getroffen und sie wollen, dass ich die

Geschichte aufschreibe, wie ich vor fünfzig Jahren die Niederlande verlassen habe, um mich hier niederzulassen. Für den fünfzigsten Jahrestag von Holland im August wollen sie all die Geschichten der Oldtimer in einem Buch veröffentlichen. Was hältst du davon?"

„Du solltest es machen. Ich würde deine Geschichte liebend gerne lesen. Es hat mir immer leidgetan, dass ich bei den Geschichten meiner Großeltern nicht besser aufgepasst habe, als sie noch am Leben waren. Sie haben nicht oft über die Vergangenheit gesprochen."

„Das kann ich ihnen nicht verübeln. Ich erinnere mich auch nicht gerne an diese schweren Zeiten … Mein Sohn Jakob findet ebenfalls, ich sollte es tun, aber ich weiß nicht, wie viel von der Wahrheit ich erzählen soll."

Derk stellt sein Glas ab. „Wie meinst du das?"

Ich blinzele die Tränen fort, die mir plötzlich kommen. „Ich kann beschreiben, wie das Fieber zugeschlagen hat und wie es war, die Kirchenglocke zu hören, als ich meine Lieben auf dem Friedhof begraben habe. Aber soll ich auch sagen, wie ich Tag und Nacht gebetet und Gott angefleht habe, sie zu verschonen? Oder dass ich gegen ihn gewütet habe, weil er sie sterben ließ?" Während ich spreche, fahre ich mit dem Finger das Muster der Tischdecke nach, ohne aufzublicken. Derk legt seine breite, faltenlose Hand auf meine und hält sie fest. Bei seiner warmherzigen Berührung beginnen meine Tränen zu fließen. „Wenn ich meine Geschichte noch einmal durchlebe, dann sollte ich alles erzählen, die ganze Wahrheit, nicht wahr? Aber was werden die Leute denken, wenn sie das lesen? Junge Menschen wie du glauben, dass ihre Großeltern oder auch Männer wie *Dominee* Van Raalte voller Gottvertrauen waren und nie Zweifel hatten an dem, was sie glaubten. Was wird geschehen, wenn ich all die Risse in diesem vollkommenen Bild enthülle?"

„Ich finde, du solltest die Wahrheit sagen, mit Zweifeln und allem." Derks tiefe Stimme klingt jetzt ganz weich. „Und sei es nur für dich selbst. Schreib alles auf, was du auf dem Herzen hast, Tante Geesje. Ich kann es gerne lesen, wenn du es mir erlaubst, und dir helfen zu entscheiden, was in das Buch hineinkommen und was zwischen dir und Gott bleiben sollte."

Ich nicke und ziehe meine Hand fort, um meine Tränen zu trocknen. Dann gieße ich noch etwas Tee in meine Tasse. Derk wird irgendwann Pastor sein. Vielleicht ist es deshalb wichtig, dass er erfährt, wie weit entfernt Gott sich für eine Mutter anfühlt, die ihr Kind verliert. Er muss wissen, wie leer seine tröstenden Worte in ihren Ohren klingen werden. Ich hoffe nur, er wird mich und meinen unvollkommenen Glauben nicht verachten, wenn ich meine Geschichte zu Ende erzählt habe.

„Ja, Derk. Dann mache ich es", sage ich. „Danke." Ich nippe an meinem Tee und warte einen Augenblick, bis die Traurigkeit nachlässt. „Und du? Gibt es ein Mädchen in deinem Leben, das du besonders gern magst? Ein hübscher junger Mann wie du sollte verheiratet sein, bevor er *Dominee* wird, sonst sind die jungen Damen in deiner Gemeinde später zu abgelenkt, um sich auf deine Predigten zu konzentrieren." Ich erwarte, dass er lacht, aber das tut er nicht.

„Es gab eine", sagt er und blickt auf sein leeres Glas hinunter. „Caroline ist schön und lustig und voller Leben. Ich habe sie bei einer gemeinsamen Versammlung junger Leute aus drei verschiedenen Gemeinden in der Umgebung kennengelernt und mich schrecklich in sie verliebt. Ich habe sie gefragt, ob sie mich heiraten will ... aber sie hat gesagt, dass sie nicht mit einem Pastor verheiratet sein will, und dazu hat Gott mich nun einmal berufen. Ihr Vater ist Pastor und sie hat gesagt, dass Pastoren nie Zeit für ihre Ehefrauen und Familien haben. Wahrscheinlich hat sie recht. Sie hat mir vor etwa einem Monat einen Korb gegeben. Seither gibt es niemanden mehr."

„Das tut mir sehr leid, Derk. Vergib mir meine Neugier."

„Nein, ist schon gut. Ich bin schon recht gut darüber hinweg", sagt er mit einem leichten, traurigen Lächeln. „Aber falls dir jemals das Herz gebrochen wurde, als du in meinem Alter warst, dann versprich mir, dass du in deinem Buch darüber schreibst."

Ich merke, wie meine Wangen warm werden. „Mal sehen", sage ich. „Versprechen will ich nichts."

Nachdem Derk gegangen ist, bin ich zu rastlos, um im Sessel zu sitzen und Socken zu stricken. Ich verspüre den inneren Drang, meine Geschichte zu beginnen, und wünschte, ich hätte das neue Notizbuch bereits, das Jakob mir versprochen hat. Auf der Suche nach Papier krame ich in meinem Schreibtisch und stoße tatsächlich auf einige Blatt Briefpapier. Dabei finde ich auch den Brief meiner Tochter Christina, den letzten, den sie mir geschrieben hat.

Ich muss ihn nicht lesen, weil ich ihn auswendig kenne. Sie wollte heimkommen, wie der verlorene Sohn in dem Gleichnis Jesu. Aber im Gegensatz zu ihm kam sie nie an.

Ich schiebe das Briefpapier zu einem ordentlichen Stapel zusammen und suche nach einem Bleistift. Dann setze ich mich an meinen Tisch und fange an zu schreiben.

3. Kapitel

Geesjes Geschichte

Leiden, Niederlande
52 Jahre früher

Am Vorabend meines fünfzehnten Geburtstags zertrümmerte ein riesiger Ziegelstein das Fenster in Papas Druckerei und beendete meine Kindheit. Der Lärm hatte mich geweckt, und als ich hörte, wie Papa die steile, schmale Treppe hinunterpolterte, um nachzusehen, was los war, sprang ich aus dem Bett und folgte ihm. Der Stein lag in bröseligen Stücken neben der Druckerpresse. Glasscherben übersäten den Fußboden wie Eisstücke. Von dem riesigen Fenster, auf dem Papas Name stand, war nichts mehr übrig außer einem klaffenden Loch, das die kalte Nachtluft hereinließ. Ziegelsteine fallen nicht einfach so vom Himmel. Jemand hatte diesen Stein absichtlich durch unser Fenster geworfen.

„Komm nicht herein“, sagte Papa und leuchtete mit der Lampe in alle Ecken des Raumes. „Sonst schneidest du dich an dem Glas.“

„Aber ich möchte dir beim Auffegen helfen.“ Ich fand es schrecklich, wie die zerbrochene Scheibe und die hässlichen Brocken aus braunem Stein Papas sauberen Werkstattboden verschandelten. Und ich wollte alles wieder in Ordnung bringen.

„Morgen früh, Geesje“, sagte er sanft. „Geh wieder schlafen. Heute Nacht können wir nichts tun.“ Ich gehorchte, aber es dauerte lange, bis ich wieder einschlief. Dass Papa wieder schlafen ging, hörte ich nicht. Später erfuhr ich, dass er die ganze Nacht im Erdgeschoss Wache gehalten hatte.

Am Morgen stellten wir fest, dass die Druckerei nicht nur innen verwüstet war, sondern die Angreifer unser Haus außerdem mit roter Farbe bespritzt und quer über unsere Tür das Wort *Ketzer* gemalt hatten. Von jedem Buchstaben rann die Farbe wie Blut. „Wer war das?", fragte ich Papa. „Wer tut denn so was? Und warum?"

„Das liegt an der *Afscheiding*", sagte Papa. „Den Leuten gefällt es nicht, dass unsere Familie sich von der Staatskirche getrennt hat, um eine eigene Kirche zu gründen."

„Aber warum tun sie dann das hier?" Es ergab für mich keinen Sinn. Waren wir nicht in beiden Gemeinden Nachfolger Christi, auch wenn unsere Gemeinde sich in Privathäusern versammelte anstatt in einem Kirchengebäude?

„Sie glauben, dass sie uns so sehr einschüchtern können, dass wir uns wieder der Staatskirche anschließen."

Als Papas Lehrling Maarten kam, schickte Papa ihn los, um Bretter zu kaufen, die er über das scheibenlose Fenster nageln konnte. Die Glasscherben glitzerten wie Silbermünzen, während ich sie vom Fußboden auffegte. Dabei dachte ich an die Bibelverse, die ich in der Sonntagsschule auswendig gelernt hatte: *„Ein neues Gebot gebe ich euch, dass ihr euch untereinander liebt … daran wird jedermann erkennen, dass ihr meine Jünger seid, wenn ihr Liebe untereinander habt."* Das hier hatte nichts mit Liebe zu tun.

In dieser Nacht änderte sich unser Leben, obwohl mehrere Monate vergingen, bis es unserer Familie bewusst wurde. Ich fühlte mich verletzt, mein Gefühl der Sicherheit und Geborgenheit war mit dem Fenster zerstört worden. Bis zu jener Nacht und jener feigen Tat hatte ich kaum jemals Angst empfunden, denn meine Kindheit in Leiden war so wunderbar und wundersam gewesen wie die Lichtkugeln, die an sonnigen Tagen über meine Schlafzimmerwand tanzten. Das schmale Backsteinhaus, in dem ich aufwuchs, stand am Nieuwe Rijn und Mama sagte, die Kugeln entstünden durch Spiegelungen des Sonnenlichts auf der Wasseroberfläche. Wenn es bewölkt war und es keine tanzenden Kugeln gab, wusste ich, dass der Fluss langweilig dunkel und träge aussah.

Papas Druckerei befand sich im Erdgeschoss unseres Hauses in der Nieuwe Rijn Straat, zehn Minuten von der Leidener Universität entfernt. Leiden ist eine wunderschöne Stadt mit jahrhundertealten Gebäuden, Kopfsteinpflaster und Kanälen, die sich wie Weinranken zwischen den Straßen hindurchschlängeln. Ich habe immer begeistert von meinem Fenster aus zugesehen, wie die Flachboote und

Hausboote vorbeifuhren, ich liebte das Geräusch der quietschenden Angeln, wenn die hölzerne Zugbrücke hochgezogen wurde, um die Segelboote mit ihren hohen Masten hindurchzulassen. Manchmal stand ich mit meinen älteren Schwestern Anneke und Geerde am Ufer und fütterte die Schwäne mit alten Brotresten. An Markttagen gingen wir mit Mama am Nieuwe Rijn entlang bis zum *Stadthuis* und kauften auf dem Weg an den bunten Ständen ein, die mit Käse und Gemüse und Blumen beladen waren – wunderschönen, farbenprächtigen Blumen.

„Ich habe nachgedacht, Geesje", erklärte Papa mir beim Mittagessen, nachdem ich ihm beim Aufräumen geholfen hatte. „Und ich finde, du solltest nicht mehr alleine zu den Wohnungen deiner Schwestern gehen."

„Aber sie brauchen meine Hilfe mit den Kleinen. Es ist doch nicht weit." Meine beiden Schwestern hatten vor etwas über einem Jahr geheiratet, zuerst Anneke und dann Geerde. Jetzt hatten sie beide einen kleinen Jungen zur Welt gebracht.

„Es tut mir leid. Aber bis wir herausgefunden haben, wer das hier getan hat, und die Vandalen bestraft wurden, könnte es gefährlich sein, allein durch die Straßen zu gehen. Die Menschen wissen, dass hier Separatisten wohnen. Offenbar beobachten sie unser Haus. Du könntest in Gefahr sein."

Noch nie hatte ich das Gefühl gehabt, in Gefahr zu sein. Ich lief für mein Leben gern durch die hübschen Straßen von Leiden und folgte dem sich windenden Fluss zu den Häusern, in denen Anneke und Geerde wohnten. „Und was ist, wenn Mama und ich zusammen gehen?", fragte ich.

Papa fuhr sich mit der Hand über den Mund und stand auf, um wieder in seine Druckerei zu gehen. „Ich weiß nicht ... selbst wenn ihr zu zweit seid, erscheint es mir unsicher."

„Also, ich habe keine Angst", sagte Mama. Sie war eine zierliche Frau, die manchmal für ein Kind gehalten wurde, wenn sie ihr ergrauendes blondes Haar mit einer Haube bedeckte. Und sie war so furchtlos wie die Frauen in der Bibel. „Unser himmlischer Vater wird auf uns achtgeben."

„Das ist wohl wahr, meine Liebe. Aber ich will trotzdem nicht, dass Geesje alleine aus dem Haus geht."

„I-ich kann mit ihr gehen, *Mijnheer*." Papas Lehrling sagte so selten etwas, dass wir ihn alle erstaunt ansahen. Maarten war zwei Jahre älter als ich und arbeitete bei Papa, seit er zwölf war. Wir hatten alle mit angesehen, wie er von einem schlaksigen Jungen, der nichts vom Druckereiwesen verstand, zu einem kräftigen jungen Mann herangewachsen war, der jetzt Papas rechte Hand war. Auch er war Separatist, so wie wir. „Es macht mir nichts aus, Geesje zu begleiten – natürlich nur, wenn Sie mich für ein paar Minuten entbehren können, *Mijnheer*."

Papa wiegte den Kopf hin und her, ein Zeichen dafür, dass er nachdachte. „Das könnte funktionieren. Hauptsache, du gehst nicht allein aus dem Haus, Geesje."

Ich habe mich meinen Eltern nie widersetzt oder mit ihnen gestritten, weil eines von Gottes Zehn Geboten lautete, dass ich Vater und Mutter ehren sollte. Ihnen nicht zu gehorchen, wäre eine Sünde gewesen. Seit ich denken konnte, lebte meine Familie im gehorsamen Glauben an Gott und wir taten unser Bestes, den Lehren der Bibel zu folgen. Meine Eltern hatten sich von der offiziellen Staatskirche losgesagt, bevor ich geboren worden war, weil sie glaubten, dass die steifen Rituale der Kirche Gott kalt und distanziert erscheinen ließen. Sie sehnten sich nach einem lebendigeren Glauben, wollten den Gott der Liebe anbeten und sich in ihrem Glauben enger an die biblischen Lehren halten als an Traditionen, die von Menschen gemacht worden waren. Schon als Kind war ich eifrig darauf bedacht, Gott so zu dienen, wie er es von mir verlangte. In meiner Vorstellung bedeutete das, dass ich einen frommen Christen heiratete und ein Haus voller Kinder aufzog, den Armen zu essen gab, den Kranken half und die Liebe Christi weitergab. Ich war der Meinung, dass ich einen starken Glauben hatte. Damals war mir noch nicht klar, dass ein Glaube, der nie auf die Probe gestellt wird, gar kein richtiger Glaube ist.

Das erste Mal, als Maarten mich zu Geerdes Haus begleitete, war es uns beiden etwas unangenehm. Erstens war ich noch nie mit einem jungen Mann allein gewesen, obwohl Maarten für mich beinahe wie ein Bruder war. Und zweitens gaben wir ein ungleiches Paar ab – Maarten war groß und kräftig und breitschultrig, während ich so klein und zierlich war, dass mein Kopf kaum bis zu seinem Kinn reichte. Er hatte dunkle Haare wie einer der Spanier, die vor Generationen die Niederlande erobert hatten, und ich war blond und hatte helle Haut. An diesem ersten Tag sprach keiner von uns ein Wort.

Die Einschüchterungsversuche nahmen allmählich zu. Die Schriftzüge an unserer Hausfassade erschienen beinahe genauso schnell wieder, wie Papa und Maarten sie entfernen konnten. Viele von Papas Stammkunden machten keine Geschäfte mehr mit ihm. Einige der Verkäufer auf dem Markt weigerten sich, Mama und mir oder anderen Mitgliedern unserer Separatistengemeinde etwas zu verkaufen. Ich verstand nicht, warum das alles geschah, aber ich war sehr dankbar für Maartens stille, beschützende Gegenwart, wann immer ich das Haus verließ.

Als ein Jahr vergangen war und ich sechzehn wurde, zwangen die immer schlechter gehenden Geschäfte und die zunehmende Feindseligkeit der Nachbarn Papa dazu, eine Entscheidung zu fällen. Eines Sonntags lud er Anneke und Geerde und ihre Männer nach dem Gottesdienst zu uns nach Hause ein, um uns allen die Neuigkeit zu verkünden. „Ich habe beschlossen, Leiden ganz zu verlassen und mit meiner Druckerei nach Arnheim umzuziehen."

„Nein ...", hauchte ich. Dies war unser Zuhause. Wir konnten Leiden nicht verlassen. Ich schlug mir die Hand vor den Mund, damit ich meine Gedanken nicht laut äußerte. Auch meine Schwestern schienen über die Nachricht erschrocken.

„*Dominee* Albertus Van Raalte, einer der Gründer der Separatistengemeinde hier in Leiden, ist vor Kurzem nach Arnheim gezogen", erklärte Papa uns. „Vielleicht erinnert ihr euch an ihn. Er hat früher in unserer Gemeinde gepredigt, bis man ihn vor einigen Jahren vertrieben hat. Die Gemeinde in Arnheim ist größer als unsere hier, sodass wir die Verfolgung wegen unseres Glaubens dort nicht allein ertragen müssen."

Mama nahm Papas Hand, als wollte sie allen zeigen, dass sie ihn unterstützte. „Diese Entscheidung ist uns nicht leichtgefallen", sagte sie zu meinen Schwestern. „Es wird schwer sein, Abschied zu nehmen und euch und eure Familien in Leiden zurückzulassen." Meine Schwestern und ich hatten bereits Tränen in den Augen, aber Mama blieb stark. Sie würde ihre Tränen im Stillen vergießen.

„Aber vielleicht entscheidet ihr euch ja, auch nach Arnheim zu kommen", sagte Papa an seine Schwiegersöhne gewandt. „Wenn ihr wollt, bringe ich in Erfahrung, ob es dort Arbeit für euch gibt."

Der Gedanke schien sie nicht zu begeistern und ihre Versprechungen blieben vage, obwohl auch sie Separatisten waren. Der Einzige, der gerne mit uns nach Arnheim umziehen wollte, war Maarten, der mit achtzehn Jahren seine Lehre beendet hatte und jetzt Papas Assistent war. „Ich würde gerne mit Ihnen gehen", sagte er, „wenn Sie es erlauben. Meine Eltern wollen hierbleiben."

„Natürlich, natürlich!", sagte Papa und gab ihm einen Klaps auf die Schulter. „Wir werden unsere neue Druckerei zusammen führen."

Nachdem die Entscheidung erst einmal gefallen war, ging alles sehr schnell. Wir begannen mit der beschwerlichen Aufgabe, unseren Hausstand einzupacken, und hofften inständig, dass Papas Geschäft in einer neuen Stadt gedeihen würde. Voller Kummer verabschiedete ich mich von meinen Schwestern und meinen beiden kleinen Neffen und von der schönen Stadt Leiden.

In Arnheim fand Papa ein Gebäude in der Nähe des Bahnhofs, das er mietete, nur einen kurzen Fußweg vom Nederrijn entfernt. Papas Werkstatt und unsere Küche waren im Erdgeschoss und die Wohnung, in der wir leben würden, befand sich im ersten Stock. Maarten schien es nichts auszumachen, in einem Dachbodenzimmer unter der Gaube schlafen zu müssen, obwohl es mir ein Rätsel war, wie es ihm gelang, nicht ständig an die Balken zu stoßen. Ich befürchtete, er könnte als Buckliger enden, weil er jeden Abend dort kauern musste. An unserem zweiten Tag in Arnheim kam *Dominee* Van Raalte uns besuchen. Papa überließ Maarten die Druckerei und lud den Pastor zum Kaffee in unsere Küche ein. Mama und ich waren noch dabei, unser Hab und Gut auszupacken, aber der Herd war heiß und die Kaffeekanne auch. *Dominee* Van Raalte war kaum größer als ich, aber seine Warmherzigkeit und seine Ausstrahlung ließen ihn viel größer erscheinen.

„Die Gemeinde kann sich gerne hier in meiner Druckerei versammeln", bot Papa ihm an, sobald sie am Tisch saßen.

„Danke. Darüber bin ich sehr froh", sagte der *Dominee*. „Ich nehme Ihr Angebot gerne an." Er pustete in seine Tasse, um den Kaffee abzukühlen, und trank dann einen Schluck. „Aber denken Sie daran, dass sich höchstens neunzehn Personen gleichzeitig in der Druckerei versammeln dürfen."

„Aber warum? Wir können leicht mehr als neunzehn Personen

dort unterbringen“, sagte Papa. „Wenn wir meinen Schreibtisch beiseiteschieben und ein paar andere Dinge aus dem Weg räumen, sollte es kein Problem sein, fünfzig Personen hereinzubitten.“

„Der Platz ist nicht das Problem. Der König hat uns Separatisten zu ‚heimlichen Aufwieglern‘ erklärt. Wenn zwanzig oder mehr Menschen sich versammeln wollen, um einen Gottesdienst außerhalb der Staatskirche zu feiern, brauchen sie eine Erlaubnis der Regierung. Und eine offizielle Erlaubnis zu bekommen, ist nahezu unmöglich.“

An Papas zorniger Miene sah ich, dass er bereit war, dieses lächerliche Gesetz zu ignorieren. Doch bevor er die Gelegenheit hatte zu protestieren, ergriff Mama das Wort. „Was geschieht denn, wenn zwanzig oder vielleicht einundzwanzig Personen sich versammeln?“

„Dann kommen die Behörden und lösen die Versammlung auf. Die Besitzer des Hauses oder Geschäfts werden mit empfindlichen Geldstrafen belegt, weil sie gegen das Gesetz verstoßen haben. Mehrere unserer Prediger wurden schon zu solchen Strafen verurteilt und sogar ins Gefängnis geworfen, weil sie illegale Versammlungen abgehalten haben.“ Später erfuhr Papa, dass *Dominee* Van Raalte selbst bereits im Gefängnis gesessen hatte, weil er sich nicht an jenes Gesetz gehalten hatte. „Wir sind nicht reich“, fuhr er fort. „Die Geldstrafen sind eine schwere Last. Und doch glauben einige von uns, dass ein Gottesdienst in Freiheit jeden Preis wert ist.“

„Dann gibt es keinen Weg, dieses Gesetz zu umgehen?“, fragte Papa.

Der *Dominee* lächelte in seiner ruhigen und geduldigen Art. „Wir haben einige Möglichkeiten gefunden. Zum Beispiel können sich neunzehn Personen in deiner Druckerei versammeln, während andere draußen stehen und durch geöffnete Türen und Fenster zuhören.“

„So werde ich es machen“, beschloss Papa.

„Und wenn das Wetter schön ist“, fuhr der *Dominee* fort, „halten wir manchmal Freiluftgottesdienste an der Grenze zweier Städte ab. Wenn die Behörden einer Stadt kommen, um die Versammlung aufzulösen, können einige von uns sich schnell auf das Gebiet der anderen Stadt begeben, damit wir nicht alle am selben Ort versammelt sind.“

An unserem ersten Sonntag in Arnheim versammelte die Gemeinde sich in Papas Druckerei. Mama und ich und ein paar andere Frauen hörten von unserer Küche hinter der Werkstatt aus zu, während genau neunzehn Personen um die riesige Druckerpresse versammelt waren. Zusätzlich versperrten Dutzende weitere Besucher die schmale Gasse vor der Druckerei und drängten sich auf dem Bürgersteig vor der offenen Tür, um *Dominee* Van Raalte predigen zu hören. Alle waren sich einig, dass sie die Unannehmlichkeiten auf sich nehmen wollten, um gemeinsam Gottesdienst zu feiern und die aufrüttelnde Predigt des *Dominee* zu hören, in der er uns der grenzenlosen Liebe Gottes versicherte.

Doch die Freude, die wir alle empfanden, war von kurzer Dauer. Einige Nächte später warf eine Horde Raufbolde Steine und Ziegel durch das Fenster von Papas neuer Druckerei. Das Geräusch von berstendem Glas ließ mich aus dem Schlaf hochschrecken. Diesmal blieb es nicht bei einem Fenster. Unsere Peiniger warfen weiter mit Steinen, bis beinahe jedes Fenster unserer Wohnung zertrümmert war. Dann warfen sie noch mehr Felsbrocken durch die Rahmen und versuchten, unsere Einrichtung zu zerstören.

„Geesje! Versteck dich im Schrank!“, hörte ich Papa rufen. Mein Kleiderschrank stand auf der anderen Seite meines Schlafzimmers und ich konnte sehen, dass silbrig glänzende Glasscherben auf dem Boden verstreut lagen. Also kroch ich stattdessen unter mein Bett, während Papa und Maarten nach unten in die Werkstatt liefen. Ich schloss die Augen und betete, dass ihnen nichts passieren möge, während von unten Rufe und Schreie und das Geräusch von zu Boden fallenden Steinen heraufdrangen.

Irgendwann war es still. Zu still. Was war mit Papa und Maarten geschehen? *Bitte, Gott … bitte, Gott …* betete ich. Dann hörte ich das unverkennbare Geräusch von Schritten, die die Treppe hinaufkamen. Immer noch unter meinem Bett versteckt, drückte ich mich so fest an die Wand, wie ich konnte, während mein Herz so laut hämmerte wie die fallenden Steine. Die Tür zu meinem Zimmer öffnete sich mit einem Knarren. Jemand stand im Türrahmen. Von meinem Versteck aus konnte ich hölzerne Clogs sehen. Ich hielt mir die Hand vor den Mund, um nicht aufzuschreien.

„Geesje …? Ist alles in Ordnung?“, flüsterte eine Stimme.

Maarten.

„I-ich bin hier unten. K…kann ich wieder rauskommen?“

„Ja. Die Schurken sind fort … Aber sei vorsichtig. Auf dem Boden liegt überall Glas."

Ich war so erschüttert, dass ich kaum herauskriechen konnte. Maarten schob mit dem Fuß einige Scherben zur Seite und hob mich auf mein Bett. „Ich hatte solche Angst!", rief ich, als er mich einen Moment lang fest umarmte.

„Ich weiß. Ich auch." Er löste sich von mir und ich sah einen dunklen Schatten an der Seite seines Gesichts. Als ich versuchte, ihn wegzuwischen, wurden meine Finger nass. Es war Blut.

„Maarten, du blutest ja am Kopf! Du bist verletzt." Er hob die Hand, um seine Stirn zu betasten, und ich sah, wie er zusammenzuckte.

„Sie haben uns mit Steinen beworfen."

„Diese Wunde sollte gesäubert und verbunden werden." Maarten half mir, meine Schuhe zu finden, und dann stiegen wir die schmale, gewundene Treppe zur Küche hinunter. Meine Mutter hatte eine Lampe angezündet und versorgte mehrere Schnitte an Gesicht und Armen meines Vaters. Als sie damit fertig war, kümmerte sie sich um Maarten.

„Was habt ihr beiden euch nur gedacht?", schimpfte sie, während sie arbeitete. „Ihr hättet niemals dort hinausgehen dürfen. Diese Kerle hätten euch umbringen können!"

„Ich tue, was ich kann, um mein Heim und meine Familie zu verteidigen", sagte Papa.

„Warum müssen wir das alles durchmachen?", fragte ich. „Warum beschützt Gott uns nicht?"

„Das tut er doch, Geesje", sagte Papa, um mich zu beruhigen. „Sie haben all diese Steine geworfen und keiner von uns ist ernsthaft verletzt."

„Und weißt du noch, was Jesus gesagt hat?", fügte Mama hinzu. „Ein Diener ist nicht größer als sein Herr. Wenn sie mich verfolgt haben, werden sie auch euch verfolgen."

Am nächsten Tag kamen *Dominee* Van Raalte und einige andere Männer aus der Gemeinde, um uns beim Aufräumen zu helfen. „Wo waren die Behörden gestern Nacht?", wollte Papa wissen, während er Steine und Scherben aufkehrte und in einen Eimer warf. „Warum suchen sie nicht die Männer, die das hier getan haben?"

„Leider ist das nicht der erste Vorfall dieser Art", erwiderte Van

Raalte. „Diese Wüstlinge werden immer frecher, weil sie wissen, dass die Verantwortlichen von der Stadt ein Auge zudrücken."

„Dann müssen wir also davon ausgehen, dass es wieder geschieht?", wollte ich wissen. Ich fragte mich, ob ich mich nachts jemals wieder sicher fühlen würde.

„Unsere Gemeinde wird Ihnen helfen, Läden für Ihre Fenster anzufertigen, die Sie abends schließen können", erwiderte der *Dominee.*

„Und ich werde von jetzt an unten in der Werkstatt schlafen", fügte Maarten hinzu. „Ich sorge dafür, dass niemand dir etwas tut, Geesje." Der blaue Fleck an seiner Stirn war zu einer eigroßen Beule angeschwollen. Maarten würde dort immer eine sichelförmige Narbe haben, die ihn an diese schreckliche Nacht erinnerte. Sein dunkler Blick war weich, als er mich ansah, und löste ein merkwürdiges Gefühl in mir aus.

Zum ersten Mal wurde mir bewusst, dass Maarten in mir nicht nur eine Freundin oder eine kleine Schwester sah. In den folgenden Tagen merkte ich, dass er ganz verlegen wurde, wann immer ich die Druckerei betrat. Er vergaß, was er gerade getan hatte, und sein rundes Gesicht wurde ganz rot. Seine Reaktion belustigte mich und deshalb ging ich manchmal ganz ohne Grund in die Druckerei, nur um meine Macht über ihn zu demonstrieren. Wenn ich anschließend in die Küche zurückkehrte, lachte ich in mich hinein. Maarten sah auf ungelenke Weise nett aus – wie ein zu groß geratener Welpe, dessen Unbeholfenheit sich irgendwann auswachsen wird. Für mich war er immer wie ein großer Bruder gewesen, aber nachdem wir nach Arnheim gezogen waren, fing ich an, ihn mit den Augen anderer junger Frauen aus unserer Gemeinde zu sehen. Sie kicherten und erröteten, wenn er in der Nähe war, und die mutigeren unter ihnen suchten Vorwände, um mit ihm zu sprechen. Diese Mädchen freundeten sich bald mit mir an, um durch mich an ihn heranzukommen. „Hat er eine Freundin?", fragten sie. „Bitte erzähl uns, wie er so ist!" Einige wenige baten darum, ihm vorgestellt zu werden. Ich hatte nichts dagegen, ihn zu verkuppeln, aber der schüchterne Maarten lehnte alle Angebote ab.

„Geesje, geh mit mir ein Stück am Nederrijn spazieren", sagte Papa eines Abends nach dem Essen. An seiner ernsten Miene erkannte ich, dass er etwas Wichtiges mit mir zu besprechen hatte.

Ich hätte nie erraten, dass es dabei um Maarten gehen würde. „Hör zu, Geesje“, sagte er, als wir untergehakt nebeneinander hergingen. „Maarten war neulich bei mir und hat um meine Erlaubnis gebeten, dir den Hof machen zu dürfen.“

Ich blieb stehen, sodass auch Papa anhalten musste, und blickte zu ihm auf. Aus irgendeinem Grund erfüllte die Bitte mich mit Angst, obwohl ich doch wusste, dass ich mich freuen sollte. „Was hast du zu ihm gesagt?“

„Ich habe ihm gesagt, dass er natürlich meinen Segen hat. Ich glaube, du bist alt und reif genug, um vielleicht in einem Jahr zu heiraten, aber ich habe auch gesagt, dass es deine Entscheidung ist, ob du dich von ihm umwerben lassen willst. Ich werde dich nicht gegen deinen Willen zwingen.“ Erleichtert setzte ich mich wieder in Bewegung. Es war ein warmer Frühlingsabend und die Straßen waren voller Menschen, die das schöne Wetter ausnutzten.

„Von einem Verehrer meiner Tochter verlange ich nur eines, Geesje, nämlich dass er gläubig ist.“

„Und Separatist wie wir?“

Papa wiegte den Kopf hin und her. „Ich müsste davon überzeugt sein, dass sein Glaube und seine Liebe zu Jesus echt sind.“

Als wir am Fluss angekommen waren, blieben wir stehen. Ich blickte über das breite Gewässer und sah zu den Vögeln hinauf, die über uns kreisten und kreischten. Der Nederrijn war ganz anders als der Fluss in Leiden und ich verspürte einen Anflug von Heimweh.

„Maarten hat alle Eigenschaften, die ich mir für deinen Ehemann wünschen kann, Geesje. Er ist schon jetzt wie ein Sohn für mich. Wenn ihr beiden heiraten solltet, könnte mein Druckereigeschäft in der Familie bleiben.“

„Ich werde darüber nachdenken, Papa“, versprach ich.

„Tu mehr als das, *lieverd*. Bete darüber.“

Ich war eine gefügige, gehorsame Tochter. Normalerweise tat ich, was meine Eltern für das Beste hielten. Maarten war ein Mann mit sehr festem Glauben und würde einen feinen Ehemann abgeben – aber ich war mir nicht sicher, ob ich seine Frau sein wollte. Ehrlich gesagt erschien mir der ehrliche, schüchterne, ruhige Maarten langweilig. Trotzdem hätte ich mir vielleicht die Gelegenheit gegeben, mich in ihn zu verlieben, vor allem nach der liebevollen Art, wie er mich in der Nacht nach dem Angriff behandelt hatte. Aber dann kamen die Soldaten des Königs nach Arnheim und alles änderte sich …

Holland, Michigan
1897

Mir ist das Schreibpapier ausgegangen. Der Rest meiner Geschichte wird warten müssen, bis Jakob mir ein neues Notizbuch bringt.

4. Kapitel

Anna

Hotel Ottawa
1897

Ich habe in dem einfachen, fremden Hotelbett nicht gut geschlafen. Nach dem schrecklichen Unwetter sind die Albträume meiner Kindheit zurückgekehrt und wieder einmal habe ich geträumt, Mama und ich würden das sinkende Schiff verlassen und in ein Rettungsboot steigen. Ich habe die furchterregenden Schreie der ertrinkenden Passagiere gehört und zugesehen, wie Mama in den Wellen untergeht. Jetzt bin ich wach und kann trotzdem nicht aufhören zu zittern. Heller Sonnenschein dringt durch die Ritzen der Vorhänge, aber ich habe keine Ahnung, wie spät es ist. Es ist mir allerdings auch gleichgültig. Ich habe mich ins Hotel Ottawa begeben, um Zeit zum Nachdenken zu haben und meine Wunden zu lecken wie ein verletztes Tier. Seufzend steige ich aus dem Bett und suche in meiner Truhe nach etwas, das ich anziehen kann – am Vorabend war ich zu müde, um meine Kleider ordentlich aufzuhängen, deshalb liegen sie überall auf dem Stuhl und auf dem Boden. Ich ziehe eine Bluse, einen einfachen weiten Rock und meine Reisejacke an, dann bürste ich mir die Haare, ohne sie hochzustecken. Warum sollte ich mir Mühe geben, wenn ich doch keinen Verlobten mehr habe, den ich beeindrucken kann, und auch keinen Kalender mit gesellschaftlichen Verpflichtungen, die ich einhalten muss? Als ich hinausgehe, fühle ich mich erstaunlich frei.

Es muss früh sein, denn das Gras funkelt noch vom Regen des vergangenen Abends und die Sommersonne hat noch keine Zeit gehabt, die vom Sturm gekühlte Luft zu erwärmen. Einige unerschütterliche Gäste gehen bereits am Sandstrand des Lake Michigan spazieren, aber ich halte mich fern von dieser erschreckenden Weite aus horizontlosem Wasser. Ich entdecke eine Bank, auf der ich sitzen und über den viel kleineren Black Lake blicken kann, während das Wasser gegen die Pfähle schlägt. Die *City of Holland* liegt nicht mehr am Kai, dafür schwimmt eine Entenfamilie unweit vom Ufer. Die Enten hüpfen mit den Wellen auf und ab wie Spielfiguren an einem Jahrmarktstand und tauchen die Köpfe ins Wasser, bis ihre Schwänze senkrecht in den Himmel ragen, um sich dann wieder aufzurichten. Ich weiß nichts über Tiere und frage mich, ob Enten sich so ernähren.

Es ist so still, dass ich meinen eigenen Atem hören kann. Es gibt keine Verkehrsgeräusche wie in Chicago, keine Straßenbahnen oder Eisenbahnen oder polternde Kutschenräder oder Pferde, die über das Kopfsteinpflaster trotten. Die einzigen Geräusche, die die Stille durchdringen, stammen von Krähen und zwitschernden Vögeln und Wasser, das an den Anleger schlägt – bis irgendein Narr die Stille zerstört, indem er ruft: „Elizabeth! … Elizabeth!" Seine Stimme ist laut und beharrlich. Ich drehe mich nicht um, sondern ignoriere ihn, während er in meine Richtung den Pfad hinuntereilt. Neben mir bleibt er keuchend stehen und gibt mir spielerisch einen Klaps auf den Arm. „Du mit deinen Scherzen, Elizabeth. Warum beachtest du mich nicht?" Jetzt blicke ich auf und er macht überrascht einen Schritt zurück. „Sie sind ja gar nicht Elizabeth!"

„Nein, das bin ich nicht. Und genau deshalb habe ich Ihnen auch nicht geantwortet." Ich streiche mir mit den Fingern das wehende Haar aus dem Gesicht.

„Es tut mir leid", sagt er. Aber anstatt sich zurückzuziehen und weiterzugehen, bleibt er stehen, wo er ist, blickt auf mich herab und kratzt sich den Kopf, als wäre er ratlos. Ich drehe mich erneut zu ihm um und werfe ihm aufgrund seiner Unhöflichkeit einen düsteren Blick zu. Er ist ungefähr so alt wie ich und seine Augen haben die gleiche graublaue Farbe wie der See. Sein Haar ist so hell, dass es beinahe weiß ist. Seine Augenbrauen, die er immer noch verblüfft hochgezogen hat, sind ebenfalls blass. „Das ist erstaunlich", sagt er. „Sie sehen genauso aus wie Elizabeth. Sie könnten ihre Schwester sein!"

„Ich kann Ihnen versichern, dass ich keine Schwestern habe. Und im Übrigen auch keine Brüder." Es wäre höflich, wenn er sich verabschieden und gehen würde. Stattdessen setzt er sich neben mich auf die Bank und streckt mir die Hand entgegen. „Ich bin Derk Vander Veen. Ich arbeite hier im Hotel … jedenfalls in den Sommerferien."

Ich beachte seine ausgestreckte Hand nicht, doch dann fällt mir auf, dass ich damit genauso unhöflich bin wie er. Außerdem bin ich hergekommen, um vor all den steifen gesellschaftlichen Regeln und Sitten zu fliehen. „Anna Nicholson. Freut mich, Sie kennenzulernen." Ich strecke die Hand aus, die Handfläche nach unten, und er nimmt sie ungeschickt, als wäre er nicht damit vertraut, wie man eine Dame begrüßt. Das erste Mal, als William und ich einander vorgestellt wurden, hat seine Berührung einen Schauer meinen Arm hinauf und bis in meine Wangen gejagt, obwohl ich Seidenhandschuhe trug. Diesmal habe ich selbst mit bloßen Fingern keine solche Reaktion. „Ich bin gestern Abend mit dem Dampfschiff aus Chicago gekommen. Bei dem Unwetter", erkläre ich ihm.

„Das war ein Sturm, nicht wahr? Es wird den ganzen Vormittag dauern, bis alle abgebrochenen Äste beiseitegeräumt sind."

„Ich war felsenfest davon überzeugt, dass wir bis auf den Grund des Lake Michigan sinken würden. Und ich bin mir nicht sicher, warum es nicht dazu gekommen ist."

„Es wäre nicht das erste Mal, dass ein Dampfer bei einem solchen Unwetter Schiffbruch erleidet. Ich könnte Ihnen so manche Geschichte über Schiffe erzählen, die es nicht geschafft haben. Es ist eine Art Hobby von mir."

„Nein, danke." Meine Stimme klingt affektiert. „Ich habe nicht das Bedürfnis, etwas über gesunkene Schiffe zu hören. Und ich habe bereits beschlossen, mit der Eisenbahn nach Chicago zurückzufahren, wenn mein Urlaub zu Ende ist."

Er lacht, obwohl ich es nicht als Scherz gemeint habe. Es kommt mir seltsam vor, dass ich mich nicht an Williams Lachen erinnern kann. Vielleicht hat er am Anfang gelacht, als er mir gerade erst den Hof gemacht hat, aber in den letzten Monaten, als alles in die Brüche gegangen ist wie ein Haus, das ohne Mörtel gebaut wurde, hat er gewiss nicht mehr gelacht. „Haben Sie Verwandte hier in Holland?", fragt Derk. „Ganz sicher, oder?"

„Warum sicher? Wie kommen Sie darauf?"

„Sehen Sie doch in den Spiegel!", sagt er und lacht wieder. „Sie sehen genauso aus wie wir anderen Holländer. Diese Stadt wurde von niederländischen Einwanderern besiedelt, deshalb haben viele von uns helle Haut, blonde Haare und blaue Augen. So wie ich. So wie Sie."

Ich wusste schon immer, dass meine Eltern mich als Säugling adoptiert haben, deshalb könnte er recht haben und ich niederländische Vorfahren, vermute ich. Ich denke nicht oft darüber nach, dass ich ein Adoptivkind bin, und habe noch nie das Interesse verspürt, meine leiblichen Eltern zu finden. Trotzdem fasziniert es mich, dass er meint, ich ähnelte diesem Mädchen namens Elizabeth. Ob sie eine Verwandte ist?

„Sie könnten als Holländerin durchgehen, wenn Sie wollten", versichert Derk mir. „Sie könnten behaupten, Sie wären Elizabeths Cousine oder eine verschollene Verwandte, und die Leute würden Ihnen glauben."

„Ist Elizabeth Ihre Freundin?"

„Nein", sagt er schnell und schüttelt den Kopf. „Nein. Sie ist die Enkelin meiner Nachbarin. Ich kann mir keine Frau leisten, bis ich mit dem Studium fertig bin. Ich studiere hier in Holland am Western Seminary, um anschließend Pastor zu werden."

Etwas in mir regt sich. Ich würde ihn gerne fragen, ob er ein Pastor sein wird wie der in der Kirche meiner Eltern oder wie Reverend Torrey in der Kirche, deren Besuch William mir verboten hat. Da ich jedoch keine Ahnung habe, wie ich eine solche Frage formulieren soll, frage ich stattdessen: „Wollten Sie schon immer Pastor werden?"

Derk grinst. „Nein, als Junge wollte ich Kapitän eines Segelschiffs werden und um die Welt reisen. Deshalb weiß ich auch so viel über die Schiffbrüche auf dem Lake Michigan." Er lächelt so ungezwungen. Wieder denke ich an William, der sein Lächeln austeilt wie seltene Münzen, mit denen man sparsam sein muss. „Den Gedanken, um die Welt zu segeln, habe ich allerdings dann vor ein paar Jahren aufgegeben, als Gott mich in den Dienst berufen hat", fährt Derk fort. Was für eine merkwürdige Äußerung – dass Gott ihn berufen hat. Ich will ihn fragen, was das bedeutet, aber er steht auf. „Ich muss wieder an die Arbeit zurück. Es war sehr nett, Sie kennenzulernen, Miss Nicholson. Ich hoffe, wir können uns irgendwann wieder einmal unterhalten."

„Guten Tag“, sage ich mit einem höflichen Nicken, aber ich bezweifle, dass wir noch einmal miteinander reden werden. Ich kann mir nicht vorstellen, dass das Hotel Ottawa Unterhaltungen zwischen Angestellten und Gästen gutheißen würde. Während ich beobachte, wie Derk über den Rasen läuft, wundere ich mich darüber, dass er es überhaupt gewagt hat, eine Frau meiner gesellschaftlichen Stellung anzusprechen, ohne dass wir einander offiziell vorgestellt wurden. Dann wird mir bewusst, wie leger ich gekleidet bin. Außerdem hat er mich ja fälschlicherweise für Elizabeth gehalten – falls das kein Vorwand war. Mutter hat mich davor gewarnt, wie skrupellos Männer sein können. Aber warum hat sie mich nicht davor gewarnt, dass ein angesehener Mann wie William, der über jeden Zweifel erhaben war, mein Herz in seine adrett manikürten Hände nehmen und in einem Augenblick zerquetschen könnte?

Die Bank unter mir fühlt sich kalt und hart an, deshalb stehe ich auf und gehe zum Hotel zurück. Derk hebt abgebrochene Äste auf und stapelt sie auf einem Haufen. Er winkt mir zu, als er mich sieht. *„Gott hat mich in den Dienst berufen“*, hat er gesagt. Aber woher weiß er, dass dies sein Ziel ist? Ich denke an das, was Reverend Torrey in einer seiner Predigten gesagt hat: *„Gott hat einen Plan und ein Ziel für dein Leben.“* Diese Worte haben mich neugierig gemacht – und William haben sie wütend gemacht. Er hat gesagt, meine Lebensaufgabe sei es, seine Frau zu sein und die Mutter unserer Kinder; ihn bei seinen gesellschaftlichen Verpflichtungen als Sohn einer der einflussreichsten Familien Chicagos zu unterstützen. Er hat gesagt, mehr als das zu wollen, sei albern und selbstsüchtig und eine Beleidigung unserer beider Familien. Ich glaube, William hatte Angst, ich könnte mich in eine Suffragette verwandeln, obwohl ich doch nur die Leere in meinem Innern füllen wollte. Etwas Wichtiges scheint in meinem Leben zu fehlen und ich verspüre das überwältigende Bedürfnis zu finden, was ich verloren habe.

Normalerweise denke ich kaum jemals daran, dass ich adoptiert wurde, aber nach meiner Unterhaltung mit Derk frage ich mich, ob mein Leben vielleicht ein anderes Ziel haben sollte. Was, wenn Gottes wahrer Plan für mich durch meine Adoption verhindert wurde? Könnte das der Grund sein, warum ich mich so leer und rastlos fühle? Oder *war* es Gottes Plan, dass ich adoptiert wurde, und ich bin dazu *berufen*, Williams Frau zu sein?

Ich weiß es nicht. Ich bin völlig verwirrt!

Zurück im Hotel klopfe ich an Mutters Tür, um zu sehen, ob sie für das Frühstück bereit ist. „Ich habe mich schon gefragt, wo du bist", sagt sie, als sie mich sieht. An ihrem Blick erkenne ich, dass ihr mein vom Winde verwehtes Haar missfällt. Selbst in Freizeitkleidung wirkt meine Mutter modisch.

„Soll ich hinuntergehen und einen Tisch aussuchen?", frage ich.

„Ja. Ich komme gleich. Aber bitte kämm dir vorher die Haare."

Ich warte, bis Mutter und ich beide am Tisch sitzen und unser Frühstück aufgetragen wird, bevor ich beiläufig sage: „Heute Morgen bei meinem Spaziergang ist etwas Merkwürdiges geschehen. Einer der Hotelangestellten hat mich mit einer Frau namens Elizabeth verwechselt. Er sagte, sie sei Holländerin und ich sähe auch holländisch aus. Weißt du, aus welchem Land ich ursprünglich komme?"

Einen Herzschlag lang kann ich Mutters Gesichtsausdruck nur als verängstigt beschreiben. Eigentlich lässt sie sich nicht so leicht aus der Ruhe bringen – so unangenehm eine gesellschaftliche Situation auch sein mag – und sie hat immer eine angemessene Antwort parat. Aber einige endlose Sekunden lang ist sie sprachlos. Als sie die Fassung wiedergewonnen hat, wendet sie den Blick ab und sagt: „Ich habe keine Ahnung … Siehst du den Kellner, Anna? Ich hätte gerne noch etwas Tee. Wie ist es mit dir?"

„Nein, danke. Aber ich habe mich gefragt –"

„Was sollen wir heute unternehmen? Es heißt, der Strand sei sehr schön. Warst du dort spazieren?" Ihre Versuche, das Thema zu wechseln, ärgern mich und machen mich nur noch neugieriger.

„Es wäre also möglich, dass ich aus den Niederlanden komme?", frage ich.

Mutter ist zu gut erzogen, um zu seufzen, aber ich merke, dass sie es am liebsten getan hätte. „Die Adoption wurde privat arrangiert, durch unseren Anwalt. Wir wissen nichts über die Einzelheiten."

„Kann man das denn herausfinden?"

„Ich glaube kaum … Ist das unser Kellner?" Sie winkt ihn herbei und bittet um mehr Tee. Als er gegangen ist, sagt sie: „Wozu möchtest du das denn wissen, Anna? Du bist meine Tochter und ich liebe dich genauso, als hätte ich dich selbst zur Welt gebracht."

„Ich weiß, ich weiß." Aber insgeheim nehme ich mir vor, Vater dieselbe Frage zu stellen, wenn ich ihn das nächste Mal sehe. „Meinst du, Vater wird hierher nachkommen?", frage ich.

Mutter kennt mich zu gut. „Dein Vater weiß auch nichts über deine Herkunft, Anna, also frag ihn bitte nicht. Du wirst nur seine Gefühle verletzen."

„Habe ich deine denn verletzt? Das wollte ich nicht." Der Kellner kommt, bevor sie antworten kann, und ich sehe zu, wie er ihr Tee einschenkt. Er trägt eine weiße Weste und eine schwarze Fliege, als würde er in einem feinen Restaurant in Chicago bedienen – und nicht in einem Ferienort in der Wildnis von Michigan. Als er mir ebenfalls Tee anbietet, schüttele ich den Kopf. „Für mich nicht, danke."

„Natürlich hast du mich nicht verletzt", sagt meine Mutter, sobald der Kellner fort ist. „Wahrscheinlich ist es ganz normal, dass man manchmal neugierig ist. Aber die meisten Mädchen würden dich um das Leben beneiden, das dein Vater dir bietet. Wenn du ihn verhörst, könnte das den Eindruck erwecken, du wärst undankbar."

Sie hat recht. Und vielleicht war William deshalb so wütend auf mich. Er wollte mir alles geben, wovon eine Frau nur träumen kann – einen attraktiven Ehemann, Wohlstand und Prestige, ein schönes neues Haus, eine Hochzeitsreise nach Europa –, aber ich habe ihm gesagt, ich fühlte eine innere Leere. Denn so ist es nun einmal.

„Also gut, ich werde Vater nicht fragen", sage ich.

„Braves Mädchen. Und jetzt sag, wie wir unseren ersten Tag hier verbringen sollen."

5. Kapitel

Geesje

Holland, Michigan
1897

Nachdem ich Mrs Kok wie versprochen besucht habe, gehe ich nach Hause. Ich beschließe, eine Abkürzung über den Marktplatz zu nehmen, wo die Bäume mir an diesem sonnigen Sommernachmittag Schatten spenden werden. Ich nenne den Platz immer noch Marktplatz, so wie er ursprünglich hieß, obwohl sie ihn vor einundzwanzig Jahren in Jahrhundertpark umbenannt haben, zur Erinnerung an den hundertsten Jahrestag der Unabhängigkeitserklärung. Als *Dominee* Van Raalte der Stadt dieses Stück Land schenkte, dachte er, es würde so genutzt wie die Marktplätze in seiner niederländischen Heimat. Doch die Bewohner unserer Stadt kaufen lieber auf amerikanische Weise ein, in Geschäften mit großen Fenstern, wie sie an der Main Street aufgereiht sind. Deshalb ist der Marktplatz jetzt einfach ein Stadtpark.

Als ich aus dem Park wieder auf die Straße trete, hält eine Kutsche neben mir. „Hallo, *Moeder*", ruft der Fahrer.

„Jakob! Was führt dich an einem so schönen Sommertag in die Stadt?"

„Ich bin auf dem Weg zu dir", sagt er und klettert vom Kutschbock. Er legt eine Hand auf meine Schulter und beugt sich vor, um meine Wange zu küssen. „Ich habe das Notizbuch mitgebracht, das ich dir versprochen habe. Bist du auf dem Heimweg? Dann nehme ich dich mit." Er hilft mir auf den Sitz hinauf und gibt mir das neue Notizbuch. Als ich durch die vielen leeren Seiten blättere, die gefüllt werden wollen, verspüre ich einen Schauer der Erregung.

„Danke, mein Lieber. Das ist genau, was ich brauche. Ich habe

Mrs Kok besucht – erinnerst du dich an sie? Auch eine von uns Oldtimern? Das Komitee möchte, dass sie ebenfalls ihre Geschichte für das Jubiläumsbuch erzählt, aber sie wird sie auf Niederländisch schreiben. Jemand anders muss den Text dann übersetzen."

„Du hast dich also entschlossen, deine Geschichte aufzuschreiben? Das freut mich."

„Ja … und dabei habe ich eine Menge Erinnerungen geweckt." Einige Minuten später halten wir vor meinem Haus. „Hast du Zeit, auf einen Kaffee mit hereinzukommen?", frage ich. „Drinnen ist es kühler, glaube ich." Jakob sieht in seinem steifen Kollar und dem dunklen Anzug immer so aus, als wäre ihm heiß. Sein rundes, bärtiges Gesicht ist gerötet und ein dünner Schweißfilm glänzt auf seiner Haut.

„Diesmal nicht, *Moeder*, tut mir leid. Ich muss heute Nachmittag noch zwei Gemeindeglieder besuchen und sie werden mich bestimmt bis zum Rand mit Kaffee füllen. Nächstes Mal – versprochen."

Es liegt mir auf der Zunge zu fragen, ob ich krank sein oder im Sterben liegen muss, damit Jakob sich die Zeit nimmt, sich zu mir zu setzen und mit mir zu reden – aber dann denke ich an Derks Geschichte über die Freundin, die er geliebt hat, und verkneife mir die Bemerkung. Jakobs Arbeit für den Herrn muss natürlich an erster Stelle stehen. „Danke jedenfalls für das Notizbuch, mein Junge."

„Hier sind auch einige Bleistifte", sagt er und kramt in seiner Jackentasche. „Du hast doch gesagt, dass du lieber mit Bleistift schreiben möchtest, nicht wahr?"

„Ja. Die sind wunderbar." Jakob hilft mir vom Kutschbock und klettert dann wieder hinauf. Während er davonfährt, winkt er mir zum Abschied.

Ich habe für heute genug von Besuchen in der Stadt. Nachdem ich mir Wasser in mein verschwitztes Gesicht gespritzt habe, bin ich bereit, mich hinzusetzen und in die Vergangenheit zurückzukehren. Die frischen, linierten Seiten des Notizbuchs sehen einladend aus. Ich spitze einen meiner neuen Bleistifte an und beginne.

Geesjes Geschichte

Die Niederlande
50 Jahre früher

In dem Jahr, bevor wir von Leiden nach Arnheim zogen, schlug die Kartoffelfäule überall im Land zu. Überall in Europa sogar. Die Blätter und Ranken verwelkten und starben in einem ekligen schwarzen Haufen, bevor die Kartoffeln überhaupt die Chance hatten, sich zu bilden. Die Bauern und armen Leute – und von beiden gab es viele in unserer Gemeinde – hungerten in diesem Winter. Im Frühling, kurz nachdem wir in Arnheim angekommen waren, pflanzten die Bauern wieder ihre Saatkartoffeln. Wir alle waren voller Hoffnung und Vertrauen auf Gottes Güte in diesem Jahr; die Bauern vertrauten darauf, dass ihre Ernte gedeihen würde, und unsere Familie vertraute darauf, dass Papas neue Druckerei Erfolg haben würde.

Nach der schrecklichen Nacht hatten wir alle Fensterscheiben in unserem neuen Zuhause ersetzt. Ein Zimmermann aus unserer Gemeinde baute Holzläden, die Papa und Maarten abends schließen konnten, darunter auch ein riesiges Paar für das Schaufenster. Die Läden schützten uns vielleicht vor Ziegeln und Steinen, aber in unserer Wohnung war es durch sie so dunkel wie in einer Höhle.

„Wenigstens werden unsere Peiniger uns jetzt in Ruhe lassen", sagte Papa eines Morgens beim Frühstück. Er hatte sich zu früh gefreut. Mutter und ich wollten gerade zum Marktplatz aufbrechen, als wir Stimmen und laute Schritte in der Werkstatt hörten. Ich spähte durch die Küchentür und schlug sie dann ganz schnell wieder zu.

„Mama! Soldaten! Die Druckerei ist voller Soldaten! Werden sie Papa verhaften?"

Meine Mutter war eine zierliche Frau, aber ihr Glaube an Gott machte sie furchtlos. „Bleib hier", befahl sie, bevor sie in ihrer Schürze durch die Küchentür trat, um selbst nachzusehen, was los war. Weil ich zu viel Angst hatte, um allein zurückzubleiben, folgte ich ihr in sicherem Abstand. „Was geht hier vor sich?", wollte sie von den Männern wissen. „Dies ist eine Druckerei. Sind Sie hier, weil Sie etwas Geschäftliches wünschen?"

Vater eilte an ihre Seite und legte den Arm um ihre Schultern. Ich war mir nicht sicher, ob er sie beschützen wollte oder die Soldaten.

„Der Kommandant hat mir gerade mitgeteilt, dass vier seiner Männer von jetzt an bei uns Quartier nehmen werden", erklärte Papa ihr. „Wir müssen ihnen Kost und Logis zur Verfügung stellen."

„Aber eine solche Ausgabe können wir uns nicht leisten. Unser neues Geschäft hat noch nicht Fuß gefasst." Mama riss sich los und trat einen Schritt auf den Kommandanten zu. „Und wir haben eine unverheiratete Tochter im Haus. Es wäre nicht schicklich, wenn sie die Wohnung mit Fremden teilt – und dann noch Soldaten!"

Den Kommandanten schien das nicht zu kümmern. Seine Mundwinkel zuckten sogar belustigt. „Wenn Sie genügend Platz haben, um religiöse Versammlungen abzuhalten, dann haben Sie auch genügend Platz, um meine Männer zu beherbergen. Meine Entscheidung steht fest."

Später erfuhren wir, dass wir nicht die einzigen Mitglieder unserer Gemeinde waren, die Soldaten aufnehmen mussten. *Dominee* Van Raalte selbst wurde auch nicht verschont und seine Frau musste für fünf kleine Kinder sorgen. Wir waren wütend. Und hilflos. Die vier Soldaten, allesamt junge Männer in den Zwanzigern, zogen noch am selben Nachmittag bei uns ein und Mutter und ich waren gezwungen, für sie zu kochen und zu putzen. Sie beschlossen, dass der Dachboden, in dem Maarten schlief, nicht gut genug für sie war, deshalb beschlagnahmten sie mein Zimmer, sodass mir nichts anderes übrig blieb, als auf einer Matratze im Zimmer meiner Eltern zu schlafen.

Ich kann gar nicht beschreiben, welche Bitterkeit ich empfand. Am liebsten hätte ich den Soldaten ins Essen gespuckt, bevor ich es auftrug. Wir wollten doch nur Gott anbeten, von ganzem Herzen, abseits der verkrusteten, leblosen Routine der etablierten Kirche. Wir wollten als Diener Christi leben, nicht als Diener eines vom Staat kontrollierten Kirchensystems, das Gott kalt und distanziert wirken ließ und alle seine Gebote verwässerte. Ich verstand nicht, warum wir für diese Freiheit leiden mussten.

Am Sonntag erinnerte uns der *Dominee* in seiner Predigt daran, wie Christus unter den römischen Soldaten gelitten hatte. Aber nachdem sie ihn grausam ans Kreuz genagelt hatten, hatte Jesus gesagt: „Vater, vergib ihnen, denn sie wissen nicht, was sie tun." Wenn Jesus seinen Peinigern vergeben konnte, dann mussten wir unseren auch vergeben. *Dominee* Van Raalte beendete seine Predigt mit den folgenden Worten aus dem Hebräerbrief: „Bleibt fest in der brüderlichen Liebe. Gastfrei zu sein vergesst nicht; denn dadurch haben einige ohne ihr Wissen Engel beherbergt."

Ich bezweifelte, dass die groben jungen Männer, die bei uns wohnten, Engel waren. Aber die Predigt hatte das Herz meiner Eltern berührt und sie beschlossen, diesen Eindringlingen so zu dienen, wie Jesus es getan hätte – demütig und freudig. Mama teilte unsere spärlichen Mahlzeiten mit ihnen, ohne zu klagen, und gab ihnen die besten Stücke, auch wenn wir selbst hungrig blieben. Sie sang Psalmen und Choräle, während sie kochte und abwusch, vor allem, wenn die Männer im Haus waren. Sie fegte nicht nur den Boden für sie, sondern wusch sogar jeden Abend den Dreck von ihren Stiefeln. Abends lud Papa sie ein, mit uns in unserem winzigen Wohnzimmer zu sitzen, obwohl die Männer lieber in die Stadt gingen. „Diese Soldaten haben eine solche Behandlung nicht verdient", protestierte ich, als sie eines Morgens all unser Brot gegessen hatten und dann vom Frühstückstisch aufgestanden waren, ohne auch nur ein Wort des Dankes zu äußern.

„Das mag sein, Geesje", erwiderte Mama. „Aber wir verdienen es auch nicht, dass Gott uns so gütig behandelt. Er erweist uns Barmherzigkeit und die müssen wir anderen auch erweisen, selbst wenn wir meinen, dass sie sie nicht verdient haben."

An diesem Vormittag hatte ich viel Zeit zum Nachdenken, während ich die Bettdecken der Soldaten aus den Fenstern hängte, um sie in der Morgenfrische zu lüften. Ich beschloss, Mamas Vorbild zu folgen und von jetzt an fröhlich meine Arbeit zu verrichten und dem raubeinigen Knurren und den Befehlen der Männer mit einem Lächeln und einer höflichen Antwort zu begegnen. Aber ich würde den Heiligen Geist bitten müssen, mir dabei zu helfen. Ohne seine Hilfe würde es mir nicht gelingen, die zusätzliche Meile zu gehen oder die andere Wange hinzuhalten, wie Christus es mir gebot.

Langsam, fast unmerklich, begann ich eine Veränderung bei

den Männern wahrzunehmen, während die Tage verstrichen, vor allem bei dem blonden Soldaten, dem größten der vier Männer, der schlank war und die kräftigen Arme eines Bauern hatte. Er war der gesprächigste von den vieren, derjenige, der am meisten aus sich herausging und auch den gesündesten Appetit hatte. „Danke, Fräulein“, sagte er eines Morgens, als ich ihm das letzte Stück Butter für sein Brot gegeben hatte.

Ich versuchte meinen Schrecken zu verbergen und sagte: „Gern geschehen.“ Dann fügte ich hinzu: „Es tut mir leid, aber ich kenne nicht einmal Ihren Namen.“

„Ich heiße Hendrik, Fräulein. Und das hier sind Gerrit, Pieter und Kees.“ Er zeigte auf die drei anderen. Sie sagten nichts. Da sie bei uns untergebracht worden waren, um uns zu bestrafen, hielten sie es wohl für ihre Pflicht, uns unhöflich zu behandeln.

„Und ich heiße Geesje.“ Zögernd lächelte ich Hendrik an. Als er das Lächeln erwiderte, fühlte sich mein Gesicht mit einem Mal ganz warm an, so als hätte ich die Ofentür geöffnet. Seine tief liegenden grauen Augen erinnerten mich an flüssiges Metall und damit an den Rijn in Leiden an bewölkten Tagen.

„Ich weiß, Fräulein“, erwiderte er. „Ich habe gehört, dass Ihre Eltern Sie so genannt haben.“

Danach achteten Mama und ich darauf, die Soldaten mit Namen anzusprechen. Und Hendriks Vorbild folgend zogen nach und nach auch die anderen Männer ihre Stiefel aus, anstatt den Dreck hereinzutragen. Sie überzeugten sich davon, dass genug zu essen für alle da war, bevor sie ihre eigenen Teller vollschaufelten. Sie neigten sogar den Kopf, wenn Papa vor den Mahlzeiten betete, wobei Hendrik der Einzige war, der nach dem Essen sitzen blieb und zuhörte, während Papa aus der Bibel vorlas.

Die Veränderung in Hendrik faszinierte mich, sodass ich ihn aus der Ferne beobachtete. Natürlich konnte ich ihn nur offen anstarren, während alle den Kopf gesenkt hatten, um für unser Essen zu danken. Als ich eines Abends hinter den gefalteten Händen hervorlugte, sah ich, dass Hendrik mich ebenfalls anstarrte. Mein Herz fühlte sich an, als wollte es aus seinem Rippenkäfig springen. Keiner von uns beiden wandte den Blick ab, bis Papa „Amen“ sagte. Mama bat mich, das Brot herumzureichen, und ich war so durcheinander, dass ich stattdessen die Butter herumgab. So hatte ich noch nie reagiert, aber ich erkannte alle die Symptome – genauso verwirrt benahm Maarten sich immer in meiner Gegenwart.

Am folgenden Abend musste Mama nach dem Essen noch etwas erledigen. Sie wollte einen Topf Suppe zu einer jungen Mutter aus unserer Gemeinde bringen. Also wusch ich allein das Geschirr ab, als ich über die Schulter blickte und Hendrik im Türrahmen stehen sah. Plötzlich fühlte sich der Raum ganz warm an. Seine Nähe ließ mir bewusst werden, wie schmutzig meine Schürze war und wie unordentlich meine Haare aussahen, die sich nach einem langen Tag voller Hausarbeit aus den Zöpfen gelöst hatten.

„Darf ich Sie etwas fragen?", sagte er. Ich nickte nur, weil meine Kehle so zugeschnürt war, dass ich womöglich keinen Laut herausgebracht hätte. „Warum sind Sie so freundlich zu uns", fragte er, „wo wir Ihnen doch nur Scherereien machen?"

Ich schluckte den Kloß in meinem Hals hinunter. „Weil ... weil wir Christen sind ... und es das ist, was Jesus tun würde."

Als Hendrik nicht antwortete, wurde ich nervös. An seiner Miene konnte ich nicht erkennen, was er dachte. Noch nie hatte ich mit einem Fremden über meinen Glauben gesprochen und ich befürchtete, er könnte mich auslachen oder sich über meine Familie lustig machen. Ich wusste, dass es mir gleichgültig sein sollte, was er von mir hielt, dieser Soldat, der uns aufgedrängt worden war. Aber es war mir nicht gleichgültig. Während ich auf seine Reaktion wartete, hielt ich den Atem an.

„Ich habe noch nie Menschen wie Sie und Ihre Eltern kennengelernt", sagte er schließlich. „Menschen, die so leben, wie die Bibel es sagt." Hendrik sah mir in die Augen und sein Blick war offen und ehrlich. Das brachte mich ganz durcheinander. Maarten war immer zu schüchtern, um mich direkt anzusehen, weshalb er stattdessen auf seine Füße oder den Tisch oder die Wand hinter mir starrte.

Ich lehnte mich an den Spülstein. Der Abwasch war vergessen. „Sind Sie auch Christ? Kennen Sie die Bibel?"

Hendrik fuhr sich mit den Fingern durch die blonden Haare, die am Haaransatz dunkler waren, woraufhin sie an manchen Stellen hochstanden wie die eines kleinen Jungen. „Meine Eltern haben mich in der Dorfkirche taufen lassen. Als ich klein war, sind wir dort in den Gottesdienst gegangen. Wir haben von der Geburt Jesu gehört und wie er am Kreuz gestorben ist, aber diese Dinge zu wissen, hatte irgendwie keine Auswirkungen auf das Leben der Leute."

„Deshalb haben wir die Staatskirche verlassen und unsere eigene Kirche gegründet", sagte ich. „Wir finden, Christen sollten mehr tun, als nur zu glauben, was in der Bibel steht. Wir sollten ihr gehorchen und das machen, was uns aufgetragen ist, wie unsere Feinde zu lieben."

Hendrik stand immer noch an der Tür und ich hatte Angst, er würde jetzt gehen, nachdem ich seine Frage beantwortet hatte. Doch ich wollte nicht, dass er ging. „Darf ich Sie auch etwas fragen?", sagte ich. Ich wartete, bis er nickte. „Warum sind Sie Soldat geworden?"

Er lehnte sich an den Türrahmen und schob die Hände in die Hosentaschen. „Meine Eltern starben bei der Choleraepidemie vor neun Jahren." Während er sprach, sah er mich unverwandt an. „Ich war elf. Eine Zeit lang lebte ich bei meinem Onkel und meiner Tante, aber sie hatten zu viele eigene Kinder und konnten es sich nicht leisten, mich durchzufüttern. Nach der Kartoffelfäule bekam ich keine Arbeit bei einem Bauern, also dachte ich, ich hätte keine andere Wahl, als zum Militär zu gehen."

„Und bereuen Sie die Entscheidung?"

„Nein …" Er zögerte, bevor er fortfuhr: „So bin ich hierhergekommen."

Ich verspürte ein Kribbeln, das ich mir nicht erklären konnte. Ich wollte, dass Hendrik hier in der Küche blieb und weiter mit mir redete, deshalb stellte ich ihm noch eine Frage. „Wo sind Sie aufgewachsen?"

„In einem kleinen Bauerndorf in der Provinz Groningen. Wahrscheinlich haben Sie noch nie davon gehört. Darf ich?", fragte er und zeigte auf einen Küchenstuhl. „Ich will Sie nicht von Ihrer Arbeit abhalten …"

„Ja, bitte. Setzen Sie sich."

„Meine Eltern waren sehr arm", erzählte er weiter. „Ich liebte sie sehr, aber ich erinnere mich nicht daran, dass wir jemals so glücklich waren, wie Ihre Familie es zu sein scheint."

Mir wurde bewusst, wie einsam Hendrik sein musste, so weit fort von zu Hause, ohne Eltern, und ich war froh, dass ich nett zu ihm gewesen war. „Wir sind glücklich", sagte ich. „Und die Gemeinde ist für uns wie eine Familie. Wir haben nicht viel, aber wir helfen einander."

„Das habe ich bemerkt. Ihr Separatisten seid gar nicht so, wie ich es erwartet hatte."

„Was haben Sie denn erwartet?" Ich lächelte, und als Hendrik mein Lächeln erwiderte, hatte ich das Gefühl, über dem Boden zu schweben.

„Man hat uns erzählt, die Separatisten seien grobe, ungebildete Leute. Und sie würden radikale Dinge glauben. Ich habe gedacht, ich würde alle möglichen merkwürdigen Riten und Rituale sehen."

Ich lachte laut auf und setzte mich ihm gegenüber an den Tisch. Während wir einander von unserem Leben und unseren Familien, unseren Hoffnungen und unseren Träumen erzählten, vergaßen wir völlig die Zeit. Ich berichtete ihm, dass ich am Rijn in Leiden aufgewachsen war und wie sehr ich das geschäftige Leben in der Stadt genossen hatte. Er erzählte mir, dass er als Junge mit seinen drei Brüdern auf den Feldern und Deichen gespielt hatte. Sie waren bei der Choleraepidemie gestorben, so wie seine Eltern und Großeltern auch. „Ich habe nur noch eine Schwester", sagte er. „Sie lebt noch immer in unserem Dorf in Groningen."

„Können Sie sie denn dort besuchen?"

„Nein. Ich habe sie nicht mehr gesehen, seit sie vor drei Jahren geheiratet hat."

„Und werden Sie Ihr ganzes Leben bei der Armee bleiben?"

Hendrik schüttelte den Kopf. „Das will ich nicht. Ich hätte gerne irgendwann ein Stück Land, das ich bebauen kann. Ich möchte mit den Händen arbeiten und eine Familie haben – so wie Ihre." Er zögerte und fragte dann: „Was ist mit Ihrer Zukunft, Geesje? Was wünschen Sie sich?"

Mir wurde klar, dass ich darauf keine Antwort hatte. „Ich weiß nicht … Ich habe noch nicht viel darüber nachgedacht. Ich vermute, ich werde irgendwann einen Mann und Kinder haben. Aber bis jetzt hat Gott mir noch nicht gesagt, was seine Pläne für mich sind."

„Spricht Gott denn so … so direkt mit Ihnen?"

„Nicht mit einer Stimme, die ich hören kann", sagte ich lachend. „Aber ich glaube, wenn wir beten und um Führung bitten, hilft er uns, die richtigen Entscheidungen zu treffen."

Wir saßen immer noch am Küchentisch und unterhielten uns,

das Geschirr halb abgewaschen, als Mama nach Hause kam. Ich hatte eine Menge über Hendrik erfahren und er faszinierte mich. Nach diesem ersten Abend blieb er nach dem Abendessen oft bei Mama und mir in der Küche, anstatt mit seinen drei Freunden in die Stadt zu gehen. Ich freute mich immer mehr auf diese Abende und oft ertappte ich Hendrik dabei, wie er mich bei der Arbeit beobachtete. Bildete ich mir das nur ein oder wollte er ebenso sehr in meiner Nähe sein wie ich in seiner? Ich warf ihm verstohlene Blicke zu, wann immer ich konnte, und beschloss, dass er der attraktivste Mann war, der mir jemals begegnet war. Alles an ihm war attraktiv, von seiner großen, schlanken Gestalt über sein zerzaustes blondes Haar und die warmen grauen Augen bis hin zu seinem entspannten Lächeln und seinem freundlichen Wesen. Jedes Mal, wenn wir miteinander sprachen, brachte er mich zum Lachen.

Zuerst wusste ich nicht, was ich empfand – diese atemlose Heiterkeit, wann immer ich in seiner Gegenwart war, und die Leere, wann immer er fort war. Ich wusste nicht, warum ich so glücklich war, wenn ich hörte, wie er und die anderen nach Hause kamen, während ihre Schritte auf der Holztreppe polterten und ihre tiefen Stimmen in der Ferne lachten. Dann, eines Abends, als Papa sich nach einem anstrengenden Tag in der Druckerei müde an den Küchentisch setzte, trat Mama hinter ihn und fing an, die Anspannung aus seinen Schultern zu kneten. Er seufzte und hob die Hand, um sie auf die von Mama zu legen. Ich hatte diese einfachen Gesten schon viele Male beobachtet, aber an diesem Tag sagten sie mir, wie sehr meine Eltern einander liebten. Ich sehnte mich danach, am Ende des Tages die Verspannungen aus Hendriks Schultern zu massieren und seine zärtliche erwidernde Berührung zu spüren. War ich dabei, mich in ihn zu verlieben?

Während der nächsten Monate versuchte ich, meine wachsenden Gefühle für ihn zu leugnen. Ich verstand sie nicht. Und ich wusste mit Sicherheit, dass meine Eltern mir niemals erlauben würden, einen Mann zu heiraten, der unseren Glauben nicht teilte. Maarten konnte Hendrik auch immer besser leiden und die beiden wurden gute Freunde. Hendrik saß oft bei Maarten, wenn dieser am Ende des Arbeitstages die Druckerei aufräumte. Eines Abends hielt Maarten mich auf dem Weg nach oben zurück, seine Stimme ein aufgeregtes Flüstern.

„Hast du einen Augenblick Zeit, Geesje? Es gibt etwas, das ich dir sagen will."

„Ja … was ist es denn?" Maarten hatte keine Anstalten gemacht, um mich zu werben, obwohl Papa ihm die Erlaubnis gegeben hatte, aber ich befürchtete dennoch, er würde mir seine Liebe erklären oder mir einen Heiratsantrag machen. Ich wollte Maarten auf keinen Fall verletzen, aber genauso wenig könnte ich auf seine Annäherungsversuche eingehen. Wie sich herausstellte, wollte er jedoch mit mir über etwas ganz anderes sprechen.

„Ich habe wunderbare Neuigkeiten, Geesje. Du weißt doch, dass ich mich viel mit Hendrik unterhalten habe, dem großen Soldaten mit den blonden Haaren? Er hat in den letzten Wochen sehr viele Fragen gestellt und heute Abend hat er mir gesagt, dass er sich bekehren will!"

Hoffnung und Freude sprudelten in mir hoch. „Wirklich? Das ist ja großartig!" Meine Begeisterung hatte nicht denselben Grund wie die von Maarten. Wenn er einer von uns würde, bräuchte ich meine Gefühle für ihn nicht mehr zu leugnen. Es kam mir vor wie ein Wunder.

„Ja, es ist wahr", fuhr Maarten fort. „Stell dir das einmal vor! Der König hat Hendrik zu uns geschickt, um uns zu bestrafen, aber Gott hat daraus etwas Gutes werden lassen. Wirst du für ihn beten, Geesje? Und dafür, dass ich die richtigen Worte finde, wenn ich mit ihm rede?"

„Natürlich werde ich beten." Der arme Maarten konnte ja nicht wissen, dass seine Freundlichkeit Hendrik gegenüber vielleicht bedeutete, dass er seine Hoffnungen, mich zu heiraten, begraben musste.

An diesem Abend lag ich auf meiner Matratze, hellwach vor Aufregung, und lauschte durch die dünne Wand den dumpfen Stimmen der Soldaten, unterbrochen von gelegentlichem Lachen. Ich konnte nicht hören, was sie sagten, aber Hendriks Stimme, die tiefste von den vieren, jagte mir einen Schauer über den Rücken. Liebet eure Feinde, hatte Jesus gelehrt. Und ich hatte gehorcht. Jetzt hatte sein Gebot sich so gewandelt, wie ich es niemals für möglich gehalten hätte. Zum ersten Mal in meinem Leben war ich verliebt.

6. Kapitel

Anna

Hotel Ottawa
1897

In aller Frühe, noch bevor es Frühstück gibt, stehe ich auf, damit ich draußen spazieren gehen kann, bevor es zu heiß wird. Ich liebe diese Tageszeit, wenn die Luft klar und frisch ist und der Tau auf den Gräsern funkelt. Heute ist der Himmel von hohen Schleierwolken überzogen und das Wasser des Black Lake schimmert in einem hübschen Silberblau. Ich sitze auf meiner Lieblingsbank nah am Wasser, wo Derk mich am ersten Tag mit seiner Freundin Elizabeth verwechselt hat, und sehe der Entenfamilie zu, die unweit vom Ufer schwimmt. Ich habe Derk seither nur aus der Ferne gesehen, wenn er sich um die Ruderboote kümmert oder Koffer und Truhen für Hotelgäste schleppt. Heute beobachte ich ihn, wie er einen Picknickkorb in dem kleinen Segelboot des Hotels verstaut, weil er mit einigen Passagieren einen Ausflug macht. Anzeigen und Broschüren in der Hotellobby informieren die Gäste darüber, dass wir uns am Empfang für einen Segeltörn anmelden können. Ich sehe zu, bis Derks Passagiere – ein junges Paar, das kaum die Blicke voneinander losreißen kann – in dem Boot sitzen und Derk auf den See hinaussegelt. Ihr Lachen dringt über das Wasser zu mir herüber. Mir fällt nichts ein, was ich schlimmer fände, als noch einmal in ein Boot zu steigen.

Als wir einander später beim Frühstück gegenübersitzen, hat Mutter Neuigkeiten für mich. „Heute Morgen ist ein Brief von deinem Vater mit der Post gekommen“, sagt sie. Sie zieht ihn aus dem Umschlag und liest mir Teile davon vor. „„Sag meiner lieben Anna, dass ich neulich William im Klub gesehen habe, und wir haben kurz über die gelöste Verlobung gesprochen. Er sagte mir, er sei für weitere Gespräche offen, was eine Versöhnung betrifft, aber vielleicht zu einem späteren Zeitpunkt.'"

Ich kann mir gut vorstellen, wie William in seinem gestärkten weißen Hemd auf einem zu prall gepolsterten Stuhl sitzt, eine duftende Zigarre zwischen den Fingern, und schon bei der Erwähnung meines Namens die Stirn runzelt. Aber Vater ist ein wichtiger Kunde der Bank, die Williams Großvater gegründet hat, deshalb würde William es nicht wagen, ihn so anzuschreien, wie er mich angeschrien hat – schon gar nicht in der gedämpften Stille seines Privatklubs, in dem die Bediensteten flüstern und auf Zehenspitzen gehen.

„Was meinst du, Anna? Das ist doch eine gute Neuigkeit, nicht wahr?", sagt Mutter.

„Ich weiß nicht ... können wir über etwas anderes reden? Ich brauche noch mehr Zeit zum Nachdenken."

Mutter respektiert meinen Wunsch, doch ich merke, dass es ihr schwerfällt. Als wir mit dem Frühstück fertig sind, begegnet uns ein anderer Gast aus Chicago, eine Frau namens Honoria Stevens, mit der Mutter sich angefreundet hat. Die beiden beschließen, sich auf die große Veranda des Hotels zu setzen, die letzten Ausgaben der Modezeitschrift *Vogue* durchzublättern und die Kleider zu planen, die ihre Schneiderinnen für die Herbstsaison anfertigen sollen. Ich bin mir sicher, sie werden auch eine ganze Weile damit zubringen, sich über ihre Dienstboten daheim und über die schlecht ausgebildeten Angestellten des Hotels zu beklagen. „Du kannst dich gerne zu uns gesellen, Anna", sagt Mutter.

Nichts könnte mich mehr langweilen. „Vielleicht später", erwidere ich. „Ich möchte heute Morgen zum Ufer des Lake Michigan gehen."

„Wenn das so ist, dann frag doch eine der netten jungen Damen, die wir gestern bei dem Klavierabend kennengelernt haben, ob sie dich begleitet."

Ich nicke halbherzig, aber ich habe nicht die Absicht, irgendjemanden zu meinem Spaziergang einzuladen, schon gar nicht diese albernen Mädchen. Ich weiß schon jetzt, dass die Unterhaltung mit ihnen oberflächlich und langweilig sein wird, wie die nichtssagenden Gespräche, die ich ständig über mich ergehen lassen muss, wenn wir zu Hause gesellschaftliche Verpflichtungen haben und Besuche machen oder Besucher empfangen. Solche Besuche helfen nur selten gegen meine Einsamkeit oder gegen die Sehnsucht, eine gute Freundin zu haben. Seit dem Ende meiner Schulzeit habe ich keine richtige Freundin mehr, mit der ich lachen und der ich mich anvertrauen könnte. Die Mädchen, die ich damals kannte, sind jetzt alle verheiratet und ich bin mit meinem fortgeschrittenen Alter von dreiundzwanzig Jahren praktisch eine alte Jungfer. Aber ich habe schlichtweg länger als die anderen Mädchen gebraucht, um meine Schüchternheit zu überwinden und erwachsen genug zu werden, um Verehrer zu haben und mich zu verloben. Vater hat mich als sein kleines Mädchen sehr behütet und kein Verehrer war in seinen Augen gut genug, bis William auftauchte.

„Aber setz unbedingt einen Hut auf, wenn du zum Strand gehst", warnt Mutter. „Und du solltest auch lange Ärmel tragen, damit die Sonne deine Haut nicht bräunt."

Ich gehorche und gehe in mein Zimmer hinauf, um meinen Sonnenhut zu holen. Den neuen Badeanzug, den ich gekauft habe, bevor wir herkamen, habe ich immer noch nicht getragen, und ich will ihn auch heute nicht anziehen. Bisher verspüre ich nicht den geringsten Wunsch, auch nur den großen Zeh in einen der beiden Seen zu tauchen. Kurz bevor ich mein Zimmer wieder verlasse, beschließe ich, mein Tagebuch mitzunehmen – nicht, um etwas hineinzuschreiben, sondern um darin zu lesen. Vielleicht kann ich herausfinden, was zwischen William und mir schiefgelaufen ist. Und vielleicht kann ich auch entscheiden, ob ich ihn noch liebe.

Auf dem kurzen Weg zum Strand gehe ich an dem Kanal entlang, der den Black Lake und den Lake Michigan miteinander verbindet. Mehrere kleine Boote segeln an diesem Morgen dort und nutzen das ruhige Wasser, um sich auf den großen See hinauszuwagen. Eine Handvoll Fischer versuchen ihr Glück am Ufer des Kanals und werfen ihre Angeln in das glitzernde Wasser. Ich stehe eine Weile dort und sehe zu, bevor ich meine Schuhe ausziehe, um barfuß in dem warmen, sich wie Zucker anfühlenden Sand spazieren zu gehen. In meiner Nähe spielen einige Kinder. Sie quietschen vor Vergnügen, wenn die Wellen über ihnen zusammenschlagen und die Sandburgen zerstören, die sie am Rand des Wassers gebaut haben. Eine andere junge Familie hat einen Picknickkorb mitgebracht, und als sie ihre Leckereien auf einer Decke ausbreiten, kommen drei vorwitzige Möwen vorsichtig näher.

Irgendwann lasse ich mich im Sand nieder und schlage mein Tagebuch auf der ersten Seite auf:

1. Januar 1897

Gestern Abend war ich mit William bei einer Silvesterparty im Ballsaal seines Elternhauses. Alles war ungeheuer glanzvoll – der Schmuck, das Essen, die Kleider der Damen, die Orchestermusik. William sah in seinem eng geschnittenen schwarzen Frack atemberaubend aus. Wir haben getanzt, bis mir die Füße wehtaten, und von dem Champagner, den ich getrunken habe, drehte sich irgendwann der ganze Saal. William war mit Abstand der attraktivste Mann dort mit seinem welligen dunklen Haar und dem akkurat gestutzten Bart. Seine Augen haben die gleiche dunkle Mahagonifarbe wie das Holz, mit dem sein Anwesen verziert ist. Ich habe die eifersüchtigen Blicke der anderen Mädchen gesehen und wusste, dass ich die Glückliche war, die Williams Herz erobert hat. Nach Mitternacht haben wir uns in den Dienstbotengang geschlichen, und als niemand es sah, habe ich William erlaubt, mich zu küssen. Von seinen Küssen wurde mir noch schwindliger als von dem Champagner. Ach, wie sehr sehne ich mich nach dem Tag, an dem wir verheiratet sind und die ganze Zeit zusammen sein und einander noch viel enger umschlungen halten können, als es uns jetzt gestattet ist.

Mir kommen die Tränen, als ich an den Abend und die heimlichen Küsse zurückdenke. Wir hatten einander mit ebensolchen Blicken angeschaut, wie ich sie heute Morgen bei den beiden jungen Leuten gesehen habe, die in Derks Segelboot gestiegen sind.

Ich überfliege einige Tagebucheinträge und denke wieder daran, dass Mutter und ich angefangen hatten, detaillierter über die Hochzeit zu sprechen – die Gästeliste, das Hochzeitsessen, die Abendroben und anderen Kleider für meine Hochzeitsreise nach Europa. William und ich hatten noch keinen Termin festgesetzt, aber er hatte beschlossen, den Empfang im Ballsaal seiner Eltern zu veranstalten, da ihr Haus größer und schicker ist als unseres.

Bei ihnen sollten wir auch zunächst wohnen, bis wir unser eigenes Haus bauen konnten. William wusste genau, wie er sich unser Anwesen vorstellte und wie jeder Raum ausgestattet sein sollte. Der Gedanke, ganz allein ein riesiges Haus samt Einrichtung zu planen, überwältigte mich damals, deshalb war es mir ganz recht, alles in seine fähigen Hände zu legen. William ist sehr entschlossen, während ich überhaupt nicht gut darin bin, mich zu entscheiden. Ich hatte ja keine Ahnung, dass er auch alle anderen Entscheidungen in meinem Leben würde übernehmen wollen, unter anderem die, welche Kirche ich besuchte.

Mein Magen hebt und senkt sich wie die Wellen, die sich vor mir kräuseln, während ich mich wieder meinem Tagebuch zuwende.

7. Januar

Heute Morgen hat es endlich aufgehört zu schneien und am Nachmittag sehnte ich mich danach, das Haus zu verlassen. Ich rief unseren Fahrer und bat ihn, eine Kutschfahrt mit mir zu machen, während ich wünschte, ich hätte eine Freundin, die mitkommen könnte – jemanden, der eine schnelle Fahrt durch die Winterlandschaft ebenso genießen würde wie ich. Die Stadt sah aus wie ein Märchenland mit all dem jungfräulichen Schnee, der auf den Bäumen funkelte. Die eisige Luft, die vom Lake Michigan herüberwehte, tat in der Nase weh, wenn ich einatmete, aber ich fühlte mich so lebendig.

Auf dem Heimweg erblickten wir vor uns plötzlich eine Kutsche, die einen Unfall hatte und uns den Weg versperrte, deshalb bog der Fahrer in eine Seitenstraße ab, dann in die nächste und noch eine, bis wir uns schließlich vor einer Kirche an der Ecke Chicago Avenue und LaSalle Street befanden. Ich war schon einmal in dieser Kirche gewesen, da bin ich mir sicher, aber ich kann mich nicht mehr erinnern, wann oder warum. Man betritt das Gebäude über einen Eingang an der Ecke und durch einen dicken runden Turm, der an einen Schlossturm erinnert. Vor der Tür war ein Evangeliumswagen geparkt, den ich während der Weltausstellung vor vier Jahren oft in Chicago gesehen habe. Die Musik und der Gesang waren so festlich, dass ich den Fahrer bat, einen Augenblick anzuhalten. Sobald der Wagen stillstand, kam eine Frau zu meiner Kutsche gelaufen, reichte mir ein Werbeblatt und lud mich dazu ein hereinzukommen und einen weltberühmten Evangelisten zu hören. Ich gab dem Fahrer die Anweisung zu warten und stieg aus der Kutsche.

In dem Augenblick, in dem ich durch die Tür trat, wusste ich, dass ich schon einmal dort gewesen war. Alles war so vertraut! Ich blieb hinten in der Kirche stehen und hörte eine Weile zu. Der Pastor sprach über Jesus, als wäre dieser sein bester Freund. Dann beschrieb er die Einsamkeit und Leere, die wir alle spürten, und sagte, Jesus könne diese Leere füllen. „Gott liebt dich", sagte der Pastor. „Er hat einen Plan und eine Aufgabe für dein Leben." Die Predigt war noch nicht zu Ende, doch da mir bewusst war, dass mein Fahrer draußen auf mich wartete, schlüpfte ich wieder hinaus. Die Worte des Pastors gingen mir den ganzen Heimweg über nicht mehr aus dem Kopf und wärmten mir das Herz wie eine winzige Kerze im Schnee.

Als ich wieder zu Hause war, fragte ich Mutter, ob wir jemals in der Kirche dort gewesen seien. „Natürlich nicht!", erwiderte sie. Ich fragte, ob ich sie vielleicht mit Vater besucht haben könnte, aber Mutter sagte, unsere Familie habe immer dieselbe Kirche besucht.

Jetzt ist es spät und ich muss die Gaslaterne löschen und schlafen gehen. Aber ich kann noch immer nicht das unheimliche Gefühl abschütteln, dass ich schon einmal in dieser Kirche war. Und die Worte des Pastors kann ich auch nicht vergessen. Hat Gott wirklich einen Plan für mein Leben und eine Aufgabe für mich?

9. Januar

Gestern Nacht habe ich von der Schlossturmkirche geträumt. Mama und ich waren zusammen dort und haben eine Predigt gehört. Dann bin ich aufgewacht und vor mir lag ein öder grauer Tag. Ich hatte nichts zu tun. Mutter liegt mit einer Erkältung im Bett, deshalb habe ich mir meinen wärmsten Mantel und Stiefel angezogen, um unsere Straße hinunter- und wieder hinaufzugehen. Aber aus einer Laune heraus hielt ich ein vorbeifahrendes Taxi an und bat den Fahrer, mich zu der Kirche zu fahren. Ich hatte keine Ahnung, ob es dort mitten am Nachmittag eine Ver-

anstaltung gab, aber wie sich herausstellte, fand ein Gottesdienst statt. Derselbe Prediger wie vor ein paar Tagen sprach und diesmal blieb ich, um mir die ganze Predigt anzuhören.

Ich blicke wieder auf und sehe auf die dünne Linie am Horizont, an der Wasser und Himmel aufeinandertreffen, während ich mich daran erinnere, was am darauffolgenden Abend geschah. William und ich waren gemeinsam unterwegs zum Theater und ich wollte ihm unbedingt von der Predigt erzählen, die ich gehört hatte. Ich hatte kaum damit begonnen, als er mich unterbrach. „Wie kommst du dazu, so einen Ort aufzusuchen, Anna?" Seine Stimme war so kalt wie der Januarabend.

„Wie meinst du das? Es ist eine Kirche, William. Eine christliche Kirche."

„Solche Orte ziehen die gewöhnlichsten Leute an. Die Pastoren sind oft Scharlatane, die unschuldigen Menschen das Geld aus der Tasche ziehen wollen."

„Niemand hat mich um Geld gebeten ..."

„Geh trotzdem nicht dorthin." Es war ein Befehl. William sprach mit mir, wie er vielleicht mit einem Dienstboten oder einem seiner Bankangestellten sprach. Als ich ihm zu erklären versuchte, dass ich das Gefühl hatte, etwas fehle in meinem Leben, wurde er noch wütender und rief, ich würde ihn und meine Eltern beleidigen, wenn ich so etwas sagte. Dann lächelte er und fügte deutlich ruhiger hinzu: „Lass uns von etwas anderem reden." Den restlichen Abend über war er sehr lieb zu mir, hielt meine Hand, küsste mich verstohlen und sagte mir, wie schön ich sei. „Deine Haare haben eine Farbe wie gesponnenes Gold", sagte er. „Ich kann es gar nicht erwarten zu sehen, wie es offen um dein Gesicht fällt."

Ich klappe das Tagebuch zu, weil ich nicht weiterlesen kann. Die Sonne ist jetzt sehr warm, also stehe ich auf, um zum Hotel zurückzugehen. Meine Mutter und Mrs Stevens sitzen auf einer der Seitenveranden, die Köpfe wie Verschwörer zusammengesteckt. Sie sehen mich nicht und so warte ich am Fuß der Treppe und beobachte sie durch die Büsche, anstatt sie zu stören. Ich weiß, dass es unhöflich ist zu lauschen, aber Mrs Stevens spricht so laut, dass ich einfach nicht vermeiden kann zu hören, was sie sagt.

„Ich habe herausgefunden, dass mein Mann sich mit einer anderen Frau trifft“, erzählt sie Mutter.

„Ach, Sie Arme!“

„Ich habe ihm ein Ultimatum gestellt und ihm gesagt, dass ich alleine hierherfahre, damit er in Ruhe nachdenken kann.“ Sie tupft sich die Augen mit ihrem Spitzentaschentuch trocken, während Mutter mitfühlende Worte murmelt. Ich weiß, dass ich gehen sollte, aber ich kann mich nicht losreißen.

„Das muss sehr schmerzhaft für Sie sein, Honoria. Aber falls es Ihnen ein Trost ist – ich habe gehört, diese kleinen Affären seien ganz bedeutungslos.“

„Das hat Albert auch gesagt – aber für mich ist es nicht bedeutungslos!“

„Das verstehe ich ... Aber die harte Wahrheit ist, dass Ihr Gatte nicht der erste Gentleman ist, der ein kleines Abenteuer hat, und auch nicht der letzte sein wird. Es kommt viel häufiger vor, als man meint. Der Mann einer Bekannten von mir hatte ein Verhältnis mit ihrem schwedischen Dienstmädchen.“

Vor Überraschung bleibt mir der Mund offen stehen. Ich versuche mir vorzustellen, welche ihrer Freundinnen meine Mutter wohl meint, aber in unseren gesellschaftlichen Kreisen haben viele Familien schwedische Dienstboten – auch unsere eigene Familie. Unsere Zofe Sophia kommt aus Schweden.

„Was ist, wenn – was der Himmel verhüten möge – diese Frau Alberts Kind bekommt?“, fragt Mrs Stevens.

Mutter hält ihre Hand und tätschelt sie sanft. „Auch von so etwas habe ich schon gehört, Honoria. Normalerweise kann man das Mädchen auszahlen und dazu bringen, das Kind zur Adoption freizugeben. Eine ledige Mutter mit einem unehelichen Kind zu sein, ist in jeder Gesellschaftsschicht ein unerträgliches Stigma.“

„Ich weiß immer noch nicht, ob ich bereit bin, Albert zu verzeihen.“

„Aber das müssen Sie. Eine Scheidung ist für Frauen von unserem Rang verheerend.“

Nun schleiche ich endlich davon und bereue es schon jetzt, gelauscht zu haben. Ich weiß, dass ich sehr naiv bin, wenn es um weltliche Dinge geht, weil meine Eltern mich mein Leben lang behütet haben. Deshalb ist es mir nie in den Sinn gekommen, dass mein

Vater – oder William – ein Techtelmechtel mit einer anderen Frau haben könnte oder dass Mutter – und ich – ihm verzeihen und so tun müssten, als wäre nichts geschehen. Ich laufe um das Gebäude herum und renne die Stufen in die Hotellobby hinauf, während ich mir wünsche, ich könnte mich einfach in Luft auflösen. Dabei stoße ich beinahe mit Derk zusammen, der mit einem Koffer in jeder Hand auf mich zukommt.

Er kann mir gerade noch ausweichen, dann grinst er und sagt: „Beinahe hätte ich Sie wieder Elizabeth genannt!" Ich dränge mich an ihm vorbei und eile die Treppe hinauf in mein Zimmer.

Während ich mit Mühe den Schlüssel ins Schloss stecke, brennen Tränen der Scham in meinen Augen. Ich bin adoptiert. Meine leibliche Mutter hat mich weggegeben. Das wusste ich schon immer, aber nachdem ich Mutter und Mrs Stevens belauscht habe, frage ich mich, ob ich das Ergebnis einer außerehelichen Affäre bin. Will Mutter deshalb nicht, dass ich Vater danach frage?

Endlich gelingt es mir, die Tür zu öffnen. Ich stürze in mein Zimmer und knalle die Tür hinter mir zu, als wäre ich auf der Flucht. Dann setze ich mich auf die Bettkante. Mir ist ganz schlecht. Unsere junge schwedische Zofe ist so blond und hellhäutig, wie ich selbst es bin. Und die beiden Dienstmädchen von William sind es auch. Mein Brustkorb zieht so schmerzhaft, dass ich kaum atmen kann.

7. Kapitel

Geesjes Geschichte

Die Niederlande
50 Jahre früher

Entgegen aller Vernunft und allem gesunden Menschenverstand verliebte ich mich in Hendrik. Er war in unser Haus geschickt worden, um uns zu strafen, aber ich dachte beinahe jede Minute des Tages an ihn und nachts träumte ich von ihm. Ich fand Gründe, um mit ihm zu reden, wann immer ich konnte, auch wenn wir eigentlich nie allein waren. Und je besser ich ihn kennenlernte, desto mehr sehnte ich mich danach, immer mit ihm zusammen zu sein. Er konnte wunderbar Geschichten erzählen und oft saß meine Familie abends in unserem Wohnzimmer zusammen und hörte zu, wenn Hendrik uns von all den Orten erzählte, an denen er stationiert gewesen war, und von all den Abenteuern, die er erlebt hatte. Er konnte eine Szene so lebendig beschreiben, dass es war, als wären wir mit ihm dorthin gereist. Einer seiner Vorfahren war mit einem Gewürzfrachter nach Niederländisch-Ostindien gesegelt und Hendrik zog uns stundenlang in seinen Bann, während er Geschichten erzählte, die in seiner Familie überliefert worden waren – Geschichten von exotischen Inseln, Piratenschiffen, schrecklichen Unwettern auf See und langen Tagen der Flaute, während derer man darauf wartete, dass Wind aufkam. Ich klebte förmlich an Hendriks Lippen und musterte immer wieder aufs Neue sein attraktives Gesicht. Ich liebte die Art, wie er sich mit den Fingern durch das blonde Haar fuhr, sodass es in alle Himmelsrichtungen abstand. Und ich fragte mich, wie es wohl wäre, seine Arme um mich zu spüren. Oder seinen Kuss zu schmecken.

Ich hatte keine Ahnung, ob Hendrik meine Gefühle erwiderte,

bis ich eines Nachmittags in unserem winzigen Garten Wäsche aufhängte. Ich hörte, wie die Gartentür sich quietschend öffnete, aber ich drehte mich nicht um, weil ich dachte, es wäre Mama. Als sie nichts sagte, wandte ich mich schließlich doch um und sah, dass es Hendrik war. In dem Augenblick, als unsere Blicke sich begegneten, fuhr eine Hitzewelle durch meinen ganzen Körper. Mein Herz begann schneller zu schlagen, als es das jemals getan hatte. Ich konnte den Blick nicht von ihm abwenden. Und auch Hendrik sah nicht weg.

„Geesje …", sagte er. Ich konnte mich nicht rühren, nichts sagen. Er trat einen Schritt näher und ich wünschte mir, er würde mich küssen. „Geesje, ich weiß nicht, was meine Gefühle für dich bedeuten, aber ich weiß, dass ich noch nie zuvor so empfunden habe. Du bist ein so wunderschöner Mensch und … und ich will immerzu in deiner Nähe sein."

Ich öffnete den Mund, um zu antworten, aber ich brachte keinen Ton heraus. Normalerweise grinste Hendrik selbstbewusst, aber an diesem Tag nicht. Sein schmales, hübsches Gesicht war ernst und seine blassen Augenbrauen waren über seinen grauen Augen hochgezogen, als wollten sie mir eine Frage stellen. Ich hatte ihn noch nie so verlegen gesehen.

„I…ich weiß, dass dein Vater mir niemals erlauben würde, dich zu heiraten", fuhr er fort, „weil ich nicht zu eurer Kirche gehöre. Aber die Monate, die ich hier gewohnt habe, waren die glücklichsten meines Lebens." Er schluckte und kam noch einen Schritt näher. „Ich wache jeden Morgen von deinem Gesang auf. Dein Lächeln erscheint mir schöner als der Sonnenschein. Ich habe gerade erfahren, dass ich wohl bald aus Arnheim wegversetzt werde, und ich habe schreckliche Angst, weil ich glaube, dass ich ohne dich nicht leben kann." Sein Gesicht verschwamm, weil mir Tränen in die Augen stiegen. „Geesje … bitte sag doch etwas."

„Ich liebe dich", sagte ich.

„Du … du liebst mich?"

Ich nickte. Hendrik blickte sich schnell um und zog mich dann an sich. Er umarmte mich ganz fest, während wir uns hinter der Leine mit den wehenden Handtüchern und Schürzen versteckten. Mein Scheitel reichte ihm kaum bis zum Kinn und einen Moment lang ließ er seine Wange auf meinen Haaren ruhen. Die Wärme und Kraft seiner Umarmung war genauso, wie ich sie mir immer vorgestellt hatte. Und noch schöner. „Geesje, sag mir, was ich tun muss, damit ich dich den Rest meines Lebens so halten kann."

Ich wusste nicht, was ich sagen sollte. Ich wusste nur, dass ich dasselbe wollte wie Hendrik. Und dass ich noch viele Nächte von seiner wundervollen Umarmung träumen würde. Viel zu schnell ließ er mich los. Ich fühlte mich ganz zittrig, so als würde ich während eines Unwetters auf offenem Feld stehen. Ich bückte mich, um die restliche Wäsche aufzuhängen, weil ich Angst hatte, Mutter könnte aus dem Fenster schauen, um nachzusehen, warum ich so lange brauchte. „Der Mann, den ich heirate, muss Christ sein", sagte ich schließlich.

Hendrik hob den Korb für mich hoch, damit ich mich nicht bücken musste. „Ja, ich verstehe, wie wichtig deiner Familie der Glaube ist. Ich habe sonntags von meinem Zimmer aus zugehört, wenn ich nicht im Dienst war. Die Worte des *Dominee* sind sehr überzeugend und ich möchte auch so leben wie du und deine Eltern. Ich habe meine Fragen mit Maarten besprochen und er war so freundlich, mir alles zu erklären. Ich möchte ein richtiger Christ werden, wenn Gott mich will. Das wollte ich schon, bevor ich wusste, dass ich dich liebe."

Allem zum Trotz, was ich gelernt hatte, schlang ich erneut die Arme um Hendrik, sodass der Korb zwischen uns eingeklemmt war. „Das ist wunderbar, Hendrik! Ich freue mich ja so! Wenn du deinen Glauben als Christ bekennst, können wir für den Rest unseres Lebens zusammen sein!" Alles fügte sich. Als ich mich von ihm löste, sagte ich: „Ich bin mir sicher, *Dominee* Van Raalte wird gerne mit dir reden und dich in die Gemeinde aufnehmen. Dann steht uns nichts mehr im Weg."

Hendrik lächelte sein berauschendes Lächeln, wurde dann aber wieder ernst. „Mein Glaube wird erst einmal ein Geheimnis bleiben müssen. Der Kommandant und die anderen Soldaten dürfen nicht erfahren, dass ich Separatist geworden bin, bis meine Dienstzeit zu Ende ist."

„Und wann ist das?"

„Erst in anderthalb Jahren. Pieter und Kees schöpfen schon Verdacht, weil ich mich für eure Versammlungen interessiere – und für dich –, aber ich glaube nicht, dass sie mich verraten werden."

Erneut wandte ich mich der banalen Aufgabe zu, Wäsche aufzuhängen, als wäre meine Welt nicht soeben auf den Kopf gestellt worden. Meine Gedanken flogen in ein Dutzend Richtungen und ich konnte meine Finger kaum dazu bringen zu arbeiten. Noch nie war ich so glücklich gewesen.

„Da ist noch eine Sache", sagte Hendrik und der Ernst in seiner Stimme machte mir Angst. Ich ließ die Wäsche sinken. „Maarten ist mir ein sehr guter Freund. Ich wusste beinahe vom ersten Tag an, als ich hier einzog, dass er dich liebt. Er sagt, zwischen ihm und deinem Vater gebe es ein Einvernehmen, und wenn du einwilligst, würdet ihr beide irgendwann heiraten."

Ich wandte den Blick ab, weil ich genauso wie Hendrik wusste, wie verletzt Maarten sein würde. Der sanfte, geduldige Maarten. „Ja, er gehört zur Familie, seit er vor Jahren Papas Lehrling wurde", sagte ich. „Ich weiß, dass er mich mag. Und ich mochte ihn schon immer. Aber ich liebe ihn nicht ... ich liebe dich."

„Wie sollen wir ihm nur erklären, dass der Soldat, mit dem er sich angefreundet hat, und die Frau, die er liebt ...?"

„Keiner von uns wollte sich verlieben, Hendrik. Aber ich bin mir sicher, dass Gott uns füreinander bestimmt hat. Ich glaube, deshalb hat er dich zu uns geführt."

„Wirklich? ... Woher weißt du das?"

„Weil mein Herz mir sagt, dass es wahr ist. Maarten wird gekränkt sein, aber er wird es verstehen. Außerdem hat er eine Frau verdient, die ihn wirklich und wahrhaftig liebt. Diese Frau bin ich nicht."

„Und was sollen wir jetzt tun? Wirst du eineinhalb Jahre warten, bis ich entlassen werde?"

„Ja, natürlich werde ich das! Geh und sprich mit dem *Dominee*, Hendrik. Erzähl ihm alles, worüber wir gesprochen haben. Er wird uns sagen, was wir als Nächstes tun sollen."

Hendrik wollte das tun, sobald er einen Weg gefunden hatte, wie er zum *Dominee* gehen konnte, ohne dass seine Kollegen Verdacht schöpften. Wenn herauskam, dass er sich mit dem Feind verbündet hatte, würde das empfindliche Strafen nach sich ziehen.

Nach diesem unvergesslichen Nachmittag in unserem Garten suchten Hendrik und ich beinahe jeden Tag nach Möglichkeiten, um ein paar Minuten allein zu sein, manchmal offen, manchmal in dunklen Fluren und auf Hintertreppen. Wir hielten einander im Arm, wann immer wir konnten, und ein paar Mal küsste er mich auch. Es war das wundervollste Gefühl, das ich je erlebt hatte. Eines Nachmitttags verabredeten wir, uns wieder im Garten zu treffen, damit wir uns hinter der Wäscheleine mit Bettlaken verstecken und im Arm halten konnten. Völlig unerwartet kam ein heftiger Windstoß und enthüllte unser Versteck, und als ich aufblickte, sah ich, dass Maarten in der Tür zum Hof stand und uns anstarrte. Hendrik rief seinen Namen, aber Maarten verschwand im Haus.

„Oh nein“, stöhnte Hendrik. „Ich will nicht, dass du Ärger bekommst, Geesje. Glaubst du, er wird uns verraten?“ In diesem Moment war es mir egal, ob meine Eltern wütend waren oder mich sogar bestraften. Hendriks Küsse waren jede Strafe wert. Ich war noch nie so glücklich gewesen.

„Ich weiß nicht. Vielleicht sollte ich mit ihm reden“, sagte ich.

„Nein, das mache ich.“ Hendrik drückte mich noch einmal ganz kurz an sich, dann sah ich zu, wie er mit schnellen Schritten den Garten durchquerte.

Am Ende erzählte Maarten Papa nicht, was er gesehen hatte. Aber bevor Hendrik die Chance hatte, mit dem *Dominee* darüber zu sprechen, dass er Christ werden wollte, bevor wir die Gelegenheit hatten, den nächsten Schritt zu unserem gemeinsamen Leben zu machen, wurde unsere Gemeinschaft von zwei schrecklichen Schlägen getroffen. Der erste Schlag kam, als die Kartoffelfäule erneut die ganze Ernte vernichtete. Alle waren betroffen. Tausende Feldarbeiter hatten keine Arbeit und konnten ihre Familien nicht ernähren. Wohlhabende Landbesitzer verloren eine wichtige Einnahmequelle. Die ärmsten Menschen in unserem Land drohten zu verhungern. Papas Druckerei hatte schon vorher kaum genug für die Miete eingebracht, geschweige denn Essen für uns und vier hungrige Soldaten. Jetzt würde die Kartoffelfäule dazu führen, dass alles teurer wurde und sich auch die Steuern erhöhten, die Papa zahlen musste. Die Männer in unserer Gemeinde fingen besorgt an, Besprechungen abzuhalten, während sie um Führung in der schlimmer werdenden Krise beteten.

Der zweite Schlag kam nur wenige Tage nach dem ersten. Hendrik und die anderen drei Soldaten verließen unser Haus wie üblich gleich nach dem Frühstück, doch schon eine Stunde später kamen sie zurück. Ich kehrte gerade den Weg vor der Druckerei, als ich sie zurückkommen sah. Hendrik sah besorgt aus und berührte mich kurz am Arm, als er an mir vorbeiging. Ich folgte ihnen in die Druckerei und hörte, wie Pieter zu Papa sagte: „Man hat uns gesagt, dass wir unsere Sachen packen sollen, weil wir nach Utrecht versetzt werden."

„Utrecht?", fragte Papa. „Das tut mir leid."

Ich stand wie erstarrt im Türrahmen der Druckerei, während sie die Treppe hinauf in mein altes Zimmer polterten. Die Nachricht traf mich so hart, dass ich nicht weiterfegen konnte. Ich hörte die Fußbodendielen über mir knarren, während die vier Männer herumliefen und hastig ihre Sachen packten. Meine Welt ging unter. Hastig griff ich nach einem Blatt Papier und einem Stift von Papas Schreibtisch und kritzelte unsere Adresse darauf. Innerhalb weniger Minuten polterten Schritte wieder die Treppe hinunter und die Männer betraten erneut die Druckerei.

„Warten Sie bitte noch einen Moment", sagte Papa und blickte von seiner Arbeit auf. „Bevor wir uns verabschieden, möchte ich für Sie beten, wenn Sie es mir gestatten." Alle vier Männer neigten den Kopf, während Papa für ihre Gesundheit und Sicherheit betete und um Gottes Segen für ihr Leben bat. Das gleichmäßige Hämmern und Rauschen der Druckerpresse erklang die ganze Zeit über im Hintergrund. Ich sah, wie Hendrik sich über die Augen fuhr, als Papa geendet hatte.

Mama eilte aus der Küche herein, in der Hand etwas, das mit braunem Papier und Bindfaden umwickelt war. „Hier sind etwas Brot und Käse und ein paar Äpfel, die Sie sich auf Ihrer Reise teilen können. Wir werden Sie vermissen."

Maarten gab Hendrik die Hand. „Ich wünsche dir Gottes Segen", sagte er.

Ich folgte den Männern mit meinem Besen durch die Tür nach draußen und auf die Straße hinaus. Mir war gleichgültig, ob jemand Hendrik und mich zusammen sah. Wir hatten kaum Zeit, einander Lebewohl zu sagen, als wir draußen auf der belebten Gasse standen und uns danach sehnten, einander noch ein letztes Mal im Arm zu halten. „Ich liebe dich, Geesje", sagte Hendrik. „Und ich will dich heiraten, wenn du auf mich wartest."

„Ich werde für immer warten, wenn es sein muss. Ich liebe dich auch."

Hendrik blickte seinen drei Freunden nach, die ohne ihn losgegangen waren, als wollten sie vermeiden, zu spät zum Dienst zu kommen. „Ich verspreche dir, dass ich komme, um dich zu holen, sobald ich meine Entlassungspapiere habe. Bis dahin werde ich jeden Pfennig meines Lohns sparen, damit wir gleich heiraten können."

„Und bis dahin können wir einander schreiben. Hier ist meine Adresse."

Hendrik nahm den Zettel von mir entgegen und schob ihn in seine Tasche. „Ich werde dir schreiben, sobald ich in Utrecht bin, damit du meine Anschrift hast."

„Es wird mir wie eine Ewigkeit vorkommen, bis wir uns wiedersehen." Hendriks Freunde waren jetzt an der Ecke und überquerten die Straße. Ich wischte mir die Tränen aus den Augen, damit ich den Mann, den ich liebte, noch ein letztes Mal so richtig ansehen konnte. „Beeil dich besser", sagte ich.

Hendrik nickte. Auch er hatte Tränen in den Augen. „Ich liebe dich, Geesje." Dann drehte er sich um und rannte die Straße hinunter, ohne sich noch einmal umzusehen. Ein Gefühl der Angst überkam mich, als die Entfernung zwischen uns immer größer wurde. Ich fragte mich, ob ich ihn jemals wiedersehen würde.

8. Kapitel

Anna

Hotel Ottawa
1897

Heute ist Sonntag und es kommt mir merkwürdig vor, nicht in die Kirche zu gehen. Gestern Nacht habe ich wieder einmal geträumt, dass Mama und ich zusammen im Gottesdienst saßen. In dem Traum muss ich noch sehr jung sein, weil meine Füße gerade über die Bank hinausragen, anstatt auf den Boden zu hängen. Als ich zu Mama hinübersehe, weint sie und fährt sich mit dem Taschentuch über die Augen. Ich finde es seltsam, dass es nicht eines aus belgischem Leinen mit Spitze ist, wie sie es immer benutzt, sondern ein einfaches Baumwolltuch, das mit blauen Blumen bestickt ist. Ihre Tränen machen mir Angst. Meine Mama soll nicht traurig sein. Ich tätschele ihren Arm, um sie zu trösten, und sie lächelt mich durch die Tränen hindurch an und zieht mich näher. „Ist schon gut, Liebling", sagt sie. „Das sind Freudentränen." Dann nimmt sie ein weißes Pfefferminzbonbon aus ihrer Tasche – meine Lieblingssorte –, legt es in meine Hand und schließt meine Finger darum. „Hier, Liebling." Ich lege das Bonbon auf meine Zunge und lasse es langsam im Mund zergehen, damit es länger hält. Als ich aufwache, erfüllt mich eine anhaltende Traurigkeit.

Ich ziehe mich an und frühstücke, dann gehe ich zum Anleger hinunter und setze mich auf die Bank. Von dort aus sehe ich den Sonntagsfischern zu, die am Kai aufgereiht stehen und ihre Angeln über dem Wasser auswerfen. Wieder habe ich mein Tagebuch dabei. Ich lese weiterhin darin, um langsam die letzten fünf Monate noch einmal zu durchleben. Allmählich erkenne ich ein Muster. Ich war schon eine ganze Zeit lang unglücklich, selbst bevor William unsere Verlobung gelöst hat. Sollten die Monate vor meiner Hochzeit nicht die glücklichsten meines Lebens sein? Sollte das herrliche Gefühl, von jemandem geliebt zu werden und seine Liebe zu erwidern, meine Tage nicht mit Lachen und Freude erfüllen? Stattdessen habe ich eine zunehmende Einsamkeit verspürt, sogar, wenn ich von Menschen umgeben war – und vor allem, wenn ich an den gesellschaftlichen Veranstaltungen der gehobenen Chicagoer Gesellschaft teilnahm. Immer wieder habe ich in mein Tagebuch geschrieben, dass ich das Gefühl habe, nicht hierher zu gehören, irgendwie anders zu sein als die anderen jungen Frauen in meinem Bekanntenkreis.

Seit jenem ersten Januartag, an dem mein Fahrer einen anderen Weg einschlug und ich an der Ecke Chicago Avenue und La-Salle Street landete, habe ich mich auf unerklärliche Weise zu der Schlossturmkirche hingezogen gefühlt – als hätte ein Angler mich am Haken. War dies die Kirche, von der ich letzte Nacht geträumt hatte, oder bilde ich mir das nur ein, jetzt, wo ich wach bin?

Ich sitze immer noch am Ufer, als ein Dampfschiff aus Holland eintrifft, einer Stadt, die nur wenige Kilometer entfernt am östlichen Ende des Black Lake liegt. Der stille Morgen ist plötzlich von Aufregung erfüllt, als Ausflügler und Badegäste von Bord gehen, um den sonnigen Sommertag hier am Strand oder am Ufer des Sees zu verbringen. Viele Reisende tragen Sonntagskleidung und mir fällt eine Frau auf, die mit ihrem kleinen Jungen von Bord geht. Er trägt einen weißen Marineanzug und eine blaue Kappe, und sobald er das Ende des Landungssteges erreicht hat, lässt er die Hand seiner Mutter los und will losrennen. Seine Mutter packt ihn und hält ihn zurück. „Warte, *lieverd*! Lauf nicht zum Wasser“, sagt sie. „Gib mir die Hand, *lieverd*.“

Ein Schock durchfährt mich, als ich das fremd klingende Wort höre. Ich kenne dieses Wort. Mama hat es gestern Nacht im Traum gesagt, als ich ihre Tränen bemerkt habe: *„Ist schon gut, Liebling.“* Aber sie hat gar nicht *Liebling* gesagt, sondern *lieverd*. Irgendwoher weiß ich, dass das dasselbe bedeutet. Ich sehe dem kleinen Jungen zu und kann beinahe das Pfefferminzbonbon in meiner Hand fühlen, als Mama meine Finger darum schließt. *„Hier, lieverd.“*

Eine Weile bin ich wie gelähmt. Verliere ich etwa den Verstand? William hat gesagt, die Schlossturmkirche würde mich verrückt machen. Ist das wahr? Mein Tagebuch rutscht mir vom Schoß und fällt zu Boden, da ich unvermittelt aufspringe. Ich möchte der Frau folgen und sie fragen, aus welchem Land sie kommt, welche Sprache sie spricht. Aber wie kann ich einer Fremden so eine Frage stellen? Außerdem sind sie und ihr Sohn in der Menschenmenge verschwunden.

Die Mutter hatte dieselben dicken goldblonden Haare wie ich. In der Schule haben mich alle Mädchen beneidet, weil meine Haut so hell und mein Haar so dick und lockig ist. Ich kann mich nicht daran erinnern, jemals eine andere Frau mit solchen Haaren gesehen zu haben. Die blonden Haare unseres schwedischen Dienstmädchens sind fein wie Seide.

Ich setze mich wieder auf die Bank, zu erschüttert, um spazieren zu gehen, geschweige denn, ihnen nachzulaufen. Dann bücke ich mich, um mein Tagebuch aufzuheben. Als ich mich wieder aufrichte, blendet mich die Sonne, die sich auf der Wasseroberfläche spiegelt. Ich kneife die Augen zu und versuche mich zu erinnern, ob Mutter mit mir in einer anderen Sprache gesprochen hat, als ich klein war. Aber warum sollte sie das tun? Und welche Sprache sollte das sein? Mutters Vorfahren waren Engländer. Und die von Vater auch.

Ich ziehe mir den Strohhut tiefer ins Gesicht, um meine Augen gegen das gleißende Licht abzuschirmen, und schlage mein Tagebuch an der Stelle auf, an der ich zu lesen aufgehört habe.

3. März

Ich weiß nicht, was ich davon halten soll. Gestern Abend hat Reverend Torrey uns in seiner Predigt die gleiche Frage gestellt, die Jesus auch gestellt hat: „Was hülfe es dem Menschen, wenn er die ganze Welt gewönne und nähme doch Schaden an seiner Seele?“ Die Frage lässt mich nicht mehr los. Aber eine Antwort habe ich nicht. William wird mir „die ganze Welt“ bieten, wenn wir heiraten, aber meine Seele fühlt sich verloren und leer an. Gestern habe ich zu Mutter gesagt, ich würde eine Freundin besuchen, aber stattdessen bin ich zu der Schlossturmkirche gegangen. Ich weiß, dass es unrecht ist zu lügen, aber genau dabei ertappe ich mich. Als ich wieder zu Hause war, bin ich in Vaters Bibliothek gegangen und habe die riesige Familienbibel gesucht, die er in einem der Regale aufbewahrt. Die Bediensteten sind die Einzigen, die sie jemals in die Hand nehmen, und das auch nur dann, wenn sie einmal wöchentlich die Bücherregale abstauben. So unauffällig wie möglich habe ich die schwere Bibel in mein Zimmer hinaufgetragen, damit ich die Worte Jesu selbst nachlesen kann. Die Predigt hat mich sehr nachdenklich gemacht. Ich weiß jetzt schon, dass ich wieder in diese Kirche gehen werde, obwohl William es mir verboten hat.

12. März

Ich habe in Vaters großer Familienbibel das Lukasevangelium gelesen. Besonders berührt hat mich das Gleichnis, das Jesus von einem reichen Mann erzählt, der kein Mitleid mit einem armen Bettler namens Lazarus hatte. Die Geschichte hat mich an die Frage erinnert, die mir keine Ruhe lässt: „Was hülfe es dem Menschen, wenn er die ganze Welt gewönne und nähme doch Schaden an seiner Seele?" Ich wünschte, ich hätte jemanden, mit dem ich über all das, was ich lese, reden kann. Ich habe so viele Fragen.

13. März

Es ist schon nach Mitternacht. Gerade bin ich von einem Dinner nach Hause gekommen, zu dem William und ich eingeladen waren, und ich bin so aufgebracht, dass ich ganz sicher nicht werde schlafen können. Das Essen fand in dem herrlichen neuen Anwesen der Mitchells statt und es gab endlos viele Gänge. Ich habe zugesehen, wie die Leute von jedem Gang ein bisschen gekostet oder einen oder zwei Schlucke von ihrer Suppe gelöffelt haben, dann räumten die Dienstboten unsere Teller fort und brachten den nächsten Gang. Natürlich war es insgesamt viel zu viel, als dass man alles hätte essen können. Und mir ist bewusst geworden, dass diese eleganten Dinnerpartys immer so sind. Aber diesmal musste ich, während ich unter der vergoldeten Decke und dem glitzernden Kronleuchter speiste, immer wieder an das Gleichnis Jesu von dem armen Bettler Lazarus denken, der liebend gerne die Abfälle vom Tisch gegessen hätte, aber nie etwas davon abbe-

kam. Mit dem, was wir heute Abend nicht gegessen haben, hätte man eine Einwandererfamilie eine Woche lang ernähren können. Und auf der Heimfahrt habe ich zu William genau das gesagt.

Aber er hat mich angesehen, als hätte ich den Verstand verloren, und gesagt: „Welche Einwandererfamilie?" Dann fragte er, woher ich diese Ideen hätte.

Ich sagte, sie stammten aus einer Geschichte in der Bibel und dass Jesus ein Gleichnis von einem reichen Mann erzählt habe, der einem armen Bettler nicht helfen wollte. Aber William fiel mir ins Wort und sagte, seine Familie spende sehr großzügig für wohltätige Zwecke. „Und das Gleiche gilt für deinen Vater."

„Aber Reverend Torrey hat in seiner Predigt gesagt –"

„Wer? In welcher Predigt? Bei uns in der Kirche gibt es keinen Pfarrer mit diesem Namen." Zu spät bemerkte ich meinen Fehler. William hatte den ganzen bisherigen Heimweg über meine Hand gehalten, aber jetzt ließ er sie plötzlich los und warf sie förmlich auf meinen Schoß. „Du warst wieder in dieser albernen Kirche, nicht wahr? Nachdem ich dir befohlen hatte, nicht wieder dort hinzugehen."

Ich konnte nicht antworten, weil meine Kehle vor Tränen wie zugeschnürt war.

„Dein Schweigen verurteilt dich, Anna." Dann wandte William sich ab und starrte aus dem Kutschenfenster, das Kinn verächtlich vorgereckt.

„William, hör mir bitte zu … Ich verstehe nicht, warum du so gegen diese Kirche bist." Aber er schüttelte nur den Kopf und weigerte sich, auch nur ein weiteres Wort mit mir zu sprechen.

Mehr Tagebucheinträge kann ich jetzt nicht lesen, sonst fange ich mit Sicherheit an zu weinen. William hat mich gezwungen, zwischen ihm und der Kirche zu wählen, und indem ich mich hinter seinem Rücken zu den Gottesdiensten geschlichen habe, habe ich mich für die Kirche entschieden. War das dumm von mir? Ich weiß noch, wie verloren und allein ich mich oft bei gesellschaftlichen Anlässen gefühlt habe, selbst mit William an meiner Seite und Dutzenden Menschen um mich herum, aber dieselbe Einsamkeit ist von mir gewichen, sobald ich allein in der Kirchenbank saß und hörte, wie der Pastor über Gottes unerschütterliche Liebe sprach.

Ich stehe auf und gehe langsam zu der ausladenden Veranda des Hotels zurück. Die Wege sind gedrängt voll mit Menschen und ich blicke mich um, weil ich hoffe, die Frau mit dem kleinen Jungen noch einmal zu sehen. Ich begreife immer noch nicht, wie ich die fremden Worte verstehen konnte, die sie zu ihm gesprochen hat.

Dann wandern meine Gedanken von diesem Rätsel wieder zu William zurück. Falls er tatsächlich beschließt, mir noch eine Chance zu geben, sollte ich sie dann ergreifen? Er würde mir alles geben, was ich mir nur wünschen konnte – außer der Freiheit, zu der Kirche mit dem Schlossturm zu gehen. Ich könnte nie wieder dorthin zurückkehren. *„Was hülfe es dem Menschen"*, überlege ich, *„wenn er die ganze Welt gewönne und nähme doch Schaden an seiner Seele?"*

9. Kapitel

Geesje

Holland, Michigan
1897

Ich stehe vor der Tür der Pillar Church und stelle bestürzt fest, dass es angefangen hat zu regnen. Auf der Treppe bilden sich dunkle Flecken. „Sieht aus, als hätten wir unsere Sitzung einige Minuten eher beenden sollen", sage ich zu den anderen Damen. „Ich hoffe, ihr habt alle einen Regenschirm dabei."

„Mir macht ein bisschen Regen nichts aus", sagt die Frau des *Dominee*. „Wir haben heute Vormittag eine Menge für den Herrn geschafft." Wir alle murmeln zustimmend, und nachdem ich mich von meinen Freundinnen verabschiedet habe, entfalte ich meinen Schirm und will mich in den Regen hinausbegeben. Doch die Frau des *Dominee* hält mich zurück. „Ich wollte dir noch danken, dass du uns heute im Gebet geleitet hast, Geesje", sagt sie. „Du hast immer das richtige Gespür dafür, was du sagen und tun und wie du beten sollst. Manchmal wären wir ganz ratlos, wenn wir deine Weisheit nicht als Orientierung hätten."

Ich merke, wie meine Wangen bei diesem unerwarteten Lob warm werden, danke ihr und mache mich auf den Heimweg. Als ich zu Hause ankomme, sind meine Lederschuhe und mein Rocksaum völlig durchnässt und ich ertappe mich dabei, wie ich mir die Holzschuhe von früher zurückwünsche.

Durch den warmen, unaufhörlichen Regen fühlt sich mein Haus an wie eine nasse Hundeschnauze. Es ist zu drückend, um die Fenster geschlossen zu lassen, aber zu feucht, um sie zu öffnen; zu warm zum Stricken, aber zu nass, um im Garten zu arbeiten. Ich frage mich, was Derk an solch regnerischen Tagen drüben in dem großen

Hotel macht. Wenn ich ihn das nächste Mal sehe, muss ich ihn das fragen. Er und sein Vater haben gestern nach dem Gottesdienst hier bei mir zu Mittag gegessen und ich habe Derk die ersten Seiten meiner Geschichte zu lesen gegeben.

„Das ist fesselnd, Tante Geesje“, sagte er zu mir, als er an die Stelle kam, an der ich mit dem Schreiben aufgehört hatte. „Ich wünschte, ich könnte weiterlesen. Ich glaube nicht, dass ich die Geschichte von dem Soldaten kenne, in den du dich verliebt hast, oder? Was ist dann geschehen? Ist er der Mann, den du geheiratet hast?“

Ich hätte nicht gedacht, dass ich Hendriks Namen laut aussprechen könnte, ohne die Fassung zu verlieren. Es ist schwierig genug, die richtigen Worte zu finden, wenn ich fünfzig Jahre später über ihn schreibe. „Hendriks Geschichte ist sehr lang und kompliziert, Derk“, habe ich ihm erklärt. „Ich verspreche, dass du sie lesen kannst, wenn sie fertig ist, aber ich muss sie in meinem eigenen Tempo erzählen und auf meine Weise.“

„Das verstehe ich“, hat er gesagt. „Ich werde versuchen, mich zu gedulden und zu warten.“

Jetzt mache ich mich einige Minuten lang in der Küche zu schaffen und suche etwas, das ich tun kann. Es regnet immer noch heftig. Wie in aller Welt beschäftigen sich all die Gäste in den großen Hotels, wenn sie nicht zum Strand gehen oder auf dem See segeln oder auch nur angeln gehen können? Ich kann mir nicht vorstellen, tagelang nichts zu tun zu haben, so wie es bei diesen wohlhabenden Gästen ist – wobei sie mit ihren Herrenhäusern voller Dienstboten sicher ein gemächlicheres Leben gewöhnt sind als ich. Wir Holländer sind fleißige Leute und gönnen uns nur einen festen Tag der Ruhe pro Woche, nämlich den Sabbat. Wenn ich daran denke, wie wir alle gearbeitet haben, als wir gerade nach Amerika gekommen waren – manchmal bis zur Erschöpfung … Ehrlich gesagt kann ich mir nicht vorstellen, was Männer wie *Dominee* Van Raalte, Gott hab ihn selig, von den großen Hotels halten würden, die jetzt am Ufer des Black Lake stehen. Oder von den vielen Häusern, die nur während der Sommermonate bewohnt sind. Wir waren überglücklich, als wir endlich ein Holzhaus mit nur einem Zimmer hatten, nachdem wir wochenlang unter Vordächern aus Ästen Zuflucht gesucht hatten. Der Unterstand, den Papa und Maarten gebaut hatten, bot jedoch keinerlei Schutz, wenn es in Strömen regnete, so wie heute. „*Aber denkt daran, wie gut dieser Regen für unsere Ernte ist*“, sagte Papa dann. Er fand immer einen Regenbogen in den Gewitterwolken.

Aber ich nehme etwas vorweg. Wenn ich all diese Erinnerungen wie verglühende Kohlen wieder zum Leben erwecken will, sollte ich sie aufschreiben, wie das Komitee es sich wünscht. Da ich an diesem trüben Tag ohnehin nichts anderes zu tun habe, setze ich mich an meinen kleinen Schreibtisch und hole mein Notizbuch heraus. Ich lese die letzte Seite, die ich geschrieben habe, dann greife ich nach einem frisch angespitzten Bleistift und fange an zu schreiben, während die Erinnerungen strömen wie der Regen vor dem Fenster.

Geesjes Geschichte

Die Niederlande
50 Jahre früher

Ich erinnere mich noch genau an den Sommerabend, an dem mein Leben noch einmal umgekrempelt wurde. Es war an diesem Tag ungewöhnlich heiß gewesen und ich aß unser einfaches Abendessen aus Brot und Fisch schnell auf, weil ich hoffte, unsere stickige Wohnung für ein paar Minuten verlassen und zum Fluss gehen zu können, wo die Luft sich immer viel kühler anfühlte. Ich würde Maarten bitten müssen, mich zu begleiten, da Vater auch hier in Arnheim nicht wollte, dass ich das Haus allein verließ. Normalerweise las Papa nach dem Essen immer aus der Bibel vor und betete, aber an diesem Abend blieb die Bibel geschlossen auf dem Tisch liegen und Papa faltete seine tintengeschwärzten Hände darüber. Seine ernste Miene und sein nervöses Räuspern verrieten mir, dass er etwas Wichtiges zu sagen hatte.

„Seit mehreren Monaten“, fing er an, „spreche ich mit *Dominee* Van Raalte und einigen anderen Männern aus unserer Gemeinde über die anhaltende Verfolgung, die wir erleben. Dazu kommt unsere Sorge angesichts der Fäule, die uns jetzt schon zwei Jahre in

Folge die Ernte vernichtet hat. Nach vielen Gesprächen und Gebeten um Gottes Führung sind wir zu einer wichtigen Entscheidung gekommen. Wir spüren, dass der Herr uns auffordert, die Niederlande zu verlassen und an einen Ort auszuwandern, an dem wir in Frieden leben und arbeiten und Gottesdienst halten können."

„Nein, Papa!" Ich schlug mir die Hand vor den Mund, kaum dass ich gesprochen hatte. Ich wusste, dass es respektlos war, meinem Vater zu widersprechen, geschweige denn, ihm ins Wort zu fallen. Aber Hendrik war gerade nach Utrecht abgereist und ich konnte mir nicht vorstellen, noch weiter von ihm entfernt zu sein.

Mein Vater reagierte nicht auf meinen Ausbruch, sondern sprach weiter, als hätte ich nichts gesagt. „Ein Ort, den wir in Erwägung gezogen haben, ist die niederländische Kolonie auf der Insel Java."

Ich kniff die Augen zu, um die Tränen zurückzuhalten, während ich an Hendriks Geschichten aus den exotischen Ländern des Fernen Ostens dachte. Es würde Monate dauern, um mit dem Segelschiff dorthin zu kommen, und auf dem Weg lauerten unvorstellbare Gefahren. Und am Ende würden Hendrik und ich auf entgegengesetzten Seiten der Welt sein.

„Aber", fuhr Papa fort, „dann haben wir herausgefunden, dass in dem niederländisch verwalteten Java dieselben religiösen Einschränkungen gelten wie hier. Deshalb haben wir beschlossen, nach Amerika zu gehen, wo es keine Staatsreligion gibt und alle Glaubensrichtungen so Gottesdienst halten dürfen, wie sie es wollen."

„Nein ...", sagte ich noch einmal. Diesmal war es jedoch nur ein Flüstern. Amerika schien genauso weit weg wie Java. Dabei war mir die Entfernung zwischen Arnheim und Utrecht doch bereits zu groß, weil sie mich von dem Mann trennte, den ich liebte.

„In Amerika gibt es gute Möglichkeiten für Arbeiter und jede Menge Land, das darauf wartet, besiedelt zu werden", sprach Papa weiter. „Ein Staat namens Wisconsin bietet günstig Land zum Kauf an. Gutes Land, habe ich gehört. Die Kosten für die Überfahrt sind so gering wie nie zuvor und Menschen aus vielen anderen Ländern haben sich diese Tatsache bereits zunutze gemacht. *Dominee* Van Raalte glaubt, dass wir uns an einem Ort niederlassen können, an dem wir in Frieden zusammenleben, unser eigenes Land bebauen, unsere Kinder unterrichten und ihnen die Liebe Gottes vermitteln können. Und vor allem werden wir dort als Gemeinde Gottesdienst halten können, wie es uns beliebt."

Maarten konnte kaum noch still sitzen, während Papa sprach. Er rutschte auf seinem hölzernen Stuhl hin und her und seine stämmigen Beine wippten unter dem Tisch auf und ab. „Ich würde sehr gerne mit Ihnen auswandern, wenn Sie es erlauben."

„Natürlich, mein Sohn. Natürlich." Papa gönnte Maarten ein Lächeln – und er lächelte nicht oft –, dann beugte er sich vor, um eine Hand auf Maartens Schulter zu legen. „Du hast durch alle Prüfungen und Nöte hindurch zu unserer Familie gestanden und du kannst gerne mit uns kommen. Einige der Ältesten glauben, Gott will uns durch die Unterdrückung, die wir in den letzten Jahren erleiden mussten, zeigen, dass wir weiterziehen sollen, so wie die Verfolgung der ersten Christen in Jerusalem dazu diente, sie in alle Himmelsrichtungen zu zerstreuen und das Evangelium um die Welt zu tragen. Und deshalb werden wir ab heute Abend als Familie für weitere Führung in dieser Sache beten."

Ich neigte den Kopf und hörte zu, während Papa um Gottes Führung betete. Aber ich war mir sicher, dass seine Entscheidung bereits gefallen war und er Gott nur noch bat, seine Pläne gedeihen zu lassen. Bei dem Gedanken, nach Amerika zu ziehen, Tausende Kilometer von Hendrik entfernt, wurde mir ganz schlecht. Würde ich ihn jemals wiedersehen? Er hatte mir zwei Briefe geschrieben, seit er nach Utrecht versetzt worden war, und mich seiner anhaltenden Liebe versichert. Ich beschloss, hier in den Niederlanden zu bleiben, wo er war, selbst wenn das bedeutete, dass ich von meinen Eltern Abschied nehmen musste.

Später an diesem Abend konnte ich nicht einschlafen – und das nicht nur, weil es in meinem Zimmer unerträglich heiß war. Nachdem Hendrik und die anderen abgereist waren, war ich wieder in mein eigenes Zimmer gezogen, doch nun ging ich über den Gang zum Schlafzimmer meiner Eltern und klopfte an ihre Tür. „Ich bin es – darf ich hereinkommen?"

„Natürlich", sagte Mama. Meine Eltern waren schon im Bett, aber sie setzten sich beide auf und blickten mich besorgt an. Die Sonne ging an Sommerabenden in Arnheim spät unter und so war es im Raum hell genug, um sie deutlich zu sehen. „Was ist los, *lieverd*?"

„Ich will nicht nach Amerika gehen. Ich möchte hierbleiben, in den Niederlanden. Vielleicht kann ich zu Anneke oder Geerde ziehen und –"

„Deine Schwestern sind viel zu arm", sagte Papa. „Sie können kaum ihre eigenen Familien ernähren."

Ich hatte befürchtet, dass er das sagen würde, deshalb hatte ich mir etwas anderes überlegt. „Dann … könnte der *Dominee* mir doch vielleicht helfen, Arbeit zu finden. Ich könnte als Dienstmädchen bei einer reichen Familie arbeiten oder –"

„Du bist erst siebzehn, Geesje", sagte Papa. „Außerdem sind die Mitglieder unserer Separatistengemeinde nicht reich. Die wenigen, die Geld haben, überlegen auch, nach Amerika zu gehen. Und ich bezweifle, dass eine reiche Familie, die zur Staatskirche gehört, dich als Dienstmädchen einstellen würde, wenn sie von deinem Glauben wüsste."

Ich sagte es nicht, aber ich wollte so verzweifelt hier bei Hendrik bleiben, dass ich sogar erwogen hätte, in die alte Kirche zurückzukehren.

„Sag, Geesje, warum willst du nicht mit deiner *Moeder* und mir und Maarten nach Amerika gehen?", wollte Papa wissen. „Die Ältesten haben lange und intensiv über dieser Entscheidung gebetet und sie glauben, dass es Gottes Wille ist."

Mir blieb nichts anderes übrig, als ihnen die Wahrheit zu sagen. Früher oder später würden sie es ohnehin erfahren. Ich trat noch einen Schritt näher an ihr Bett. „Ich hatte Angst, es euch zu sagen, aber … aber Hendrik und ich lieben uns."

„Hendrik – der Soldat?", fragte Mama. „Ihr kennt einander doch kaum."

„Doch, das tun wir, Mama. Wir haben über alle möglichen Dinge gesprochen, als er das letzte Jahr hier gewohnt hat, und ich habe festgestellt, dass er ein wunderbarer Mann ist. Bevor er gehen musste, hat er mir gesagt, dass er mich auch liebt. Wenn er entlassen wird, will er mich heiraten."

Papa stöhnte. Mama stieg aus dem Bett und kam zu mir. „Du kannst ihn nicht heiraten, Geesje. Es tut mir leid." Sie sprach sanft, nicht wütend, und legte einen Arm um meine Schulter. „Ich finde auch, dass Hendrik ein netter junger Mann zu sein scheint, aber ihr habt nur sehr wenig gemeinsam. Eine Ehe funktioniert am besten, wenn die Eheleute dieselben Werte und denselben Glauben an Gott haben. Es wäre ein Riesenfehler, einen Mann zu heiraten, der nicht gläubig ist."

„Aber Hendrik ist gläubig. Er wollte auch Zeugnis ablegen, aber sie haben ihn nach Utrecht geschickt, bevor er die Gelegenheit hatte, mit dem *Dominee* zu reden. Fragt Maarten. Er wird es bestätigen. Er und Hendrik waren gute Freunde, das wisst ihr doch."

„Selbst wenn Hendrik Christ wird", sagte Papa, „und selbst wenn er sich den Separatisten anschließt, wie würde er dich ernähren? Er hat kein Zuhause und keine Familie und heutzutage ist es sehr schwierig, Arbeit zu finden. Deshalb ist er ja zum Militär gegangen, wenn ich mich nicht irre. Und der Mangel an Arbeit ist auch einer der Gründe, warum wir das Land verlassen. Es tut mir leid, *lieverd*, aber du bist noch so jung. Ich kann dir nicht erlauben, alleine hierzubleiben oder einen Mann zu heiraten, der beinahe ein Fremder ist. Versuch bitte, das zu verstehen."

Jetzt konnte ich meine Tränen nicht länger zurückhalten. „Aber ich liebe ihn! Bitte, Papa! Ich möchte mit ihm zusammen sein!"

Mama nahm mich in den Arm und versuchte, mich zu trösten. „Hör zu, Geesje ... hör mir zu." Ich konnte sie kaum hören, so sehr schluchzte ich. „Ich will nicht, dass dir das Herz bricht, aber du musst verstehen, dass Hendrik nicht mehr in unserem Haus wohnt und auch Maarten nicht mehr hat, um mit ihm über Glaubensfragen zu reden. Die Predigten des *Dominee* werden ihn nicht mehr beeinflussen. Wenn er jetzt mit Hunderten Soldaten zusammenwohnt, kann er Gott leicht vergessen. Und auch seine Gefühle für dich können sich verändern, wenn er in der großen Stadt wohnt, weit von dir entfernt."

„Nein. Das wird nicht geschehen. Wir lieben uns."

Papa stieg auch aus dem Bett und legte beide Hände auf meine Schultern. „Du musst die Sache in Gottes Hände legen, Geesje, und ihm vertrauen. Wenn er wirklich will, dass du Hendrik heiratest, dann wird euch nichts im Wege stehen. Vielleicht kann Hendrik auch nach Amerika kommen, wenn er seinen Dienst bei der Armee beendet hat. Vielleicht ist auch für ihn die Auswanderung die richtige Antwort. In Amerika könnte er Arbeit finden oder eigenes Land in unserer Gemeinschaft kaufen. Bete darüber, und wenn dies Gottes Wille für dich ist, dann wird sich alles fügen. Wenn nicht – dann musst du entscheiden, ob du Gott gehorchen oder deinen eigenen Weg gehen willst."

Ich hatte das Gefühl, dass meine Eltern nicht recht glaubten, die Sache mit Hendrik und mir könnte sich fügen. Sie hofften, dass es sich um eine mädchenhafte Verliebtheit handelte, die verfliegen würde, sobald Hendrik und mich mehrere Tausend Kilometer trennten. Ich wusste, dass das nicht der Fall sein würde.

Bis spät in die Nacht blieb ich auf und schrieb einen aufgelösten Brief an Hendrik, in dem ich ihm erklärte, was meine Eltern und die anderen beschlossen hatten und dass mir nichts anderes übrig blieb, als mit ihnen nach Amerika zu gehen. Ich schrieb ihm, er könnte auch nach Amerika auswandern, sobald er seine Entlassungsurkunde hatte. Gleich am nächsten Morgen brachte ich den Brief zur Post und dann konnte ich tagelang nicht essen oder schlafen, während ich auf seine Antwort wartete. Was würde er sagen? Hatte Papa recht, wenn er glaubte, dass Hendrik mich bald vergessen würde? Ich war mir nicht sicher, ob ich mutig genug wäre, mich meinen Eltern zu widersetzen und nach Utrecht durchzubrennen, falls Hendrik mich bitten sollte, zu ihm zu kommen, aber ich wünschte mir nichts mehr als das. Aber wenn ich das täte, wäre ich nicht nur Mama und Papa gegenüber ungehorsam, sondern auch Gott.

Als sich die Leute an diesem Sonntag in der Druckerei drängten und vor den Fenstern und Türen standen, saß ich mit Mama und einer Handvoll anderer Frauen in der Küche und hörte der Predigt von dort aus zu. Der *Dominee* predigte über die großen Helden unseres Glaubens und darüber, wie Gott im Leben der jeweiligen Gläubigen wirkte. Zu rastlos, um sitzen zu bleiben, stand ich auf und ging zum Fenster, während er über die Getreuen wie Abraham sprach, die nie die Erfüllung dessen sahen, was sie sich in diesem Leben erhofft hatten. Draußen in unserem winzigen Hof schien die Sonne auf die Wäscheleine, hinter der Hendrik und ich einander im Arm gehalten hatten, und während ich der Predigt lauschte, wurde mir bewusst, dass mein Glaube nicht stark genug war, um Gottes Plan für mich zu vertrauen.

Zum ersten Mal in meinem Leben war mein Herz von Zweifeln durchbohrt. Ich hatte den unerschütterlichen Glauben meiner Eltern erlebt und gedacht, ich würde alles glauben, was sie mir beigebracht hatten. Aber jetzt fing ich an mich zu fragen, ob das, was ich über Gott gelernt hatte, wirklich stimmte. Wenn man bedachte, dass er über die ganze Welt herrschen musste – warum sollte er sich dann überhaupt dafür interessieren, ob ich meinem Herzen folgte und Hendrik heiratete? Und wenn doch: Warum hatte er Hendrik dann überhaupt in mein Leben gebracht und zugesehen, wie wir uns ineinander verliebten? Nur um dann den grausamen Beschluss zu fällen, dass wir nicht heiraten dürfen? Waren wir wie Insekten für Gott, der über uns schwebte, jede unserer Bewegungen beobachtete und bereit war, uns und unsere Träume zu zerquetschen, wenn wir nicht seinen Willen taten?

Mama sah mich mit einem besorgten Blick an, aber schon bald war sie wieder in die Predigt vertieft. Papa hatte gesagt, ich müsse entscheiden, ob ich Gott gehorchen oder meinen eigenen Weg gehen wolle. Aber führte Gott uns wirklich durchs Leben, wenn wir ihn darum baten? Wie sollte ich hören, was er sagte? Für mich fühlte es sich so an, als wären wir alle auf einem Schiff und Gott wäre unser Kapitän, der am Ruder steht und Richtung und Ziel bestimmt. Und uns blieb nichts anderes übrig, als uns festzuhalten, während er uns durch Stürme fuhr oder in der Flaute hängen ließ – es sei denn, wir sprangen über Bord und schwammen in unsere eigene Richtung. Doch ich wusste genug, um das Chaos der unbekannten Tiefen zu fürchten.

Meine Zweifel wuchsen und dehnten sich aus wie die tödliche Fäule, bis ich nicht nur an Gottes Güte zweifelte, sondern auch an Hendriks Treue. Was war, wenn Papa recht hatte und Hendriks Gefühle für mich anfingen, sich zu wandeln, jetzt, wo wir getrennt waren? Utrecht war voller Frauen, die viel hübscher waren als ich. Und warum sollte Hendrik überhaupt Christ werden, wenn er wusste, dass er sich dann Gottes Willen unterordnen und nach den strengen Regeln der Bibel leben musste und dazu noch für seinen Glauben verfolgt würde?

Papa hatte gesagt, ich solle Gott vertrauen und alles in seine Hände legen. Das wollte ich, wirklich. Ich wollte glauben, dass alles, was ich über ihn gehört hatte, stimmte und dass er ein liebender Gott war, der nur das Beste für mich wollte. Denn wenn das nicht stimmte, dann hatte nichts im Leben einen Sinn. Wenn er uns nicht liebte und keinen Plan für jeden Einzelnen von uns hatte, warum sollten wir dann überhaupt leben?

Ich war nicht der Meinung, dass ich ohne Hendrik jemals glücklich sein würde – aber dass ich ein Leben ohne Gott nicht ertragen würde, dessen war ich mir sicher. Als die Predigt endete und es Zeit für die Gebete war, setzte ich mich wieder neben meine Mutter an den Tisch und neigte den Kopf. Ich betete wie alle anderen um Gottes Führung. Ich sagte ihm, dass ich seinen Willen für mein Leben tun wollte, nicht meinen eigenen Willen. Dann flüsterte ich *Amen*.

Anschließend hielt ich die Luft an und wartete darauf, dass Hendrik meinen Brief beantwortete.

10. Kapitel

Anna

Hotel Ottawa
1897

Wir sind jetzt schon seit fast einer Woche im Hotel Ottawa. Gestern hat es den ganzen Tag geregnet, sodass wir die ganze Zeit über drinnen waren, und deshalb kann ich es heute kaum erwarten, zu meinem Morgenspaziergang hinauszugehen. Ich merke, dass Mutter ihr Sozialleben in Chicago vermisst und gerne nach Hause fahren würde, aber ich brauche noch mehr Zeit. „Wie viel Zeit?“, fragt sie beim Mittagessen. Das kann ich nicht beantworten. Und ich habe auch keine Antwort auf die vielen anderen Fragen, die mir durch den Kopf gehen: Warum bin ich so einsam und unglücklich? Warum war das Leben, das ich mit William hatte, so unbefriedigend? Und hat Gott wirklich etwas anderes mit mir vor?

Ich muss immerzu an die Frau denken, die ich am Sonntag mit ihrem kleinen Sohn gesehen habe und die Haare wie meine hatte. Ich muss wissen, welche Sprache sie gesprochen hat. Dabei bin ich mir keineswegs sicher, was mir die Antwort auf diese Frage bringen wird, aber irgendwie scheint es mit all dem zu tun zu haben, wer ich bin und wer ich eigentlich sein sollte. Während ich den Weg zum Wasser hinuntergehe und dabei den Regenpfützen im Sand ausweiche, bereue ich, dass ich die Frau nicht angesprochen habe. Ich entdecke Derk, der mit Ausrüstung beladen in Richtung Anleger geht. Ich sehe ihm ein paar Minuten lang zu, wie er auf den Steg hinausgeht, seine Schritte selbstbewusst und sicher, obwohl die hölzernen Planken unter seinem Gewicht auf und ab schwingen. Nach dem Regenguss gestern sind die Wellen heute aufgewühlt. Derk geht an Bord des hoteleigenen Segelbootes und ich sehe, dass er sich auf den nächsten Ausflug vorbereitet, indem er Taue und Segel und all die anderen unverständlichen Teile überprüft, die ein Boot zum Segeln braucht. Ich habe vom Ufer aus gesehen, wie er mit Hotelgästen über den Black Lake gesegelt ist, und wenn das Boot mit dem Wind übers Wasser gleitet, das riesige dreieckige weiße Segel entfaltet, lässt Derk das Segeln so einfach, so anmutig und schön aussehen, dass ich beinahe versucht bin, es selbst auszuprobieren. Allerdings nur, bis das Boot die Richtung ändert und sich seitwärtsneigt. Segelboote machen das ständig und genau deshalb werde ich niemals eines betreten.

Nachdem ich Derk eine Weile beobachtet habe, fasse ich mir schließlich ein Herz und gehe den Steg hinunter. Vor seinem Boot bleibe ich stehen. Mehrere Minuten verstreichen, bevor Derk mich schließlich bemerkt. „Guten Morgen, Miss Nicholson. Haben Sie sich für die Segeltour heute angemeldet?"

„Nein, nein. Ich habe mich nur gefragt … Ich wollte wissen, ob ich Sie vielleicht etwas fragen darf."

„Natürlich. Fragen Sie nur." Er überquert das Deck des Bootes, um näher zu kommen, und das Boot schaukelt unter ihm. Ich weiß nicht, wie er dabei das Gleichgewicht halten kann, aber es gelingt ihm.

„I…ich will nicht, dass Sie Ärger bekommen, wenn Sie arbeiten müssen." Ich verliere die Nerven. Mir wird bewusst, wie albern meine Frage klingen wird, vor allem, wenn ich meinen Traum erwähne. „Ich kann später wiederkommen, wenn Sie jetzt beschäftigt sind."

„Bin ich nicht. Das Boot ist bereit und ich habe ein paar Minuten Zeit, bevor meine Passagiere kommen. Was wollten Sie mich denn fragen?"

Ich hole tief Luft. „Sie haben neulich gesagt, dass Sie finden, ich sähe holländisch aus. Und dass Ihre eigenen Vorfahren aus den Niederlanden kommen."

„Stimmt."

„Sprechen Sie zufällig Niederländisch?"

„Ein bisschen", sagt er und zeigt mit Daumen und Zeigefinger einen kleinen Abstand an. „Früher konnte ich verstehen, was meine Großeltern sagten, aber im Laufe der Jahre habe ich das meiste vergessen. Ich selbst habe es nie gut gesprochen."

„Haben Sie schon einmal das Wort *lieverd* gehört?"

Seine Miene erhellt sich, als hätte ich ein magisches Wort ausgesprochen. „Klar. Das sagt man zu einem Menschen, den man liebt. So wie *Schatz*, würde ich sagen."

„Warum wusste ich das?", murmele ich. Mir ist, als würde der Steg unter meinen Füßen schaukeln, und ich habe plötzlich das Gefühl, dass ich mich setzen muss. Ich merke, wie ich schwanke, und Derk macht einen Satz vom Boot auf den Steg und greift nach meinem Arm.

„Ist alles in Ordnung, Miss Nicholson?"

„Ja … also … nein, eigentlich nicht." Derk hilft mir von dem Bootssteg und sorgt dafür, dass ich mich auf die nächstgelegene Bank setze. Sie ist noch feucht vom Regen, aber ich bin froh über die Sitzgelegenheit. Während Derk neben mir Platz nimmt, sieht er mich besorgt an.

„Sie werden mir doch nicht ohnmächtig, oder, Miss? Soll ich Riechsalz holen?"

„Nein … aber danke." Ich konnte zerbrechliche Frauen, die in Ohnmacht fallen und bei jeder Kleinigkeit das Riechsalz zücken, noch nie leiden. Williams Anschuldigung kommt mir in den Sinn und in diesem Augenblick habe ich wirklich das Gefühl, den Verstand zu verlieren. Aber das ist nicht wahr! „Ich bin *nicht* verrückt", sage ich laut. „Ich wusste, was es bedeutet. Aber wann habe ich das Wort gelernt?"

Ich blicke zu Derk auf. Seine Miene ist verwirrt. Vielleicht hält er mich auch für verrückt. „Warum fangen Sie nicht vorne an, Miss Nicholson, und –"

„Ich heiße Anna. Bitte nennen Sie mich Anna."

„Also gut, Anna. Ich sehe, dass Sie aufgebracht sind, und ich höre gerne zu, wenn Sie mir erzählen wollen, was Ihnen zu schaffen macht."

Derk ist nicht klassisch gut aussehend wie William und eindeutig nicht so modisch gekleidet. Aber in seinen blauen Augen sehe ich so viel Mitgefühl und in seiner Miene so viel Fürsorge, dass er mir attraktiv erscheint. „Das tun Pastoren wohl. Menschen trösten."

„Ich bin ja noch nicht ordiniert", sagt er lächelnd. „Aber Sie sehen aus, als könnten Sie einen Freund gebrauchen."

Einen *Freund*. Ich sehne mich schon so lange nach einer Freundin oder einem Freund. Also hole ich tief Luft, um mich zu beruhigen, und atme seufzend wieder aus – etwas, das Mutter schrecklich fände. „Als das Dampfschiff aus Holland gestern hier angelegt hat, habe ich gehört, wie eine Frau mit ihrem kleinen Jungen sprach. Sie nannte ihn *lieverd*. Ich wusste, was das Wort bedeutet, aber ich wusste nicht einmal, welche Sprache sie sprach, bis Sie es mir gerade gesagt haben. Die Frau hatte Haare, die so aussahen wie meine, und Sie sagten, ich sähe holländisch aus, und da dachte ich, vielleicht könnten Sie mir sagen … Es tut mir leid. Wahrscheinlich ergibt das alles überhaupt keinen Sinn."

„Doch, das tut es. Fahren Sie fort."

„Sie haben bestätigt, dass es ein niederländisches Wort ist, aber ich habe keine Ahnung, wo ich es gelernt haben könnte. Neulich hatte ich einen Traum. Darin war ich noch ganz klein, so wie der Junge gestern, und Mama hat mich *lieverd* genannt, so wie die Mutter von dem kleinen Jungen es getan hat. Aber ich bin mir sicher, dass meine Mutter kein Wort Niederländisch spricht."

„Hmm. Das ist allerdings rätselhaft." Derk reibt sich das glatt rasierte Kinn, während er einen Moment lang nachdenkt. „Es ist offensichtlich, dass Sie und Ihre Familie wohlhabend sind. Meinen Sie, es könnte eine Amme oder ein Dienstmädchen gewesen sein, das Niederländisch mit Ihnen sprach, als Sie klein waren?"

Überrascht starre ich ihn an. Er ist so schlau. „Natürlich! Das muss es sein. Danke. Ich werde Mutter fragen, sobald ich wieder in meinem Zimmer bin. Danke!"

Er grinst breit. „Es freut mich sehr, dass ich helfen konnte."

„Ich hatte schon Angst, ich würde den Verstand verlieren, wissen Sie. William hat gesagt, ich solle nicht zu der Schlossturmkirche gehen, dort würden sie mich um den Verstand bringen, und bei all den Träumen und Albträumen, die ich in letzter Zeit hatte, dachte ich schon, er hätte recht gehabt. Aber natürlich gibt es eine einfache Erklärung dafür. Vielen Dank!"

„Gern geschehen." Keiner von uns beiden macht Anstalten aufzustehen, obwohl Derk meine Frage beantwortet hat. „Hat dieser William einen besonderen Platz in Ihrem Leben?", fragt er.

„Er ist mein Verlobter … das heißt, er *war* mein Verlobter, bis er die Verlobung gelöst hat."

„Das tut mir leid … Aber ich glaube, ich verstehe, wie Sie sich fühlen. Es gab eine Frau, die ich sehr geliebt habe und die ich heiraten wollte, aber sie hat mich abgewiesen. Sie sagte, sie wolle nicht mit einem Pastor verheiratet sein, und das werde ich in einem Jahr nun mal sein."

„Wie merkwürdig", sage ich. „Wie es scheint, hat die Religion bei unser beider Verlobungen – oder vielmehr beim Ende der Verlobungen – eine Rolle gespielt. Wissen Sie, ich bin nämlich in den letzten Monaten zu einer Kirche in Chicago gegangen – ich fühlte mich dort hingezogen, als würde mich jemand mit einem Seil ziehen und –"

„Welche Kirche?"

„Sie wurde von dem berühmten Evangelisten D. L. Moody gegründet."

„Ja, von ihm habe ich gehört. Tut mir leid, ich wollte Sie nicht unterbrechen."

„So wie sie dort über Gott und den christlichen Glauben reden … da wirkt es so echt. Der Pastor sagt immer, wie sehr Gott uns liebt und dass Gott einen Plan für uns hat, und immer, wenn ich dort bin, spüre ich einen inneren Frieden. Die Kirche, zu der William und ich gehören, ist ganz anders. Bei unserem Pastor wirkt Gott kalt und unnahbar und es gibt eine Menge Vorschriften und Verbote und ‚Du sollst nicht'-Regeln. Ich komme ganz durcheinander, wenn ich versuche, mir die Regeln alle zu merken. Außerdem habe ich schon genug Vorschriften in meinem Leben bei all den Regeln der Etikette und der Manieren, die ich befolgen muss. Ich weiß, dass ich in Gottes Augen nie gut genug bin, und ich habe nie das Gefühl gehabt, dass er mich liebt – bis ich diese neue Kirche gefunden habe."

Mir wird bewusst, dass ich immer weiter plappere – und das vor einem Fremden –, aber ich kann einfach nicht aufhören. Derk sitzt ganz still und aufmerksam da, während er zuhört, und mir fällt auf, dass William mir nie wirklich zugehört hat. Er schien sich nie dafür zu interessieren, was ich fühle oder denke.

„Ich habe versucht, mit William über die Unterschiede zwischen den beiden Kirchen zu reden", fahre ich fort, „aber er wollte nichts davon hören. Er hat mir verboten, weiter zu der Schlossturmkirche zu gehen – so nenne ich sie –, und als ich trotzdem hingegangen bin, hat er gesagt, ich hätte mich für die Kirche entschieden anstatt für ihn, und dann hat er unsere Verlobung gelöst."

„Das klingt aber ziemlich ungerecht. Andererseits weiß ich tatsächlich, wie Sie sich fühlen müssen. Caroline hat mir auch ein Ultimatum gestellt. Ich könne sie heiraten oder Pastor werden. Beides könne ich nicht."

„Wie selbstsüchtig von ihr, ihren Willen durchsetzen zu wollen! Sie kann Sie nicht sehr geliebt haben, wenn sie Sie hat gehen lassen."

Einen Augenblick lang sieht Derk aus, als wäre ihm der Gedanke noch nie gekommen. „Ja …", sagt er und nickt. „Ja, da haben Sie wohl recht. Sie hat mich nicht geliebt – jedenfalls nicht so sehr wie ich sie. Und dasselbe könnte man wahrscheinlich über Ihren Verlobten sagen. Es war sehr egoistisch von ihm, Sie vor die Wahl zu stellen. Wenn Sie glücklich sind, wenn Sie zu einer bestimmten Kirche gehen, warum sollte er Sie dann daran hindern?"

„William glaubt, die Leute in der Schlossturmkirche hätten radikale Ansichten, aber das stimmt nicht."

Derk lacht. „Offenbar ändern sich die Dinge nie. Ich lese gerade die Memoiren meiner Tante Geesje, die aus den Niederlanden ausgewandert ist, und sie schreibt, dass es genau dieser Graben zwischen den Kirchen war, der meine Vorfahren vor fünfzig Jahren in dieses Land gebracht hat. Sie schreibt, ihre Familie habe sich von der Staatskirche losgesagt, weil sie zu kalt und leblos war – so wie Sie es beschrieben haben. Und ihre Vorfahren wurden verfolgt, weil sie anders Gottesdienst feiern wollten. Sie haben viele Opfer gebracht, um sich hier in Holland niederlassen zu können und Glaubensfreiheit zu genießen. Ehrlich gesagt kommt es mir so vor, als wollten Sie auch nichts weiter als ein bisschen Glaubensfreiheit."

„Ja! Genauso fühle ich mich, wenn ich zu dieser Schlossturmkirche gehe – als wäre ich endlich frei!" Ich verstumme und schlage mir die Hand vor den Mund, so schäme ich mich dessen, was ich ihm gerade gestanden habe. „Ich klinge furchtbar verwöhnt und undankbar", sage ich zu Derk. „Ich habe ein wunderbares Leben in Chicago mit allem, was ich mir nur wünschen kann. Niemand hält mich gefangen."

„Ich verstehe. Aber es gibt einen Unterschied zwischen unserem leiblichen Wohlergehen und unserer geistlichen Erfüllung." Derks Blick ist ungeheuer durchdringend und kummervoll und mir wird bewusst, dass ich gar kein Mitgefühl für ihn zeige, obwohl er mir von seinem Herzeleid erzählt hat.

„Was ist mit Ihrer Freundin – Caroline?", frage ich. „Geht sie in eine andere Kirche als Sie?"

„Nein, in dieselbe. Aber ihr Vater ist der Pastor und sie sagt, dass seine Familie immer hinter seiner Gemeinde zurückstecken müsse. Manchmal geht er mitten beim Abendessen oder bei einer Feier, wenn ein Gemeindemitglied ihn braucht. Caroline will ihren Mann nicht so teilen, wie sie gezwungenermaßen ihren Vater teilen musste."

„Aber gehört es nicht zu Ihrem Beruf, Menschen zu trösten, wenn sie jemanden zum Reden brauchen?"

„Ja. Deshalb haben wir uns getrennt. Ich konnte ihr nicht versprechen, dass ich nie tun würde, was ihr Vater getan hat."

Der Weg vor uns füllt sich allmählich mit Gästen, die zu einem Spaziergang aufgebrochen sind oder den schönen Sommertag genießen wollen. Entsetzt stelle ich fest, dass ich einem Fremden all die persönlichen Einzelheiten meiner Trennung von William erzählt habe – Einzelheiten, die nicht einmal meine Eltern kennen. Obwohl sie meinem Vater wahrscheinlich inzwischen bekannt sind, wenn er mit William gesprochen hat.

„Ich sollte gehen", sage ich und stehe auf. „Ihre Passagiere werden bald hier sein und ich halte Sie von der Arbeit ab."

„Warten Sie! Müssen Sie wirklich gehen?", fragt Derk und erhebt sich ebenfalls. „Ich habe das Gefühl, dass wir gerade erst Freunde werden. Wir haben etwas gemeinsam, auch wenn es eine gelöste Verlobung ist."

Wieder wird mir bewusst, wie sehr ich mich nach einem Freund sehne. Aber die soziale Kluft zwischen Derk und mir ist zu groß. Mutter fände es skandalös, wenn ich mich mit einem Hotelangestellten anfreunden würde. „Ja, ich fürchte, ich muss gehen. Danke für Ihre Zeit und dafür, dass Sie meine Frage beantwortet haben."

„Kein Problem. Sie haben mir eine neue Sicht auf Caroline eröffnet. Es war mir ein Vergnügen, mit Ihnen zu reden, Anna."

Ich gehe zur Hotelveranda zurück, wo Mutter mit ihrer Freundin Mrs Stevens sitzt. Ich winke ihnen zu und wende mich dann ab, weil ich nicht noch eine peinliche Unterhaltung über untreue Ehemänner belauschen möchte. Dann bleibe ich plötzlich stehen, weil mir ein anderer Gedanke kommt. Wenn Derk recht hat und es ein Dienstmädchen war, das mich als Kind *lieverd* genannt hat, kann es dann sein, dass dieses Dienstmädchen auch meine leibliche Mutter ist? Hätten meine Eltern, nachdem sie mich als Neugeborenes adoptiert hatten, meiner leiblichen Mutter erlaubt, als Amme zu bleiben? Wenn dieses Dienstmädchen Holländerin war, würde es erklären, warum ich Derks Freundin Elizabeth ähnele und der Niederländisch sprechenden Frau, die ich gestern mit dem kleinen Jungen gesehen habe.

Am liebsten hätte ich meine Mutter sofort ausgefragt, aber sie verbringt den ganzen Nachmittag mit Mrs Stevens. Beim Abendessen sitzen wir mit ihr und zwei Paaren am Tisch und es wäre unhöflich, bei Braten und Buttererbsen ganz beiläufig das Thema meiner Geburt anzusprechen. Ich ignoriere das langweilige Geplauder und versuche mir zu überlegen, wie ich das Thema später, wenn ich mit Mutter allein bin, am besten anschneiden kann, ohne Verdacht zu erregen. Oder sie zu kränken. Schließlich ergibt sich die Gelegenheit, als sie vor dem Zubettgehen noch ein paar Minuten zu mir ins Zimmer kommt.

„Aus irgendeinem Grund habe ich heute den ganzen Tag über mein altes Kindermädchen nachgedacht“, sage ich beiläufig, „aber ich kann mich nicht mehr an ihren Namen erinnern.“

„Meinst du Bridget? Bridget O'Malley?“

Angesichts des so offensichtlich irischen Namens muss ich meine Enttäuschung verbergen. „Aber als Bridget sich um mich gekümmert hat, war ich doch schon im Schulalter, oder nicht? Hatte ich vorher keine Amme? Als ich ein Baby war?“

„Bridget war viele Jahre bei uns. Bis du acht wurdest, glaube ich.“ Mutter hätte mich fast davon überzeugt, dass sie die Wahrheit sagt, wenn sie nicht so schnell den Blick abgewandt hätte – und das Thema gewechselt. „Ach, das hätte ich beinahe vergessen, Anna. Dein Vater hat in den Brief, den ich heute von ihm bekommen hatte, noch einen Brief für dich gesteckt. Ich hole ihn dir.“ Sie verschwindet in ihrem Zimmer und kommt gleich darauf mit dem Brief zurück. „Hier, Liebes. Tut mir leid, dass ich ihn nicht eher erwähnt habe.“ Sie tut so, als müsste sie gähnen, und entschuldigt sich mit der Bemerkung, sie sei müde. Langsam falte ich das Blatt Papier auseinander, voller Befürchtungen, was ich dort lesen werde.

Liebste Anna,

ich hatte gestern im Klub eine lange Unterhaltung mit William und er hat mir die Einzelheiten geschildert, warum er eure Verlobung gelöst hat. Er glaubt, du hättest mit deinem Verhalten sein Vertrauen missbraucht, und ich muss sagen, dass ich ihm recht gebe. Ich kann keinerlei Grund erkennen, warum du eine andere Kirche als diejenige besuchen solltest, in der wir unser Leben lang Mitglieder waren. Aber du bist immer noch meine geliebte Tochter und deshalb bin ich mir sicher, dass du niemals etwas Unanständiges oder Schändliches tun würdest.

Es ist meine feste Überzeugung, dass eine Ehe zwischen dir und William eine gute Ehe wäre. Unsere Familien haben viel miteinander gemein und ich könnte mir keinen besseren Ehemann für mein einziges Kind wünschen. William ist bereit, sich mit dir auszusöhnen, wenn du ihm versicherst, dass du dich in Zukunft nach seinen Entscheidungen richtest. Das erwartet jeder Mann von seiner Gattin, Anna. Es ist ganz und gar keine unübliche Forderung. Der Ehemann ist immer das Oberhaupt seiner Familie. Ich habe William gesagt, dass du mindestens noch eine Woche fort sein wirst, sodass du Zeit hast, über eine Erneuerung eurer Verlobung nachzudenken. Ich hoffe sehr, dass bis dahin alle Kränkungen zwischen euch geheilt sein werden und dass wir dann mit den Vorbereitungen für eure Hochzeit fortfahren können.

Wo ich gerade von deiner Rückkehr sprach: Ich habe deinen Brief erhalten, in dem du das Unwetter beschreibst, das ihr auf dem Weg zu eurem Ferienort erlebt habt. Deine Mutter fand es auch sehr beunruhigend. Es tut mir leid, dass du solche Angst hattest, Anna, und ich verstehe, warum du mit dem Zug nach Hause zurückkehren willst. Ich werde sehen, was ich tun kann, um die Fahrkarte umzutauschen.

Das ist alles für heute. Aber bitte denk an Williams gute Eigenschaften und lass dich nicht durch verletzte Gefühle davon abhalten, ihn zu heiraten.

Immer dein
dich liebender Vater

Ich lese den Brief dreimal. Wenn ich heute nicht mit Derk gesprochen hätte, könnten Vaters Worte mich vielleicht umstimmen. Aber ich habe ganz klar erkannt, wie selbstsüchtig Derks Freundin war, als sie von ihm verlangte, seine beruflichen Pläne aufzugeben, und Williams Forderungen erscheinen mir ebenso egoistisch. Würde ich, wenn ich ihn heiratete, meine eigenen Wünsche und mein eigenes Glück für immer opfern?

Ich öffne das Fenster und lasse eine frische Brise kühler Abendluft herein. Musik dringt von irgendeiner Tanzkapelle in der Ferne herüber, weil der Klang über das Wasser getragen wird. Auf der Oberfläche des Black Lake spiegelt sich der Abendhimmel – dunkel und mit Sternen gesprenkelt. Plötzlich fühle ich mich in diesem Zimmer gefangen – und in meinem Leben. Ich weiß nicht, wer ich eigentlich bin oder was der Sinn meines Lebens ist. Vielleicht würde es mir helfen, meine Zukunft zu verstehen, wenn ich das Geheimnis meiner Vergangenheit lösen könnte – und erführe, wie ich ein einfaches niederländisches Wort gelernt habe.

Aber bis dahin bin ich mir ganz sicher: Wenn ich William heirate, wird meine Zukunft von seinen Plänen genauso verschlungen, wie die Wellen in meinem Albtraum meine Mama verschlingen.

11. Kapitel

Geesjes Geschichte

Die Niederlande
50 Jahre früher

Die Wochen, die es dauerte, bis mein eiliger Brief Hendrik erreicht hatte und er mir zurückschreiben konnte, waren für mich eine Zeit der Selbstprüfung. Ich dachte lange und sorgfältig über Papas Warnung nach, dass ich zwischen Gottes Willen und meinem eigenen Willen wählen müsse, und ich betete, ich möge stark genug sein, Gott zu folgen, selbst wenn es bedeutete, dass ich Hendrik verlor. Als seine Antwort endlich kam, riss ich den Umschlag auf und traute mich kaum zu atmen.

Meine liebe Geesje,

ich würde dir jederzeit bis ans Ende der Erde folgen, warum also nicht Amerika? Mir fällt kein Grund ein, warum ich ohne dich hier in den Niederlanden bleiben sollte, und ich glaube, wir hätten dort drüben mehr Möglichkeiten, gemeinsam ein gutes Leben zu führen, als wir sie hier jemals hätten. Wenn ich ein Stück Land in Wisconsin kaufen könnte, das mir gehört, und dort mit dir leben könnte, wäre ich der glücklichste Mann auf Erden.
Es tut mir schrecklich leid, dass du den ganzen langen Weg nach Amerika jetzt erst einmal ohne mich zurücklegen musst. Aber wirst du dort auf mich warten, bis ich nach meiner Entlassung aus der Armee nachkommen kann? Ich hoffe, dass deine Antwort Ja lauten wird. In der Zwischenzeit werden die Tage und

Wochen und Monate, bis wir wieder zusammen sein können, mir sehr lang erscheinen.

Dein dich liebender Soldat,
Hendrik

Ich weinte vor Freude, als ich seinen Brief las, und schrieb ihm schnell zurück, um ihm zu versprechen, dass ich warten würde. Hendrik zurückzulassen, mit einem riesigen Meer zwischen uns, war das Schwerste, was ich jemals getan hatte. Aber ich hatte Gott bis jetzt vertraut und ich beschloss, ihm auch zu vertrauen, dass er uns wieder zusammenführen würde.

„Ich freue mich so für dich, *lieverd*", sagte Mama, als ich ihr von Hendriks Nachricht erzählte. „Wenn du ihm das nächste Mal schreibst, kannst du ihm eine Liste der Dinge schicken, die von der Schifffahrtsgesellschaft für die Überfahrt empfohlen werden." Uns wurde gesagt, wir sollten insgesamt 160 Pfund Lebensmittel mitnehmen – es schien absurd! Dazu gehörten Fleisch, Mehl, Reis, Kartoffeln, Erbsen, Brot, Käse, Butter, Zucker, Kaffee und Tee sowie Haushaltsgegenstände wie Kessel, Teller, Töpfe und Wasserkanister aus Blech. Meine Familie packte nicht annähernd so viel ein, weil Papa auch etwas von der Ausrüstung mitnehmen musste, die er brauchte, um in Amerika eine neue Druckerei aufzubauen. Da wir keine reichen Leute waren, hatten wir ansonsten nur wenig Kleidung und andere Habseligkeiten, die wir hätten mitnehmen können.

In den nächsten Wochen schien uns die Zeit unter den Händen zu zerrinnen. Unter Tränen verabschiedeten wir uns von Geerde und Anneke und ihren Familien, weil wir wussten, dass wir sie diesseits des Himmels wohl nicht wiedersehen würden. Am 24. September machten sich meine Eltern, Maarten und ich dann mit *Dominee* Van Raalte und etwa fünfzig anderen Separatisten auf den Weg zum Hafen von Rotterdam, von wo aus wir auf der Brigg *Southerner* ablegten. Ich fand, dass das Segelschiff mit seinem klobigen hölzernen Rumpf und den zwei hohen Masten riesig aussah. Unsere kleine Gemeinde war voller Vertrauen, was unsere Zukunft betraf, als wir mit Psalmgesängen und Gebeten in See stachen. Wir waren erst bis zum niederländischen Hafen von Hellevoetsluis gekommen, als sich das erste Unglück ereignete. Ein Feuer brach in der Kombüse aus und breitete sich schnell bis zum Oberdeck unseres Schiffes aus. Dicker Rauch drang in jede Kabine und jeden Gang, sodass wir hustend und keuchend und mit brennenden Augen an Deck flohen. Was für ein erschreckender Anblick es war, wie die Flammen unser hölzernes Schiff verschlangen! Papa, Maarten und alle anderen Männer halfen der Besatzung sofort, Eimerketten zu bilden. Zum Glück gelang es ihnen, das Feuer zu löschen, aber es hatte bereits ein Loch ins Oberdeck gebrannt. Diese Erfahrung erschütterte uns alle. „Was wäre gewesen, wenn das Feuer mitten auf dem Meer ausgebrochen wäre", fragte ich Papa, „anstatt im Hafen?"

„Unser Leben ist in Gottes Hand, *lieverd*, ob wir an Land sind oder auf See", erwiderte er. „Wir müssen lernen, ihm zu vertrauen."

Ich war nie ängstlich gewesen, aber jetzt fing ich an, mir über all die Hindernisse Sorgen zu machen, die Hendrik und mich voneinander trennen konnten. Zum ersten Mal im Leben hatte ich einen Plan für meine Zukunft, aber die Hürden, die zwischen mir und der Erfüllung dieses Plans lagen, erschienen mir ungeheuer groß.

Wegen des Brandes verzögerte sich unsere Reise um eine Woche und wir blieben in Hellevoetsluis, bis unser Schiff repariert werden konnte. Eine Gemeinde vor Ort lud *Dominee* Van Raalte ein, am Sonntag zu predigen, und wir drängten uns mit so vielen Gemeindegliedern in das Versammlungshaus, dass wir beim besten Willen nicht hätten umfallen können. Alle waren sich einig, dass Albertus Van Raalte ein fesselnder Prediger war. Seine Predigt erfüllte alle Passagiere mit Mut, mich eingeschlossen. „Gott kann alle Hindernisse nutzen, um seine Ziele zu erreichen", versicherte der *Dominee* uns, „auch die Kartoffelfäule und das Feuer an Bord unseres Schiffes." Ich verließ den Gottesdienst voller Hoffnung, dass sich in Amerika für Hendrik und mich alles fügen würde.

Endlich segelten wir in die Nordsee hinaus, passierten den Ärmelkanal und kamen zum Atlantik. Meine Stimmung, die so wechselhaft war wie die Wellen im Wasser, reichte von den Gipfeln der Hoffnung bis zu den Tiefen der Verzweiflung. Als ich die Küste meiner Heimat am Horizont verschwinden sah, erfüllte mich eine Melancholie, die ich nicht einmal in Worte fassen konnte, weil ich wusste, dass ich meine geliebten Niederlande nie wiedersehen würde. Amerika war so riesig und weit entfernt und unbekannt. Würde es sich jemals wie ein Zuhause anfühlen, so wie Leiden es getan hatte? Bevor wir in Hellevoetsluis abgelegt hatten, hatte ich einen letzten Brief an Hendrik abgeschickt, in dem Wissen, dass es viele, viele Monate dauern würde, bis er den nächsten Brief von mir erhalten würde, und noch länger, bis ich einen von ihm bekäme. Er würde nicht wissen, wohin er einen Brief an mich schicken sollte, bis ich ihm mitgeteilt hatte, wo wir nun lebten. Diese Monate des Schweigens würden sehr schwer zu ertragen sein.

Die anderen Auswanderer in unserer Reisegesellschaft waren voller Vorfreude und Aufregung, denn sie wussten, dass sie ein ganz neues Leben in einem neuen Land beginnen würden, während Gott jeden ihrer Schritte lenkte. Aber jeder Tag, der auf dem konturlosen Ozean verstrich, entfernte mich weiter von dem Mann, den ich liebte. Hendrik hatte mich in seinem letzten Brief seiner Liebe versichert. Nichts konnte uns trennen. Er versprach, zu mir nach Amerika zu kommen, sobald er konnte. Ich las diesen Brief immer wieder, bis das Papier ganz schlaff war und die Tinte von der salzigen Luft und meinen Liebeskummertränen verschwamm.

An meinem ersten Tag auf offener See verbrachte ich so viel Zeit wie möglich auf dem Passagierdeck, fasziniert von den komplizierten Tätigkeiten auf einem Segelschiff. Ich liebte das Geräusch der Wellen, die an den Bug des Schiffes schlugen, die Rufe der Seeleute, während sie einander Signale gaben, das Flattern der Segel im Wind. Gerade als ich mich allmählich an das Schwanken des Bodens unter meinen Füßen gewöhnte, geschah ein zweites Unglück. Ein heftiger Wind kam auf und wurde bald zu einem mächtigen Unwetter. Himmel und Meer wurden schwarz, nur erleuchtet von Blitzen, die wie Speerspitzen die Dunkelheit durchbohrten. Regen und Wind und Wellen schlugen auf unser hilfloses Schiff ein. Selbst die Matrosen hatten Mühe, auf dem hin und her geworfenen Deck aufrecht zu stehen, und sie verbannten alle Passagiere unter Deck. Jede Tür und jede Luke auf dem Schiff musste fest verschlossen werden, damit die Wellen, die das Deck überfluteten, nicht ins Innere des Schiffes drangen. Mit ihrem hölzernen Rumpf war die *Southerner* dem Sturm nicht gewachsen. Ich war mir sicher, dass wir alle sterben würden.

Eine Woche lang weigerte das Unwetter sich, uns aus seinem Würgegriff zu entlassen. Alle an Bord litten an heftiger Übelkeit und Erbrechen, selbst die Besatzung. Bei dem erbarmungslosen Hin und Her und Auf und Ab war es schwierig zu gehen und unmöglich, auch nur den kleinsten Bissen Nahrung bei sich zu behalten. Unsere empfohlenen Vorräte blieben ungegessen. Mama, Papa und ich wechselten uns damit ab, einander zu pflegen, obwohl wir alle gleich krank waren. Maarten tat ebenfalls sein Bestes, sich um uns zu kümmern, aber auch er war todkrank. Am Ende der Woche hatte er trotz seiner stämmigen Gestalt so viel an Gewicht verloren, dass sein Gesicht blass und eingefallen wirkte. Wir alle beteten und klammerten uns an Gott und alle Geländer oder Seile oder Pfosten, die wir finden konnten. Dann, nach einer Woche, stillte Jesus endlich den Wind und die Wellen und die aufgewühlte See wurde wieder ruhig.

„Unsere Gebete sind erhört worden", sagte Maarten, als er mir am ersten windstillen Morgen etwas Brot und Tee brachte. Er war vor mir und meinen Eltern aufgestanden und hatte eine einfache Mahlzeit zubereitet, damit wir wieder zu Kräften kamen, obwohl er selbst auch immer noch so wacklig war, dass er sich an Wänden und Möbelstücken festhalten musste, um aufrecht stehen zu bleiben.

Aber nicht alle unsere Gebete waren erhört worden. Wir erfuhren von der dritten Tragödie. Zwei unserer Mitreisenden waren gestorben, eine junge Braut, die kaum älter war als ich, und ein zweijähriges Kind. Während der Bestattung stand ich neben Maarten unter wehenden Segeln und Kilometern von Tauen und Takelagen, während das Leinen im Wind flatterte und knallte wie Schüsse. Wir umklammerten die Reling auf dem schwankenden Deck und sahen zu, wie die Besatzung die Leichen ins Meer fallen ließ. „Warum lässt Gott diese schrecklichen Dinge geschehen?", fragte ich Maarten. „Wie kann er solches Unglück sehen und die Augen davor verschließen?"

„Ich kann deine Fragen nicht beantworten, Geesje", erwiderte er. „Gottes Wege sind nicht unsere Wege."

Ich werde nie das Geräusch vergessen, als der winzige, in Tücher gewickelte Leichnam des Kindes in das bodenlose Wasser eintauchte. Oder wie untröstlich die Mutter des Kindes war. Sie würde nie das Grab ihres Sohnes besuchen oder einen Grabstein aufstellen können, um an ihn zu erinnern. Jahre später würde ich wieder an diese trauernde Mutter denken, als ich mein eigenes Kind begrub.

Dominee Van Raalte leitete die Trauerfeier für die Familien und las die Worte Jesu, während er versuchte, uns Mut zu machen: „‚Ich bin die Auferstehung und das Leben. Wer an mich glaubt, der wird leben, auch wenn er stirbt ...'“ Aber nachdem er gebetet und den Gottesdienst beendet hatte, waren meine Fragen immer noch unbeantwortet.

„Hat Gott diese beiden Menschen aus irgendeinem Grund bestraft?“, fragte ich Maarten. „Einer war ein unschuldiges Kind, der andere eine junge Braut. Haben wir nicht alle Gottes Willen gehorcht und unsere Heimat verlassen? Warum musste das geschehen? Es ergibt keinen Sinn.“

„In der Bibel steht, dass alle unsere Tage in Gottes Buch geschrieben sind, bevor sie geschehen“, antwortete Maarten. „Und denk daran, dass unser Leben hier auf der Erde nicht alles ist. Wir haben die Verheißung, dass der Himmel auf uns wartet. Und die Auferstehung. Diese Mutter wird ihr Kind wiedersehen, der Mann seine Braut. Glaubst du das?“

„Ja ... aber es erscheint mir trotzdem ungerecht.“ Zum zweiten Mal in meinem jungen Leben wurde mein Glaube von einem Sturm des Zweifels erschüttert, während ich Gottes Güte infrage stellte. Wenn er dem Mann ohne Grund seine junge Braut so grausam entreißen konnte und das Kind seiner Mutter, konnte er dann auch mir meinen Hendrik nehmen?

12. Kapitel

Geesjes Geschichte

Amerika
50 Jahre früher

Es dauerte mehr als sieben Wochen, bis wir den Atlantik überquert und Amerika erreicht hatten. Zum Glück war keine der verbleibenden Wochen so schlimm wie die erste. Nach dieser langen Zeit langweilte ich mich und ich war es leid, auf so engem Raum zu leben. Am 17. November 1846 kamen wir in New York City an. Es war ein eiskalter Tag mit grauem stürmischem Himmel. Der Hafen sah noch geschäftiger aus als der in Rotterdam und aus allen Richtungen kamen Segelschiffe und Dampfer. Dutzende weitere Schiffe warteten vor der Küste, ihre spitzen Masten in den bewölkten Himmel gebohrt. Wir legten am Castle Garden Immigration Depot am unteren Ende von Manhattan Island an und wankten an Land, erleichtert, endlich wieder festen Boden unter den Füßen zu haben.

Menschen aus aller Welt drängten sich in dem Gebäude, wo sie darauf warteten, Amerika betreten zu dürfen. Während wir dicht beisammenstanden, um einander nicht zu verlieren, schien eine Gruppe junger Männer aus irgendeinem anderen Land sich besonders für uns zu interessieren. Sie zeigten auf unsere gestreiften Röcke und die weißen Spitzhauben und auf unsere Männer in ihren weiten Hosen und schwarzen Kappen. Die meisten von uns trugen Holzschuhe, die einzigen Schuhe, die wir besaßen. Auf dem Schiff hatte ich mich mit zwei anderen Mädchen in meinem Alter angefreundet, und während wir uns unterhielten, kam ein halbes Dutzend bärtiger junger Männer uns immer näher. Sie schienen mit uns zu flirten, während sie lachten und in ihrer fremden Sprache irgendetwas sagten und mit uns zu kommunizieren versuchten.

Sie küssten ihre Finger und warfen uns Handküsse zu. Ich fand sie lustig und hatte überhaupt keine Angst, aber Maarten und die anderen jungen Männer aus unserer Gruppe eilten herbei, um Wache zu stehen, während die Fremden mit ihrer Pantomime fortfuhren.

Mehrere Minuten verstrichen, in denen wir alle uns fragten, wohin wir gehen und was wir als Nächstes tun sollten. Dann kam eine Gruppe niederländischer Amerikaner, die uns damit überraschten, dass sie unsere Sprache sprachen. Sie waren von *Dominee* Thomas DeWetts Niederländisch-reformierter Kirche nach Castle Garden gekommen, um uns willkommen zu heißen und uns bei dem Einwanderungsprozess behilflich zu sein. „New York City wurde vor Hunderten von Jahren von unseren niederländischen Landsleuten gegründet", erklärte der Leiter der Delegation uns. „Früher hieß es New Amsterdam." Unsere niederländisch-amerikanischen Gastgeber erklärten uns auch, was die dunkelhaarigen Fremden gesagt hatten. „Sie finden, dass eure Frauen sehr schön sind. Sie haben noch nie so helle Haut und so blonde Haare gesehen. Ihr müsst darauf achten, eure jungen Frauen zu beschützen. Von jetzt an müsst ihr alle dicht zusammenbleiben und alle Fremden ignorieren, die euch ansprechen." Danach klebte Maarten noch mehr an mir, bis es mir vorkam, als könnte ich keinen Schritt mehr unbeobachtet tun. Die Fremden hatten auf mich harmlos gewirkt und ich verstand nicht, warum wir ihre freundschaftlichen Gesten nicht erwidern konnten. Niemand, außer Hendrik, hatte mir jemals gesagt, ich sei schön.

Nach mehreren Stunden in der Einwanderungszentrale ließen die amerikanischen Behörden uns endlich gehen. Unsere Gastgeber organisierten Transport und Unterkunft für uns, und als wir durch die vollen Straßen der Stadt liefen, bekamen wir unseren ersten Eindruck von Amerika. Was ich von New York City sah, war eine schwere Enttäuschung für mich. Es wirkte dreckig, roch schlecht und war überfüllt, und es gab keine hübschen alten Gebäude, keine Grachten und keine Alleen, wie ich sie aus meinem schönen Leiden kannte. Hätte ich wieder in das Schiff steigen und in die Niederlande zurückkehren können, hätte ich es liebend gerne getan, egal, wie lang die Heimfahrt dauerte oder wie seekrank ich werden würde. Erschöpft versuchte ich, meine Tränen zu verbergen, als ich mich in der Pension für die Nacht auszog, aber Mama sah sie. „Was ist los, Geesje?"

„Die Reise hat so lange gedauert und ich bin es leid, unterwegs zu sein, und wir sind noch nicht einmal in Wisconsin, Mama. Ich vermisse unser Zuhause. Und ich vermisse Hendrik."

„Ich weiß, ich weiß ...", sagte sie tröstend. „Aber der Herr hält wunderbaren Segen für uns bereit. Du wirst sehen."

„Du und Papa, bereut ihr eure Entscheidung hierherzukommen?", fragte ich und putzte mir die Nase.

„Nein. Ich vermisse natürlich deine Schwestern und meine Enkel. Aber nein, wir bereuen nichts."

„Glaubst du, Anneke und Geerde und ihre Familien werden nachkommen wollen, wenn wir uns irgendwo niedergelassen haben?"

„Das weiß nur Gott. Das Wichtigste ist, dass wir Gottes Führung folgen, eine Kolonie zu gründen, in der wir ihn frei anbeten und als Familien in der Nachfolge Jesu leben können. Die Opfer, die wir für ihn bringen, werden zum Segen zukünftiger Generationen. Du wirst sehen."

Zum Glück blieben wir nicht sehr lange in New York City. Am nächsten Tag gingen wir an Bord eines Dampfschiffs und fuhren den Hudson River hinunter zu der Stadt Albany. Meine Begeisterung und mein Glaube erwachten zu neuem Leben. Was für eine schöne Reise das war! Die Niederlande sind überwiegend flach und konturlos, deshalb hatte ich noch nie Berge gesehen. Diese atemberaubenden bewaldeten Hügel schienen auf beiden Seiten des Flusses direkt aus dem Ufer zu wachsen und wurden immer höher, je weiter wir auf dem sich sanft windenden Hudson in nördliche Richtung fuhren. „Hast du schon einmal eine so schöne Landschaft gesehen, Geesje?", fragte Maarten, während er in seiner dünnen Jacke fröstelnd neben mir an Deck stand.

„Nein, noch nie! Warum können wir nicht hier leben? Meinst du, dort, wo wir hingehen, ist es genauso schön?"

Er zuckte mit den Schultern und sagte dann: „Unsere Leute wollen Ackerland kaufen. Dieser Teil von Amerika ist schon gut besiedelt und das Land ist sehr teuer." Auf den Berggipfeln lag Schnee und die Luft war sehr kalt, aber ich stand an Deck neben Maarten und badete in der Schönheit, die mich umgab, bis ich so durchgefroren war, dass ich keinen Augenblick länger draußen bleiben konnte.

Schließlich erreichten wir Albany, die nächste dreckige, vom Qualm ganz graue Stadt und wurden von *Dominee* Wyckoff von einer der Niederländisch-reformierten Kirchen in Albany in Empfang genommen. Ich kann gar nicht beschreiben, wie erleichtert wir darüber waren, dass freundliche, Niederländisch sprechende Amerikaner uns auf dem Weg halfen. Niemand in unserer Gruppe sprach Englisch, auch wenn *Dominee* Van Raalte bei unserem Kapitän an Bord des Schiffes einige Stunden Unterricht genommen hatte. *Dominee* Wyckoff verteilte Geld, das die Kirchen in der Umgebung für uns gesammelt hatten, und die Güte dieser Christen erstaunte uns. Sie kannten uns nicht einmal und doch behandelten sie uns, als gehörten wir zur Familie. Das Wetter in Albany war sehr kalt und ein Hauch dreckiger Schnee wehte mit einem eiskalten Wind vom Fluss her über den gefrorenen Boden. Wir drängten uns in *Dominee* Wyckoffs Wohnzimmer, um uns zu wärmen, wobei wir unsere Holzschuhe vor seiner Tür stehen ließen, während er für uns eine Unterkunft organisierte. „Euer Glaube ist wie der von Abraham und Sara", sagte er zu uns. „Ihr habt das Land eurer Vorväter verlassen, um in ein Land zu ziehen, das Gott euch zeigen wird, immer dorthin, wohin er euch führt."

Seit wir Rotterdam verlassen hatten, waren wir zu einer engen Gemeinschaft zusammengewachsen, aber jetzt begann diese Gemeinschaft sich aufzulösen, weil einige Familien, die von der langen Reise erschöpft waren oder kein Geld mehr hatten, sich dafür entschieden, in Albany zu bleiben. Sie würden sich dort erst einmal Arbeit suchen, versprachen aber, im Frühling nachzukommen. *Dominee* Van Raalte verließ uns ebenfalls. Er fuhr mit der Eisenbahn voraus, um für unsere Reise nach Wisconsin weitere Vorkehrungen zu treffen. Wie viele in unserer Gruppe konnte meine Familie sich die Bahnfahrkarte nicht leisten, deshalb luden meine Eltern und ich – und der treue Maarten – all unser Hab und Gut auf eine Barkasse und dann durchquerten wir auf dem Erie Canal den Bundesstaat New York. Das schmale Gewässer, das gerade einmal dreizehn Meter breit war, führte uns durch trostlose Mühlenstädte und üppige Landschaften mit Höfen und Obstgärten. Ich zählte mehr als fünfzig Schleusen, die wir auf dem Kanal passieren mussten. Wir kamen nur so schnell voran, wie die Maultiere, die unsere Barkasse zogen, neben dem Kanal hertrotteten. Einige Männer in unserer

Gruppe stiegen gelegentlich aus und liefen neben uns her, wenn wir anlegten oder die Maultiere wechselten. Die Tiere ruhten sich dann auf der Barkasse in einem Stall aus und wurden anschließend wieder gegen das Gespann ausgetauscht, das uns gerade gezogen hatte. Aber so sehr ich mich auch danach sehnte, die Barkasse verlassen und mir die Beine vertreten zu können, war es doch viel zu kalt zum Laufen. Da es auf der siebentägigen Reise kaum Sonnenschein gab, der die Luft hätte erwärmen können, blieb ich auf dem Boot, um der Kälte zu entfliehen.

An einem der seltenen sonnigen Nachmittage traute ich mich hinaus, um am Bug des Kahns zu stehen und die kahlen Bäume und gefrorenen Äcker langsam vorbeiziehen zu sehen. Gleich darauf erschien Maarten und stellte sich neben mich. Nach all den Wochen der Reise hatte Maarten fast alle Schüchternheit in meiner Gegenwart verloren. Heute waren seine Wangen von der kalten Luft gerötet und nicht vor Verlegenheit. „Ein schöner Tag, nicht wahr?", sagte er.

„Ja … ausnahmsweise."

„Wenn sie ‚Niedrige Brücke!' brüllen, dann nimm sie ernst und duck dich, Geesje. Unser Kahn passt unter manchen dieser Brücken nur ganz knapp durch und du könntest dir den Schädel einschlagen."

Ich antwortete nicht. Seit wir in Castle Garden angekommen waren, war Maarten nicht von meiner Seite gewichen, um mich zu beschützen. Ich fragte mich, ob er es für Hendrik tat, der sein Freund war, oder weil er immer noch hoffte, meine Zuneigung gewinnen zu können. Manchmal ärgerte es mich, wenn Maarten sich an mich heftete wie ein Entenküken an seine Mutter. An anderen Tagen fand ich seine stämmige Anwesenheit tröstlich. Heute fühlte ich mich aus irgendeinem Grund eingeengt. „Was ist los, Geesje?", fragte er, als ich nicht antwortete. „Daheim in den Niederlanden hast du so viel geredet und jetzt sagst du kaum ein Wort. Hast du Heimweh?"

Ich beschloss, ihm die Wahrheit zu sagen. „Je länger ich unterwegs bin, desto größer wird die Entfernung zwischen Hendrik und mir. Das Meer ist so schrecklich groß und Amerika so riesig, dass ich manchmal Angst habe, wir könnten einander nie wiederfinden."

Maarten ließ sich mit seiner Erwiderung Zeit und sein Atem bildete währenddessen Wölkchen in der Luft. „Mach dir keine Sorgen. Hendrik ist sehr schlau und einfallsreich. Er wird dich finden.“ Ich glaubte in Maartens Stimme Bewunderung zu hören und keine Eifersucht. Trotzdem war ich nicht davon überzeugt, dass er recht hatte.

„Ich hatte nicht damit gerechnet, dass es auf dem Weg so viele Gefahren und Risiken geben würde oder dass es so lange dauert. Ich dachte wahrscheinlich, dass es so ist, wie von Leiden nach Arnheim zu reisen oder von Arnheim nach Rotterdam. Amerika ist in manchen Gegenden immer noch so wild und unzivilisiert. Da komme ich mir ganz verloren vor. Du nicht?“

„Unser Gott weiß genau, wo wir sind und wohin wir gehen. Wir können darauf vertrauen, dass er uns führt und auf uns achtgibt.“

Beinahe hätte ich ihn angeschrien, weil ich genug hatte von Maartens Gott-Gerede. Ich wollte über Hendrik sprechen, dessen attraktives Gesicht in meiner Erinnerung schon zu verblassen begann. Aber ich beherrschte mich, weil mir bewusst war, dass meine Haltung zu Maarten nicht freundlich war. Er hatte seine ganze Familie zurückgelassen und würde wahrscheinlich keinen seiner Verwandten je wiedersehen. Wir waren jetzt seine Familie. „Bereust du manchmal deine Entscheidung, nach Amerika zu kommen?“, fragte ich ihn.

„Niemals.“ Er antwortete, ohne zu zögern. „Diese Reise ist streckenweise ermüdend, aber ich denke immer an das, was Jesus zu seinen Jüngern gesagt hat: ‚Wer seine Hand an den Pflug legt und sieht zurück, der ist nicht geschickt für das Reich Gottes.‘ Ich will weiter nach vorne blicken und nicht zurück. Dies ist für uns alle ein Neuanfang, Geesje, eine Gelegenheit zusammenzuarbeiten, um eine neue Gemeinschaft zu erschaffen, uns niederzulassen und Häuser und Kirchen und Schulen zu bauen.“

Seine Worte machten mir ein schlechtes Gewissen. Ich musste aufhören zurückzublicken und auch nach vorne sehen. Von jetzt an würde ich Maartens Beispiel folgen und fleißig arbeiten, damit alles bereit war, wenn Hendrik nachkam. Dann würde mein neues Leben endlich beginnen.

Unsere Kanalfahrt endete in Buffalo, New York, aber unsere Reise war damit noch lange nicht zu Ende. Wieder entschieden einige Familien, bis zum Frühling zu bleiben, während wir anderen einen

Dampfer bestiegen, um den Lake Erie zu überqueren und nach Detroit zu reisen. Unterwegs würden wir in Cleveland haltmachen. Inzwischen reisten wir schon seit Wochen durch Amerika und es schien uns, als müssten wir bald am anderen Ende der Welt ankommen. Aber das taten wir nicht. An dem Abend, nachdem wir in Detroit eingetroffen waren, versammelte *Dominee* Van Raalte uns, um uns eine enttäuschende Nachricht zu überbringen.

„Leider muss ich euch sagen, dass wir im Moment nicht weiterreisen können, obwohl wir noch zwei große Seen zu überqueren haben, bis wir in Wisconsin ankommen. Der Kapitän hat mir mitgeteilt, dass die Seen im Winter zufrieren, und der Hafen von Detroit wurde gleich nach unserer Ankunft geschlossen. Wir werden den restlichen Winter hier verbringen müssen."

Seine Worte stießen auf müdes Seufzen und Stöhnen. So erschöpft wir alle von der Reise waren, gefiel keinem von uns die Vorstellung, den ganzen Winter lang in einer fremden Stadt gestrandet zu sein, noch weit von unserem Ziel entfernt. „Was sollen wir jetzt machen, *Dominee*?", fragte jemand.

„Die Gemeindeleiter hier in der Stadt werden uns helfen, Wohnungen für unsere Familien zu finden. Und für alle Männer, die bereit sind zu arbeiten, kennt der Kapitän eine Schiffswerft, die während der Wintermonate Arbeiter sucht."

Papa hatte sich an Bord der Barkasse einen hartnäckigen Husten eingefangen und fühlte sich noch zu schwach, um körperlich zu arbeiten. Aber Maarten zog fröhlich mit den anderen Männern weiter in die kleine Stadt St. Clair, ungefähr einhundert Kilometer nördlich von Detroit, während wir zurückblieben. So sehr es meine Geduld strapaziert hatte, während der vergangenen Monate ständig von ihm beschattet worden zu sein, stellte ich doch fest, dass ich Maarten und seinen fröhlichen Optimismus vermisste. Er war uns auf dieser Reise eine große Hilfe gewesen, hatte Taschen geschleppt, uns durch die Seekrankheit gepflegt und uns geholfen, das Ziel im Blick zu behalten. Und jetzt würde unsere Familie es seinem Verdienst in der Werft zu verdanken haben, wenn wir genug zu essen und ein Dach über dem Kopf hatten. Ich war dankbar für seine Hilfe, fürchtete aber, wir würden für immer in seiner Schuld stehen.

Dass wir einige Monate in Detroit blieben, bedeutete, dass ich Hendrik Briefe schicken konnte, und vielleicht fand ja auch ein

Brief von ihm rechtzeitig den Weg zurück zu mir. Ich gab den Stapel Briefe, die ich während unserer Reise an ihn geschrieben und in denen ich ihm alles über die Ereignisse an Bord erzählt und ihn meiner Liebe versichert hatte, in die Post. Dann wartete ich und hoffte, dass sein Brief an mich die lange Reise über Meer und Land zu unseren Zimmern in der Pension in Detroit finden würde, bevor die Eisschicht auf den Seen schmolz und wir weiterreisten.

Kurz vor Weihnachten verließ *Dominee* Van Raalte uns, um mit der Eisenbahn durch Michigan nach Chicago zu fahren und von dort gen Norden nach Wisconsin, um Land für uns zu kaufen. Als er gegen Ende Januar zurückkehrte, rief er uns zusammen, um in der Wohnung, die er für seine Familie gemietet hatte, Gottesdienst zu feiern, und erzählte uns seine Neuigkeiten. „Ich habe den Westen von Michigan erkundet und gutes Land gefunden, das wir von der Regierung für nur 1,25 Dollar den Morgen kaufen können. Die Beamten hier in Michigan wollen, dass ihr neuer Staat wächst, und sie hoffen, dass wir uns hier niederlassen. Ich habe ihnen erklärt, was wir brauchen – dass wir Platz haben wollen, um uns auszubreiten und Bauernhöfe und Gemeinschaften zu gründen, abseits von Menschen mit anderen Religionen oder Glaubensüberzeugungen, damit wir unsere Einheit behalten und nach unseren religiösen Grundsätzen leben können. Diese Beamten haben mir versichert, dass der Westen von Michigan die Abgeschiedenheit bietet, die wir suchen, aber gleichzeitig auch großartige wirtschaftliche Möglichkeiten."

Die Männer murmelten und nickten und klatschten, um ihre Begeisterung zu zeigen. Mir waren Abgeschiedenheit und Ackerland und wirtschaftliche Möglichkeiten gleichgültig. Ich wollte nur in einer – irgendeiner – Stadt bleiben, damit Hendrik mich finden konnte, wenn er aus der Armee entlassen wurde. Ich wollte ihn heiraten und mein Leben lang seine starken Arme um mich spüren und jeden Morgen sein schönes Gesicht sehen, wenn ich aufwachte. Seit wir Arnheim im September verlassen hatten, hatte ich nichts mehr von ihm gehört, und das war jetzt mehr als vier Monate her. In dieser Zeit konnte sich für ihn in Utrecht so vieles geändert haben.

„Im Moment", fuhr Van Raalte fort, „ist das Land, das ich am Black Lake ausgekundschaftet habe, von einigen eingeborenen Indianerstämmen besiedelt. Ein christlicher Missionar und seine Familie leben in der Nähe und haben die meisten dieser Indianer zum Glauben geführt. Es gibt dort keine Straßen oder Bahnschienen, aber die vielen Flüsse und der nahe gelegene Lake Michigan garantieren den Transport per Schiff für die Zukunft. Die Wälder werden uns Holz liefern, um Häuser zu bauen. Der Boden ist gut für den Ackerbau und das Klima ist gut für Obstbäume."

„Klingt wie das Verheißene Land", murmelte Papa neben mir.

Bevor ich an diesem Abend schlafen ging, schrieb ich an Hendrik und erbettelte dann einige Pennys von Papa, damit ich den Brief am nächsten Morgen abschicken konnte. Inständig betete ich, der Brief möge Hendrik erreichen. Ich erzählte ihm darin von unseren neuen Plänen; dass wir uns im Westen von Michigan niederlassen würden und nicht in Wisconsin. Ich nannte ihm die Adresse unserer jetzigen Pension, damit er mir schreiben konnte, und bat dann die Inhaberin flehentlich, alle Briefe, die für mich eintrafen, aufzubewahren. Ich würde ihr meine neue Anschrift mitteilen, sobald wir uns am anderen Ende des Bundesstaates niedergelassen hatten. Es war mühsam, über solche riesigen Entfernungen miteinander zu kommunizieren. Angesichts der vielen Gefahren wie Schiffbrüche und Bahnentgleisungen und Feuer weinte ich mich manchmal in den Schlaf, weil ich befürchtete, Hendrik in diesem Leben nicht mehr wiederzusehen.

Anfang Februar 1847 gesellte Maarten sich wieder zu uns in Detroit und gemeinsam mit *Dominee* Van Raalte und den anderen Siedlern brachen wir mit der Bahn auf zu unserer neuen Heimat im Westen Michigans. In Allegan, einer kleinen Siedlung aus hölzernen Häusern oberhalb eines Flusses, endete die Bahnlinie. Ich trug in meinen Holzschuhen alle Paar Socken, die ich besaß, als wir aus dem Zug stiegen, aber in dem tiefen Schnee wärmten sie kaum. Der Dampf von der Lokomotive gefror in der eiskalten Luft und hing wie ein eisiger Nebel über unseren Köpfen. Wie überlebten die Menschen nur in einer solchen Kälte? Ich kauerte mich auf dem hölzernen Bahnsteig zwischen Mama und Maarten, während wir auf Anweisungen warteten. Noch nie hatte ich so viel Schnee gesehen oder so viel dichten Wald. Und so bitter kaltes Wetter hatte ich auch noch nie erlebt. Zu Hause in den Niederlanden hatte es auch manchmal geschneit und in den Wintermonaten konnte der Wind von der Nordsee auch sehr kalt sein, aber der Schnee blieb nie lange liegen und türmte sich nicht in Schneewehen, wie er es hier tat.

Der *Dominee* hatte bei wohlwollenden Familien Unterkünfte für uns organisiert und so drängte ich mich an diesem Nachmittag mit meinen Einwanderergenossen in dem Haus eines Fremden. Unser Gastgeber sprach kein Niederländisch und der Versuch, sich verständlich zu machen oder selbst etwas zu verstehen, erwies sich für alle als frustrierend. Wir waren in Zimmern untergebracht, die für uns alle viel zu klein waren, und wir mussten in diesen Zimmern schlafen und kochen und uns und unsere Kleidung waschen.

„Das ist nur für kurze Zeit", versicherte der *Dominee* uns am nächsten Morgen. „Einige von uns werden jetzt zu dem Land fahren, das wir gekauft haben, und dort ein Holzhaus bauen, das für uns alle groß genug ist. Wenn es fertig ist, kommen wir nach Allegan zurück und holen euch."

Maarten und Papa blieben da. Ich sah an diesem Nachmittag vom Fenster aus zu, wie Maarten mit einigen Kindern aus unserer Gruppe hinausging und mit ihnen tobte und bis zu den Knien im Schnee versank. Als er wieder hereinkam, lachte er und sein rundes Gesicht war von der Kälte gerötet. „Du bist so winzig, Geesje, da werde ich dich durch die Schneewehen tragen müssen, damit du nicht verschwindest! Wie sollten wir dich jemals wiederfinden?" Angesichts seines kindlichen Vergnügens musste ich lächeln, was ich nicht oft tat. Ich hatte gemerkt, dass ich immer tiefer sank – nicht in den Schnee, sondern in den Trübsinn. Normalerweise war ich sorgfältig darauf bedacht, nur dann zu weinen, wenn mich niemand sah, aber in den beengten Verhältnissen war es schwierig, die Einsamkeit zu finden, nach der ich mich sehnte. Als mein Lächeln schwand, wandte ich mich nicht schnell genug ab und Maarten bemerkte meine Tränen. „Was ist denn los, Geesje?"

„Das Leben in Amerika ist überhaupt nicht so, wie ich es mir vorgestellt habe. Es fällt mir schwer, nicht zurückzublicken und mir zu wünschen …" Ich konnte den Satz nicht beenden. Maarten zog mich in seine Arme, so wie Mama oder Papa es sonst getan hätten, und ließ mich an seiner Brust weinen.

„Bald haben wir es geschafft", tröstete er mich. „Nur noch ein paar Wochen, dann sind wir in unserem neuen Zuhause." Damals konnte keiner von uns beiden wissen, wie beschwerlich die letzten Kilometer unserer Reise werden würden. Maarten behandelte mich an diesem Tag so gut, dass ich wieder einmal dachte, wie sehr er doch eine liebe Frau verdiente, die sein sanftes Wesen zu schätzen wusste.

Drei Wochen später kehrte *Dominee* Van Raalte nach Allegan zurück, um uns zu holen, und wir machten uns auf den Weg ins „Verheißene Land". Es gab keine Straßen oder Wege durch den dichten, dunklen Wald, sondern nur Markierungen an den Bäumen, die uns die Richtung anzeigten. Kilometer um Kilometer trotteten wir mitten im Winter mit unseren Habseligkeiten durch den tiefen Schnee. Maarten fand, dass der Schnee schön aussah, der unter einem wolkenlosen blauen Himmel auf den kahlen Ästen lag. Ich fand den Wald endlos und bedrohlich. Zweimal mussten wir anhalten, um uns auszuruhen und ein Feuer zu machen, damit wir unsere Füße wärmen und die Zehen am Erfrieren hindern konnten. Als wir endlich das Blockhaus erreichten, das die Männer für uns gebaut hatten, brannte ein loderndes Feuer darin. Die Hütte war sehr grob und im Innern dunkel, aber sie war groß genug, um unsere Gruppe zu beherbergen, bis die einzelnen Familien ihre eigenen Häuser bauen konnten.

„Endlich sind wir da", sagte Maarten und stellte sein Gepäck ab. Er hatte ein großes Paket auf dem Rücken getragen und in jeder Hand einen Beutel. Daran, wie er die Beutel nun auf den Lehmboden fallen ließ, merkte ich, dass sie sehr schwer gewesen sein mussten. „Überleg doch mal", sagte er, während er sich umsah, „irgendwann wird dieses Land, auf dem wir jetzt stehen, ein lebendiges Dorf voller Wohnhäuser und Geschäfte und Kirchen sein ... Was ist denn, Geesje?"

Ich konnte meine Tränen nicht zurückhalten. „Das ist kein Dorf, das ... das ist eine Wildnis! Hier gibt es nichts – keine Straßen oder Häuser oder Geschäfte! Es wird Jahre dauern, bis es hier auch nur annähernd so aussieht wie in den Dörfern zu Hause."

Wieder trat er zu mir, um mich zu trösten, aber diesmal wandte ich mich ab. Wie viele Monate war es her, dass ich von Hendrik gehört hatte? Ich hatte keine Ahnung, ob er meine Briefe erhalten hatte oder ob er überhaupt wusste, in welchem Teil der Erde ich mich befand. Diese grob gezimmerte Hütte aus Baumstämmen war keine dauerhafte Adresse, an die Hendrik mir seine Briefe schicken konnte. Wie sollte ich hier draußen in der Wildnis überhaupt Post bekommen? Ich sehnte mich so danach, meinen Namen in seiner Handschrift auf einem Umschlag zu sehen und zu lesen, dass es ihm gut ging. Und dass er mich noch immer liebte.

Trotz der Kälte floh ich nach draußen zu der kleinen Lichtung vor dem Haus und sank auf einen Baumstumpf, der so groß war wie ein Tisch. Jungfräulicher Wald mit hoch aufragenden Bäumen umgab mich auf allen Seiten – höher als alle Gebäude, die ich je gesehen hatte, und sogar höher als die Masten des Schiffes. Um einige dieser Baumstämme zu umfassen, waren bestimmt vier Personen nötig, die sich an den Händen hielten.

Und die Stille … die Stille dieses einsamen Waldes war schrecklicher als jedes Geräusch, das ich bisher gehört hatte.

Geesje

Holland, Michigan
1897

Ich kann nicht weiterschreiben. Die Einsamkeit, die ich vor fünfzig Jahren empfunden habe, scheint mich von Neuem zu umfangen. Ich verstaue Notizbuch und Bleistift in meiner Schreibtischschublade und gehe in die Küche, um Tee zu kochen. An den meisten Tagen macht es mir nichts aus, allein in meinem gemütlichen kleinen Haus zu wohnen, in dem mir nur meine getigerte Katze Gesellschaft leistet. Aber heute, nachdem ich Erinnerungen und Gefühle aus meiner Vergangenheit ausgegraben habe wie Kartoffeln oder Rüben, wünsche ich mir jemanden, mit dem ich reden kann.

Kaum kocht das Wasser im Kessel, wird mein Wunsch erfüllt und Derk spaziert durch die Hintertür herein. „Du kommst gerade rechtzeitig", sage ich zu ihm und greife nach einer zweiten Teetasse und der Plätzchendose. Er umarmt mich und bückt sich, um mir einen Kuss auf die Stirn zu geben, bevor er sich einen Stuhl nimmt. Ich finde es wunderbar, wie er seine langen Beine über meinem Küchenboden ausstreckt.

„Ich hoffe, du hast das nächste Stück deiner Geschichte aufgeschrieben, damit ich es lesen kann“, sagt er. „Ich muss immerzu daran denken und will unbedingt wissen, wie es weitergegangen ist … Obwohl, einiges von dem, was passiert ist, weiß ich ja schon“, fügt er mit einem Grinsen hinzu, „aber nicht alles.“

Wortlos hole ich mein Notizbuch und reiche es ihm. Dann setze ich mich ihm gegenüber an den Tisch, meine Katze auf dem Schoß, trinke Tee und sehe zu, wie er liest. Derk verschlingt meine handgeschriebenen Seiten so schnell, wie er meine Kekse verschlingt, und als er die letzte Seite erreicht hat, sieht er überrascht auf. „Das ist alles? Wo ist der Rest der Geschichte?“

„Mehr habe ich noch nicht geschrieben. Diese Seiten habe ich gerade erst beendet, bevor du erschienen bist.“

Er stöhnt und schüttelt seufzend den Kopf, aber er lächelt. „Du machst es aber spannend, Tante Geesje. Was für ein Abenteuer das gewesen sein muss, um die halbe Welt zu reisen! Ich war kaum jemals außerhalb von Michigan.“

„Pass auf, was du dir wünschst, mein Lieber. Gott könnte *dich* irgendwann um die halbe Welt schicken.“ Sein Lachen ist köstlich, das tiefe Geräusch wie ein willkommener Donner an einem heißen, stickigen Tag. „Ich hätte nie gedacht, dass dich meine albernen Ausführungen so interessieren würden, Derk. Dabei schreibe ich doch immer nur darüber, wie verliebt ich war.“

„Das gefällt mir daran am besten. Deine Geschichte stimmt mich nämlich nachdenklich. In wen wir uns verlieben und mit wem wir beschließen, unser ganzes Leben zu verbringen, spielt doch eine ungeheure Rolle in der Geschichte jedes Menschen, oder nicht? Unsere Wahl hat Auswirkungen auf unser restliches Leben.“

„Und das unserer Kinder.“

„Ja. Und manchmal wird unser Glaube in unsere Liebesgeschichten verwickelt. Caroline hat mit mir Schluss gemacht, weil ich mein Leben Gott widmen will. Und neulich habe ich eine Frau aus dem Hotel kennengelernt, die mir erzählt hat, dass ihr Verlobter die Verlobung wegen der Kirche, die sie besuchen wollte, gelöst hat. Und zu deiner Geschichte gehört es auch“, sagte er und klopft auf das Notizbuch. „Deine Eltern hätten dir nie erlaubt, Hendrik zu heiraten, wenn er nicht deinen Glauben geteilt hätte.“

„Das stimmt.“ Ich trinke noch einen Schluck Tee und frage:

„Woran liegt es eigentlich, dass junge Leute sich so oft in die falsche Person verlieben?“

„Wie Samson, der sich in Delila verliebt hat? Und David in Batseba?“

„Genau“, sage ich lachend.

„Als ich mit diesem Hotelgast geredet habe – ihr Name ist Anna –, ist mir bewusst geworden, dass Caroline niemals die Partnerin gewesen wäre, die ich bei meiner Arbeit brauche, selbst wenn sie mich geheiratet hätte. Ich wäre ständig zwischen ihr und der Kirche hin- und hergerissen gewesen und hätte ein schlechtes Gewissen gehabt, sobald ich die eine oder die andere vernachlässige. Ich hoffe nur, ich finde eine Frau, die meine Arbeit mit mir teilt – und die mich mit meiner Gemeinde teilt.“

„Das wirst du, Derk. Joanna, die Frau meines Sohnes Jakob, ist ihm eine wunderbare Gehilfin. Wenn ich etwas über Ehe und Romantik gelernt habe, dann, dass Gott uns den perfekten Partner schenkt, wenn wir ihn darum bitten.“

„Und wenn ich die richtige Frau finde, kannst du ihr dann beibringen, wie man diese Plätzchen backt, Tante Geesje?“, fragt Derk und beißt in den nächsten Keks.

„Es wird mir ein Vergnügen sein, mein lieber Junge.“

13. Kapitel

Anna

Hotel Ottawa
1897

Heute ist wieder ein fauler Tag. Als ich aufwache, scheint die Sonne über die Ränder meiner Fensterläden, deshalb weiß ich, dass sie schon hoch über der Ostküste des Black Lake steht. Und ich liege immer noch im Bett. Seit ich bei dem Unwetter hier angekommen bin, habe ich die verwirrendsten Träume. Während der ersten Nächte hatte ich wiederholt meinen Albtraum, dass ich beinahe bei einem Schiffsunglück ertrinke. Dann habe ich geträumt, wie Mama mir Pfefferminzbonbons gibt und mich *lieverd* nennt. Gestern Nacht hatte ich einen anderen seltsamen Traum: Mama und ich sitzen in der Schlossturmkirche und sie wischt sich wieder die Tränen mit dem mit blauen Blumen bestickten weißen Taschentuch fort. Aber als die Predigt zu Ende ist und die Musik beginnt, nimmt sie diesmal meine Hand und geht mit mir durch den langen Mittelgang der Kirche nach vorne. Sie kniet vor dem Altar nieder, den Arm um meine Taille geschlungen. Nach einer Weile kommt der Pastor und legt die Hand auf ihren Kopf, um für sie zu beten.

Ich kann mir nicht vorstellen, dass meine Mutter im wahren Leben etwas so Demütiges tun würde, aber ich glaube, ich weiß, was diesen Traum ausgelöst hat. Gestern habe ich weiter in meinem Tagebuch gelesen und das hat mich an den Tag erinnert, an dem Reverend Torrey eine so mitreißende Predigt gehalten hat, dass ich beinahe selbst nach vorne gegangen wäre, als er die Menschen einlud, zum Gebet nach vorne zu kommen. Nur die Angst hat mich zurückgehalten. Ich habe zugesehen, wie andere nach vorne gingen, aber ich blieb in der Bank sitzen, weil ich wusste, wie entsetzt William sein würde, wenn er jemals erfahren sollte, dass ich Gott auf so öffentliche Weise mein Leben übergeben habe. Jetzt habe ich meine Chance verpasst.

Ich steige aus dem Bett und wasche mir das Gesicht, dann ziehe ich mich an und bürste mir die Haare, die durch die hohe Luftfeuchtigkeit am See lockiger geworden sind. Die Einfachheit der morgendlichen Routine hier ist wunderbar. Wenn ich nie mehr still sitzen müsste, während Sophia, unsere Zofe, mein Haar mit Zerren und Reißen und Nadeln bändigt, wäre es mir nur recht – ganz zu schweigen davon, in ein steifes Korsett gezwängt zu werden, bis ich kaum noch atmen kann. Mutters Zimmer ist bereits leer, deshalb gehe ich hinunter, um mich zum Frühstück zu ihr zu gesellen. Je mehr ich über das Rätsel nachdenke, warum ich wusste, was das Wort *lieverd* bedeutet, desto sicherer bin ich mir, dass Mutter mir die Wahrheit verschweigt. Sie muss mehr über meine Geburt und meine Abstammung wissen, als sie zugeben will. Warum sonst sollte sie jedes Mal das Thema wechseln, wenn ich darauf zu sprechen komme? Wie soll ich die Wahrheit herausfinden, wenn sie mir nicht davon erzählt? Vielleicht könnte ich versuchen, mein Kindermädchen Bridget O'Malley zu finden und sie zu fragen, was sie weiß. Aber ich bin kein Detektiv und außerdem ist Bridget inzwischen bestimmt verheiratet und hat einen neuen Namen.

Ich entdecke Mutter an einem der Tische und nehme ihr gegenüber Platz. Dann bestelle ich Toast und Marmelade und starken Tee. Trotz unserer bescheidenen Umgebung sieht Mutter so gelassen und elegant aus wie eine Königin. Es hat den Anschein, als könnte sie sich jeden Augenblick erheben und davonrauschen, um ihr Königreich zu regieren. Ihr irgendwelche Informationen über mein Kindermädchen zu entlocken, wird so schwierig sein, wie den Safe in Williams Bank zu knacken. Ich wünschte, ich könnte mich an die Namen und Gesichter einiger anderer Bediensteter erinnern, die wir hatten, als ich klein war, aber ich stelle peinlich berührt fest, dass ich sie nie besonders beachtet habe. Sie haben im Hintergrund meines Lebens gearbeitet, waren nützlich, aber unsichtbar, und für ein verwöhntes Kind wie mich von ebenso geringem Interesse wie die Vorhänge oder die Blumenständer. Jetzt bereue ich es, nicht besser aufgepasst zu haben. Gewiss muss eine der Angestellten Niederländisch gesprochen haben.

„Du machst heute Morgen einen sehr nachdenklichen Eindruck“, sagt Mutter. „Hast du eine Entscheidung getroffen, ob du dich mit William aussöhnen willst?“

Ich schüttele den Kopf, erinnere mich dann aber an meine guten Manieren. „Nein, das habe ich nicht.“

„Würde es dir helfen, wenn wir darüber reden?“

„Ich glaube, ich möchte noch nicht über William reden.“

Doch Mutter lässt nicht locker. „Mir ist bewusst, dass er deine Gefühle verletzt hat, aber vielleicht hast du seine ebenso verletzt. Eine reife Entscheidung wäre, wenn ihr beide vergebt und vergesst.“

Ihr Rat erinnert mich an die Unterhaltung zwischen ihr und Honoria Stevens, die ich mit angehört habe – auch Mrs Stevens hatte Mutter geraten zu vergeben und zu vergessen. Es hatte so einfach geklungen, aber eine so schwere Sünde wie Ehebruch zu vergeben, konnte unmöglich einfach sein. Und was war mit Williams Weigerung, meine Wünsche zu berücksichtigen; seinem Beharren darauf, dass alles nach seinem Willen lief? Würde das zu einem Muster werden, wenn wir heirateten?

„William ist bereit, es noch einmal zu versuchen“, fährt Mutter fort. „Warum fährst du nicht nach Hause und machst dort weiter, wo du aufgehört hast? Du kannst eine wundervolle Hochzeit planen und dich auf ein herrliches Leben mit William freuen.“ Als ich nicht antworte, fügt sie hinzu: „Du liebst ihn doch, nicht wahr?“

Ich denke lange über ihre Frage nach, bevor ich sage: „Ich weiß es wirklich nicht.“ Habe ich ihn jemals geliebt? Oder war ich nur verliebt in die Vorstellung, einen Mann zu heiraten, der so attraktiv und charmant und zielstrebig ist wie William – einen Mann, der jede Frau der feinen Chicagoer Gesellschaft zur Braut haben könnte, sich aber für mich entschieden hat? Nachdem ich mit Derk gesprochen habe, sehe ich William in einem anderen Licht. Er wirkt selbstsüchtig und fordernd, nimmt wenig Rücksicht auf mein Glück und hat keinen Respekt für meine Entscheidungen.

Mutter nimmt die Leinenserviette von ihrem Schoß und legt sie neben ihren Teller. An der Art, wie sie das Kinn vorreckt und die Lippen schürzt, erkenne ich, dass sie versucht, nicht die Geduld mit mir zu verlieren. „Hör zu, Anna, Liebes. Es mag hart klingen, aber es wird Zeit, dass du aufhörst zu schmollen.“

„Ich schmolle nicht. Wieso glaubst du, dass ich schmolle?“

„Zum einen wegen der Art, wie du dich gehen lässt. Deine Haare, deine Kleider …“ Sie beugt sich über den Tisch und senkt die Stimme, als sie fragt: „Trägst du überhaupt einen Unterrock?“

„Es ist zu heiß für einen Unterrock.“

„Und deine Haltung, Anna. Du weißt doch, dass man sich nicht so auf einen Stuhl lümmelt.“

Wie jahrelang einstudiert setze ich mich sofort gerade hin, als meine Mutter mich tadelt, den Rücken kerzengerade, das Kinn angehoben.

„So ist es besser. Ich mache mir Sorgen, dass diese schlechten Angewohnheiten sich festsetzen, wenn wir noch viel länger hierbleiben.“

Nach dem Frühstück beschließen wir, einen Spaziergang zum Sandstrand am Lake Michigan zu machen. Die Sonne fühlt sich auf meinem Gesicht und meinen bloßen Armen wunderbar warm an, aber Mutter besteht darauf, dass ich einen Hut trage und einen Sonnenschirm, um meine Haut zu schützen. „Du willst dir doch nicht deinen Teint ruinieren, nicht wahr?“ Ihre Frage weckt in mir erneut die Neugier nach meiner Herkunft. Abgesehen von unserem schwedischen Dienstmädchen hat niemand, den ich kenne, so helle Haut wie ich. Aber ich beschließe, unseren Spaziergang nicht zu verderben, indem ich das Thema wieder anschneide.

Als wir zum Hotel zurückkehren, lädt Mrs Stevens Mutter ein, mit einer Gruppe Gäste auf der Veranda vor dem Haus Canasta zu spielen. Froh darüber, allein sein zu können, mache ich mich auf den Weg zum Bootssteg. Dort sehe ich zu, wie Derk Ruderboote und Paddel an eine Gruppe begeisterter Hotelgäste verteilt. Er hält eines der Boote ruhig, während ein junges Paar einsteigt, dann stößt er es mit einem kräftigen Stoß vom Ufer ab. Von den wenigen Menschen, die ich hier kenne, kommt er einer guten Freundin am nächsten und ich spüre eine Verbindung zu ihm. Als er sich umdreht und mich sieht, lächelt er und kommt an meine Seite.

„Guten Morgen. Ein schöner Tag für eine Segeltour, nicht wahr? Der Wind ist genau richtig, falls Sie Interesse haben.“

Ich schüttele den Kopf. „Nein, danke. Aber ich habe noch eine Frage an Sie … natürlich nur, wenn ich Sie nicht von der Arbeit abhalte. Ich kann auch wiederkommen, wenn es besser passt.“

„Melden Sie sich doch zu einem Segeltörn mit mir an oder zu

einem Ausflug mit einem Ruderboot. Dann können wir uns stundenlang unterhalten."

„Danke, aber nein. Ich werde nie wieder ein Schiff betreten, solange ich lebe."

„Nie mehr? Wie wollen Sie dann nach Chicago zurückkommen?"

„Ich habe vor, die Bahn zu nehmen."

Er sieht aus, als wollte er lachen, weil er glaubt, ich hätte einen Scherz gemacht. Dann sieht er, dass es mir ernst ist, und sagt: „Es gibt wirklich keinen Grund, Angst zu haben. Sehen Sie nur, wie ruhig das Wasser heute ist." Er zeigt auf die glitzernde Oberfläche des Sees. „Wir könnten mühelos zum Macatawa Hotel und zurücksegeln. Ich kann auch versprechen, immer in der Nähe des Ufers zu bleiben, wenn Sie sich dann besser fühlen."

„Noch einmal vielen Dank, aber nein."

Anscheinend hört er die Kälte in meiner Stimme, denn er entschuldigt sich sofort. „Es tut mir leid, Anna. Ich sollte Sie nicht aufziehen. Was wollten Sie mich denn fragen?"

Jetzt komme ich mir dumm vor, weil ich ihn gestört habe, aber ich stelle meine Frage trotzdem. „Es ist eigentlich eine hypothetische Frage. Aber wenn Ihre Freundin Caroline beschließen würde, dass sie sich mit Ihnen aussöhnen will, würden Sie es tun?"

Derk kratzt sich nachdenklich am Kinn. Er hat keinen Bart oder Schnäuzer und die Bartstoppeln in seinem Gesicht sehen aus, als hätte ihn jemand mit Goldstaub bestäubt. „Sie müsste ihre Meinung ändern, was die Ehe mit einem Pastor betrifft, sonst hätte es keinen Sinn, noch einmal anzufangen." Ich versuche meinen Seufzer zu unterdrücken, aber er muss ihn doch gehört haben, denn er fragt: „Warum? Will Ihr Verlobter die Verlobung erneuern?"

„Ich habe noch nicht mit ihm gesprochen, aber mein Vater hat es getan. Er sagt, William wolle vergeben und vergessen, wenn ich verspräche, nie wieder in die Schlossturmkirche zu gehen."

„Und werden Sie es tun?"

„Meine Eltern drängen mich dazu. Sie glauben, dass William ein wunderbarer Ehemann sein wird und dass wir gut zueinanderpassen."

„Aber …? Ich spüre, dass Sie zögern, Anna."

„Ich weiß nicht … Was ist, wenn ich immer noch das Gefühl habe, dass etwas in meinem Leben fehlt?"

Wieder kratzt Derk sich am Kinn, während er über meine Frage nachdenkt. „Ich bin kein Experte in Sachen Ehe“, sagt er schließlich. „Meine Mutter starb, als ich noch sehr klein war, und mein Vater hat nie wieder geheiratet. Aber ich habe Tante Geesjes Memoiren gelesen, und als sie sich verliebt hat, dachte sie Tag und Nacht an den Mann, den sie heiraten wollte. Sie hatte keinerlei Zweifel, dass sie füreinander bestimmt waren. Ich glaube, so möchte ich mich auch fühlen, wenn ich mich wieder verliebe.“

„Sind sie in dieselbe Kirche gegangen?“

„Zuerst nicht. Aber meine Tante hatte sehr feste Glaubensüberzeugungen und der Mann, den sie liebte, schien bereit, ihren Glauben zu teilen, damit sie heiraten konnten.“

„Waren sie zusammen glücklich?“

„Das weiß ich nicht“, sagt er mit einem Achselzucken und einem verlegenen Lächeln. „Ich habe die Geschichte noch nicht zu Ende gelesen und sie will es mir nicht verraten. Sie war schon Witwe, als ich sie kennenlernte. Aber hören Sie, Anna, vielleicht brauchen Sie ein paar Antworten auf all die Fragen, die Sie in Sachen Religion haben, bevor Sie sich auf etwas so Wichtiges wie eine Ehe einlassen. Sie müssen sich sicher sein, dass Sie die richtige Entscheidung treffen, bevor Sie sich bereit erklären, diese Kirche aufzugeben.“

„Das ist ein guter Rat. Ich habe wirklich eine Menge Fragen. Bevor wir herkamen, habe ich angefangen, in der Bibel zu lesen, aber es war unsere alte Familienbibel, und die ist viel zu groß, um sie mit auf eine Reise zu nehmen.“

„Ich kann Ihnen eine Bibel zum Lesen geben, wenn Sie wollen.“

„Ja, das wäre nett. Danke.“ Wir haben beide bemerkt, dass sich ein weiteres Paar dem Steg nähert, als wollte es sich ein Ruderboot ausleihen. „Wir sprechen uns bald wieder“, sage ich und eile davon, um mich auf eine Bank in der Nähe zu setzen, damit Derk seine Arbeit machen kann. Ich sehe, wie er zum östlichen Ende des Black Lake zeigt, wahrscheinlich, um Anweisungen und Hinweise zu geben, bevor er dem Paar hilft, in ein Ruderboot zu steigen. Die Ruder machen laute platschende Geräusche, als der Mann versucht, damit zu hantieren, und ich höre, wie die Frau nervös kichert. Andere Gäste kommen und gehen – das Rudern scheint heute ein beliebter Zeitvertreib zu sein – und ich sehe, dass Derk viel zu viel zu tun haben wird, um unsere Unterhaltung fortzusetzen. Also gehe ich über den Rasen zum Hotel zurück. Als ich die Veranda betrete, stelle ich überrascht fest, dass meine Mutter nicht mit den anderen Karten spielt.

„Wissen Sie, wohin sie gegangen ist?", frage ich Mrs Stevens.

„Sie hat beschlossen, doch nicht mit uns zu spielen. Die Arme hat Kopfschmerzen."

Ich gehe hinauf, um nach ihr zu sehen, und als ich meine Tür öffne, stelle ich überrascht fest, dass meine Mutter an meinem Bett steht. Schnell schiebt sie etwas in die Schublade meines Nachttischs, aber es verkantet sich und die Lade lässt sich nicht schließen.

Mein Tagebuch. Meine Mutter hat in meinem Tagebuch gelesen.

Starr vor Entsetzen bleibe ich im Türrahmen stehen. „W...was machst du da?" Wie viel hat sie gelesen? Ich versuche zu überschlagen, wie viel Zeit ich damit zugebracht habe, mit Derk zu reden und auf der Bank zu sitzen. War dies das erste Mal, dass sie darin gelesen hat, oder dringt sie seit Monaten in meine Privatsphäre ein? Ich betrete das Zimmer und schließe die Tür hinter mir. „Das ist mein Tagebuch!"

„Ja. Es tut mir leid. Ich mache mir solche Sorgen um dich, Anna, und ich wusste nicht, was ich sonst tun sollte. Du redest ja nicht mit mir. Ich versuche nur, dich zu verstehen."

Wenigstens verschlimmert Mutter den Vertrauensbruch nicht noch, indem sie mich anlügt, aber deshalb bin ich nicht weniger wütend. „Wie konntest du nur!"

„Dein Vater hat mir erzählt, dass deine Trennung von William etwas mit Religion zu tun hat, und ich dachte, wenn ich deine Gefühle verstehe, kann ich dir vielleicht helfen. Du wirkst so verwirrt und unglücklich ..."

„Und deshalb hast du meine intimen Gedanken gelesen?"

„Das habe ich. Vergib mir, mein Schatz. Und glaub mir bitte, dass ich es aus Liebe und Sorge um dich getan habe."

„Dazu hattest du kein Recht!" Ich wende mich zum Gehen. Im Moment bin ich viel zu zornig, um mit ihr zu reden.

„Warte! Lauf nicht fort." Mutter eilt durch den Raum und hält mich zurück. „Sprich mit mir, Anna, Liebes. Wenn du wirklich so einsam und unglücklich bist, wie du es in deinem Tagebuch schreibst, dann möchte ich dir helfen. Sag mir, was ich tun kann."

„Nichts ... Es gibt nichts, was du tun kannst, außer dich aus meinen Angelegenheiten herauszuhalten. Ich bin eine erwachsene Frau. Ich komme selbst damit klar." Ich versuche ihre Hand abzuschütteln, aber sie lässt nicht locker.

„Anna, ich bin genauso verwirrt wie William. Wir haben dir alles gegeben, was du dir nur wünschen kannst – und es ist immer noch nicht genug? Selbst unsere Kirche ist nicht gut genug für dich?"

Ich schnaube frustriert, weil ich weiß, dass sie mich nie verstehen wird. „Die Schlossturmkirche ist ganz anders als unsere Kirche. Gott wirkt dort ganz … ganz echt. Du kannst ja mitkommen, wenn wir wieder zu Hause sind, dann siehst du es vielleicht selbst."

„Bist du bereit, nach Hause zu fahren? Sollen wir uns um die Fahrkarten kümmern? Dein Vater vermisst dich und ich bin mir sicher, William vermisst dich auch."

Schnell schüttele ich den Kopf. „Nein, ich bin noch nicht so weit." Ich klinge wie ein trotziges Kind. Mir ist bewusst, dass Mutter niemals einwilligen wird, mit mir die Schlossturmkirche zu besuchen, und wenn ich Michigan jetzt verlasse, werden sie und Vater noch mehr darauf drängen, dass ich mich mit William aussöhne. Aber ich will Derks Rat befolgen und Antworten auf all die Fragen suchen, die ich in Bezug auf Gott habe, bevor ich aufhöre, in die Schlossturmkirche zu gehen. Bevor ich einwillige, William zu heiraten. Vielleicht kann Derk mir dabei helfen, diese Fragen zu beantworten. Immerhin studiert er Theologie und will Pastor werden.

„Anna, Liebes, sag mir, was ich tun kann. Wie kann ich dir helfen?"

Wieder fange ich an, den Kopf zu schütteln, doch dann fällt mir etwas ein. „Ich will etwas über meine Vergangenheit wissen, woher ich komme. Und wechsele diesmal bitte nicht das Thema. Erzähl mir alles, was du über meine Eltern weißt."

Lange schweigt Mutter, bevor sie sagt: „Ich weiß nichts über deine leiblichen Eltern. Es tut mir leid, aber das ist die Wahrheit."

„Weiß Vater etwas?"

„Keiner von uns beiden weiß etwas."

„Was ist mit meiner Geburtsurkunde? Darin müsste doch etwas über meine Eltern stehen."

„Du hattest keine Geburtsurkunde."

„Wie kann das sein? Hat nicht jeder eine Geburtsurkunde?"

„Es tut mir leid, aber du hattest keine. Unser Anwalt hat eine für dich aufsetzen lassen, in der wir als deine Erziehungsberechtigten eingetragen sind. Wir konnten dein Alter und deinen Geburtstag nur raten."

„Und woher bin ich gekommen? Ich bin doch nicht vom Himmel gefallen und auf eurer Türschwelle gelandet, oder?"

Ich merke, dass Mutter nicht mehr sagen will, aber ich warte, weil ich die Wahrheit wissen muss. Das ist sie mir schuldig. „Du wurdest ausgesetzt, Anna", sagt sie leise. „Niemand wusste, wer du warst oder wer deine Mutter war. Wir haben versucht, es herauszufinden, aber es ist uns nicht gelungen. Dein Vater und ich hatten uns schon jahrelang ein Kind gewünscht, und als du zu uns kamst, war es wie ein Geschenk des Himmels."

„War ich ein Säugling?"

„Du bist unsere geliebte Tochter, auf jede nur erdenkliche Weise." Mutter zieht mich in ihre Arme, aber ich bleibe steif, denn ich bin immer noch zu wütend, um ihre Umarmung zu erwidern. „Bitte vergib mir, dass ich in deinem Tagebuch gelesen habe, Anna. Ich habe es mit den besten Absichten getan."

Ich bin immer noch zornig, aber schließlich sage ich: „Ich vergebe dir."

Sie drückt mich ganz fest, so wie sie es getan hat, als ich klein war. Irgendwann schlinge auch ich die Arme um sie, und als meine Tränen auf ihre weiche Schulter tropfen, fühle ich mich wieder wie ein Kind, „Ich liebe dich, Anna, mein Schatz", murmelt sie.

„*Ik hou ook van jou*, Mama", erwidere ich flüsternd.

„Hmm? Was hast du gesagt?", fragt sie.

Was *habe* ich gesagt? Woher sind diese Worte gekommen? „I… ich habe gesagt, dass ich dich auch liebe." Irgendwie weiß ich, dass das die Bedeutung meiner Worte war. Aber woher weiß ich das? Und wenn dies Sätze aus meiner Kindheit sind, wo habe ich sie gelernt? Offenbar hat jemand früher die Arme um mich gelegt, so wie Mutter es gerade getan hat, und geflüstert: „*Ik hou van je, Anneke.*" Ich weiß noch, wie ich diese Person genauso fest gedrückt und geantwortet habe: „*Ik hou ook van jou.*" Ich liebe dich auch. Verliere ich allmählich den Verstand?

Ich kann noch nicht nach Chicago zurückkehren. Nicht, bevor ich dieses Rätsel gelöst habe. Ich muss noch einmal mit Derk sprechen.

14. Kapitel

Geesjes Geschichte

Holland, Michigan
50 Jahre früher

Als wir in Amerika ankamen, hatten wir keine Ahnung, wie schwer es sein würde, in der Wildnis von Michigan Ackerland zu schaffen und eine Stadt zu errichten. Hätten wir es gewusst, wären wir vielleicht nicht hergekommen. Wir nahmen in dem unberührten Wald unser Land in Besitz, ohne auch nur zu wissen, wie man einen Baum fachgerecht fällt. Wir Niederländer sind fleißige Arbeiter und hartnäckige Menschen, aber die Schwierigkeiten, mit denen wir in diesem ersten Winter in Michigan konfrontiert wurden, waren beinahe mehr, als wir ertragen konnten. Wir teilten uns alle einen Raum in der grob gezimmerten Hütte und schliefen auf Betten aus Tannenzweigen, über die wir Decken legten. Die Männer wechselten sich damit ab, nachts das Feuer zu schüren, aber der Wind und die Kälte drangen trotzdem durch jede Ritze zwischen den Baumstämmen.

Von unserem Wohnort gab es keine Straßen zu den Nachbardörfern Allegan, Saugatuck, Singapore oder Grand Haven. Um Vorräte zu besorgen, mussten die Männer aus unserer Siedlung die schmalen Indianerpfade durch den Wald zu einer der nahe gelegenen Städte nehmen und dabei den Markierungen an den Baumstämmen folgen. Dann mussten sie die Lebensmittel auf dem Rücken zurücktragen. Es gab Überlegungen, einen Laden zu eröffnen, an dem jeder Siedler Anteile besaß, aber ein solches Unterfangen hätte eine Menge Organisation erfordert und viel Arbeit bedeutet. Damals verband nur ein flaches Gewässer den Black Lake und den Lake Michigan miteinander, sodass alle Güter, die zu unserer Siedlung gebracht werden sollten, am Ufer des Lake Michigan hätten abgeladen, über die Sandbank zum Black Lake geschleppt, wieder auf Flachboote geladen und dann zu unserer Siedlung gepaddelt und ins Landesinnere getragen werden müssen. Bis mehr Siedler kamen, konnten keine der Männer für eine so gewaltige Aufgabe abgestellt werden. Und sie hätten auch gar nicht die Kraft dazu gehabt, weil es so wenig zu essen gab. Uns gingen Grundnahrungsmittel wie Mehl und Kartoffeln aus, lange bevor der Winter zu Ende war, und wir hatten Hunger und fühlten uns elend.

Aber ich glaube, der Tiefpunkt kam, als Mrs Willem Notting ernsthaft erkrankte. Sie war den ganzen Weg von den Niederlanden mit uns hierhergereist und war eine von Mamas engsten Freundinnen. Der Hunger und die Erschöpfung, die uns allen zu schaffen machten, verschlimmerten ihre Krankheit noch. Trotz unserer inbrünstigen Gebete starb Mrs Notting. Als wir das erste Grab in diesem erbarmungslosen Land aushoben, fragten sich viele von uns, wer wohl der Nächste sein würde. Und warum Gott uns nicht zu hören schien.

Unsere nächsten Nachbarn waren einheimische Ottawa-Indianer, die unweit von uns am Ufer des Black Lake lebten. Ich hatte sie schon mehrmals aus der Ferne gesehen. Beim ersten Mal war es eine Gruppe von Kriegern gewesen, die vor der Old Wing Mission stand, als wir auf unserem Weg von Allegan dort haltmachten. Später zeigte Papa mir ihr Dorf aus Blockhäusern und Hütten, die sich am Ufer des Sees drängten. Ich starrte die Squaws und ihre Kleinen fasziniert und ängstlich an. Ihre Lebensweise wirkte so primitiv, aber Reverend Smith von der Mission versicherte uns, die Eingeborenen seien Christen wie wir. Hin und wieder sah ich einen der Krieger vor unserem Haus wie einen Schatten zwischen den Bäumen hindurchschlüpfen, vertraut mit den Pfaden und Waldwegen, die einmal ihnen gehört hatten. Aber ich war noch nie einem Ottawa-Indianer direkt begegnet, bis zu einem Abend in unserem ersten Winter in Holland, als wir alle von einem wütenden Hämmern an der Tür aus dem Schlaf gerissen wurden.

Papa und die anderen Männer eilten schnell zur Tür, während Maarten eine Lampe entzündete. Als sie öffneten, lehnte ein Indianerkrieger mit einem Gewehr im Arm am Türrahmen. Seine Kleidung aus Leder und Fell hing in zerrissenen Fetzen an ihm und war mit Blut getränkt. Auch über sein Gesicht lief Blut aus klaffenden Fleischwunden. Einer seiner Arme war furchtbar zerfetzt. Es war ein schrecklicher Anblick, deshalb sah ich schnell zur Seite. Der Krieger war mindestens einen Kopf größer als Papa, aber er fiel in seine Arme, als könnte er keinen Augenblick länger stehen. Die Männer legten ihn vor dem Kamin auf den Boden.

Große Aufregung folgte, als Maarten das Feuer schürte und Mama und die anderen Frauen sich beeilten, seine Verletzungen zu versorgen. „Wenn ich mir diese Wunden ansehe, würde ich sagen, er ist irgendeinem wilden Tier begegnet“, sagte Papa. Mama nahm Nadel und Faden und nähte einige der schlimmsten Schnitte zusammen, während ich half, Verbände und Salben vorzubereiten.

„Glaubst du, dass er überleben wird?“, fragte Maarten.

„Er ist in den Händen des Allmächtigen“, erwiderte der *Dominee.* Dann leitete er uns im Gebet und flehte Gott an, das Leben dieses Mannes zu verschonen, der bei uns Hilfe gesucht hatte.

Irgendwann schlief ich wieder ein. Bei Tagesanbruch lag der Indianer immer noch am Feuer und stöhnte hin und wieder leise, aber Papa und die anderen Männer waren fortgegangen. Sie hatten beschlossen, der Blutspur im Schnee zu folgen, die der Indianer hinterlassen hatte, um zu sehen, ob es weitere Krieger gab, die Hilfe brauchten. Wir waren mit dem verletzten Mann allein in der Hütte, aber ich sah, dass er zu schwer verletzt war, um uns etwas zu tun. Er sah jung aus, nicht älter als Maarten, hatte schwarze Haare und hohe Wangenknochen und seine Haut schimmerte in einem warmen Mahagoniton. Als die Männer zurückkamen, zogen sie das Fell eines riesigen Schwarzbären hinter sich her.

„Wie es aussieht, hat dieser Indianer dem Tier eine Kugel verpasst“, erklärte Papa uns, „aber der verwundete Bär muss ihn daraufhin angegriffen und wie ein Wilder gekämpft haben, bevor er starb.“

„Die Gegend, in der wir den Bären gefunden haben, war zertrampelt und mit Blut bedeckt“, fügte Maarten hinzu. „Offenbar waren Wölfe und andere Aasfresser in der Nacht vor uns dort.“

„Wenn der Indianer es nicht bis zu unserer Tür geschafft hätte“, sagte Papa, „hätten die Wölfe ihn wahrscheinlich auch getötet.“

Der Indianer blieb beinahe zwei Wochen lang bei uns, bis er kräftig genug war, um bewegt zu werden. Eine Gruppe von seinem

Stamm kam ihn holen und überhäufte uns mit Geschenken aus Wild und Fellen, um ihrer Dankbarkeit Ausdruck zu verleihen. Danach hatte ich nicht mehr solche Angst vor den Ottawa-Indianern, aber meine Angst vor Bären hat sich nie gelegt! Der Zwischenfall unterstrich die Gefahren dieser Wildnis, die so anders war als die zivilisierte Welt von Leiden, in der ich aufgewachsen war.

Irgendwann war der Winter endlich vorüber und der Frühling kam. Der Schnee schmolz und verwandelte das Erdreich in Schlamm und Marschland, das beinahe ebenso schwierig zu begehen war wie der Schnee. Nach und nach besserten sich die Lebensbedingungen, als weitere Einwanderer zu uns stießen und halfen, das Land urbar zu machen und Häuser zu bauen. Mehr als vierzig Menschen lebten jetzt in unserer kleinen Siedlung. Wir feierten draußen auf der Lichtung Gottesdienst, mit Baumstämmen als Kirchenbänke. An jedem Sabbat sang ich pflichtbewusst Psalmen des Glaubens und lobte Gott mit den anderen, während ich hoffte, dass meine Niedergeschlagenheit sich legte, und betete, dass wir diese Tortur irgendwie überlebten. Wenn Hendrik kam, sagte ich mir, würde alles besser werden – obwohl der Gedanke daran, dass er an unserer Seite all diese Mühsal erleiden musste, mir ein schlechtes Gewissen bereitete. War es gerecht, von ihm zu verlangen, dass er die lange Reise hierher für mich antrat, wo ich doch wusste, welche Schwierigkeiten er würde meistern müssen?

„Maarten und ich werden heute ein Stück Land aussuchen, das wir kaufen wollen", erklärte Papa uns an einem schönen Frühlingstag. Mama und ich und einige andere Frauen wollten zum Bach gehen, um unsere schmutzige Winterkleidung und Socken zu waschen. Die saubere Wäsche würden wir zum Trocknen über die noch kahlen Äste hängen, in der Hoffnung, dass der Wind sie nicht in den aufgewühlten Schlamm wehte, der unser Gemeinschaftshaus in allen Richtungen umgab. „Wenn wir erst einmal ein eigenes Grundstück gefunden haben", sagte Papa, „bauen wir ein Blockhaus und roden das Land und –"

„Warte mal! Werden wir von all den anderen wegziehen?", fragte ich erschrocken. Der Wald war schon im Beisein der anderen Siedler beängstigend genug. Ich konnte mir nicht vorstellen, dass wir ganz allein wohnten, weit entfernt von unseren nächsten Nachbarn.

„Natürlich, *lieverd*. Alle wollen ein eigenes Haus und Ackerland für ihre Familien. *Dominee* Van Raalte hat mit den Behörden von Michigan verabredet, dass wir Land kaufen können, und er zeigt uns jetzt, welche Grundstücke es gibt."

„Nicht bei den Indianern, Papa. Bitte!"

„Sie wollen uns nichts Böses, Geesje", sagte er lachend. „Außerdem befindet sich ihre Siedlung am Ufer des Black Lake. Ich möchte weiter im Landesinneren leben, wo das Stadtzentrum sein wird."

„Der *Dominee* sagt, unser Ort wird irgendwann auch eine Zeitung haben", fügte Maarten hinzu. „Das bedeutet, dass die Stadt eine Druckerei braucht."

Ich konnte mir das nicht vorstellen. Nichts in dieser weiten Wildnis erinnerte an eine Stadt. Der Gedanke an eine Zeitung war völlig abwegig. Es würde Jahre dauern, bis wir hier auch nur ansatzweise das zivilisierte Leben führen konnten, das wir in Leiden und Arnheim zurückgelassen hatten.

„Und was ist mit den wilden Tieren?", wollte ich wissen. „Die Frauen, bei denen wir in Allegan gewohnt haben, haben mir erzählt, dass in diesen Wäldern Bären und Wölfe und Wildkatzen leben."

„Ich glaube nicht, dass du dir wegen der Tiere Sorgen machen musst", sagte Maarten. „Die größte Gefahr ist, sich zu verlaufen." Falls seine Worte mich trösten sollten, erfüllten sie nicht ihren Zweck. Ich sah zu, wie die beiden loszogen, wobei ihre Holzschuhe in dem weichen Waldboden versanken. Kurz darauf waren sie verschwunden, verschluckt von den dicken Bäumen.

Später an diesem Nachmittag war die letzte Wäsche endlich trocken und Mama und ich nahmen sie von den Ästen. „Sieh dir das an", sagte Mama und schob einen Finger durch das Loch in einer von Papas Wollsocken. „Beinahe jedes Paar Socken hat ein oder zwei Löcher, die gestopft werden müssen. Da werden wir uns heute Abend wohl an die Arbeit machen müssen."

„Die von Maarten sind noch schlimmer als Papas Socken." Ich zeigte ihr eine, bei der die Ferse ganz fadenscheinig war. „Aber woher sollen wir Garn bekommen, um sie zu stopfen? Oder um neue Socken zu stricken?"

„Wir werden das schon schaffen, Geesje", erwiderte sie lächelnd. Mama weigerte sich standhaft, sich entmutigen zu lassen, ganz egal, wie die Umstände waren. Manchmal fragte ich mich, ob sie wirklich einen so starken Glauben an Gott und unsere Zukunft hier hatte oder ob sie einfach nur so tat, um uns Mut zu machen. „Wir können zum Beispiel eines der schlimmsten Paare aufribbeln und das Garn dazu nehmen, die anderen zu stopfen."

„Aber wir brauchen noch eine Menge anderer Dinge außer Garn", murrte ich. Ich konnte mich nicht daran erinnern, wann ich das letzte Mal so richtig satt gewesen war.

„In den Niederlanden waren wir doch sehr verwöhnt", sagte Mama. „Und wir haben das völlig gedankenlos für selbstverständlich gehalten. Vielleicht lehrt Gott uns jetzt, für alles, was er uns schenkt, dankbarer zu sein."

Kurz vor Sonnenuntergang kamen Papa und Maarten zurück und erzählten von dem wunderbaren Stück Land, das zu kaufen sie beschlossen hatten. Ich schüttelte den Kopf. „Woher wisst ihr, ob es wunderbar ist? Der Wald sieht überall genau gleich aus – nur Bäume, Bäume und noch mehr Bäume."

„Wir haben ein Grundstück ausgewählt, das etwas höher liegt, oberhalb des Marschlands", erklärte Maarten mir. „Es gibt dort einen Pinienhain, sodass wir Holz für ein stabiles Haus haben und einen großen Bereich, den wir für den Garten roden können." Seine Begeisterung machte ihn gesprächiger, als er für gewöhnlich war, und während er das Land beschrieb, das wir bald besitzen würden, sah ich Maarten zum ersten Mal seit Monaten ganz bewusst an. Jetzt, wo er nicht mehr in Winterkleidung gehüllt war, bemerkte ich, wie dünn er im Laufe des Winters geworden war. Sein ehemals kräftiger Leib und die großen, quadratischen Hände waren geschrumpft, sodass es aussah, als würden die Knochen gleich durch die Haut ragen. Sein rundes Gesicht wirkte eingefallen und blass. Sah ich auch so dünn und bleich aus? Ohne einen richtigen Spiegel war das schwer zu sagen.

Mama strahlte angesichts der Neuigkeiten. „Das ist es doch, worauf wir gewartet und wofür wir gearbeitet und den langen Weg hierher zurückgelegt haben – unser eigenes Land."

„Ist es weit von den anderen entfernt?", fragte ich. „Ihr wart den ganzen Tag fort."

„Nein, *lieverd*", sagte Papa und tätschelte meine Schulter. „Es ist überhaupt nicht weit entfernt. Nur einen kurzen Fußweg. Ungefähr so weit wie von unserer Druckerei in Leiden zum Haus deiner

Schwester Geerde – vielleicht ein bisschen weiter." Aber natürlich würde es keine gepflasterten Straßen geben, auf denen man gehen konnte, oder Geschäfte, die man sich auf dem Weg ansehen konnte. Wir würden keiner Menschenseele begegnen, die wir begrüßen oder mit der wir eine Weile plaudern konnten. Wir würden nicht beobachten können, wie die Wolken am blauen Himmel über den Fluss hinwegzogen, weil die Sicht von einem Dickicht aus Bäumen verstellt war, das kaum Sonnenlicht hereinließ. Und wenn wir ankamen, würden Geerde und ihre Kinder nicht da sein, um uns willkommen zu heißen.

„Wir waren den ganzen Tag fort", erklärte Maarten, „weil wir den Nachmittag damit zugebracht haben, die Bäume zu markieren, damit wir unser Land wiederfinden – und damit niemand anders es für sich beanspruchen kann."

„Wann können wir dorthin ziehen?", fragte Mama. „Soll ich anfangen, unsere Sachen zu packen?"

Welche Sachen?, hätte ich am liebsten gefragt. Unsere löchrigen Socken? Unsere verschlissenen Mäntel? Unsere verbeulten Töpfe und angeschlagenen Teller? Wir hatten so wenig Eigentum.

„Maarten und ich müssen zuerst eine Art Schuppen oder Unterstand bauen", sagte Papa. „Das dauert aber höchstens ein paar Tage. Dann können wir alle zusammen dorthin ziehen."

Die erste provisorische Hütte, die Papa aus Ästen baute, war so instabil, dass jedes Mal, wenn es regnete, das Wasser hineinlief. Und in diesem Frühjahr regnete es viel. Der Wald war sehr dunkel, vor allem nachts, und von schrecklichen Geräuschen erfüllt – Bäume ächzten im Wind, Eulen schrien, Insekten schwirrten und summten, Kojoten heulten. Für ein Stadtmädchen wie mich war das alles sehr beängstigend. Abends weinte ich mich in den Schlaf, während ich unter meiner feuchten Decke zitterte und wünschte, ich wäre meinen Eltern ungehorsam gewesen und nach Utrecht durchgebrannt, um Hendrik zu heiraten.

Dann – ein Wunder! Eines Tages ging Maarten nach Allegan, um dringend benötigte Vorräte zu besorgen, und kam mit einem Brief von Hendrik zurück, dem ersten, den ich erhielt, seit wir vor mehr als sechs Monaten unsere Heimat verlassen hatten. Er hatte ihn an die Pension in Detroit geschickt und die Leute dort waren so freundlich gewesen, ihn zu der Familie in Allegan zu senden, bei der wir zuletzt gewohnt hatten. Endlich, endlich, war er bei mir angekommen! Ich zog mich allein in unsere Hütte zurück, um ihn zu öffnen. Was, wenn Hendrik inzwischen eine andere gefunden hatte? Was, wenn er beschlossen hatte, dass er die lange Reise nach Amerika doch nicht auf sich nehmen wollte, und ich ihn nie wiedersehen würde? Nach all diesen Monaten konnte ich mich kaum noch an sein attraktives Gesicht erinnern oder daran, wie es sich anfühlte, wenn wir uns küssten. Ich fing an zu lesen, obwohl ich Mühe hatte, die Worte durch meine Tränen hindurch zu erkennen.

Meine geliebte Geesje,

es ist Monate her, seit ich dein schönes Gesicht gesehen habe oder dich im Arm halten konnte. Ich vermisse dich so sehr! Ich kann mir nicht einmal vorstellen, wo du bist, oder die riesige Entfernung, die uns voneinander trennt, aber du musst wissen, dass ich dich noch immer im Herzen trage. Ich habe alle deine wundervollen Briefe erhalten und auf den Tag gewartet, an dem ich dir würde zurückschreiben können. Endlich ist dieser Tag gekommen. Während ich deine Briefe las, war es, als würde ich mit dir diesen langen, langen Weg zurücklegen. Was für ein Abenteuer du erlebst! Ich beneide dich um all die Orte, an denen du gewesen bist, und die Dinge, die du gesehen hast, und die Menschen, denen du begegnet bist. Demgegenüber ist mein Leben hier in Utrecht ziemlich eintönig und langweilig. Ich konnte nicht an irgendwelchen Gottesdiensten teilnehmen, geschweige denn solchen von Separatisten, und manchmal habe ich Angst, dass ich die Dinge, die Maarten mich gelehrt hat, vergessen könnte. Es ist nicht einfach, in einer Stadt wie Utrecht mit ihren vielen Versuchungen Soldat zu sein, aber ich versuche, um deinetwillen stark zu sein. Du bist eine so reine, gottesfürchtige Frau und hast einen Ehemann verdient, dessen Glaube so stark ist wie deiner. Ich weiß, dass ich noch viel lernen muss, bevor ich dieser Mann bin, aber ich hoffe, du wirst Geduld haben und mir alles beibringen, wenn wir endlich zusammen sind.

Die gute Nachricht ist, dass ich am Ende des Sommers aus der Armee entlassen werde. Ich habe all mein Geld für die Überfahrt nach Amerika gespart und hoffe, dass etwas übrig bleibt, um

Land zu kaufen. Kostet es wirklich nur 1,25 Dollar den Morgen? Ich möchte ganz viele Morgen für dich kaufen! Übrigens habe ich Verbindung mit der Auswanderergesellschaft aufgenommen, die du erwähnt hast, und gefragt, ob ich mich einigen anderen niederländischen Familien anschließen kann, die im Herbst nach Amerika reisen, und sie haben mir versichert, dass das kein Problem sein wird. Dutzende niederländische Familien wollen nach Amerika ziehen, weil es hier eine Hungersnot und keine Arbeit gibt.

Bald, Geesje. Bald wird die Entfernung zwischen uns verschwinden und wir werden wieder zusammen sein. Meine Liebe zu dir hat nicht im Geringsten nachgelassen. Ich hoffe, deine Gefühle für mich auch nicht.

Ich liebe dich von ganzem Herzen.
Hendrik

Sein Brief beschämte mich, weil ich während unserer Schwierigkeiten so gejammert und so wenig vertraut hatte. Hendrik nannte mich eine gottesfürchtige Frau, aber nachdem ich seinen Brief gelesen hatte, kam ich mir wie eine Heuchlerin vor. Wie konnte ich es wagen, ihn die Dinge über Gott und über ein Leben im Glauben zu lehren, die er wissen wollte, wenn ich all die Monate ein so schlechtes Vorbild gewesen war? Ich wusste, dass ich mich ändern musste. Am folgenden Sonntag bekannte ich Gott alle meine Sünden und bat um Vergebung für meine Selbstsucht und meinen Mangel an Vertrauen. Dann stürzte ich mich mit einer neuen Einstellung und einem neuen Geist der Hingabe in all die schwere Arbeit. Zusammen rodeten meine Eltern, Maarten und ich genug Land, um einen Garten anzulegen. Wir bauten unser kleines Holzhaus fertig, füllten die Ritzen zwischen den Baumstämmen mit Lehm, um Wind und Regen abzuhalten, und schnitten Ziegel aus Rinde, um das Dach zu decken.

Einige Wochen, nachdem Hendriks erster Brief eingetroffen war, bekam ich noch einen Brief von ihm, den eine der niederländischen Familien, die zunächst in Albany geblieben waren, mir mitbrachte. Hendrik hatte meinen Brief bekommen, in dem ich ihm mitgeteilt hatte, dass wir uns in Michigan niederlassen würden und nicht in Wisconsin. Jetzt würde er mich hier finden! Und er hatte feste Pläne, mit einer Gruppe niederländischer Siedler im Oktober von Rotterdam aus in See zu stechen. Wenn er hier ankam, würde mehr als ein Jahr vergangen sein, seit wir einander gesehen hatten. Aber jetzt konnte ich jede Mühsal erdulden, weil ich wusste, dass Hendrik zu mir kam. Er kam her! Und ich bekam wieder Briefe von ihm. Mein Gemüt schwang sich zu ungeahnten Höhen auf. Ich versuchte fröhlich zu bleiben, auch wenn Rehe und Eichhörnchen und Streifenhörnchen und Stachelschweine in unseren frisch angelegten Garten eindrangen und unsere Ernte schneller fraßen, als wir sie anbauen konnten. Und als die Füchse sich über Mamas neue Hühner hermachten, nachdem wir gerade angefangen hatten, wieder frische Eier zu essen.

Später in diesem ersten Sommer fingen die Männer an, eine Holzkirche zu bauen, in der wir Gottesdienst feiern konnten, wenn die kalten Wintermonate kamen. Sie wählten eine höher gelegene Stelle, ein Stück oberhalb des Hügels, auf dem *Dominee* Van Raaltes Haus an einem Bach stand. Landvermesser kamen und planten die Straßen unserer zukünftigen Stadt, die sich zwischen den Black Lake und eine Flussbiegung des morastigen Black River schmiegte. Die River Avenue würde von Norden nach Süden verlaufen, parallel zum Seeufer. Die Querstraßen erhielten Nummern als Namen – First Street, Second Street und so weiter. Ein Marktplatz wurde geplant, auf dem sich die Leute irgendwann treffen konnten, um Waren zu kaufen und zu verkaufen. Irgendjemand hatte angefangen, unsere Siedlung Holland zu nennen, nach unserer Heimat, und der Name blieb hängen. Überall um uns herum sprossen Siedlungen mit niederländischen Namen wie Graafschap und Zeeland aus dem Boden. Aber all diese ehrgeizigen Pläne schienen mir immer noch sehr weit in die Zukunft zu weisen. Der Wald, der uns umgab, blieb unwirtlich, die winzigen Holzhäuser lagen weit verstreut und die Straßen gab es noch nicht. Wenn Hendrik in sechs Monaten ankam, würde er nichts sehen, was an eine Stadt erinnerte. Trotzdem blieb ich den ganzen Sommer über optimistisch und voller Vertrauen, was unsere Zukunft betraf, voller Glauben an einen liebenden, gütigen Gott.

Und dann kam der Regen und mit ihm kamen Schwärme von Stechmücken …

Holland, Michigan
1897

Ich halte inne, als ich sehe, dass der Postbote einen Brief für mich bringt. Wir unterhalten uns ein wenig, bevor er sich mit einem Taschentuch den Schweiß von der Stirn wischt und sich wieder auf den Weg macht. Dann werfe ich einen Blick auf den Absender des Briefes und mein Magen zieht sich zusammen. Der Brief ist von meinem Neffen in Leiden. Er hat mir noch nie geschrieben. Um den Moment der Wahrheit noch ein wenig hinauszuzögern, gehe ich zuerst in die Küche und mache mir einen Tee. Wenn es schlechte Nachrichten sind, kann ich mich auch ein paar Minuten später damit auseinandersetzen. Wenn jemand gestorben ist, wird er für mich am Leben bleiben, bis ich es schwarz auf weiß gelesen habe.

Als ich den Umschlag schließlich öffne, enthält der Brief tatsächlich tragische Neuigkeiten. Meine Schwester Anneke ist gestorben. Sie und ich haben in den vergangenen fünfzig Jahren den Kontakt gehalten, in dem Wissen, dass wir uns diesseits des Himmels nicht wiedersehen würden. Jetzt ist sie vor mir ins Paradies gegangen. Ich lasse meinen Tränen freien Lauf, während ich wieder einen Verlust verdaue. In all den Jahren habe ich schon so viele Menschen verloren. Die Zahl der Lieben, die in den himmlischen Gestaden auf mich warten, ist inzwischen zu einer richtigen Menschenmenge angewachsen.

Heute kann ich nicht weiterschreiben. Mein Kummer ist zu groß.

15. Kapitel

Anna

Hotel Ottawa
1897

Ich bleibe am Empfangstresen des Hotels stehen, wie ich es jeden Morgen nach dem Frühstück tue, um zu sehen, ob ich Post von zu Hause bekommen habe. Der Angestellte reicht mir etwas, das in braunes Papier eingeschlagen ist. „Hier ist ein Päckchen für Sie, Miss Nicholson." Ich danke ihm und setze mich auf die Veranda vor dem Hotel, um das Paket zu öffnen. Es enthält eine Bibel. Das muss die sein, die Derk mir versprochen hat. Ich blättere darin, ganz gespannt darauf, sie zu lesen. Zu Hause hatte ich gerade das Matthäusevangelium zu Ende gelesen, also schlage ich das Markusevangelium auf und beginne mit Kapitel eins. Gerade bin ich mitten in einer fesselnden Geschichte über eine Gruppe Männer, die ein Loch in das Dach geschnitten hat, damit Jesus ihren gelähmten Freund heilen kann, als ich sehe, wie Derk die Boote am Anleger vorbereitet. Ich eile über das taubenetzte Gras, um ihm für die Bibel zu danken und ihn nach dem niederländischen Satz zu fragen, an den ich mich erinnert habe – jedenfalls vermute ich, dass es Niederländisch ist. Vielleicht ergeben die Worte ja auch gar keinen Sinn.

„Guten Morgen, Derk. Danke vielmals für die Bibel", sage ich und halte das Buch hoch.

„Gern geschehen. Ein schöner Tag heute, nicht wahr? Der Wind ist perfekt zum Segeln." Das Boot, auf dem er steht, schaukelt hin und her, als er mit einer ausladenden Armbewegung auf den wolkenlosen blauen Himmel deutet. Das Schwanken scheint ihm nichts auszumachen.

„Ja, es ist wirklich schön." Ich will nicht über das Wetter reden.

Zu Hause kann ich nichtssagende Gespräche führen, wann immer ich will. „Ich muss Sie etwas fragen. Haben Sie einen Augenblick Zeit?"

„Natürlich." Er steigt von dem schaukelnden Boot auf den Steg, ohne zu wanken oder das Gleichgewicht zu verlieren. Es scheint mir ein passendes Bild für einen Mann des Glaubens zu sein, dass er fest steht, wenn die Stürme des Lebens ihn hin und her werfen. Genau diese Gewissheit und Stabilität wünsche ich mir so sehr. „Wie lautet denn Ihre Frage?", sagt er.

Was ich ihn fragen will, klingt jetzt albern, aber ich platze trotzdem damit heraus. „Ich habe mich gestern wieder an einen merkwürdigen Ausdruck erinnert und ich frage mich, ob es vielleicht Niederländisch ist: ‚*Ik hou ook van jou.*'"

Er grinst und seine gebräunten Wangen röten sich leicht. „Ich liebe dich auch."

„Ich wusste es!", rufe ich förmlich aus. „Aber wie kann das sein? Woher weiß ich, wie man das sagt? Ich habe meine Mutter nach dem Kindermädchen gefragt, das mich aufgezogen hat, und sie sagt, ihr Name sei Bridget O'Malley gewesen."

„Eindeutig nicht Niederländisch."

Derks Grinsen entlockt mir ein Lächeln. „Ich grüble die ganze Zeit darüber nach, wer mir diese Worte beigebracht haben könnte, aber mir fällt beim besten Willen niemand ein. Ich hatte zu keinem unserer Dienstboten ein besonders enges Verhältnis – und keiner von ihnen hätte ‚Ich liebe dich' zu mir gesagt oder mich ‚Schatz' genannt. Das Rätsel wird immer größer und es macht mir immer mehr zu schaffen. William hat gesagt, die Schlossturmkirche würde mich verrückt machen, und manchmal frage ich mich, ob er recht hatte."

„Das hatte er nicht, Anna. Wenn Menschen den Verstand verlieren, fangen sie nicht plötzlich an, in einer fremden Sprache zu reden. Sie müssen diese Worte irgendwo gelernt haben. Aber ein Rätsel ist es wirklich. In Chicago sprechen nicht viele Menschen Niederländisch, oder?"

„Niemand, an den ich mich erinnere." Hinter mir ertönen Rufe und Kinderlachen, und als ich mich umdrehe, sehe ich zwei kleine Jungen, die auf den Anleger zurennen. Sie ignorieren den Befehl ihres Vaters, langsam zu gehen, und Derk fängt den einen Jungen gerade noch ab, bevor er in das schwankende Ruderboot fallen kann. Ich gehe ein Stück zur Seite, damit Derk seine Arbeit machen kann, und setze mich auf die Bank am Ufer, um weiter in der Bibel zu lesen. Ich bin so in die Geschichte vertieft, in der Jesus einen Mann mit verkrüppelter Hand heilt, dass ich gar nicht bemerke, wie Derk näher kommt, bis er neben mir stehen bleibt.

„Tut mir leid, dass wir unterbrochen wurden“, sagt er. „Wenn der See so schön ist, habe ich richtig viel zu tun.“

„Das verstehe ich. Kann ich Sie noch etwas fragen?“

„Natürlich.“

„Ich habe über den Rat nachgedacht, den Sie mir neulich gegeben haben, dass ich Antworten auf alle meine Fragen suchen sollte, bevor ich jemandem die Ehe verspreche. Das Problem ist, dass ich meine Fragen nicht einmal in Worte fassen kann. Ich meine … Ich verstehe nicht, wie die beiden Kirchen in Chicago so unterschiedlich sein können, wenn sie beide christliche Kirchen sind. Die, zu der meine Familie gehört, lässt Gott ganz distanziert und ein bisschen Angst einflößend erscheinen, während die Schlossturmkirche behauptet, dass Gott gütig und liebevoll ist. In unserer Kirche scheint Gott uns so zu behandeln, wie mein Vater unsere Bediensteten behandelt, wenn er darauf achtet, dass sie tun, was ihnen befohlen wird. Sie müssen seinen Ansprüchen genügen, wenn sie sich seine Anerkennung verdienen wollen. In der Schlossturmkirche sagt der Pastor, dass Gott uns so liebt, wie mein Vater mich liebt, und dass er zwar hofft, dass ich das Richtige tue, mir aber gerne vergibt, wenn ich etwas falsch mache. Welches Bild von Gott ist denn das Richtige?“

Derk kratzt sich am Kinn. Ich kann sehen, dass er sich gerne neben mich setzen würde, während wir uns unterhalten, aber dann wirft er einen Blick über die Schulter zum Anleger hinüber und entscheidet sich dagegen. „Vielleicht ist an beiden etwas dran. Ich glaube, dass Gott ein Vater ist, der uns liebt, aber das bedeutet nicht, dass wir einfach so leben sollten, wie wir wollen. Wir zeigen, dass wir seine Liebe erwidern, indem wir tun, was die Bibel uns lehrt. Jesus hat gesagt: Wenn wir ihn lieben, halten wir auch seine Gebote. Er hat einen ungeheuren Preis bezahlt, indem er an unserer Stelle gelitten hat und gestorben ist, damit wir in die Familie Gottes adoptiert werden können.“

Das Wort *adoptiert* beunruhigt mich. Seit gestern hat mich die

Wut auf meine Mutter, weil sie in meinem Tagebuch gelesen hat, völlig von der schrecklichen Wahrheit abgelenkt, die sie mir offenbart hat. Ich wurde ausgesetzt. Meine leibliche Mutter hat mich ausgesetzt. Wer auch immer sie war, sie wollte mich nicht. Niemand weiß, woher ich komme – oder wer ich eigentlich bin.

„Anna? … Anna, ist alles in Ordnung? Habe ich etwas Falsches gesagt?"

Ich blicke mit Tränen in den Augen zu Derk auf. „Nein … nein, das haben Sie nicht. Ich … Ich brauche nur Zeit zum Nachdenken. Danke noch einmal für die Bibel." Ich presse sie an meine Brust, während ich aufspringe und davoneile. Am Ende laufe ich den ganzen Weg zum Sandstrand am Lake Michigan, ohne anzuhalten. Als ich dort ankomme, habe ich weder eine Decke noch einen Stuhl, auf den ich mich setzen könnte, deshalb lasse ich mich einfach im weichen, warmen Sand nieder und starre auf die sanften Wellen des Sees hinaus, ohne sie wirklich zu sehen.

Weiß William, dass ich adoptiert bin? Und dass meine Mutter mich ausgesetzt hat? Würde es seine Meinung über mich ändern, wenn er es wüsste?

Lange sitze ich reglos da, wie in Trance, und nehme das Gelächter und das Treiben um mich herum ebenso wenig wahr wie das sanfte Geräusch der Wellen. Irgendwann wird der Bann von einem durchdringenden Pfeifton gebrochen. In den Bahnhof hinter dem Hotel fährt ein Zug ein. Gleich werden die Passagiere sich auf den Bahnsteig ergießen, voller Freude, einen Tag am See zu verbringen oder ihren Urlaub im Hotel zu beginnen. Ich habe die Neuankömmlinge jeden Tag zur Mittagszeit beobachtet. Bald wird der Strand von Feriengästen bevölkert sein, das Hotel wird Hunderte neue Gäste aufnehmen – und ich werde mich trotzdem ganz und gar allein fühlen. *Ausgesetzt.*

Ich bleibe noch eine Weile sitzen und warte, bis die Menschenmenge auf dem Bahnsteig sich verlaufen hat, während ich mir vorstelle, wie Derk und die anderen Kofferträger sich mit dem Gepäck der Gäste abmühen. Die Lokomotive stößt ihren gellenden Pfiff ein zweites Mal aus, dann macht sie sich am Ufer des Black Lake entlang auf den Weg zurück nach Holland. Endlich stehe ich auf und kehre zu meinem Zimmer zurück. Ich schließe die Tür leise auf, für den Fall, dass meine Mutter Mittagsschlaf hält.

Zu meiner Überraschung höre ich Stimmen aus ihrem Zimmer dringen. Eine von ihnen ist eine Männerstimme. Einen Augenblick lang ist mir, als könnte ich nicht atmen. Dann erkenne ich die Stimme meines Vaters, die leise spricht. Auf Zehenspitzen schleiche ich zur Tür, die unsere Zimmer voneinander trennt, um zu lauschen. Mir ist bewusst, dass sich das nicht gehört, aber es ist mir gleichgültig. Hat Mutter gestern nicht auch meine Privatsphäre verletzt?

„Anna stellt eine Menge Fragen", höre ich Mutter sagen. „Sie will etwas über ihre Eltern wissen. Vielleicht ist es an der Zeit, dass du es ihr sagst." Mein Herz schlägt schneller.

„Was soll ich ihr erzählen?", sagt Vater. „Ich weiß nichts über ihre Eltern, das weißt du doch."

„Du könntest ihr erzählen, wie du sie gefunden hast. Wie sie zu uns gekommen ist."

„Ich halte das nicht für klug. Sieh mal, das Wichtigste ist, dass wir alle nach Hause zurückkehren und die Sache mit William und seiner Familie ins Reine bringen."

„Aber Anna ist sich noch immer nicht sicher, ob sie ihn heiraten will. Ich will nicht, dass sie unglücklich ist."

„Das möchte ich natürlich auch nicht. Aber es gibt ein Problem, Harriet. Ich habe einige geschäftliche Verluste erlitten. Und ich muss mich mit der Bank gut stellen, wenn ich diese Krise heil überstehen will."

„Was willst du damit sagen?" Mutters Stimme ist schrill vor Furcht. „Du machst mir Angst, Arthur!"

„Nein, nein … ich will dich nicht beunruhigen." Ich stelle mir vor, wie er ihre Hand tätschelt, um sie zu besänftigen. „Es ist nur so, dass meine Finanzlage im Moment etwas angespannt ist. Williams Familie muss meinen Kredit verlängern und ich mache mir Sorgen, dass sie das vielleicht nicht tut, wenn sie uns wegen der gelösten Verlobung grollt."

„Würden sie das tun?"

„Wer weiß, was passieren kann? Ich bin mir sicher, dass mein Geschäft diesen Sturm überstehen wird, wenn ich besondere Konditionen von der Bank bekomme. Wenn Anna William heiratet, wäre das sicher."

„Arthur! Du würdest unsere Anna doch nicht so benutzen."

„Ich benutze sie nicht! Sie hat uns gesagt, dass sie William liebt.

Sie waren verlobt. Was zwischen ihnen vorgefallen ist, ist ein albernes Missverständnis. Ich versuche nur, die Hochzeit wieder auf Kurs zu bringen. Ich weiß, dass Anna mit William ein wunderbares Leben haben wird. Und das weißt du auch."

„Ja. Das ist wahr. Aber neulich, als sie nicht in ihrem Zimmer war, hatte ich die Gelegenheit, ihr Tagebuch zu lesen. Sie ist im Moment über vieles unglücklich, Arthur. Ich bin mir nicht sicher, ob wir sie zur Heirat drängen sollten."

„Ich dränge sie nicht. Aber unsere Tochter ist unreif und naiv. Wir haben sie ein bisschen zu sehr verwöhnt und sie kann sich manchmal sehr kindisch benehmen. Sie muss erwachsen werden und den Ernst des Lebens akzeptieren. William und seine Familie werden ihr alles geben, was sie sich nur wünschen kann. Und noch mehr. Wollten wir das nicht für Anna? Ist es nicht das, was alle Eltern für ihr geliebtes Kind wollen?"

„Du hast ja recht ... Hör zu, wir sollten sie suchen und ihr sagen, dass du hier bist. Das wird eine ziemliche Überraschung für sie sein."

Ich ziehe mich, so schnell ich kann, von der Tür zurück und verlasse mein Zimmer, damit sie nicht merken, dass ich gelauscht habe. Dann laufe ich die Treppe hinunter und sinke in den ersten freien Sessel auf der Veranda. Als Mutter mich kurz darauf dort entdeckt und sagt: „Sieh mal, wer uns besuchen gekommen ist, Anna", versuche ich überrascht auszusehen.

„Vater!" Ich gehe zu ihm und fühle, wie seine starken Arme mich umfangen. Seine Umarmung erinnert mich an meinen Albtraum und an das Gefühl der Geborgenheit, das ich im Traum habe, wenn er mich über die aufgewühlten Wellen hält. Ich atme den Zigarrenduft seines Leinensakkos ein. „Was machst du denn hier, Vater? Ich wusste gar nicht, dass du kommst."

„Ich habe beschlossen, euch über das Wochenende zu besuchen und euch dann nach Hause zu begleiten. Da ihr mit der Bahn zurückfahren wollt, bin ich auch auf diesem Wege angereist, damit ich euch helfen kann, die richtigen Anschlüsse zu finden."

Er würde mir nie sagen, warum er wirklich gekommen ist, oder mir seine finanziellen Probleme anvertrauen, so wie er es bei Mutter getan hat. Aber ich liebe meinen Vater und ich weiß, dass ich ihm helfen muss. Um meiner Eltern willen muss ich William heiraten.

16. Kapitel

Geesjes Geschichte

Holland, Michigan
50 Jahre früher

Ich kann mich an keinen Sommer erinnern, der so kühl und regnerisch war wie der erste Sommer hier in Holland im Jahr 1847. Alles in unserem Haus war die ganze Zeit feucht und klamm, auch unsere Decken, deshalb versuchten wir, das Feuer ständig brennen zu lassen. Das war nicht weiter schwierig, da wir von Wald umgeben waren. Die Tage waren trüb und freudlos. Dicke, tief hängende Wolken verbargen nachts den Mond und die Sterne und im Wald war es so dunkel, dass ich Angst hatte, allein zum Abtritt zu gehen.

Inzwischen kamen jeden Tag neue Siedler aus der Heimat an. Häuser und Unterstände und Hütten aus Rinde sprenkelten jetzt den Wald und die Siedler fingen an, das Land zu roden. Zuerst wohnten die neuen Einwanderer in dem Gemeinschaftshaus oder in dem Blockhaus, das die Ottawa-Indianer am Ufer des Black Lake gebaut hatten; *Dominee* Van Raalte hatte mit Häuptling Wakazoo verhandelt und ihnen das Haus sowie einen Morgen Land abgekauft. Die Eingeborenen zogen in den Sommermonaten zu ihren Jagdgründen weiter nördlich und brauchten das Haus nicht. Als die beiden Häuser völlig überfüllt waren, lud Papa eine junge, neu angekommene Familie namens Van Dijk ein, bei uns zu wohnen, während sie ihr Haus unweit von unserem bauten. Das junge Ehepaar hatte zwei kleine Jungen: Arie, drei Jahre alt, und Gerrit, der gerade eins geworden war. Wir hatten noch immer wenig zu essen, weil ständig Tiere unseren Garten plünderten, und die Van Dijks teilten ihre Vorräte gerne mit uns, im Gegenzug dafür, dass wir unser Haus mit ihnen teilten. Mama liebte die beiden Kinder der

Familie, als wären sie ihre eigenen Enkel, und es schien, als füllten die Van Dijks einen Platz in ihrem Herzen, der leer geblieben war, nachdem wir meine Schwestern und ihre Kinder in den Niederlanden zurückgelassen hatten.

Das kühle Wetter erleichterte es den Männern, tagsüber zu arbeiten, aber der ständige Regen und das überschwemmte Marschland am Black River waren der ideale Nährboden für Moskitos. In dichten, summenden Wolken umgaben sie uns den lieben langen Tag und auch nachts, wenn wir versuchten zu schlafen, hörten wir unaufhörlich ihr hohes Summen. Ihre Stiche ließen jeden Zentimeter entblößte Haut rot anschwellen. Mrs Van Dijk beschmierte Gesicht und Arme ihrer Kinder mit Schlamm, damit die Mücken sie nicht stachen, sodass ihre Jungen regelrechte Erdbabys waren. Aber das Jucken war nicht das Schlimmste. Bald erfuhren wir nämlich, dass die Moskitos eine Krankheit übertrugen, die Malaria heißt und in jedem Haus unserer Siedlung zuschlug.

Mama war die Erste von uns, die von der Krankheit niedergestreckt wurde. Vom Fieber und Schüttelfrost wurde ihr zerbrechlicher Körper, der von unserer schlechten Ernährung im Winter ohnehin geschwächt war, so geschüttelt, dass sie nicht aus dem Bett aufstehen konnte. Mama war schon immer zierlich gewesen, aber durch Erbrechen und Durchfall war sie bald nur noch Haut und Knochen. Ich weichte Tücher in kaltem Wasser ein, um ihre fieberheiße Haut zu kühlen, dann schürte ich das Feuer und hüllte sie in Decken, wenn sie vor Kälte zitterte. Und ich betete. Wie ich betete!

Mrs Van Dijk erkrankte als Nächste und ich übernahm auch ihre Arbeit, indem ich für alle Männer kochte und mich um die beiden kleinen Kinder kümmerte, während ich beide Frauen Tag und Nacht pflegte. „Die Krankheit ist überall", sagte Papa zu uns. „Jedes Haus und jede Familie in unserer Gemeinschaft sind betroffen."

„Warum hat Gott uns an einen so schrecklichen Ort geführt?", wollte ich wissen. Papa ignorierte meine Frage. Sein Glaube an einen liebenden Gott erfüllte jede Faser seiner Seele, sodass der Zweifel keine Chance hatte, Fuß zu fassen. Und er konnte auch nicht verstehen, wie ich dem Gott, den er kannte und liebte, nicht vertrauen konnte.

„Wir müssen wie der Apostel Paulus lernen, mit dem, was wir haben, zufrieden zu sein", sagte er. „Paulus wusste, wie es war, reich zu sein und erniedrigt zu werden; satt und hungrig; im Überfluss zu leben und Not zu leiden. Und das alles um des Heilands willen, den er liebte."

Am nächsten Tag wurde auch Papa krank. Trotz all seiner Bemühungen, stark zu sein und mit Maarten und Mr Van Dijk das Land zu roden, warf das Fieber ihn um wie einen der riesigen Bäume, die sie auf unserem neuen Grundstück fällten. Hilflos sah ich zu, wie Papa an Schüttelfrost litt. Überall um uns herum begannen Menschen an Malaria zu sterben. Jeden Tag flüsterte Maarten mir die Nachricht zu, dass wieder jemand der Krankheit erlegen war. Die Ältesten, die Jüngsten und die Schwächsten waren die Ersten, die starben.

Trotz meiner Gebete fuhr die Krankheit fort, unser Haus zu infizieren, bis jeder von uns krank war, manche schlimmer als andere. Ich schien einen weniger heftigen Krankheitsverlauf zu haben als meine Eltern und die Van Dijks, deshalb nahm ich die zwei Kinder mit zu mir ins Bett, damit ihre Eltern nicht sahen, wie schlecht es ihnen ging. Jedes Mal, wenn ich einen Schluck Wasser trank, sorgte ich dafür, dass die Kinder auch etwas tranken. Maarten füllte die Holzkiste immer wieder auf, auch als er selbst ebenfalls erkrankte. Zwischen Fieberanfällen und Schüttelfrostattacken schürte er das Feuer und versuchte etwas Porridge zu kochen, damit wir wieder zu Kräften kamen. Diejenigen in unserer Gemeinschaft, die das Glück hatten, gesund zu bleiben, oder die sich von der Krankheit wieder erholt hatten, gingen mit *Dominee* Van Raalte von Haus zu Haus, um die Kranken zu versorgen, die Trauernden zu trösten und, wenn es so weit war, die Toten zu begraben.

Ich weiß noch, wie ich eines Abends spät in der feuchten Dunkelheit unseres Blockhauses neben Mama saß und dem Regen lauschte, der auf unser Dach prasselte, während ich versuchte, sie dazu zu bringen, dass sie etwas aß. Sie sah mich mit fiebrig glänzenden Augen an und sagte: „Er hält alle seine Versprechen!"

„Wer, Mama?"

„Jesus. Unser Heiland. Er hat gesagt, dass er uns niemals verlassen wird, und er ist hier, Geesje. Er steht gleich hier neben uns."

„Wo, Mama?" Ich sah mich um und fragte mich, ob sie vom Fieber halluzinierte.

„Kannst du seine Gegenwart nicht spüren, *lieverd*?" Ihr Lächeln schien das düstere Haus zu erhellen. Ich wollte ihr nicht sagen, dass ich mich in den dunkelsten Augenblicken der Krankheit in den vergangenen Tagen ganz und gar von Gott verlassen gefühlt hatte.

„Bitte stirb nicht, Mama!“, flüsterte ich.

„Ich habe keine Angst vor dem Sterben“, sagte sie lächelnd. „Ich bin ihm auf dieser Reise nach Amerika gefolgt und ich werde ihm gerne in den Himmel folgen, wenn er mich ruft.“

Ich stellte Teller und Löffel beiseite und schloss ihren zerbrechlichen Körper in meine Arme. „Verlass mich nicht, Mama! Bitte verlass mich nicht!“

„Wenn er meinen Namen ruft, will ich gehorchen. Aber Jesus wird immer bei dir sein, Geesje, so wie er jetzt bei uns ist. Kannst du ihn nicht spüren? Dies ist ein heiliger Ort.“

Als ich am nächsten Morgen erwachte, sah ich zwei Männer und eine Frau aus unserer Siedlung in der Tür zu unserer Hütte stehen. Maarten kam zu mir herüber und kniete neben meinem Bett nieder. Tränen liefen über sein fiebriges Gesicht. „Geesje ... Geesje, es tut mir so leid. Deine Mutter ist in der Nacht zum Herrn gegangen.“

Ich bestand darauf aufzustehen und dabei zu helfen, Mamas Leichnam für das Begräbnis vorzubereiten, während meine Tränen ihr geliebtes Gesicht zum letzten Mal benetzten. Sie sah friedlich aus, aber ich war noch nie so verzweifelt gewesen. Papa und ich waren beide zu schwach und zu krank, um zu ihrer Beerdigung zu gehen. Sie begruben sie auf dem immer größer werdenden Friedhof auf dem Hügel nahe der neuen Holzkirche.

Am selben Nachmittag kam *Dominee* Van Raalte wieder zu unserem Haus und diesmal brachte er Medizin mit, die gerade aus Kalamazoo eingetroffen war. Sie sollte Malaria heilen. „Die ganze Kolonie ist ein einziges Krankenlager“, erklärte er uns. „Es tut mir leid, dass ich die Medizin so sparsam ausgeben muss, aber ich habe nur so wenig für so viele Menschen.“

Am liebsten hätte ich ihn angeschrien, weil er zu spät gekommen war, um Mama zu retten. Als er mir eine Dosis geben wollte, wandte ich mich ab. „Geben Sie sie meinem Vater und den anderen. Und den Kindern. Ihr Fieber ist viel schlimmer als meins.“ Maarten und ich lösten etwas von dem Medikament in Wasser auf, nahmen Arie und Gerrit auf den Schoß und zwangen sie dazu, die bittere Flüssigkeit zu trinken.

„Warum lässt Gott das alles zu?", fragte ich Maarten, als der *Dominee* gegangen war. „Wie kann Gott erwarten, dass wir ihm vertrauen, wenn er uns solches Elend zumutet? Wir haben auf seinen Befehl hin unsere Heimat verlassen, um eine Gemeinschaft zu gründen, weil wir uns nach Glaubensfreiheit sehnten. Und jetzt sterben wir an diesem schrecklichen Ort!"

Maarten strich sanft über Aries schweißnasse Haare. Das Kind war auf seinem Arm eingeschlafen. „In der Bibel steht: ‚Es ist aber der Glaube eine feste Zuversicht auf das, was man hofft, und ein Nichtzweifeln an dem, was man nicht sieht.' Die gottesfürchtigen Männer und Frauen in der Bibel haben alle voller Glauben gelebt und die meisten von ihnen haben das, was sie sich erhofft hatten, nie gesehen – jedenfalls nicht in diesem Leben."

„Komm mir nicht mit Bibelversen", sagte ich wütend. „Es gibt keinen vernünftigen Grund, warum Mama sterben musste. Sie hat Gott vertraut!"

Am Abend starb auch Papa, keine Stunde, nachdem er den dreiundzwanzigsten Psalm und das Vaterunser mit mir aufgesagt hatte, während ich seine heiße Stirn kühlte. Im Laufe der nächsten Tage starben dann Mr und Mrs Van Dijk, nebeneinander auf demselben Bett aus Kiefernzweigen, Hand in Hand. Der Karren, der durch unsere Siedlung fuhr, kam und holte ihre Leichname ab und brachte sie zu all den anderen. In unserem Haus waren Maarten, ich und die beiden Kinder die Einzigen, die überlebten.

„Es gibt so viele Waisen in der Kolonie", sagte Maarten eines Abends zu mir, „dass die Ältesten beschlossen haben, ein Waisenhaus zu bauen, in dem sie alle leben können. Aber ich finde, wir sollten uns selbst um Arie und Gerrit kümmern. Was meinst du, Geesje? Diese beiden Kleinen sollten nicht allein sein. Sie brauchen uns."

Ich stimmte bereitwillig zu. Die Kinder hatten ihre Eltern verloren, so wie ich meine verloren hatte. Sie brauchten Liebe. Für sie zu sorgen, gab mir einen Grund weiterzuleben, während ich darauf wartete, dass Hendrik eintraf. Maarten und ich waren uns auch einig, eine Witwe mittleren Alters namens Van den Bosch und ihren zwölfjährigen Sohn aufzunehmen, deren Mann und junge Tochter ebenfalls an Malaria gestorben waren.

Irgendwann hörte der Regen auf. Der schreckliche Sommer und die Malaria-Epidemie waren endlich vorüber. An einem Nachmittag im Herbst, als die Blätter anfingen, sich zu verfärben, saßen Maarten und ich vor unserem Haus und ich blickte zu ihm auf und sagte: „Ich bin mir nicht sicher, ob ich noch an einen liebenden Gott glaube."

Maarten zuckte nicht mit der Wimper, als er meine verächtlichen Worte hörte. „Trotzdem glaubt er an dich, Geesje. Nichts kann uns von der Liebe Gottes trennen, die in Christus Jesus ist – weder Not noch Hunger noch Verfolgung noch Tod. Weder Gegenwärtiges noch Zukünftiges ..."

„Das glaube ich nicht. Ich fühle mich von ihm verlassen. Verstoßen."

„So habe ich mich in den letzten Monaten auch manchmal gefühlt", gab Maarten zu. „Aber es ist nicht wahr. Wir gehören ihm und er ist immer bei uns. Nichts und niemand kann uns aus seiner Hand reißen."

„Aber was hat es für einen Sinn, dass alle diese Menschen gestorben sind?"

„Wir könnten Gottes Gedanken nicht einmal verstehen, wenn er sie uns erklären würde. Könnte der kleine Gerrit uns verstehen, wenn wir versuchen würden, ihm zu erklären, was Malaria ist oder dass eine winzige Stechmücke sie verursacht hat? Als wir ihn gezwungen haben, die bittere Medizin zu trinken, die ihm das Leben gerettet hat, musste Gerrit uns einfach vertrauen und glauben, dass wir das getan haben, weil wir ihn lieben."

„Aber wo ist der Beweis dafür, dass Gott uns liebt? Zeig ihn mir, Maarten."

Er antwortete nicht. Und ich bin mir nicht sicher, ob ich ihm überhaupt zugehört hätte.

Holland, Michigan
1897

Mein winziges Haus ist viel zu heiß, als dass ich den ganzen Tag drinnen sitzen könnte. An diesem Abend trifft Derk mich auf meiner Veranda vor dem Haus an, als er vom Hotel nach Hause geht. „Ein schöner Abend, nicht wahr, Tante Geesje?", fragt er.

„Wunderschön! Vom See weht eine frische Brise herauf und hält die Moskitos fern.“ Als Derk sich über mich beugt und mir einen Kuss auf die Stirn drückt, rieche ich Kiefern und Seeluft in seiner Kleidung. „Deine Haut ist schon ganz gebräunt, weil du den ganzen Tag in der Sonne bist“, sage ich zu ihm. „Bald siehst du aus wie einer von den Indianern, die unten am Black Lake gelebt haben, nur dass deine Haare so ausgeblichen sind, dass sie fast weiß zu sein scheinen.“

Er fährt sich mit den Fingern durchs Haar, sodass es in alle Himmelsrichtungen absteht. „Ich hoffe, du hast wieder etwas zu lesen für mich“, sagt er, als er sich auf eine meiner Verandastufen fallen lässt.

Es fällt mir schwer, ihm zu zeigen, was ich geschrieben habe. Ich habe sogar überlegt, die letzten Seiten herauszureißen, gleich nachdem ich sie geschrieben hatte, und sie in meinem Herd zu verbrennen. Am Ende habe ich jedoch beschlossen, es nicht zu tun. Derk muss wissen, wie Verzweiflung und Herzeleid aussehen. Irgendwann wird seine Gemeinde ihm Fragen stellen wie die, die ich Maarten gestellt habe. Derk wird seinen Gemeindemitgliedern helfen müssen, Stärke in Gott zu finden, so wie *Dominee* Van Raalte uns während jener schrecklichen Zeit geholfen hat. Früher oder später sind Kummer und Leid Teil eines jeden Lebens. Außerdem habe ich von meinem größten Kummer noch gar nicht geschrieben.

Ich gebe Derk das Notizbuch und wir sitzen auf der Veranda, während er darin liest. Die Sonne geht an diesen Sommertagen so spät unter, dass der Himmel noch lange hell bleibt. Als er fertig ist, klappt Derk das Notizbuch langsam zu und sieht mich an. „So viel Verlust“, sagt er kopfschüttelnd. „Es muss für dich sehr schwer gewesen sein weiterzumachen.“

„Ja … Und jetzt kennst du die Wahrheit über alle meine Zweifel. Manchmal waren sie stärker als mein Glaube.“

„Und doch hast du sie überstanden, wie ein solides Schiff einen Sturm auf See übersteht.“

„Was ich geschrieben habe, schockiert dich nicht?“

„Nein“, sagt er. „Nein, ich bin nicht schockiert. Ich hätte Gott auch beinahe den Rücken gekehrt, weißt du noch? Nachdem meine Mutter gestorben war. Du bist der Grund, warum ich es nicht getan habe, Tante Geesje. Du hattest auch gerade liebe Menschen verloren und trotzdem hast du mir gesagt, dass du Gott nicht hasst. Du hast gesagt, dass du beschlossen hast, dich an ihn zu klammern wie an ein Rettungsboot, und du hast mir Mut gemacht, dasselbe zu tun. Du hast meinem Vater und mir durch diese schreckliche Zeit geholfen."

„Es gab so viele Menschen, die mich unterstützt haben. Und mich um dich zu kümmern, hat mir durch meinen eigenen Kummer geholfen, so wie es mir zuvor geholfen hatte, mich um Arie und Gerrit zu kümmern, nachdem ihre Eltern gestorben waren. Unsere Last wird leichter, wenn wir sie teilen."

„Mir gefallen die Worte aus dem Johannesevangelium, die Maarten gesagt hat", sagt Derk. „‚Nichts und niemand kann uns aus seiner Hand reißen.' Gott hat uns beide festgehalten, als die *Ironsides* gesunken ist, und selbst die Trauer konnte uns nicht aus seiner Hand reißen."

Ich höre die Emotionen in seiner rauen Stimme. Es überrascht mich, dass mir plötzlich die Tränen kommen, als er von meiner Lieblingsverheißung aus der Bibel spricht. *Niemand kann uns aus Gottes Hand reißen.*

„Als meine Eltern tot waren und Gott alles war, was ich noch hatte", sage ich, „habe ich entdeckt, dass er genügt. Ich hatte die Malaria überlebt, deshalb wusste ich, dass er hier auf der Erde etwas mit mir vorhatte, obwohl ich nicht erkennen konnte, was. Also machte ich weiter, einen winzigen Schritt nach dem anderen, und klammerte mich voller Vertrauen an ihn. Und ist es nicht das, was Glaube bedeutet – dass wir durch die Dunkelheit weitergehen, während wir uns an Gott klammern?"

Derk erhebt sich von seinem Stuhl und schlingt seine warmen, sonnengebräunten Arme um mich. „Ich liebe dich, Tante Geesje", murmelt er.

„Ik hou ook van jou", sage ich zu ihm. *Ich liebe dich auch.*

17. Kapitel

Geesjes Geschichte

Holland, Michigan
50 Jahre früher

Ich erinnere mich noch immer an den Nachmittag im Frühherbst, an dem ich meinen letzten Brief von Hendrik erhielt. Einer der Siedler war in Allegan gewesen und hatte ihn mitgebracht. Die Seiten waren voller guter Nachrichten und ich konnte Hendriks Begeisterung in jedem Satz spüren. Wochen waren vergangen, seit er den Brief in den Niederlanden abgeschickt hatte, und inzwischen war er auf dem Weg nach Amerika. Wahrscheinlich würde ich erst wieder von ihm hören, wenn er hier aus dem Wald und in meine Arme trat.

Meine geliebte Geesje,

ich bin aus der Armee entlassen worden und habe alle Vorkehrungen getroffen, um zu dir nach Amerika zu kommen. Ich werde mit einer Gruppe niederländischer Auswanderer reisen, die sich in Wisconsin niederlassen will. Morgen stechen wir von Rotterdam aus in See. Ich fühle mich so, wie meine Vorfahren sich gefühlt haben müssen, bevor sie losgesegelt sind. Ich könnte vor Glück und Vorfreude tanzen.
Mit der Gruppe reise ich übers Meer nach New York City, dann segele ich den Hudson River hinauf und reise auf dem Erie Canal nach Buffalo, so wie ihr es gemacht habt. Wir müssten früh genug im November dort eintreffen, sodass die amerikanischen Seen hoffentlich noch befahrbar sind und wir einen Dampfer besteigen und den Lake Erie überqueren können. Von dort geht es zum

Lake Huron und dann hinunter nach Sheboygan, Wisconsin, an der Westküste des Lake Michigan. Von dort aus werde ich ein anderes Dampfschiff nehmen, das mich über den See zum Hafen von Grand Haven bringt. Man hat mir gesagt, das sei etwa dreißig Kilometer von euch entfernt. Dort können sie mir bestimmt sagen, wie man zu eurer Siedlung kommt. Wenn es keine Verzögerungen gibt, werden du und ich Ende November endlich wieder vereint sein.

Ich habe genug Geld gespart, um mehrere Morgen Land in Amerika zu kaufen. Wenn du Ja sagst und deine Eltern einverstanden sind, werden wir gleich heiraten. Ich würde dir einen Palast bauen, wenn ich könnte, noch herrlicher als der Palast des Königs in Den Haag. Ich bin voller Hoffnung für unsere gemeinsame Zukunft, Geesje. Bald! Bald werde ich dich wieder im Arm halten können. Bald werden wir für immer zusammen sein.

Ich liebe dich so sehr!
Hendrik

Endlich würde er bei mir sein! Er war bereits auf dem Weg und würde in wenigen Wochen eintreffen. Dann würden wir so bald wie möglich heiraten. Die Vorfreude half mir in dem schrecklichen Kummer, den ich nach dem Tod meiner Eltern verspürte. Hendrik wusste natürlich nicht, dass sie gestorben waren. Er wusste auch nicht, welche Herausforderungen in dieser Wildnis auf ihn warteten. Aber wenigstens würden wir ihnen künftig zusammen begegnen.

Jeden Tag verfolgte ich in Gedanken, wo Hendrik gerade war. Ich zählte die Wochen, die er auf dem Meer verbrachte, hakte die Tage ab und betete, dass Gott ihn vor Stürmen bewahren möge. Ich stellte mir vor, wie er in Castle Garden in New York City ankam, so wie ich es getan hatte, und dann den schönen Hudson River hinauf bis nach Albany reiste. Die langsame Fahrt mit den Maultieren den Erie Canal entlang würde ihm endlos erscheinen und ich malte mir aus, wie er neben den Tieren herlief, um sie anzutreiben.

Die Tage und Wochen des Wartens erschienen mir unendlich. Ich kümmerte mich um Arie und Gerrit und arbeitete mit Witwe Van den Bosch daran, die wenigen Nahrungsmittel, die wir geerntet hatten, für die kommenden Monate einzukochen. Wir bereiteten unser Haus auf den Winter vor, flickten unsere Kleidung und strickten warme Socken. Ab Mitte November hielt ich jeden Tag nach Hendrik Ausschau und hoffte, er würde aus dem Wald auf die Lichtung treten, die unser Haus umgab, und in meine wartenden Arme laufen. Jeden Tag wurde ich enttäuscht.

„Er müsste eigentlich längst hier sein", sagte ich, als ich das Feuer schürte, um Erbsensuppe zu kochen. Witwe Van den Bosch knetete Teig für das Brot. „Heute ist schon der erste Dezember. Ich kann mir nicht erklären, warum er noch nicht hier ist." Das stimmte nicht. Ich konnte mir alle möglichen Unglücke vorstellen, die sich ereignet haben könnten. Angst und Sorge lagen mir so schwer im Magen, dass ich kaum essen konnte. „Ich hoffe, er hat sich nicht im Wald verlaufen."

„Du hast doch gesagt, dass er Soldat war, nicht wahr? Bestimmt kann er auf sich aufpassen." Die Witwe versetzte dem Teig noch einen Schlag mit dem Handballen. Ich sagte es ihr nicht, aber ihr Brot war immer zäh und trocken, gar nicht wie das von Mama. „Was habt ihr vor, wenn er ankommt?", fragte sie. „Werdet ihr weiter hier wohnen, wenn ihr verheiratet seid?" Ich wusste, dass sie versuchte, mich von meinen Ängsten abzulenken, indem sie mich aufforderte, an die Zukunft zu denken.

„Ich finde, dies ist Maartens Haus, weil er so schwer gearbeitet hat, um es zu bauen und das Land zu roden. Aber ich hoffe, er hat nichts dagegen, dass Hendrik und ich bis zum Frühjahr hier wohnen. Hendrik wird wahrscheinlich ein wenig außerhalb der Stadt Land kaufen wollen. Er will mehrere Morgen Ackerland haben."

„Maarten heiratet vielleicht selbst irgendwann", sagte die Witwe und senkte die Stimme, während sie mir zuzwinkerte. „Hast du bemerkt, dass die junge Johanna Van Eyck ganz vernarrt in ihn ist?"

Das hatte ich nicht bemerkt. In den vergangenen Monaten hatte ich mich nur um mich selbst gedreht. „Wirklich?", sagte ich, als würde es mich interessieren. „Und ist er auch vernarrt in sie?"

„Sieht so aus. Hast du nicht gesehen, wie sie sich nach dem Gottesdienst immer unterhalten?"

Ich wollte nicht zugeben, dass ich mich kaum für die anderen Gemeindemitglieder interessiert hatte und auch nicht für die Predigten oder irgendetwas anderes in der Kirche – so sehr war ich mit meinen Gebeten für Hendrik beschäftigt gewesen. „Ich hoffe, Maarten findet eine liebe Frau und wird glücklich“, sagte ich. „Er kümmert sich rührend um die kleinen Jungen. Bestimmt wird er ein wunderbarer Vater.“

„Wirst du die beiden adoptieren, wenn dein Hendrik kommt, oder bleiben sie bei Maarten?“

Ich ließ das Messer sinken, mit dem ich die Karotten würfelte, und blickte auf Gerrit hinunter, der in seinem kleinen hölzernen Bettchen am Feuer schlief. Maarten hatte das Bett für ihn gebaut, damit er nicht auf dem feuchten Lehmboden liegen musste. Darüber, wonach Witwe Van den Bosch mich fragte, hatte ich noch gar nicht nachgedacht. „Ich bin mir nicht sicher, bei wem die Jungen leben werden. Ich muss warten und Hendrik fragen, was er meint.“

Arie und Gerrit waren mir ans Herz gewachsen, als wären sie meine eigenen Kinder. Sie nannten mich sogar Mama. Ich konnte mir nicht vorstellen, sie aufzugeben. Aber Maarten liebte sie ebenfalls. Er und die anderen Männer in unserer Siedlung hatten die Bäume, die sie gefällt hatten, an ein Sägewerk verkauft und Maarten hatte einen Teil seines Erlöses dazu benutzt, mehr Hühner, ein Schwein und eine Kuh zu kaufen, damit die Kinder Milch zu trinken hatten. Ich hatte keine Ahnung, was Hendrik davon halten würde, die Kinder anderer Leute großzuziehen. Über solche Dinge hatten wir nie geredet. Wir hatten einander ja gerade einmal sechs Monate gekannt, als Hendrik nach Utrecht versetzt worden war. Bei den riesigen Entfernungen, die unsere Briefe überbrücken mussten, und den vielen Wochen, die es dauerte, bis sie ankamen, hatten wir seitdem nicht über sehr viele Dinge reden können. Aber Hendrik und ich würden noch unser ganzes Leben haben, um einander kennenzulernen, wenn wir erst einmal zusammen waren. Wir würden uns so nahe sein, wie meine Eltern es gewesen waren. Mama und Papa hatten die Gedanken und Stimmungen des jeweils anderen gekannt, ohne fragen zu müssen, und sich mit einfachen Blicken und Gesten verständigt. So würde es bei Hendrik und mir irgendwann auch sein.

Als die ersten Schneeflocken fielen, konnte ich meine Besorgnis nicht länger verbergen. Ich dachte an die beiden Seebestattungen mitten auf dem Atlantik zurück und daran, wie ich an Gottes Güte gezweifelt hatte. Ich hatte mich gefragt: *Wenn er dem Mann ohne*

Grund seine junge Braut so grausam entreißt und das Kind seiner Mutter, kann er dann auch mir meinen Hendrik nehmen? Meine Eltern hatte er mir auch genommen. Die Angst vor Gottes scheinbarer Willkür fraß mich schier auf.

Ich konnte über nichts anderes mehr reden als über Hendrik. „Er hätte vor Wochen ankommen sollen", sagte ich zu Witwe Van den Bosch, als wir an einem Sonntagmorgen über das gefrorene Erdreich den Hügel hinaufstiegen. Die Männer hatten den Kirchenbau vollendet und drinnen war es warm, als wir ankamen. Ich zog Arie und Gerrit die Jacken aus und hängte meinen eigenen Mantel auf.

„Es hat unerwartete Verzögerungen gegeben", beruhigte sie mich. „Wir werden heute Morgen für ihn beten." Wir nahmen nebeneinander Platz, eingerahmt von ihrem Sohn und den beiden kleinen Jungen.

Als *Dominee* Van Raalte an diesem Sonntag hinter die Kanzel trat, wusste ich sofort, dass etwas nicht stimmte. Er war schon lange unser Pastor und ich hatte gesehen, wie er jede nur vorstellbare Krise gemeistert hatte: ob er auf dem Atlantik an der Seekrankheit litt oder an Erschöpfung, nachdem er bis zur Taille durch den Schnee gewatet war, oder an Kummer, nachdem er sich während der Malaria-Epidemie unermüdlich um seine Gemeinde gekümmert hatte. Ich hatte ihn weinen sehen, als er Männer, Frauen und Kinder begraben hatte, die ihm treu in dieses neue Land gefolgt waren. Aber ich werde nie vergessen, wie bleich sein Gesicht war, als er an diesem Sonntag im Dezember die Kanzel betrat und die Nachrichten verlas.

„Es hat ein Schiffsunglück gegeben", sagte er mit zitternder Stimme.

Mein Herz sank wie ein Stein in meiner Brust. Ich wollte, dass er aufhörte zu sprechen. Hastig schlug ich mir die Hand vor den Mund, um nicht aufzuschreien, und wünschte, ich könnte mir auch die Ohren zuhalten. Während ich wartete, zitterte ich, als hätte ich wieder Malaria.

„Ein Dampfer namens *Phoenix* ist in Brand geraten und vor etwa zwei Wochen, am 21. November, auf dem Lake Michigan gesunken. Auf dem Schiff waren viele unserer Landsleute aus den Niederlanden, etwa zweihundertundachtzig Männer, Frauen und Kinder, die nach Wisconsin auswandern wollten. Es gab viele Tote."

Als er eine Pause machte, um zu schlucken und sich zu sammeln, ergriff die Witwe Van den Bosch meine Hand und hielt sie ganz fest. Während der *Dominee* weiterlas, war jedes Wort, das er aussprach, wie ein Stich in mein Herz.

„Die *Phoenix* hat in Buffalo, New York, abgelegt und den Lake Erie überquert, ist bis zum Lake Huron gefahren und von dort auf den Lake Michigan. Wenige Kilometer vor ihrem Ziel Sheboygan, Wisconsin, geriet das Schiff in Brand. Von den mehr als dreihundert Passagieren haben nur dreiundvierzig überlebt. Die Plätze in den beiden Rettungsbooten wurden an die Passagiere der ersten Klasse vergeben, nicht an die armen niederländischen Einwanderer." Er faltete das Papier einmal und blickte dann zu uns auf. „Ganze Familien mit vielen kleinen Kindern sind gestorben. Ich weiß, dass einige von euch auf Angehörige warten ..."

Den Rest wartete ich nicht ab. Ich nahm Gerrit von meinem Schoß und drückte ihn Witwe Van den Bosch in die Arme, dann rannte ich aus der Kirche in die kalte Morgenluft, ohne mir auf dem Weg hinaus meinen Mantel zu nehmen. Mein Magen zog sich zusammen und ich glaubte mich übergeben zu müssen. Blind rannte ich auf gefrorenen Wegen den Hügel hinunter, während mein Herz lautlos schrie.

Nicht Hendrik. Bitte, Gott, nicht er. Die *Phoenix* konnte nicht sein Schiff sein. Und selbst wenn, dann würde er irgendwie überleben, das wusste ich. Er würde sich einen Platz im Rettungsboot sichern. Oder schwimmen. Hendrik war jung und stark genug, um im eisigen Wasser des Sees zu überleben, bis er gerettet wurde. Ich weigerte mich zu glauben, dass er tot war.

Tränen trübten meine Sicht und so stolperte ich über eine Baumwurzel und fiel auf die Knie. Dort blieb ich, weinend und zitternd und von ganzem Herzen betend, während mein Atem in der Luft Wolken bildete. „Bitte, Gott! Bitte lass Hendrik am Leben sein, bitte!" Ich wollte mit Gott handeln, ihm alles versprechen, aber ich konnte ihm nichts anbieten im Tausch für Hendriks Leben.

Dann hörte ich Schritte hinter mir, aber ich wandte mich nicht um. Einen Augenblick später legte sich ein warmer Mantel um meine Schultern. Ich dachte, es wäre vielleicht Witwe Van den Bosch, aber es war Maarten, der sich jetzt neben mich hockte. Er zog mich in seine Arme, wiegte mich und ließ mich weinen. „Es tut mir so leid, Geesje. Was kann ich sagen? Was kann ich tun?"

„Er ist am Leben, das weiß ich … Hendrik hat es überlebt. Er kommt zu mir. Wir werden heiraten …"

Maarten sagte nichts.

Ich weiß nicht, wie lange wir dort saßen, bis Maarten mir schließlich aufhalf und mit mir zu unserem Haus zurückging. Er schürte das Feuer und wickelte mich in eine Decke. „Ich gehe zurück und hole die Jungen", sagte er. „Kommst du so lange allein zurecht?"

Ich starrte ins Feuer und wiegte mich bibbernd vor und zurück. Hendrik würde kommen. Das würde er.

Aber er kam nicht.

Beinahe drei Monate nach dem Schiffsunglück wachte ich auf und stellte fest, dass ein Blizzard um unser Haus tobte. Der Wald war mit meinem Herzen vor Kummer erstarrt, tot und weiß und konturlos. Ich trat hinaus, um Holz fürs Feuer zu holen, und als ich sah, wie sich neuer Schnee auf den Schnee türmte, der mich umgab, begriff ich die Wahrheit: Hendrik würde nicht kommen. Er war tot. So tot wie die gefrorene Welt, die sich rundherum erstreckte, so weit mein Auge reichte. Eine Schneewehe hatte den Holzblock unter sich begraben, den Maarten benutzte, um Feuerholz zu spalten. Auch der Weg zu den Häusern unserer Nachbarn war nicht mehr zu sehen. Ich wünschte, der Schnee würde auch mich begraben. Meine Verzweiflung war so tief und kalt wie die Schneewehen des Winters, mein Kummer so weit und endlos und bodenlos wie der See, der den Mann, den ich liebte, verschlungen hatte. Ich war am Ende all meiner Hoffnungen und Träume, der Hoffnungen und Träume meiner Eltern. Mama und Papa waren nicht mehr da und jetzt war Hendrik auch nicht mehr da. Ich wohnte in einer Hütte, unendlich viele Kilometer von zu Hause entfernt, gefangen in dieser Wildnis. Alle Hoffnung war begraben. Ich sah keinen Grund, warum ich noch leben sollte. Das Einzige, was ich noch wollte, war zu sterben und mich im Himmel zu all denen zu gesellen, die ich liebte.

Ich hörte, wie die Tür hinter mir geöffnet und wieder geschlossen wurde. Gleich darauf legte Maarten eine Hand auf meine Schulter und drehte mich sanft zu sich um. „Komm rein, Geesje. Ich hole das Holz. Die Kinder brauchen dich. Sie wollen ihr Frühstück."

Ich gehorchte. Für Arie und Gerrit zu sorgen, war das Einzige, was mich weitermachen ließ.

Spät an diesem Nachmittag, als der Schneesturm endlich aufhörte, packte ich die Kinder warm ein, damit sie hinausgehen und mit Maarten im Schnee spielen konnten. Vom Fenster aus sah ich zu und hörte sie lachen. Sie himmelten Maarten an und er vergötterte sie. Sechs Monate waren vergangen, seit ihre Eltern gestorben waren, und der Kummer der Kinder ließ langsam nach. Würde meiner es auch irgendwann tun?

Als sie irgendwann wieder ins Haus gestürmt kamen, waren ihre Wangen rot vor Kälte. Ich trocknete sie ab und gab ihnen Suppe, dann machte ich sie zum Schlafengehen fertig. Maarten erzählte ihnen am Feuer Geschichten, von unserer Heimat in den Niederlanden und aus der Bibel. Ich hielt den kleinen Gerrit im Arm und wiegte ihn in den Schlaf, dann legte ich ihn in sein kleines Bett. Als Maarten zum Unterstand hinausging, um unsere Kuh zu versorgen, folgte ich ihm.

„Ich will nach Hause", sagte ich zu ihm.

Er hörte auf, das Eis im Wassertrog aufzubrechen. „In die Niederlande?"

„Ja. Es ist mir egal, wie weit ich reisen muss oder wie lange es dauert, bis ich dort bin, oder wie viel es kostet. Ich will nach Hause. Hilfst du mir bei den Vorbereitungen?"

Maarten starrte mich an. „Du allein?" Ich nickte. Wenn ich ehrlich war, hatte ich schreckliche Angst davor, allein zu reisen, geschweige denn ein Dampfschiff zu besteigen, nach dem, was mit der *Phoenix* geschehen war. Hatte unser Segelschiff, die *Southerner*, auf dem Weg hierher nicht auch Feuer gefangen? Zum Glück für uns hatten wir im Hafen gelegen und waren nicht kilometerweit von der Küste entfernt gewesen. Aber ich würde mich nicht von meiner Angst aufhalten lassen.

„Ich will nach Leiden zurück. Dort werde ich bei einer meiner Schwestern leben."

„Hier wird es besser werden …"

„Wie denn?", schrie ich. „Wie soll es denn besser werden? Kannst du mir das wirklich versprechen?" Ich senkte die Stimme, weil ich nicht wollte, dass Witwe Van den Bosch oder die Kinder mich hörten. „Und wann? In einem Jahr? In zwei Jahren? Glaubst du tatsächlich, wir haben dann alles, was wir in Leiden zurückgelassen haben? Ich habe alle Menschen verloren, die mir jemals etwas bedeutet haben!"

Maarten wandte den Blick ab und ich konnte sehen, dass ich ihn verletzt hatte. „Was ist mit Arie und Gerrit?", fragte er. „Willst du sie nach Leiden mitnehmen?"

„Ich weiß nicht … Bitte hilf mir, einen Weg zu finden, wie ich nach Hause reisen kann, Maarten. Ich habe Angst, verrückt zu werden, wenn ich mich nicht an die Hoffnung klammern kann, wieder nach Hause zurückzukehren."

Maarten atmete langsam aus, sodass sein Atem eine große eisige Wolke bildete. Er fing an, wieder auf das gefrorene Wasser einzuhacken. „Ich werde mit *Dominee* Van Raalte sprechen …"

„Nein! Mach das nicht. Er wird mich fragen, warum ich die Hoffnung verloren habe, und ich will jetzt nicht über Gott oder den Glauben oder so etwas reden." Seit dem Morgen, an dem der *Dominee* uns die Nachricht von der *Phoenix* vorgelesen hatte, war ich nicht mehr in der Kirche gewesen. Ich hatte Gott nichts zu sagen und ich wollte nicht hören, was er mir vielleicht zu sagen hatte. „*Dominee* Van Raalte kann mir auch nicht erklären, warum Gott mir meine Eltern genommen hat. Oder diesen beiden unschuldigen Kindern ihre Eltern. Warum leiden wir an diesem Ort, wo wir doch nur Gott gehorchen und ihm folgen wollten, wohin er uns führt?" Maarten versuchte gar nicht, mir zu antworten. Vermutlich war er zu erschlagen von meinen Zweifeln. „Kannst du oder *Dominee* Van Raalte oder irgendjemand sonst mir erklären, warum Gott Hendrik hat sterben lassen", fragte ich, „wo er doch herkam, um mehr über Gott zu lernen und ihm zu dienen? Oder warum Gott eine ganze Schiffsladung Familien mit kleinen Kindern hat sterben lassen – Menschen, die ihn geliebt und ihm vertraut haben?"

Meine Fragen blieben in der gefrorenen Luft hängen. Die Kuh trat auf der Stelle und stieß mich an. Ich schob sie fort. Als Maarten schließlich antwortete, überraschten seine Worte mich. „Ich versuche herauszufinden, wie wir nach Hause kommen, Geesje. Aber kannst du noch ein paar Monate warten? Die Seen tauen erst im Frühling wieder auf. Und ich muss noch mehr Geld verdienen für die Fahrt nach New York und dann über den Atlantik." Er strich der Kuh übers Maul, während er fortfuhr, als würde er mit sich selbst reden. „Ich kann das Land deines Vaters und dieses Haus verkaufen. Und wahrscheinlich kann ich im Frühling Arbeit auf dem Feld finden, um noch etwas mehr Geld für unsere Schiffspassage zu verdienen."

„Ich verlange nicht von dir, dass du mitkommst, Maarten. Hilf mir nur, nach Hause zu kommen."

Er schüttelte den Kopf. „Ich habe deinem Vater versprochen, dass ich für dich sorgen werde. Ich kann dich nicht den ganzen Weg allein reisen lassen."

„Ich habe keine Angst. Wenn ich diesen schrecklichen Ort überleben kann …" Ich konnte nicht weitersprechen, weil die Erinnerung daran, wie diese gewalttätigen Wälder und Seen mir die Menschen genommen hatten, die ich liebte, mir die Kehle zuschnürte. Aber ich wusste, dass Maarten recht hatte. Eine hübsche junge Frau wie ich konnte nicht allein reisen. Ich sprach kein Englisch. Damals in Castle Garden hatten Fremde mich lüstern angeschaut, als ich von einer ganzen Gruppe von Leuten umgeben gewesen war. Es würde viel sicherer sein, wenn Maarten mich begleitete.

„Wir gehen zusammen", sagte er. „Und Arie und Gerrit nehmen wir mit."

„Willst du denn auch nach Hause?", fragte ich. Er zögerte. „Sag mir die Wahrheit, Maarten."

„Ich will, dass du glücklich bist. Mir tut schrecklich leid, was du alles durchmachen musstest … Ich rede morgen mit *Dominee* Van Raalte darüber, ob wir das Land verkaufen können. Mal sehen, was er sagt."

Sobald er am nächsten Tag seine morgendlichen Arbeiten erledigt hatte, verließ Maarten das Haus und ging zum *Dominee*. Ich hatte keine Ahnung, wie er im Schnee den Weg hin und zurück finden wollte, wo doch kein Pfad zu sehen war. Und ich befürchtete, der *Dominee* würde gleich mit Maarten zu mir marschieren und versuchen, mir die Sache auszureden, aber Maarten kam allein heim. „Was hat er gesagt?", fragte ich, noch bevor Maarten die Gelegenheit hatte, den Schnee von seinen Holzschuhen zu klopfen und das Haus zu betreten. „Kann er das Land für mich verkaufen?"

„Ja … das Land zu verkaufen, wird nicht das Problem sein."

„Und was ist dann das Problem?"

Maarten kam herein und schloss die Tür hinter sich. Dann nahm er sich einen Augenblick Zeit, um mit der Hand durch Aries dichtes blondes Haar zu fahren. Der Junge war sofort zu Maarten gelaufen und hing nun an seinem Bein, sodass Maarten sich kaum bewegen konnte. Maarten sprach leise. „Er hat gesagt, dass es nicht recht ist, wenn wir zu zweit reisen, da wir nicht miteinander verwandt sind. Und aus demselben Grund können wir auch die Jungen nicht adoptieren oder mitnehmen. Er hat gesagt, wir sollten uns Zeit lassen und über unserer Entscheidung beten. Er wird das auch tun."

„Aber was bleibt uns anderes übrig? Ich will nach Hause!"

Witwe Van den Bosch sah von ihrem Platz am Feuer auf, wo sie saß und den Saum aus der Hose ihres Sohnes herausließ, der der Junge entwachsen war. „Was meinst du mit nach Hause?", fragte sie. „Doch nicht die Niederlande?"

„Doch. Sobald der Schnee schmilzt, kehre ich nach Hause zurück. Ich hasse diesen Ort!"

„Aber erinnerst du dich nicht an die Hungersnot? Und dass es für keinen der Männer dort Arbeit gab?"

„Ich will lieber zu Hause in Leiden sterben als an diesem unzivilisierten Ort."

Weder sie noch Maarten sagte ein weiteres Wort, bevor wir alle uns wieder an die Arbeit begaben. Aber ich dachte den ganzen Tag darüber nach, was ich tun sollte. Es wäre sehr unklug, wenn ich allein reiste. Nur zu gern wollte ich Maartens Angebot, mich zu begleiten, annehmen, aber zusammen zu reisen, schickte sich nicht. Und dass ich Arie und Gerrit nicht mitnehmen konnte, war ein schwerer Schlag. Ich hatte sie ins Herz geschlossen und konnte mir nicht vorstellen, sie in diesem gottverlassenen Land zurückzulassen. Sie brauchten Maarten und mich.

Während ich an diesem Nachmittag Gerrits Windel wechselte, kam mir plötzlich eine Lösung für all diese Probleme in den Sinn. Wenn Maarten und ich verheiratet wären, könnte er mich nach Hause bringen. Und wir könnten die Kinder behalten. Aber könnte ich das wirklich tun?

Verheiratet. Mit Maarten. Nicht mit Hendrik. Undenkbar.

Aber ich wusste, dass ich ihn brauchte. Seit meine Eltern im vergangenen Sommer gestorben waren, hatte Maarten all das getan, was sonst ein Ehemann tat. Er hatte mir endlose Freundlichkeit und Geduld entgegengebracht. Ich wusste, dass er mich einmal geliebt hatte. Wahrscheinlich tat er das immer noch. Und ich liebte ihn wie einen Bruder oder guten Freund. Ohne ihn wäre ich hilflos. Seit damals in Leiden der erste Stein durch unser Fenster geworfen worden war, hatten wir alles gemeinsam ertragen. Er war Gott und mir und meinen Eltern immer treu gewesen, hatte nie geklagt und immer auf mich aufgepasst.

Ich hörte, wie Maarten draußen Feuerholz machte, weil die kräftigen Schläge die Stille durchbrachen. Rasch zog ich meinen Mantel und ein zweites Paar Socken an.

„Auch mitkommen?“, fragte Arie, als er sah, wie ich mich warm einpackte.

„Nein, ich komme gleich wieder, *lieverd*. Bleib du hier drinnen, wo es warm ist.“ Ich schloss die Tür hinter mir und überquerte den schneebedeckten Hof.

Maarten hörte auf zu arbeiten, als er mich sah. „Was ist los?“

„Willst du mich immer noch heiraten? … Wir könnten zusammen nach Hause reisen und wir könnten die Jungen mitnehmen, wenn wir Mann und Frau wären.“

Sein Blick begegnete meinem in dem winterlich blassen Sonnenlicht. Es war, als würden Minuten verstreichen, bevor er antwortete. „Ich liebe dich, Geesje. Ich habe dich immer geliebt. Für dich würde ich alles tun.“

Ich musste den Blick abwenden. „Und du bist mein allerbester Freund … Aber bevor du entscheidest, ob du mich heiraten willst, muss ich ehrlich mit dir sein. Ich glaube nicht, dass ich jemals einen Menschen so lieben werde, wie ich Hendrik geliebt habe.“

„Ich weiß. Ich weiß.“ Maarten blickte auf seine großen, breiten Hände hinunter und umfasst den Stil der Axt.

„Sieh mich an, Maarten.“ Ich wartete, bis er den Kopf hob. „Du hast etwas viel Besseres verdient als mich. Du hast eine Frau verdient, die dich von ganzem Herzen liebt. Eine Frau, die Gott so sehr vertraut wie du. Mein Glaube ist zu nichts zusammengeschrumpft. Sag nicht Ja, wenn du mich nicht wirklich heiraten möchtest.“

„Ich würde dich nicht mit falschen Hoffnungen heiraten“, sagte er. „Ich weiß, dass du Hendrik geliebt hast. Ich weiß, dass ich niemals seinen Platz in deinem Herzen einnehmen könnte … Aber trotzdem wäre ich glücklich, wenn ich ein Leben lang für dich sorgen könnte. Und für Arie und Gerrit auch.“

Der liebe Maarten. Er war bei mir gewesen, solange ich denken konnte, eine tröstliche Schulter, an die ich mich in meinem Kummer anlehnen konnte. Er hatte mich vor Gefahr bewahrt, mich aufgemuntert, wenn ich traurig war, mir Mut gemacht, wenn ich Angst hatte, mir geholfen, wenn ich krank war. Er war in die Stadt gelaufen, um etwas zu essen zu kaufen, wenn er selbst halb verhungert und völlig erschöpft gewesen sein musste, weil er den ganzen Tag das Haus gebaut und das Land gerodet hatte. Und jetzt würde er wieder ein Opfer für mich bringen und alles verlassen, wofür er hier in Amerika so fleißig gearbeitet hatte, um mich nach Leiden zurückzubringen. Er war bereit, mich zu heiraten, obwohl er wusste, dass ich ihn nicht liebte und dass er immer in Hendriks Schatten stehen würde. Er würde sein eigenes Glück für meines opfern. Das Mindeste, was ich für diesen sanften, liebevollen Mann tun konnte, war, ihm im Gegenzug eine gute Ehefrau zu sein.

Der einzige Mann, den ich jemals lieben würde, war tot. Ich würde den Rest meines Lebens ohne ihn verbringen müssen. Doch ich war noch keine neunzehn Jahre alt, und als ich in die Zukunft blickte und all die Jahre sah, die sich vor mir ausdehnten, wusste ich, dass ich diese schmerzliche Einsamkeit nicht ewig fühlen wollte. Ich wollte nicht allein sein. Ich wollte die Zufriedenheit und Geborgenheit von Mann und Kindern. Wenn ich schon nicht mit Hendrik zusammen sein konnte, warum sollte ich mein Leben dann nicht mit Maarten verbringen, den ich kannte, seit ich zehn Jahre alt war? Er war alles, was mir von meinem alten Leben noch geblieben war. Ich konnte mir nicht vorstellen, dass ich einen besseren Ehemann finden würde als ihn. Und er hatte versprochen, mich nach Hause zu bringen. Ich nahm seine Hand, die von der Kälte rot und rau war, und hielt sie in meiner.

„Ich werde tun, was ich kann, um dir eine gute Frau zu sein. Bitten wir *Dominee* Van Raalte, in der Kirche das Aufgebot zu bestellen."

„Bist du dir sicher, Geesje?" Ich sah die nackte Hoffnung in seinen Augen.

„Ja. Bist *du* dir sicher, Maarten?"

„Das bin ich." Er lächelte und seine Hoffnung verwandelte sich in Freude. Ich merkte, dass er mich in den Arm nehmen wollte, aber stattdessen drückte er nur meine Hand und ließ sie dann los. „Also dann. Ist es beschlossen?"

„Es ist beschlossen."

Wir teilten *Dominee* Van Raalte unsere Entscheidung mit, und als einer der Ältesten am darauffolgenden Sonntag das Aufgebot verlas, sah ich, wie Johanna Van Eyck aufstand und die Kirche leise durch die Hintertür verließ. Mir fiel wieder ein, dass sie gehofft hatte, Maarten würde sie heiraten. Jetzt hatte ich ihre Hoffnungen zunichtegemacht.

Drei Wochen später wurden Maarten de Jonge und ich in einer bescheidenen Zeremonie in der Holzkirche auf dem Hügel getraut. Dann kehrten wir mit unseren beiden adoptierten Söhnen Arie und Gerrit in unser Haus zurück, um unser neues Leben als Familie zu beginnen. Und um unsere Reise zurück in die Niederlande zu planen.

18. Kapitel

Anna

Hotel Ottawa
1897

„Ich habe beschlossen, William zu heiraten", sage ich an diesem Abend zu Vater, als wir im eleganten Speisesaal des Hotels dinieren. Den ganzen Tag hat mich das Wissen um Vaters finanzielle Schwierigkeiten bedrückt, als müsste ich die Last auf meinen eigenen Schultern tragen.

„Bist du dir sicher, Anna?" Ich sehe vorsichtige Hoffnung im Blick meines Vaters. Er scheint die Luft anzuhalten.

„Ja. Ich bin mir sicher – wenn William bereit ist, mich zurückzunehmen."

„Natürlich ist er das. Ich habe mit ihm darüber gesprochen und er liebt dich, Anna. Ich weiß, dass du mit ihm ein wunderbares Leben führen wirst, mit allem, was ein Mädchen sich nur wünschen kann." Vaters Erleichterung ist mit Händen zu greifen.

Ich blicke auf meinen Teller hinunter und schneide den gebratenen Weißfisch sorgfältig in winzige Stückchen. Plötzlich kommt mir die Frage Jesu wieder in den Sinn: *„Was hülfe es dem Menschen, wenn er die ganze Welt gewönne und nähme doch Schaden an seiner Seele?"* Ich habe den Vers heute im achten Kapitel des Markusevangeliums gelesen und mich daran erinnert, wie der Pastor der Schlossturmkirche diesen Abschnitt in seiner Predigt zitiert hat. Opfere ich meine Seele für diese Ehe? Ich muss noch einmal mit Derk reden. Er kann meine Fragen beantworten, da war ich mir sicher. Schließlich will er Pastor werden. Bestimmt ist er ehrlich genug, mir zu sagen, ob ich Gefahr laufe, meine Seele zu verlieren.

Ich blicke wieder zu meinen Eltern auf. „Ich finde, Mutter und du solltet am Sonntag ohne mich nach Chicago zurückfahren. Ich würde gerne noch eine Woche hierbleiben."

„Aber warum, mein Schatz?", fragt Mutter. „Wir müssen eine Hochzeit planen und ..."

„Allein reisen?", unterbricht Vater sie. „Kommt gar nicht infrage."

„Ich bin eine erwachsene Frau, Vater. Ich habe keine Angst."

„Das solltest du aber."

„Warum willst du denn noch bleiben?", wiederholt Mutter ihre Frage. „Ich hatte den Eindruck, dass du dich hier langweilst."

„Überhaupt nicht. Ich finde es sehr erholsam, im Sommer nicht in der heißen Großstadt mit all ihrem Lärm zu sein."

„Und was ist mit William? Was soll ich ihm sagen, wenn er fragt, warum du nicht mit zurückgekommen bist?" Vater scheint sich wieder Sorgen zu machen, denn seine Stirn ist von Falten zerfurcht.

„Ich werde William einen Brief schreiben – heute Abend noch. Den kannst du ihm dann geben, sobald ihr zu Hause seid. Ich werde ihm sagen, wie leid es mir tut, dass wir uns gestritten haben, und dass ich ihn sehr gerne heiraten würde." Ich weiß, dass Vater recht hat – William wird mir ein wunderbares Leben bieten. Er ist ein guter Mann. Ein sehr reicher Mann. Er wird in der Prairie Avenue ein beeindruckendes Anwesen für mich bauen und ich werde ihm einen Sohn schenken, der sein Vermögen erbt.

Aus dem Nichts taucht plötzlich ein anderer Vers auf, den ich im Markusevangelium gelesen habe: *„Es ist leichter, dass ein Kamel durch ein Nadelöhr gehe, als dass ein Reicher ins Reich Gottes komme."* Die Worte sind mir im Gedächtnis geblieben, weil ich sie nicht verstanden habe. Jesus hatte mit einem sehr wohlhabenden jungen Mann gesprochen, der ihn gefragt hatte, wie er ewiges Leben erlangen könne. „Geh hin, verkaufe alles, was du hast, und gib's den Armen", sagte Jesus zu ihm. Der junge Mann konnte das nicht tun – genauso wenig wie William oder mein Vater sein ganzes Vermögen den Armen geben könnte. Würde Jesus wirklich ein solches Opfer verlangen? Vielleicht kann Derk mir erklären, was Jesus damit gemeint hat, damit ich mir keine Gedanken mehr darüber machen muss.

„Warum kommst du nicht mit nach Hause und sagst es William persönlich?", reißt mich Vater aus meinen Gedanken.

„Weil ... weil es mir hier gefällt." Ich traue mich nicht, meine wahren Gründe zu erläutern. „Ich möchte so gerne noch eine Woche hierbleiben. Bitte, Vater?"

„Ich kann dich nicht allein reisen lassen, Anna. Das schickt sich nicht."

Auf seine Worte hin wende ich mich meiner Mutter zu und flehe sie wortlos an. Ich weiß, dass sie sich langweilt und so bald wie möglich zu ihrem eleganten Leben in Chicago zurückkehren möchte. Aber ich weiß auch, dass sie mir einen Gefallen schuldet, nachdem sie meine Privatsphäre verletzt und mein Tagebuch gelesen hat. Und sie weiß es auch.

„Wenn es dich glücklich macht, bleibe ich noch eine Woche mit dir hier. Dein Vater kann uns all die Anweisungen für unsere Rückreise mit der Bahn aufschreiben – wäre dir das recht, Arthur?"

Schließlich willigt Vater widerstrebend ein. Es ist in seinem Interesse, mich bei Laune zu halten. An diesem Abend bleibe ich lange auf, um einen Brief an William zu schreiben, in dem ich ihn um eine zweite Chance bitte. Ich sage ihm, wie leid es mir tut, dass ich seine Wünsche nicht respektiert habe. Ich schreibe, dass ich mich ihm als seine zukünftige Ehefrau von jetzt an als Familienoberhaupt unterordnen würde. Wenn er mir meine Dickköpfigkeit verzeihen könne, hoffte ich, dass wir noch einmal von vorne beginnen und unsere Verlobung erneuern könnten. Ich versichere ihm, dass wir ein glückliches Leben zusammen führen werden.

Bevor ich den Umschlag versiegele, lese ich den Brief noch einmal und dabei wird mir bewusst, dass ich kein einziges Wort darüber verloren habe, dass ich ihn liebe. Liebe ich ihn denn noch? Es spielt keine Rolle. Ich heirate William meiner Eltern wegen. Es ist nicht gerade ein Opfer. Eine der reichsten Frauen von Chicago zu werden, kann man nun wirklich nicht als Opfer bezeichnen, selbst wenn ich ihn nicht liebe.

Dann fällt mir wieder mein Gedanke von neulich ein, dass meine Zukunft, falls ich William heiraten sollte, genauso von seinen Plänen verschlungen würde, wie die Wellen im Traum meine Mama verschlingen. Aber wenn ich ihn nicht heirate, könnte das den finanziellen Ruin meines Vaters bedeuten und dann würde unsere Zukunft sich auf unvorstellbare Weise verändern. Vielleicht bin ich mir meiner Liebe zu William nicht sicher, aber ich weiß ganz sicher, dass ich meine Eltern liebe.

Am nächsten Morgen schlüpfe ich noch vor dem Frühstück aus meinem Zimmer und eile hinaus, um Derk zu suchen. Wie üblich finde ich ihn am Anleger, wo er sich um die Boote kümmert und Ruderboote und Jollen näher zum Wasser zieht, damit sie bereit sind, wenn die Hotelgäste ihr Frühstück beendet haben. „Sie sind aber heute Morgen früh auf", sagt er, als er mich sieht.

„Ja. Ich habe noch ein paar Fragen an Sie. Können wir irgendwann heute miteinander reden, vielleicht am Nachmittag, damit ich Sie nicht bei der Arbeit störe?"

Plötzlich wirkt er schüchtern. Er starrt auf seine Füße hinunter und seine sonnengebräunten Wangen erröten leicht. Ich frage mich, ob es zu kühn war, so über seine Zeit zu verfügen. Schließlich bin ich praktisch eine Fremde. Aber als Derk wieder aufblickt, lächelt er und sagt: „Ich arbeite bis vier Uhr. Dann können wir uns bei der Bank dort drüben treffen, auf der Sie sonst immer sitzen." Mir kommen kurz Bedenken, dass Mutter uns sehen und unsere Unterhaltung missverstehen könnte, aber ich will Derks Zeit nicht noch mehr beanspruchen, als ich es schon getan habe.

„Danke. Ich weiß wirklich zu schätzen, wie viel Sie mir helfen." Dann eile ich davon und frage mich, wie ich Vater die Situation erklären soll, falls er zufällig gerade aus dem Schlafzimmerfenster gesehen und mich mit einem attraktiven Hotelangestellten gesehen hat – vor allem, nachdem ich gebettelt habe, noch eine Woche hierbleiben zu dürfen.

Aber er hat uns nicht gesehen. Später an diesem Vormittag gebe ich Vater meinen Brief an William und verabschiede mich von ihm, bevor er in den Zug nach Holland steigt. Von dort aus wird er einen Anschlusszug nach Chicago nehmen. Ich frage mich, warum er nicht mit dem Dampfer die direktere Route über den See wählt, so wie Mutter und ich es getan haben, aber ich frage ihn nicht. Ich muss immerzu an den Brief denken, den er bei sich trägt. Wenn er ihn erst einmal übergeben hat, bin ich verpflichtet, William zu heiraten. In der Zwischenzeit habe ich noch eine Woche, um die Antworten auf alle meine Fragen zu finden, damit ich mein Versprechen halten kann, nie mehr in die Schlossturmkirche zurückzukehren.

Als Derk und ich uns nachmittags bei der Bank treffen, ist dies auch das Erste, was ich ihm sage: „Ich habe nur noch eine Woche, um alle meine Fragen zu beantworten."

„Eine Woche?", fragt er mit seinem üblichen Grinsen. „Ich studiere jetzt schon seit einiger Zeit am Seminar und habe noch immer nicht die Antworten auf alle meine Fragen gefunden. Warum haben Sie es so eilig, Anna?"

Ich blicke mich um, weil ich mir Sorgen mache, Mutter könnte uns zusammen sehen und die Situation falsch deuten. „Würde es Ihnen etwas ausmachen, wenn wir zum Strand gehen, während wir reden?", frage ich.

„Überhaupt nicht. Was immer Sie wollen." Wir folgen dem Ufer des Black Lake und nehmen dann den Pfad am Kanal entlang, der den See mit dem Lake Michigan verbindet. Ich nehme nicht Derks Arm und achte darauf, dass ein schicklicher Abstand zwischen uns besteht. Mir fällt auf, dass ein stetiger Strom von Segelbooten neben uns den Kanal hinunterfährt, eins nach dem anderen. Die Besatzungen der Boote rufen einander freundliche Grüße zu, während sie auf den See hinaussegeln.

„Du liebe Güte, ich habe noch nie so viele Segelboote auf einmal gesehen", sage ich.

„Ich glaube, es gibt eine Regatta. An Sommernachmittagen wie diesem, wenn das Wetter schön ist, veranstalten die Bootsbesitzer manchmal spontan ein solches Wettrennen. Sie segeln zum Lake Michigan und folgen dort einem Parcours, der mit Bojen abgesteckt ist. Wenn Sie dort hinüberschauen", sagt Derk und zeigt auf die Mündung des Kanals, „können Sie sehen, wo der Parcours aufgebaut ist."

Ich bleibe einen Augenblick stehen und sehe zu, und als die Segel sich im Wind entfalten und aufblähen, erfasst mich unwillkürlich ein Schauer der Erregung.

„Ich habe eingewilligt, William zu heiraten, wenn ich nach Hause zurückkehre", sage ich schließlich. „Das bedeutet, ich werde nie wieder in die Schlossturmkirche gehen können. Die Kirche meiner Eltern scheint nicht an Fragen interessiert zu sein, vor allem nicht an der Art Fragen, wie ich sie habe."

Derk sieht mich verwirrt an. „Wahrscheinlich geht es mich nichts an – und sagen Sie mir das ruhig –, aber warum haben Sie beschlossen, ihn zu heiraten? Ich dachte, Sie wären zu dem Schluss gekommen, dass er zu viel von Ihnen verlangt."

Ich antworte nicht sofort, sondern setze mich wieder in Bewegung. Doch dann beschließe ich, Derk die Wahrheit anzuvertrauen. „Ich habe erfahren, dass mein Vater in finanziellen Schwierigkeiten steckt. Er braucht die Verwandtschaftsbeziehung zu William und seiner Bank, um die Krise zu überstehen. Ich liebe meinen Vater. Für ihn und Mutter würde ich alles tun. Sie würden nicht wissen, wie sie weiterleben sollten, wenn sie all ihr Geld verlören."

„Wissen die beiden, dass Sie deshalb das Opfer bringen, William zu heiraten?"

„Nein. Aber man kann es kaum ein Opfer nennen. William ist ein guter Mann aus einer angesehenen christlichen Familie. Nach der Hochzeit werde ich eine reiche Frau sein. Und ich bin mir sicher, dass er mir erlauben wird, den Armen großzügig zu helfen. Als seine Frau kann ich viel Gutes tun."

„Ihre Entscheidung ist also gefallen." Es klingt wie eine Aussage, nicht wie eine Frage.

„Das ist sie."

Ich warte, bis ein Segelboot voller lachender junger Leute an uns vorbei ist, bevor ich fortfahre. Die späte Nachmittagssonne ist noch immer warm und ich hole tief Luft, bevor ich meine erste Frage stelle. Es überrascht mich, aber ich bin dankbar dafür, dass Derk nicht versucht, mir die Ehe mit William auszureden. „Ich habe in Ihrer Bibel gelesen und –"

„Sie gehört jetzt Ihnen. Sie können sie behalten."

„Oh, aber das kann ich nicht …"

„Betrachten Sie sie als ein frühes Hochzeitsgeschenk."

„Also dann … danke." Bei der Erwähnung meiner Hochzeit überkommt mich ein mulmiges Gefühl und ich brauche einen Moment, um mich zu sammeln. „Neulich habe ich eine Stelle gelesen, in der Jesus sagt, eher würde ein Kamel durch ein Nadelöhr gelangen als ein Reicher ins Himmelreich. Wenn ich mit William verheiratet bin, werde ich eine sehr reiche Frau sein, deshalb frage ich mich, was Jesus gemeint hat. Werde ich vom Himmelreich ausgeschlossen, weil ich reich bin?"

Derk kratzt sich am Kinn, während er nachdenkt. „Hm … Jesus hat dem reichen Jüngling gerade gesagt, dass er alles, was er hat, verkaufen und das Geld den Armen geben soll, nicht wahr? Der reiche Jüngling konnte sich nicht dazu durchringen. Er hing zu sehr an seinem Geld, um alles fortzugeben."

„Das kann ich ihm nicht verübeln. Ich weiß, wie schwer es für meine Eltern oder für William wäre, alles zu verlieren, geschweige denn, es freiwillig herzugeben."

„Jesus wollte damit sagen, dass vielen reichen Menschen ihr Reichtum wichtiger ist als der Wunsch, ihm nachzufolgen. Das sollte der reiche Jüngling selbst erkennen. Aber Jesus hat auch gesagt, selbst wenn es für einen reichen Menschen schwer ist, nicht mehr auf seinen Reichtum zu vertrauen, sondern auf Gott, ist es doch nicht unmöglich. Gott kann das Herz eines jeden Menschen verändern, wenn dieser es zulässt. Jesus hat gesagt, dass bei Gott nichts unmöglich ist."

„Es gibt also reiche Leute, die Gott dienen?"

„Natürlich. Und –"

„Ich könnte also trotzdem in den Himmel kommen, auch wenn ich reich bin?"

„Der junge Mann in der Geschichte hat sich von Jesus abgewandt, nicht andersherum. Im Grunde genommen geht es in der Geschichte darum, dass wir bereit sein müssen, Jesus zu gehorchen und ihm zu folgen, selbst wenn uns das viel kostet und wir dafür Dinge aufgeben müssen, die wir lieben."

„Haben Sie deshalb die Beziehung zu dem Mädchen, das Sie liebten, beendet, anstatt Ihren Beruf als Pastor aufzugeben?"

Derk wirft mir einen seltsamen Blick zu, den ich nicht recht deuten kann. Dafür kenne ich ihn nicht gut genug. Es scheint ihn zu überraschen, dass unsere Unterhaltung sich ihm zuwendet anstatt mir und meinen Problemen. „Ja", sagt er schließlich. „Das kann man so sagen." Wir hören einen Ruf, woraufhin Derk sich umdreht und jemandem an Bord eines der vorbeifahrenden Boote zuwinkt. „Hallo! Viel Glück bei der Regatta!", ruft er zurück.

„Wir könnten dich in unserer Crew gebrauchen, Derk", ruft der Bursche.

„Nächstes Mal", erwidert Derk lachend.

Ich muss zugeben, dass bei den Teilnehmern des Wettrennens eine Aufregung und eine Energie und eine Freiheit herrschen, um die ich sie beneide. Und eine Freude. Dann kommt mir ein anderer Gedanke. „Ich hoffe, ich halte Sie nicht davon ab, an diesem Rennen teilzunehmen."

„Keineswegs. Das war ein Studienfreund von mir vom College.

Wir sind früher oft zusammen segeln gegangen, bevor wir unseren Abschluss gemacht haben und zu beschäftigt dafür waren. Die meisten meiner Freunde haben gleich angefangen zu arbeiten und viele von ihnen sind inzwischen verheiratet und haben eine Familie gegründet. Ich habe mein Studium am Seminar begonnen."

„Weil Sie glaubten, das Gott es so will?"

„Ja. Gott hat den Propheten Jesaja gefragt: ‚Wen soll ich senden? Wer will unser Bote sein?'. Jesaja hat geantwortet: ‚Hier bin ich. Sende mich.' Und diese Antwort habe ich Gott auch gegeben."

„Heißt das …", sage ich, nachdem ich langsam ausgeatmet habe, „dass ich mich von Jesus abwende, wenn ich William heirate und nicht mehr in die Schlossturmkirche gehe? Was bedeutet es, dass man die ganze Welt gewinnen, aber Schaden an seiner Seele nehmen kann?"

Derk blickt einen Moment lang auf den See hinaus, als wäre er tief in Gedanken versunken. Ich frage mich, ob er betet. „Ich glaube … ich glaube, ‚Schaden an seiner Seele' zu nehmen oder sie zu verlieren, wie es in einer anderen Übersetzung heißt, bedeutet, dass man Gott den Rücken kehrt, so wie der reiche Jüngling sich von Jesus abgewandt hat. Es bedeutet, dass man andere Dinge wichtiger nimmt als Jesus und diese Dinge anbetet. Dass man von ihm getrennt lebt. Für reiche Menschen ist es schwierig, sich mit allen Bedürfnissen an Gott zu wenden, weil sie es gewohnt sind, sich auf ihr Geld zu verlassen. Gott will eine Beziehung mit uns führen, bei der wir im Gebet mit ihm reden, bei der wir ihn und unseren Nächsten lieben und versuchen, so zu leben, wie Jesus es uns gelehrt hat."

„Wenn ich alle diese Dinge tue, ist das dann ein Ausgleich dafür, dass ich die Schlossturmkirche aufgebe? Kann ich dann meine Seele behalten?"

Derk seufzt. „Diese Frage kann ich Ihnen nicht beantworten. Die Zeit und hundert alltägliche Ablenkungen können uns langsam von Gott weglocken, ohne dass wir es merken. Aber ich möchte Sie bitten, weiter in Ihrer Bibel zu lesen. Jesus hat gesagt, wenn wir ihn von ganzem Herzen suchen, dann finden wir ihn auch. Er ist bei uns, wo auch immer wir sind, Anna. Er ist nicht nur in einem Kirchengebäude."

„Das hat Reverend Torrey in einer seiner Predigten auch gesagt. Er hat gesagt: ‚Suchet, so werdet ihr finden; klopfet an, so wird euch aufgetan.‘ Er hat gesagt, dass wir immer nach Gott suchen sollen. Aber ich bin mir nicht sicher, wie ich das machen soll. Wenn ich in dieser Kirche war, schien Gott mir ganz nah zu sein. Deshalb bin ich ja immer wieder dort hingegangen. Aber ich habe William versprochen, dass ich nicht mehr hingehen werde, und diesmal muss ich mein Versprechen halten.“

„Gott ist überall, Anna. Jesus hat gesagt, dass er uns niemals allein oder im Stich lassen wird. Das hat meine Tante Geesje mich gelehrt. Als meine Mutter vor Jahren gestorben ist, habe ich mich sehr einsam gefühlt, aber Geesje hat mir gesagt, dass Jesus immer bei mir ist.“

„Und war er das? … Ist er es immer noch?“

„Ja“, sagt er ganz schlicht. „Ich fühle mich nicht mehr einsam.“

Das, was Derk hat, was Tante Geesje hat, möchte ich auch. Wir sind am Ende des Kanals angekommen und stehen einige Minuten am Sandstrand, um der Segelregatta zuzusehen. Als ich zu Derk aufblicke, hat er die Hand an die Stirn gehoben und schirmt seine Augen gegen die Sonne ab. Ich sehe, dass er lächelt.

„Was gefällt Ihnen am Segeln?“, frage ich.

„Die Herausforderung, mit Wind und Wellen zu kämpfen und das Boot dahin zu bringen, wo ich es haben will. Und es gefällt mir, Teil einer Mannschaft zu sein, mit anderen zusammenzuarbeiten und mich dabei zu vergnügen.“

„Ich fühle mich ständig einsam“, gestehe ich ihm. „Ausgesetzt.“ Das war das Wort, das Mutter benutzt hat, als sie mir erzählte, dass Vater und sie mich ganz allein, ohne Eltern, gefunden haben. Ausgesetzt. Aber ich war damals noch ein Säugling, also kann ich mich unmöglich daran erinnern, dass ich ausgesetzt wurde. Und meine Eltern haben sich mein ganzes Leben lang liebevoll um mich gekümmert, seit ich denken kann. Ich räuspere mich, um meinen unerklärlichen Kummer zu verdrängen, und sage zu Derk: „William scheint mir nie zuzuhören, wenn ich versuche, über Gott oder den Glauben oder solche Dinge zu reden. Er versteht nicht, was ich meine, wenn ich ihm sage, ich hätte das Gefühl, das etwas fehlt, hier drin …“ Ich lege eine Hand auf mein Herz.

Derk dreht sich zu mir um und beugt sich ein wenig vor, während er mir zuhört. In seinem Blick sehe ich so viel Mitgefühl, dass ich weinen könnte. Seine Augen haben die gleiche Farbe wie der Himmel über uns und der See vor uns und seine Haare sind so warmgolden wie der Sand. „Gibt es in Chicago nicht irgendjemanden, mit dem Sie reden können, der Ihnen Ihre Fragen beantworten kann?“

„Nicht in meinen gesellschaftlichen Kreisen. Diese Freundschaften sind sehr oberflächlich und die Themen der Unterhaltungen völlig unwichtig. Ich sehne mich schon so lange nach einem wirklichen Seelenverwandten. Das war auch ein Grund, warum ich mich so zu der Schlossturmkirche hingezogen fühlte. Dort kam es mir vor, als wäre ich zu Hause. Wenn ich mit all den anderen reichen jungen Leuten in meinem Alter zusammen bin, habe ich nie das Gefühl dazuzugehören. Ich habe mich schon immer … anders gefühlt. Als würde ein Stück von mir fehlen.“

„Ich will nicht mit irgendwelchen Patentrezepten kommen, aber warum beten Sie nicht darüber? Sie könnten Gott bitten, dass Sie eine Freundin finden, mit der Sie über diese Dinge reden können. Jemanden, der Ihrem Verlobten recht ist.“

„Ich kann nicht besonders gut beten. Das ist noch etwas, das ich in der Schlossturmkirche zu lernen versucht habe.“

„Beten ist kein Wunderwerk. Reden Sie einfach mit Gott, so wie Sie jetzt mit mir reden. Das habe ich auch von Tante Geesje gelernt. Sie hat mir gesagt, wann immer ich einsam oder wütend sei, solle ich es Gott sagen – und dann würde ich mich besser fühlen, weil ich weiß, dass er mich gehört hat.“

„Hat es funktioniert?“

Derk nickt und grinst sein schiefes Grinsen. „Einmal habe ich an die besonderen *pannenkoeken* gedacht, die meine Mutter immer gemacht hat – Pfannkuchen. Ich habe Gott gesagt, ich sei zornig auf ihn, weil er mir meine Mutter genommen habe und mein Vater sie nicht richtig backen könne. An dem Abend kam Tante Geesje vorbei und brachte etwas zu essen mit, und raten Sie mal, was sie gemacht hatte.“

„Pfannkuchen.“

Er lacht und nickt. „Gott hat viele solche kleinen Dinge getan, um mir zu zeigen, dass er da war und dass er mich hörte. Sie brauchen also keine Angst vor dem Beten zu haben, Anna. Sie können ihm wirklich alles sagen.“

„Danke. Das werde ich … Wahrscheinlich sollten wir besser zurückgehen.“

„Sind Sie sich sicher? Das Rennen ist noch nicht zu Ende."

„Ja, ich glaube schon." Derk hat einige meiner Fragen beantwortet und mir einen Funken Hoffnung gegeben. Aber während wir zum Black Lake zurückgehen, sehe ich, dass die Aktivitäten um uns herum langsam nachlassen, jetzt, wo der Nachmittag sich dem Ende zuneigt, die Ruderboote das Ufer ansteuern, die Badegäste vom Strand zum Hotel zurückgehen und die Veranden und Croquet-Felder sich leeren, und das Gefühl, dass mir die Zeit davonläuft, ist so erdrückend, dass ich kaum atmen kann. Wenn ich erst einmal wieder in Chicago bin, wenn ich William heirate, werde ich nicht mehr tun können, was ich will. Ich werde immer vorsichtig sein und meine Gedanken und Gefühle für mich behalten müssen. Was Derk mir über das Gebet gesagt hat, glaube ich, und mir gefällt seine hübsche kleine Geschichte mit den Pfannkuchen. Aber in der geschäftigen Welt der gehobenen Gesellschaft, in der ich mich bald wieder bewegen werde, mit ihren Hunderten von Partys und Besuchen und Veranstaltungen, werde ich nur noch wenig Zeit für Gott haben, abgesehen von dem einstündigen Gottesdienst am Sonntagmorgen. Es scheint für einen reichen Mann – oder eine reiche Frau – wirklich schwierig zu sein, ins Himmelreich zu gelangen. Ich befürchte, dass die Wellen der Verpflichtungen und Erwartungen mich verschlingen werden, so wie die Wellen in meinem Albtraum unser Rettungsboot verschlingen, und dass ich meine Seele verliere.

„Glauben Sie, es ist ein Fehler, dass ich William heirate?", frage ich. „Ich gebe zu, dass ich ihn wegen seines Geldes heirate. Ist das eine schreckliche Sünde?

„Lieben Sie ihn?"

„Das dachte ich. Aber jetzt mache ich mir Sorgen, dass es vielleicht nur eine schwärmerische Verliebtheit war. Er hat mich geblendet. Und ich war so erstaunt, dass er sich für mich entschieden hat. Eigentlich haben wir einander nichts Wesentliches zu sagen und ich habe das Gefühl, ihn kaum zu kennen. Ist es eine Sünde, ihn zu heiraten, wenn ich ihn nicht liebe?"

„Ich glaube nicht, dass es eine Sünde ist. Ihr Eheversprechen ihm gegenüber zu brechen, wäre eine Sünde."

Ich muss an Mutters neue Freundin, Honoria Stevens, denken und an ihren Kummer wegen der Affäre ihres Mannes. Mutter hat gesagt, dass solche Tändeleien häufiger vorkämen, als den meisten

Menschen bewusst sei, aber warum sagt unser Pfarrer nichts zu diesen Verfehlungen und bezeichnet die Männer, die so etwas tun, nicht als Sünder?

„Tante Geesje hat einen Mann geheiratet, den sie nicht geliebt hat, und …"

„War es ein schrecklicher Fehler? War sie ihr Leben lang unglücklich?"

„Ich glaube nicht. Aber ich habe ihre Geschichte noch nicht zu Ende gelesen. Sie hat ihn geheiratet, nachdem ihre große Liebe bei einem Schiffbruch ums Leben gekommen war, aber ich weiß, dass sie Kinder und Enkel bekamen und zusammen ein gutes Leben geführt haben. Ich glaube, sie war mit ihm glücklich. Ich wünschte, Sie könnten Tante Geesje kennenlernen, Anna. Sie könnte Ihre Fragen über die Ehe viel besser beantworten als ich. Sie hatte kein leichtes Leben, aber sie ist eine gottesfürchtige Frau, die Jesus als ihren besten Freund und ständigen Gefährten betrachtet."

„Sie klingt großartig."

„Das ist sie auch. Und ich finde es interessant, dass ihr Glaube nicht immer so stark war wie jetzt. Eine Zeit lang war sie sehr wütend auf Gott, weil er so viel Kummer und Verlust in ihrem Leben zugelassen hat."

„Ich würde sie wirklich gerne kennenlernen." Inzwischen sind wir wieder bei der Bank angelangt, an der unser Spaziergang begonnen hat.

„Vielleicht können Sie das ja. Haben Sie Zeit, vor Ihrer Rückkehr nach Chicago eine Fahrt nach Holland zu machen? Ich bin mir sicher, Tante Geesje wird sich gerne mit Ihnen unterhalten. Sie könnten den Dampfer nehmen …"

„Oder die Eisenbahn. Es gibt einen Zug nach Holland, nicht wahr?"

„Ja. Es gibt auch einen Zug", sagt Derk grinsend. „Ich hatte vergessen, dass Sie sich geschworen haben, nie wieder in ein Boot zu steigen. Ich werde mit Tante Geesje reden und fragen, ob sie mir helfen will, Ihre Fragen zu beantworten."

„Vielen Dank. Und in der Zwischenzeit werde ich nach einer Möglichkeit suchen, wie ich nach Holland und zurück fahren kann, ohne dass meine Mutter davon erfährt. Sie würde es niemals billigen."

„Ich glaube, Sie und Tante Geesje werden sich blendend verstehen. So wie Sie und ich, Anna.

„Mit Ihnen kann man so einfach reden. Und Sie haben sehr viel Geduld mit allen meinen Fragen." Bei Derk fühle ich mich einfach wohl.

Vielleicht zu wohl.

Ich spüre seinen intensiven Blick, als er mir seine völlige Aufmerksamkeit widmet, und mit einem Mal wird mir bewusst, dass unsere entspannte Vertrautheit in vielerlei Hinsicht falsch ist. Ich bin mit William verlobt, den ich heiraten werde. Warum schütte ich einem Hotelangestellten das Herz aus – dazu noch einem, der gut aussieht und nicht verheiratet ist? Ich sollte überhaupt nicht mit einem jungen Mann sprechen, ohne dass eine Anstandsdame dabei ist.

Hastig trete ich einen Schritt zurück. „Ich muss gehen. Danke für Ihre Zeit. Und für die Bibel. Ich kann Ihnen gar nicht sagen, wie froh ich über Ihre Hilfe bin."

„Das ist doch nichts. ... Es ist mir ein Vergnügen." Mein plötzlicher Aufbruch scheint Derk zu verwirren. „Anna?"

Ich habe ihm bereits den Rücken zugewandt, blicke aber über die Schulter zurück, um ihn anzusehen. „Ja?"

„Ich besuche meine Tante gleich heute Abend und frage sie, ob sie sich mit Ihnen trifft."

„Danke. Das wäre wunderbar." Ich gehe weiter, sodass Derk gezwungen ist zu rufen, wenn er die Unterhaltung fortsetzen will.

„Ich berichte Ihnen dann, was sie gesagt hat. Sollen wir uns morgen wieder nach der Arbeit hier treffen?"

„Wenn es Ihnen nicht zu viele Umstände macht." Warum schlägt mein Herz schneller bei dem Gedanken, morgen mit Derk zu reden? Ich schreite so schnell, wie meine unpraktischen Schuhe es mir gestatten, zum Hotel zurück und frage mich, warum ich es plötzlich so eilig habe, vor diesem freundlichen, gütigen Mann zu fliehen.

19. Kapitel

Geesjes Geschichte

Holland, Michigan
49 Jahre früher

Der April des Jahres 1848 brachte noch mehr Veränderungen mit sich als die Schneeschmelze und die Wiedergeburt des Frühlings. Witwe Van den Bosch heiratete einen Witwer aus unserer Kolonie und zog mit ihrem Sohn in sein Haus um. Immer mehr Siedler kamen aus den Niederlanden, sodass unser Ort wuchs. Und Maarten hatte eines Abends gute Nachrichten für mich, als er im Lampenschein an unserem Tisch saß und seine Einnahmen zählte. „Ich glaube, wir haben genug Geld für unsere Überfahrt zurück in die Niederlande", berichtete er mir. Seit unserer Hochzeit hatte er jeden Tag als Tagelöhner gearbeitet und einem unserer wohlhabenderen Siedler geholfen, dessen Land zu roden, da es ohnehin keinen Sinn mehr hatte, unser eigenes Land zu roden. „Wenn wir das Land deines Vaters und dieses Haus verkauft haben, müssten wir genug Geld haben, um nach Hause zu reisen."

Nach Hause. Ich würde nach Hause reisen. Mit bebendem Herzen erhob ich mich von meinem Stuhl und umarmte ihn ganz fest. „Das ist eine wundervolle Neuigkeit, Maarten! Danke, danke!" Ich hatte auch eine wichtige Neuigkeit für ihn, aber ich hatte auf den richtigen Zeitpunkt gewartet. Nun setzte ich mich auf seinen Schoß – das erste Mal, dass ich ihm so meine Zuneigung zeigte – und legte die Arme um seinen Hals. „Das bedeutet, dass unser Kind in den Niederlanden geboren wird und nicht hier."

„Unser Kind? … Du meinst …?"

„Ja."

Die Freude in Maartens Gesicht trieb mir die Tränen in die Augen. Ich konnte mich nicht daran erinnern, ihn jemals so glücklich gesehen zu haben wie in diesem Augenblick. Aber als er die Arme um mich schlang und mich drückte, wusste ich, dass ich seine Freude nicht ganz und gar teilen konnte. Gott möge mir vergeben, aber ich dachte immer noch an Hendrik und wünschte, es wären seine Arme, die mich hielten, und sein Kind, das in mir heranwuchs.

Nachdem Maarten am nächsten Morgen zur Arbeit gegangen war, beschloss ich, dass der milde, sonnige Tag perfekt war, einige unserer Kleider zu waschen. Ich stand über das Feuer im Hof gebeugt und legte Holz auf, um das Wasser zu erhitzen, als Arie zu mir gelaufen kam und sagte: „Mama, da kommt ein Mann."

Ein Mann? Hatte Maarten etwas vergessen? Ich richtete mich auf und sah, wie eine groß gewachsene Gestalt sich auf dem schmalen Pfad einen Weg durch den düsteren Wald bahnte. Etwas an seinem Gang kam mir bekannt vor.

Als er mich sah, fing er an zu rennen. Seine Mütze flog ihm vom Kopf und ein Sonnenstrahl schien durch die Bäume auf sein goldenes Haar, sein attraktives Gesicht.

Hendrik.

Bildete ich mir das etwa ein? War er ein Gespenst? Eine Welle der Übelkeit überkam mich, aber es gab nichts, woran ich mich hätte festhalten können. Die Bäume drehten sich um mich im Kreise und ich spürte, wie ich fiel. Dann wurde alles schwarz.

Als ich die Augen wieder aufschlug, kniete Hendrik neben mir, hielt meinen Kopf auf seinem Schoß und rief meinen Namen. „Geesje … Geesje, ist alles in Ordnung? Sag doch etwas …"

„Bist du es wirklich?", flüsterte ich. Ich berührte sein Gesicht und fühlte die Bartstoppeln. Über sein Gesicht und seinen Hals erstreckte sich eine rote Narbe, die ich dort noch nie gesehen hatte, so als wäre die Haut geschmolzen.

„Ja, Geesje! Ja, ich bin ganz echt und ich bin endlich hier!" Hendrik zog mich in seine Arme und drückte mich so fest, dass ich kaum atmen konnte. „Von diesem Augenblick habe ich so lange geträumt", murmelte er. „Danke, Gott … danke, Gott!"

Ich weinte, während ich seine Umarmung erwiderte. Am liebsten hätte ich ihn nie wieder losgelassen. Ich hatte Angst zu träumen und wollte nicht aufwachen. „Ich dachte, du wärest tot!", sagte ich zu ihm. „Als wir hörten, dass die *Phoenix* gesunken ist, dachte ich, dass du auf dem Schiff gewesen sein musst. Und dass ich dich verloren habe!"

„Ich war auf dem Schiff. Hast du meinen Brief nicht bekommen?"

„Welchen Brief?" Ich löste mich von ihm und setzte mich auf, um ihn anzusehen, während mein Magen sich zusammenzog.

„Ich habe dir sofort geschrieben, dass ich am Leben bin, aber erst später kommen kann. Meine Hände waren schlimm verbrannt, weil ich versucht habe, das Feuer zu löschen." Hendrik hielt eine Hand hoch, damit ich sie sehen konnte. Sie wirkte unförmig, wo die neue Haut sich glänzend und rosa über seinen Knochen straffte. Ich hob die Hand hoch und küsste sie, während meine Tränen auf seine entstellten Finger tropften.

„Dein Brief ist nicht angekommen. Ich dachte, ich würde dich nie wiedersehen."

„Es hat eine Weile gedauert, bis meine Verbrennungen und die Erfrierungen verheilt waren. Danach musste ich mir Arbeit suchen, um das Geld zu verdienen, damit ich herkommen konnte. Ich musste noch einmal ganz von vorn anfangen und genug verdienen, um hier Land zu kaufen und uns zu ernähren."

Ich hatte Mühe zu verstehen, was er sagte. Hendrik war hier! Aber wie konnte das sein? Er war ertrunken, als die *Phoenix* gesunken war. Und doch war er nicht tot! Mir war noch immer so schwindelig, dass ich glaubte, ich müsse träumen. Wieder berührte ich sein Gesicht, um mich davon zu überzeugen, dass er real war.

„All mein Geld war mit dem Schiff in Flammen aufgegangen. Aber das war noch nicht das Schlimmste. All diese Menschen sterben zu sehen …"

Hendriks Stimme brach und er fuhr sich mit der Hand über die Augen, weil ihm die Tränen kamen. Ich hielt ihn im Arm und ließ ihn weinen. „Das muss schrecklich für dich gewesen sein." Aber er hatte überlebt. Er war hier! Ich hielt Hendrik im Arm.

„Ich kann nicht beschreiben, wie es war … Ein Bild aus der Hölle! Nur durch Gottes Gnade habe ich überlebt, während all die anderen es nicht taten … So viele Männer und Frauen, wundervolle Menschen, die ich kennen und lieben gelernt hatte! Kleine Kinder!"

Ich konnte sehen, wie tief dieses Erlebnis seine Seele verwundet hatte und nicht nur seine Hände. Vielleicht würde es seinen Schmerz ein wenig lindern, wenn er mir davon erzählte. „Erzähl es mir, Hendrik. Nimm mich mit dorthin, damit ich die Last dessen tragen kannst, was du erlitten hast."

Allmählich kam seine Geschichte zum Vorschein – und mit ihr sein unerträglicher Schmerz und der Schrecken, als er jene Nacht noch einmal durchlebte. „Auf dem Weg gab es zwei entsetzliche Unwetter, mit Wind und Wellen, die gegen unser Schiff schlugen und uns wie Treibholz hin und her warfen. Das Wetter war so schlecht, dass der Kapitän des Schiffes auf dem schwankenden Deck stürzte und sich das Knie zertrümmerte. Es gab Augenblicke, in denen wir alle glaubten, sterben zu müssen. Ich kauerte mit den anderen Niederländern zusammen unter Deck und wir beteten und flehten Gott um Erbarmen an. Und er erhörte unsere Gebete. Wir fanden Zuflucht an der windabgewandten Seite einer Insel, wo wir warteten, bis das Unwetter vorübergezogen war. Zwei Tage später, als die See sich beruhigt hatte, fuhren wir weiter.

Ich dachte, das Schlimmste wäre überstanden, Geesje. Ich war mir sicher, Gott würde uns nicht noch mehr strafen, als er es mit den beiden Stürmen und dieser lähmenden Angst bereits getan hatte. Die Frauen und Kinder hatten schreckliche Angst gehabt. Wir alle hatten panische Angst gehabt, sogar die Besatzung. Und zuerst schien es, als würde Gott unser Flehen erhören. Nachdem wir den riesigen Atlantik überquert und die großen Seen durchsegelt hatten, Tausende von Kilometern, waren wir zumindest endlich beinahe am Ziel." Hendrik hielt inne und wischte sich die Tränen mit der Faust ab. Ich bemerkte, dass seine Hand sich wegen der Narben nicht mehr ganz schloss.

„Außer unserer Gruppe Einwanderer beförderte das Schiff auch Ladung, die in einem Hafen ungefähr fünfzig Kilometer nördlich von unserem Ziel Sheboygan in Wisconsin abgeliefert werden musste. Es dauerte länger, als wir gehofft hatten, weil der See immer noch ziemlich aufgewühlt war, und wir kamen erst kurz vor Mitternacht in dem Hafen an. Die Besatzung lud die Fracht ab, aber da die Wellen weiterhin ziemlich hoch waren, beschloss der Kapitän zu warten, bis sich das Wasser beruhigt hatte. Er ließ die Besatzung an Land gehen." Wieder zögerte Hendrik und atmete tief ein, als wollte er alle Kraft zusammennehmen. „Einige der anderen Überlebenden sagten, die Matrosen seien betrunken gewesen, als sie wieder an Bord kamen. Wenn das stimmt … wenn das der Grund ist, warum sie nicht gemerkt haben, dass der Heizkessel des Schiffes überhitzte, werden sie vor Gott für alle diese unschuldigen Seelen Rechenschaft ablegen müssen."

Lange ließ er seine Wange auf meinen Haaren liegen, bis er weitersprechen konnte. Dabei fühlte ich, dass sein ganzer Körper angespannt war. „Ich konnte etwa eine Stunde schlafen, während wir im Hafen lagen, aber als das Signal ertönte, um die Besatzung zurück an Bord zu rufen, wachte ich auf. Ich ging aufs Oberdeck hinaus, und obwohl es November war und die Nacht sehr kalt, hatte der See sich wie durch ein Wunder beruhigt und der Himmel war aufgerissen. Ich konnte die Sterne sehen. Millionen und Abermillionen, Geesje. Sie waren so schön, dass ich an Deck blieb, überwältigt von der Herrlichkeit des Himmels.

Wir legten wieder ab und nach einer Weile schien es mir, als würden die Motoren des Schiffes anders klingen. Ich hatte das vertraute Schlagen und Zischen gehört, seit wir Buffalo verlassen hatten, aber jetzt klang es irgendwie anders. Aber was wusste ich schon? Dann bemerkte ich ein merkwürdiges Licht auf dem Wasser gleich unter der Reling, an der ich stand, und mir wurde bewusst, dass es Flammen waren, die aus den Fenstern des Maschinenraums drangen. Der Heizkessel des Schiffes war zu heiß geworden und hatte Feuer gefangen.

Danach war alles nur noch ein hektisches Durcheinander. Der Maschinenraum befand sich in der Mitte des Schiffes und die Hitze und der Rauch weckten alle Passagiere und trieben sie an Deck. Ich konnte die Kinder weinen und schreien hören. Die Frauen beteten, während die Besatzung die Schläuche abrollte und die Pumpen in Gang setzte. Zusammen mit einigen anderen Passagieren bildete ich eine Eimerkette, aber die Hitze war so heftig … es war, als kämpften wir gegen die Flammen der Hölle an.

Wir gaben unser Bestes. Wir haben alles versucht … Ich hörte jemanden sagen, dass wir nur wenige Kilometer vom Ufer entfernt seien, auf das wir zusteuerten. Aber dann brannten die Schiffsmotoren aus und erstarben, sodass wir nur noch im Wasser trieben. Die Pumpen fielen ebenfalls aus und die Schläuche konnten kein Feuer mehr löschen. Die Flammen waren nicht mehr aufzuhalten.

Endlich gab die Besatzung die Anweisung, das Schiff zu verlassen, aber Geesje, es gab nur zwei Rettungsboote – zwei, für mehr als dreihundert Passagiere! In jedes Boot passten höchstens zwanzig Personen, selbst wenn sie überladen wurden." Wieder hielt Hendrik inne, zu überwältigt, um fortzufahren.

„Bis zu meinem Tod", sagte er mit erstickter Stimme, „werde ich mich an den schrecklichen Moment erinnern, in dem mir bewusst wurde, dass all diese Familien ... Männer und Frauen, mit denen ich von Rotterdam aus gereist war, mit denen ich gebetet hatte und die ich kannte und liebte ... dass sie alle sterben würden! Und ich auch."

Ich konnte fühlen, wie Hendriks Leib von Schluchzern erschüttert wurde, während ich ihn fest im Arm hielt. „Das war ungerecht!", weinte er. „Es war nicht richtig!"

Ich weinte mit ihm, während ich daran dachte, dass ich die gleiche Wut und Verwirrung empfunden hatte, als meine Eltern an Malaria gestorben waren und kurz darauf auch Aries und Gerrits Eltern. Und so viele, viele andere. Warum hatte Gott uns im Stich gelassen? Welchen Grund konnte er nur haben, der diese sinnlosen Tode erklären könnte? Ich wusste es nicht. Und ich bezweifelte, dass ich es jemals herausfinden würde.

„Die Passagiere der ersten Klasse erhielten einen Platz im Rettungsboot", sagte Hendrik, als er fortfahren konnte. Die Bitterkeit in seiner Stimme war nicht zu überhören. „Einige der Gentlemen boten ihre Plätze unseren Frauen und Kindern an, die meisten taten es aber nicht. Einer der Amerikaner, die an Bord geblieben waren, mühte sich bis zum Schluss, um den anderen zu helfen, die ins Wasser sprangen und versuchten, sich an irgendetwas zu klammern, das schwamm. Später sah ich, wie er über Bord sprang, zwei kleine niederländische Kinder im Arm, und versuchte, die beiden zu retten ... Keiner von ihnen überlebte.

Inzwischen war das Brüllen der Flammen das reinste Inferno. Aber während die beiden Rettungsboote zu Wasser gelassen wurden, konnte ich hören, wie Mütter die Passagiere aus der ersten Klasse anflehten, ihre Kinder mitzunehmen und Erbarmen zu haben, damit ihre Kleinen gerettet werden konnten. Eine Frau warf ihr Baby ins Rettungsboot, aber ich habe nie erfahren, was aus dem Jungen geworden ist.

Wir anderen, die zurückblieben, konnten nirgends mehr hin, um der schrecklichen Hitze und dem Feuer zu entfliehen. Die Flammen schlugen jetzt aus den Seiten des Schiffsrumpfes und trafen sich über dem Schiff in einem Feuerturm, der bestimmt sechzig Meter hoch aufragte. Ein brennendes Trümmerstück traf mein Gesicht und ließ meine Haare in Flammen aufgehen. Bei dem Versuch, die Flammen zu löschen, habe ich mir die Hände verbrannt. Die Leute fingen an, über Bord in das eisige Wasser zu springen, Eltern umklammerten ihre Kinder, obwohl nur wenige von uns schwimmen konnten. Wir hatten die Wahl, ob wir in den Flammen umkommen oder im See ertrinken wollten. Eine Alternative gab es nicht. Also sprang ich.

Als ich in das eisige Wasser fiel, verschlug es mir den Atem. Nachdem ich mich von dem Schock erholt hatte, war der Schrecken aber noch nicht zu Ende. Überall um mich herum trieben auf dem Wasser Menschen, die husteten und weinten und schrien und beteten und um Erbarmen flehten, und wir alle suchten irgendwelche Trümmer, an denen wir uns festhalten konnten. Das Schlimmste war das Weinen der Kinder ... so viele, viele Kinder!

Einige Leute versuchten, sich an den Rettungsbooten festzuhalten, als sie an uns vorbeitrieben, und ich werde niemals vergessen ... Ich werde nie vergessen, wie die Leute in diesen Booten mit den Paddeln nach den Händen der armen Seelen schlugen, um sie zu vertreiben. Sie weigerten sich, ihnen zu helfen, weil sie Angst hatten, das Rettungsboot könnte kentern. Als sie sich nicht länger festhalten konnten, ihre Finger von den Schlägen zertrümmert, sanken sie unter die Wasseroberfläche ... Lieber Gott ... Wie können Menschen so grausam sein? Das werde ich nie verstehen ... Niemals!

Ich habe versucht, so vielen Menschen wie möglich zu helfen und Trümmerstücke zu finden, an denen sie sich festhalten konnten, und ihnen zu sagen, dass sie es schaffen würden, dass gewiss schon Hilfe unterwegs sei. Aber diejenigen, die das Feuer überlebt hatten, konnten die Kälte nicht überleben. Unsere Kleidung war durchnässt und das eiskalte Wasser ließ uns bis auf die Knochen frieren. Nach und nach verstummten die Stimmen und Rufe und Gebete um mich herum, bis alles still war."

Hendrik verstummte ebenfalls und mir wurde der Klang von Vogelgezwitscher und Krähenrufen im Wald bewusst. Der Wind raschelte hoch über uns wie ein Flüstern in den Blättern der Bäume.

Ich fragte mich, ob Hendrik irgendetwas davon hörte – oder ob er immer noch die Schreie hörte.

„Irgendwie habe ich überlebt“, sagte er, als er seine Fassung wiedergewonnen hatte. „Ich klammerte mich an ein Stück von dem Schiffswrack, das ich gefunden hatte, und zog so viel von meinem Körper, wie ich konnte, aus dem eisigen Wasser auf dieses Schiffsteil. Allmählich erstarben die Flammen, da das Schiff bis zur Wasserlinie niedergebrannt war. Ich trieb vom Schiff fort und konnte wieder den schönen Nachthimmel sehen, die Millionen von Sternen. Die Wasseroberfläche war von Leichen und Trümmern bedeckt. Umgeben von der unheimlichen Stille betete ich und bekannte Jesus als meinen Heiland, so gut ich konnte, während ich mich darauf vorbereitete zu sterben. Meine Hände waren bis aufs Fleisch verbrannt und die Schmerzen waren so groß, dass ich nicht wusste, wie lange ich noch würde ausharren können.

Ich blickte zu dem sternenübersäten Himmel hinauf und dachte an dich, Geesje. Wenn ich sterben musste – und dessen war ich mir fast sicher –, dann sollten meine letzten Gedanken dir gelten. Ich stellte mir vor, wie ich dich im Arm halten würde, so wie ich dich jetzt halte. Ich malte mir aus, wie glücklich wir sein würden, wenn wir endlich zusammen sein konnten. Allmählich ließ mein Überlebenswille nach und es wäre ein Leichtes gewesen, die Augen zu schließen und im Himmel aufzuwachen …

Ich glaube, ich habe tatsächlich die Augen geschlossen – ich weiß nicht, wie lange –, aber ich öffnete sie wieder, als ich meinte, das Geräusch von Paddeln im Wasser zu hören. Kehrten die Rettungsboote endlich vom Ufer zurück, um uns zu holen? Dann hörte ich in der Ferne das Geräusch eines Schiffsmotors, der mit vollem Dampf vorausfuhr. Ich dachte, ich würde mir diese Dinge einbilden, aber als ich in die Richtung sah, aus der die Geräusche kamen, sah ich die Lichter eines näher kommenden Schiffes. Und dann ein zweites Schiff. Ich wartete, bis sie weiter herangekommen waren, dann begann ich die Arme zu schwenken und um Hilfe zu rufen. Ich wusste nicht, ob sie meine Stimme über den Lärm der Maschinen hinweg überhaupt hören konnten, aber sie schickten Männer in Rettungsbooten los und fanden mich.

Später erzählte man mir, dass ich einer von nur dreiundvierzig Menschen war, die überlebt hatten – vierzig in den Rettungsbooten und nur drei von uns im Wasser. Ich wurde wegen der schlimmen Verbrennungen und wegen Erfrierungen von dem kalten Wasser behandelt. Außerdem hatte ich eine Menge Rauch und Seewasser eingeatmet und alles verloren, was ich besaß – aber ich war am Leben … Und jetzt bin ich hier."

Hendrik war tatsächlich hier! Als er am Ende seiner Geschichte angelangt war, hielt ich ihn einfach nur im Arm. Ich wusste nicht, was ich angesichts der Schrecken, die er durchgemacht hatte, sagen sollte. „Jetzt sind wir zusammen", sagte ich zu ihm. „Und wir werden uns nie wieder trennen."

„Ja." Das Wort klang wie ein Seufzer der Erleichterung.

Ich hatte überhaupt nicht wahrgenommen, dass Arie und Gerrit neben uns standen und die ganze Zeit zuhörten, bis ich Aries Stimme hörte: „Was ist denn, Mama? Nicht weinen, Mama." Ich ließ Hendrik los und forderte sie mit einer Handbewegung auf, zu mir zu kommen. Als die Kleinen auf meinen Schoß kletterten, schien alle Farbe aus Hendriks Gesicht zu weichen.

„Sind … sind dies deine Kinder, Geesje? Du hast doch versprochen, auf mich zu warten."

„Nein, mein Schatz, nein. Sie waren verwaist und ich habe sie adoptiert. Aber …" Ich konnte ihm nicht die Wahrheit sagen. Konnte ihm nicht gestehen, dass ich so dumm gewesen war, Maarten zu heiraten. In mir stieg Panik auf, wie ein gefangenes Tier sie empfinden muss, wenn es versucht, sich aus einer Falle zu befreien. Ich versuchte, diese Panik niederzuringen und meine Verzweiflung vor Hendrik zu verbergen. Er und ich würden zusammen weggehen. Wir würden fortgehen, bevor Maarten nach Hause kam, und irgendwo anders leben – und wir würden niemals zurückkommen.

Aber was war mit Maarten? Ich kannte den verheerenden Kummer, jemanden zu verlieren, den man liebte. Ich wusste, wie ich gelitten hatte, als ich dachte, Hendrik wäre tot. Das konnte ich Maarten nicht antun. Nicht nach allem, was er für mich getan hatte. Aber was blieb mir anderes übrig? Ich wollte mein restliches Leben mit Hendrik verbringen. Ich dachte an die unmögliche Wahl, vor die Hendrik gestellt gewesen war – in den Flammen umzukommen oder im eisigen Wasser zu ertrinken –, und wie er wusste ich nicht, wofür ich mich entscheiden sollte.

„Was ist los, Geesje? Bitte sag mir, was du hast."

„Gehen wir“, sagte ich und erhob mich vom Boden. Dann nahm ich Gerrit auf den Arm. „Ich hasse diesen Ort. Lass uns gemeinsam fortgehen, jetzt gleich, und uns nicht mehr umsehen.“

Hendrik stand ebenfalls auf und ich bemerkte, wie er sich ganz verwirrt umsah, während ich zum Haus eilte. „Gehen? Du meinst heute? Ich tue ja, was du willst, Geesje, aber ich habe nur sehr wenig Geld … Wovon sollen wir leben? Wohin sollen wir gehen?“

Ich erinnerte mich an meine Sehnsucht, nach Leiden zurückzukehren, aber ich könnte niemals von Hendrik verlangen, diese gefährliche Reise zu unternehmen. Nicht nach all dem, was er durchgemacht hatte, um nach Amerika zu kommen. Und nicht, wenn es Maarten gewesen war, der das Geld für meine Überfahrt nach Hause verdient hatte. „Ich habe ein bisschen Geld“, sagte ich zu Hendrik. Ich wusste, wo Maarten seinen Lohn aufbewahrte. Ich würde mir etwas von ihm leihen. Und sobald wir konnten, würden wir es ihm zurückzahlen.

Hendrik folgte mir in die dunkle, feucht riechende Hütte. „Und was ist mit diesen Kindern?“, fragte er.

Ich würde sie bei jemandem lassen … vielleicht bei Witwe Van den Bosch. Aber könnte ich Arie und Gerrit wirklich im Stich lassen, sodass sie ein zweites Mal ihre Mutter verloren? Wenn ich sie jedoch mitnähme, würde es Maarten das Herz brechen. Er liebte die Jungen, als wären sie seine eigenen Kinder. Ich wusste nicht, was ich tun sollte.

Rasch setzte ich Gerrit auf den Lehmboden des Hauses und kramte blindlings in meinen Sachen, während ich zu entscheiden versuchte, was ich einpacken sollte. Ich stand so unter Schock, dass ich nicht klar denken konnte. Mein Instinkt sagte mir jedoch, dass ich fliehen musste, dass ich alles zurücklassen und mit Hendrik verschwinden musste, bevor Maarten nach Hause kam, und deshalb beschloss ich, genau das zu tun.

„Wo sind deine Eltern, Geesje?“ Hendrik sah sich überall im Haus um, sobald seine Augen sich an das schummrige Licht gewöhnt hatten.

„Sie sind vor einigen Monaten gestorben. An Malaria.“

„Es tut mir so leid, Geesje. Deine Eltern waren wunderbare Menschen und …“

„Soll ich etwas zu essen mitnehmen?“ Hendrik hatte gesagt,

er hätte kaum Geld. Ich wartete seine Antwort nicht ab, sondern nahm einen leeren Beutel und füllte ihn wahllos mit Vorräten. Gerrit kroch über den Boden auf mich zu und weinte erbärmlich, weil meine Hektik ihn beunruhigte.

„Du hast die ganze Zeit allein hier gelebt?“, fragte Hendrik. „Mit diesen beiden Kindern?“

Ich antwortete nicht. Ich konnte es ihm nicht sagen. Indem ich Maarten geheiratet hatte, hatte ich den einzigen Mann verraten, den ich jemals lieben würde. Aber wenn ich mit Hendrik weglief, würde ich mein Eheversprechen brechen – ein Versprechen, das ich Gott ebenso gegeben hatte wie Maarten. Ich war in diesen letzten Monaten mit Maarten nicht unglücklich gewesen, aber ich liebte ihn nicht. Wahrscheinlich würde ich es nie tun. Das Einfachste wäre, wenn ich ohne jegliche Erklärung ginge. Wenn ich Arie und Gerrit bei Witwe Van den Bosch abgäbe, sie in dem Glauben ließe, ich würde bald zurückkommen, und dann einfach mit Hendrik verschwände. Wir könnten weglaufen und Maarten würde niemals wissen, was mit mir geschehen war. Sollte er doch glauben, der Wald hätte mich verschluckt. Aber das würde bedeuten, dass ich Gott den Rücken kehrte. Dass ich Ehebruch beging. Ein Leben in Sünde führte. In diesem Augenblick war mir das gleichgültig. Hendrik lebte! Er war hier! Ich packte eilig weiter, damit ich mit Hendrik fliehen konnte.

Dann fiel mir ein, dass ich Maartens Kind erwartete.

Ich erinnerte mich an den Ausdruck der Freude in Maartens Gesicht am Abend zuvor, als ich ihm von der Neuigkeit erzählt hatte. Wie er mich an diesem Morgen in den Arm genommen und mich zärtlich geküsst hatte, bevor er gegangen war. Wie er mit einem Lächeln zur Arbeit aufgebrochen war. Ich wünschte, ich hätte es ihm nicht gesagt. Er würde untröstlich sein. Und ich würde den Rest meines Lebens ein schlechtes Gewissen haben, wenn ich Maartens Kind ansah.

Mir war so schlecht, dass ich glaubte, mich übergeben zu müssen. Aber Hendrik war am Leben! Er lebte! Ich hatte ihn doch nicht verloren. Er liebte mich und ich liebte ihn und jetzt konnten wir den Rest unseres Lebens gemeinsam verbringen.

Ich war so in meinen Gedanken gefangen, dass ich Gerrit nicht mehr weinen hörte und auch nicht bemerkte, dass Arie ebenfalls angefangen hatte zu weinen. Ich hörte nicht einmal, dass Hendrik meinen Namen rief, bis er mich an der Schulter packte und mich zu sich umdrehte. Er sagte: „Geesje! Was ist los? Bitte sag mir, was los ist!"

„Nichts ... I...ich muss mich fertig machen. Wir müssen gehen!"

„Aber wohin denn? Wollen wir nicht in dieser Kolonie leben? Können wir nicht heiraten und in diesem Haus leben? Ich werde zunächst für jemand anders arbeiten müssen, bis ich genug Geld verdient habe, um eigenes Land zu kaufen, aber wenigstens sind wir dann endlich zusammen."

Ich schüttelte den Kopf und versuchte damit die Zukunft, die er sich ausmalte, auszuradieren. Wir konnten nicht hier leben. Ich konnte mich unmöglich von Maarten scheiden lassen. Die Menschen in unserer Gemeinschaft lebten nach den Maßstäben der Bibel und sie würden eine Scheidung niemals billigen. Und Gott würde das auch nicht. Unsere einzige Hoffnung war, gemeinsam durchzubrennen. Einfach zu verschwinden. Hendrik war alles für mich, meine ganze Welt, und jetzt, wo ich ihn wiederhatte, hatte ich alles, was ich brauchte.

„Was hülfe es dem Menschen, wenn er die ganze Welt gewönne und nähme doch Schaden an seiner Seele?"

Plötzlich kam mir völlig ungebeten dieser Bibelvers in den Sinn. Ich konnte nicht atmen.

„Geesje, bitte antworte mir. Sag mir, was los ist. Liebst du mich nicht mehr?"

Seine Frage brach mir das Herz, wie ein Stein, der durch eine Fensterscheibe geworfen wird. Ich warf mich in seine Arme und hätte ihn beinahe umgestoßen, als ich mich mit aller Kraft an ihn klammerte. „Doch, Hendrik, doch! Ich liebe dich, ich liebe dich! Ich könnte nie jemand anderen als dich lieben! Bitte bring mich von hier fort! Bitte! Gehen wir jetzt gleich."

„Aber ... warum so eilig? Ich verstehe das nicht. Ich gehe nirgendwohin, bis du mir erzählt hast, was los ist, warum du fortwillst."

Also erzählte ich es ihm. Ich sagte ihm, was ich getan hatte, welchen Fehler ich aus Kummer und Wut auf Gott begangen hatte ... und aus dem selbstsüchtigen Wunsch heraus, wieder in die Niederlande zurückzukehren. Während die Wahrheit mitsamt meinen

Tränen aus mir heraussprudelte, klammerte ich mich an Hendrik und erklärte ihm, dass ich nach dem Tod meiner Eltern ganz allein gewesen war. Dass sein letzter Brief nie angekommen war. Dass ich ihn für tot gehalten hatte. Dass die Ehe mit Maarten meine einzige Chance gewesen war, nachdem ich beschlossen hatte, in die Niederlande zurückzukehren.

Hendrik befreite sich aus meiner Umklammerung und hielt mich auf Armlänge von sich weg. Ich sah zu, wie er die Wahrheit verdaute, und etwas in seinem Innern vor meinen Augen erstarb. Er mochte das lodernde Schiffswrack und das eisige Wasser überlebt habe, aber die Erkenntnis dessen, was ich getan hatte, tötete an jenem Tag etwas in seinem Herzen. „Verstehst du jetzt, warum wir fliehen müssen?“, fragte ich. „Bitte, Hendrik. Lass uns einfach gehen. Wir können verschwinden.“

Es dauerte eine Ewigkeit, bis er antwortete. „Ich bin kein Dieb“, sagte er und schüttelte langsam den Kopf. „Ich werde nichts stehlen, was mir nicht gehört. Und von Maarten schon gar nicht.“

„Aber ich liebe ihn nicht. Ich liebe dich, verstehst du das nicht? Und Maarten kennt die Wahrheit. Er weiß, dass ich ihn niemals geheiratet hätte, wenn ich gewusst hätte, dass du noch am Leben bist. Er wird mich nicht zwingen zu bleiben.“

„Das mag sein, aber wir sind es ihm schuldig, hier zu warten und ihm eine Erklärung zu geben. Du kannst nicht einfach verschwinden, Geesje. Er würde nie aufhören, nach dir zu suchen. Ich weiß das, weil ich es auch nicht tun würde.“

„Nein“, flehte ich. „Nein, bitte! Lass uns weglaufen!“

Ich konnte ihn nicht dazu überreden. Hendrik erwies sich als anständiger als ich. Er wartete den ganzen Nachmittag allein vor unserem Haus, bis Maarten zurückkam. Ich blieb drinnen bei den Kindern, weil ich Maartens Gesicht nicht sehen wollte, wenn er Hendrik auf einem Baumstamm mitten auf der kleinen Lichtung vor unserem Haus sitzen sah. Ich konnte mir seinen Schock und seine Bestürzung leicht ausmalen. Während die beiden Männer miteinander redeten, blieb ich im Haus, krank vor Sorge, und lauschte dem Stimmengemurmel. Keiner von beiden stritt oder brüllte. Sie erhoben nicht einmal die Stimmen. Wie konnte der glücklichste Tag meines Lebens – der Tag, an dem ich erfahren hatte, dass Hendrik lebte – zugleich der schlimmste Tag meines Lebens sein?

Am Ende wollte weder Maarten noch Hendrik den anderen verletzen, indem er Ansprüche auf mich geltend machte. Aber es bot auch keiner von beiden an, mich aufzugeben. „Diese Entscheidung musst du allein fällen, Geesje“, sagte Maarten zu mir. „Du musst entscheiden, was du tun willst, mit wem du zusammen sein willst.“ Sie versuchten nicht, mich unter Druck zu setzen oder mich zu überreden. Und so war ich gezwungen, mich zwischen den beiden zu entscheiden.

Wenn ich mit Hendrik wegging, mit Maartens Kind unterm Herzen, würde ich für immer mit der Sünde und Schuld des Ehebruchs leben müssen. Ich konnte nicht ganz bewusst ungehorsam gegenüber Gott sein und dann um seine Vergebung bitten. Aber wenn ich Hendrik aufgab und das Eheversprechen hielt, das ich Maarten gegeben hatte, also den Mann, den ich liebte, opferte, würde ich jeden Tag meiner Ehe von Groll und Reue und Kummer erfüllt sein.

„Diese Entscheidung musst du allein fällen, Geesje.“

Das war unmöglich. Ich hatte keine Ahnung, was ich tun sollte.

Holland, Michigan
1897

Ich höre auf zu schreiben und lasse meinen Bleistift fallen, als würde er brennen. Dann klappe ich das Notizbuch zu und schiebe es in die Schreibtischschublade, während ich an die Fehler denke, die ich begangen habe, an die tragischen Entscheidungen, vor denen ich stand, und an die Menschen, die ich dabei verletzt habe. Die Erinnerung daran bereitet mir unermesslichen Schmerz. Selbst jetzt noch. Selbst nach all den Jahren.

20. Kapitel

Geesje

Holland, Michigan
1897

Ich sitze noch immer an meinem Schreibtisch, als Derk vor der Haustür steht. Er muss direkt von der Arbeit gekommen sein, denn er hat noch nicht gebadet und trägt seine verschwitzte Arbeitskleidung. Er macht sich über irgendetwas Sorgen, das merke ich. Als ich aufstehe und ihm Limonade und Plätzchen anbiete, lehnt er beides ab. Stattdessen erzählt er mir von Anna, dem Hotelgast, den er kennengelernt hat.

„Sie heiratet einen Mann, den sie nicht liebt, und sie hat mich um Rat gefragt. Ich wusste nicht, was ich ihr raten sollte. Sie braucht mehr Hilfe, als ich ihr geben kann, Tante Geesje. Wärst du bereit, mit ihr zu reden? Ich befürchte, sie begeht einen schrecklichen Fehler."

Ich setze mich wieder in meinen Lehnstuhl. Eigentlich bezweifle ich, dass ich die Richtige bin, um jemandem Rat in Sachen Ehe zu geben. Derk hat noch nicht gelesen, wie Hendrik eines Tages wie ein Gespenst aus dem Wald getreten ist und meine Pläne und mein Leben auf den Kopf gestellt hat. „Erzähl mir von ihr", sage ich, um Zeit zu schinden. „Wie ist sie?"

„Sehr hübsch – manche würden vielleicht sogar sagen, schön. Ich glaube, ich habe schon erzählt, dass ich sie für deine Enkelin Elizabeth hielt, als ich sie das erste Mal sah. Aber sie ist eine elegantere Version von Elizabeth. Anna kommt aus einer reichen Familie in Chicago und deshalb geht und redet und benimmt sie sich sehr schicklich und … wie sagt man …?"

„Vornehm?"

„Ja, genau. Sie ist in einer ganz anderen Klasse als wir normalen Leute." Während Derk von ihr erzählt, tanzen seine Augen und seine Wangen sind gerötet. Er ist in sie verliebt. Sein Anblick erinnert mich daran, wie Maarten immer reagiert hat, wenn ich ihn absichtlich geneckt habe, indem ich in Papas Druckerei in Arnheim herumstolziert bin. Ich hoffe, diese Anna spielt nicht in der gleichen Weise mit Derk, wie ich mit Maarten gespielt habe.

„Trotzdem tut sie mir sehr leid", fährt Derk fort. „Sie heiratet diesen reichen Mann nur, weil ihr Vater in irgendwelchen finanziellen Schwierigkeiten steckt und sie ihm helfen will. Er braucht das Geld ihres Verlobten, um seine Geschäfte zu retten."

„Ach, du liebe Güte. Das ist kein sehr guter Anfang für einen lebenslangen Bund." Ich muss es wissen. Ich schäme mich, wenn ich daran denke, wie selbstsüchtig meine Motive dafür waren, Maarten zu heiraten.

„Anna hat außerdem eine Menge Fragen zur Bibel. Die Kirche, zu der ihre Familie gehört, scheint sehr steif und festgefahren zu sein, aber in letzter Zeit ist sie häufiger in eine Kirche gegangen, in der das Evangelium lebendig und lebensnah gepredigt wird, und der Unterschied verwirrt sie. Sie hat mich gefragt, was es bedeutet, die ganze Welt zu gewinnen und dabei die eigene Seele zu verlieren."

Der Vers, den er zitiert, versetzt mir einen Stich ins Herz. An genau diesen Vers habe ich mich vorhin erinnert, als ich meine Geschichte aufschrieb. Jetzt presse ich eine Faust auf meine Brust, um das Gefühl der Enge darin zu lindern, und hoffe, dass Derk meine Bestürzung nicht bemerkt.

„Sei nicht überrascht, wenn Anna dich nicht nur nach deiner Ehe fragt, sondern auch nach deinem Glauben. Sie fängt gerade erst an zu beten und in der Bibel zu lesen und solche Dinge … noch weiß sie nicht viel darüber. Und sie sagt, sie hat in Chicago niemanden, den sie fragen könnte."

„Wie gut, dass sie dir in diesem Sommer begegnet ist."

Derk blickt verlegen zu Boden und seine Wangen erröten noch mehr. „Äh … also … wie gesagt, sie hat viele Fragen. Und sie weiß, dass ich am theologischen Seminar studiere, weil ich Pastor werden will. Vor allem fragt sie sich, ob es ein Fehler ist, einen Mann zu heiraten, den sie nicht liebt. Sie hat mich sogar gefragt, ob es eine

Sünde ist. Ich bin mir nicht sicher, ob ich ihr die richtige Antwort gegeben habe oder nicht, deshalb hatte ich gehofft, du könntest ihr einen Rat geben."

„Weil ich einen Mann geheiratet habe, den ich nicht liebte?"

„Also … ja."

Ich lehne mich auf meinem Stuhl zurück und weiß nicht, was ich sagen soll. Was soll ich dieser Frau raten? Welchen Rat hätte ich mir selbst an jenem Tag gegeben, an dem ich in der Blockhauskirche am Altar stand und Maarten heiratete, einen Mann, den ich nicht liebte? Als ich nicht antworte, fragt Derk: „Darf ich sie herbringen, damit sie mit dir reden kann, Tante Geesje?"

Er möchte unbedingt, dass ich sie kennenlerne, aber seine Bewunderung für mich ist verfehlt. Ich bin nicht die Heilige, für die er mich hält. Bevor seine Freundin kommt, muss ich meine Geschichte zu Ende schreiben, damit Derk lesen kann, was ich getan habe, welch schreckliche Entscheidung ich fällen musste. Er muss wissen, was für eine selbstsüchtige Frau ich in Wirklichkeit bin, dass ich Menschen verletzt habe, welchen Schaden ich im Leben anderer angerichtet habe. Der Schmerz in meiner Brust nimmt zu, als ich mich daran erinnere, wie ich Jahre später noch mehr Unheil angerichtet habe, als meine Tochter mir erzählte, dass sie sich verliebt habe. Die Last dieses Kummers nimmt mit der Zeit ab, aber ganz verschwindet sie nie. Nein, ich habe nicht das Recht, irgendjemandem in Sachen Ehe zu raten.

„Ja, ich rede mit ihr, mein Junge", sage ich schließlich. „Aber erst muss ich den nächsten Teil meiner Geschichte schreiben. Ich möchte, dass du ihn liest, bevor du deine Freundin herbringst."

„Ich bin sehr gespannt darauf weiterzulesen. Wenn du etwas Neues für mich hast, lese ich es jetzt gleich. Ich kann mir gar nicht vorstellen, wie es gewesen sein muss, den Mann zu verlieren, den du geliebt hast. Hoffentlich bist du irgendwann mit Maarten glücklich geworden." Derk wirft mir ein schiefes Lächeln zu und fügt hinzu: „Ich weiß schon, dass du nie in die Niederlande zurückgekehrt bist, sonst wärst du jetzt nicht hier. Aber ich bin gespannt auf den Rest deiner Geschichte und darauf zu sehen, warum du deine Meinung geändert hast und geblieben bist."

„Ich weiß, dass du neugierig bist. Aber für mich ist es einfacher, darüber zu schreiben, als darüber zu reden. Komm morgen wieder, dann kannst du weiterlesen, das verspreche ich dir." Derk wird nicht länger wollen, dass ich mit seiner Freundin rede, wenn er von den falschen Entscheidungen liest, die ich getroffen habe. Aber das sage ich ihm nicht. „Wenn du meine Geschichte gelesen hast, vereinbaren wir, wann ich deine Freundin kennenlernen kann. Jetzt geh heim und ruh dich aus, Derk. Du siehst müde aus."

„Das bin ich auch. Es war ein langer Tag heute. Wenn das Wetter so schön ist, wollen alle aufs Wasser hinaus. Du weißt ja, wie gerne ich segle, aber all der Wind und die frische Luft und der Kampf mit den Segeln machen müde."

„Wir reden morgen weiter, mein Junge."

Als er sich über mich beugt, um mir einen Kuss auf die Stirn zu geben, bevor er geht, stehe ich nicht auf. Es ist Abendbrotzeit und ich habe ein paar reife Tomaten im Garten, die ich pflücken und essen wollte, aber eigentlich habe ich keinen Hunger. Also bleibe ich sitzen, grübele über meine Vergangenheit nach und krame in Erinnerungen, bis der Schmerz in meiner Brust allmählich nachlässt. Würde ich heute dieselben Entscheidungen treffen wie damals? Oder bin ich mit den Jahren weiser geworden? Habe ich das Recht, dieser reichen jungen Frau einen Rat zu geben?

Ich sitze immer noch tatenlos an meinem Schreibtisch, als Derk mich erschreckt, indem er ein zweites Mal hereingestürzt kommt. Ich war so in Gedanken, dass ich ihn nicht habe kommen hören. Seine Miene ist ganz bestürzt, das sehe ich gleich. Von seinem schelmischen Grinsen ist nichts mehr zu sehen und seine Haare sind so zerzaust, als wäre er mehrfach mit seinen verschwitzten Händen hindurchgefahren. Er hat sich immer noch nicht gebadet oder umgezogen. „Derk, Liebling, was ist los?"

„Ich habe einen Brief von Caroline bekommen. Lies ihn." Er hält mir die Seiten hin und ich sehe, dass seine Hand ein wenig zittert.

„Ist Caroline die Frau, die du heiraten wolltest?"

Er nickt und bleibt stehen, während ich den Brief lese.

Lieber Derk,

je länger wir getrennt sind, desto unglücklicher werde ich. All die Dinge, die ich vergnüglich fand, sind nicht mehr so wie früher, weil etwas fehlt – sie erscheinen mir wie eine exquisite Mahlzeit,

bei der eine wichtige Zutat vergessen wurde. Ich habe Monate gebraucht, um zu erkennen, dass du die fehlende Zutat bist. Neulich sah ich ein Segelboot über den Black Lake gleiten und einen Augenblick lang war ich glücklich, weil ich mir vorstellte, du wärest es und du würdest kommen, um mit mir segeln zu gehen, so wie du es früher getan hast. Dann fiel mir ein, dass du nicht wiederkommen würdest, dass ich dich fortgeschickt hatte, und mir kamen die Tränen.
Ich vermisse dich, Derk. Ich vermisse dein Lächeln, die Art, wie du mich zum Lachen bringst, wie du mir das Gefühl gibst, hübsch und geliebt zu sein. Ohne dich ist mein Leben nicht mehr dasselbe. Ich glaube, ich habe einen Riesenfehler gemacht, als ich unsere Beziehung beendet habe. Und deshalb, wenn du mir verzeihen kannst – und wenn du noch keine andere gefunden hast –, wüsste ich gerne, ob wir es noch einmal versuchen können.

Ich höre auf zu lesen und blicke Derk bestürzt an. „Ach, du liebe Zeit. Das ist eine unerwartete Wendung."

„Lies weiter", sagt er. Ich wende mich der zweiten Seite zu.

Ich kann mir immer noch nicht vorstellen, mit einem Pastor verheiratet zu sein, und ich hasse den Gedanken, ständig meine eigenen Bedürfnisse beiseiteschieben zu müssen, um dich mit einer anspruchsvollen Gemeinde zu teilen, aber ich möchte dich auch nicht verlieren. Deshalb habe ich mir einen Kompromiss überlegt, der für uns beide funktionieren könnte. Wie wäre es, wenn du eine Stellung als Religionslehrer an einer Akademie oder einem College annehmen würdest? Oder vielleicht könntest du dort als Studentenpfarrer arbeiten. Die Studenten könnten deine Gemeinde sein und du wärst Pastor, aber es würde deine Zeit nicht ganz so sehr beanspruchen, wie wenn du eine ganze Gemeinde betreust.
Ich möchte, dass du wieder Teil meines Lebens bist, mein lieber Derk. Ich bin davon überzeugt, dass wir diese Beziehung gemeinsam gestalten können. Wenn es dir ebenso leidtut wie mir, dass wir nicht mehr zusammen sind, und wenn du unserer Liebe noch eine Chance geben willst, dann komm bitte am Mittwochabend zu mir nach Hause, dann können wir einen Kompromiss finden.

Ich weiß, dass ich es vielleicht nicht oft genug gesagt habe, aber ich liebe dich. Das ist mir jetzt bewusst geworden. Und es tut mir leid, dass ich deinen Heiratsantrag abgelehnt habe. Ich hoffe nur, dass dieser Brief nicht zu spät kommt.

In Liebe,
Caroline

Ich lasse die Hände und den Brief auf meinen Schoß sinken. Dann atme ich langsam aus. Während des Lesens habe ich, ohne es zu merken, die Luft angehalten. Ich blicke zu dem armen Derk auf und frage: „Was wirst du tun?"

„Ich weiß es nicht … Ich weiß nicht, was ich tun soll."

Mir kommt in den Sinn, dass er tief in seinem Inneren eigentlich weiß, was er tun sollte – so wie ich zutiefst wusste, ob ich mit Maarten verheiratet bleiben oder mit Hendrik durchbrennen sollte. Doch damals habe ich nicht auf die kleine, leise Stimme gehört und Derk tut es auch nicht.

„Was meinst du, was ich tun sollte, Tante Geesje?"

Am liebsten hätte ich ihn gefragt, warum er nicht vor Freude Purzelbäume auf dem Rasen vor dem Haus schlägt bei dem Gedanken, eine zweite Chance bei der Frau zu bekommen, die er liebt. Warum er nicht sofort zu ihrem Haus läuft, wenn ihr Angebot eines Kompromisses ihm richtig erscheint und er keinen Augenblick länger warten will, sie zu sehen. Stattdessen schreitet er in meinem Wohnzimmer auf und ab, kaut an seinem Daumennagel und runzelt die Stirn. Derk fragt mich um Rat, anstatt Gott zu fragen – der gleiche Fehler, den ich auch gemacht habe. Aber Derk ist noch nicht so weit, dass er das alles aufnehmen kann.

„Ihr Brief muss für dich ein ziemlicher Schock sein", sage ich. Aber nicht halb so schockierend, wie es war, Hendrik wie ein Gespenst aus dem Wald auftauchen zu sehen. „Du hattest mit der Möglichkeit, Caroline zu heiraten, abgeschlossen und alle deine Hoffnungen und Träume begraben. Lass dir Zeit, darüber nachzudenken, bevor du sie aus dem Grab auferstehen lässt."

„Ich habe Caroline geliebt. Und du hast recht, es fühlte sich für mich wie ein Tod an, als sie mich verlassen hat. Jetzt habe ich die Chance, sie wiederzubekommen und mit der Frau, die ich liebe, zusammen zu sein. Sie ist bereit, einen Kompromiss einzugehen … aber ich bin mir einfach unsicher."

„Könntest du dir denn vorstellen zu unterrichten oder Studenten als Seelsorger zu betreuen, wie sie es vorschlägt?"

„Ich weiß es nicht. Das ist eine völlig neue Idee, über die ich noch nicht nachgedacht habe."

„Sprich doch mit einem deiner Religionslehrer oder dem Seelsorger am College über ihre Arbeit. Dann kannst du sehen, ob es dich interessiert. Wenn du den Pastorendienst aufgibst, ohne zu wissen, wie die neue Arbeit aussieht, mache ich mir Sorgen, dass du Caroline später Vorwürfe deswegen machen wirst."

„Ich würde ja meine Berufung nicht ganz aufgeben, sondern nur eine Arbeit machen, die mich nicht so fordert."

Ich antworte nicht. Er hat mich nicht gehört. Er versucht, Carolines Lösung so passend zu machen, dass sie das Loch in seinem Herzen stopft, doch das ist so, als wollte man ein Puzzleteil an einer falschen Stelle ins Puzzle legen, nur um das Bild fertigzustellen. Wieder hätte ich ihn am liebsten gefragt, warum er nicht vor Freude tanzt, wenn dieser Kompromiss die vollkommene Lösung für sie beide ist.

„Caroline hat geschrieben, dass ich am Mittwochabend zu ihr kommen soll, wenn ich unserer Beziehung noch eine Chance geben will – und ich werde auf jeden Fall hingehen. Aber bevor ich sie sehe, wüsste ich gerne, was du mir raten würdest, Tante Geesje. Deine Meinung ist mir wichtig."

„Das schmeichelt mir sehr, mein Junge. Aber ich bin Caroline nie begegnet. Deshalb kann ich nicht beurteilen, ob sie die richtige Frau für dich ist oder nicht. Es gibt Entscheidungen im Leben, die man nur selbst treffen kann, und ich glaube, das ist eine davon. Aber ich möchte dir zwei Ratschläge geben, bevor du mit Caroline sprichst – abgesehen von dem, mit dem Studentenseelsorger zu sprechen. Erstens: Frag deine Freundin Anna aus dem Hotel, was sie dir raten würde. Steht sie nicht vor einem ähnlichen Dilemma, indem sie versucht, ihre Verlobung zu reparieren? Vielleicht sieht sie eine Seite dieser Entscheidung, die eine alte Frau wie ich nicht sieht."

Zum ersten Mal, seit Derk mir Carolines Brief gezeigt hat, lächelt er ein wenig. „Das ist eine gute Idee. Ich rede gleich morgen mit ihr."

Mir ist klar, dass er in Anna verliebt ist. Ich hoffe, Derk merkt, dass etwas von seiner Liebe zu Caroline verblasst ist und dass andere Frauen ihn anziehen und fesseln können, selbst wenn eine reiche Frau wie Anna für einen Kleinstadtprediger wie ihn unerreichbar ist und er das in seinem Herzen auch weiß.

„Und was ist der zweite Rat?“, fragt er.

Dieser Rat wird Derk nicht so gut gefallen wie der erste. „Achte darauf, dass du deine Entscheidungen mit Gott besprichst, bevor du entscheidest, ob du Caroline immer noch heiraten willst.“

„Natürlich, natürlich. Ich bete über allen meinen Entscheidungen. Das hast du mir beigebracht.“ Aber jetzt lächelt Derk nicht mehr.

„In meinem Leben hat es Zeiten gegeben, in denen ich nicht über eine Entscheidung beten wollte, weil ich bereits wusste, was Gott dazu sagen würde – und seine Antwort gefiel mir nicht. Und es hat andere Zeiten gegeben, in denen Gott mir keine klare Antwort auf meine Frage gegeben hat.“

„So ist es bei mir auch. Was meinst du, warum das so ist?“

„Nun … Ich habe viel darüber nachgedacht und bin zu dem Schluss gekommen, dass er in diesen Fällen weiß, dass wir uns schon entschieden haben. Wenn er antwortet, werden wir ihm nicht gehorchen. Und dann wird unser bewusster Ungehorsam unsere Beziehung zu ihm gefährden. Wenn du weißt, dass du etwas Falsches tust, scheint es oft einfacher zu sein, es weiter zu tun, anstatt den eigenen Stolz hinunterzuschlucken und zu Gott zurückzukehren.“

„Wenn es sich als Fehler erweisen sollte, Caroline zu heiraten, kann ich mich nicht von ihr scheiden lassen. Und meine Freundin Anna kann sich auch nicht von ihrem Mann trennen, wenn es die falsche Entscheidung ist.“

„Wenn meine eigene Geschichte dich sonst nichts lehrt, Derk, so hoffe ich doch, dass du daran siehst, wie wichtig es ist, wichtige Entscheidungen nicht zu übereilen.“

„Warst du mit Maarten unglücklich?“

„Komm morgen wieder, dann kannst du meine Geschichte zu Ende lesen.“ Ich gebe ihm Carolines Brief zurück.

„Danke. Das mache ich. Bis morgen, Tante Geesje.“ Derk geht mit schweren Schritten und hängenden Schultern zur Tür hinaus. Am liebsten würde ich ihm sagen, dass er nach Hause gehen und in den Spiegel schauen soll. Ein Mann, dem die Frau, die er liebt, gerade eine zweite Chance gegeben hat, sollte nicht so niedergeschlagen aussehen.

21. Kapitel

Anna

Hotel Ottawa
1897

Ich weiß nicht, was dieses Hotelzimmer oder dieses Bett an sich hat, dass es solch merkwürdige Träume verursacht, aber gestern Nacht hatte ich wieder einen. Es war eigentlich kein Albtraum, aber er war genauso stark in der Wirkung. Ich wachte zitternd und verstört auf und musste eine Weile am Fenster stehen und auf die Spiegelung des Mondes im See hinausblicken, bis mein Herzschlag sich beruhigt hatte und ich wieder atmen konnte. In meinem Traum stand ich zu Hause in Chicago in meinem vertrauten Schlafzimmer. Alles war genau dort, wo es schon war, seit ich denken kann. Ich sah mein Himmelbett aus Mahagoni und den Waschtisch mit dem Spiegel, die blau-gelb geblümte Tapete und die eierschalenfarbenen seidenen Vorhänge am Fenster, das auf den Garten hinter dem Haus hinausgeht. Ich weinte untröstlich und rief nach meiner Mama – dabei stand sie neben mir! Mutter hatte Tränen in den Augen, als sie versuchte, mich in den Arm zu nehmen und zu trösten, aber ich stieß sie weg und schluchzte: „Mama! Mama!", als würde mir das Herz brechen.

Manche Menschen halten große Stücke auf die Deutung von Träumen und dessen, wofür sie stehen. Ein Mädchen, das ich auf der höheren Töchterschule kennengelernt habe, bezahlte eine Zigeunerin dafür, dass sie ihre Träume deutete und ihr die Zukunft aus der Hand las. Aber es ist nicht schwer zu erkennen, woher mein Traum rührt. Ich bin immer noch aufgebracht und wütend auf Mutter, weil sie meine Privatsphäre verletzt hat. Ich zögere, ihr ganz zu vertrauen, aber ich vermisse die Vertrautheit, die wir früher miteinander hatten. Anstatt mit ihr zu reden, habe ich mich Derk anvertraut – der fast ein Fremder ist – und ihm Dinge erzählt, die ich meiner Mutter nie gesagt habe.

Ich muss das beunruhigende Gefühl, das der Traum bei mir hinterlassen hat, abschütteln, also beschließe ich, den Vormittag mit Mutter zu verbringen. Wir gehen auf dem Gelände des Hotels spazieren, sitzen am Strand im Liegestuhl und ich zeige ihr all die hübschen kleinen Plätze, die ich entdeckt habe. Nach dem Mittagessen setze ich mich zu ihr auf die Veranda, die sie so gern mag, und wir sehen den Segelbooten auf dem See zu. Wir unterhalten uns eine Weile mit Mrs Stevens und den anderen Frauen, mit denen meine Mutter während unseres Aufenthaltes Freundschaft geschlossen hat, dann spiele ich mit drei jüngeren Töchtern dieser Frauen eine Partie Croquet auf dem Rasen. Der Tag vergeht nur sehr langsam. Innerlich zähle ich die Stunden, bis ich wieder mit Derk sprechen kann.

Als es Zeit wird, mich mit ihm zu treffen, entferne ich mich unauffällig von der Gesellschaft auf der Veranda und gehe zu der Bank am See. Ich habe vor, nicht lange zu bleiben – ich werde mich nicht einmal hinsetzen. Ich werde nur in Erfahrung bringen, ob Derk eine Verabredung mit seiner Tante getroffen hat und ich mit ihr sprechen kann. Insgeheim bin ich mir nicht sicher, ob es eine gute Idee ist, mit einer Fremden über Liebe und Ehe zu sprechen, vor allem, weil ich mich bereits entschieden habe, William zu heiraten. Aber um zu vermeiden, dass ich mich noch mehr zu Derk hingezogen fühle, ist es vielleicht besser, wenn ich von jetzt an mit seiner Tante rede anstatt mit ihm. Ich habe immer noch so viele Fragen in Bezug auf die Bibel, auf die ich gerne eine Antwort von ihr hätte.

Als ich ankomme, sitzt Derk schon auf der Bank. Mein verräterisches Herz schlägt schneller. Ich bleibe stehen, weil ich die Unterredung möglichst kurz halten will. „Hallo, Derk."

„Hi. Ich hatte schon Angst, dass Sie nicht kommen können." Heute schenkt er mir kein Lächeln. Er wirkt, als mache ihm etwas Sorgen. Bevor ich ihn fragen kann, was los ist, sagt er: „Haben Sie eine Minute Zeit? Heute könnte ich Ihren Rat gebrauchen."

„Meinen?"

„Ja. Bitte setzen Sie sich doch."

Meine Knie fühlen sich merkwürdig wackelig an, also setze ich mich auf die Bank, wobei ich sorgfältig darauf achte, dass zwischen uns ein schicklicher Abstand besteht. Ich kann mir beim besten Willen nicht vorstellen, warum Derk meinen Rat brauchen sollte, vor allem, weil er doch weiß, was für eine schrecklich verwirrte und unentschlossene Person ich bin. „Was ist denn los?", frage ich.

„Als ich gestern von der Arbeit nach Hause kam, wartete dort ein Brief von Caroline auf mich."

„Von der Frau, die Sie heiraten wollten?"

Derk nickt. Er wirkt heute sehr ernst. Sein herzliches Lächeln fehlt mir. „Sie schreibt, dass sie mich vermisst. Und dass sie glaubt, einen Fehler gemacht zu haben, als sie meinen Heiratsantrag abgelehnt hat. Sie will wissen, ob ich ihr noch eine Chance gebe."

„So wie bei William und mir", murmele ich.

„Ja, das dachte ich auch."

„Aber hat Caroline nicht gesagt, dass sie keinen Pastor heiraten will? Hat sie ihre Meinung geändert?"

„Sie scheint ein bisschen nachgiebiger geworden zu sein, was das betrifft. Sie hat mich gefragt, ob ich bereit sei, einen Kompromiss zu schließen und vielleicht eine Stellung als Religionslehrer oder Studentenseelsorger am College anzunehmen. Sie sagt, dann wären die Studenten meine Gemeinde und das würde nicht so viel Zeit beanspruchen."

„Und werden Sie es tun?"

„Ich weiß es nicht."

„Dann stelle ich Ihnen die gleiche Frage, die Sie mir in Bezug auf William gestellt haben. Lieben Sie sie?"

Derk atmet aus, als hätte er seit Tagen die Luft angehalten. „Das weiß ich auch nicht. Bevor sie meinen Heiratsantrag abgelehnt hat, war ich Hals über Kopf in sie verliebt – so sehr, dass ich an nichts anderes mehr denken konnte. Ich glaubte nicht, dass ich jemals einen anderen Menschen so sehr lieben könnte, wie ich sie liebte. Aber jetzt bin ich irgendwie … misstrauisch. Ich weiß nicht, ob es daran liegt, dass sie mich so verletzt hat oder meine Liebe zu ihr etwas nachgelassen hat."

„Vielleicht können Sie sich besser entscheiden, wenn Sie sie wiedersehen."

„Oder es macht alles noch schlimmer. Sie ist schön und charmant und ein bisschen geheimnisvoll, und wenn ich mit ihr zusammen bin, ist es, als könnte ich nicht klar denken. Ich will mit dem Kopf entscheiden, nicht nur mit dem Herzen. Caroline bietet mir einen Kompromiss an und wahrscheinlich ist die Arbeit eines Seelsorgers am College so ähnlich, wie Gemeindepastor zu sein …"

Ich höre geduldig zu, während Derk laut denkt, und kämpfe dabei gegen ein lächerliches Gefühl der Eifersucht an, wann immer er über Caroline redet. Aber ich bin froh, dass ich mich für all die Zeit revanchieren kann, die er damit verbracht hat, mir zuzuhören und meine Fragen zu beantworten. Ich wünschte nur, ich wüsste, wie ich ihm helfen kann.

„Es ist schwer zu sagen, ob Carolines Angebot eine Art Probe Gottes ist, ob ich bereit bin, an meiner Berufung festzuhalten, oder ob er mich dadurch in eine andere Richtung lenken will als die, in der ich unterwegs bin. So ist es auch, wenn ich segle und der Wind plötzlich dreht. Ich muss die Segel anders ausrichten, wenn ich auf Kurs bleiben will … oder mit dem Wind gehen und vielleicht ein neues und besseres Ziel anpeilen." Wieder seufzt er. „Was würden Sie an meiner Stelle tun, Anna?"

Seine direkte Frage überrascht mich. Die Wahrheit ist, dass ich es sehr selbstsüchtig von Caroline finde, bezüglich seines Berufs solche Forderungen an Derk zu stellen. Ich finde nicht, dass er sie heiraten sollte. Aber ich zögere, meine Meinung zu sagen, weil ich in Sachen Liebe und Ehe selbst so verwirrt bin. Außerdem hat William sich als ebenso selbstsüchtig erwiesen und ich heirate ihn trotzdem.

„Mir scheint", antworte ich vorsichtig, „dass Ihre Situation ganz anders ist als meine, jetzt wo Caroline einen Kompromiss vorgeschlagen hat. Dazu war William nie bereit. Ich muss mich seinen Wünschen fügen und meine eigenen Wünsche aufgeben, wenn ich ihn heirate. Er wird glücklich sein und ich … ich werde das Beste daraus machen, vermute ich, um meiner Eltern willen. Aber bei einem Kompromiss müssen beide Personen etwas für den anderen aufgeben und hoffentlich werden sie beide am Ende glücklich damit. Sie geben Ihren Berufswunsch, Pastor zu werden, auf, aber ich bin mir nicht sicher, was Caroline aufgibt."

„Sie … also …" Derk kratzt sich am Kinn. Dann fährt er sich mit der Hand durch die Haare. „Ich verstehe, was Sie meinen … Sie meinen also, ich sollte es nicht tun?"

„Das habe ich nicht gesagt. Ich glaube nur nicht, dass der Kompromiss, den Caroline vorschlägt, sehr gerecht ist, es sei denn, Ihnen gefällt der Gedanke zu unterrichten oder Seelsorger für Studenten zu sein. Um ehrlich zu sein, weiß ich nicht einmal genau, was ein Seelsorger eigentlich ist oder tut." Ich lache leise, als ich meine Unwissenheit gestehe, und endlich – endlich – antwortet Derk mit einem kleinen Lächeln.

„Das weiß ich auch nicht, Anna. Tante Geesje hat gesagt, ich solle mit dem Studentenpfarrer am Hope College sprechen, bevor ich mich entscheide."

„Das ist ein sehr guter Rat. Wann müssen Sie Caroline eine Antwort geben?"

„Sie hat mich für Mittwochabend zu sich eingeladen, um zu reden."

„Wird sie Sie unter Druck setzen?"

„Sie kann sehr überzeugend sein", sagt Derk mit einem schiefen Grinsen. „In der Vergangenheit war ich so sehr in sie verliebt, dass ich ihr keinen Wunsch abschlagen konnte. Sie wirkte sehr überrascht, als ich es am Ende doch tat und mich weigerte, den Pastorendienst aufzugeben. Mit Sicherheit wird sie am Mittwoch eine Antwort haben wollen, und wenn ich keine habe, wird sie mir vorwerfen, ich würde sie zappeln lassen, um sie zu verletzen und mich zu rächen, fürchte ich."

Manipulativ. Das ist das Wort, das Caroline gut beschreibt. Ich traue mich nicht, Derk das zu sagen, weil ich ihr nie begegnet bin. Aber ich habe in der Schule Mädchen wie sie kennengelernt; Mädchen, die ihre Schönheit oder eine falsche Rätselhaftigkeit benutzten, um mit jemandem vom anderen Geschlecht zu spielen, nur zum Spaß, und dem Betreffenden dann das Herz zu brechen. „Hat Caroline geschrieben, warum sie ihre Meinung geändert hat?", frage ich. „Sie wissen, warum ich es mir anders überlegt habe ..."

„Sie sagt, sie vermisst mich. Ihr Leben sei ohne mich nicht dasselbe. Sie sagt, sie liebt mich."

„An keinem dieser Gründe kann ich etwas aussetzen. Aber da Sie keine Eile haben zu heiraten, finde ich, dass Sie sich mit der Entscheidung Zeit lassen sollten. Ich selbst würde noch hin und her überlegen, ob ich William heiraten soll oder nicht, hätte ich nicht zufällig mit angehört, wie mein Vater über seine finanzielle Situation sprach."

„Es tut mir sehr leid für Sie, Anna. Sie haben einen liebevollen Ehemann und eine glückliche Ehe verdient."

„Sie brauchen mich nicht zu bemitleiden. In unseren Kreisen werden viele Ehen aus Vernunftgründen geschlossen und nicht aus Liebe. Ich werde einen guten Zweck finden, für den ich mich engagieren kann und den William gutheißt, und dann stürze ich mich in die Arbeit. Das tun andere wohlhabende Gattinnen in Chicago auch."

Ich habe nicht auf die Leute geachtet, die auf dem Weg an uns vorbeischlendern, aber plötzlich bleibt jemand neben der Bank stehen und wirft einen Schatten auf uns. Ich blicke auf – und es ist meine Mutter!

„Anna. Was in aller Welt machst du hier?" An ihrem eisigen Tonfall erkenne ich, dass sie wütend ist, auch wenn sie ruhig und leise spricht. Derk springt auf, als hätte er etwas Verbotenes getan, und macht dadurch alles noch schlimmer. Mutter mustert ihn von Kopf bis Fuß, seine gebräunte Haut, seine verschwitzte Arbeitskleidung, sein zerzaustes Haar. Daran, wie sie das Kinn hebt und sich abwendet, erkenne ich, dass sie ihn mit einem Blick beurteilt und für mangelhaft befunden hat – und ihre Überheblichkeit macht mich wütend. Ich erhebe mich ebenfalls, in dem Bestreben, ihn zu verteidigen. Sie kann sein gütiges Herz, sein sanftes Wesen und seinen Eifer, Gott zu gehorchen, nicht sehen.

„Mutter, darf ich vorstellen: Derk ..." Ich zögere, peinlich berührt, weil mir sein Nachname nicht mehr einfällt. Doch er hilft mir aus der Klemme.

„Vander Veen. Derk Vander Veen, Ma'am."

„Derk, dies ist meine Mutter, Mrs Arthur Nicholson."

„Sehr erfreut", sagt Derk.

Mutter nickt fast unmerklich. Sie sagt nichts. Er ist unter ihrer Würde. Dann wendet sie ihren strengen Blick mir zu. „Das hast du also gemacht, wenn du dich allein davongeschlichen hast?"

„Was? ... Nein, ich ..." Ich will es leugnen, doch dann wird mir bewusst, dass es eine Lüge wäre. Ich habe mich davongeschlichen, um Derk zu sehen.

„Ist er der Grund, warum du noch länger hierbleiben wolltest?", will sie wissen.

Wieder suche ich krampfhaft nach einer Erwiderung, weil ich

nicht lügen will. „Es ist nicht so, wie du denkst, Mutter. Derk studiert an einem theologischen Seminar. Er will Pastor werden und war so freundlich, mir einige Fragen zu beantworten, die ich in Bezug auf die Bibel habe."

„Ohne dass eine Anstandsdame anwesend ist? Wegen dieses Jungen riskierst du deine Chance auf ein gutes Leben mit William? Ich dachte, ich könnte dir vertrauen, Anna."

„Und ich dachte, ich könnte dir vertrauen! Stattdessen hast du meine Privatsphäre verletzt und mein Tagebuch gelesen und jetzt folgst du mir, um mir nachzuspionieren? Derk und ich haben nichts Verbotenes getan. Sagen Sie es ihr, Derk." Vielleicht hätte ich ihn lieber nicht in die Sache mit hineinziehen sollen, aber ich bin zuversichtlich, dass er mit meiner Mutter fertig wird.

„Das alles ist ein fürchterliches Missverständnis", sagt er sanft. „Ihre Tochter sagt die Wahrheit. Wir haben nur unter Freunden miteinander geredet."

Mutter würdigt Derk keines Blickes und antwortet ihm auch nicht. Stattdessen richtet sie alle ihre Worte an mich. „Anständige junge Damen wissen, dass sie keine Freunde des anderen Geschlechts haben sollen. Es kann dir unmöglich entgangen sein, wie unschicklich eine solche Freundschaft ist, Anna. Und dazu noch mit einem Hotelangestellten. Ich werde dafür sorgen, dass man Ihnen auf der Stelle kündigt, junger Mann. Komm, Anna."

Ich halte sie am Arm fest, um sie am Gehen zu hindern. „Tu das nicht, Mutter. Es ist nicht seine Schuld. Es ist meine Schuld. Ich habe ihm Fragen gestellt und er war so freundlich, sich trotz seiner Arbeit die Zeit zu nehmen, mir diese Fragen zu beantworten."

„Das hat er ganz offensichtlich. Was für Fragen?"

„Das habe ich dir doch gesagt. Über Religion und Glauben. Ich habe in der Bibel gelesen und verstehe nicht immer, was Jesus meint, wenn er etwas sagt. Derk studiert Theologie. Er will Pastor werden ..." In dem panischen Bestreben, die Dinge zu erklären, verhaspele ich mich und wieder kommt Derk mir zu Hilfe.

„Wir haben immer hier in der Öffentlichkeit miteinander geredet, Ma'am, so wie Sie uns jetzt gesehen haben. Anna ist ..."

„Sie ist also schon ‚Anna'? Ich bin mir sicher, die Geschäftsführung des Hotels hat Ihnen erklärt, dass es unangemessen ist, die Gäste mit ihrem Vornamen anzusprechen."

„Ja, Ma'am, das weiß ich. Aber Anna – ich meine Miss Nicholson – hat mich gebeten, sie –"

„Ich habe genug gehört. Komm mit, Anna."

„Nein, Mutter. Ich komme nicht mit."

Ihre Miene ist so schockiert, als hätte ich geflucht. „Anna!"

„Ich habe mich dir noch nie widersetzt, aber diesmal tue ich es. Ich werde nicht zulassen, dass du Derk so behandelst. Er hat nichts verbrochen und ich auch nicht. Du musst dich setzen und mir zuhören."

„Ich werde diese Angelegenheit hier draußen nicht weiter erörtern." Mutter versucht noch einmal zu gehen, aber ich lasse nicht los, sondern halte ihren Arm fest und stemme mich gegen sie. Derk wirkt verlegen und fühlt sich ganz offensichtlich unbehaglich. Vermutlich wäre er in diesem Moment an jedem anderen Ort lieber als an diesem. Ich bewundere ihn dafür, dass er es sich nicht leicht macht, einfach davongeht und mich mit meiner zornentbrannten Mutter allein lässt. Aber er soll nicht nach Hause gehen und glauben, dass er keine Arbeit mehr hat.

„Setz dich, Mutter. Ich muss sagen, was ich zu sagen habe." Ich warte, bis sie sich setzt. „Du hast mein Tagebuch gelesen. Du weißt, dass ich Fragen habe. Und wie ich sagte, wird Derk Pastor. Wenn er und ich etwas Unschickliches im Sinn hätten, würden wir ja wohl kaum hier draußen sitzen, oder?" Meine Mutter schuldet Derk eine Entschuldigung. Das würde ich ihr gerne sagen, aber sie ist viel zu stolz, um zuzugeben, dass sie im Unrecht ist. So etwas würde sie niemals tun.

„Derk hat eine Freundin. Sie heißt Caroline", fahre ich fort. „Und ich bin mit William verlobt. Das erste Mal, als Derk und ich miteinander sprachen, hat er mich mit einer Bekannten verwechselt, einer Niederländerin. Und deshalb habe ich ihn später, als ich eine Frau in einer fremden Sprache reden hörte, die ich aus irgendeinem Grund verstand, gefragt, ob es sich um Niederländisch handele, und so war es."

Mutter reckt das Kinn vor und schüttelt den Kopf. „Du weichst mir aus."

„Nein, das tue ich nicht. Ich erzähle dir, warum Derk und ich miteinander ins Gespräch gekommen sind. Alles hängt zusammen, verstehst du nicht? Ich will mehr über Gott wissen und darüber, wer ich bin und was Gott von mir erwartet, bevor ich William heirate. William hat mir verboten, in die Schlossturmkirche zurückzugehen, wo ich diese Antworten finden könnte, also habe ich Derk gefragt. Und ich muss auch etwas über meine Vergangenheit erfahren und warum ich ein paar Worte Niederländisch verstehe und wer ich war, bevor ihr mich adoptiert habt …"

„Sie haben mir nicht gesagt, dass Sie adoptiert wurden", unterbricht Derk mich. „Das ändert natürlich alles."

„Habe ich das nicht erzählt? Wahrscheinlich bin ich gar nicht auf die Idee gekommen, es zu erwähnen. Meine Eltern haben mich als Säugling adoptiert."

„Ich werde nicht hier in aller Öffentlichkeit sitzen und diese Unterhaltung führen." Mutter macht Anstalten aufzustehen, aber ich hindere sie daran.

„Siehst du? Jetzt wechselst du das Thema, so wie du es immer tust, wenn ich Fragen über meine Vergangenheit stelle. Du weichst ihnen aus."

„Das tue ich keineswegs."

„Kannst du mir dann bitte erklären, wie es kommt, dass ich niederländische Sätze verstehe?"

Mutters Gesicht ist vor Zorn ganz spitz. Sie hat die Lippen zu einer dünnen Linie zusammengepresst und die Hände auf dem Schoß zu Fäusten geballt. Aber sie ist zu sehr feine Dame, um ihrer Wut freien Lauf zu lassen. „Ich habe keine Ahnung. Vielleicht hat jemand in deiner Schule Niederländisch gesprochen. Eine Freundin oder eine Lehrerin. Ich wüsste nicht, was das für eine Rolle spielt."

„Du hast gesagt, dass meine Eltern mich ausgesetzt haben, aber du hast mir nie erzählt, wo ihr mich gefunden habt oder wie ich zu dir und Vater gekommen bin oder –"

„Diese Dinge kannst du mit deinem Vater besprechen, wenn wir wieder zu Hause sind. Nicht hier. Nicht jetzt. Du versuchst ein Ablenkungsmanöver, um meine Aufmerksamkeit von deinem abscheulichen Verhalten in Bezug auf diesen Jungen abzulenken. Ich bin entsetzt über deinen Mangel an Urteilsvermögen, Anna."

„Und ich bin wütend und verletzt, weil du mir nicht glaubst. Habe ich dich jemals angelogen, Mutter?"

„Ich weiß nicht. Hast du?"

Ich zögere und erinnere mich daran, dass ich gelogen habe, um zur Schlossturmkirche zu gehen. Wenn sie diesen Eintrag in meinem Tagebuch gelesen hat, weiß sie das. Ich hole tief Luft. „Jedenfalls lüge ich jetzt nicht. Wenn du willst, dass ich William heirate, musst du mich noch eine Woche hierbleiben lassen. Du musst erlauben, dass ich mit Derk und seiner Tante rede, damit ich nicht zu der Schlossturmkirche zurückgehen muss. Es gibt sonst niemanden, der meine Fragen beantworten kann."

„Unsere Kirche hat gut ausgebildete Pfarrer."

„Das ist nicht dasselbe. Sie reden nicht so, als würde Gott mich lieben und als sein Kind betrachten."

„Das ist doch lächerlich."

Ich weiß nicht, was ich erwidern soll. Die Diskussion hat so viele Wendungen und Haken geschlagen, dass ich den Überblick verloren habe. Mutter ist sehr geschickt, wenn es darum geht, eine Unterhaltung zu steuern. In das kurze Schweigen hinein fragt Derk: „Ma'am, ich möchte mich nicht einmischen ..."

„Dann tun Sie es nicht."

Ich bewundere Derk dafür, dass er trotzdem weiterspricht. „Aber ich möchte nur sagen, dass ich für Anna – äh, Miss Nicholson – eine Verabredung mit meiner Tante Geesje getroffen habe, weil ich weiß, dass sie viel Erfahrung und Weisheit zu bieten hat. Sie ist eine gute Christin, die mir in sehr schweren Zeiten in meinem Leben geholfen hat. Geesje hat selbst solche Zeiten durchgemacht und ich weiß, dass sie viel bessere Ratschläge geben kann als ich. Ein Grund, warum Ihre Tochter und ich uns heute getroffen haben, war, dass wir eine Zeit ausmachen wollten, wann sie und meine Tante sich kennenlernen können. Anna sagt die Wahrheit, wenn sie dies als den Grund nennt, warum sie noch eine Woche bleiben möchte."

Mutter antwortet nicht. Ich lege eine Hand auf ihren Arm, und als sie sich anmutig erhebt, flehe ich sie an. „Bitte, Mutter. Du kannst Derk nicht um seine Arbeit bringen. Das wäre ihm gegenüber ungerecht. Es ist mir egal, ob du mir zürnst, aber er trägt keine Schuld an all dem. Er hat nur versucht, mir zu helfen."

Mutter ist nicht annähernd so groß wie Derk, aber mit ihrem aufrechten Rückgrat und ihrem majestätischen Blick wirkt sie so. „Also gut. Aber in Zukunft wirst du einen angemesseneren Weg finden müssen, deine religiöse Neugier zu befriedigen. Und jetzt komm bitte mit." Sie wendet sich ab und gleitet davon, ohne dass sie sich bemüßigt fühlt, Derk noch einmal anzusprechen oder ihm einen guten Tag zu wünschen.

„Es tut mir leid", sage ich zu ihm, als ich ihr folge und die ersten Schritte rückwärtsgehe.

„Mir auch", höre ich ihn sagen. „Mir auch."

22. Kapitel

Geesje

Holland, Michigan
1897

Es ist spät am Nachmittag und ich bin müde, als ich die baufälligen Häuser in Hollands ärmstem Bezirk hinter mir lasse und mich auf den Heimweg mache. Aber neben der Müdigkeit empfinde ich auch Zufriedenheit, weil ich weiß, dass ich im Namen des Herrn sozusagen einen „Becher kalten Wassers" gereicht habe. Es ist beinahe zwei Jahre her, dass meine Freundinnen aus der Kirche und ich anfingen, den bedürftigsten Familien in Holland zu helfen. Ich verstehe, weiß Gott, wie es ist, Armut, Kälte und Hunger zu empfinden. In unserer Stadt gibt es inzwischen vier Möbelfabriken, ganz zu schweigen von der Korbfabrik und mehreren anderen neuen Industriezweigen, die aus dem Boden geschossen sind, und dadurch hat sich die Zahl der Arbeiter und ihrer Familien vervielfacht. Meine Freundinnen und ich tun, was wir können, um zu helfen – wir sammeln Kleidung und warme Bettdecken und Haushaltsgegenstände, bringen den Familien Essen, trösten die Kranken und setzen uns zu denen, die uns bitten, mit ihnen zu beten.

Als ich zu Hause ankomme, bin ich zu müde, um mir eine große Mahlzeit zu kochen. Außerdem ist es zu heiß. Ich mische Mehl und Eier, um *pannenkoeken* zu backen, als Derk durch die Tür kommt, mit hängenden Schultern und gesenktem Kopf. Er sieht so bemitleidenswert aus, dass ich ihn in meine Arme ziehe, so wie ich es getan habe, als er ein Kind war, und ihn fest an mich drücke. „Ach, mein lieber Junge! Was ist geschehen? Sag mir, was los ist."

„Sehe ich wirklich so schlimm aus?", fragt er mit einem gequälten Lächeln.

„Ja. Diese unsichtbare Last auf deinen Schultern sieht ungeheuer schwer aus. Ich würde dir gerne beim Tragen helfen, wenn ich kann."

Derk lässt sich auf einen Küchenstuhl fallen, die langen Beine quer durch den winzigen Raum gestreckt. „Ich habe den ganzen Tag über Caroline nachgedacht … und dann habe ich mich gleich nach der Arbeit mit meiner Freundin Anna – ich meine, Miss Nicholson – getroffen, um sie zu fragen, was ich ihrer Meinung nach tun soll." Er zögert und seufzt dann schwer. „Ich glaube nicht, dass sie in die Stadt kommen wird, um mit dir zu reden, Tante Geesje. Und wahrscheinlich wird sie auch mit mir nicht mehr sprechen können. Ihre Mutter hat heute Nachmittag gesehen, wie wir zusammen auf der Bank saßen und uns unterhielten. Sie sagte, es sei nicht schicklich, dass wir ohne eine Anstandsdame miteinander reden oder dass eine Dame von Annas Rang überhaupt mit einem einfachen Hotelangestellten wie mir spricht. Sie hat gedroht, mich bei meinem Vorgesetzten anzuschwärzen. Anna hat versucht, ihr das auszureden, aber ich bin mir nicht sicher, ob es ihr wirklich gelungen ist. Wenn ich morgen zum Hotel gehe, habe ich vielleicht keine Arbeit mehr."

„Ach, du liebe Güte. Das tut mir leid. Kein Wunder, dass du so niedergeschlagen aussiehst."

„Anna hat sich bemüht, mich zu verteidigen – und sich selbst. Aber ihre Mutter ist … ich meine, ihr ganzes Leben ist …" Er schüttelt den Kopf. „Es ist ganz anders als unseres."

„Und bestimmt auch faszinierend."

„Anna ist eine sehr komplexe Frau. Sie hat alles, was ein Mensch sich nur wünschen kann, aber ihr Leben gehört ihr nicht … verstehst du, was ich meine? Ich kann entscheiden, ob ich Caroline heiraten will oder nicht, ob ich Pastor oder Lehrer oder Studentenseelsorger sein will, aber Anna hat kaum eine Wahl. Sie hat das Gefühl, dass sie diesen reichen Mann um ihrer Familie willen heiraten muss, obwohl sie ihn nicht liebt. Und es gibt immer noch ein Rätsel in Bezug auf ihre Herkunft, das sie bislang nicht lösen konnte. Wie sich herausgestellt hat, kennt sie ausgerechnet einige niederländische Ausdrücke. Und sie hat keine Ahnung, woher sie diese Worte kennt. Ich dachte, sie hätte vielleicht ein holländisches Kindermädchen gehabt, als sie klein war, aber heute hat sie mir erzählt, dass sie adoptiert wurde, und jetzt frage ich mich …" Er beendet den Satz nicht, sondern macht eine Handbewegung, als würde er Kreide von der Tafel wischen. „Ich vermute, die Lösung dieses Rätsels erfahre ich nie. Wahrscheinlich sehe ich Anna nie wieder."

Ich trete neben Derks Stuhl und reibe den Punkt zwischen seinen Schulterblättern, um ihn zu trösten. Wie sehr ich mir wünsche, ich könnte Kraft in ihn hineinreiben. Aber vielleicht ist es besser, dass ihre Freundschaft beendet ist. Sie kommen aus zwei verschiedenen Welten und Anna wird bald in ihr Leben in Chicago zurückkehren. „Und Caroline?", frage ich. „Hast du entschieden, was du ihr antworten willst?"

„Darüber sprachen Anna und ich heute, bevor wir gestört wurden. Ich habe sie gefragt, was sie mir raten würde. Sie sagte, ich solle Caroline nicht sofort eine Antwort geben. Sie fand deine Idee, zuerst mit dem Seelsorger am College zu sprechen, gut. Außerdem hat sie eine interessante Frage aufgeworfen. Sie wies mich darauf hin, dass Caroline von mir verlangt, einen Kompromiss zu schließen und den Berufswunsch, Gemeindepastor zu werden, aufzugeben. Aber was gibt sie im Gegenzug auf?"

„Ah. Das ist eine gute Frage."

„Ich habe immer noch vor, am Mittwochabend zu Caroline zu gehen und mit ihr zu reden. Aber ich will erst den Rest deiner Geschichte lesen. Du hast gesagt, sie könnte mir vielleicht bei der Entscheidung helfen. Hast du sie zu Ende geschrieben?"

„Die wichtigen Teile sind geschrieben. Wenn du sie jetzt lesen willst, hole ich dir das Buch."

„Das würde ich gerne. Nach diesem Tag muss ich eine Zeit lang an etwas anderes denken."

Ich hole das Notizbuch aus meinem Schreibtisch und blättere darin bis zu der Stelle, an der Derk mit dem Lesen aufgehört hat. Es ist die Stelle, an der ich gerade die Tatsache akzeptiert hatte, dass Hendrik tot war, und ich Maarten gebeten hatte, mich in die Niederlande zurückzubringen. Wir hatten geheiratet. „Hier", sage ich und reiche ihm das aufgeschlagene Buch. „Das hast du als Letztes gelesen."

Er lehnt sich auf seinem Stuhl zurück und fängt an zu lesen. Ich beobachte ihn von der anderen Seite des Tisches aus, zu nervös, um mich hinzusetzen, zu abgelenkt, um weiterzukochen. Als Derk zu der Stelle kommt, an der Hendrik aus dem Wald spaziert, fährt er auf seinem Stuhl hoch und sieht mich erschrocken an. „Hendrik hat überlebt?"

„Ja. Lies weiter", sage ich zu ihm. Ich sehe zu, wie er die Seiten umblättert, schneller und immer schneller. Er hat sich stets für Schiffbrüche und Katastrophen auf See interessiert, deshalb weiß ich, dass Hendriks Augenzeugenbericht über die Tragödie der *Phoenix* ihn fesselt. Einige Seiten weiter blickt er auf und sagt: „Maarten und Hendrik haben dich gezwungen, dich zwischen ihnen zu entscheiden?" Ich nicke. „Puh! Und ich dachte, ich müsste eine schwierige Entscheidung treffen."

„Es war eine unmögliche Entscheidung. Lies weiter", sage ich und mache eine entsprechende Handbewegung. „Viel mehr gibt es nicht zu lesen. Diese letzten Seiten habe ich gerade heute erst geschrieben."

Geesjes Geschichte

Holland, Michigan
49 Jahre früher

Zwischen Hendrik und Maarten zu wählen, war die schmerzlichste Entscheidung, vor der ich gestanden hatte. Ich wusste, welchen Mann ich liebte, mit welchem Mann ich den Rest meines Lebens verbringen wollte – Hendrik natürlich. Die Qual war zu wissen, dass es falsch war, Maarten zu verlassen. Bei unserer Hochzeit hatte ich vor Gott geschworen, allen anderen zu entsagen und bei ihm zu bleiben, bis dass der Tod uns schied. Ich glaubte immer noch an Gott, obwohl ich wütend auf ihn war wegen seiner Art, das Universum zu lenken. Und ich glaubte auch, dass die Bibel Gottes Wahrheit war und ich mein Seelenheil aufs Spiel setzte, wenn ich mich dem Wort Gottes willentlich widersetzte. Was sollte ich also tun?

Zwei ganze Tage vergingen. Ich konnte nicht essen und nicht schlafen. Meine täglichen Pflichten erledigte ich in einem Nebel der Unentschlossenheit und Wut und Trauer – ich kochte, fütterte die Kinder, wechselte Gerrits Windeln, wusch sie. Hendrik und Maarten gingen ebenfalls ihrer Arbeit nach, während sie auf meine Entscheidung warteten – sie schleppten Wasser, hackten Holz, gruben den Garten um.

In vielerlei Hinsicht war Hendrik mir fremd. Wir hatten einander nicht einmal ein Jahr gekannt, als wir getrennt wurden und uns nur noch durch Briefe austauschen konnten. Aber er war meine erste Liebe, meine einzige Liebe. Die heimlichen Küsse und die liebeskranken Versprechen, die wir miteinander geteilt hatten, waren mir so kostbar wie Silber und Gold. In gewisser Weise kannten wir einander noch immer kaum. Aber als er vor zwei Tagen aus dem Wald getreten war und mich wieder im Arm gehalten hatte, hatte ich gewusst, dass ich zu ihm gehörte. Er war Tausende von Kilometern gereist, um mich zu finden, und hatte so viel erlitten, um bei mir zu sein – und ich hatte ihn verraten.

Maarten hingegen gehörte seit beinahe zehn Jahren zu meinem Leben. Seine Eigenarten und Gedanken und Überzeugungen waren mir ebenso vertraut wie meine eigenen. Wir hatten zusammen Gottesdienst gefeiert und gebetet, wir waren gemeinsam um die halbe Welt gereist und hatten viel Not überstanden. Er hatte für mich gesorgt, als ich seekrank gewesen war und als ich Malaria gehabt hatte. Er hatte während der Reise hierher auf mich aufgepasst und mich beschützt. Er hatte in der Werft von St. Clair geschuftet und dann seinen Lohn mit meinen Eltern und mir geteilt. Er hatte uns geholfen, das Land zu roden und dieses Haus zu bauen. Aber sollte ich bei ihm bleiben, nur weil ich ihm so viel verdankte? Würde Pflichtgefühl ein gutes Fundament für eine Ehe sein? Sollte nicht auch Liebe dazugehören?

Wie konnte ich etwas so Kompliziertes entscheiden? Welchen Weg ich auch einschlug, ich würde einem Menschen das Herz brechen.

Es blieb die Tatsache, dass ich in den Augen Gottes mit Maarten verheiratet war. Wir hatten ein Versprechen abgelegt, Arie und Gerrit gemeinsam als unsere Söhne großzuziehen. Wenn ich an einen Gott glaubte, der mich erschaffen hatte und mich liebte und mir die Bibel gegeben hatte, damit ich mein Leben nach ihr ausrichtete, dann war das Mindeste, was ich tun sollte, ihm zu gehorchen.

Trotz der tiefen Sehnsucht in meinem Herzen kam ich zu dem widerstrebenden Schluss, dass ich die moralisch richtige, wenn auch schmerzliche Entscheidung treffen musste, bei Maarten zu bleiben. Und ich musste es ihm und Hendrik bald sagen – bevor ich es mir anders überlegte.

Ich war mit den beiden Kindern, die gerade ihren Mittagsschlaf machten, in unserem Haus, als Maarten sich unter dem niedrigen Türsturz hindurchduckte. Witwe Van den Bosch begleitete ihn. Mich fröstelte. War sie gekommen, um mich davon zu überzeugen, dass ich zu Maarten stehen musste? Weder Hendrik noch Maarten hatte versucht, mich zu beeinflussen, seit Hendrik so überraschend hier aufgetaucht war. Ich unterbrach das Schlaflied, das ich sang, tätschelte aber Gerrits Rücken weiter, weil ich seine Weichheit und Wärme spüren musste.

„Ich muss dir etwas sagen", sagte Maarten. „I…ich muss dir ein schreckliches Geständnis machen. Vielleicht hilft es dir bei deiner Entscheidung." Ich konnte nicht atmen und wartete darauf, dass er weitersprach. „Der verlorene Brief von Hendrik … Er ist gekommen …"

„Was?"

„I…ich wusste nicht, was ich damit tun sollte … Ich wusste nicht, ob ich ihn dir geben sollte oder nicht."

„Natürlich hättest du ihn mir geben sollen! Er gehörte mir!"

„Ich weiß, ich weiß. Aber zu diesem Zeitpunkt dachtest du, Hendrik wäre tot. Das haben wir alle geglaubt. Er konnte unmöglich überlebt haben. Und deshalb dachte ich … Ich dachte, er hätte den Brief von New York oder Buffalo oder sonstwo auf dem Weg abgeschickt. Ich hatte Angst, es würde dir zu wehtun, etwas zu lesen, das er kurz vor seinem Tod geschrieben hatte. Du hattest doch endlich begonnen, deine Trauer zu verarbeiten."

Die Kälte, die ich spürte, kroch immer tiefer in meine Knochen. „Wann ist der Brief angekommen?"

„An dem Tag, an dem du mich gebeten hast, dir bei der Rückkehr in die Niederlande zu helfen. Du hast so stark und entschlossen gewirkt. Es war der erste Tag seit Wochen, an dem ich dich nicht hatte weinen hören. Ich wollte dich nicht schon wieder Kummer aussetzen, wenn du seine Handschrift sehen und seine letzten Worte an dich lesen würdest …"

„Du hattest kein Recht, diese Entscheidung zu treffen!"
„Ich weiß, ich weiß. Ich habe den Brief nicht geöffnet, Geesje, deshalb wusste ich nicht, dass Hendrik noch am Leben war und den Brief nach dem Schiffbruch von Wisconsin aus geschrieben hatte … Ich habe ihn Witwe Van den Bosch gezeigt und sie gefragt, was sie mir raten würde."
„Und als er mir den Brief zeigte", sagte die Witwe, „habe ich ihn Maarten aus der Hand gerissen und ins Feuer geworfen. Ich habe zu ihm gesagt, du würdest es nie überwinden, wenn wir die Wunden immer wieder aufreißen."
„Dazu hatten Sie kein Recht!" Durch den Schock und den Zorn, den ich empfand, konnte ich kaum atmen, geschweige denn sprechen. „Kein Recht!"
Jetzt brach Witwe Van den Bosch in Tränen aus. „Oh, Geesje … Geesje … es tut mir so leid! Hätte ich gewusst, was in dem Brief steht … ich kann dir gar nicht sagen, wie leid es mir tut!" Sie trat auf mich zu, als wollte sie mich umarmen, aber ich hob abwehrend die Hände.
„Nicht! Bleiben Sie mir vom Leibe!" Am liebsten hätte ich sie geschlagen. Sie hatte mein Leben zerstört und ihr fiel nichts Besseres ein, als zu sagen, dass es ihr leidtat? Ich würde ihr nie vergeben. Niemals!
„Mir tut es auch schrecklich leid", sagte Maarten. „Ich schwöre, ich wusste nicht, dass sie den Brief verbrennen würde. Und als sie es getan hat … damals dachte ich, es wäre das Beste so."
„Gib mir die Schuld, Geesje", flehte die Witwe. „Mach Maarten nicht dafür verantwortlich. Es war nicht seine Schuld und er hat den Brief nicht verbrannt. Wenn ich gewusst hätte, welches Herzeleid es bringen würde … Oh, Geesje, ich wünschte, ich könnte die Uhr zurückdrehen und meinen Fehler ungeschehen machen, aber das kann ich nicht und es tut mir unendlich leid. Ich habe deine Vergebung nicht verdient, aber trotzdem hoffe ich, dass du es irgendwann übers Herz bringen kannst, mir zu vergeben."
Ich konnte nichts erwidern, konnte sie nicht ansehen, überwältigt von dem Hass, den ich ihnen beiden gegenüber empfand. „Geht und lasst mich allein", sagte ich mit zitternder Stimme. „Verschwindet!" Zum Glück gingen sie tatsächlich. Ich saß auf dem Lehmboden unseres dunklen Hauses, bis die Jungen aus ihrem

Mittagsschlaf erwachten, und die ganze Zeit konnte ich mich nicht rühren. Ich war sogar zu wütend und zu benommen, um zu weinen.

Maartens Geständnis änderte alles. Er war an dem ganzen entsetzlichen Dilemma schuld und es geschah ihm recht, wenn ich ihn verließ. Im Grunde hatte er diesen Kummer selbst über sich gebracht. Wenn er richtig gehandelt und mir Hendriks Brief gegeben hätte, wäre all das nicht geschehen. Sein Verhalten war nicht zu entschuldigen. Ich würde ihm nie vergeben. Er hatte es verdient, dass ich ihn Hendriks wegen verließ. Und genau das hatte ich vor.

Ich hob Gerrit auf meine Hüfte und nahm Aries Hand. Dann ging ich hinaus, um Hendrik zu suchen. Ich entdeckte ihn auf dem kleinen Stück Land, das Maarten im letzten Jahr als Garten für uns gerodet hatte. Er hockte auf dem Boden und zerrieb die sandige Erde zwischen den Fingern, während er ihre Struktur bewunderte, so wie Mama die feinen, importierten Seidenstoffe und Brokate an den Marktständen von Leiden befühlt hatte. Als er mich kommen sah, stand er auf und klopfte sich den Staub von den Händen. Ich konnte meine Wut kaum beherrschen, während ich ihm erzählte, was mit seinem Brief geschehen war.

„Er kam aus Milwaukee hier an, aber anstatt ihn mir zu geben, hat Maarten ihn Witwe Van den Bosch gezeigt. Sie haben ihn ungeöffnet ins Feuer geworfen."

„*Sie* haben uns das angetan?" Hendrik war ebenso erbost wie ich. Es lag mir auf der Zunge, ihm zu sagen, dass ich mich dazu entschieden hatte, Maarten zu verlassen und mit ihm durchzubrennen. Das war nur gerecht. Aber bevor ich die Worte aussprechen konnte, sagte Hendrik: „Willst du damit sagen, dass Maarten meinen Brief weggeworfen hat und dann die Frechheit besaß, dir einen Heiratsantrag zu machen?"

Selbst in meiner unermesslichen Wut auf Maarten wusste ich, dass an dem Bild etwas nicht stimmte. „Nein, nein … ganz so war es nicht … Nein, ich habe Maarten gebeten, mich zu heiraten. Ich war es, die eine Heirat vorgeschlagen hat. Aber ich muss dir erklären, warum …"

„Das musst du nicht. Ich verstehe." Hendrik wandte sich von dem Garten ab und schritt auf die Lichtung vor unserem Haus zu. „Du warst ganz allein, deine Eltern waren gestorben. Du hattest keine Wahl."

Ich wusste, dass auch das nicht stimmte. Kopfschüttelnd folgte ich Hendrik, bis er stehen blieb und sich auf einen der gefällten Baumstämme setzte, die immer noch auf unserem Hof herumlagen, aber ich war zu aufgebracht und nervös, um mich ebenfalls zu setzen. Während ich Gerrit in den Sand neben seinen Bruder setzte, rang ich um Worte. So wütend ich auch auf Maarten war, ich konnte Hendrik diese Lüge nicht glauben lassen.

„Es war meine eigene Schuld, dass ich Maarten so schnell geheiratet habe. Ich habe ihn gefragt, nicht anders herum. Und ich habe es getan, weil ich nach Leiden zurückwollte. Ich wusste, dass Maarten mich nach Hause bringen würde, wenn ich ihn heiratete. Ich habe ihn nicht gefragt, was er von der Idee hielt oder ob er überhaupt in die Niederlande zurückgehen wollte. Er war mir völlig gleichgültig. Ich habe die Gefühle, die er für mich hegt, ausgenutzt, um zu bekommen, was ich wollte."

Während ich die Worte aussprach und Hendrik die Wahrheit gestand, erkannte ich, wie hässlich mein Verhalten, wie selbstsüchtig mein Herz gewesen war. Und mir wurde bewusst, dass ich immer noch meinen Willen durchsetzen wollte, ohne Rücksicht auf die Gefühle anderer. Nachdem ich Maarten ausgenutzt hatte, damit ich nach Hause zurückkehren konnte, wollte ich meiner Selbstsucht jetzt noch die Krone aufsetzen und ihn verlassen, damit ich mit Hendrik weggehen konnte. Und mitten in diesem Tauziehen waren zwei kleine Kinder, die mich lieben gelernt hatten, als wäre ich ihre Mutter, und Maarten, als wäre er ihr Papa. Ob ich sie bei Maarten ließ oder Hendrik und ich sie mitnahmen, die beiden kleinen Jungen würden wegen meiner Selbstsucht leiden. Kraftlos sank ich neben Hendrik auf den Baumstamm. Mein ganzer Körper war schwer von der Schuld, die ich auf mich geladen hatte. Außerdem wurde mir in diesem Moment klar, dass niemand Maarten gezwungen hatte, die Wahrheit über den vernichteten Brief zu gestehen. Trotzdem hatte er getan, was recht war.

„Ich hatte den allergrößten Respekt vor deiner Mutter und deinem Vater, Geesje", sagte Hendrik schließlich, als sich das Schweigen zwischen uns ausdehnte. „Wenn sie noch am Leben wären, was würden sie dir raten?"

Ich verschränkte die Arme vor dem Bauch, in dem Maartens Kind heranwuchs. Mein Magen schmerzte vor Kummer und Reue.

Das ungeborene Baby war noch ein Glied in der Kette, die Maarten und mich zusammenschweißte. „An dem Abend, an dem meine Eltern mir sagten, wir würden nach Amerika gehen, habe ich sie angefleht, mich bei dir zurückzulassen. Ich habe ihnen erzählt, dass ich dich liebte und in den Niederlanden bleiben und dich heiraten wolle. Papa sagte, ich müsse die Sache in Gottes Hände legen und ihm vertrauen. Er sagte, wenn Gott wolle, dass du und ich heiraten, dann könne nichts uns im Weg stehen. Papa schlug vor, du sollest auch nach Amerika kommen. ‚Bete darüber', sagte er, ‚und wenn es Gottes Wille für dich ist, dann wird sich alles fügen.' Und wenn nicht … dann, sagte er, müsse ich entscheiden, ob ich Gott gehorchen oder meinen eigenen Weg gehen wolle."

Hendrik hob eine Eichel auf, die zu Boden gefallen war, und ich sah zu, wie er sie geistesabwesend von einer vernarbten Hand in die andere warf. Das Geplapper der Kinder vermischte sich mit dem Vogelgezwitscher im Hintergrund und dem schrillen Ruf eines Blauhähers. „Als ich dachte, du wärst tot, war ich vom Kummer ganz überwältigt. Ich habe nicht darüber gebetet, ob ich Maarten heiraten sollte oder nicht, oder auch nur darüber, ob ich nach Leiden zurückkehren sollte. Ich wollte meinen eigenen Willen und es war mir egal, was Gott dazu sagte. Ich war wütend auf ihn, weil er dich hatte sterben lassen. In dieser Zeit bin ich nicht einmal mehr in die Kirche gegangen. Ja, es ist Maartens Schuld, dass dein Brief vernichtet wurde. Aber es ist meine Schuld, dass ich nicht über die Entscheidung gebetet habe, bevor ich ihn überstürzt geheiratet habe."

Hendrik hob den Arm und warf die Eichel so weit von sich, wie er konnte. „Hast du denn jetzt über die Entscheidung gebetet?", fragte er.

Ich schloss die Augen und schüttelte den Kopf. Ich wollte immer noch meinen eigenen Willen. Ich wollte mit Hendrik zusammen sein. Aber ich wusste, wie Gottes Antwort lauten würde. Eine Scheidung widersprach seiner Lehre. Und Ehebruch auch. Unschuldige Menschen würden leiden, wenn ich auf meinen Willen bestand. Es war ungerecht, dem Mann, den ich am meisten liebte, dieses Dilemma zuzumuten. Ihn hatte meine Selbstsucht am meisten verletzt. Ich hatte mein Versprechen gebrochen, auf ihn zu warten.

„Dann solltest du es vielleicht tun", sagte er leise. „Ich kenne mich mit all dem noch nicht so gut aus. Ich bin mir immer noch nicht sicher, wie Menschen von Gott hören. Ich weiß, dass es heißt, er würde sie führen. Manche der Männer, mit denen ich auf dem Schiff geredet habe, sagten, sie hätten gehört, wie Gott ihnen sagte, sie sollten nach Amerika auswandern. Aber als die *Phoenix* abbrannte … I…ich konnte es nicht verstehen. Hatten sie sich geirrt? Warum hat Gott sie alle sterben lassen? Ich wünschte, ich könnte es verstehen."

„Das würde ich auch gerne verstehen", sagte ich kleinlaut. „Meine Eltern waren davon überzeugt, dass sie Gottes Stimme gehört hatten, aber sie sind an diesem gottverlassenen Ort an Malaria gestorben. Ich habe nicht mehr darüber gebetet, was ich jetzt tun soll, weil ich ziemlich genau weiß, wie seine Antwort lauten wird. Ich habe Maarten in Gottes Gegenwart ein Versprechen gegeben."

Hendrik blickte zu mir auf und ich sah, dass er Tränen in den blaugrauen Augen hatte. Ich konnte es nicht ertragen. Deshalb schlang ich die Arme fest um ihn und vergrub mein Gesicht an seiner Brust. „Wenn du mich darum bitten würdest, mit dir fortzugehen, Hendrik, würde ich es tun. Ich würde alles zurücklassen und mit dir gehen – es wäre mir sogar gleichgültig, wohin. Aber bitte zwing mich nicht zu entscheiden. Bitte flehe mich an, mit dir zu kommen. Ich würde dir keine Bitte ausschlagen."

Hendrik erwiderte meine Umarmung kurz, dann ließ er die Arme sinken. „Das kann ich nicht tun", sagte er leise. „Ich weiß noch, wie deine Eltern in Arnheim gelebt haben, welche Rechtschaffenheit und Barmherzigkeit und welch starken Glauben sie mir und den anderen Soldaten vorgelebt haben. Das hat mich zu euch hingezogen – und zu Gott. Ich kann dich nicht im Gegenzug bitten, dich von allem abzuwenden, woran du glaubst. Es muss deine Entscheidung sein."

„Nein … nein …" Ich klammerte mich noch immer an ihn, während ich weinte und mein Körper von den Schluchzern bebte. „Ich wünschte, ich wäre auch an Malaria gestorben, als meine Eltern gestorben sind! Ich wünschte, sie hätten an meiner Stelle überlebt!"

Ich fühlte, wie Arie meinen Arm berührte und sich an mich schmiegte. „Gehst du weg, Mama?", fragte er.

Ich ließ Hendrik los und sah mein Kind an. „Nein", flüsterte ich. „Nein, ich gehe nirgendwohin, *lieverd*."

Hendrik stand langsam auf. Mit einem Mal hatte es den Anschein, als wäre er hundert Jahre alt. Er hatte keine Taschen, die er packen musste, nichts, das er für seine Reise zusammensuchen musste. Er war vor zwei Tagen mit nichts aus dem Wald getreten und seine Arme waren auch jetzt leer. Ich sah zu, wie er von mir fortging und dem schmalen Pfad durch die Wälder folgte, bis er aus meinem Blickfeld verschwunden war. Er sah sich nicht noch einmal um.

Holland, Michigan
1897

Derk ist am Ende angelangt und schließt das Notizbuch langsam. Dann blickt er zu mir auf. „Du bist bei Maarten geblieben, obwohl du Hendrik geliebt hast?"

„Das war die einzige Entscheidung, die ich treffen konnte, ohne Gott den Rücken zu kehren. Das Kind, das ich damals unter dem Herzen trug, ist unser Sohn Jakob. Unsere Tochter Christina wurde vier Jahre später geboren. Maarten und ich haben Arie und Gerrit unseren Namen gegeben und sie wie unsere eigenen Söhne aufgezogen."

„Weißt du, was mit Hendrik geschehen ist, nachdem er gegangen war?"

Auf diese Frage habe ich gewartet. Ich nicke, schlucke kräftig und bin mir nicht sicher, ob ich es aussprechen kann. „Er ging nach Kalamazoo und hat dort ungefähr ein Jahr lang gearbeitet. Als er zurückkehrte, brachte er seine neue Braut mit."

„Er ist zurückgekommen?"

„Er hatte genug Geld verdient, um einen Kredit für fünfzig Morgen Land in Zeeland aufzunehmen, etwa zehn Kilometer von hier entfernt. Er hat eine florierende Landwirtschaft daraus gemacht. Er und seine Frau hatten vier Kinder." Ich halte inne, atme tief durch und ahne Derks Reaktion voraus, wenn ich endlich alle Puzzleteile für ihn zusammenfüge. „Deine Mutter war seine einzige Tochter."

„M…meine Mutter …? Hendrik war mein Großvater?"

„Ja."

„Aber … aber das kann nicht sein! Er hieß nicht Hendrik, er hieß …"

„Hank. Er hat den amerikanischen Namen Henry angenommen, aber die Leute haben ihn Hank genannt."

Derk konnte seine Gefühle noch nie gut verbergen und jetzt kann ich sie ihm alle vom Gesicht ablesen – Schock, Zweifel, dann langsam dämmerndes Verstehen. „I…ich wusste, dass mein Großvater Schiffbruch erlitten hatte … Ich erinnere mich noch an die Narben an seinem Hals und seinen Händen … Aber er hat mir nie die Einzelheiten erzählt."

„Nach dem Tag, an dem er mir davon erzählte, hat er nie wieder mit jemandem darüber gesprochen."

„Ich fasse es nicht! Hendrik … ist mein Großvater? Ich verstehe nicht, warum er unter diesen Umständen hiergeblieben ist."

„Bevor wir die Niederlande verließen, hat er mir erzählt, dass er irgendwann eine eigene Farm haben wollte. Es war sein Traum und den hat er sich erfüllt. Er musste nicht zusehen, wie seine Familie hungerte oder an Krankheiten starb, so wie seine Eltern und Geschwister in der Heimat. Und es war ihm ernst, dass er ein christliches Leben führen wollte. Wo hätte er das besser gekonnt als hier?"

„Seine Farm ist immer noch in unserer Familie. Mein Onkel führt sie jetzt. Als Kind habe ich sie immer gerne besucht."

„Hendrik war sehr erfolgreich. Und ich glaube, er war mit seinem Leben glücklich." Ich sehe, dass Derk noch immer versucht, die Wahrheit zu verdauen. Er rutscht auf seinem Stuhl herum und fährt sich mit der Hand durch die Haare, sodass es in alle Richtungen absteht und ich lächeln muss. „Du siehst ihm so ähnlich, Derk. Und jetzt wirst du *Dominee* Vander Veen. Wer hätte das gedacht, als die niederländische Regierung vor all diesen Jahren vier Soldaten bei einer Separatistenfamilie einquartiert hat?"

Derk atmet hörbar aus und schüttelt den Kopf. Ich kann beinahe hören, wie seine Gedanken sich überschlagen und neue Fragen sich bilden. „Hast du deine Entscheidung, mit Maarten verheiratet zu bleiben, jemals bereut?"

„Dutzende Male, vor allem am Anfang. Bis mir eines Tages klar wurde, dass meine Trauer über die Vergangenheit mich davon abhielt, ein gutes Leben in der Gegenwart zu führen. Und sie verstellte mir die Zukunft. Wir hatten ein gutes Leben mit unseren Kindern."

„Ich wünschte, ich hätte Maarten kennengelernt."

„Das wäre schön gewesen. Ihr hättet euch gut verstanden. Maarten hätte einen hervorragenden *Dominee* abgegeben, das fand ich schon immer. Er hatte das Herz eines Hirten, so mitfühlend und fürsorglich. Aber seine Familie in den Niederlanden war arm gewesen, deshalb wurde er stattdessen Lehrling in der Druckerei meines Vaters."

„Und ich wünschte, ich hätte meinen Großvater besser kennengelernt."

Plötzlich sehe ich Hendrik vor mir, wie er bei unserer letzten Begegnung ausgesehen hat, noch immer attraktiv nach all den Jahren, obwohl seine Schultern ein wenig gebeugter waren und seine Haare einen Silberton angenommen hatten. Das Blau seiner Augen war verblichen, aber sie erinnerten mich noch immer an Leiden an einem bewölkten Tag. Bei der Erinnerung an ihn kommen mir die Tränen.

„Wenn Hendrik sich in einen schlechten Kerl verwandelt oder getrunken oder seine Frau geschlagen hätte", sage ich zu Derk, „wäre es leicht für mich gewesen, auf meine Entscheidung zurückzublicken und zu sagen, dass Gott versucht hat, mich vor einer schrecklichen Ehe zu bewahren. Aber so war es natürlich nicht. Dein Großvater war ein ruhiger, distanzierter Mann – mit Narben von dem, was er auf der *Phoenix* erlebt hat, glaube ich. Er trug eine riesige Last an Schuldgefühlen mit sich herum, weil er überlebt hatte und so viele andere gestorben waren. Das hat ihn sein ganzes Leben lang belastet. Es war beinahe, als fühlte er sich verpflichtet, hier in Amerika ein gutes und erfülltes Leben zu haben – für all die Menschen an Bord der *Phoenix*, die diese Chance nie hatten." Ich halte inne, um meine Tränen hinunterzuschlucken, und als ich weiterspreche, zittert meine Stimme ein wenig. „Ich weiß, dass mein Verrat ihn zutiefst verletzt hat, obwohl er mir und Maarten gegenüber nie feindselig war. Hendrik wurde ein guter Ehemann und Vater, ein guter Christ. Er ging treu zu seiner Gemeinde in Zeeland und wurde dort sogar Ältester."

Derk seufzt. „Es hat ihm das Herz gebrochen, als meine Mutter ertrank. Ich weiß noch, wie er nach der Beerdigung das Haus verließ. Ich lief hinter ihm her und dann sah ich, wie er sich an den Zaun lehnte, ganz allein, und schluchzte, als könnte er nie wieder aufhören. Ich hatte schreckliche Angst, weil er so fürchterlich weinte. Ich hatte noch nie einen erwachsenen Mann so weinen sehen. Mein Vater trauerte im Stillen um meine Mutter und versuchte, um meinetwillen stark zu sein, nehme ich an. Ich habe mich an diesem Tag unter der Veranda hinter dem Haus versteckt, damit Großvater mich nicht sah, und habe ganz allein geweint. Jetzt wünschte ich, ich wäre zu ihm gegangen. Vielleicht hätten wir einander trösten können."

„Als das Schiff deiner Mutter unterging, wusste Hendrik besser als jeder andere, welche Schrecken seine Tochter in diesen letzten Augenblicken durchlebt haben musste. Ich glaube, das war es, was ihm das Herz brach. Es war eine grausame Wendung des Schicksals, dass seine und meine Tochter bei demselben Schiffbruch ums Leben kamen."

Derk schweigt lange, und als er wieder das Wort ergreift, wechselt er das Thema. Auch sein Herz wurde an jenem Tag gebrochen und er will nicht länger an den Verlust seiner Mutter denken. „Warum seid ihr damals nicht nach Leiden zurückgegangen, Maarten und du?", fragt er. „Ihr hattet doch genug Geld gespart, nicht wahr?"

„Weil ich das Gefühl hatte, dass es eine angemessene Strafe für mich war hierzubleiben, wo das Leben so hart war. Maarten hatte sich nur meinetwegen bereit erklärt, in die Niederlande zurückzukehren, weil er wollte, dass ich glücklich war, aber ich wusste, dass er lieber hierbleiben wollte. Gott hatte ihn nach Amerika gerufen und er hatte fleißig gearbeitet, um sich hier ein neues Leben aufzubauen. Also blieben wir hier und bauten uns dieses Leben zusammen auf." Was ich Derk erzähle, ist die Wahrheit, wenn auch nicht die ganze Wahrheit. Ich hatte auch entschieden zu bleiben, weil Hendrik hier in Amerika war. Ich wollte in seiner Nähe sein, damit ich wusste, wie es ihm ging, und ihn vielleicht gelegentlich sehen konnte. „Maarten und ich haben beide mit der Schuld unserer Fehler gelebt. Er hat sich selbst nie verziehen, dass er Hendriks Brief in Flammen hatte aufgehen lassen, anstatt ihn mir zu geben. Das bereute er unser ganzes Eheleben lang, obwohl ich ihm unzählige Male versicherte, dass ich ihm vergeben hatte. Ich lebte mit meinen Schuldgefühlen, weil ich Maarten aus rein egoistischen Motiven dazu gebracht hatte, mich zu heiraten. Wenn ich nicht so selbstsüchtig meinen Wunsch hätte durchsetzen wollen, in die Niederlande zurückzukehren, hätte er vielleicht stattdessen Johanna van Eyck geheiratet. Deshalb konnte ich weder Maarten noch Witwe Van den Bosch noch Gott oder sonst jemandem die Schuld dafür geben, dass Hendrik und ich nicht zusammen sein konnten. Das hatte ich mir selbst zuzuschreiben."

„War es schwer für dich und meinen Großvater, wenn ihr euch gesehen habt?"

Oh ja. Ich schließe die Augen und bringe die Worte nicht heraus, so zugeschnürt ist meine Kehle. Ich erinnere mich an unsere Unterhaltung nach Christinas Beerdigung, als hätten wir sie erst gestern geführt. „Wir haben uns nicht oft gesehen."

„Das ist traurig."

„Wenn die *Phoenix* nicht gesunken wäre, wenn Witwe Van den Bosch den Brief nicht verbrannt hätte, wenn ich nicht meinen eigenen Willen hätte haben wollen, hätten Hendrik und ich geheiratet. Und dann wärst du mein Enkel."

Derk blickt zu mir auf und lächelt, dass es mir das Herz erwärmt. „Ich nenne dich Tante, aber du warst immer viel mehr für mich. Du hast mir das Leben gerettet!"

Ich strecke die Hand aus und streiche sein zerzaustes Haar mit den Fingern glatt. „Jedenfalls … jetzt, wo du meine Geschichte gelesen hast, weißt du, wie ungeeignet ich bin, um mit deiner reichen Freundin oder irgendjemand anderem über Liebe und Ehe zu sprechen."

„Du bist nicht ungeeignet. Ich bewundere dich mehr denn je, weil du eine so schwierige Entscheidung getroffen hast. Weil du Gottes Wort gefolgt bist anstatt deinem Herzen."

„Verstehst du jetzt, warum ich dir geraten habe, Gott nach seinem Willen zu fragen, bevor du mit Caroline sprichst? Achte darauf, dass deine Entscheidungen seinem Willen für dich entsprechen."

„Ich wünschte, meine Freundin Anna könnte deine Geschichte lesen. Ich glaube mehr denn je, dass sie einen Fehler macht, wenn sie diesen Mann heiratet, den sie nicht liebt. Die finanziellen Schwierigkeiten ihres Vaters sind nicht ihre Schuld. Warum sollte sie ihr zukünftiges Glück für seine Fehler opfern?"

„Hast du ihr von deiner Meinung erzählt?"

„Nein … meinst du, das sollte ich? Ich fände es schrecklich, wenn sie sich mit einer lieblosen Ehe zufriedengibt – obwohl du Maarten auch nicht geliebt hast und ihr hattet trotzdem ein glückliches Leben zusammen, nicht wahr?"

„Ja, das hatten wir."

Derk beugt sich auf seinem Stuhl vor und nimmt das Notizbuch vom Tisch. Dann gibt er es mir. „Ich bin der Meinung, du solltest deine Lebensgeschichte weiterschreiben, Tante Geesje. Das hier fühlt sich irgendwie unfertig an, finde ich. Ich glaube, es gibt noch eine größere Geschichte als das, was ich bis jetzt gelesen habe."

„Da bin ich mir nicht sicher", sage ich kopfschüttelnd. „Ich habe ein ganz unauffälliges Leben geführt."

„Das ist nicht wahr. Seit ich dich kenne, bist du eine Frau mit großer Kraft und starkem Glauben. Aber wie kam es dazu? Wie konntest du nach all den sinnlos erscheinenden Schicksalsschlägen in deinem Leben weiterglauben und wachsen und Gott dienen? Wie habt ihr, du und dein Mann, eure Schuldgefühle und Fehler überwunden und euer Leben gemeinsam gestaltet?"

Mit einem Schulterzucken antworte ich: „Einen Tag nach dem anderen."

„Ich will mehr wissen, Tante Geesje. Du hast alles verloren, aber Gott hast du nicht aufgegeben. Sag mir, wie du das geschafft hast."

Ich drücke das Notizbuch an meine Brust und lege es dann vorsichtig wieder hin, als wäre es aus Glas. Die Erinnerungen darin sind ebenso zerbrechlich. „Ich denke darüber nach", sage ich zu Derk. Dann drehe ich mich zum Herd um und widme mich meinem unfertigen Pfannkuchenteig. Ich hebe den eisernen Deckel des Herdes an und schüre die Kohlen zu neuem Leben. „Ich habe mehr als genug Teig, um *pannenkoeken* für uns beide zu machen. Kannst du bleiben und mit mir essen, Derk?"

„Liebend gerne." Er steht auf und schlingt die Arme um mich. Noch immer hält er mich fest, als er sagt: „Du hast meinen Großvater sehr geliebt, nicht wahr?"

Als Antwort kann ich nur nicken, weil ich kein Wort herausbringe. Selbst nach all den Jahren nicht.

23. Kapitel

Anna

Hotel Ottawa
1897

In Gedanken gehe ich immer wieder den Streit mit meiner Mutter durch und drehe mich dabei im Kreise wie ein Boot in einer kleinen Lagune. Wir haben uns in unsere jeweiligen Zimmer zurückgezogen, da die Atmosphäre zwischen uns von Verletzung und Misstrauen vergiftet ist. Weil ich mich weder entspannen noch schlafen kann, nehme ich die Bibel, die Derk mir geschenkt hat, und gehe nach unten, um auf der breiten Veranda vor dem Hotel darin zu lesen. Der Blick zum Black Lake durch die geschwungenen Bögen der Veranda gleicht einem Postkartenmotiv mit dem blauen Himmel, dem glitzernden Wasser und den Segelbooten, die träge vorbeiziehen. Ich sehe zu, wie andere Gäste lachend und entspannt vorbeischlendern – die Männer mit Strohhüten und die Frauen in ihren Sommerröcken und Baumwollblusen. Die meisten Damen tragen Sonnenschirme oder breitkrempige Hüte, um ihre Haut vor der Sonne zu schützen. Ich liebe das Gefühl der warmen Sommersonne auf meinem Gesicht, aber ich wage es nicht, diesem Genuss zu frönen. Ich kann nicht so sonnengebräunt wie Derk nach Chicago zurückkehren. Als ich die Bibel aufschlage und zu der Stelle im Markusevangelium blättere, an der ich mit dem Lesen aufgehört habe, denke ich immer noch an ihn und die unglückselige Art, wie wir uns getrennt haben. Doch während ich lese, entspannt sich ganz allmählich etwas in mir.

Später am Nachmittag trifft Mutter mich auf der Veranda an, wo ich immer noch sitze und lese. Sie sieht durch ihren Nachmittagsschlaf erholt aus. „Was liest du, Anna?“ Ihr Ton ist freundlich und beiläufig und sie legt den Kopf schief, um zu sehen, was für ein Buch ich in der Hand halte.

Ich halte es hoch, um es ihr zu zeigen. „Die Bibel."

„Oh."

Sie klingt verärgert, als hätte sie mich dabei erwischt, wie ich eine billige Liebesschnulze oder eine schmuddelige Detektivgeschichte lese. Ich kann der Versuchung nicht widerstehen und sage: „Derk hat sie mir gegeben." All die Wut, die ich nach dem unseligen Zwischenfall empfunden habe, ist auf einmal wieder da, sodass mir die Ohren summen. Mutter nimmt auf einem Stuhl neben mir Platz, bleibt aber auf der Stuhlkante sitzen.

„Ich verstehe nicht, warum du dich plötzlich so für die Bibel interessierst oder für diese merkwürdige Kirche in der LaSalle Street", sagt sie.

„Mehr über Gott wissen zu wollen, ist überhaupt nicht merkwürdig. Sollte nicht jeder Mensch wissen, was in der Bibel steht? Ist das nicht der Grund, warum wir in die Kirche gehen und Predigten hören – damit wir wissen, wie wir leben sollen?"

„Trotzdem sehe ich keinen Grund, so … *fanatisch* deswegen zu werden. Und warum solltest du die Religion zwischen dich und einen sehr guten Mann kommen lassen, der dich liebt?"

„Ich weiß nicht, wie ich es dir erklären soll, Mutter … Ich weiß es einfach nicht. Und ich möchte mich nicht mehr mit dir streiten."

„Du kannst mit deinen Fragen immer zu mir kommen, anstatt dich an einen Fremden zu wenden. Ich gehe schon mein Leben lang in die Kirche."

Ohne ein weiteres Wort schlage ich den Abschnitt in der Bibel auf, den ich gerade gelesen habe und der mich hat stocken und nachdenken lassen. „Jemand hat Jesus gefragt, welches Gebot das wichtigste von allen sei", sage ich zu Mutter. „Jesus antwortete mit folgenden Worten: ‚Das höchste Gebot ist das: … du sollst den Herrn, deinen Gott, lieben von ganzem Herzen, von ganzer Seele, von ganzem Gemüt und von allen deinen Kräften. Das andre ist dies: Du sollst deinen Nächsten lieben wie dich selbst.'"

Ich drehe mich auf meinem Stuhl zur Seite, damit ich sie besser ansehen kann. „Das klingt so … fanatisch, nicht wahr?", frage ich und benutze dabei Mutters Wort. „Stell dir vor, Gott so sehr zu lieben – mit Herz, Seele, Geist und Kraft. Wie geht das? Wie zeigen wir ihm so viel Liebe? Mir scheint, es gibt so viele andere Dinge, die in unseren Herzen und Gedanken höhere Priorität haben, zum Beispiel die gesellschaftlichen Anlässe, die in unseren Kalendern stehen, und die Kleider, die wir tragen, und das Bedürfnis, unser Haus eleganter auszustatten als die Häuser der anderen."

„Du solltest nicht schmälern, was wir tun, Anna. Die Frauen, die wir kennen, engagieren sich im Vorstand sehr wichtiger Unternehmen und Wohltätigkeitsorganisationen."

Ich höre kaum, was sie sagt. Ich bin noch nicht fertig. „Und wie liebe ich meinen Nächsten genauso, wie ich mich selbst liebe? Mich selbst! Ich bin mein Leben lang verwöhnt und verhätschelt worden. Selbst wenn Jesus meinte, wir sollen nur die Menschen lieben, die direkt nebenan wohnen – wir kennen sie ja kaum und lieben tun wir sie schon gar nicht!"

Mutter streckt die Hand aus und klappt die Bibel auf meinem Schoß zu. Dann ergreift sie meine Hände. „Anna, Liebes. Du steigerst dich in Dinge hinein, die du nicht verstehst. Genau deshalb ist es ein Fehler, das Gute Buch ohne richtige Ausbildung lesen zu wollen. Wir sollen es nicht verstehen. Wir müssen es unseren ordinierten Pfarrern überlassen, die Worte Jesu für unsere Zeit und Lage zu deuten."

„Aber das ist ja der Grund, warum ich Derk um Hilfe gebeten habe. Er studiert am Seminar und will Pastor werden. Hier im Hotel arbeitet er nur in den Sommerferien."

„Aber er ist noch kein Pastor. Weißt du, wir tun alle unser Bestes, jeden Tag so zu leben, wie wir sollten. Gott weiß, dass wir nicht vollkommen sind. Und jetzt", sagt sie und lässt meine Hände los, „ist es beinahe Zeit, uns frisch zu machen und uns fürs Abendessen umzuziehen. Sollen wir hinaufgehen?"

Als ich zum Empfang gehe, um meinen Zimmerschlüssel zu holen, reicht mir der Angestellte einen gefalteten Zettel. Er ist von Derk. Schnell schiebe ich ihn in meine Bibel, damit Mutter ihn nicht sieht. Erst als ich allein in meinem Zimmer bin, lese ich ihn.

Liebe Miss Nicholson,

bitte verzeihen Sie mir all die Schwierigkeiten, die ich heute Nachmittag zwischen Ihnen und Ihrer Mutter verursacht habe. Ich fühle mich schrecklich, weil wir uns auf so unglückliche Weise voneinander verabschieden mussten. Es gibt noch mehr, das ich Ihnen gerne sagen würde, und ich weiß, dass Sie weitere Fragen haben, die ich noch keine Gelegenheit hatte zu beantworten. Falls es tatsächlich nicht schicklich ist, dass wir uns noch einmal treffen, würde es Ihnen sicherlich sehr helfen, mit meiner Tante Geesje zu sprechen. Ich bin mir sicher, sie wäre dazu bereit, wenn Sie noch Interesse an einer solchen Unterhaltung haben – falls ein Treffen unter den gegebenen Umständen überhaupt möglich ist. Morgen fange ich um acht Uhr mit der Arbeit an (falls ich nicht entlassen wurde), aber ich werde extra eine Stunde früher kommen, falls Sie noch ein letztes Mal mit mir reden möchten – natürlich nur, wenn Sie können oder wollen. Und sei es nur, damit ich richtig Lebewohl sagen und Ihnen alles Gute für die Zukunft wünschen kann. Ich verstehe, wenn Sie mit mir fertig sind und mich nicht mehr sehen wollen, aber für den Fall, dass Sie es doch wollen, werde ich an unserem üblichen Ort um sieben Uhr warten.

Hochachtungsvoll,
Derk Vander Veen

Langsam falte ich den Brief wieder zusammen und schiebe ihn in meine Bibel. Ich verstehe nicht, warum mein Herz bei dem Gedanken daran, Derk wiederzusehen, poltert wie eine Kutsche mit einem gebrochenen Rad. Ich brauche nicht lange darüber nachzudenken, ob es klug oder schicklich ist, mich noch einmal mit ihm zu treffen. Mir ist bereits klar, dass ich morgen früh wach sein und hinausgehen werde, um mit Derk zu sprechen. Dabei sage ich mir, dass ich das tue, weil ich mich für Mutters Unhöflichkeit entschuldigen und ihm für all seine Hilfe danken muss. Aber ich werde es auch tun, weil ich ihn noch ein letztes Mal sehen will.

Am nächsten Morgen bin ich noch vor Derk bei der Bank. Das Holz ist feucht vom Tau, deshalb bleibe ich stehen, während ich in der kühlen Morgenluft ein wenig fröstele. Das Wasser des Black Lake ist ganz still, das Hotelgelände beinahe menschenleer, und ich habe das Gefühl, als würde der neue Tag die Luft anhalten, so wie ich es tue. Es ist so still an diesem Morgen, dass ich meinen Herzschlag in den Ohren hämmern höre. Endlich erscheint Derk in der Ferne. Sein blondes Haar leuchtet in der Sonne. Als er mich sieht, fällt er in einen lockeren Trab.

„Danke, dass Sie gekommen sind, Miss Nicholson." Obwohl er ein wenig atemlos vom Laufen ist, grinst er.

„Ich muss mich für Mutters Unhöflichkeit gestern entschuldigen, Derk."

Er versucht, meine Entschuldigung mit einer Handbewegung abzutun. „Nein, das ist nicht nötig."

„Doch, das ist es. Sie hat Sie ganz grundlos äußerst unhöflich behandelt und Sie sollen wissen, wie leid mir das tut. Das haben Sie nicht verdient. Und ich bestehe darauf, dass Sie aufhören, mich Miss Nicholson zu nennen, und wieder Anna sagen, so wie alle meine Freunde es tun."

Derks Grinsen wird breiter. „Danke … Anna."

Ich blicke mich nervös um, da inzwischen einige frühe Angler und Hotelangestellte unterwegs sind. „Hören Sie, angesichts des unglücklichen Zwischenfalls gestern wäre es wohl nicht klug, wenn wir uns hier unterhalten. Wenn wir irgendwo hingehen, könnte ich meiner Mutter sagen, dass ich einen Spaziergang gemacht habe."

„Sind Sie sich sicher? Ich meine, wäre es schicklich, wenn wir …?"

Aus irgendeinem Grund bin ich in Rebellenlaune. „Ich bin eine erwachsene Frau", erwidere ich. „Ich kann tun, was ich will. Wohin sollen wir gehen?"

„Waren Sie schon auf dem Mount Pisgah?", fragt er und zeigt auf die Sanddüne hinter dem Hotel, die teilweise mit Bäumen, Büschen und Dünengras bewachsen ist. Am Fuß der Düne stehen einige Privathäuser.

„Nein. Aber ich habe gehört, dass man von dort aus eine wunderbare Sicht hat."

„Es ist ein anstrengender Fußmarsch …"

„Gehen wir", sage ich und hake mich bei ihm unter. Wir folgen dem hölzernen Gehweg über das Hotelgelände und dann weiter sanft ansteigend die Düne hinauf. Wir kommen an hübschen, geweißten Cottages vorbei, mit luftigen Veranden und hauchdünnen Gardinen, die aus den geöffneten Fenstern im zweiten Stock wehen. Niemand scheint so früh auf zu sein und die einzigen Geräusche, die ich höre, sind Vogelgezwitscher und Schreie von Möwen in der Ferne.

Zuerst ist Derk schweigsam, aber als ich einen Augenblick stehen bleibe, um wieder zu Atem zu kommen, und zurückblicke, wie weit wir schon gegangen sind, sagt er schließlich: „Es gibt etwas, worüber ich mit Ihnen reden muss, Anna. Ich weiß, dass wir einander nicht sehr gut kennen, aber … aber es beschäftigt mich schon eine Weile." Ich warte. Derk wirkt ungewohnt ernst, während er sich am Kinn kratzt und sich mit den Fingern durch die Haare fährt. „Ich finde, Sie sollten William nicht heiraten", sagt er. „Ich denke, es wäre ein Fehler."

Ich weiß nicht, was ich erwartet habe, aber das sicherlich nicht. „Warum?", frage ich.

„Aus zwei Gründen. Erstens: Sie lieben ihn nicht und ich glaube, dass Liebe eine sehr wichtige Zutat in einer Ehe ist. Und zweitens: Der Ehemann ist das geistliche Oberhaupt der Familie und sollte seine Frau dazu ermutigen, in ihrem Glauben zu wachsen, anstatt sie daran zu hindern."

Derk verstärkt meine schon jetzt erheblichen Zweifel in Bezug auf William noch. Aber ich kann nicht zulassen, dass er mir die Hochzeit mit William ausredet. Ich setze mich wieder in Bewegung. „Danke für Ihre Sorge", sage ich dann, „aber ich glaube, ich habe bereits erklärt, dass mein Vater in finanziellen Schwierigkeiten steckt und meine Hilfe braucht. Ich habe meinen Eltern zuliebe beschlossen, William zu heiraten, damit sie in der einzigen Art und Weise weiterleben können, die sie kennen."

Derk holt mich ein und nimmt wieder meinen Ellbogen. „Für seine Probleme ist Ihr Vater selbst verantwortlich. Er sollte Sie nicht dazu benutzen oder von Ihnen verlangen, dass Sie Ihr zukünftiges Glück opfern, um seine Probleme zu lösen."

„Er benutzt mich nicht. Er weißt ja gar nicht, dass ich ihn belauscht habe. Mein Vater hat keine Ahnung, dass er der Grund ist, warum ich mich bereit erklärt habe, William zu heiraten. Ich liebe meine Eltern sehr." Doch während ich meine Liebe zu ihnen beteure, erinnere ich mich an die Unterhaltung, die ich mit angehört habe, und an die furchtbare Leere, die ich empfand, als ich zuhörte:

„Sie will etwas über ihre Eltern wissen. Vielleicht ist es an der Zeit, dass du es ihr sagst."

„Was soll ich ihr erzählen?", sagt Vater. „Ich weiß nichts über ihre Eltern, das weißt du doch."

„Du könntest ihr erzählen, wie du sie gefunden hast. Wie sie zu uns gekommen ist."

„Ich halte das nicht für klug."

Ich hatte zu viel Angst, um zu fragen, wie sie mich gefunden haben – und ich wusste auch nicht, wie ich das Thema anschneiden sollte, ohne zuzugeben, dass ich an ihrer Tür gelauscht hatte. Selbst jetzt überkommt mich ein entsetzliches Gefühl der Zurückweisung, wenn ich daran denke, dass meine leiblichen Eltern mich als Säugling ausgesetzt haben. Gleichgültig, was ich über sie in Erfahrung bringen könnte, ob sie mich an einer Straßenecke liegen gelassen oder in einem Waisenhaus abgegeben haben – es wird nicht den Schmerz und die Scham schmälern, die ich empfinde. Ich war nicht gewollt. Vater und Mutter waren so gütig, mir ein Zuhause zu geben. „Ich muss ihnen helfen", sage ich laut. Ich hoffe, dass Derk die Sache damit auf sich beruhen lässt, aber das tut er nicht.

„Dieses Land befindet sich seit vier Jahren in einer finanziellen Depression", sagt er. „Menschen aller Einkommensgruppen spüren die Wirkung davon. Ja, Ihre Ehe könnte die Finanzlage Ihres Vaters verbessern, aber zu welchem Preis? Er wird sich finanziell erholen und Sie werden Ihr Leben lang in einer lieblosen, unerfüllten Ehe gefangen sein. Oder was ist, wenn Ihre Ehe seine Probleme nicht löst? Dann sind Sie trotzdem gefangen. Der einzige Grund, weshalb Sie William oder irgendjemanden heiraten sollten, ist, dass Sie ihn lieben. Kein anderer Grund ist gut genug."

Es fällt mir schwer zu atmen und ich weiß nicht, ob das an dem Anstieg oder an unserer Unterhaltung liegt. „Es ist zu spät. Ich habe William bereits zum zweiten Mal mein Wort gegeben. Das kann ich jetzt nicht wieder zurücknehmen."

„Also gut. Aber selbst wenn Sie ihn heiraten, finde ich, dass er Ihnen erlauben sollte, die Kirche zu besuchen, in die Sie gehen wollen. Tante Geesje und ihre Familie wurden in den Niederlanden verfolgt, weil sie Gott in Freiheit anbeten wollten. Sie kamen hierher nach Michigan, als es hier nichts außer Wildnis gab, und haben viel Not ertragen, um eine Stadt zu gründen, in der sie diese Freiheit hatten. Dasselbe Drama hat sich in der Geschichte Amerikas immer wieder abgespielt, angefangen mit den Pilgervätern. Tausende Menschen sind wegen der Glaubensfreiheit hergekommen und deshalb ist es jetzt, wo ein neues Jahrhundert beginnt, unerhört, dass ein Mann seiner Frau verbietet, eine ganz und gar akzeptable christliche Kirche zu besuchen, in der sie sich Gott nahe fühlt. Es ist einfach nicht richtig. Ich weiß, dass Sie das auch so sehen, Anna. Und wenn Sie dann noch bedenken, dass Sie ihn gar nicht lieben ..."

„In den gesellschaftlichen Kreisen, aus denen ich komme, sind Ehen oft reine Bündnisse zwischen Familien und Geschäften. Sie gründen nur selten auf Liebe. Es ist schön, wenn die Betroffenen sich zueinander hingezogen fühlen und gerne zusammen sind, wie es bei William und mir war, bevor wir uns gestritten haben. Aber Menschen heiraten nicht aus Liebe. Niemand erwartet, dass das die Regel ist."

„Und sie leben trotzdem viele Jahre lang zusammen? Wie Fremde?"

Ich muss an die Unterhaltung von Mutter und Honoria Stevens zurückdenken, die ich belauscht habe. *„Ihr Gatte ist nicht der erste Gentleman, der ein kleines Abenteuer hat, und wird auch nicht der letzte sein. Es kommt viel häufiger vor, als man meint."* Ich kann mir gut vorstellen, wie verletzt und abgelehnt ich mich fühlen würde, wenn ich erführe, dass mein Mann mich betrügt. Und doch ist das laut Mutter eine durchaus realistische Möglichkeit. Die Wut lässt meine Stimme scharf klingen und meine Erwiderungen kalt. „Die Paare, die ich kenne, leben keineswegs wie Fremde miteinander. Sie haben zusammen ein Haus, eine Familie. Sie nehmen gemeinsam an gesellschaftlichen Veranstaltungen teil und empfinden ehrlichen Respekt und Zuneigung füreinander. Aber jeder von ihnen führt sein eigenes Leben mit eigenen gesellschaftlichen Erwartungen." Es ist mir zu peinlich hinzuzufügen, dass die Paare, die ich kenne, auch getrennte Schlafzimmer haben.

„Bitte verzeihen Sie mir die Frage, aber was ist mit Ihren eigenen Eltern?"

Ich bleibe stehen, weil wir das Ende des hölzernen Steges erreicht haben. Ab jetzt ist der steile, schmale Pfad sandig und von Baumwurzeln durchkreuzt. Am Wegrand wachsen Unkraut und

Strandgras, während der Pfad sich weiter nach oben schlängelt. „In vielerlei Hinsicht trifft diese Beschreibung auch auf meine Eltern zu. Sie führen überwiegend getrennte Leben. Aber ich habe keinerlei Zweifel daran, dass sie mich beide abgöttisch lieben. Deshalb würde ich alles für sie tun – auch einen Mann heiraten, bei dem ich mir nicht sicher bin, ob ich ihn liebe." Ich trete von dem Holzsteg und beginne den Pfad hinaufzusteigen, angetrieben von Wut und Ungewissheit. Noch nie bin ich auf einem so unebenen, steilen Weg gewandert und schon nach kurzer Zeit bin ich gezwungen, mich an Derks Arm zu klammern, während ich bete, dass ich mir nicht den Knöchel verstauche. Nur Sturheit hindert mich daran umzukehren. „Außerdem glaube ich, dass Liebe zwischen zwei Menschen im Laufe der Jahre wachsen kann, wenn sie ihre Kinder großziehen. Haben Sie nicht gesagt, dass Ihre Tante Geesje auch einen Mann geheiratet hat, den sie nicht liebte? Was ist daraus geworden?"

Derk seufzt, als würde er das Zugeständnis nur widerwillig machen. „Sie waren sehr lange zusammen und haben vier Kinder aufgezogen. Sie sagt, sie waren glücklich –"

„Da. Sehen Sie? Ich bin mir sicher, dass ich auch glücklich sein werde. Ich werde sehr viele Privilegien haben, wenn ich einen einflussreichen, wichtigen Mann wie William heirate – ein elegantes Haus, Dutzende Dienstboten –"

„Ich kann nicht glauben, dass Sie mit einem solchen Leben zufrieden wären. In Ihnen steckt so viel mehr als diese oberflächlichen Dinge. Oder irre ich mich, Anna?"

Ich denke an meine Tagebucheinträge, die Leere, die ich empfunden habe, und an das nagende Gefühl, nicht dazuzugehören. „Es ist das einzige Leben, das ich kenne oder erwarte", sage ich und weiche damit der Wahrheit aus. „Es ist die einzige Rolle, die ich spielen kann. Ob reich oder arm – jede Frau wird mit Erwartungen konfrontiert, denen sie entsprechen muss. Wird es, wenn Sie heiraten, nicht auch Verpflichtungen geben, die Ihre Frau erfüllen muss? Pflichten, die mit Ihrem Beruf und Ihrem Lebensstil zusammenhängen?"

„Ich denke schon. Sie wird mir bei meiner Arbeit als Pastor helfen müssen, für Heim und Kinder sorgen, ein Teil der Gemeinde sein, in der wir füreinander beten und gemeinsam feiern und manchmal auch zusammen trauern …"

„Sie wird Ihre Mahlzeiten kochen, Ihre Kleider waschen, die Windeln Ihrer Kinder wechseln?"

„Nun … vielleicht könnten wir uns ein Mädchen leisten, das hilft …"

„Ich wüsste nicht, wie man ein Essen kocht oder Teil einer Kirchengemeinde wie Ihrer ist, so wie Caroline nicht wüsste, welche Regeln der Etikette in meiner Welt herrschen." Aus irgendeinem Grund kämpfe ich mit den Tränen. „Mir scheint, Caroline hat sich ihre Zukunft als Pastorengattin vorgestellt und festgestellt, dass sie das nicht will."

„Ja, und das sollten Sie auch tun, Anna. Bevor Sie William heiraten, sollten Sie Ihre Zukunft betrachten und entscheiden, ob es das ist, was Sie wollen, und ob Sie so leben möchten. Mehr sage ich ja nicht."

Mein Blick trübt sich und ich stolpere über einen großen Felsbrocken auf dem Weg. Derk packt mich, damit ich nicht falle, und ich klammere mich an ihn. Einen langen Moment halten wir einander im Arm, noch enger, als wären wir Tanzpartner. Mir sind seine Wärme und der Duft seiner Seife bewusst, während unsere bloßen Arme sich berühren. Dann finde ich mein Gleichgewicht wieder und lasse ihn los, um durchzuatmen. Ich tue so, als wäre nichts geschehen.

„Ich weiß Ihre Sorge um mich wirklich zu schätzen, Derk. Es ist sehr freundlich von Ihnen, mir zu raten. Und wenn Sie jetzt meine Meinung zu Ihrem Leben hören wollen, teile ich sie Ihnen gerne mit." Ich klinge steif und förmlich und weiß nicht, warum.

„Nur zu. Ich würde gerne Ihre Meinung hören." Derk verschränkt die Arme vor der Brust. Er sieht verärgert aus.

„Ich finde, Sie sollten Caroline nicht heiraten. Ich finde, Sie sollten den Beruf anstreben, für den Sie sich entschieden haben, und nicht als Lehrer arbeiten oder was sie noch vorgeschlagen hat. Als wir uns zum ersten Mal begegnet sind, haben Sie mir gesagt, dass Gott Sie dazu berufen habe, Pastor zu werden. Ich verstehe nicht so ganz, was es bedeutet, dass er Sie ‚berufen' hat, aber mir scheint, Sie sollten tun, was Gott sagt. Sie haben schon einmal die schwierige Entscheidung getroffen, Caroline aufzugeben, um Pastor zu werden, und ich finde, Sie sollten dabei bleiben. Ich halte Carolines Kompromiss überhaupt nicht für gerecht."

„Vielen Dank für Ihren Rat." Jetzt klingt Derk reserviert und förmlich. Es tut mir leid, dass wir einander verärgert haben, aber ich stapfe weiter den Hügel hinauf und setze die Unterhaltung dabei fort.

„Wann werden Sie sie wiedersehen?"

„Heute Abend."

„Und werden Sie ihr heute Abend auch Ihre Antwort geben?"

„Ich bin mir sicher, dass sie das erwartet. Es wird ihr nicht gefallen, wenn ich sie warten lasse."

Jetzt bleibe ich stehen und sehe zu ihm auf. „Merken Sie, wie manipulativ sie wirkt, wenn Sie so reden? Es wundert mich, dass Sie das nicht erkennen. Vielleicht sind Sie von diesen Liebesgefühlen, die Sie so vehement vertreten, geblendet?"

„Waren Sie schon einmal verliebt, Anna? Wenn ja, dann würden Sie verstehen, warum es so eine schwierige Entscheidung ist."

Endlich sind wir auf dem Hügel angekommen und der Blick raubt mir das letzte bisschen Atem, das ich noch habe. Vor uns erstreckt sich der Lake Michigan über den ganzen Horizont und spiegelt den blauen Himmel über uns wider. Ein Passagierdampfer fährt in Richtung Kanal vorbei, der die beiden Seen miteinander verbindet, und der Leuchtturm an der Mündung sieht aus wie ein Spielzeug. Links unter uns sehe ich das ausladende Hotel Ottawa am Ufer des Black Lake. Am gegenüberliegenden Seeufer sind weitere Hotels und Cottages zu sehen. Ein Segelboot nutzt schon die milde Brise, um über die makellose Wasseroberfläche zu gleiten. Der Ausblick von hier ist so schön, dass ich mich kaum an den Lärm und die Geschäftigkeit in Chicago erinnern kann. Und ich kann mir auch nicht vorstellen, zu dem Leben zurückzukehren, das ich Derk gerade beschrieben habe, und meine Tage damit zu verbringen, Partys und Veranstaltungen zu planen und zu besuchen, Kleider in Auftrag zu geben und Höflichkeitsbesuche zu machen – einem Leben, bei dem alles, was ich tue, von meinen Nachbarn und Bekannten genau beobachtet und kritisiert wird. Einem Leben, in dem man kaum mal an Gott oder den Sinn des Lebens denkt, geschweige denn darüber redet. Dieser idyllische Ort am Ufer des Lake Michigan ist nicht die wirkliche Welt, sondern nur eine kurze Auszeit von ihr. In wenigen Tagen werde ich das alles hinter mir lassen müssen.

Ich blicke zu Derk auf, dessen Arm ich immer noch leicht berühre. „Sie und ich sind die unterschiedlichen Seiten derselben Münze, verstehen Sie nicht? Sie wollen aus Liebe heiraten, weil Sie das für das Wichtigste halten. Sie sind bereit, um der Liebe willen einen Kompromiss einzugehen und möglicherweise Ihre Zukunft zu opfern."

„Ich habe mich noch nicht entschieden …"

„Und ich erwarte gar keine Liebe. Ich dachte zuerst, ich empfände Liebe für William, aber jetzt bin ich mir da nicht mehr so sicher. Eine sichere Zukunft ist mir allerdings wichtiger und ich bin bereit, die Liebe dafür zu opfern."

„Warum können wir nicht beides haben?", fragt Derk hitzig. „Warum können wir nicht aus Liebe heiraten und trotzdem eine gute Zukunft haben? Ich könnte mich neu verlieben in eine Frau, der es nichts ausmacht, eine Pastorengattin zu sein. Und es gibt bestimmt noch andere reiche Männer, in die Sie sich verlieben könnten und die Ihren Vater finanziell zu unterstützen in der Lage wären, die Sie aber Gottesdienst feiern lassen, wo immer Sie wollen. Sie sind eine schöne Frau, Anna. Sie können leicht einen Mann finden, der einfühlsamer und verständnisvoller ist als William."

Wieder spüre ich, wie mir die Tränen kommen, und ich wende mich ab. „In einer idealen Welt könnten wir wahrscheinlich beides haben. Aber meine Welt ist nicht ideal. Für den Wohlstand und Status, den meine Familie genießt, muss man eben einen Preis zahlen. Die Wahrheit ist – und das wird mir erst in diesem Augenblick bewusst –, wenn ich William nicht heirate, nachdem unsere Verlobung bei einer großen Party verkündet wurde, werde ich kaum Heiratsanträge von irgendwelchen Gentlemen aus unseren gesellschaftlichen Kreisen mehr erhalten. William und seine Familie stehen ganz oben auf der Liste, wenn es um Prestige und Bedeutung geht. Sie sind äußerst angesehen, einflussreich und vielleicht sogar ein bisschen gefürchtet. Nur wenige Männer würden das Stigma riskieren, Williams verstoßene Verlobte zu heiraten. Denn wenn unsere Verlobung gelöst wäre, würden alle glauben, mit *mir* stimme etwas nicht, und nicht andersherum, weil keine Frau, die bei Verstand ist, den ‚perfekten' William ausschlagen würde."

„Sie sitzen in der Falle."

„Sie brauchen mich nicht zu bemitleiden!", sage ich verärgert.

„Ich werde Dienstboten und ein Anwesen und mehr Geld haben, als ich in einem Leben überhaupt ausgeben kann."

„Ein schöner Vogel in einem goldenen Käfig."

„Hören Sie, Derk, wenn Sie anfangen, Teile Ihrer Zukunft wegzugeben, um Caroline zu gefallen, dann werden Sie irgendwann genauso in der Falle sitzen wie ich. Wenn sie erst einmal weiß, dass sie Sie manipulieren kann, wird sie niemals mit weniger als ihrem eigenen Willen zufrieden sein."

„So bösartig, wie Sie glauben, ist Caroline nicht."

„Und William ist nicht so schlecht, wie Sie denken ... Und trotzdem haben wir einander gerade den Rat gegeben, die beiden nicht zu heiraten."

„Und was sagt uns das?"

„Ich weiß es nicht ... Aber ich glaube, wir gehen jetzt besser zum Hotel zurück."

Derk nimmt wieder meinen Arm, als wir den Hügel hinabsteigen. Unsere Schuhe geraten auf dem sandigen Weg ins Rutschen. Wir reden nicht, außer um einander zu warnen, wie: „Passen Sie auf!" Ich wüsste gerne, was geschieht, wenn Derk heute Abend mit Caroline spricht, und am liebsten würde ich ihn bitten, mir morgen alles zu erzählen. Aber dazu habe ich kein Recht. Die Freundschaft, die uns für kurze Zeit miteinander verbunden hat, ist beendet und jetzt müssen wir zu den Leben zurückkehren, die wir vor unserer Begegnung hatten. Irgendwo tief in meinem Innern macht mich das sehr traurig.

„Danke für den Spaziergang", sage ich, als wir uns verabschieden. „Er war sehr belebend."

„Gern geschehen." Wieder reden wir überaus höflich, geradezu förmlich miteinander. Die warme Beziehung, die wir hatten, scheint nur noch ein Traum zu sein.

„Leben Sie wohl, Derk. Ich wünsche Ihnen alles Gute mit Caroline."

Mit diesen Worten drehe ich mich um und gehe in Richtung Hotel davon. Hinter mir höre ich ihn sagen: „Leben Sie wohl, Anna."

24. Kapitel

Geesje

Holland, Michigan
1897

Ich bin gerade dabei, das Geschirr vom Abendessen abzuwaschen, als ich Derk von seinem Haus nebenan durch meinen Garten laufen sehe. Schnell trockne ich mir die Hände ab und öffne ihm die Tür. Er ist so groß, dass er mit dem Kopf fast an den Türsturz stößt. „Ich kann nicht bleiben. Ich bin auf dem Weg zu Caroline", sagt er. „Heute Abend ist es so weit."

„Du siehst aus, als gingst du zu einer Beerdigung." Er trägt seinen besten Sonntagsanzug und seine blonden Haare sind mit Makassar-Öl gebändigt. Dem Ausdruck in seinem attraktiven Gesicht nach zu urteilen, könnte man meinen, das Jüngste Gericht sei angebrochen.

Derk versucht zu lächeln, aber es gelingt ihm nicht so ganz. „Ich hatte heute Morgen eine Unterhaltung mit meiner Freundin Anna, die mich aus der Fassung gebracht hat. Ich hatte sie gebeten, sich ein letztes Mal mit mir zu treffen, weil ich ihr erklären wollte, warum ich der Meinung bin, dass sie ihren Verlobten nicht heiraten sollte. Sie hat meinen Rat nicht sehr gut aufgenommen und mir anschließend gesagt, warum ich Caroline nicht heiraten sollte. Wir haben beide unsere Gründe genannt …" Derk zuckt hilflos und hoffnungslos mit den Schultern. Er ist schlimmer in Anna verliebt, als ihm bewusst ist.

„Das heißt, sie wird tatsächlich heiraten, wenn sie nach Chicago zurückkehrt?"

„Ja. Und jetzt komme ich mir dumm vor, weil ich etwas gesagt habe. Ich hatte kein Recht, mich in ihr Leben einzumischen. Ich weiß gar nichts über die Welt der Reichen, in der sie lebt." Er lässt sich auf einen Stuhl fallen, als hätten seine Beine nicht die Kraft, ihn noch weiter zu tragen. „Am meisten macht mir zu schaffen, dass sie der Meinung ist, Liebe sei in einer Ehe gar nicht so wichtig. Ich wusste nicht, wie ich sie davon überzeugen sollte, dass sie doch wichtig ist … Was meinst du, Tante Geesje?"

„Was die Liebe betrifft? Also, ich glaube, dass das menschliche Herz ein sehr wechselhaftes Ding ist. Ich habe Menschen gesehen, die eine Zweckehe geschlossen haben und später tiefe Liebe empfunden haben. Und ich habe Paare gesehen, die anfänglich sehr verliebt waren, deren Gefühle aber im Laufe der Jahre gestorben sind. Ich habe mich oft gefragt, wie meine Ehe mit Hendrik geworden wäre, wenn die Dinge sich anders entwickelt hätten. Natürlich kann ich das nicht wissen. Die Wahrheit ist, dass wir einander eigentlich nicht gut kannten, trotz der starken Anziehungskraft, die wir empfanden. Wäre sie genug gewesen, um uns durch die schweren Zeiten zu bringen? Ich weiß es nicht. Wir hätten eine Menge übereinander lernen müssen, damit es funktioniert hätte."

„Aber du kennst mich sehr gut. Deshalb bin ich auf dem Weg zu Caroline bei dir vorbeigekommen. Hast du einen letzten Rat für mich?"

Ich nehme mir lange Zeit, um über seine Bitte nachzudenken. „Frag sie, warum sie dich liebt. Warum sie dich heiraten will. Und hör dir ihre Antwort genau an. Und dann hör dir deine eigene Antwort ebenso gut an, wenn sie dir dieselbe Frage stellt."

Nachdem Derk sich davongeschleppt hat, beschließe ich, seinen Rat zu befolgen und die Geschichte meiner Vergangenheit weiterzuschreiben. Ich tue es weniger, weil Derk mich darum gebeten hat, sondern vielmehr, weil es mir ein Bedürfnis ist. Es war interessant, meine Vergangenheit fünfzig Jahre später noch einmal zu durchleben. Und ich habe zu meiner Überraschung festgestellt, dass es mir hilft, viele schlafende Emotionen freizusetzen, wenn ich meine Gedanken in Worte fasse. Diese Gefühle waren all die Jahre in mir verschlossen, sicher versteckt. Und jetzt, wie Vogelküken, die endlich ausgebrütet werden, sind sie frei, ihr Nest in meinem Herzen zu verlassen. Doch ich weiß, dass ich noch viel mehr verarbeiten muss. Was ist zum Beispiel mit Christina schiefgelaufen? Wie und warum bin ich meiner Tochter nicht gerecht geworden? Was hätte ich anders machen können? Ich sehne mich danach, diese letzte offene Sache zwischen mir und Gott zu ordnen und abzuschließen.

Ich spitze einen Bleistift und setze mich an meinen Schreibtisch, wo ich das Familienfoto betrachte, für das wir vor Jahren posiert haben und auf dem Christina neckisch lächelt. Es dauert eine Weile, bis ich entschieden habe, wo ich beginnen soll, aber schließlich fange ich an zu schreiben.

Geesjes Geschichte

Holland, Michigan
49 Jahren früher

Es gibt Zeiten im Leben, in denen wir die Vergangenheit loslassen müssen, ohne zurückzublicken, so wie wir Auswanderer es getan hatten, als wir unseren Lieben in den Niederlanden Lebewohl gesagt und unsere Heimat für immer verlassen hatten. Wir müssen in die Richtung aufbrechen, in die Gott uns führt, und von da an im Leben vorwärtssegeln. Das musste ich auch tun, nachdem Hendrik gegangen war. Meine Reise zurück zu Ganzheit und Frieden, einen schmerzlichen Schritt nach dem anderen, erschien mir genauso lang und mühevoll, wie die Reise über den Ozean nach Amerika es gewesen war. Ich musste die Menschen, die ich verletzt hatte, um Vergebung bitten. Und ich musste Gott um Vergebung bitten. Außerdem musste ich die Bitterkeit, die ich ihm gegenüber wegen all der Verluste in meinem Leben empfand, ablegen und anfangen, ihm wieder zu vertrauen, an seine Güte zu glauben und an seine Liebe zu mir. Ich hoffte, dass ich, wenn ich all diese Dinge täte, einen Neuanfang machen konnte.

Meine adoptierten Söhne Arie und Gerrit lehrten mich, was es heißt, neu anzufangen. Als Maarten und ich an einem strahlenden Sonntagmorgen im November mit ihnen den Hügel zu unserer Holzkirche hinaufstiegen, wurde mir bewusst, wie glücklich und zufrieden sie waren. Sie hatten ihre Eltern genauso verloren wie ich, aber jetzt erkundeten sie mit Energie und Neugier ihr neues Leben mit Maarten und mir. Und mit Hoffnung. Ich musste dasselbe tun und wieder neu lernen, wie wichtig es war, die Gemeinschaft der Gläubigen anzunehmen, mit denen ich zusammenlebte und Gottesdienst hielt.

Auf halbem Weg den Hügel hinauf blieb ich stehen und rieb mir den schmerzenden Rücken, denn ich trug das zusätzliche Gewicht des ersten Kindes, das wir erwarteten. Die Stadt, die wir Holland genannt hatten, wuchs schnell und von der Anhöhe bei der Kirche aus sah man sich ausdehnende gerodete Flächen und Rauchsäulen aus zahlreichen Schornsteinen, die in den wolkenlosen Herbsthimmel hinaufstiegen. Die Menschen, die hier lebten, waren meine Schwestern und Brüder, meine Familie. Gemeinsam hatten wir in den Niederlanden die Verfolgung erduldet und dann all die Beschwerlichkeiten auf der Reise und beim Zähmen dieses Landes. Es gab keine einzige Frau unter den ursprünglichen Siedlern, die nicht von Hendrik und mir wusste. Auf jedem Schritt des Weges hatte ich über ihn gesprochen und gemeinsam mit den anderen jungen Frauen in meinem Alter laut davon geträumt, wie es sein würde, verheiratet zu sein und eine eigene Familie zu haben. Wir hatten unseren Kummer miteinander geteilt, als so viele unserer Lieben an Malaria gestorben waren, und sie hatten versucht, meine Trauer nachzuempfinden, als ich geglaubt hatte, Hendrik wäre tot. Viele waren gekommen, um mit mir zu trauern, während ich weinte. Aber ich hatte mich von ihnen abgewandt, so überwältigt von meinem Zorn auf Gott wegen Hendriks sinnlosen Todes, dass ich nicht mehr in die Kirche hatte gehen wollen. Ich hatte mich geweigert, mit *Dominee* Van Raalte zu reden, als er versucht hatte, mich zu trösten. Ich hatte niemandem von meiner Entscheidung erzählt, mit Maarten in die Niederlande zurückzukehren, weil ich befürchtet hatte, dass sie versuchen würden, mir diesen Plan auszureden. Tatsächlich waren mehrere Frauen zu mir gekommen, nachdem die Ältesten das Aufgebot für meine bevorstehende Eheschließung mit Maarten verlesen hatten. Eine von Mamas Freundinnen war sogar vor unserem Haus stehen geblieben, als ich mich geweigert hatte, sie hereinzulassen, und hatte mich angefleht, mir mehr Zeit zum Trauern zu lassen und nicht überstürzt zu heiraten. Ich hatte nicht auf sie gehört. Jetzt, während Maarten und ich versuchten, unsere

Ehe zu retten, erkannte ich endlich, wie sehr ich die Hilfe und Unterstützung der Gemeinschaft brauchte.

„Alles in Ordnung?", fragte Maarten, als ich stehen blieb und auf unsere Siedlung hinuntersah. Er hob Gerrit hoch, dessen kleine Beine müde geworden waren, um ihn den Rest des Weges zu tragen.

„Ja. Ich musste nur kurz zu Atem kommen." Da ich Maartens besorgten Blick sah, fügte ich hinzu: „Das Baby kommt bald, aber noch nicht heute." Wir setzten uns wieder in Bewegung.

Maarten war immer in unserer Gemeinschaft aktiv gewesen. Er hatte den anderen Siedlern geholfen, wo er konnte, und die Knochenarbeit und das Leid mit ihnen geteilt, auch in den Monaten, in denen ich der Gemeinde ferngeblieben war. Ich war nicht die Einzige in unserer Kolonie, die den Tod eines geliebten Menschen beweinte. Aber indem ich mich von allen anderen isoliert hatte, war mir Gottes Trost entgangen. Er benutzte andere Menschen, um sein Mitgefühl und seine Fürsorge zu zeigen, aber ich hatte niemanden an mich herangelassen. Dieses Gefühl der Liebe und christlichen Gemeinschaft hatte Hendrik damals an unserem Glauben so anziehend gefunden. Jetzt erkannte ich, dass ich meine Glaubensgenossen an meiner Seite brauchte – bei der Geburt dieses Kindes und dabei, meine Kinder großzuziehen und zu unterweisen. Und um zu lernen, wie ich meinen Mann lieben konnte, wie es sein sollte.

In der Holzkirche war es wunderbar warm, da in zwei Kaminen Feuer loderten. Wir zogen unsere Mäntel aus und suchten uns einen Platz auf den hölzernen Bänken. Ich erinnere mich noch gut an die Predigt, die *Dominee* Van Raalte an diesem Morgen hielt, denn es war, als hätte er sie extra für mich geschrieben. Der Predigttext war das Gebot Jesu im zwölften Kapitel des Markusevangeliums, dass man seinen Nächsten lieben solle wie sich selbst. Der *Dominee* sagte, das bedeute nicht unbedingt, dass wir ein Gefühl der Liebe für unseren Nächsten empfinden müssten, sondern dass wir liebevoll mit ihm reden sollten anstatt im Zorn oder Spott. Und wir sollten aus Güte und Mitgefühl handeln, absichtlich und oft, um die unverdiente Gnade auszudrücken, die Gott uns erwiesen hat. Wenn wir liebevolle Worte sprächen und liebevoll handelten, dann könne echte Liebe zu unserem Nächsten wachsen und gedeihen.

Ich liebte Maarten nicht, aber ich musste das biblische Gebot befolgen. Vielleicht würde meine Liebe zu ihm wachsen, wenn ich liebevoll redete und handelte, so wie der *Dominee* es versprach. Es wäre eine Tragödie, wenn Maarten sich sein ganzes Leben lang fragen müsste, ob ich ihn liebte oder ob ich jedes Mal an Hendrik dachte, wenn ich ihn im Arm hielt oder küsste.

Als ich später am Nachmittag zu Hause war und die Kinder gefüttert und zum Mittagsschlaf hingelegt hatte, dachte ich immer noch über die Predigt des *Dominee* nach. Der Sabbattag, an dem wir uns von unserer täglichen Arbeit ausruhten, war ein guter Zeitpunkt, um mit Maarten noch einmal von vorne zu beginnen und ihm zu sagen, was ich auf dem Herzen hatte. Der Novembertag war sonnig und wärmer als gewöhnlich und so packten wir uns warm ein und setzten uns nebeneinander auf die erste Treppenstufe vor unserem Haus in die Sonne. „Ich glaube, ich habe dich das nie gefragt", sagte ich, „aber warum hast du eigentlich die Niederlande verlassen und bist hierhergekommen? Wie bist du zu der Entscheidung gekommen, dass du auswandern willst?"

Maarten faltete die Hände um ein aufgestelltes Knie, während er seine Antwort formulierte. „Zuerst war es wie bei einem Fieber. Alle sprachen vom Auswandern und diskutierten darüber. Diese Aufregung war ansteckend. Dann war ich zusammen mit deinem Vater bei einem Treffen, bei dem *Dominee* Van Raalte jedem von uns riet, für sich zu beten und Gott zu bitten, seinen Willen deutlich zu offenbaren. Er erklärte, wie schwer es sein würde auszuwandern und welchen Schwierigkeiten wir dabei begegnen könnten. Er sagte, zu wissen, dass wir Gottes Ruf folgten, könnte das Einzige sein, das uns durch all die Drangsal helfen würde."

„Du warst dir also sicher, dass du dazu berufen warst herzukommen?"

„Ja. Eines Morgens, während ich darüber betete und in der Bibel las, schien ein Vers aus dem ersten Buch Mose mir entgegenzuspringen: ‚Geh aus deinem Vaterland und von deiner Verwandtschaft und aus deines Vaters Hause in ein Land, das ich dir zeigen will.' Natürlich hat Gott das zu Abraham gesagt, aber ich hörte, wie er diese Worte auch zu mir sprach. Abraham war es verwehrt, Gott im Land seiner Vorväter anzubeten, und so ging es mir auch."

Ich fröstelte in der plötzlichen Kühle, als die Sonne kurz hinter einer Wolke verschwand. „Und doch wärst du Gott ungehorsam geworden und hättest mich in die Niederlande zurückgebracht?", fragte ich leise.

Maarten zuckte mit seinen breiten Schultern. „Der *Dominee* hat versucht, es mir auszureden, aber ..." Er beendete den Satz nicht.

Er hätte sich Gottes Willen widersetzt, weil er mich liebte. Ich schämte mich dafür, dass ich seine Liebe missbraucht hatte, sodass er mir beinah seine Überzeugungen geopfert hätte. Jetzt war ich froh, dass er mich nicht nach Hause gebracht hatte.

„Du hast nie Gottes Ruf gespürt hierherzukommen, nicht wahr, Geesje?", fragte Maarten nach einer Weile.

„Nein, weil ich nie darüber gebetet oder ihn nach seinem Willen für mich gefragt habe. Ich war zu sehr damit beschäftigt, verliebt zu sein. Meinen Eltern ist der Glaube an Gott so wichtig gewesen – und mir früher auch. Aber ich wollte meinen eigenen Willen, nicht den Willen Gottes. Zuerst habe ich meine Eltern angefleht, mich zurückzulassen. Als Hendrik dann sagte, er wolle ebenfalls nach Amerika ziehen, dachte ich, das müsse auch Gottes Wille für mich sein."

Ein Roter Kardinal stieß herab und landete auf dem nackten Boden vor uns, seine leuchtend roten Federn zur Schau gestellt. Dann legte er den Kopf schief, als wollte er mir eine Frage stellen, bevor er wieder davonflog. Ich starrte auf die winzigen Spuren, die er auf dem sandigen Boden hinterlassen hatte. „Ich weiß, dass ich mich weit von Gott entfernt habe. Ich möchte diese Gewissheit und Nähe zu ihm wieder spüren, aber dem stehen so viele Fragen und Zweifel im Weg. Ich muss immerzu an den Tod meiner Eltern denken und kann keinen Sinn darin sehen. Was für eine grausame Verschwendung, nachdem sie so weit gereist waren. Und was ist mit all den anderen Christen, die Gottes Ruf gefolgt sind und dann auf der *Phoenix* starben?"

Maarten holte tief Luft, als wollte er Anlauf nehmen, um meinen Berg aus Zweifeln zu erklimmen. „In den Wochen nach der Malaria-Epidemie oder nachdem der *Dominee* die Nachricht über die *Phoenix* verlesen hatte, warst du nicht in der Kirche, aber er hat über all diese Toten gesprochen. Er sagte, wir sollten nicht versuchen, Gottes Willen zu analysieren oder nach Gründen zu suchen, ihn verstandesmäßig zu erklären. Er hat uns den Vers aus Jesaja vorgelesen, in dem Gott sagt: ‚Denn meine Gedanken sind nicht eure

Gedanken und eure Wege sind nicht meine Wege … sondern so viel der Himmel höher ist als die Erde, so sind auch meine Wege höher als eure Wege und meine Gedanken als eure Gedanken.' Der *Dominee* hat zugegeben, dass ein oder zwei Verse aus der Bibel uns unsere Trauer und unseren Kummer nicht nehmen können."

„Und unsere Wut auch nicht", fügte ich hinzu. „Ich war so wütend auf Gott, weil er Mama und Papa hat sterben lassen."

Maarten sah mich an, als könnte er meine Wut nicht verstehen. „Aber deine Eltern sind im Paradies, Geesje, sie sind bei Gott. Genau wie alle Gläubigen, die auf der *Phoenix* gestorben sind. Wenn wir nur begreifen könnten, wie der Himmel ist, würden wir uns nicht so sehr an dieses Leben klammern. Es ist so … so wie dieses Baby, das du in dir trägst. Die einzige Welt, die es kennt, erscheint ihm sicher und warm und geborgen. Sie zu verlassen, um geboren zu werden, muss ihm wie ein Tod vorkommen, und ein schmerzhafter noch dazu. Aber die neue Welt, die es plötzlich betritt, ist voller Licht und Luft und Klang und Farbe und liebender Arme, die es halten. Es ist so viel herrlicher als das dunkle, beengte Leben, das dieses Kind kennt. Es würde niemals dort bleiben – oder wieder dorthin zurückkehren wollen. Unser Leben hier auf der Erde ist auch nicht alles, was es gibt, so wie unser Leben im Mutterleib es nicht war. Für deine Eltern war der Tod nicht das Ende des Lebens. Er war erst der Anfang."

Als ich daran dachte, wie ich die Hand meiner Mutter gehalten hatte, während sie im Sterben lag, kamen mir die Tränen. „Mama hat mir am Ende gesagt, sie könne Gottes Gegenwart spüren. Sie sagte, er stände unmittelbar neben ihr. Sie hatte keine Angst zu sterben." Meine Finger und Wangen waren eiskalt, doch meine Tränen fühlten sich warm an, als ich sie fortwischte. „Ich vermisse meine Eltern so sehr."

„Ich vermisse meine auch. Aber in gewisser Weise ist es zu leicht, sich von ihrem Glauben mitreißen zu lassen, wenn wir sie bei uns haben, anstatt einen lebendigen eigenen Glauben zu entwickeln. Es ist einfacher, sie um Rat zu fragen und sich darauf zu verlassen, dass sie uns den Weg weisen, als Gottes Wort zu studieren und selbst auf seine Stimme zu hören. Wenn ich Gerrit immer auf den Schultern tragen würde, könnte er nie die Kraft entwickeln, selbständig zu laufen oder seinen Weg durch den Wald zu finden."

Das hatte ich getan. Ich hatte mich von Mama und Papa tragen lassen, sie für mich beten lassen, mir von ihnen raten lassen. Jetzt musste ich erwachsen werden und auf eigenen Füßen stehen. Ich spürte, wie das Baby mich von innen trat, weil es ihm zu eng wurde. Rasch nahm ich Maartens Hand und legte sie auf meinen Bauch, damit er die Bewegung auch fühlen konnte. Während er dieses Wunder erlebte, beobachtete ich sein Gesicht und sah, dass er Tränen in den Augen hatte.

Eine Woche später wurde an einem kalten Sonntagnachmittag unser Sohn Jakob Maarten de Jonge geboren. Die Liebe, die ich für ihn empfand, überwältigte mich beinahe und ich wusste, dass sie nur ein schwacher Abglanz der Liebe war, die der himmlische Vater für mich empfand. Ich hatte nichts getan, um eine solche Liebe zu verdienen, so wie der kleine Jakob nichts getan hatte, um sich meine Liebe zu verdienen – er hatte mir vielmehr heftige Schmerzen bereitet. Aber ich liebte meinen Sohn so sehr, dass ich mein Leben für ihn gegeben hätte, einfach, weil er mein Kind war. Als ich vor Erschöpfung einschlief, das Wunder des kleinen Jakob im Arm, spürte ich, wie mein Glaube und mein Vertrauen auf Gott wieder anfingen zu keimen und zu wachsen.

25. Kapitel

Geesjes Geschichte

Holland, Michigan
49 Jahre früher

Als wir uns im Westen Michigans ansiedelten, war der Baldachin aus Bäumen über uns so dicht, dass ich durch das Blattgewirr kaum den Himmel erspähen konnte. Die Stille dieser weiten Wildnis machte mir Angst, vor allem nachts oder wenn ich mit den Kindern allein war. Zuerst teilten wir uns den Wald mit den einheimischen Ottawa-Indianern, unseren nächsten Nachbarn. Sie brachten uns bei, wie man einen süßen, honigartigen Sirup und bröcklige Zuckerklumpen herstellte, indem man den Saft von bestimmten Bäumen sammelte und einkochte. Aber als in den kommenden Jahren immer mehr Siedler eintrafen, verdrängten wir die Ureinwohner, indem wir langsam den Wald bändigten, auf den sie für ihr Überleben angewiesen waren. Irgendwann zogen sie nach Norden in einen weniger dicht besiedelten Teil des Bundesstaates. Reverend Smith und seine Familie, die in der Old Wing Missionsstation mit den Indianern gearbeitet hatten, zogen mit ihnen fort.

Allmählich wich das Schweigen der Wildnis einem ständigen Baulärm: den Schlägen von Äxten, mit denen wir die riesigen Bäume fällten; dem Seufzen splitternden Holzes, wenn die Bäume umstürzten; dem Pfeifen und Peitschen der Gespannführer, die ihre Ochsen antrieben, um Holzstämme zu ziehen und Baumstümpfe zu entwurzeln; den donnernden Hammerschlägen und den kreischenden Sägen, als unsere Gemeinde sich langsam aus dem Wald erhob.

In den Frühlingsmonaten nach Jakobs Geburt beschlossen die Ältesten der Stadt, eine Zeitung in niederländischer Sprache zu veröffentlichen. Maarten ging zu einer Versammlung in *Dominee* Van Raaltes Haus, um die Einzelheiten zu besprechen. Ich freute mich für ihn. Für die Zeitung wurde ein Drucker gebraucht und so würde Maarten endlich an die Arbeit zurückkehren können, die er liebte und so gut beherrschte. Während ich auf seine Rückkehr wartete, blickte ich immer wieder zur Haustür hinaus, um nach ihm Ausschau zu halten. Als er endlich den Weg heraufkam, bemerkte ich sofort seine hängenden Schultern und seinen gesenkten Blick. Ich konnte kaum sein Gesicht sehen. Wartend stand ich auf der Schwelle und fürchtete schlechte Nachrichten.

„Was ist los?", fragte ich, als Maarten mich schließlich ansah.

„Geesje … Hendrik ist zurück."

„Er ist hier? In Holland?"

Maarten nickte. „Er ist gerade angekommen, als unser Treffen zu Ende war. Er wollte mit *Dominee* Van Raalte über den Kauf von Ackerland sprechen und bat mich zu bleiben, während sie miteinander redeten, damit ich für ihn bürgen konnte. Der *Dominee* schlug vor, dass Hendrik sich einige Parzellen in Zeeland anschaut, wo viele der neuen Siedler Äcker haben."

Ich schluckte und versuchte zu sprechen. „Hat er das vor? Will er sich in Zeeland niederlassen?"

Maarten atmete aus und nickte wieder. Dann fügte er hinzu: „Ich finde, du solltest wissen, dass Hendrik jetzt verheiratet ist."

„Ja … nun … das bin ich auch."

Ich sagte es nüchtern und doch traf die Nachricht mich schwer. Als ich Maarten und den anderen Männern zugesehen hatte, wie sie den Wald fällten, hatte ich jedes Mal einen verheerenden Verlust gespürt, wenn einer der hoch aufragenden Bäume zu fallen begann. Ein schönes lebendes Wesen war getötet worden und stürzte mit großem Getöse zu Boden. Es würde nie wieder leben. So fühlte ich mich, als Maarten mir von Hendriks Heirat erzählte. Jede Hoffnung für Hendrik und mich war gestorben und würde nie wieder lebendig.

Maarten folgte mir, als ich mich umwandte und ins Haus zurückging. Als spürte er meinen Kummer, nahm er unsere beiden großen Jungen und ging mit ihnen nach draußen, sodass ich mit dem schlafenden Baby allein blieb. Ich weiß nicht mehr, wie lange ich am Kamin saß, in die leere Feuerstelle starrte und mir selbst leidtat. Irgendwann durchbrach das Geräusch von Maarten, der draußen Holz hackte, meine Trauer. Ich stand auf und beobachtete ihn durchs Fenster, wie er auf die Holzscheite einschlug, als hätte er eine Wut auf sie. Es war egoistisch von mir, die Gefühle meines Mannes zu ignorieren, während ich meinen eigenen freien Lauf ließ. Ich dachte daran zurück, auf wie viele Arten meine Eltern einander ihre Liebe gezeigt hatten, und so ging ich nach draußen, wo ich ihm die Axt aus der Hand nahm und ihn fest umarmte.

„Du hast mir noch gar nicht erzählt, was *Dominee* Van Raalte über die Zeitung gesagt hat. Haben sie beschlossen, damit zu beginnen?"

Maarten seufzte und klang dabei wie eine Lokomotive, die Dampf ablässt, dann erwiderte er meine Umarmung. „Ja. Und sie haben mich gebeten, sie zu drucken. Sie wollen mir helfen, einen Kredit zu bekommen, damit ich die Geräte kaufen kann, die ich brauche, und eine Druckerei einrichten kann."

Ich nahm den Kopf von seiner Brust und sah zu ihm auf. Dabei sah ich, dass er sich im tiefsten Innern über diese Entwicklung freute, und es tat mir leid, dass die Nachricht über Hendrik seine Freude getrübt hatte. „Wird es schwer sein, die Geräte zu bekommen?"

„Das glaube ich nicht. Möglicherweise muss ich nach Kalamazoo reisen, um die Druckerpresse von dort aus zu bestellen. Und irgendwie muss sie dann von Chicago hierher geliefert werden. Wahrscheinlich mit dem Frachter über den Lake Michigan, und dann müssen wir sie über die Sandbank ziehen und sie für den Transport über den Black Lake nach Holland auf eine Barkasse laden. Die Ältesten versuchen immer noch herauszufinden, wie man den Kanal zwischen den beiden Seen vertiefen kann."

„Und dann müssen wir eine Werkstatt bauen, in der wir die Druckerpresse aufstellen können, nicht wahr?", fügte ich hinzu. „Ich glaube nicht, dass sie in dieses Haus passt."

„Nein, hier wird sie nicht hineinpassen. Aber wir können zuerst einfach und klein anfangen."

Es war ein gutes Gefühl, dass er mich in die Planung mit einbezog. „Ich möchte dir bei deinem Geschäft helfen", sagte ich. „Ich habe dir und Papa all die Jahre zugesehen und ab und zu ausgeholfen, wenn Papa große Bestellungen hatte. Und ich kann bei der Buchhaltung helfen, so wie Mama es manchmal getan hat. Wir werden diese Druckerei zusammen aufbauen, Maarten."

„Vielleicht steigen unsere drei Söhne irgendwann auch mit ein. Dann hänge ich ein großes Schild über die Tür – ‚de Jonge und Söhne, Drucker'."

Er ließ seine Hände in meiner Taille liegen. Sie waren so riesig, dass er mich fast mit den Fingern umfangen konnte, vor allem jetzt, wo ich nach Jakobs Geburt allmählich meine Figur zurückbekam. Ich wusste, dass Maarten sich fröhlich gab, um seinen eigenen Schmerz zu verbergen, und vorgab, tapfer zu sein, während er Angst und Sorgen von sich schob. Das taten wir beide. Ich legte den Kopf an seine Brust, während ich versuchte, das Bild von Hendrik mit einer anderen Frau – seiner Ehefrau – aus meinen Gedanken zu verdrängen. Wie er sie im Arm hielt. Sie küsste.

„Ich weiß noch, wie du mich das erste Mal im Arm gehalten hast, Maarten. Es war in der Nacht in Arnheim, als diese Schurken alle unsere Fenster mit Ziegeln und Steinen eingeworfen haben. Du bist in mein Zimmer gekommen, um zu sehen, ob es mir gut ging. Erinnerst du dich?"

„Ja. Du wirktest so klein und hilflos. Und du hattest solche Angst. Ich konnte fühlen, dass du am ganzen Körper gezittert hast, als ich dich hielt. Da wusste ich, dass ich dich mein Leben lang beschützen und für dich sorgen wollte. Und das werde ich immer tun, Geesje. Solange ich lebe."

Es tat mir leid, dass Hendrik zurückgekommen war, und doch war ich zugleich froh darüber. Ich würde mich nicht fragen müssen, was aus ihm geworden war. Ich würde wissen, wo er war, und vielleicht ab und zu etwas von ihm hören. Vielleicht würde ich ihn sogar sehen. Ich war eingebildet genug, um mich zu fragen, ob er in die Gegend zurückgekehrt war, um mir nahe zu sein.

Wieder blickte ich zu Maarten auf und sagte: „Du hast für mich und die Kinder ein sehr glückliches Leben hier geschaffen. Dafür bin ich dir sehr dankbar." An der zärtlichen Art, wie Maarten mich hielt, und an seinem weichen Blick konnte ich erkennen, dass er mich liebte. Er sollte sich im Gegenzug nie ungeliebt fühlen. In meinem Leben hatte es keinen einzigen Tag gegeben, an dem ich mich ungeliebt gefühlt hatte, und ich schwor, dass ich alles in meiner Macht Stehende tun würde, damit es Maarten auch so ging. „Das Leben, das wir haben, ist sehr gut", sagte ich zu ihm.

„Ich weiß. Und ich danke Gott jeden Tag dafür."

Ich hörte, wie Jakob im Haus zu quengeln begann, weil er gestillt werden wollte. Also lösten Maarten und ich uns voneinander und ich ging wieder hinein. Meine Liebe zu ihm würde mit jedem Tag ein wenig wachsen, sagte ich mir. Eine liebevolle Tat nach der anderen.

26. Kapitel

Geesjes Geschichte

Holland, Michigan
49 Jahre früher

Dominee Van Raalte wusste, wie wichtig ein Zulieferkanal war, um Holland mit den großen Seen und dem Rest des Landes zu verbinden, aber anfangs gab es nur einen flachen, nicht befahrbaren Wasserweg zwischen dem Black Lake und dem Lake Michigan. Er bat die amerikanische Regierung um Hilfe dabei, einen tieferen Kanal auszuheben. Als seine Bemühungen keine Früchte trugen, griffen die Männer unserer Gemeinschaft zu Hacken und Schaufeln und fingen an, den Kanal selbst zu vertiefen. Maarten schloss sich den anderen Arbeitern an und überließ es mir, mich um die Kinder, die Nutztiere und den Garten zu kümmern. Am Ende lohnte sich die Mühe, obwohl der Sand die neue Fahrrinne jedes Jahr wieder aufs Neue füllte. Maarten konnte den Zugang zum Hafen nutzen, um die gebrauchte Druckerpresse, die zusammen mit anderen Materialien, die wir brauchten, aus Chicago geliefert wurde, nach Holland zu bringen. Unsere neue Druckerei befand sich an dem Ende unseres Grundstücks, an dem irgendwann die Straße verlaufen würde, und am anderen Ende bauten wir ein neues Holzhaus mit Brettern aus Hollands neuem Hobelwerk. Unsere alte Hütte nutzten wir als Stall.

Eines Abends saß ich mit meinem Mann und unseren drei kleinen Jungen am Abendbrottisch und genoss den Duft von frisch gesägtem Holz und frischer Erbsensuppe, die ich gekocht hatte. Während die anderen den Kopf senkten, um das Tischgebet zu sprechen, sah ich mich in meinem gemütlichen Zuhause um und dachte: *Sieh mal an, was Gott mir geschenkt hat. Wie reich ich bin.*

Gott hatte mir einen guten Ehemann geschenkt, der mich liebte, und drei heiß geliebte Söhne. Es wäre selbstsüchtig und undankbar gewesen, mehr zu wollen. Und ich würde Gott beleidigen, wenn ich mir etwas anderes wünschte als das Leben, das er mir gegeben hatte. Ja, zu Anfang waren wir arm gewesen und hatten schreckliche Verluste erlitten, aber Gott und unserer Gemeinschaft fleißiger Leute hatten wir es zu verdanken, dass die Stadt wuchs und gedieh. Und ich war zufrieden. Ich wünschte nur, meine Eltern hätten lange genug gelebt, um zu sehen, wie ihr Traum in Erfüllung ging.

Beinahe vier Jahre nach der Geburt von Jakob stieß unsere Tochter Christina zu unserer kleinen Familie. Zwischen den beiden Geburten hatte ich eine Fehlgeburt gehabt, deshalb dankten wir dem Allmächtigen, als Christina gesund geboren wurde. Jakob war ein ausgeglichenes Kind gewesen, mit Maartens sanftem Wesen und einem ebenso offenen Herzen für Gott. Unsere Adoptivsöhne Arie, der inzwischen neun Jahre alt war, und Gerrit mit seinen sieben Jahren waren weiterhin stille Jungen, die es uns recht machen wollten. Sie gingen jetzt in die Pionierschule, wo sie den Unterricht genossen und lernten, Englisch zu sprechen. Unsere Gemeinde wollte, dass unsere Söhne und Töchter gut ausgebildet wurden, damit sie ihren Platz im Leben finden konnten, gerüstet mit dem Glauben, um Leuchttürme in einer dunklen Welt zu sein. Alles war friedvoll.

Dann kam Christina in unser Leben – gesund und stark und um Aufmerksamkeit heischend. Sie war fordernd und eigensinnig und wusste schon früh ganz genau, was sie wollte. Zugleich war sie jedoch ein so entzückendes und liebenswürdiges und herzliches Kind, dass ihre drei Brüder sie vergötterten und ihr jeden Wunsch von den Augen ablasen. Ihr ganzes Leben lang war Christina mir ein Rätsel. Anstatt ihre herausragende Stellung als unsere einzige Tochter zu genießen, folgte sie ihren drei Brüdern, wo auch immer sie hingingen, wild entschlossen, so zu sein wie sie. Sie war genauso raufllustig wie die Jungen, fing Frösche im Bach und verscheuchte mit einer selbst gebastelten Schleuder Kaninchen aus unserem Garten. Ich bemühte mich vergeblich, ihre Kleider und Schürzen sauber und ohne Löcher zu halten. Wenn ich es ihr erlaubt hätte, wäre sie sofort in Jakobs abgelegten Sachen herumgelaufen. Es gefiel ihr gar nicht, dass sie zu Hause an meiner Seite arbeiten sollte, so wie ich früher meiner Mutter geholfen hatte, und bestand darauf, dass sie lieber dieselben Hausarbeiten wie ihre Brüder verrichten wollte. Sie hasste es, still in der Kirche zu sitzen, wurde ungeduldig und langweilte sich, wenn Maarten jeden Abend nach dem Essen aus der Bibel vorlas, und lehnte sich jede Woche aufs Neue dagegen auf, die Sabbatruhe einzuhalten. Ihre Erziehung erforderte von mir mehr Strenge als die der anderen drei Kinder zusammen. Und trotzdem war sie mein Augapfel.

Als Christina zwei Jahre alt war, hatte unsere Gemeinde die Kapazitäten der Holzkirche auf dem Hügel ausgeschöpft und so bauten wir eine schöne neue Kirche an der Ninth Street mitten in dem wachsenden Dorf. Es war eine ansehnliche Holzkonstruktion mit sechs sich nach oben verjüngenden weißen Säulen am Eingang – im Volksmund wurde sie Pillar Church, also die „Säulenkirche", genannt. Sie trug viel dazu bei, dass unsere Stadt wie einer der zivilisierten Orte aussah, die wir in den Niederlanden zurückgelassen hatten. Trotzdem mutete unsere Siedlung insgesamt recht baufällig und provisorisch an. Wenn doch nur mit Steinen oder Ziegeln gebaut würde anstatt mit Holz, dachte ich damals, als ich eines Morgens mit der zu diesem Zeitpunkt vierjährigen Christina zur Werkstatt des Schusters ging. Und wenn doch nur die Straßen gepflastert wären, damit wir nicht jedes Frühjahr durch den Schlamm waten oder an heißen Sommertagen den ganzen Staub einatmen müssten, wann immer ein unachtsames Gefährt vorbeirauscht.

Wir waren fast beim Schuster angekommen, als ein Wagen uns in eine Staubwolke einhüllte und neben uns hielt. In Gedanken bedachte ich den Fahrer gerade mit unfreundlichen Bezeichnungen, als ich jemanden meinen Namen rufen hörte. „Geesje? … Geesje, bist du das?" Ich blickte zu dem Mann auf, der von dem Wagen geklettert war und sein Pferd an den Pfosten band.

„Hendrik!"

„Dachte ich mir doch, dass du es bist, Geesje. Wie geht es dir?" Ich stand da wie erstarrt und kämpfte gegen den überwältigenden Drang an, in seine Arme zu laufen, ihn an mich zu drücken und mich lachend von ihm hochheben zu lassen. Er wirkte größer und kräftiger, als ich ihn in Erinnerung hatte, war sonnengebräunt und immer noch sehr attraktiv. Als er kurz seinen Hut anhob und sich mit den Fingern durch das goldene Haar fuhr, hätte mich die vertraute Geste beinahe aus der Fassung gebracht.

„Ich … mir geht es gut, sehr gut", stammelte ich. In den Jahren, seit Hendrik fortgegangen war, hatte ich eine Zufriedenheit in meinem Leben erreicht, so hatte ich geglaubt – aber in diesem einen Augenblick, während ich zu dem Mann aufsah, den ich liebte, war all das wie weggeblasen. Ich hatte vor einem halben Dutzend Jahren die falsche Entscheidung getroffen. Ich hätte mit Hendrik weglaufen sollen, anstatt mit dem schwerfälligen, langweiligen Maarten verheiratet zu bleiben.

Hendrik kam um den Wagen herum und hob eine Frau und ein kleines Mädchen in Christinas Alter vom Kutschsitz. „Geesje, ich möchte dir meine Frau Nella und unsere Tochter Rosie vorstellen."

„Freut mich, Sie kennenzulernen", sagte ich und versuchte zu lächeln. „Dies ist meine Tochter Christina." Am liebsten hätte ich den Blick nicht einmal eine Sekunde lang von Hendrik abgewandt, aber ich zwang mich, höflich zu sein und seine Frau anzusehen. Sie hatte etwa das gleiche Alter und eine ähnliche Figur wie ich. Wir hätten Schwestern sein können. „Ich habe gehört, ihr lebt in der Nähe von Zeeland", brachte ich mit Mühe heraus.

„Das stimmt. Wir haben dort einen Hof."

Hendrik und ich unterhielten uns einige Minuten lang, aber unser Gespräch war steif und förmlich. Er erzählte mir von dem Land, das er gerodet hatte, von dem, was er angebaut hatte, von dem Stall und dem Bauernhaus, das er für seine Familie errichtet hatte. Ich berichtete ihm von Maartens Druckerei und dass sie mich an Papas Werkstatt in Arnheim erinnerte – dort, wo Hendrik und ich uns kennengelernt hatten. Eine Flut von Erinnerungen drohte mich zu überwältigen, während wir miteinander sprachen, und ich ertappte mich dabei, wie ich ihn so unverwandt anstarrte, dass ich mich schließlich dazu zwingen musste, mich an Nella zu wenden und sie zu fragen, was sie in die Stadt geführt hatte. Ich habe keine Ahnung, was sie geantwortet hat. Ich habe nicht zugehört. Stattdessen versuchte ich zu überlegen, wie ich mich später allein mit Hendrik treffen könnte. Dabei dachte ich daran zurück, wie wir uns in Arnheim oft heimlich davongeschlichen hatten, um einander zu sehen. Ich wollte seine Arme um mich spüren, ihn fragen, ob er mit Nella wirklich glücklich war, und ihm gestehen, wie einsam ich mich oft fühlte, wenn Maarten mit der Arbeit oder seinen Gemeindepflichten beschäftigt war. Ich wollte Hendrik sagen, dass ich ihn liebte, und ihn sagen hören, dass auch er mich immer noch liebte.

Während wir miteinander sprachen, spielten unsere beiden Mädchen zusammen vor der Schusterwerkstatt. Sie freundeten sich sofort an und hielten sich bei den Händen und ihr Lachen sprudelte wie Quellwasser. Es war das erste Mal, dass ich Christina so in das Spiel mit einem anderen kleinen Mädchen vertieft sah. Für gewöhnlich wollte sie mit Mädchen nichts zu tun haben und lief stattdessen los, um mit den Jungen zu spielen.

Der Verlust, den ich empfand, als Hendrik und ich uns schließlich voneinander verabschiedeten, fühlte sich an, als würde mir das Herz aus dem Leibe gerissen. Ich wusste nicht, wann – oder ob – ich ihn je wiedersehen würde. Benommen ging ich in den Laden des Schusters, obwohl ich mich kaum daran erinnern konnte, was ich dort wollte, und tätigte meine Erledigungen. Dann kehrte ich in mein schlichtes Holzhaus zurück. Ich fühlte mich verlassen und konnte Christinas Quengeln kaum ertragen. Sie hatte sich nur widerstrebend von ihrer neuen Freundin Rosie trennen lassen und bestand immer wieder darauf, sie wolle mit Rosie spielen, bis ich in meinem aufgewühlten emotionalen Zustand die Beherrschung verlor.

Ich beschloss, Maarten nicht zu erzählen, dass ich Hendrik getroffen hatte, aber später, als wir zu sechst beim Abendbrot saßen, fing Christina wieder an zu jammern, diesmal ihrem Vater gegenüber. „Kann ich wieder mit Rosie spielen? Sie ist meine beste Freundin auf der ganzen Welt. Bringst du mich morgen zu ihr?"

„Welche Rosie?", fragte Maarten, den Mund voll Kartoffeln. „Von wem redest du?"

„Von dem Mädchen, das wir heute beim Schuster getroffen haben. Mama hat gesagt, ich kann nicht noch mal mit ihr spielen, aber du lässt mich doch, oder, Papa? Bitte?"

„Von wem spricht sie, Geesje?"

Ich musste es ihm erklären, sonst würde Christina ihrem Vater keine ruhige Minute mehr gönnen. Sie war es gewohnt, ihren Willen zu bekommen, und wusste sehr wohl, dass Maarten Wachs in ihren Händen war. „Wir sind heute vor der Schusterwerkstatt Hendrik Vander Veen und seiner Frau begegnet", sagte ich. „Sie hatten ihre Tochter Rosie dabei. Ich kannte seine Frau noch nicht, deshalb haben wir uns ein bisschen unterhalten."

„Und ich habe mit Rosie gespielt. Sie war ganz nett, Papa, und ich will wieder mit ihr spielen, aber Mama will das nicht.“

Ich konnte mich nicht beherrschen und fuhr sie an: „Ich habe es dir doch erklärt, Christina. Sie wohnen in Zeeland, nicht in Holland!“

„Aber du erlaubst doch, dass ich mit ihr spiele, nicht wahr, Papa?“

Maartens Miene verfinsterte sich, während er sich bemühte, seine Gefühle in den Griff zu bekommen. „Du musst deiner Mutter gehorchen“, sagte er schließlich. „Und komm nicht zu mir gerannt, wenn sie ‚Nein‘ sagt. Hast du verstanden?“ Er war aufgebracht, aber nicht wegen Christina. Maarten war sonst sehr ausgeglichen, aber an diesem Abend ging er mit schlechter Laune zu seiner Besprechung. Sobald er fort war, hatte Christina einen Trotzanfall. Das war für mich der Tropfen, der das Fass zum Überlaufen brachte. Ich war gefährlich nah daran, meinen Kummer an meiner Tochter auszulassen.

Gerade noch rechtzeitig wurde ich von Arie gerettet, der Christina auf den Arm nahm und in Englisch beruhigend auf sie einredete. Zwischen den beiden lagen neun Jahre, aber sie hatten schon immer eine enge Beziehung gehabt. Arie und Gerrit lernten die amerikanische Sprache in der Schule und Christina liebte es, mit ihren Brüdern in einer Sprache zu reden, die ihre Eltern immer noch nicht sehr gut verstanden. Arie trug seine kleine Schwester fort – ich weiß nicht, wohin – und ließ mich allein mit meinen Gedanken zurück.

Ich bekam Hendrik einfach nicht aus dem Kopf – wie groß und muskulös und attraktiv er noch immer war. Ich liebte alles an ihm, selbst die Art, wie ihm die Haare zu Berge standen, wenn er mit den Händen hindurchgefahren war, und wie seine gebräunte Haut sich um die Augen herum in Falten legte, wenn er in die Sonne blinzelte. Wie wäre mein Leben wohl, wenn ich vor Jahren mit ihm fortgegangen wäre? Ich mochte Maarten und führte ein gutes Leben mit ihm, aber ich liebte ihn nicht. Die Welle der Leidenschaft für Hendrik, die mich heute überwältigt hatte, zeigte mir, was meiner Ehe fehlte. Wie konnte ich den Rest meines Lebens ohne dieses atemlose, berauschende Gefühl verbringen?

Ich kniete mich in meinem Schlafzimmer auf den Boden und kramte in meiner Truhe nach der Blechdose, die ich aus den Niederlanden mitgebracht hatte. Darin waren Hendriks Briefe aufbewahrt. Ich hatte sie mit einem breiten rosafarbenen Band zusammengebunden. Hastig löste ich den Knoten und fing an zu lesen, während mir Tränen der Reue und des Verlusts übers Gesicht liefen. Wieder überlegte ich krampfhaft, wie ich Hendrik heimlich treffen könnte, und dabei verstand ich die Versuchung, mit der meine Vorfahrin Eva zu kämpfen gehabt hatte, als sie Gottes Güte und die Wahrheit seines Wortes bezweifelte. Wie leicht konnte eine Lüge Zufriedenheit in Missmut und Sünde verkehren. Im Gegensatz zu Eva hatte ich beim letzten Mal der Versuchung widerstanden und Gott gehorcht. Ich war bei Maarten geblieben – und musste jetzt mit der zweiten Wahl leben.

Ich las immer noch in Hendriks Briefen und war auf der gefährlichen Straße der Bitterkeit und des Selbstmitleids unterwegs, als Arie und Christina zurückkamen. Schnell schob ich die Blätter in einen Umschlag, als Christina in mein Zimmer lief, jetzt wieder fröhlich, ihren Wutanfall vergessend. Sie schlang die Arme um meinen Hals und gab mir einen Kuss. „Arie hat gesagt, ich muss sagen, dass es mir leidtut, Mama." Ich erwiderte ihre Umarmung, war aber angesichts von Hendriks Briefen zu überwältigt von meinen Gefühlen, als dass ich hätte antworten können. Christina sah die Dose und fragte: „Was ist das, Mama?"

„Das sind Briefe, *lieverd*. Von jemandem, den ich früher in den Niederlanden kannte."

„Kann ich die Dose für meine Sachen haben? Sie ist hübsch."

„Dann hätte ich aber keinen Platz mehr für meine Briefe."

Kurz darauf nahm sie das rosafarbene Band und fragte: „Darf ich dann das hier haben?"

„Na gut. Soll ich es dir in die Haare binden?" Christina nickte und ich löste ihre Zöpfe, die ohnehin halb offen waren. Dann schlang ich das Band in einer Schleife um ihre dicken blonden Haare. Es sah ihr so unähnlich, dass sie sich von mir die Haare machen ließ, dass es mich erstaunte.

„Rosie hatte hübsche Bänder im Haar, nicht wahr, Mama?"

„Ja, *lieverd*, das stimmt." Hendriks Tochter hatte einer Porzellanpuppe geähnelt, bei der jedes Haar, jede Falte und jede Schleife ordentlich war – wie bei ihrer Mutter. Seine Frau Nella war viel hübscher als ich. Rasch zog ich Christina in meine Arme, damit sie meine Tränen nicht sehen konnte.

Als ich später an diesem Abend neben Maarten im Bett lag, wurde mir bewusst, dass ich gesündigt hatte. Jesus hat gesagt, wenn wir auch nur mit lüsternen Blicken jemanden ansehen, mit dem wir nicht verheiratet sind, dann begehen wir im Herzen Ehebruch. Maarten wusste nicht, dass ich mich immer noch nach Hendrik sehnte – aber Gott wusste es.

Ich musste um Vergebung bitten. Ich musste Hendrik noch einmal aus meinem Herzen und meinen Gedanken verbannen und seine Briefe verbrennen. Wenn ich nicht Buße tat und vor der Versuchung floh, stand viel auf dem Spiel: der Verlust meines Glaubens, meine Seele. Ich musste zu einem Ort der Zufriedenheit und Dankbarkeit für alles, was Gott mir geschenkt hatte, zurückfinden; musste glauben, dass er mich liebte und das Beste für mich wollte. Stundenlang lag ich wach und betete um Vergebung, während ich mir schwor, morgen einen Neuanfang zu machen.

Der Himmel war noch nicht hell, als jemand an unsere Hintertür klopfte. Einen wilden Moment lang dachte ich, es wäre vielleicht Hendrik, der gekommen war, um mich anzuflehen, mit ihm durchzubrennen. Ich schlang ein Tuch um mein Nachthemd und folgte Maarten zur Tür. Pieter Visser aus unserer Gemeinde stand auf der Schwelle. Er sah blass und verzweifelt aus. Als er mich erblickte, nahm er den Hut ab und hielt ihn vor seine Brust. „Kannst du kommen, Geesje? Es ist Johanna …"

„Ist ihr Baby da? Ist es so weit?" Johanna und ich waren gute Freundinnen geworden und ich hatte ihr während ihrer Schwangerschaft – ihrer ersten – mit Rat und Tat zur Seite gestanden. In derselben Woche, in der ich meine Fehlgeburt hatte, war Johannas Mutter plötzlich gestorben und wir hatten zusammen mit Gottes unergründlichen Wegen gerungen. „Hast du nach der Hebamme geschickt?", fragte ich Pieter.

„Ja … sie war die ganze Nacht bei uns." Pieter hatte Tränen in den Augen. „Das Baby ist tot zur Welt gekommen, Geesje."

„Oh nein!" Ich schlug mir die Hand vor den Mund, während Mitgefühl für meine junge Freundin in mir aufstieg.

„Johanna hat nach dir gefragt. Sie bittet dich zu kommen."

„Natürlich. Ich ziehe mich an."

Während ich im blassen Morgenlicht zu Johanna eilte, betete ich, dass ich die richtigen Trostworte finden möge. Aber mir fielen keine ein. Als ich bei meiner Freundin ankam, konnte ich sie nur im Arm halten und mit ihr weinen, eine schweigende Gefährtin in ihrer Trauer sein. Die Hebamme erlaubte Johanna, ihr Kind einige Minuten zu halten – ein vollkommen geformter kleiner Junge, so grau und kalt und farblos wie der Himmel in der Morgendämmerung –, bevor sie ihn für das Begräbnis mitnahm. Er war im Mutterleib gestorben, ohne jemals geatmet zu haben.

„Warum lässt Gott solche schrecklichen Dinge zu?", fragte Johanna. Ihre Arme waren leer und so schlang sie sie um ihren Oberkörper und wiegte sich vor und zurück. Ich saß neben ihr auf dem Bett und hielt sie und weinte mit ihr.

„Ich weiß es nicht", sagte ich nur. „Aber es ist nicht recht. Und ich bin gerade sehr wütend auf Gott."

„Ich auch", flüsterte sie, als hätte sie Angst, die Worte laut auszusprechen. Dann schluckte sie und sagte: „Ich wollte, dass du kommst, Geesje, und niemand anders, weil ich wusste, dass du meine Partei ergreifen würdest. Du würdest nicht zu mir sagen, dass alles gut wird oder dass ich noch ein Baby bekommen kann, das seinen Platz einnimmt. Du sagst nicht, dass es Gottes Wille ist, den ich akzeptieren muss, oder dass Gott mein Kleines im Himmel gebraucht hat. Wenn schreckliche Dinge geschehen, habe ich Leute sagen hören, wir müssten über unser Leben nachdenken und unsere Sünde bereuen, aber ich weiß, dass ich nichts getan habe, um das hier zu verdienen, und mein Baby auch nicht."

„Hör nicht auf die dummen Dinge, die manche Leute sagen, Johanna. Sie irren sich. Und du hast allen Grund, jetzt wütend auf Gott zu sein. Als mein Baby starb, war ich außer mir vor Wut und ich habe auch nicht so getan, als wäre ich es nicht. Außerdem weiß er sowieso genau, wie wir uns fühlen."

„Aber du bist nicht wütend geblieben. Und ich habe im Moment das Gefühl, als könnte ich nie wieder glücklich sein. Hilf mir, Geesje. Sag mir, wie du damit fertig wirst. Du hast einen so starken Glauben."

Ich antwortete nicht. Ich war nur froh, dass Johanna mein Gesicht nicht sehen konnte – und nicht in meinem Herzen lesen und die rebellischen Gedanken sehen konnte, die ich erst gestern gegen Gott gehabt hatte, nachdem ich Hendrik begegnet war.

„Wie kann ich Gott jemals wieder vertrauen, nachdem er mir mein Baby genommen hat?", fragte sie.

Ich drückte sie fest und sagte: „Was auch immer du tust, hör nicht auf, ihm zu vertrauen. Ich glaube, dass Gott über den Tod deines Babys genauso traurig ist wie wir. Er hat uns geschaffen und uns das Leben auf dieser schönen Erde geschenkt, weil er wollte, dass wir ewig hier leben. Aber der Tod ist in diese Welt gekommen, als Adam und Eva gesündigt haben. Jetzt erleben wir Schmerz und Trauer, wann immer ein geliebter Mensch stirbt, weil wir wissen, dass es nicht so sein sollte. Gott weiß auch, dass es nicht so sein sollte. Deshalb hat er seinen Sohn geschickt, der an unserer Stelle gestorben ist, damit der Tod vernichtet wird und wir ewiges Leben haben. Sieh immer auf das Kreuz, Johanna, dann weißt du, dass du ihm auf jeden Fall vertrauen kannst."

„Ist das die Art, wie du damit fertig wirst, Geesje? Indem du auf den Himmel wartest?"

„In gewisser Weise ...", sagte ich und strich ihr übers Haar. „Aber Jesus hat uns auch gelehrt, dafür zu beten, dass Gottes Reich jetzt kommt und sein Wille hier auf der Erde getan wird, wie im Himmel. Er hat Arbeit für uns, Johanna. Ein Leben, das wir für ihn einsetzen sollen. Als ich mich so fühlte, wie du dich jetzt fühlst, habe ich Gott gebeten, mir zu zeigen, dass er immer noch bei mir ist. Mir zu zeigen, dass er mich liebt und dass seine Wege gut und richtig sind. Und dann habe ich auf seine Antwort gewartet ... Langsam, nach und nach, hat er mir durch Dutzende alltägliche Dinge gezeigt, dass er in meiner Nähe war und mich liebte. Das wird er bei dir auch tun, wenn du ihn darum bittest."

Ich blieb bei Johanna, bis sie einschlief, von der Anstrengung ganz erschöpft. Nachdem ich Pieter versprochen hatte, bald zurückzukehren, eilte ich nach Hause zu meiner Familie. Ich musste bei Johanna sein, wenn die anderen Frauen kamen, um sie zu trösten, und meine Freundin vor jeglichen verletzenden Worten beschützen.

In unserem Haus war es still. Das Durcheinander aus Tellern und schmutzigen Töpfen in der Küche sagte mir, dass Maarten den Kindern etwas zu essen gemacht und die Jungen zur Schule geschickt hatte. Christina war bei ihm in der Druckerei. Sie trug das rosafarbene Band um ihr zerzaustes Haar und ich lächelte bei dem Gedanken, welche Mühe Maarten gehabt haben musste, es mit seinen großen, dicken Fingern zu binden, während unsere Tochter auf seinem Schoß herumhüpfte und zappelte. Gott möge mir vergeben, aber als ich am Abend zuvor in Selbstmitleid gebadet hatte, hatte ich ihn „zweite Wahl“ genannt. Das war er nicht. Maarten war mir ein liebender Ehemann und unseren Kindern ein wunderbarer Vater.

Christina kam auf mich zugerannt, als sie mich sah, und umklammerte meine Beine. Die überwältigende Liebe, die ich für sie, die ich für alle meine Kinder empfand, war einer der überzeugenden Beweise, die Gott mir gegeben hatte, als ich ihn aufgefordert hatte, mir zu zeigen, dass er mich liebte. Für diese Kinder würde ich selbst mein Leben lassen, und genau das hatte er für mich getan.

Das rosafarbene Haarband erinnerte mich auch an Hendrik. Heute würde ich mit der schwierigen Aufgabe beginnen, ihn noch einmal neu zu vergessen. Aber ich konnte mich nicht dazu durchringen, seine Briefe im Kamin zu verbrennen. Ich konnte es einfach nicht. Sie blieben in der kleinen Blechdose, versteckt in meiner Reisetruhe.

27. Kapitel

Anna

Hotel Ottawa
1897

Es ist, als wäre meine Wanderung auf den Mount Pisgah mit Derk Wochen her und nicht erst wenige Stunden. Seither habe ich über den Rat nachgedacht, den er mir gegeben hat. Selbst während ich in dem Rührei auf meinem Frühstücksteller herumgestochert habe, habe ich hin und her überlegt. Derk hat gesagt, ich sollte William nicht heiraten, und mir zwei Gründe dafür genannt. Der erste war, dass ich William nicht liebe. Derk hat darauf bestanden, dass Liebe wichtiger sei als alles andere, und ich habe darauf bestanden, dass sie mir nichts bedeute, und meine Meinung mit einem längeren Vortrag darüber gerechtfertigt, dass Liebe in meinen gesellschaftlichen Kreisen gar nicht erwartet werde. Aber während ich jetzt hier auf der Veranda sitze und beobachte, wie junge Paare Arm in Arm spazieren gehen, einander in die Augen blicken und angeregt miteinander reden, sehne ich mich danach, dieselbe atemlose Leidenschaft für William zu empfinden. In der Schule habe ich heimlich Liebesromane gelesen – das taten alle Mädchen – und wir träumten von der geheimnisvollen Aufregung, wenn man sich verliebt, und von der unbändigen Freude zu wissen, dass diese Liebe erwidert wird. Ich habe mein Tagebuch mit nach unten genommen und verbringe einige Minuten damit, noch einmal die Passagen zu lesen, in denen davon die Rede ist, wie William mich geküsst hat. Dabei versuche ich mich daran zu erinnern, was ich damals für ihn empfunden habe, während ich mich zugleich frage, was er wohl für mich empfunden hat.

Ich lese auch mehrere Tagebucheinträge über die Schlossturmkirche noch einmal und über mein Gefühl, dort ein fehlendes Stück von mir selbst gefunden zu haben. Diese Passagen erinnern mich an den zweiten Grund, den Derk mir genannt hat, warum ich William nicht heiraten sollte. Er meinte, ich sollte frei sein, selbst zu wählen, in welche Kirche ich gehen möchte, und William hätte kein Recht, mir diese Glaubensfreiheit zu nehmen. Doch selbst wenn William mir erlauben würde, die Schlossturmkirche zu besuchen, kann ich mir lebhaft vorstellen, was all die anderen Damen darüber sagen würden. Würde ich es wagen, beim Tee über die Bibel zu reden oder die Lehren Jesu zur Sprache zu bringen, wäre ich schnell eine Geächtete. In meinen Kreisen ist jede Erwähnung von Religion tabu. Man hält das für fanatisch, um Mutters Ausdruck zu gebrauchen.

Ich schlage meine Bibel an der Stelle auf, an der ich beim letzten Mal stehen geblieben bin, und lese die Geschichte von der Verhaftung Jesu im Garten Gethsemane. Alle seine Jünger sind geflohen und haben ihn im Stich gelassen. Petrus hat sogar vehement geleugnet, ihn überhaupt zu kennen – nicht *ein*mal, sondern *drei*mal. Plötzlich wünsche ich mir, ich hätte Derk Vander Veen nie kennengelernt oder zumindest nie mit ihm über Jesus gesprochen. Denn ich habe das Gefühl, dass ich Jesus auch verleugne, wenn ich nach Chicago und in mein altes Leben zurückkehre.

Ich höre schnelle Schritte, und als ich aufblicke, sehe ich Mutter näher kommen, bewaffnet mit einem Stapel Modezeitschriften. Sie setzt sich auf den freien Platz neben mir. „Du hast doch versprochen, dass wir uns die hier gemeinsam ansehen, weißt du noch? Wir müssen unserer Schneiderin genügend Zeit geben, um dein Hochzeitskleid und die Aussteuer zu nähen." Sie legt eine der Zeitschriften über die offene Bibel auf meinem Schoß, als hätte sie die Bibel gar nicht gesehen, und beginnt selbst in einer anderen Zeitschrift zu blättern. „Ach, du liebe Zeit, sieh dir nur diese herrlichen Kleider an! Und die neuen Hüte, die man dazu trägt! Honoria Stevens hat mir gesagt, dass diese Zeitschrift die beste mit den neuesten Modetrends sei, und sie hatte recht."

Ich beuge mich vor, um die Seite zu sehen, die sie betrachtet. „Welchen Zweck haben denn diese riesigen, ballonartigen Ärmel?", frage ich.

„Sie brauchen keinen Zweck zu haben. Sie sind in diesem Jahr Mode."

„Die sehen scheußlich aus. Wer will denn, dass seine Arme so aussehen?"

Mutter blättert ruhig eine Seite um und dann noch eine. „Man könnte sagen, dass der Stil, den du während deines Aufenthalts hier wählst, ebenso unbefriedigend ist." Ihre Stimme klingt so, als könnte sie sich kaum beherrschen. „Du trägst keine Handschuhe und keine Unterröcke, du machst dir die Haare nicht mehr zurecht ... Jetzt erkenne ich, dass es ein Fehler war, unsere Zofe zu Hause zu lassen. Du hast dir einige sehr schlechte Angewohnheiten zugelegt, seit wir hier sind."

Ich blicke in die Ferne auf die sanften Wellen des blauen Wassers, die smaragdgrünen Bäume, die Wattewölkchen, die über den Hotels auf der gegenüberliegenden Seite des Black Lake schweben. „Wirst du es nie leid, hübsch auszusehen und die neueste Mode zu tragen?", frage ich. „Und langweiligen Unterhaltungen zuzuhören, während wir an Tee nippen und Gurkensandwiches knabbern?"

„Ich finde die Unterhaltungen keineswegs langweilig. Die anderen Frauen sind meine Freundinnen. Wir sind gerne zusammen. Und du kannst das Leben in Chicago nicht auf etwas Triviales reduzieren, Anna. Die Frauen in unseren gesellschaftlichen Kreisen tun viel Gutes für die Gemeinschaft."

„Ich habe keine gute Freundin." Mir wird bewusst, dass dies das Problem ist. Keines der Mädchen zu Hause würde eine so ehrliche Diskussion mit mir führen, wie Derk und ich sie hatten, als wir die Düne hinaufgestiegen sind. Meine Zeit mit Derk hat ein unbefriedigendes Ende genommen, aber wenigstens waren wir ehrlich zueinander.

„Wenn du Freundinnen willst, musst du aufhören, so schüchtern zu sein, und mit anderen reden, Anna. Lade sie ein, dich zu begleiten, wenn du irgendwohin gehst. Ich bin mir sicher, du würdest viele Gemeinsamkeiten mit anderen jungen Damen deines Alters entdecken, wenn du dich mehr bemühtest."

Da bin ich mir nicht so sicher. Mir fällt kein einziges Mädchen aus meinem Bekanntenkreis ein, das bereit wäre, mit mir in die Schlossturmkirche zu gehen oder in der Bibel zu lesen.

„Was ist mit Williams Schwester?", fragt Mutter. „Jane ist doch fast so alt wie du, nicht wahr? Ihr werdet viel Zeit haben, Freundinnen zu werden, wenn ihr bei Williams Eltern wohnt, während euer Haus gebaut wird."

„Kann sein", erwidere ich. Aber wie kann ich mit der Schwester meines Mannes offen über Liebe und Ehe sprechen? Und an Religion hat Jane noch nie ein Interesse gezeigt, geschweige denn an Gesprächen über die Bibel. Ich seufze, ohne es zu bemerken, und Mutter klappt energisch ihr Modemagazin zu.

„Hör mir zu, Anna. Du musst einfach diese düstere Stimmung ablegen. Verdrießlichkeit ist bei niemandem eine attraktive Eigenschaft. Ich verstehe, warum du traurig warst, als wir hier ankamen und deine Verlobung mit William so plötzlich gelöst war. Ich dachte, wenn du eine Woche am See verbringst, würde sich deine Stimmung bessern und du könntest wieder nach vorne blicken, aber wie es scheint, hat deine Zeit hier alles nur noch schlimmer gemacht. Jetzt, wo du dich mit William ausgesöhnt hast und alles vergeben ist, kannst du dich auf alles freuen, was die Welt zu bieten hat – vor dir liegt eine Zukunft, um die dich alle jungen Damen in deinem Alter beneiden werden. Aber du sitzt mürrisch herum, als wolltest du noch mehr. Das verstehe ich einfach nicht."

„Ich verstehe es ja selbst nicht!", erwidere ich frustriert. „Ich weiß, dass ich glücklich sein sollte, und das will ich auch – wirklich. Aber … aber mein Aufenthalt hier hat nur noch mehr Fragen aufgeworfen."

„Was für Fragen?" Sie wirkt ernsthaft verwirrt, obwohl sie mein Tagebuch doch gelesen hat und alle meine intimsten Gedanken kennt. Wir leben in unterschiedlichen Welten, Mutter und ich. Sie versteht mich nicht und ich verstehe sie nicht. Ich begreife nicht, wie sie fröhlich durchs Leben segeln kann, ohne die Dinge, die ihr widerfahren, jemals infrage zu stellen. Oder wie sie damit einverstanden sein kann, alle Entscheidungen meinem Vater zu überlassen. Warum ist sie zufrieden mit den oberflächlichen Freundschaften und den steifen, förmlichen Gottesdiensten, die Gott auf Distanz halten? Ich bin ganz anders als meine Mutter. Ich will Antworten auf meine vielen Zweifel und Fragen. Ich will Gottes Liebe spüren, wenn ich ihn anbete. Ich will wissen, was der Sinn meines Lebens ist. Ich werfe einen Blick auf die heitere Fassade, die Mutter bietet, und frage mich, ob die Rebellion, die ich verspüre, in meinem Blut liegt. Ist das vielleicht etwas, das ich genauso von meiner leiblichen Mutter geerbt habe wie meine blonden Haare?

„Ich habe viele Fragen, Mutter – zum Beispiel, wo ihr mich gefunden habt. Wurde ich vor eurer Tür abgelegt? Oder bei einem Waisenhaus? Du hast mir gesagt, dass ich als Säugling ausgesetzt wurde, aber wo und wie ist das geschehen? Unter welchen Bedingungen?“ Wenn ich das Thema immer wieder anspreche, gibt sie vielleicht irgendwann nach und sagt mir, was ich wissen will.

Stattdessen sagt sie: „Warum fragst du mich das jetzt, Anna? Warum plötzlich nach all den Jahren als unsere geliebte Tochter?“

„Ich bin mir nicht sicher. Vielleicht, weil ich bald heirate und irgendwann selbst Kinder haben werde … Im Grunde genommen habe ich mich schon immer gefragt, wer meine richtigen Eltern waren, aber ich wollte eure Gefühle nicht verletzen und habe deshalb nicht gefragt. Außerdem hatte ich bis jetzt auch etwas Angst vor den Antworten. Aber jetzt muss ich es wissen.“

Ich sehe, dass Mutter die Geduld mit mir verliert. Vielleicht fühlt sie sich zurückgewiesen, weil ich nach meiner „richtigen“ Mutter frage. Als sie schließlich antwortet, ist ihr Tonfall unterkühlt und knapp. „Dein Vater war auf Geschäftsreise, als du gefunden wurdest. Ich war nicht bei ihm. Du musst ihn nach den Einzelheiten fragen.“

„Aber wohin war er gefahren? Wo hat er mich gefunden?“

Sie schüttelt den Kopf, das Kinn vorgereckt, den Mund zu einer festen Linie zusammengepresst. „Frag mich nicht noch einmal, Anna. Das muss er dir erzählen.“

„Aber ich muss doch leibliche Eltern gehabt haben …“

„Natürlich hattest du die. Und wir haben uns sehr bemüht, sie zu finden. Dein Vater hat die entsprechenden Behörden angeschrieben, sogar eine Anzeige in allen Zeitungen geschaltet … Ich weiß nicht, warum deine Eltern nie gekommen sind, um dich zu holen, aber das haben sie nicht getan. In der Zwischenzeit bist du uns beiden sehr ans Herz gewachsen und so haben wir damit begonnen, deine Adoption vorzubereiten.“

„Niemand wollte mich.“

„Das ist nicht wahr.“ Mutter ist kurz davor, die Beherrschung zu verlieren, aber eine richtige Dame bekommt keinen Wutanfall, schon gar nicht in der Öffentlichkeit. „Dein Vater und ich wollten dich unbedingt. Wenn du nur wüsstest, welche Sorgen wir uns gemacht haben, dass deine Eltern gefunden würden und wir dich hergeben müssten … Als die Adoption gerichtlich geregelt war und du unser Kind wurdest, waren wir überglücklich."

„Aber wo …?"

„Dein Vater soll dir die Geschichte erzählen, Anna. Das bist du ihm schuldig."

Jetzt bereue ich, ihn nicht gefragt zu haben, als er hier war. Das bedeutet, dass ich warten muss, bis ich wieder in Chicago bin. Wieder einmal bin ich in einer Sackgasse gelandet. Aber ich habe noch mehr Fragen an Mutter. Derk hat heute Morgen einen solchen Aufstand gemacht, was das Heiraten aus Liebe betrifft, dass ich frage: „Warst du in Vater verliebt, als du ihn geheiratet hast?"

„Woher kommt denn diese Frage nun?"

„Ich weiß, dass du Vater durch Onkel Robert kennengelernt hast. Du hast mir erzählt, dass sie im College befreundet waren und beide eine Weile für deinen Vater gearbeitet haben."

„Ja, mein Vater gab Arthur eine Starthilfe bei seinen Geschäften. Er hat ihm den ersten Kredit gegeben und ihm dabei geholfen, dass sein Unternehmen ein Erfolg wurde."

Hat mein Vater seine Heirat mit Mutter benutzt, um beruflich voranzukommen, so wie er jetzt meine Heirat mit William nutzen will? Ich liebe meinen Vater über alles, aber dieser neue Gedanke lässt ihn mir in einem anderen, weniger schmeichelhaften Licht erscheinen. „Wart ihr leidenschaftlich ineinander verliebt, als ihr beschlossen habt zu heiraten?"

„Hör zu, Anna …"

„Ich werde bald heiraten und ich will nicht über triviale Dinge wie Kleider mit Puffärmeln und scheußliche Hüte für meine Aussteuer reden. Ich möchte über die Ehe reden und darüber, wie ich erkenne, ob ich William liebe oder nicht und ob Liebe für eine erfolgreiche Ehe wirklich wichtig ist oder nicht!"

„Anna, sei still!" Nach meinem Ausbruch blickt Mutter sich verstohlen um, entsetzt, weil ich meine Stimme erhoben habe. Ihre eigene senkt sie jetzt zu einem leisen Murmeln. „Zuerst einmal musst du verstehen, dass es mir sehr unangenehm ist, über so persönliche Dinge zu sprechen. Man darf die eigenen Gefühle nicht offen zeigen, sodass alle sie sehen können. Zum Erwachsenwerden gehört, dass du lernst, deine Gefühle zu beherrschen. Frauen, die hysterisch werden und Laudanum nehmen müssen, gehören einer ganz anderen Schicht an als wir."

„Gegen meine Gefühle kann ich doch nichts machen, oder?"

„Natürlich kannst du das. Du musst lernen, dich zu beherrschen, Anna. Du warst schon immer ein sehr emotionales Kind. Man könnte es fast als nervös bezeichnen. Zum Teil gebe ich mir selbst die Schuld daran, weil ich deine Launen so lange zugelassen habe, und es tut mir leid, wenn es grausam klingt, aber es wird Zeit, dass du damit aufhörst."

Mutter schlägt ihre Zeitschrift auf und errichtet eine Barriere der Würde wie eine Steinmauer zwischen uns. „Und nun zu den Kleidern. Wenn du die Ärmel an dem hier nicht magst, dann gefallen dir diese hier vielleicht besser."

Sie weicht meiner Frage aus. Das kann nur bedeuten, dass sie meinen Vater nicht leidenschaftlich geliebt hat, als die beiden geheiratet haben – und sie tut es noch immer nicht. Eine Frau, die liebt, will ständig über die Einzelheiten reden so wie die Mädchen in der Schule, wenn sie verliebt waren. Aber meine Eltern scheinen miteinander glücklich zu sein. Vielleicht werde ich auch lernen, damit zufrieden zu sein.

Ich tue, was Mutter verlangt, blättere pflichtbewusst durch die Modezeitschriften und wähle einige Modelle für meine Aussteuer aus. Mutter beschwert sich, sie seien viel zu schlicht, aber diejenigen, die sie bevorzugt, erscheinen mir übertrieben und unbequem und sinnlos. Sie erinnern mich an mein Leben. Als wir die letzte Zeitschrift durchgesehen haben, lehne ich mich auf meinem Stuhl zurück und beobachte die Aktivitäten auf dem See. Heute geht ein kräftiger Wind. Offenbar herrschen genau die richtigen Bedingungen für Segler, denn der Black Lake ist mit weißen, dreieckigen Segeln getupft. Ich frage mich, ob Derk auf einem dieser Boote ist. Sie gleiten so frei und mühelos über das glitzernde Wasser, dass es beinahe einladend aussieht – aber in meiner Magengrube bildet sich ein mulmiges Gefühl bei dem Gedanken, mich auf das tiefe, kalte Wasser hinauszuwagen.

In der folgenden Nacht habe ich wieder einen merkwürdigen Traum. Mama und ich sitzen in einem Zug, der voller Menschen aus der Arbeiterklasse ist. Ihre einfache Kleidung ist verschlissen und geflickt – sie tragen keine Puffärmel oder Reifröcke. Stattdessen tragen sie Körbe mit selbst gekochtem Essen, das nach Wurst und Knoblauch und rohen Zwiebeln riecht. Ich höre Rufe und lautes Gelächter, als zwei betrunkene Raubeine eine Prügelei beginnen. Mama drückt mich fest an sich und flüstert: „Pst, ganz ruhig. Es dauert nicht mehr lange, dann haben wir nichts mehr mit alledem zu tun. Dann sind wir in Sicherheit. Wir werden an einem Ort mit schönen Bäumen leben, an dem es friedlich und ruhig ist."

Als wir irgendwann aus dem Zug steigen, befinden wir uns an einem Ufer, an dem Dutzende Schiffe angelegt haben. Die Segel sind aufgerollt und die leeren Masten ragen meterhoch in den dunkler werdenden Himmel. Wir gehen, bis ich müde werde und getragen werden will, aber Mama hat mit unserem Gepäck alle Hände voll zu tun. Mehrmals bleiben wir stehen, bevor wir das Büro der Dampfschifffahrtsgesellschaft erreichen. Mama bittet um zwei Fahrkarten und schüttet alle Münzen aus ihrem Geldbeutel aus, um sie zu bezahlen. Der Angestellte zeigt auf ein Schiff, das am Kai liegt. Hinter uns geht die Sonne unter und vor uns erstreckt sich das Wasser, so weit das Auge reicht, bis zum sanft gebogenen Horizont. Panik steigt in mir auf, als ich mir vorstelle, an Bord dieses Schiffes zu gehen. Ich kann nicht atmen. Ich fange an zu schreien. „Nein …!"

Schweißgebadet wache ich auf und kämpfe mich aus den zerwühlten Laken. Erleichtert stelle ich fest, dass ich nur geträumt habe. Ich stehe auf, öffne das Fenster und atme die feuchte, klare Luft ein. In der Ferne höre ich leise die Wellen wie Mamas beruhigende Laute in meinem Traum. Die Lichter der Hotels auf der anderen Seite des Sees funkeln und glitzern.

Habe ich solche Angst vor dem Heiraten, dass ich davon Albträume bekomme? Ist es wirklich eine Angst vor dem tiefen, unbekannten Wasser – oder davor, mein Leben einer Zukunft zu überlassen, die bereits für mich geplant ist?

28. Kapitel

Geesje

Holland, Michigan
1897

Etwas drängt mich, meine Geschichte weiter aufzuschreiben. Ich weiß, dass das Komitee mich nur gebeten hat, von den ersten Jahren unserer Kolonie zu erzählen, und die habe ich längst hinter mir. Aber wenn ich meine Geschichte richtig niederschreiben will, muss ich über den Bürgerkrieg schreiben und darüber, wie er unser aller Leben verändert hat. Ich ziehe einen Stuhl zu der Dachbodenluke und stelle mich auf Zehenspitzen darauf, um hinaufzuklettern. Auf dem vollen Dachboden ist es heiß und es gibt dort viele Spinnweben und Dinge, die niemand mehr braucht. Als ich bei meiner Suche etwas bewege, wirbelt Staub auf und schwebt in der stickigen Luft, sodass ich niesen muss. Ich suche nach der Dose mit den Briefen, die Arie uns geschickt hat, während er im Krieg war.

Ich schiebe einen zerbrochenen Schaukelstuhl beiseite, einen alten Schreibtisch mit fehlender Schublade, eine zerfallende Kiste mit Büchern. Warum hebe ich so viele nutzlose Dinge auf, die ich offensichtlich nicht mehr brauche? Als wir die Niederlande damals verließen, mussten meine Eltern fast alles zurücklassen, deshalb weiß ich, dass ich ohne diese Dinge genauso gut leben könnte.

Endlich, da ist sie! Ich finde die alte Teedose mit Aries Briefen und steige vorsichtig wieder vom Dachboden herab, während ich bete, dass der Stuhl nicht umfällt und mich mitreißt. Meine Schürze ist ganz staubig und ich muss die Spinnweben aus meinem Kopftuch schütteln, bevor ich es wieder über meine Haare binden kann. Ich werde die Briefe draußen in meinem Lehnstuhl auf der Veranda lesen, wo ich die Vögel im Blumengarten zwitschern und die Bienen summen hören kann.

Während ich durch diese kostbaren, mit Tintenflecken versehenen Seiten blättere, erinnere ich mich an die Angst, die ich während dieser ungewissen Jahre hatte, und an die vielen, vielen Gebete, nicht nur für Arie, sondern für alle jungen Männer aus unserer Gemeinde. Zuerst sind Aries Briefe ausgesprochen fröhlich, während er seine vielen Abenteuer beschreibt – ich habe den Verdacht, dass er absichtlich gute Laune versprühte, um seine eigene Angst zu verbergen und weil er nicht wollte, dass wir uns Sorgen machen. Als ich die Briefe lese, höre ich Christinas Stimme, nicht die von Arie. Sie liebte es, uns seine Briefe vorzulesen, immer wieder, während wir am Kamin saßen.

„Arie hat ein solches Glück", seufzte sie dann, wenn sie geendet hatte. *„Er kann so viele Orte sehen und so viele Dinge tun!"*

Später an diesem Abend, als ich alle Briefe noch einmal gelesen habe, setze ich mich endlich mit Bleistift und Notizbuch hin, um meine Geschichte weiterzuschreiben. Ich beschließe, mit dem Tag zu beginnen, an dem Arie mit der Nachricht aus der Druckerei heimgerannt kam …

Geesjes Geschichte

Holland, Michigan
36 Jahre früher

„Unser Land ist im Krieg, Mama!" Ganz atemlos kam Arie eines Morgens im April 1861 in meine Küche gestürmt. „Sie haben Papa gebeten, eine Sonderausgabe der Zeitung zu drucken. Die Konföderierten haben bei Fort Sumter, in der Nähe von Charleston in South Carolina, das Feuer auf unsere Unionssoldaten eröffnet. Sie verlangen, dass wir das Fort aufgeben."

Als ich das hörte, musste ich mich setzen. Seit Abraham Lincoln im vergangenen November zum Präsidenten gewählt worden war, hatten die Südstaaten sich einer nach dem anderen von der Union abgespalten. Und jetzt dieser absichtliche Kriegsakt, nur einen Monat nach seinem Amtsantritt.

„Papa bringt nachher ein Exemplar mit nach Hause, aber er dachte, du willst es sicher gleich wissen, Mama."

„Sag ihm Danke dafür."

Arie war schon halb durch die Tür, als er sich noch einmal umdrehte. „Ach so, das hätte ich beinahe vergessen: Papa hat gesagt, du sollst dir keine Sorgen machen. Er hat gesagt, Gott habe alles im Griff." Ich lächelte und scheuchte ihn hinaus. Arie war siebzehn. Er hatte beschlossen, seine Ausbildung abzubrechen und nicht mit seinem Freund Dirk Van Raalte, dem Sohn des *Dominee*, aufs College zu gehen. Aus der ursprünglichen Pionierschule war inzwischen die Holland Academy geworden und vor ein paar Jahren hatte *Dominee* Van Raalte fünf Morgen Land gestiftet, um einen College-Campus zu schaffen. Das erste Gebäude der Ausbildungsstätte war vor zwei Jahren, also 1859, fertiggestellt worden und das quadratische dreistöckige Steingebäude trug den Namen Van Vleck Hall. Darin befanden sich Büros, Klassenräume und Schlafsäle für Studenten.

Aber Arie hatte kein Interesse daran, dort oder irgendwo anders aufs College zu gehen. Am liebsten arbeitete er zusammen mit seinem Vater in der Druckerei. Der Traum, den Maarten gehabt hatte, als er das Schild über der Tür angebracht hatte – *de Jonge und Söhne, Drucker* – war endlich wahr geworden. Nun, zumindest hatte einer seiner drei Söhne beschlossen, in seine Fußstapfen zu treten. Es war noch zu früh, um zu sagen, was der fünfzehnjährige Gerrit oder der dreizehnjährige Jakob tun würden. Beide halfen in der Druckerei, wenn sie gebraucht wurden, aber ob sie in das Familienunternehmen einsteigen wollten, würden sie selbst entscheiden können, wenn sie alt genug waren. Maarten würde sie diesbezüglich niemals unter Druck setzen.

An diesem Abend brachte Maarten die Zeitung mit nach Hause – sie wurde immer noch auf Niederländisch gedruckt – und wir lasen alles über die Schlacht bei Fort Sumter. Unsere Wahlheimat befand sich im Krieg. Im Augenblick schienen die Kämpfe weit weg zu sein und sie hatten wenig mit unserem Alltag zu tun. *Dominee* Van Raalte war schon lange ein vehementer Gegner der Sklaverei und wir waren uns einig, dass diese Praxis unrecht war und abgeschafft werden musste. Als an diesem Apriltag der Krieg begann, waren wir so naiv zu glauben, dass die Auseinandersetzungen wenige Wochen dauern würden. Wir irrten uns.

Präsident Lincoln berief fünfundsiebzigtausend Soldaten ein. Später, im Juli, entschied der Kongress, diese Zahl auf fünfhunderttausend zu erhöhen. Im September 1861 meldeten sich sechsundzwanzig junge Männer aus unserem Ort freiwillig für den Militärdienst bei der Michigan Kavallerie. Der Krieg, der einst so weit weg zu sein schien, kam näher, während wir die Zeitungsberichte über die Schlachten und über General McClellans Halbinsel-Feldzug lasen. Ich weiß noch, wie ich unsere drei jungen Söhne um den Tisch sitzen sah und inständig betete, der Krieg möge enden, bevor sie achtzehn wurden. Meine Gebete wurden nicht erhört.

Ein Jahr nach der ersten Schlacht bei Fort Sumter war noch immer kein Kriegsende in Sicht. Unser Sohn Arie wurde achtzehn, und als *Dominee* Van Raaltes zwei Söhne Ben und Dirk sich im August 1862 bei der Michigan Infanterie zum Dienst an der Waffe meldeten, beschloss Arie, sich ihnen anzuschließen. Er und etwa dreihundert andere junge Männer aus der Gegend zogen gemeinsam in den Krieg, marschierten an *Dominee* Van Raaltes Haus vorbei und den Hügel hinauf, dann am Friedhof entlang und die Straße hinunter nach Kalamazoo. Ich war nicht die einzige Mutter in der Menge, die weinte, als sie ihrem Sohn zum Abschied winkte. Eine Gruppe Frauen überreichte den Soldaten eine seidene Flagge, bestickt mit dem Motto: *Gott ist unsere Zuflucht*, und der *Dominee* betete für sie und sagte: „Mögen all diese Erschütterungen uns Gott näherbringen; mögen sie uns zu Fremden und Pilgern machen; mögen sie uns heiliger machen.“ Ich versuchte auch zu beten, aber manchmal wurden meine Gebete von der Erinnerung daran behindert, wie scheinbar willkürlich Gott gehandelt hatte, als er meine Eltern hatte sterben lassen und die unschuldigen Einwanderer an Bord der *Phoenix* und das tot geborene Baby meiner Freundin und so viele, viele andere. Zugleich wusste ich aber, dass diese Zeiten der großen „Erschütterungen“, wie der *Dominee* es formuliert hatte, mich Gott nähergebracht hatten. Im Ringen mit ihm hatte ich gelernt, seine Stimme deutlicher zu hören und seine Liebe auf tiefere Weise zu erfahren. Mein Glaube war mit jeder Herausforderung gewachsen, und auch diese Zeit der Prüfung würde er überstehen.

Arie erzählte in seinen Briefen gut gelaunt von seinen Reisen.

Wir sind in Kalamazoo angekommen, wo sie im kommenden Monat versuchen werden, Soldaten aus uns allen zu machen. Mit all dem Marschieren und Exerzieren werden wir noch unsere neuen Stiefel ablaufen …

1. Oktober: Sie haben uns auf Eisenbahnwaggons geladen und jetzt sind wir unterwegs gen Süden. Wir sind durch Michigan City und New Buffalo gekommen und dann weiter nach Indiana gefahren, wo es jede Menge gutes Ackerland gibt. Wir haben die vornehme Hauptstadt Indianapolis gesehen, haben die Grenze nach Kentucky überquert und sind in Louisville angekommen. Hier werden wir einige Monate stationiert sein, während wir die Gegend südlich von Louisville nach Rebellen absuchen und Wachdienste verrichten. Kentucky ist ein Grenzstaat zwischen dem Norden und dem Süden, deshalb gehen wir davon aus, dass eine Menge los sein wird mit den rebellischen Nachbarn aus Tennessee oder Virginia.

Die ganze Gemeinde trauerte, als wir von unserem ersten Opfer erfuhren, einem jungen Mann namens Ary Rot, der in Louisville starb – nicht an einer Kriegsverletzung, sondern an einer der vielen Krankheiten, die in jenem kalten Winter die Militärlager heimsuchten. Im Dezember schrieb Arie, dass sie Louisville verlassen und in südlicher Richtung durch den Bundesstaat Kentucky bis zur Stadt Bowling Green marschieren würden. *Es ist kalt und es schneit. Überall verschwinden die Zäune, weil sie zu Feuerholz verarbeitet werden. Aber nachdem ich mein ganzes Leben in Michigan verbracht habe, wo es viel kälter und verschneiter ist als hier, macht mir das Winterwetter gar nichts aus.*

Die neunjährige Christina schrieb ihrem Bruder beinahe jeden Tag, selbst wenn es nichts Neues zu berichten gab. Sie beschrieb ihm ihr Leben in der Schule und der Gemeinde in allen Details und erwähnte sogar, was Maarten am jeweiligen Tag in der Werkstatt druckte. Ich fürchtete, das viele Porto würde uns in den Bankrott treiben, aber Arie versicherte mir, dass Christinas ausführliche Briefe ihn und die anderen Jungen aus Holland aufmunterten. Einmal schickte Arie seiner Schwester etwas von seinem Sold und schrieb: *Ich habe heute an dich gedacht und dabei fiel mir ein, wie wir immer zu dem Laden in der Eighth Street gegangen sind, um eine Handvoll Bonbons zu kaufen. Sag Jakob, er soll an meiner Stelle mit dir dorthin gehen, damit du dir eine Leckerei gönnen kannst.*

Aries Regiment blieb beinahe ein Jahr lang in Kentucky. Er beschrieb, wie bergig die Region war, verglichen mit dem Flachland von Michigan, und erzählte von den Erdwällen, die sie in den Wäldern oberhalb vom Green River angehäuft hatten, damit die Konföderierten den Fluss nicht überqueren konnten. *Wir dürfen die Rebellen nicht durchlassen*, schrieb er, *sonst können sie die wichtigste Versorgungsroute der Union an sich reißen und Louisville angreifen.* Am 4. Juli 1863 versuchten die Rebellen, genau das zu tun. Wir lasen in der Zeitung, dass eine Schlacht stattgefunden hatte, aber es dauerte fast eine Woche, bis wir einen Brief von Arie erhielten, in dem er die Kämpfe beschrieb. Die angespannten Tage des Wartens bis dahin waren eine Prüfung für unseren Glauben und führten zu manchen schlaflosen Nächten. Als sein Brief endlich eintraf, beschrieb Arie die Schlacht so:

> *Die Rebellen dachten, wir wären leichte Beute, weil wir nur zweihundert Mann waren und sie mehr als zweitausend. Wir haben ihre Kavallerie im Morgengrauen kommen sehen und das Feuer eröffnet. Ihre Antwort war ein Artilleriefeuer, bei dem zwei unserer Männer verwundet wurden. Kurz darauf hatten sie die Frechheit, ihre Offiziere mit Friedensflaggen vorzuschicken, die uns sagten, wir sollten uns besser ergeben und das Blutvergießen beenden, da sie uns zehn zu eins überlegen seien und wir mit Sicherheit verlieren würden. Natürlich haben wir uns geweigert und bald darauf, als die Kämpfe wieder begannen, konnten unsere Scharfschützen aus Michigan die Geschützgruppe der Feinde ausschalten. In den folgenden drei Stunden – und ihr könnt mir glauben, dass sie sich wie drei Tage anfühlten – griffen die Rebellen uns sieben oder acht Mal an, aber wir haben sie immer wieder zurückgedrängt. Schließlich gaben sie auf und schwenkten die weiße Fahne wieder. Diesmal fragten sie, ob sie ihre Verwundeten einsammeln und ihre Toten begraben könnten. Das haben wir ihnen erlaubt. Danach sind sie umgekehrt und nach Süden abgezogen. Seitdem haben wir nichts mehr von ihnen gesehen. Colonel Moore sagt, wir können stolz auf uns sein, weil wir so*

tapfer gegen eine Übermacht gekämpft haben, die zehn Mal so stark war wie wir.

Arie und die anderen jungen Männer aus Holland dankten Gott für ihren Sieg. Einunddreißig von ihnen sammelten Geld und schickten es mit einer Nachricht nach Hause zu *Dominee* Van Raalte: *Gott zum Dank, dass er sie in der Schlacht am Green River verschont hat, senden die Unterzeichner einen Beitrag zum Bau am Reich Gottes.* Die Schlacht am Green River war für unsere kleine Ortschaft wichtig, aber sie wurde in den nationalen Nachrichten überschattet von einer entsetzlichen Reihe Schlachten, die sich zur gleichen Zeit in einer kleinen Stadt in Pennsylvania namens Gettysburg ereigneten.

Während der Krieg sich ein weiteres, schreckliches Jahr lang hinzog, nahmen die Opfer aus unserer Gegend zu. Jeden Tag gab es Neuigkeiten von Rückschlägen und Siegen der Union, von immer mehr Toten und horrenden Verwundungen. Jeden Tag versammelten wir uns mit anderen besorgten Familien an einer Ecke in der Innenstadt, unweit der Druckerei, um die Nachrichten zu hören, die laut verlesen wurden. Immer hielten wir die Luft an und warteten, ob einer unserer Holland-Jungen unter den Verwundeten oder Toten war. Wann immer der Name eines jungen Mannes aus unserem Ort vorgelesen wurde, brachen mir die Aufschreie und Klagen beinahe das Herz. Die trauernden Mütter baten mich oft, sie nach Hause zu begleiten und mit ihnen zu beten. Ich bin mir nicht sicher, warum sie immer mich fragten. Vielleicht wussten sie, dass ich von ihnen keine Fassade unerschütterlichen Glaubens und Vertrauens erwartete, wenn sie litten. In ihren Schlafzimmern und Küchen und Wohnstuben konnten sie in meiner Gegenwart weinen und trauern und fragen: „Warum mein Sohn? Warum hat Gott einen so jungen, lebendigen und vielversprechenden Jungen sterben lassen?" Wenn wir im Gottesdienst saßen und zu unzähligen Beerdigungen gingen, mussten wir alle tapfer sein und ein Bild starken Glaubens abgeben. Aber wenn wir allein waren, halfen wir einander, aus Gott und dem Gefühl seiner Gegenwart Kraft zu ziehen. Ich kann ehrlich sagen, dass er immer bei uns war. Immer. Am Ende war unser Glaube stärker und die Fassade war kein falscher Schein mehr.

Unsere Jungen von der 25. Michigan Infanterie drangen weiter nach Süden vor. Mitte Juli 1864 waren sie kurz vor Atlanta in Georgia. Arie klagte in seinen Briefen über die schreckliche Hitze und über das ständige Bombardement durch die Geschosse der Rebellen. Nach viel Angst und Sorge wurde dann schließlich am 22. Juli die Schlacht von Atlanta ausgetragen. Wir freuten uns über einen Sieg der Union, aber er hatte einen schrecklichen Preis – mehr als 3.600 Opfer allein unter den Unionssoldaten. Unsere Gemeinde wartete angespannt darauf, dass die Namen der Gefallenen und Verletzten verlesen wurde. Maarten und ich standen zusammen an der Straßenecke und lauschten, als wir hörten, wie der Name unseres Sohnes – Arie de Jonge – unter den Verletzten genannt wurde. Wir hatten keine Ahnung, wie schwer er verwundet war. Ich sank in Maartens Arme.

„Wir müssen stark bleiben", sagte er, während er mich auf dem Heimweg stützte. „Aries Leben liegt in Gottes Hand und das ist der sicherste Ort, den es gibt."

Ich zitterte so sehr, dass ich nicht wusste, wie ich das Abendessen zubereiten sollte. Ohne irgendwelche Informationen über Aries Verwundung malte mein besorgtes Herz sich das Schlimmste aus. Mehr denn je würde ich die Unterstützung meiner Freunde brauchen, um durchzuhalten. Dann kam mir eine neue Sorge in den Sinn. „Wie sollen wir es den Kindern sagen?", fragte ich Maarten. „Sie kommen bald aus der Schule heim. Du weißt doch, wie Christina ihren Bruder vergöttert."

„Ich gehe zur Schule und hole sie ab", antwortete er. „Ich werde ihnen sagen, was wir wissen. Und dann beten wir als Familie. Gott ist barmherzig."

„Ich mache mir Sorgen darüber, welche Folgen das für Christinas Glauben haben wird. Sie betet darum, dass ihr Bruder beschützt wird, und hat jetzt vielleicht das Gefühl, dass Gott sie enttäuscht hat. Es ist ja schon für mich schwer, Gottes Wege zu verstehen – und sie ist noch ein Kind."

„Selbst Kinder müssen lernen, Gottes Allmacht zu respektieren", erwiderte Maarten. „Ja, er hört unsere Gebete, aber er lässt sich von ihnen nicht manipulieren. Den Unterschied muss sie verstehen lernen."

„Ich bin mir nicht sicher, ob *ich* den Unterschied immer verstehe. Wir haben Christina gelehrt, dass Jesus Wunder vollbringen kann. Dass bei Gott nichts unmöglich ist, dass er Gebete erhört. Wie sollen wir ihr das erklären?"

„Wir werden es ihr erklären, so gut wir können. Es wird eine Prüfung für ihren Glauben sein, so wie unser Glaube auf die Probe gestellt wird. Und ich könnte mir vorstellen, dass auch Arie mit seinem Glauben ringt."

Einige qualvolle Tage später bekamen wir einen Brief vom Kommandanten unseres Sohnes, der mehr Einzelheiten enthielt. Aries linkes Knie war von einer konföderierten Kugel zertrümmert worden und sie hatten ihn in ein Krankenhaus in Marietta in Georgia verlegt, damit er dort operiert werden konnte. Noch eine Woche verging, bis wir endlich einen kurzen Brief von Arie erhielten, geschrieben in einer zittrigen und ungleichmäßigen Handschrift. Er schrieb, er sei noch am Leben und liebe uns, aber ich las die Verzweiflung zwischen den Zeilen, als er uns berichtete, dass die Ärzte sein Bein hatten amputieren müssen.

Dann verstrichen Wochen, ohne dass wir etwas von Arie hörten. Wir waren alle ganz krank vor Angst. Christina schrieb ihm zahllose Briefe und betete so inständig, dass ich fürchtete, ihr Glaube würde zerschellen, wenn Arie nicht überlebte. Endlich kam wieder ein Brief, aber er war nur an mich adressiert. Die Handschrift war nicht die von Arie. Ich musste mich setzen, um den Brief zu lesen, weil alle Kraft meinen Körper verließ.

Liebe Mama,

ein freiwilliger Helfer schreibt diesen Brief für mich, weil ich zu schwach bin, um es selbst zu tun. Ich bin mit dem Zug ins Jefferson General Hospital in Port Fulton in Indiana gebracht worden. Das liegt auf der anderen Seite des Ohio River, gegenüber von Louisville, wo dieser lange Krieg für mich begonnen hat. Leider muss ich dir sagen, dass mein Bein nicht richtig heilt und ich Fieber habe, das ich nicht loswerde. Ich habe schreckliche Schmerzen und glaube, dass ich nicht mehr lange durchhalten werde. Und ich bin mir auch nicht sicher, ob ich es überhaupt will. Bitte lass Christina diese Zeilen nicht lesen. Ich will nicht, dass sie weiß, wie schlecht es mir geht. Trauert nicht um mich, Mama. Ich habe keine Angst zu sterben. Viel mehr Angst habe ich davor, den Rest meines Lebens so zu verbringen. Ich liebe dich und Papa sehr. Sag Gerrit und Jakob und Christina, dass ich sie auch liebe. Und sag Christina, dass sie immer mein liebstes Mädchen sein wird.

In Liebe,
Arie

Worte können nicht beschreiben, wie hilflos ich mich fühlte. Ich rannte in die Druckerei, um Maarten den Brief zu zeigen. Als er ihn zu Ende gelesen hatte, wankte er zu dem Stuhl hinter seinem Schreibtisch und sank darauf nieder. Dann schloss er die Augen und blieb eine ganze Weile so sitzen. Als er die Augen wieder aufschlug, blickte er zum Fenster hinüber, das auf die Straße hinausging, aber er sah nicht, was draußen vor sich ging. „Was sollen wir jetzt machen?", fragte ich ihn. Er antwortete nicht. Das einzige Geräusch, was zu hören war, war das rhythmische Hämmern der Druckerpresse, wie ein drängender Herzschlag. „Wir können Arie nicht ganz allein dort sterben lassen, Maarten. Wir müssen nach Indiana reisen, um ihn zu sehen und bei ihm zu sein."

Endlich sah Maarten zu mir auf. „Wir können nicht alles stehen und liegen lassen und abreisen. Außerdem wird das Ergebnis kein anderes sein, wenn wir vor Ort sind. Gott hält Aries Leben in der Hand und wir müssen ihm vertrauen, dass er weiß, was das Beste ist."

Ich war so wütend, dass ich ihn am liebsten geschlagen hätte. „Wie kannst du unseren Sohn so im Stich lassen?"

Maarten hatte Tränen in den Augen, als er aufstand und meine Hände nahm. „Ich lasse ihn nicht im Stich. Ich bin ebenso am Boden zerstört, wie du es bist. Ich weiß nur, dass wir weiter beten und weiter arbeiten müssen. Arie liebt diese Druckerei. Sie ist seine Zukunft, so Gott will. Ich muss dafür sorgen, dass sie gut läuft, wenn er nach Hause kommt."

Maarten würde in seiner Arbeit Trost finden, aber ich wusste, dass es mir nicht so gehen würde. Wenn ich nach Hause zurückkehrte, würde jede Kleinigkeit mich an Arie erinnern – der Stuhl am Tisch, auf dem er immer gesessen hatte, der leere Haken, an dem sein Mantel sonst hing, sein schmales Bett, noch immer ordentlich gemacht, so wie er es verlassen hatte, das Buch, das er gelesen hatte, noch auf dem Nachttisch. Ich konnte mich nicht erinnern, seit dem

Tag, an dem ich erfahren hatte, dass Hendriks Schiff gesunken war, jemals so verzweifelt gewesen zu sein.

Maarten und ich standen immer noch so da, als die Tür zur Druckerei aufging und die kleine Glocke darüber klingelte. Maarten ließ meine Hände los und ich drehte mich um. Hendrik stand auf der Schwelle. Hatte ich Halluzinationen? Ich konnte den Blick nicht von ihm abwenden, weil ich Angst hatte, er würde verschwinden. Es war Jahre her, dass ich ihn zuletzt gesehen hatte, aber er sah unverändert aus, immer noch so groß und blond und muskulös wie beim ersten Mal, als er in Arnheim unsere Druckerei betreten hatte.

„Hendrik. Schön, dich zu sehen", sagte Maarten und ging an mir vorbei, um ihn zu begrüßen. „Was führt dich heute her?"

„Ich habe in der Zeitung gelesen, dass euer Sohn verwundet wurde. Ich wollte sehen, wie es euch geht und ob ihr irgendetwas braucht."

„Ja, ja, er ist verwundet", stammelte ich. „Sie haben ihn in ein Militärkrankenhaus bei Louisville verlegt, aber …" Ich wollte drei Schritte vortreten und mich Hendrik nähern, aber stattdessen blieb ich wie angewurzelt stehen.

„Ich kann mir vorstellen, dass euch diese Nachricht sehr getroffen hat."

„Es ist die Ungewissheit", sagte Maarten. „Das Warten. Aber ich weiß, dass Gott unsere Gebete hört."

Meine Tränen, die in den vergangenen Wochen immer dicht unter der Oberfläche geschlummert hatten, quollen jetzt über und liefen mir übers Gesicht. „Arie hat ein Bein verloren und will nicht mehr leben", sagte ich. „Ich fühle mich so … so hilflos!"

Hendrik schüttelte mitfühlend den Kopf. „Das ist ein schreckliches Gefühl. Aber Louisville ist nicht so weit weg. Könnt ihr zum Krankenhaus fahren, um ihn zu sehen?"

Maarten sprach, bevor ich antworten konnte. „Das würden wir gerne, aber wir können die Druckerei nicht allein lassen. Wir haben ohnehin schon nicht genug Arbeiter, weil die ganzen jungen Männer in den Krieg gezogen sind."

„Ich verstehe. Mir fällt es auch schwer, gute Feldarbeiter zu finden."

„Während wir warten, können wir Gott vertrauen", sagte Maarten. „Arie ist in seiner Hand geborgen."

„Ja“, sagte Hendrik. „Das ist ein Trost.“

Ich wischte mir die Tränen fort, die weiter über meine Wangen kullerten. Hendrik war hier, stand direkt vor mir und sprach mit mir – mit uns. Und doch spürte ich seine Gegenwart nicht, spürte nicht die Liebe, die ich früher für ihn empfunden hatte, weil meine Gedanken und meine Gefühle bei meinem sterbenden Sohn waren. Ich hatte das Gefühl, als würde etwas in mir langsam mit ihm sterben.

„Ich muss gehen“, sagte Hendrik. „Ich habe in der Stadt einiges zu erledigen, aber ich wollte euch sagen, dass ich für euch bete.“

Maarten streckte ihm die Hand entgegen. „Danke. Es war sehr freundlich von dir vorbeizukommen.“

Mir wurde bewusst, dass Hendrik gekommen war, um Maarten zu sehen und nicht mich, denn er hatte nicht wissen können, dass ich auch in der Druckerei sein würde. Im Türrahmen blieb er noch einmal stehen und sah mich an. „Bitte sagt Bescheid, wenn ihr etwas braucht.“

Die nächsten Tage lief ich wie betäubt durch die Gegend. Die Angst um unseren Sohn drückte mich wie eine riesige Last nieder, während ich für ihn betete. Wohin ich auch blickte, erinnerte mich etwas an Arie. Das konnte ich nicht ertragen und so ging ich an einem kühlen Septembertag hinaus in den Garten, um Kartoffeln auszugraben. Die Arbeit war ermüdend und ich wusste, dass ich sie Maarten oder einem der Jungen überlassen sollte, aber die Schaufel ins Erdreich zu rammen und den sandigen Boden umzugraben, um die neu gewachsenen Kartoffeln herauszuholen, half mir, mit meinen gemischten Gefühlen fertigzuwerden. Ich sehnte mich danach, meinen Sohn zu sehen, aber mein Mann sagte, wir könnten nicht zu ihm reisen. Hendrik wiederzusehen, hatte mich daran erinnert, wie wichtig jedes Wort ist, das wir zu den Menschen, die wir lieben, sagen, wie wichtig jede Entscheidung, die wir ihretwegen treffen. Unsere Zeit auf der Erde mit unseren Lieben ist so flüchtig.

Je mehr ich darüber nachdachte, desto klarer wurde mir, dass ich es mein Leben lang bereuen würde, wenn ich nicht zu Arie fuhr und er tatsächlich starb. Und es gab schon zu vieles, was ich bereute. Also ließ ich die Schaufel und den halb gefüllten Korb mit Kartoffeln im Garten stehen und ging ins Haus. Ich wusch mir mein Gesicht und die Hände, nahm meine schmutzige Schürze ab und flocht meine

Haare neu, bevor ich sie hochsteckte. Dann ging ich ganz ruhig in die Druckerei und sagte zu Maarten: „Ich habe beschlossen, zu dem Militärkrankenhaus zu fahren, um Arie zu sehen. Wenn ich es nicht tue, werde ich es mein Leben lang bereuen."

Maarten zeigte auf die arbeitende Druckerpresse, die in voller Geschwindigkeit die neuesten Kriegsnachrichten druckte. „Niemand sonst kann diese Maschine betreiben, wenn ich weg bin."

„Ich weiß. Ich weiß, dass du hierbleiben und die Druckerei führen musst. Aber ich muss bei Arie sein. Hilf mir, zu ihm zu gelangen, Maarten. Mehr verlange ich ja gar nicht." Ich hielt die Luft an und wartete, während Maarten auf seine langsame, sorgfältige Art darüber nachdachte. Ich wollte ihn daran erinnern, wie viel Arie in seinem kurzen Leben schon gelitten hatte, dass er im Alter von drei Jahren seine Eltern verloren hatte, dass er beinahe mit ihnen an Malaria gestorben wäre, wie wir ihn durch unzählige Schrammen und blaue Flecke und Kinderkrankheiten gebracht hatten. Ich wollte Maarten daran erinnern, wie wir Arie in den schlimmsten Zeiten im Arm gehalten und seine Tränen getrocknet hatten, damit er verstand, dass ich genau das jetzt auch tun musste. „Wenn der Allmächtige beschließt, uns Arie zu nehmen, muss ich ihn ein letztes Mal in den Arm nehmen, Maarten."

Maarten musste meine wilde Entschlossenheit gespürt haben. Er nickte langsam und sagte: „Wenn du das tun musst, besorge ich dir eine Bahnfahrkarte."

„Danke." Ich ging zu Maarten und umarmte ihn ganz fest. Das Gewicht seines stämmigen Körpers, seine Knochen und Muskeln und Arme und seine starke Umarmung waren mir wunderbar vertraut und tröstlich. Ich glaube, in diesem Augenblick liebte ich Maarten mehr als je zuvor.

29. Kapitel

Geesjes Geschichte

Holland, Michigan
36 Jahre früher

Am nächsten Morgen machte Maarten sich daran, meine Reise zum Jefferson General Hospital in Port Fulton in Indiana zu organisieren. Ich ging mit ihm zum Büro der Bahngesellschaft und schon bald wurde mir klar, dass ich Englisch weder gut genug sprechen noch gut genug lesen konnte, um diese Reise ganz allein zu machen. Sobald der Zug die Ortsgrenzen hinter sich ließe, würde ich Schwierigkeiten bekommen. „Vielleicht sollte ich Gerrit mitnehmen, damit er mir helfen kann", sagte ich zu Maarten, während wir vom Bahnhof wieder nach Hause gingen. Gerrit war inzwischen beinahe achtzehn und machte sich ebensolche Sorgen um seinen Bruder wie wir anderen.

Maarten seufzte schwer. „Ich brauche Gerrits Hilfe in der Druckerei, Geesje. Wir sind ohnehin schon unterbesetzt, weil die jungen Männer alle im Krieg kämpfen. Deshalb habe ich ja auch Nein gesagt, als du mich das erste Mal gefragt hast, ob du zu Arie fahren kannst."

„Und was ist mit Jakob?" Er war beinahe sechzehn.

„Es tut mir leid, aber ihn kann ich auch nicht entbehren. Wenn ich meine Druckaufträge nicht rechtzeitig fertigstelle, gehen meine Kunden künftig woanders hin."

Am Ende traf Christina die Entscheidung für uns. „Ich komme mit, Mama", sagte sie an diesem Abend beim Essen. „Ich bin es, die sich um Arie kümmern sollte. Du weißt, dass ich mitfahren muss. Er wird wieder gesund, wenn er mich sieht. Das wird er ganz bestimmt." Wenn jemand Arie bezirzen und ihn zum Lächeln bringen oder seinen Lebenswillen wieder wecken konnte, dann war es Christina. „Außerdem ist mein Englisch genauso gut wie das von Jakob und Gerrit“, sagte sie. Wahrscheinlich war es sogar besser. Mir schien, als hätte Christina in ihren elf Lebensjahren mehr geredet als alle drei Jungen zusammen. Sie hatte gehört, dass Maarten und ich uns Sorgen wegen der Kosten der Reise gemacht hatten, deshalb wusste sie, dass ihr letztes Argument außerordentlich überzeugend sein würde: „Außerdem kannst du bei der Fahrkarte Geld sparen, weil ich erst elf bin.“ Sie war ein zierliches kleines Ding mit dicken, goldenen Haaren, dunkelblauen Augen und einer Entschlossenheit, die ebenso kämpferisch war wie meine.

Einen Tag später brachen Christina und ich auf. Es war das erste Mal, dass ich mich außerhalb von Michigan befand, seit ich vor beinahe zwanzig Jahren mit meinen Eltern hier angekommen war. Christina hatte Holland noch nie verlassen, geschweige denn, dass sie mit der Bahn gefahren wäre. Wir begannen die fünfhundertsechzig Kilometer lange Reise gen Süden mit viel Begeisterung und Energie, und obwohl die Angst um Arie mir immer noch den Magen zusammenschnürte, war es ein gutes Gefühl, endlich unterwegs zu sein.

Die Reise war lang und ermüdend, weil unser Passagierzug oft auf ein Nebengleis gelenkt wurde und warten musste, während Züge mit wichtigen Militärlieferungen vorgelassen wurden. Wir aßen von unseren eingepackten Vorräten und schliefen unterwegs auf unserer Sitzbank und auf Bahnhöfen, die von Soldaten auf der Durchreise überfüllt waren. In Indiana kamen wir durch weite Flächen mit Ackerland, gesprenkelt mit Scheunen und aus Holz gebauten Bauernhäusern, durch Dörfer und Städte mit winzigem Bahnhof und einer einzigen Hauptstraße sowie durch die reiche Stadt Indianapolis mit ihren hohen Steinbauten und Kirchtürmen und gepflasterten Straßen. Die Bäume begannen eben, ihr grünes Laub in leuchtende Gelb-, Orange-, Rot- und Rosttöne zu verwandeln, aber ihre Schönheit war fast völlig an mich verschwendet. Ein heftiges Gefühl der Dringlichkeit trieb mich an und die ganze Zeit betete ich, dass Arie durchhalten möge, bis wir ankamen.

Wir durchquerten Indiana der ganzen Länge nach und kamen am zweiten Tag in Port Fulton am Ohio River an, als die Sonne sich gerade anschickte unterzugehen. Christina half mir, eine Kutsche zu mieten, die uns zum Jefferson General Hospital bringen sollte. Ich verstand nur Fetzen der Unterhaltung, die sie mit dem graubärtigen Fahrer führte, aber seiner grimmigen Miene und seinem Kopfschütteln entnahm ich, dass er das Militärkrankenhaus nicht als schickliches Ziel für eine feine Dame und ihre kleine Tochter betrachtete. „Sag ihm, dass ich meinen Sohn sehen muss, Christina … Sag es ihm!"

Die beiden sprachen noch eine Weile miteinander, dann wandte Christina sich wieder mir zu. „Er sagt, es sei ein riesiges Krankenhaus mit beinahe dreißig Gebäuden. Er glaubt, dass wir uns dort nicht zurechtfinden."

„Er soll uns einfach zum Haupteingang bringen. Dort hilft uns bestimmt jemand, den richtigen Weg zu finden." Schließlich willigte der Fahrer ein und die Kutsche setzte sich ruckelnd in Bewegung. Ich kramte in meiner Tasche, während wir durch die Straßen von Port Fulton fuhren, und suchte Aries Brief mit der Anschrift und Gebäudenummer darauf heraus. Als wir beim Jefferson General Hospital ankamen, war es tatsächlich ein riesiges Gelände mit Dutzenden langen, weiß gestrichenen Abteilungen, die wie Speichen eines Rades von den Gebäuden in der Mitte ausgingen. Später erfuhren wir, dass dort beinahe tausend Patienten in verschiedenen Genesungsstadien untergebracht waren. Ich weiß noch, dass ich mich fragte, wie viel länger dieser schreckliche Krieg wohl noch dauern würde und wie viele junge Männer am Ende verwundet und verstümmelt in Krankenhäusern wie diesen enden würden – oder, schlimmer noch, im Grab. Ich glaubte immer noch, dass die Sklaverei unrecht war und beendet werden musste – waren wir nicht selbst der Freiheit wegen nach Amerika gekommen? Aber was für einen schrecklichen Preis die jungen Männer Amerikas für diese Freiheit zahlten!

Die Sonne war bereits hinterm Horizont versunken, als ich durch den Haupteingang des Krankenhauses trat, unsere Taschen in der einen Hand und Christinas Hand in der anderen. Von außen war der Gebäudekomplex schon beeindruckend gewesen, aber innen war er geradezu überwältigend mit dem Klang plappernder Stimmen und der hektischen Betriebsamkeit um mich herum. Ich hielt die erste Person, die mir begegnete, an und sagte in meinem gebrochenen Englisch: „Können Sie mir helfen?" Ich zeigte dem

Mann den Umschlag mit Aries Anschrift darauf. Als er eine Antwort murmelte und dann weiterging, sah ich Christina an.

„Er hat gesagt, er sucht jemanden, der uns den Weg zeigen kann." Wie sich herausstellte, war dieser Jemand ein junger Mann, kaum älter als Gerrit, der ein zerrissenes Unterhemd und schmutzige Armeehosen der Union trug. Sein Arm lag in einer Schlinge. Er führte uns zurück nach draußen und über das weitläufige Krankenhausgelände in die Mitte des „Rades" zu einem der langen weißen Gebäudeflügel. Sobald wir Aries Station betraten und reihenweise blasse, verstümmelte und ausgezehrte Männer sahen, fing Christina an zu weinen. Auch mir kamen die Tränen. Der Gestank von Urin und Erbrochenem und verwesendem Fleisch übermannte mich so, dass ich meine Tochter herumwirbelte, um sie durch die offene Tür wieder hinauszubringen. Ich bedauerte zutiefst, sie an einen so schrecklichen Ort mitgenommen zu haben. „Wir müssen gehen, Christina. Ich hatte ja keine Ahnung …"

„Nein, Mama!" Sie wand sich und riss sich schließlich los, damit ich sie nicht durch die Tür ziehen konnte. „Wir können nicht gehen. Wir müssen Arie finden. Wir müssen ihm helfen."

„Bist du dir sicher, *lieverd*?"

„Ganz sicher." Ich nahm wieder ihre Hand und wir gingen weiter. Am liebsten hätte ich mir mein Taschentuch vor Nase und Mund gehalten, während wir zusammen über die lange, schmale Station liefen, aber Christina machte weder die Augen zu noch wandte sie den Blick ab. Obwohl ihr immer noch Tränen über die Wangen liefen, ging sie ganz langsam, sodass sie jedem Mann ins Gesicht sehen und ihn anlächeln konnte. „Hallo", sagte sie immer wieder. „Hallo, ich bin Christina de Jonge. Kennst du meinen Bruder Arie?"

Nachdem wir ein gutes Stück zwischen den Bettreihen hindurchgegangen waren, blieb der junge Mann, der uns geführt hatte, schließlich an Aries Bett stehen. Zuerst dachte ich, er hätte sich geirrt. Dieses schwache, hohläugige Gespenst war nicht Arie. Auch Christina starrte ihn ungläubig an. Er schlief. Seine großen, breiten Hände waren das Einzige, was ich erkannte. Ich konnte sehen, dass er furchtbar krank war. Arie sah aus, als hätte er seit Wochen nichts mehr gegessen. Er lag auf dem Rücken, unter dem grauen Laken, mit dem er zugedeckt war, zeichnete sich jede Kontur seiner dürren Gestalt ab. Unter seinem linken Knie fehlten Aries Bein und Fuß.

Er wachte nicht auf, als Christina sich neben ihn aufs Bett setzte und seine Hand nahm. Eine Stunde verstrich, aber Christina rührte sich nicht und ließ auch nicht Aries Hand los, sondern sah ihrem Bruder ins Gesicht, bis er endlich die Augen aufschlug. Er blinzelte in das dämmrige Licht der Stationslampen. „Ich habe mich schon gefragt, wann du endlich aufwachst, du Schlafmütze", sagte sie in ihrem neckischen Tonfall. „Es ist sehr unhöflich, ein Nickerchen zu machen, nachdem wir den ganzen Weg hergekommen sind, um dich zu besuchen."

„Christina?", flüsterte Arie. „Bist du es wirklich?"

„Natürlich bin ich es. Und Mama ist auch hier."

Sie stand auf, damit ich mich neben ihn aufs Bett setzen konnte. Ich sah meinen Sohn lange an und nahm ihn dann vorsichtig in den Arm, wobei ich ihn hielt, als würde er jeden Augenblick zerbrechen. Wenn ich mein Leben in ihn hätte strömen lassen können, dann hätte ich es sofort getan, auch wenn ich es dadurch verloren hätte. Ich erinnerte mich an den süßen flachsblonden Jungen, den ich vor Jahren so im Arm gehalten hatte, und daran, wie er und Gerrit neben mir gelegen hatten, als das Malariafieber sie zu verbrennen schien. Ich liebte Arie ganz genauso wie die beiden Kinder, die ich selbst geboren hatte, und diese leidenschaftliche Mutterliebe half mir, die Schrecken um mich herum zu vergessen und zu glauben, dass mein Sohn überleben würde. „Jetzt wirst du gesund", sagte ich zu ihm. „Versprochen."

In den folgenden Tagen bestand Christinas Aufmunterungskur darin, ihm gut zuzureden, ihn zu necken und ihn zu ermahnen. „Du wirst gesund! Du wirst leben! Wage es ja nicht, mir zu sterben, Arie de Jonge! Ich verbiete es dir!" Sie saß auf seinem Bett und hielt seine Hand, während sein Fieber tobte und er sich im Delirium hin- und herwarf. Wenn er wach war, erzählte sie ihm Geschichten, sang ihm niederländische Lieder vor und sprach von all den Dingen, die sie tun würden, wenn er erst einmal wieder zu Hause war. Ihr fröhliches Geplauder und sprudelndes Lachen brachten Arie und all die anderen Männer in den Betten um ihn herum zum Lächeln. Die Oberschwester der Krankenstation verwies uns an eine Pension in der Nähe, deren Inhaberin Witwe Jansen uns nicht nur ein Zimmer vermietete, sondern uns sogar erlaubte, ihre Küche zu benutzen, wenn das Abendbrotgeschirr abgewaschen und weggeräumt war, damit wir für Arie seine Lieblingsspeisen kochen konnten. Er sehnte sich nach selbst gebackenem Brot und holländischer Erbsensuppe.

Christina und ich blieben fast einen Monat bei Arie in Indiana, bis die Farbe in seine Wangen zurückkehrte und das Fieber nachließ und sein Beinstumpf zu heilen begann. An einem strahlenden Oktobertag versicherte der Arzt uns, dass Arie nicht mehr in Lebensgefahr schwebe. Es würde noch einige Monate dauern, bis es ihm gut genug ging, um nach Hause zu reisen, aber für Christina und mich war es an der Zeit, nach Michigan zurückzukehren.

Jetzt, wo Angst und Sorge nicht mehr meinen Blick trübten, sah ich auf dem Heimweg aus dem Zugfenster und sog alles, was dort zu sehen war, in mich auf. Während wir langsam durch die Stadt Indianapolis fuhren, zeigte Christina auf die beeindruckenden Gebäude. Mit der ganzen Leidenschaft und Dramatik einer Elfjährigen sagte sie: „Holland ist so rückständig! Warum können wir nicht in einer großen Stadt wie dieser hier leben?"

„Dein Papa und ich haben früher in den Niederlanden in einer hübschen Stadt namens Leiden gelebt. Aber wir haben uns entschieden, nach Amerika zu gehen, um mehr Freiheit zu haben."

„Aber in Amerika ist es doch überall frei. Es ist so ein großes Land, aber trotzdem verlassen wir unsere Stadt nie!"

„Warum sollten wir sie verlassen? Wir haben alles, was wir brauchen oder uns jemals wünschen könnten – ein warmes Haus, unsere schöne Kirche, Menschen, die uns kennen und lieben. Warum sollten wir an einem Ort mit so vielen fremden Leuten wohnen wollen?" Der Zug hielt im Bahnhof. Auf dem Bahnsteig drängten sich unzählige Menschen, die einsteigen oder ankommende Reisende begrüßen wollten.

„Ich bin mir sicher, diese Leute sind auch alle sehr nett, wenn man sie kennenlernt", beharrte Christina. „War Witwe Jansen in der Pension etwa nicht nett? Und sieh dir nur all die Kirchen an, die sie hier haben. Siehst du die Kirchtürme?"

„Die Menschen, die hier leben, haben einen anderen Hintergrund als wir und einen anderen Glauben – manche haben überhaupt keinen Glauben. Und außerdem sprechen sie eine andere Sprache."

„Für mich nicht. Ich spreche Englisch", sagte Christina mit dem

Selbstbewusstsein der jungen Generation. Sie liebte die Lebhaftigkeit der Städte, durch die wir kamen, und ich konnte es ihr wirklich nicht verübeln. Nur allzu gut erinnerte ich mich daran, wie sehr ich das Stadtleben in den Niederlanden geliebt hatte. Durch unsere Reise bekam Christina einen ersten Vorgeschmack auf die Welt jenseits unserer kleinen, behüteten Gemeinschaft, und danach war sie mit unserem Leben in Holland nicht mehr zufrieden. In den nächsten Jahren verspürte sie eine wachsende Unruhe und sagte immer wieder, dass sie in unserem mickrigen Dorf mit seinen altmodischen Gewohnheiten das Gefühl habe, etwas zu verpassen und ausgeschlossen zu sein. Sie sehnte sich danach, zu Amerika zu gehören, anstatt in einer rückständigen Siedlung festzusitzen, in der die Mehrheit der Bewohner noch immer wie die fremden Niederländer sprachen und sich verhielten, die wir waren. Wenn ich an diese Zeit und unsere gemeinsame Reise zurückdenke, bin ich dankbar dafür, dass ich diesen Schritt getan habe. Ich bin mir sicher, dass Christina Arie das Leben gerettet hat. Selbst die Ärzte waren der Meinung, dass sie ganz allein ihm seinen Lebenswillen zurückgegeben hatte. Doch gleichzeitig bereue ich zutiefst, dass ich damals gefahren bin. Das Leben eines Kindes habe ich gerettet und das eines anderen verloren.

Maarten und Jakob holten uns ab, als wir schließlich am Bahnhof aus dem Zug stolperten – hungrig und müde und des Reisens leid. Maarten sah so besorgt und ausgemergelt aus, dass ich mich fragte, ob er überhaupt etwas gegessen hatte, seit wir abgereist waren. „Endlich sind wir zu Hause", sagte ich und lächelte ihn aufmunternd an. Dann umarmte ich ihn fest. „Arie wird wieder gesund, Maarten. Die Ärzte haben uns versichert, dass er sich erholt. Du musst dir keine Sorgen mehr um ihn machen. Christina hat ihn mit ihrer fröhlichen Art wieder ins Leben zurückgeholt."

„Ich weiß. Das hast du mir in deinen Briefen geschrieben. Arie ist nicht derjenige, um den ich mir Sorgen mache, Geesje – sondern Gerrit. Er hat sich vor einer Woche zum Militärdienst gemeldet."

Holland, Michigan
1897

Ich lege den Bleistift fort und klappe das Notizbuch zu, während ich mich daran erinnere, wie bleischwer meine Glieder an jenem Tag wurden, als Maarten mir die Neuigkeit über unseren Sohn Gerrit überbrachte. Auf dem Heimweg klammerte ich mich an Maartens Arm und überließ es Jakob, meine Tasche zu tragen. Christina konnte ihre Gefühle nicht beherrschen und schluchzte, als würde ihr kleines Herz brechen. Sie hatte die Realität des Krieges im Jefferson General Hospital mit eigenen Augen gesehen. Inzwischen wusste sie, dass Gerrit um seine Abenteuer nicht zu beneiden war.

Jahrelang habe ich mich gefragt, ob Gerrit auch weggelaufen und zum Militär gegangen wäre, wenn ich zu Hause gewesen wäre, um es ihm auszureden. Wer weiß das schon? Maarten befürchtete, ich würde ihm die Schuld geben, weil er Gerrit nicht zurückgehalten hatte. Doch ich bemühte mich, ihn davon zu überzeugen, dass ich es nicht tat. Christina klammerte sich an ihren Bruder Jakob, der beinahe sechzehn war, und flehte ihn an, nicht auch noch in den Krieg zu ziehen und sie zu verlassen.

Wenn ich an diese Jahre zurückdenke, will der Kummer mich überwältigen. Doch anstatt ihm nachzugeben, beschließe ich, einen Spaziergang zu machen. Mein Haus ist nur wenige Häuserblocks von der Main Street entfernt, wo es vor Wagen und Menschen wimmelt. Ich lasse mir Zeit, während ich die Eighth Street hinunterschlendere und mehrere Leute begrüße, die ich kenne. Einmal bleibe ich stehen und unterhalte mich eine Weile mit einer Freundin. Mein Weg führt mich zu dem ordentlichen Steingebäude in der River Avenue, in dem sich die Druckerei befindet.

Arie sitzt hinter seinem Schreibtisch, als ich eintrete, aber er steht auf, um mich zu begrüßen, wobei er sich auf den Armlehnen seines Stuhls abstützt. „*Moeder!* Was führt dich denn her?“ Er schlingt die Arme um mich. Das vertraute Geräusch der Druckerpresse im Hintergrund und der Geruch von Tinte und frisch gedruckten Zeitungen versetzen mich immer in meine Kindheit in Leiden zurück. Aries Angestellte arbeiten weiter, während wir uns unterhalten.

„Du bist doch nicht hergekommen, um mit mir zu schimpfen, weil ich dich nicht besucht habe, oder?“, fragt er mit besorgter Miene.

„Nein, natürlich nicht. Ich weiß, wie viel du zu tun hast."

„Wir machen Überstunden wegen eines Auftrags vom Hotel Ottawa. Sie brauchen ständig Nachschub an Briefpapier und Speisekarten und Werbebroschüren und solchen Dingen. Das Hotel ist sehr gut fürs Geschäft, aber es beansprucht viel von meiner Zeit."

„Ich weiß, wie das ist, mein Junge. Mein Vater und deiner waren auch Drucker, weißt du noch?" Ich schüttele den Kopf, als er mir seinen Stuhl anbietet. „Nein, ich bleibe nicht lange. Setz du dich ruhig wieder." Er kommt mit seinen Krücken gut klar, aber ich weiß, dass er sein fehlendes Bein lieber hinter dem Schreibtisch versteckt. Arie hat nie geheiratet. Er wohnt in einer Wohnung hinter der Druckerei und sieht viel älter aus als seine dreiundfünfzig Jahre, mit den ergrauten Schläfen und den silbrigen Stellen in seinem Bart.

„Ich habe heute an dich gedacht", erzähle ich ihm, „deshalb habe ich beschlossen, dich zu besuchen."

„Will ich wissen, was dich auf den Gedanken gebracht hat?", fragt er.

„Ich habe all die Briefe ausgegraben, die du uns während des Krieges nach Hause geschrieben hast, und den Vormittag damit zugebracht, sie noch einmal zu lesen."

„Du hast sie die ganze Zeit behalten?"

„Natürlich. Du weißt doch, wie sentimental ich in diesen Dingen bin. Ich habe in letzter Zeit viel über die Vergangenheit nachgedacht … das Fünfzigjahrkomitee hat mich gebeten, meine Erinnerungen an die erste Zeit aufzuschreiben, daran, wie es war, als wir aus den Niederlanden herkamen, um uns hier niederzulassen. Sie bitten uns alte Leute alle, unsere Geschichten niederzuschreiben, damit sie sie zum Jubiläum in einem Buch veröffentlichen können. Du erinnerst dich an diese ersten Jahre wahrscheinlich gar nicht, oder? Du warst ja erst drei Jahre alt, als du mit dem Schiff hergekommen bist."

Arie lehnt sich auf seinem Stuhl zurück und faltet die Hände hinter dem Kopf. „Ich weiß noch, dass wir in einem Holzhaus mit Lehmboden gewohnt haben. Und ich erinnere mich daran, dass ich jeden Sonntag mit dir und Papa zu der alten Kirche auf dem Hügel gelaufen bin. An die Überfahrt nach Amerika habe ich keinerlei Erinnerung."

„Da hast du Glück. Unsere Reise war schrecklich. Wir waren alle fürchterlich seekrank."

„Ich weiß noch, wie Jakob geboren wurde." Aries Miene wird ernst. „Und Christina."

Als ich ihren Namen höre, kommen mir die Tränen. „An Christina habe ich auch viel gedacht. Den letzten Brief, den sie uns geschrieben hat und in dem stand, sie würde nach Hause kommen, habe ich auch noch."

„Die verlorene Tochter."

„Ja … Ich frage mich oft, was sie uns damals sagen wollte. Sie hat geschrieben, sie müsse es uns persönlich sagen und sie könnte verstehen, wenn wir sie verstoßen würden. Aber ich hätte sie natürlich nie verstoßen. Doch nicht meine eigene Tochter!"

Arie sieht meine Tränen und steht auf, um mich noch einmal zu umarmen. „Sie zu verlieren, war die eine Tragödie, die ich nie verstehen werde."

Einen Moment lang genieße ich die Wärme seiner Arme, dann löse ich mich von ihm und blicke zu ihm auf. Ich wische meine Tränen fort. „Ich hatte immer Angst, du würdest mir die Schuld daran geben, dass sie weggegangen ist. Vielleicht war ich zu streng mit ihr. Du und Christina, ihr habt euch so nahegestanden, und als sie weggelaufen ist …"

„Ich habe dir nie die Schuld gegeben, Mama. Niemals. Christina war von Geburt an eigensinnig. Ich weiß nicht, was du hättest anders machen können, damit sie geblieben wäre. Dasselbe gilt für Gerrit. Sie hätten uns beide verlassen, gleichgültig, was wir gesagt oder getan hätten."

„Nun ja … es ist lieb, dass du das sagst. Aber ich werde mich wohl immer fragen, ob ich etwas falsch gemacht habe." Ich ergreife Aries Hände und drücke sie liebevoll, bevor ich sie loslasse. „Jetzt lasse ich dich weiterarbeiten. Du kannst jederzeit bei mir vorbeischauen, das weißt du ja, und mit mir zu Abend essen. Du brauchst auch gar nicht lange zu bleiben."

„Vielleicht mache ich das … Hör zu, soll ich dich nach Hause fahren, Mama? Es ist schrecklich warm draußen. Beinahe so heiß wie damals, als wir Atlanta belagert haben."

„Nein, danke, mein Lieber. Ich gehe gerne zu Fuß." Ich wende mich zum Gehen, doch dann fällt mir etwas ein und ich drehe mich noch einmal zu ihm um. „Aber könntest du mich irgendwann die Tage zum Friedhof fahren?"

„Wie wäre es mit morgen Nachmittag?"

„Wunderbar. Ich möchte ein paar Blumen aus meinem Garten auf die Gräber stellen."

Zwei dieser Gräber gehören meinen Eltern. Eines ist das von Christina. Eines gehört Maarten, Gott hab ihn selig. Und eines der Gräber ist das unseres Sohnes Gerrit, der mit neunzehn Jahren in der Schlacht von Petersburg in Virginia starb. Der Bürgerkrieg endete keinen Monat später.

30. Kapitel

Anna

Hotel Ottawa
1897

In der Nacht weckt mich ein Unwetter. Donner grollt und dröhnt und hallt an den uns umgebenden Dünen wider. Blitze durchbohren den Himmel und erhellen mein Zimmer. Das Laub der Bäume trägt das Geräusch des Windes weiter und ich höre in der Ferne das Brüllen der Wellen vom Lake Michigan, die ans Ufer schlagen. Verstört trete ich ans Fenster und ziehe den Vorhang zurück, um den Sturm zu beobachten. Mir ist klar, dass ich sowieso nicht werde schlafen können, bis er vorbei ist. Der Regen fällt so dicht, dass es aussieht, als läge ein Schleier vor den Fenstern. Der Anleger und die Ruderboote am Ufer werden bei jedem Blitz sichtbar, wenn alles für eine Sekunde taghell ist.

Nicht nur das Unwetter lässt mich zittern, sondern auch der Traum, den ich hatte, bevor ich aufgewacht bin. Darin lag ich auf einer wulstigen Matratze in einem winzigen Raum, meine Decke dünn und verschlissen. Im Raum stank es nach Urin und Schimmel und verrottendem Holz. Ein großer Wasserfleck verunzierte die Decke über meinem Bett. Wütende Stimmen drangen von nebenan herüber und ich setzte mich erschrocken auf. Männer brüllten und stritten sich und eine Frau schrie sie an, sie sollten aufhören. Dann hörte ich Kampfgeräusche – zersplitterndes Glas, das Zerbrechen von Möbeln, Stöhnen und Schläge – und ich hatte Angst, die Männer würden neben meinem Bett durch die dünne Wand mit ihrer vergilbten, sich lösenden Tapete stürzen. Mama zog mich in ihre Arme und hielt mich ganz fest, während sie eine Melodie summte, um mich zu trösten und den Lärm zu übertönen. „Weine nicht,

Liebling", murmelte sie. „Ich werde uns von diesem schrecklichen Ort fortbringen, das schwöre ich."

Während ich warte, dass draußen das Unwetter vorüberzieht, überlege ich, was der Traum bedeuten könnte. Die beiden brüllenden Männer müssen für William und Derk stehen, die sich darüber streiten, ob ich William heiraten soll oder nicht. Mutter hat versucht, mich davon zu überzeugen, dass ich die richtige Entscheidung treffe, so wie sie im Traum versucht hat, mich zu beruhigen. Aber woher kam dieses furchtbare Zimmer? Steht es für meine Einsamkeit und Verwirrung? Ist es das, wovor Mama verspricht, mich zu retten?

Endlich zieht der Sturm weiter. Das Donnergrollen entfernt sich und die Blitze sind nicht mehr so grell. Aber der Regen peitscht immer noch gegen die Fensterscheiben, als ich die Vorhänge zuziehe und wieder in mein Bett krieche. An der Decke über mir gibt es keinen Wasserfleck. Mein Hotelzimmer riecht frisch und sauber nach gebügeltem Leinen und Lavendelseife. Ich schlafe ein, während ich versuche, mich an die Melodie zu erinnern, die Mama im Traum gesummt hat. War es einer der Choräle, die sie immer in der Schlossturmkirche gesungen haben? Und hat sie mich *lieverd* genannt? *„Weine nicht, Liebling ..."*

Am Morgen ist die Luft draußen kühl und erfrischend, rein gewaschen vom Gewitter. Vor dem Frühstück mache ich einen Spaziergang und die Sonne scheint hell am Himmel, als hätte es den Sturm nie gegeben. Doch Regenpfützen sprenkeln die Wege und auf dem Gras liegen abgebrochene Äste. Die Wasseroberfläche des Black Lake ist aufgewühlt und voller wütender Wellen, die an den Anleger und ans Ufer schlagen, und in der Ferne kann ich immer noch die Wellen des Lake Michigan hören. Ich bezweifle, dass heute jemand segeln oder rudern will.

Derk ist nirgends zu sehen. Wieder wünsche ich mir, wir hätten uns gestern nicht gesprochen. Ich wünschte, wir wären nicht zusammen spazieren gegangen und ich hätte nicht seinen Arm um mich gefühlt, nachdem ich gestolpert war, weil ich jetzt nicht mehr vergessen kann, wie es sich angefühlt hat, als er mich im Arm hielt. Was meine Heirat mit William betrifft, bin ich verwirrter denn je. Ich hätte ihm den Brief nicht schreiben sollen, in dem ich versprochen habe, unsere Verlobung wieder aufleben zu lassen. Stattdessen hätte ich warten sollen, bis meine Gedanken sich etwas beruhigt haben. Ich wüsste zu gerne, ob ich ihn liebe.

Aber was denke ich da? Ich kann nicht tatenlos zusehen, wie Vater sein Vermögen verliert. Ich muss Derks Gerede über Liebesheiraten vergessen und daran denken, dass ich mich glücklich schätzen kann, weil ich William heiraten werde. Ich frage mich, ob Derk Caroline heiraten wird … welche Antwort er ihr gestern Abend gegeben hat. Vielleicht sind die beiden jetzt verlobt, so wie William und ich.

Der Vormittag vergeht viel zu schnell. Meine Zeit in dem Ferienort nähert sich allzu rasch ihrem Ende. Als ich nach dem Mittagessen sehe, wie ein Dampfschiff am Pier anlegt, beobachte ich die Passagiere, die von Bord gehen. Mein Blick bleibt an einem Mann haften, der genau wie William aussieht, und ich erstarre ungläubig. Ich blinzele, weil ich mir sicher bin, dass ich mir das nur einbilde. Er kann es nicht sein. Was sollte er hier wollen?

Der Mann kommt näher und schreitet auf den Hoteleingang zu, während ein Bediensteter mit seiner Tasche hinter ihm hertrottet. Jetzt kann ich den Mann deutlich erkennen – groß und selbstbewusst, mit entschlossenem Schritt. Mit seinem gestutzten Bart, den glänzenden Schuhen, seiner elegant geschnittenen, faltenlosen Kleidung und den seidigen dunklen Haaren, von denen keines aus der Reihe tanzt, sieht er sehr attraktiv aus.

Es ist William.

Eine verliebte Frau würde jetzt den Weg hinunterlaufen, um den geliebten Mann zu begrüßen, aber ich verspüre den albernen Drang, ins Hotel zu laufen und mich zu verstecken. Bevor ich mich rühren kann, sieht William mich und eilt den restlichen Weg hinauf, um meine Hände zu ergreifen und mir einen Kuss auf die Wange zu geben. „Anna! Ich habe mich gefragt, wie ich dich in einem so riesigen Hotel wohl finden werde – und hier bist du."

„Was machst du denn hier?" Er wirkt mit seinem Anzug und der Krawatte fehl am Platze, obwohl er ein Leinenjackett und Sommerhosen trägt.

„Die Frau, die ich anbete, wohnt in diesem Hotel, also habe ich beschlossen, sie zu besuchen und herauszufinden, warum sie diesen Ort so bezaubernd findet." William blickt sich um und fügt hinzu: „Er wirkt sehr friedvoll und gut ausgestattet."

„Es … es ist friedvoll.“ Ich weiß einfach nicht, was ich sagen soll.

„Da du ohnehin nur noch einige Tage hierbleibst, habe ich beschlossen, eine Hin- und Rückfahrkarte für das Dampfschiff zu kaufen, damit ich dich und deine Mutter am Sonntag nach Hause begleiten kann.“

„Aber ich fahre nicht mit dem Schiff zurück. Ich nehme den Zug.“

William lächelt. Es ist mehr ein Zusammenpressen der Lippen als ein echtes Lächeln. Er hält noch immer meine Hand und tätschelt sie jetzt, als wäre ich ein Kind. „Dein Vater hat mir von deiner kleinen Schiffsphobie erzählt. Aber an meiner Seite fühlst du dich doch gewiss sicher, nicht wahr? Ich hatte eine sehr angenehme Reise hierher. Und mit dem Dampfer ist es viel einfacher, als auf verschiedenen Bahnhöfen umzusteigen und all den Dreck und Qualm zu ertragen. Du musst zugeben, dass es viel schneller und bequemer sein wird, einfach über den See zu fahren.“

Ich muss zugeben? Ich schüttele den Kopf und versuche zu lächeln. „Ich nehme trotzdem lieber die Bahn.“

„Warum? Weil du auf dem Weg hierher schlechte Erfahrungen gemacht hast und in ein Gewitter geraten bist? Du bist doch trotzdem heil angekommen, nicht wahr?“

Ich zögere, weil ich Angst habe, meinen Kindheitstraum zu erwähnen. Das würde mich unreif und naiv erscheinen lassen. „Es war richtig furchtbar, William. Alle Passagiere hatten Angst, nicht nur ich. Wie die Wellen über dem Deck zusammengeschlagen sind … Die Angst, bis auf den Grund des Sees zu sinken, ist mir noch sehr gut im Gedächtnis.“

„Sei nicht albern. Es hat auch schon schreckliche Zugunglücke gegeben.“

Ich antworte nicht. Aus unerklärlichen Gründen bin ich den Tränen nahe, als Williams selbstbewusste Persönlichkeit anfängt, mich zu verschlingen, so wie ich es befürchtet habe. Ich weiß, dass es nicht recht ist, mich so zu fühlen. William misshandelt mich in keiner Weise. Aber ich weiß nicht, wie ich mich behaupten soll, wenn wir unterschiedlicher Meinung sind. Eigentlich soll ich ihm gar nicht widersprechen. Er erwartet von mir, dass ich schweige und seinem Urteil vertraue. Aber während ich sehe, wie das riesige Dampfschiff auf den Wellen, die von dem nächtlichen Sturm übrig geblieben sind, auf und ab hüpft, bin ich ganz benommen vor Angst bei dem Gedanken, wieder auf ein Schiff zu steigen und den Lake Michigan zu überqueren.

„Ich werde nach meinem Zimmer fragen und mich frisch machen", sagt William. „Überleg dir, was du anschließend machen willst, Liebling. In den nächsten paar Tagen bin ich ganz für dich da."

In den nächsten paar Tagen. William geht ins Hotel, um sein Zimmer zu beziehen, und lässt mich zurück. Meine Zeit friedlicher Gewissensprüfung und Bibellese ist vorbei. Ich habe immer noch so viele unbeantwortete Fragen, aber jetzt wird es nicht mehr möglich sein, mit Derk oder Tante Geesje darüber zu sprechen. Dabei hätte ich sie gerne kennengelernt. Mein Blick wandert zu den Cottages und Hotels auf der anderen Seite des Black Lake hinüber, während ich das Ende meines Alleinseins betrauere. Der Himmel ist unwirklich blau und wolkenlos, als wollte er versuchen, das Wüten der vergangenen Nacht wiedergutzumachen.

Eine Stunde später gesellt William sich erneut zu mir und schlägt vor, spazieren zu gehen. „Zeig mir doch deine Lieblingsorte, die du entdeckt hast", sagt er. Ich würde es nicht wagen, die Wanderung den Mount Pisgah hinauf vorzuschlagen, die ich gestern mit Derk unternommen habe – war das wirklich erst gestern? William wäre entsetzt, wenn er wüsste, dass ich einen so unebenen Pfad hinaufgelaufen bin. Ich hake mich bei ihm unter, während wir in Richtung Black Lake gehen, und denke an Derk. Erneut bedauere ich, wie wir uns getrennt haben. Er war mir ein Freund geworden. Aber vielleicht ist es für zwei Menschen, die so unterschiedlich sind wie Derk und ich, gar nicht möglich, dauerhaft Freundschaft zu schließen.

„Ich habe vergessen, wie schön du bist, Anna", sagt William. „Selbst in deiner jetzigen Kleidung."

Ich blicke auf meinen einfachen Baumwollrock und meine Bluse hinunter. Meine Haare sind nicht aufgesteckt und ich trage keine Reifröcke und auch kein Korsett oder Strümpfe oder Handschuhe. Stammelnd entschuldige ich mich. „I…ich wusste ja nicht, dass du kommst, sonst hätte ich etwas anderes angezogen." Mutter nörgelt seit Tagen an meinem Aussehen herum und mir wird zu spät bewusst, dass ich mich hätte zurechtmachen sollen, während William auf seinem Zimmer war. Wenigstens meine Haare hätte ich hochstecken können und eine hübschere Bluse anziehen. Es sieht wahrscheinlich aus, als würde ein feiner Herr mit seinem Dienstmädchen spazieren gehen.

„Ich habe dich noch nie mit offenem Haar gesehen. Aber ich habe mir immer vorgestellt, wie schön es sein wird – und das ist es."

„Es tut mir wirklich leid ... Soll ich es richten?"

„Nein, lass es jetzt ruhig so." William ist freundlich und rücksichtsvoll und sagt all die richtigen Dinge. Ich werde mit ihm ein gutes Leben haben. Er ist kein Ungeheuer.

Inzwischen sind wir am Ende des Holzstegs angekommen und William wendet sich in Richtung Ruderboote. Da ich Derks blonde Haare bei den Booten sehe, versuche ich William vom Wasser wegzulotsen und eine andere Richtung einzuschlagen. Doch er hält mich zurück. „Warte. Ich würde gerne bei den Booten entlangschlendern. Vielleicht können wir in einem davon rudern."

Als wir uns den Booten nähern, blickt Derk auf. Er mustert William von Kopf bis Fuß. Ich nicke leicht und merke, dass Derk begriffen hat, wer dieser Mann ist: William. Es kommt mir eingebildet vor, ihn nicht vorzustellen, aber ich traue mich nicht – aus verschiedenen Gründen. Zum einen würde William Derk als minderwertig betrachten, zum anderen wage ich nicht einmal anzudeuten, dass ich mich mit einem anderen Mann angefreundet habe und seinen Namen kenne – ganz zu schweigen von einem Mann, der Hotelangestellter ist. Wenn Mutter angesichts meiner Freundschaft mit Derk entsetzt war, würde William es noch viel mehr sein. Es würde nicht die geringste Rolle spielen, dass Derk auf dem College war und jetzt am Seminar studiert. Für William wäre er trotzdem ein Niemand.

„Entschuldigung, können Hotelgäste diese Boote benutzen?", fragt William ihn. „Kann ich eins mieten?"

„Ja, Sir, das können Sie. Wenn Sie sich beim Empfang bitte eintragen wollen."

„Lass uns das tun, Anna", sagt William und wendet sich mir zu. „Ich gehe mit dir rudern."

Mein Magen zieht sich vor Panik zusammen. „I-ich finde, wir sollten das auf einen anderen Tag verschieben. Normalerweise ist der See viel ruhiger als heute. Gestern Nacht gab es ein heftiges Unwetter."

„Unsinn.“ William wendet sich an Derk und fragt: „Wie heißen Sie?“

„Derk Vander Veen, Sir.“

„Hören Sie zu, Derk. Ich wohne in Zimmer 201 im Anbau. Seien Sie so gut und laufen Sie zum Empfang. Sie sollen die Miete für eines dieser Ruderboote auf meine Rechnung setzen.“

„Ich darf die Boote tagsüber nicht unbeaufsichtigt lassen, Sir. Das ist gegen die Hotelregeln. Tut mir leid.“

Erschrocken sehe ich, dass William in seiner Hosentasche kramt und etwas Geld herauszieht. „Es soll Ihr Schaden nicht sein, wenn Sie nur dieses eine Mal ein Auge zudrücken.“

Ich ziehe an Williams Arm, damit er Derk nicht das Geld hinhält. „Ich will nicht rudern, William. Nicht, wenn die Wellen so hoch sind. Bitte lass es uns auf einen anderen Tag verschieben.“

„Du sollst sehen, dass es keinen Grund gibt, dich zu beunruhigen. Vertraust du mir nicht?“

„Natürlich vertraue ich dir, aber ich möchte trotzdem nicht aufs Wasser hinaus, wenn es so aufgewühlt ist.“

„Denk daran, dass wir mit dem Dampfer nach Hause fahren. Und nach unserer Hochzeit nehme ich dich auf Hochzeitsreise mit nach Europa. Wie willst du denn den Atlantik überqueren, wenn du Angst hast, in ein Boot zu steigen? Und ich will mit dir nach Venedig reisen, wo es anstelle von Straßen Kanäle gibt und die Menschen mit Wassertaxis von einem Ort zum nächsten fahren. Du wirst es reizend finden, Anna. Aber zuerst musst du diese irrationale Angst vor dem Wasser überwinden.“ Er versucht, mich auf den schwankenden Anleger zu ziehen.

„Aber i…ich …“

„Du kannst nicht zulassen, dass Angst dein Leben bestimmt, meine Liebe. Ich würde dich niemals in Gefahr bringen.“

Ich bin den Tränen nahe, als Derk sagt: „Entschuldigen Sie, Sir, aber die Dame scheint wirklich Angst zu haben. Und Sie werden feststellen, dass es heute nicht ganz einfach ist, beim Ein- und Aussteigen das Gleichgewicht zu halten. Vielleicht ist für den ersten Ausflug mit der Dame ein anderer Tag günstiger.“

Am liebsten hätte ich ihn vor Dankbarkeit umarmt. William wirkt ruhig, aber ich merke, dass er wütend ist – auf uns beide. „Das geht Sie gar nichts an“, sagt er zu Derk.

„Entschuldigen Sie, Sir, aber diese Ruderboote und die Sicherheit der Passagiere sind meine Verantwortung. Zwei Segeltörns, die für heute anberaumt waren, habe ich wegen der Wellen bereits abgesagt."

„Gehen wir, William", sage ich, bevor er antworten kann. „Bitte. Ich möchte dir den Strand zeigen." Er ist zu sehr Gentleman, um weiter mit Derk oder mit mir zu diskutieren, und so gehen wir weiter. Aber ich befürchte, dass William mit dem Hotelportier über diesen Zwischenfall sprechen und Derk in Schwierigkeiten bringen wird. Wahrscheinlich werde ich nie wieder die Gelegenheit haben, mit Derk zu sprechen ... aber vielleicht ist das auch gut so. Ich weiß genau, was er über meine Heirat sagen würde, jetzt, wo er William getroffen hat. Ich sage mir, dass es keine Rolle spielt, was Derk denkt. Ich bin immer noch entschlossen, William zu heiraten. Ich wünschte nur, es gäbe eine Möglichkeit, ihn nach Caroline zu fragen, damit ich herausfinden kann, ob er sich dazu entschieden hat, sie zu heiraten.

Bevor ich mich an diesem Abend mit William zum Essen treffe, gebe ich mir besondere Mühe mit meinen Kleidern und meinen Haaren in der Hoffnung, dass es ihn freut. Ich muss meine Sturheit von vorhin wiedergutmachen. Mein Magen ist so aufgewühlt wie das Wasser des sturmgepeitschten Sees. Wird das unser ganzes Eheleben hindurch so sein? Werde ich immer nachgeben müssen, nur um ihn zufriedenzustellen?

Gemeinsam nehmen wir bei Kerzenschein ein schönes Dinner zu uns und es macht mir Mut, wie charmant William ist, wie sehr ich seine Gesellschaft genieße. Anschließend schlendern wir noch unter dem Sternenhimmel über das Hotelgelände und er zieht mich in eine dunkle Ecke, um mich zu küssen. Seine weichen Lippen auf den meinen und die zärtliche Berührung seiner Finger, als er die Hände um mein Gesicht legt, jagen einen Schauer durch mich, als hätte ich ein elektrisches Kabel berührt. Vielleicht liebe ich ihn ja doch.

Dann, als wir uns an der Tür zu meinem Hotelzimmer Gute Nacht sagen, drückt er meine Hände und gibt mir einen Kuss auf die Wange, bevor er sagt: „Vergiss nicht, dass wir morgen früh rudern gehen, Liebling."

Mir ist, als könnte ich nicht mehr atmen.

31. Kapitel

Geesje

Holland, Michigan
1897

„Warum ist es so schwer, verliebt zu sein?", fragt Derk. Er sitzt wie ein Häufchen Elend an meinem Küchentisch, die unberührte Plätzchendose vor sich. Darauf kann ich ihm keine Antwort geben. Es ist schon spät, aber er hat das Licht in meiner Küche gesehen und brauchte meinen Trost. „Gestern Abend war ich bei Caroline. Ich habe ihr gesagt, dass ich den Pastorendienst nicht aufgeben kann, auch nicht, um Studentenseelsorger zu werden."

„Was hat sie gesagt?"

„Sie ist in Tränen ausgebrochen und hat gesagt, ich solle gehen. Sie sagte, ich liebe sie offensichtlich nicht, da mir ihre Gefühle gleichgültig seien. Aber da irrt sie sich. Ich liebe sie wirklich."

Ich zögere, bevor ich sage: „Ich glaube, du hast die richtige Entscheidung getroffen, Derk."

Er fährt sich mit den Fingern durchs Haar. Das Makassar-Öl, das er vor der gestrigen Verabredung aufgetragen hatte, ist verschwunden und er wirkt wieder mehr wie er selbst. „Ich weiß nicht, Tante Geesje. Jetzt, wo alles vorbei ist, kommen mir Zweifel."

„Wirklich? Warum?"

„Mein Vater hat nie wieder geheiratet, nachdem meine Mutter gestorben war. Er sagte einmal zu mir, er könne nie jemand anders so lieben, wie er sie geliebt hat, deshalb wäre es nicht richtig, eine andere Frau zu heiraten. Was ist, wenn ich nie wieder eine Frau so lieben kann wie Caroline? Was, wenn ich mein Leben lang bereue, dass ich sie verloren habe?"

„Ich glaube, du würdest es noch mehr bereuen, wenn du deine Berufung aufgibst."

„Ich weiß, ich weiß … Aber warum kann ich nicht beides haben? Als Carolines Brief kam, in dem stand, dass sie mich immer noch liebt, war ich mir sicher, dass nichts uns im Weg stehen kann. Aber jetzt sind wir wieder am Anfang."

„Nein. Ich glaube, ihr seid weiter als vorher. Du hast ihr gesagt, dass du sie liebst und sie immer noch heiraten möchtest, nicht wahr?"

„Ja."

„Aber auch, dass du daran festhältst, Pastor zu werden?"

„Genau."

„Das heißt, die Entscheidung liegt bei ihr, nicht bei dir. Wenn sie dich nicht genug liebt, um deine göttliche Berufung zu respektieren, dann solltest du erleichtert sein, dass sie dich nicht geheiratet hat. Auch Caroline muss Gottes Plan für ihr Leben finden und vielleicht gehört die Ehe mit dir nicht dazu."

Derk stützt die Ellbogen auf den Tisch und legt die Stirn auf seine Fäuste. „Warum ist es so schwer, verliebt zu sein?", fragt er wieder.

„Hör zu, mein Junge. Ich habe überhaupt keine Zweifel, dass du dich wieder verlieben wirst. Ich dachte, Hendrik wäre die eine und einzige Liebe meines Lebens, aber das war er nicht."

Derk blickt überrascht auf. „Du hast dich noch einmal verliebt?"

„Und auch wenn die Liebe deines Vaters zu deiner Mutter bewundernswert ist, frage ich mich, ob seine Entscheidung nicht auch in Angst begründet war anstatt nur in Liebe. Es muss schrecklich für ihn gewesen sein, deine Mutter zu verlieren. Vielleicht wollte er sich nicht noch einmal verlieben und das Risiko eingehen, ein zweites Mal einen solchen Schmerz zu erleben."

„Das kann ich verstehen."

„Ich weiß, dass Caroline dich verletzt hat, aber ich hoffe, du riskierst es trotzdem irgendwann, dein Herz einer anderen zu schenken. Die Liebe ist das Risiko wert."

Derk lächelt und fragt dann verschmitzt: „Und in wen hast du dich nach meinem Großvater verliebt?"

„In jemanden, der ganz wunderbar war", antworte ich und erwidere sein Lächeln. „Ich schreibe darüber, dann kannst du es lesen.

Aber jetzt musst du erst einmal verstehen, dass es einen Unterschied gibt zwischen dem schwindeligen Gefühl des Verliebtseins, das du bei Caroline erlebt hast, und der tiefen Freude, jemanden ein ganzes Leben lang zu lieben und von diesem Menschen wiedergeliebt zu werden. Die Aufregung und Leidenschaft der ersten Liebe nutzt sich oft ab, wenn man durch all die Wellen und Stürme des Lebens reist. Aber die tiefe, dauerhafte Liebe und Hingabe, die an ihre Stelle tritt, ist viel befriedigender. Und diese Art Liebe wirst du irgendwann auch erleben, Derk. Das weiß ich."

Er lehnt sich auf seinem Stuhl zurück und atmet aus. „Danke, dass du mir zugehört hast, Tante Geesje. Jetzt sollte ich dich aber schlafen lassen."

„Du kannst jederzeit zu mir kommen und mit mir reden, mein Junge. Das weißt du doch."

Nachdem Derk gegangen ist, frage ich mich, warum er sich nicht seinem Vater anvertraut und ihm von seinem Liebeskummer erzählt hat. Vielleicht, weil sein Vater die Messlatte so hoch gelegt hat, dass Derk das Gefühl hat, es dürfte auch für ihn nur eine Frau geben? Die Liebe, die ich früher für Hendrik empfand, war so tief und kraftvoll, dass auch ich nicht glaubte, mich jemals wieder verlieben zu können.

Aber das habe ich.

Geesjes Geschichte

Holland, Michigan
26 Jahre früher

Maartens Kummer nach dem Tod unseres Sohnes Gerrit war ebenso bodenlos wie mein eigener. Wir hatten die Freude und Mühe miteinander geteilt, unsere vier Kinder großzuziehen, und jetzt bewältigten wir unsere Trauer ebenfalls gemeinsam. Es fiel uns beiden schwer, Gerrits Tod zu akzeptieren, deshalb trösteten wir einander, indem wir miteinander sprachen und weinten und beteten. „Warum hat Gott ihn sterben lassen?", fragte ich Maarten eines Abends, als wir zusammen im Bett lagen. Unsere langjährige Tradition, einander jeden Abend einige Minuten im Arm zu halten, bevor wir einschliefen, war uns beiden nach dieser Tragödie noch wichtiger geworden. „Gerrit war so jung, er hatte sein ganzes Leben noch vor sich. Ist es nicht genug, dass Gott ihm die Eltern genommen hat, als sie noch so jung waren, obwohl sie doch nur in Amerika frei ihren Glauben leben wollten? Musste er Gerrit auch noch zu sich holen?"

„Um ehrlich zu sein", erwiderte Maarten, „habe ich Mühe, einen Grund für seinen Tod zu finden. Gott schuldet uns natürlich keine Erklärung für das, was er tut – und wir verstehen seine Gründe vielleicht nicht, selbst wenn er versucht, sie uns zu erklären. Aber trotzdem … trotzdem hat Gott mir einen gewissen Trost geschenkt, als ich ihn immer wieder nach dem Warum fragte, und zwar in den Worten, die *Dominee* Van Raalten bei Gerrits Beerdigung gesprochen hat: Er sagte, Gerrit habe sein Leben für die Freiheit gegeben – erinnerst du dich?"

„Ich glaube schon."

„Wir sind hierher nach Amerika gekommen, damit wir in Freiheit Gottesdienst feiern können, Geesje. Aber dieses Land wird nicht frei bleiben, wenn wir nicht bereit sind, unsere Freiheit zu verteidigen. Unsere Familie war sich einig, dass die Versklavung der Schwarzen ein Verbrechen gegen die Menschlichkeit war. Diese Menschen haben genauso ein Recht auf Freiheit wie wir. Deshalb hat Gerrits Tod eine Bedeutung, auch wenn wir ihn vermissen. Er ist gestorben, damit all die ehemaligen Sklaven – gemeinsam mit unseren Kindern und Enkeln und Urenkeln – in den nächsten Generationen frei sein können."

Ich umarmte meinen Mann ganz fest und spürte seine vertraute, kräftige Gestalt. „Ich weiß nicht, was ich ohne dich machen würde", flüsterte ich.

„Und ich ohne dich."

Die Liebe und der Trost, die uns unsere Gemeinschaft der Gläubigen entgegenbrachte, und die Gewissheit, dass Gerrit bei seinem himmlischen Vater im Paradies war, halfen Maarten und mir allmählich, den Verlust zu verschmerzen. Bei Gerrits Beerdigung hatte ich Hendrik und seine Frau Nella kurz gesehen, aber wir hatten nicht miteinander gesprochen. Nur Maarten verstand wirklich, wie es mir ging, und so stützte ich mich auf ihn. Dann stand Hendrik eines Morgens kurz nach dem Begräbnis vor der Tür, während Maarten bei der Arbeit war. Ich öffnete nicht, sondern versteckte mich und tat so, als wäre ich nicht zu Hause. Etwas in meinem Herzen hatte sich verändert und es erschien mir falsch, mich von Hendrik trösten zu lassen. Als ich mich vor all den Jahren entschieden hatte, bei Maarten zu bleiben, hatte ich das auch deshalb getan, weil ich Arie und Gerrit eine Mutter sein wollte. Die Trauer über den Tod meines Sohnes sollte ich mit Maarten teilen und nicht mit Hendrik. Und so saß ich alleine in Gerrits verdunkeltem Zimmer und wartete, bis Hendrik ging. Zusammen erfuhren Maarten und ich allmählich Heilung.

Unsere Kolonie war jetzt eine blühende Stadt mit etwa 2.400 Einwohnern. Arie wurde nach dem Krieg gleichberechtigter Partner in Maartens Druckerei und lernte, sich auf seinen Krücken geschickt zu bewegen. Jakob machte seinen Abschluss am Hope College und schrieb sich in dem neu gegründeten Western Theological Seminary ein, um Pastor zu werden. Und Christina wurde siebzehn, also genauso alt, wie ich es gewesen war, als wir die Niederlande verlassen hatten, um nach Amerika zu gehen. Von einem reisenden Fotografen, der durch Holland kam, ließen wir ein Familienfoto von uns fünfen machen. Christina war eine schöne junge Frau, offen und lebhaft und für die jungen Männer in unserer Gemeinde so anziehend wie mein Blumengarten für die Honigbienen. Im Sommer vor ihrem letzten Schuljahr arbeitete sie als Dienstmädchen bei der Familie Cappon, einer der reichsten Familien in Holland. Und im gleichen Sommer verkündete sie eines Abends beim Essen: „Ich habe beschlossen, nach der Schule nach Chicago zu gehen und für eine reiche Familie zu arbeiten."

„Chicago!", polterte Maarten. „Kommt gar nicht infrage!" Für gewöhnlich war er sehr ruhig und noch nie hatte ich ihn so laut werden hören. Christina war genauso überrascht wie ich.

„Ich muss raus aus dieser Stadt und etwas von der Welt sehen, Papa. Als Mama und ich Arie in Indiana besucht haben, ist mir klar geworden, dass Amerika so viel mehr zu bieten hat als das winzige Holland in Michigan. Ich will ein paar interessante, aufregende Orte sehen, bevor ich heirate und eine Familie habe."

Bevor Maarten etwas erwidern konnte, ergriff Arie das Wort.

„Diese Orte wirken auf den ersten Blick aufregend, Christina. Du hast ja keine Ahnung, was für ein Segen es ist, hier in unserer Gemeinde zu leben."

„Wenn du noch nicht heiraten willst", sagte Maarten, „könntest du doch weiter lernen. Du könntest zum Beispiel Lehrerin werden." Christina schüttelte den Kopf und starrte auf die Tischplatte.

In den folgenden Wochen bemerkte ich, dass sie ihre Pläne nicht mehr mit uns besprach und mehr Geheimnisse hatte. Ich vermisste die enge Beziehung, die wir vorher gehabt hatten. Abends, wenn sie ihre Hausarbeiten erledigt hatte, machte Christina lange Spaziergänge und schien viel mehr Zeit mit ihren Freundinnen zu verbringen als zu Hause. Sie flehte uns sogar an, in der Kirche bei den anderen jungen Leuten sitzen zu dürfen anstatt bei unserer Familie.

An einem warmen Sonntagmorgen im September kam einer der Ältesten nach dem Gottesdienst auf Maarten und mich zu und sagte: „Kann ich bitte kurz mit Ihnen sprechen, Mr und Mrs de Jonge?"

„Ja, natürlich", erwiderte Maarten. Wir schickten Jakob und Arie mit der Kutsche heim und sagten ihnen, wir würden gleich zu Fuß nachkommen. Christina war nicht bei uns. Um des lieben Friedens willen hatte Maarten ihr erlaubt, bei ihren Freundinnen zu sitzen, und mit ihnen ging sie anschließend auch immer nach Hause. Wir standen mit dem Ältesten auf der Treppe vor der Kirche und konnten durch den Rahmen der stattlichen weißen Säulen das sich bunt färbende Herbstlaub sehen.

„Es tut mir leid, dass ich Ihnen das sagen muss", begann er, „aber ich mache mir Sorgen um Ihre Tochter Christina. Vielleicht ist es nichts – ich hoffe es –, aber an den letzten drei Sonntagen habe ich gesehen, wie sie aufgestanden und gegangen ist, bevor der Gottesdienst zu Ende war. Ich dachte, sie würde sich vielleicht woanders hinsetzen oder auf die Toilette gehen. Aber heute stand ich zufällig hinten im Kirchenraum, als ich sah, wie sie aufstand. Ich habe durch das Fenster gesehen, wie sie das Kirchengelände verließ und die Tenth Street nach Westen hinunterging. Ihr Haus liegt in der anderen Richtung, nicht wahr?"

Mein Herz fühlte sich schlagartig wie ein bleiernes Gewicht

an. Als ich zu Maarten aufblickte, sah ich, dass er kurz die Augen schloss. „Wann ist sie heute gegangen?“, fragte er.

„Vor mindestens einer Stunde. Vielleicht auch vor anderthalb Stunden.“

„Danke, dass Sie uns Bescheid gesagt haben“, sagte er.

„Wenn ich irgendwie helfen kann …“

„Danke.“ Plötzlich hatte Maarten es eilig. Mein Arm war noch unter seinen gehakt, aber er wandte sich so schnell um und lief die Treppe hinunter, als hätte er das vergessen. Unbeholfen stolperte ich hinter ihm her. Mein Mann war ein gottesfürchtiger Mensch und ich wusste, wenn jemand erfahren und weise genug war, um mit dieser Situation fertigzuwerden, dann war er es. Auf dem quälenden Nachhauseweg schwieg ich, solange ich konnte, weil ich wusste, dass Maarten Zeit brauchte, um auf seine langsame, bedächtige Art nachzudenken und zu beten. Ich hätte am liebsten auf der Stelle etwas unternommen, wäre hinter Christina hergelaufen und hätte sie nach Hause gezerrt, um sie davon zu überzeugen, wieder die liebende und vertrauenswürdige Tochter zu sein, die wir kannten. Als wir in unsere Straße einbogen, konnte ich meine Tränen nicht länger zurückhalten. Ich zog an Maartens Arm, damit er seine Schritte verlangsamte.

„Bevor wir zu Hause ankommen, müssen wir darüber reden, was wir tun wollen“, sagte ich.

„Ich weiß nicht, was ich tun soll, Geesje … Ich weiß nicht, was ich zu ihr sagen soll.“ Ich hörte die nackte Emotion in seiner Stimme. Dass Christina uns getäuscht hatte, verletzte ihn zutiefst. Und die Tatsache, dass ein Ältester der Gemeinde das eher gemerkt hatte als wir, beschämte uns beide. Ich suchte nach Worten, um die Situation zu entschärfen.

„Vielleicht ist sie nur rastlos, Maarten. Christina hat es schon immer gehasst, in der Kirche still zu sitzen. Weißt du nicht mehr, wie sie sich aufgeführt hat, als sie klein war? Und Strafen haben nie etwas genützt. Vielleicht gibt es einen guten Grund, warum sie hinausgegangen ist.“

Maarten wischte sich mit dem Handrücken verstohlen eine Träne aus dem Augenwinkel. „Wir haben ihr vertraut und ihr erlaubt, bei ihren Freundinnen zu sitzen, aber sie hat unser Vertrauen missbraucht.“

„Christina hat sich schon immer gegen die Regeln und unseren Lebensstil gewehrt. Sie findet, wir sind zu streng und unnachgiebig. Ich fürchte, je mehr wir sie einschränken und bestrafen, desto mehr wird sie rebellieren. Das ist so, als hielte man Sand zu fest in der Hand. Er rinnt zwischen den Fingern hindurch."

„Ich befürchte, sie ist uns schon entglitten. Ich bin mir nicht einmal sicher, dass sie noch glaubt, was wir glauben."

„Das tut sie … natürlich tut sie das." Aber dann stieg in mir ein nagender Zweifel auf, der mich beunruhigte. Christina hatte unseren Glauben nie von ganzem Herzen übernommen, so wie ihre drei Brüder es getan hatten. Oft hatte ich das Gefühl, dass es nur Routine war und sie nur uns zuliebe die richtigen Dinge sagte.

Die restlichen Meter gingen wir wie benommen, während wir uns bemühten, unser Entsetzen und unseren Kummer zu beherrschen. Christina kam nach Hause, als ich gerade das Sonntagsessen auftrug. Während wir aßen, war sie so lebhaft und fröhlich wie sonst, als wäre nichts gewesen. Mir war so schlecht, dass ich nichts essen konnte, und auch Maarten schien keinen Appetit zu haben. Als die Mahlzeit vorüber war, las Maarten aus der Bibel vor und betete, wie er es immer tat, aber als Christina aufstand, um mir beim Abräumen zu helfen, räusperte er sich und sagte: „Bitte bleibt alle sitzen." Sie setzte sich wieder. Ich legte meine Hand auf seine und blickte zu ihm auf, mein Blick eine wortlose Frage. Hatte er vor, Christina vor ihren Brüdern auf ihr Verhalten anzusprechen? Maarten verstand genau, was ich meinte, und nickte nur kurz. Wir waren eine Familie und würden uns auch gemeinsam mit Christinas Verhalten auseinandersetzen.

„Christina, würdest du uns bitte erklären, wo du in den vergangenen drei Wochen warst, nachdem du vorzeitig den Gottesdienst verlassen hast?"

Sie starrte ihn mit offenem Mund an und ihre Wangen röteten sich. Aber sie hatte schnell die Fassung wiedergewonnen und schob trotzig ihr Kinn vor. „Wer hat dir diese Lüge erzählt?"

„Jemand, der keinerlei Grund hat zu lügen."

„Das ist es, was ich an dieser Kirche und dieser doofen Stadt so hasse. Alle sind schrecklich neugierig! Jeder will wissen, was der andere macht. Ich bin es so leid! Deshalb werde ich bei der nächsten Gelegenheit weggehen und woanders leben."

Sie machte erneut Anstalten aufzustehen, aber Maarten sagte mit fester Stimme: „Setz dich, Christina, und hör mir zu." Sie setzte sich. „Du kannst deine Familie verlassen und du kannst aus Holland weggehen, aber Gott hat dich trotzdem im Blick – und liebt dich. Was deine Verachtung für unsere Gemeinde betrifft: Wir alle brauchen diese ‚neugierigen' Brüder und Schwestern zu unserem eigenen Schutz, damit wir nicht auf Abwege geraten. In den ersten Jahren hier waren wir ganz praktisch aufeinander angewiesen, um zu überleben, und wir brauchen einander auch heute noch. In der Bibel steht: ‚So ist's ja besser zu zweien als allein … Fällt einer von ihnen, so hilft ihm sein Gesell auf. Weh dem, der allein ist, wenn er fällt! Dann ist kein anderer da, der ihm aufhilft … und eine dreifache Schnur reißt nicht leicht entzwei.'"

Christina antwortete nicht, sondern starrte auf die Tischplatte. Ihr ganzer Körper war angespannt und ich war mir sicher, sie würde aufspringen, sobald Maarten es ihr erlaubte. „Du hast meine Frage nicht beantwortet, Christina", sagte er. „Warum hast du die Kirche verlassen?"

„Weil es langweilig ist. Ich bin all die Regeln und Gebote leid. Ich bin es leid zu hören, dass ich eine Sünderin bin, nur weil ich unmöglich all diese Gebote halten kann. Niemand ist vollkommen, und wenn jemand es behauptet, ist er ein Heuchler. Jenseits unserer Stadtgrenzen gibt es eine Welt voller interessanter Menschen, aber macht sich irgendjemand die Mühe, sie kennenzulernen? Nein! Die engstirnigen Leute in dieser Stadt sind doch gegen jeden, der nicht aus den Niederlanden kommt oder nicht zu ihrer Kirche gehört."

Christinas bittere Worte waren für mich wie ein Schlag ins Gesicht. Ich wollte etwas erwidern, aber Maarten drückte meine Hand, um mich davon abzuhalten. Wie konnte er nur so ruhig bleiben? „Wohin bist du gegangen, nachdem du den Gottesdienst verlassen hast?", fragte er.

„Nirgendwohin. Ich bin nur herumgelaufen." Christina wandte den Blick ab. Ihre Wangen waren jetzt leuchtend rot. Sie log. In diesem Moment musste ich an die langen Spaziergänge denken, die sie jeden Abend unternahm, und mit einem Mal ergab ihr Ausbruch einen Sinn. Sie traf sich heimlich mit jemandem. Mit jemandem, der nicht aus den Niederlanden kam.

Arie sprach zuerst. „Triffst du dich immer noch mit dem Jungen, den du im Sommer kennengelernt hast? Sag uns die Wahrheit, Christina."

Sie warf ihm über den Tisch hinweg einen wütenden Blick zu, während das Rot ihrer Wangen noch tiefer wurde. „Ich habe mich dir anvertraut, Arie. Du hast gesagt, dass du uns nicht verrätst!"

„Ich muss es sagen. Ich versuche, dir das Leben zu retten, Christina, so wie du mir das Leben gerettet hast. Aus einer Beziehung mit einem Fremden kann nichts werden, vor allem, wenn du lügst und Mama und Papa hintergehst, um ihn zu sehen."

Ich hatte dasselbe mit Hendrik getan – ihn heimlich getroffen und ein paar verstohlene Küsse getauscht. Ich konnte nur hoffen, dass Christina nicht mehr getan hatte, als diesen Jungen zu küssen. In unserer Gemeinde gab es Dutzende wunderbare junge Männer, unter denen sie wählen konnte, aber wie Eva in einem Garten voll mit herrlichen Bäumen fühlte Christina sich zu dem einzigen hingezogen, den sie nicht haben konnte, zu der verbotenen Frucht – einem Fremden. So wie ich mich zu Hendrik hingezogen gefühlt hatte.

„Hör zu, Christina", sagte Maarten. Er klang immer noch ruhig, nicht wütend. „Du musst mit diesem Betragen aufhören, bevor du deinen Ruf beschädigst und alle Hoffnungen zunichtemachst, einen guten christlichen Mann aus unserer Gemeinde zu heiraten – jemanden, der unseren Glauben teilt und dem dieselben Dinge wichtig sind wie uns. Deine Mutter und ich haben Opfer gebracht und fleißig gearbeitet, um eine Glaubensgemeinschaft für dich und deine Kinder aufzubauen. Ich glaube, dass Gott hier einen Ehemann für dich im Sinn hat ..."

„Woher willst du wissen, dass Jack nicht der Mann ist, den Gott für mich im Sinn hat? Du hast ihn ja noch nicht einmal kennengelernt!"

„Ist er Christ?", fragte Maarten. Als sie nicht antwortete, sagte er: „Er kann nicht Gottes Wille für dich sein, wenn er nicht gläubig ist. In der Bibel steht: ‚Zieht nicht am fremden Joch mit den Ungläubigen. Denn was hat die Gerechtigkeit zu schaffen mit der Ungerechtigkeit? Was hat das Licht für Gemeinschaft mit der Finsternis?' Ehen funktionieren am besten, wenn beide Partner dieselben Werte und Traditionen haben und denselben Glauben an Gott."

„Ich liebe ihn! Ihr versteht meine Gefühle ja gar nicht!"

Aber ich verstand sie sehr gut. Sollte ich es ihr sagen? Sollte ich ihr sagen, was Papa zu mir gesagt hatte – darüber, dass ich Gottes Willen oder meinen eigenen Willen wählen musste? „Erzähl uns von ihm, Christina“, sagte ich stattdessen. Einen Moment lang war es still im Raum.

„Er heißt Jack Newell und kommt aus Toledo in Ohio.“ Ihre wütende Miene wurde sanft, als sie von ihm sprach, und ihr Gesicht erglühte vor Liebe, so als würde ein Feuer heller brennen. „Er ist zu Fuß von zu Hause fortgegangen und hatte kaum einen Cent in der Tasche, aber er war entschlossen, etwas aus seinem Leben zu machen. Und das hat er! Auf dem Weg nach Chicago, wo er sich Arbeit suchen wollte, ist er durch Holland gekommen und hat in der Cappon-Bertsch-Gerberei eine richtig gute Stelle gefunden. Er wird sich bis ganz nach oben hocharbeiten und irgendwann seine eigene Fabrik haben.“

Offenbar hatte Christina ihn kennengelernt, als sie im Sommer bei den Cappons gearbeitet hatte. Ihr Haus war nicht weit von der Gerberei entfernt. „Was ist mit seinen Eltern?“, wollte ich wissen.

„Nachdem seine Mutter gestorben war, hat sein Vater angefangen, zu viel zu trinken. Da wollte er nicht mehr zu Hause bleiben.“

Einerseits hätte ich meine Tochter am liebsten bei den Schultern gepackt und geschüttelt, damit sie zur Vernunft kam, weil sie sich mit einem heimatlosen, mittellosen Bummler mit einem trinkenden Vater eingelassen hatte. Aber Hendrik war zuerst auch kein Christ gewesen und er war durch das Vorbild unserer christlichen Familie zum Glauben gekommen. Maarten dachte sicher auch an Hendrik, als er sagte: „Bring ihn doch einmal mit, damit wir ihn kennenlernen.“

„Nein. Ich will nicht, dass er hierherkommt.“ Jetzt war ihr Tonfall wieder wütend und trotzig.

„Sind wir dir mit unserem Akzent und unserer Kleidung und unserem bescheidenen Zuhause peinlich?“, fragte Maarten.

Christina schob das Kinn vor. „Das alles wäre Jack ganz egal. Aber ich weiß, dass ihr ihn verurteilen und dafür sorgen würdet, dass er ein schlechtes Gewissen hat, weil er nicht so religiös ist wie ihr. Ihr würdet ihm Predigten halten und ihm sagen, dass er ein Sünder ist.“ Wieder dachte ich an meine Eltern, die Hendrik mehr mit ihrem Lebensstil als mit Worten gepredigt hatten.

„Wir sind alle Sünder, Christina“, erwiderte Maarten. „Die Tatsache, dass dein Freund nicht aus den Niederlanden kommt, könnte ich übersehen, wenn er ein gläubiger Christ wäre. Glaubt Jack überhaupt an unseren Gott?“

Jetzt wurde sie unsicher. „Natürlich glaubt er an Gott. Aber er findet es falsch, den Menschen mit Geschichten von Sintfluten und Feueröfen und Walen, die einen bei lebendigem Leibe verschlingen, Angst einzujagen, damit sie sich an altmodische Regeln und Moralvorstellungen halten. Vor allem, wenn die Leute, die diese Regeln lehren, solche Heuchler sind. Wir können auch ohne die Schuldgefühle, die die Kirche uns einreden will, ein gutes Leben führen.“

Ich wusste, dass dies nicht Christinas Worte waren. Wahrscheinlich plapperte sie nach, was Jack gesagt hatte. Entsetzt stellte ich fest, dass er bereits einen starken Einfluss auf sie hatte, sodass sie alles ablehnte, was wir ihr beigebracht hatten.

Maarten schlug die Bibel, die noch offen auf dem Tisch gelegen hatte, zu und faltete seine kräftigen, tintenbefleckten Hände darauf. „Wenn du uns nicht die Gelegenheit gibst, ihn kennenzulernen, muss ich dir verbieten, ihn wiederzusehen, Christina. Du wirst nicht mehr alleine spazieren gehen oder in der Kirche bei deinen Freundinnen sitzen oder uns anlügen und so tun, als würdest du ein anderes Mädchen besuchen. Von jetzt an werden wir dich zur Schule bringen und wieder abholen …“

„Ihr wollt mich einsperren?“

„Nur, weil du uns getäuscht hast. Und weil wir dich lieben.“

Christina stand vom Tisch auf und stürmte aus dem Zimmer, wo sie ihre Tür heftig zuschlug. Ich war mit allem einverstanden, was Maarten gesagt und getan hatte. Ich wusste, dass er hoffte, er könnte Christina auf diese Weise daran hindern, diesen jungen Mann wiederzusehen – aber ich wusste, dass er sie nicht würde aufhalten können. Sie würde einen Weg finden. Es war zu spät. Unsere Tochter war uns bereits entglitten wie ein Boot, das sich vom Ufer gelöst hat. Und jetzt trieb sie in einer mächtigen Strömung flussabwärts.

32. Kapitel

Geesjes Geschichte

Holland, Michigan
26 Jahre früher

Als ich einige Wochen später – an jenem schicksalhaften Sonntag, dem 8. Oktober 1871 – zur Kirche fuhr, konnte ich mich nicht daran erinnern, wann es das letzte Mal geregnet hatte. Wann waren zuletzt vom See her Wolken heraufgezogen und hatten mit ihrem Leben spendenden Wasser Erleichterung gebracht? Der Boden war ausgedörrt und brüchig, die Luft knisterte vor Trockenheit und die Bachläufe waren nur noch Rinnsale. Gleichzeitig schienen in unserer Familie alle wegen Christina die Luft anzuhalten. Sie sprach kaum noch mit uns, und wenn sie es doch tat, flackerte ihre Wut oftmals auf wie die Waldbrände, die in der Umgebung von Holland immer wieder aufloderten. Überall in der Region lagen Holzstapel und trockenes Gestrüpp herum, die von der Rodung des Landes übrig geblieben waren, sodass die ausgetrocknete Landschaft die reinste Zunderbüchse war. Vor einer Woche hatten Maarten und Jakob den anderen Männern in der Stadt geholfen, ein Feuer zu löschen, das den Süden der Stadt und den Campus des Hope Colleges zu erfassen gedroht hatte. Aber keine unserer Bemühungen konnte Christinas Wut löschen. Sie ertrug die Sonntagsgottesdienste mit brodelndem Zorn und saß zwischen Maarten und mir wie ein sich stetig aufheizender Topf, der jeden Augenblick überzukochen drohte. Wir hofften, sie würde sich ändern, so wie wir hofften, das Wetter würde sich ändern und Regen bringen. Entweder würde Christina sich unserem und Gottes Willen beugen oder sie würde explodieren.

Ein trockener, kräftiger Wind wehte von Süden, als wir an diesem Sonntagnachmittag zur Kirche fuhren. Die Luft fühlte sich staubig an von der Asche der jüngsten Feuer. „Jetzt ist ein Monat vergangen", sagte Christina, als wir die Treppe zwischen den Säulen zum Gottesdienstraum hinaufstiegen. „Ich habe alles gemacht, was ihr gesagt habt. Wann werdet ihr mir wieder vertrauen und mich bei meinen Freundinnen sitzen lassen?"

„Deine Mutter und ich werden darüber beten", antwortete Maarten. Christina hielt ihre Wut sorgfältig in Schach wie einen Berg glühender Kohlen. In der Kirche saß sie stocksteif da. Aber andererseits schienen an diesem warmen Nachmittag alle wie erstarrt zu sein.

Gegen zwei Uhr drehte der Wind und begann heftiger aus Südwesten zu wehen. Ich konnte ihn um das Kirchengebäude pfeifen hören. Die hohen Fenster mit ihren vielen Scheiben klirrten und die trockenen Blätter an den Bäumen raschelten. Ich hatte zu Hause mehrere Fenster offen stehen lassen und jetzt sorgte ich mich darum, dass Asche und Staub hineingeweht werden könnten. Eine Stunde später war der Gottesdienst noch im Gange, als wir hörten, wie die Turmglocke der Dritten Reformierten Kirche Feueralarm schlug. *Dominee* Van Raalte war an diesem Sonntag nicht in der Stadt. Der Pastor, der an seiner Stelle den Gottesdienst hielt, beendete seine Predigt schnell und ließ uns nach Hause gehen.

„Wir haben gehört, dass in dem Sumpf in der Nähe der Pine Avenue und der Sixteenth Street trockene Büsche Feuer gefangen haben", berichtete uns jemand, als wir das Gebäude verließen. Das neue Gebäude der Dritten Reformierten Kirche, das erst vor Kurzem fertiggestellt worden war, befand sich an der Kreuzung Pine Avenue und Sixteenth Street.

„Bring deine Mutter und Christina bitte nach Hause", sagte Maarten zu Arie. „Jakob und ich gehen nachsehen, ob wir bei dem Brand helfen können."

„In eurer Sonntagskleidung?", fragte ich.

„Wir haben keine Zeit, uns umzuziehen." Maarten und Jakob legten ihre Jacken und Krawatten ab und gaben sie mir. Währenddessen kamen aus allen Richtungen Befehle. Jemand rief, einige Männer sollten zum Eisenwarenladen gehen und Schaufeln und andere Werkzeuge holen, um das Feuer zu bekämpfen. Jemand anders sagte, der Präsident des Hope College rufe alle Studenten auf den Campus zurück, damit sie eine Eimerkette bildeten und die Dächer der Gebäude mit Wasser begossen, falls das Feuer sich erneut in diese Richtung ausbreiten sollte. Die Bauern erhielten den Befehl, ihre Tiere anzuspannen und Gräben zu pflügen, damit diese die Flammen hoffentlich aufhielten. Während die anderen Männer sich daranmachten, den Brand zu bekämpfen, spürte ich, dass Arie sich gedemütigt fühlte, weil man ihn nicht für fähig hielt zu helfen. Die Frauen in Sicherheit zu bringen, erschien einem erfahrenen Soldaten wie ihm wohl nicht sonderlich heldenhaft.

„Meinst du, wir sollten ein paar Wertsachen zusammenpacken – nur für den Fall der Fälle?", fragte ich ihn, als wir nach Hause kamen. Schon jetzt verdunkelte Rauch den Nachmittagshimmel und die Sonne.

„Es kann sicher nicht schaden." Arie ließ die Kutsche vor dem Haus stehen und machte die Stalltür auf. Ich fragte Christina, ob sie mit mir für die Sicherheit der Männer beten wolle, aber sie schüttelte den Kopf. Stattdessen blieb sie auf der Veranda vor dem Haus stehen und starrte in die Ferne, als hoffte sie, Jack Newell würde kommen und sie retten.

Maarten und Jakob kamen an diesem Abend erst um neun Uhr nach Hause. Zu diesem Zeitpunkt hing eine Qualmdecke wie Nebel über der Straße vor unserem Haus und ich war ganz krank vor Sorge. In der Ferne glühte der Horizont rot wie beim Sonnenuntergang. Aber die Sonne war längst untergegangen. Die Männer sahen erschöpft aus. Ihre Gesichter waren rußgeschwärzt und die Augen vom Rauch gerötet. Sowohl Maarten als auch Jakob husteten Rauch und Asche aus der Lunge. Sie hatten die Ärmel ihrer Hemden aufgekrempelt, bevor sie sich in den Kampf gegen das Feuer gestürzt hatten, aber ich vermutete, dass ihre nach Rauch stinkende Sonntagskleidung ruiniert war. Als Maarten in unser Schlafzimmer ging, um sich umzuziehen, folgte ich ihm und umarmte ihn ganz fest.

„Was ist passiert, Maarten? Ist das Feuer gelöscht?"

„Das weiß niemand. Es breitet sich schneller aus, als wir es bekämpfen können. Kaum haben wir es an einer Stelle gelöscht, trägt der Wind die Funken und Schlacken woandershin. Das Feuer springt umher, als wollte es uns verspotten." Er und Jakob waren nur nach Hause gekommen, um sich ein wenig auszuruhen und etwas zu essen. Danach würden sie wieder losziehen. Die beiden wollten gerade aufbrechen, als Christina sich an ihnen vorbeidrängte, durch die Haustür stürmte und sich in die Arme eines Fremden warf, der draußen stand. Das konnte nur Jack Newell sein. Die Vertrautheit, mit der sie einander hielten, erschreckte mich.

Maarten schien sich nicht von der Stelle rühren zu können und starrte sie nur entsetzt an, aber ich eilte hinter Christina her die Treppe hinunter. Ich verstand, warum sie sich zu diesem Mann hingezogen fühlte – er hatte ein attraktives Gesicht, wellige hellbraune Haare und eine kräftige, muskulöse Gestalt. Aber etwas an seiner arroganten Haltung und dem selbstsicheren Grinsen missfiel mir gleich. Offensichtlich hatte er den anderen Männern nicht bei den Löscharbeiten geholfen, sonst hätte er ebenso schmutzig und zerzaust ausgesehen wie Jakob und Maarten. „Ich verlasse die Stadt, bevor es noch schlimmer wird", hörte ich ihn sagen. „Ich bin hergekommen, um dich mitzunehmen, Christina." Als ich näher kam, lösten er und Christina sich voneinander, aber er legte den Arm um ihre Schulter, als gehörte sie ihm.

„Christina wird Sie nicht begleiten", sagte Maarten, der jetzt näher getreten war. „Könntest du wirklich einen Mann achten, der wegläuft, um sich selbst zu retten, anstatt wenigstens zu versuchen, bei der Rettung unserer Stadt zu helfen, Christina?"

Jack zuckte mit den Schultern, als wäre es ihm gleichgültig, ob Holland in Flammen aufging.

„Das ist das Mindeste, was Sie tun können, wenn Sie meine Schwester lieben", fügte Arie hinzu. Er stand auf seine Krücken gestützt neben Jakob auf der Verandatreppe.

Maarten nahm eine der rußbedeckten Schaufeln, die am Verandageländer lehnten, und hielt sie Jack hin. „Wir gehen wieder los, um das Feuer zu bekämpfen. Kommen Sie doch mit, mein Junge."

Jack seufzte resigniert und nahm die Schaufel.

„Diesmal komme ich auch mit", sagte Arie und humpelte die Treppe hinunter. „Ich will helfen."

Maarten hielt ihn zurück. „Du musst hierbleiben und versuchen, die Druckerei und unser Haus zu retten, Arie. Einige der anderen Leute in der Stadt durchtränken ihre Dächer mit Wasser, damit die Holzziegel sich nicht durch fliegende Funken entzünden. Ich finde, das sollten wir auch tun."

„Christina und ich helfen dir dabei, Arie", sagte ich. Dann umarmte ich Maarten und bat ihn und Jakob, beieinanderzubleiben und aufeinander aufzupassen. Anschließend eilte ich davon, um jeden Kübel und Eimer zu holen, den ich finden konnte. Meinem Mann und meinem Sohn nachzublicken, konnte ich nicht ertragen.

Abgesehen von dem Feuerschein in der Ferne war die Nacht tiefschwarz, als Christina und ich die Eimer und eine Leiter zur Druckerei schleppten. Arie hinkte hinter uns her. Dort angekommen, schloss er die Tür auf. Einen Moment lang stand er in der dunklen Werkstatt und sah sich um. „Die Druckerpresse können wir unmöglich bewegen", sagte er. „Wir könnten vielleicht versuchen, einen Teil der Werkzeuge zu retten, aber …"

„Unsere beste Chance ist, das Dach nass zu machen, wie dein Vater es gesagt hat." Der Wind war inzwischen so stark, dass er beinahe die Leiter umgeweht hätte, als wir versuchten, sie an die Druckerei zu lehnen. Ich wusste, dass Arie nicht hinaufklettern oder auf dem schrägen Dach stehen konnte, deshalb gab ich ihm den Auftrag, die Eimer mit Wasser zu füllen. Christina trug die Eimer zur Leiter und ich schleppte sie hinauf und begoss das Dach.

Es war eine anstrengende Arbeit. Und es kam mir vor, als würden der Wind mit jeder Minute stärker und der Schein am Horizont immer heller. Als das Dach nass war, holte Arie die Kutsche und wir verstauten die Geldkassette, die Geschäftsbücher und andere Wertsachen aus der Druckerei darin. Dann schleppten wir Leiter und Eimer über das Grundstück zu unserem Wohnhaus und machten uns von Neuem an die Arbeit, die Dachziegel zu durchnässen und unser Hab und Gut zu sichern. Viel passte in die Kutsche nicht hinein, deshalb musste ich alles außer den wichtigsten Dingen zurücklassen.

Inzwischen waren Stunden vergangen. Es musste bald Mitternacht sein. Doch Maarten und Jakob waren noch immer nicht zurückgekehrt. Wir saßen im Dunkeln in unserem Haus und warteten. Da ich zu viel Angst davor hatte, dass Funken ein weiteres Feuer entzünden könnten, zündete ich weder eine Kerze noch eine Lampe an. Stattdessen schloss ich die Augen und betete in panischer Angst um die Sicherheit der Männer, während der Wind um das Haus heulte. *Bitte lass Maarten nicht sterben … Ich liebe ihn … Wenn ihm etwas zustößt, weiß ich nicht, was ich tun soll.*

Ich hörte, wie Christina in der Dunkelheit rastlos auf und ab lief. „Setz dich doch“, sagte Arie schließlich. „Bist du gar nicht erschöpft?“

„Ich kann mich nicht setzen. Ich mache mir Sorgen um Jack. Warum hat Papa ihn dazu gezwungen mitzugehen?“

„Könntest du wirklich einen Feigling lieben?“, fragte Arie. „Im Krieg habe ich einige Männer wie ihn kennengelernt. Sie haben sich nur um ihr eigenes Wohl gekümmert. Durch und durch selbstsüchtig.“

„Jack ist doch mitgegangen, oder?“, sagte sie wütend. „Er ist kein Feigling. Und jetzt mache ich mir Sorgen, dass ihm etwas zustößt.“

„Du *solltest* dir Sorgen um ihn machen, und zwar um sein Seelenheil – vor allem, wenn er nicht gläubig ist.“

„Halt den Mund, Arie! Du warst noch nie verliebt! Du weißt ja gar nicht, wie es sich anfühlt.“

Aber ich wusste es. Ich wusste ganz genau, was Christina empfand. Ich hatte bereits einen Sohn verloren. Würde ich jetzt noch einen verlieren und meinen Mann noch dazu? Und was war mit unserem Haus und unserem Geschäft und unserer Kirche und unserer Stadt? Würde Gott wirklich zulassen, dass alles, wofür wir in den vergangenen fünfundzwanzig Jahren gearbeitet hatten, in Flammen aufging? Ich glaubte zu verstehen, wie Hiob in der Bibel sich gefühlt haben musste.

So saßen wir drei in der Dunkelheit und warteten, während der Wind wie ein Hurrikan das Haus erbeben ließ. Genauso hatte ich damals gewartet, als ich erfahren hatte, dass die *Phoenix* gesunken war, und mich um Hendriks Sicherheit geängstigt und gebetet. Die Liebe und Sorge, die ich jetzt für Maarten empfand, war ebenso groß – vielleicht noch größer. Wenn Gott mir doch nur mehr Zeit mit Maarten geben wollte. Jeden Tag würde ich ihm sagen, wie viel er mir bedeutete, wie sehr ich ihn liebte. Meine Gefühle für ihn waren anders als das, was ich für Hendrik empfunden hatte – diese atemlose Leidenschaft und Anziehungskraft, die Christina jetzt für Jack empfand. Aber ich liebte Maarten wegen seines festen, verlässlichen Glaubens; weil er der Mann war, der seinen Traum geopfert hätte, um mich in die Niederlande zurückzubringen, und der jetzt sein Leben riskierte, um unser Haus und unsere Stadt zu retten. Maarten hatte mir in all den Jahren nicht ein einziges Mal das Gefühl gegeben, verlassen oder ungeliebt oder unbeschützt zu sein. Er hatte mit mir getrauert, mit mir gelacht, unsere Kinder mit mir großgezogen. Er war nie ungeduldig oder zornig mit mir gewesen. Und in den Augenblicken großer Zweifel und Ungewissheit in den vergangenen Jahren hatte er sich immer im Gebet an Gott gewandt, weil er gegen allen Anschein an Gottes Güte glaubte und mir half, es auch zu tun. Was für ein Segen es doch war, einen so zuverlässigen, kompromisslosen Mann zum Ehepartner zu haben.

Bitte, Gott … ich will ihn nicht verlieren.

Kurz nach Mitternacht kamen Maarten und Jakob schließlich zur Tür hereingestürzt, atemlos vom Laufen. Ihre geröteten Augen waren vom Rauch beinahe zugeschwollen. Christina sprang auf. „Wo ist Jack?"

„Er hat uns schon vor Stunden im Stich gelassen", sagte Maarten. „Kommt, beeilt euch! Wir müssen hier raus! Wir müssen fliehen!"

„Was ist geschehen?", fragte ich.

„Die Dritte Reformierte Kirche hat Feuer gefangen. Wir konnten sie nicht retten."

„Aber sie haben sie doch gerade erst fertig gebaut!", sagte Arie.

„Ich weiß. Jetzt hat der Wind brennende Dachziegel von der Kirche zu Cappons Gerberei geweht. Die Fabrikgebäude und der riesige Haufen getrockneter Rinde – alles steht in Flammen. Als wir sahen, dass brennende Borkenstücke von der Gerberei in Richtung Eighth Street und Geschäftsviertel geweht wurden, wussten wir, dass wir nur noch fliehen konnten. Jetzt können wir das Feuer nicht mehr aufhalten."

„Die Kutsche ist gepackt und bereit", sagte Arie. „Wohin sollen wir fahren?" Meine Knie zitterten so sehr, dass ich kaum stehen oder gehen konnte, als Maarten uns durch die Tür schob. Noch nie hatte mein Herz so heftig gehämmert.

„Einige Städter fahren nach Westen zum See und steigen in Boote", sagte Maarten. „Ich finde, wir sollten nach Osten fahren, zu *Dominee* Van Raaltes Haus. Es steht an einem Bach – falls der nicht inzwischen ausgetrocknet ist."

Draußen wehte der Wind so stürmisch, dass Maarten mich stützen musste. Eine Böe riss mir das Tuch vom Kopf, bevor ich es festhalten konnte, und blies mir Asche und Sand in die Augen. Waschkübel und Eimer und Holzkisten flogen durch die Straßen, als wögen sie gar nichts. Wir gesellten uns zu Hunderten unserer Nachbarn, die sich auf der Straße drängten, die aus Holland hinausführte, alle verzweifelt bemüht, ihr Leben zu retten. Als die Kutsche sich in Bewegung setzte, wandte ich mich um und blickte entsetzt auf das Szenario, dem wir entflohen.

Es war mitten in der Nacht, aber die brennende Stadt war taghell erleuchtet. Mit dem Wind schlug uns die Hitze des Feuers entgegen, so heiß wie ein Ofen. Ich sah zu, wie das Feuer von einem Dach zum nächsten sprang, von einem Haus zum anderen, schneller als man laufen konnte. Regelrechte Feuerwellen rollten über die Straße und verschlangen alles, was ihnen im Weg war.

„Beeil dich, Maarten!", flehte ich. „Wir müssen uns beeilen!" Meine Augen tränten vom Kummer und von dem Rauch, der uns alle fast blind machte. Und die ganze Zeit peitschte der Wind und ließ Funken auf uns herabregnen. Ich hatte noch nie im Leben solche Angst gehabt.

Endlich gelangten wir zu *Dominee* Van Raaltes Haus in der Fairbanks Avenue und sanken auf die Knie, um Gott zu danken. Sein Haus war voller Flüchtlinge, wie wir es waren, obwohl er noch nicht von seiner Predigtreise nach Muskegon zurück war. Was würde er sagen, wenn er sah, dass seine geliebte Kolonie in Flammen stand? Wir harrten die ganze Nacht aus und beobachteten das ferne Feuer, bereit zur Flucht, falls der Wind das Inferno zu uns tragen sollte.

Bei Tagesanbruch schienen Wind und Flammen nachzulassen. Die aufgehende Sonne verbarg sich hinter einem Dunst aus Rauch und Asche. „Jakob und ich gehen mit einigen Männern nachsehen, was noch übrig ist", sagte Maarten. Ich war zu müde, um irgendwohin zu gehen, und zu erschüttert, um mir die Zerstörung anzusehen. Während wir weiter warteten, fing Christina wieder an, auf und ab zu gehen, aber ich wusste, dass sie sich nicht um ihren Vater und ihren Bruder sorgte. Stunden vergingen, bis die beiden zurückkehrten.

„Sie ist verschwunden, Geesje", sagte Maarten, seine Stimme heiser vor Kummer und Rauch. „Beinahe die ganze Stadt ist weg. Völlig niedergebrannt."

„Sie sieht aus wie ein Feld, das mit der Sense abgemäht wurde", fügte Jakob hinzu. „Kaum ein Zaunpfahl oder Gehsteig oder auch nur ein Baumstamm sind noch zu sehen."

Ich holte zitternd Luft, bevor ich fragte: „Was ist mit der Druckerei und unserem Haus?"

Maarten schüttelte den Kopf. „Weg." Er ließ mir einen Augenblick Zeit, diese Nachricht zu verdauen, bevor er sagte: „Aber unsere Kirche ist nicht beschädigt. Es ist ein Wunder. Und die Gebäude des Hope Colleges wurden auch verschont."

„Konnten denn alle rechtzeitig die Stadt verlassen? Wissen wir, ob alle in Sicherheit sind?"

Er zögerte lange. „Nur von einem Todesopfer wissen wir sicher – der Witwe Tolk."

„Nein, Maarten!" Ich schlug mir die Hand vor den Mund. Sara Ooms Tolk war eine ältere Witwe, die ich gut kannte und die allein lebte.

„Jemand hat uns gesagt, dass sie zu lange gewartet und versucht habe, noch mehr von ihrem Hab und Gut zu retten. Sie konnten sie nicht dazu bewegen zu gehen. Es tut mir leid, Geesje."

Wie erwartet war *Dominee* Van Raalte am Boden zerstört, als er zurückkam und die Arbeit von fünfundzwanzig Jahren in Schutt und Asche vorfand. Trotzdem resignierte er nicht, sondern sagte: „Mit unserer niederländischen Zähigkeit und unserer amerikanischen Erfahrung werden wir Holland wieder aufbauen."

Später an diesem Tag fuhr unsere kleine Familie mit der Kutsche, die mit unseren wenigen Habseligkeiten beladen war, nach Hause. Wir wollten nachsehen, ob wir aus den Ruinen noch irgendetwas retten konnten. Als ich das schwarze Skelett der Druckerpresse zwischen den verkohlten Balken und Trümmern der Werkstatt sah, weinte ich. Dieser Anblick schmerzte mich sogar noch mehr als der halb eingestürzte Schornstein, das Einzige, was oberhalb des Fundaments von unserem Haus noch stehen geblieben war. Hinter dem Haus sahen wir die traurigen Überreste des Blockhauses, das Papa und Maarten gebaut hatten, als wir uns hier niedergelassen hatten. Ich sah zu Maarten hinüber und fragte mich, ob sein Gemüt sich ebenso gebrochen und besiegt anfühlte wie meines. „Können wir die Druckerpresse retten?", fragte ich ihn. Er schüttelte den Kopf.

Dann stieg er vom Kutschbock und kramte in den Kisten nach seiner Bibel. Ich hatte sie für ihn eingepackt und jetzt schlug er sie auf, um uns aus dem Propheten Habakuk vorzulesen. „,Da wird der Feigenbaum nicht grünen und es wird kein Gewächs sein an den

Weinstöcken. Der Ertrag des Ölbaums bleibt aus und die Äcker bringen keine Nahrung; Schafe werden aus den Hürden gerissen und in den Ställen werden keine Rinder sein. Aber ich will mich freuen des Herrn und fröhlich sein in Gott, meinem Heil.'"

Christina fuhr aus der Haut. „Wie kannst du das sagen? Die Stadt liegt in Schutt und Asche! Wir haben alles verloren! Wir haben nichts zu essen und keine Kleider und nicht mal ein Dach überm Kopf! Du kannst unseren Lebensunterhalt nicht mehr verdienen ..."

„Aber wir sind alle am Leben, Christina. Nichts sonst ist wichtig, solange unsere Familie in Sicherheit ist. ‚Der Herr hat's gegeben, der Herr hat's genommen; der Name des Herrn sei gelobt!'"

Sie sprang vom Wagen herunter und stürmte davon, quer über unser Grundstück zu der Stelle, an der unser Haus gestanden hatte. „Lass sie, Geesje", sagte Maarten, als ich Anstalten machte, ihr zu folgen. „Wenn sie sieht, wie unsere Brüder und Schwestern aus den umliegenden Gemeinden Holland zu Hilfe kommen, wird sie die Liebe Christi vielleicht verstehen." Ich hasste den Gedanken, auf Wohltätigkeit angewiesen zu sein, aber Maarten hatte recht. Die Christen der anderen Gemeinden würden uns gerne helfen, wieder auf die Beine zu kommen.

Wir waren eine von mehr als dreihundert Familien, die durch das Feuer alles verloren hatten – insgesamt eintausenddreihundert Menschen waren jetzt obdachlos. Als wir irgendwann die ganzen Zahlen erfuhren, waren sie unbegreiflich: zweihundertundzehn Wohnhäuser, fünfundsiebzig Geschäfte, fünfzehn Fabriken, fünf Kirchen und drei Hotels waren zerstört worden. Und dann traf uns noch ein Schock: Die Stadt Chicago hatte in derselben Nacht wie Holland Feuer gefangen und die ganze Nacht und den gesamten darauffolgenden Tag in Flammen gestanden. Die Zerstörung und der Verlust von Menschenleben waren dort noch schlimmer gewesen als hier.

Ich half Maarten und unseren beiden Söhnen, die Trümmer der Druckerei zu durchsuchen. Eine Stunde später hatte ich vom Ruß schwarze Hände, Schmutzspuren im Gesicht und einen ruinierten Rocksaum und ich beschloss, Christina dabei zu helfen, die Überreste unseres Hauses zu durchkämmen. Ich sah, dass sie auf einem der Fundamentblöcke saß und die verkohlte Blechdose auf dem Schoß hatte. Sie las die Briefe, die ich darin aufbewahrt hatte. Einige waren von Arie aus dem Krieg. Die meisten stammten jedoch von Hendrik. Warum hatte ich sie all die Jahre aufgehoben?

Christinas wütende Miene, als sie aufblickte und mich sah, verriet mir, dass sie genug von Hendriks Briefen gelesen hatte, um ihre Bedeutung zu erkennen. „Das sind Liebesbriefe!", sagte sie. „Von einem anderen Mann! Nicht von Papa!"

„Sie wurden geschrieben, bevor ich deinen Vater geheiratet habe."

„Du bist gegen Jack und mich, dabei entnehme ich diesen Briefen, dass du genau weißt, wie ich mich fühle! Du warst in diesen Mann verliebt – einen Mann, der kein Christ war!"

„Hendrik wurde Christ. Dein Vater hat ihm von Gott erzählt und –"

„Du weißt ganz genau, wie es ist, jemanden so sehr zu lieben, dass man glaubt, sterben zu müssen, wenn man nicht bei ihm sein kann!"

Oh ja. Das wusste ich.

Sie schwenkte den belastenden Brief durch die Luft. „Hier steht, dass du dein Zuhause und deine Familie in den Niederlanden verlassen wolltest, um mit ihm durchzubrennen."

„Aber ich habe es nicht getan, Christina. Ich bin mit meinen Eltern nach Amerika gegangen. Hendrik hat entschieden, dass er mir nachkommen würde. Wenn du die Briefe gelesen hast, weißt du, dass er Christ werden wollte."

„Was ist mit ihm geschehen? Ist er gestorben?"

„Nein ... Aber als sein Schiff unterging, dachte ich das. Und als ich erfuhr, dass er noch am Leben war, konnte ich ihn nicht heiraten."

„Warum nicht?"

„Weil ich schon mit deinem Vater verheiratet war."

Sie sprang auf und warf die Blechdose und die Briefe auf den mit Asche bedeckten Boden. „Du hast also den Mann, den du wirklich geliebt hast, für einen Mann aus der Gemeinde aufgegeben, mit dem deine Eltern dich verheiraten wollten."

„So war das nicht. Du kennst nicht die ganze Geschichte ..."

„Du bist so eine Heuchlerin! Du hast zu mir gesagt, ich solle Jack vergessen und jemanden aus der Gemeinde heiraten, also jemanden, den ich niemals so lieben könnte wie ihn, und die ganze Zeit ..."

„So war es nicht …“

„Du konntest meinen Papa unmöglich lieben, wenn du die Liebesbriefe eines anderen Mannes all die Jahre aufgehoben hast!“

Ich packte sie an den Schultern und schüttelte sie ein wenig. „Hör mir zu, Christina. Ich hätte sie nicht aufheben sollen. Ich liebe deinen Vater hundert Mal mehr, als ich Hendrik je geliebt habe. Tausend Mal mehr. Die Anziehungskraft, die Hendrik und ich füreinander empfanden, hätte all die Feuer und Stürme, die ich seitdem durchlebt habe, niemals überstanden. Sein Glaube war nicht stark genug und meiner war es auch nicht. Aber die Liebe, die deinen Vater und mich verbindet, ist wahre Liebe. Nichts kann sie jemals auslöschen.“ Ich versuchte sie in den Arm zu nehmen, aber sie wand sich aus meinem Griff.

„Lass mich in Ruhe!“ Sie stapfte in Richtung Black River davon.

„Warte, Christina!“ Bevor ich ihr folgen konnte, ergriff jemand von hinten meinen Arm, um mich zurückzuhalten. Es war Maarten.

„Lass sie gehen, Geesje“, sagte er sanft. Dann nahm er mich in den Arm und drückte mich ganz fest. Ich spürte, dass Schluchzer seinen Körper erschütterten, und ich wusste, dass er nicht wegen seiner Tochter weinte oder weil wir alles, wofür wir in den vergangenen Jahren geschuftet hatten, verloren hatten. Maarten hatte gehört, was ich zu Christina gesagt hatte. Er hatte gehört, wie sehr ich ihn liebte.

„Hundert Mal mehr“, flüsterte ich, als ich mich weinend an ihn klammerte. „Tausend Mal mehr …“

Geesje

Holland, Michigan
1897

Es ist angenehm warm, als Arie mich an diesem Sommernachmittag in seiner Kutsche den Hügel hinauf zum Friedhof fährt. Wir halten an und er steigt zuerst vom Wagen. Nach all den Jahren ist er sehr geschickt mit seinen Krücken. Dann hilft er mir hinunter. Zusammen stellen wir die Vasen mit Blumen aus meinem Garten auf jedes der Gräber, angefangen mit dem von Mama und Papa. Ich bücke mich, um die Blumen zu arrangieren, und als ich mich aufrichte, blicke ich auf die Stadt hinunter, die aus der Asche erstanden ist und jetzt, sechsundzwanzig Jahre später, wieder unter dem Sommerhimmel blüht und gedeiht. „Meine Eltern haben ihre Familie und ihre Heimat in den Niederlanden verlassen, um diese Stadt zu erbauen", erkläre ich Arie. „Ich wünschte, sie hätten sehen können, wie sie heute aussieht. Papa wäre so stolz auf dich und deine Druckerei. Das war sein Traum."

Ich habe auch für Aries leibliche Eltern, die Van Dijks, Blumen mitgebracht und wir gehen den kurzen Weg unter den Bäumen entlang, um auf ihrem Grab ebenfalls einen Strauß zu platzieren. „Ich erinnere mich überhaupt nicht mehr an sie", sagt Arie kopfschüttelnd. „Manchmal habe ich deshalb ein schlechtes Gewissen."

„Du warst noch sehr klein, Arie. Es tut mir leid, dass sie gestorben sind, aber ich werde immer dankbar dafür sein, dass Gott uns dich und Gerrit geschenkt hat, sodass wir euch großziehen durften."

Als Nächstes wenden wir uns Gerrits Grab zu. Er wäre noch immer in Virginia begraben, wenn die anderen Mitglieder der Gemeinde uns nicht geholfen hätten, seine Überführung zu uns nach Hause zu finanzieren. Dafür bin ich ihnen sehr dankbar. Es heißt, auf diesem Friedhof soll ein Mahnmal errichtet werden, das an all die tapferen Männer erinnert, die im Krieg gestorben sind. Ich hoffe, das erlebe ich noch.

Neben Gerrits Grab befindet sich das von Christina. Aries Kummer wird noch größer, so wie meiner, als wir die Blumen daraufstellen. Maarten hat mir geholfen, in Gerrits Tod einen Sinn zu sehen, aber für den Tod von Christina gibt es keine Erklärung.

Zwei Tage nach dem Brand wachten wir bei den Freunden, die uns aufgenommen hatten, auf und stellten fest, dass Christina fort war. In der Nachricht, die sie uns hinterlassen hatte, stand, sie sei mit Jack Newell durchgebrannt. Er hatte jetzt keine Arbeit mehr, nachdem die Gerberei abgebrannt war, deshalb wollte er nach Chicago gehen, um dort Arbeit zu suchen. Zu diesem Zeitpunkt wussten wir noch nicht, dass auch Chicago zerstört worden war. Er hatte Christina gebeten, mit ihm zu gehen. *Ich liebe ihn*, hatte sie geschrieben. *Und ich will ihn nicht verlieren.*

So wie ich Hendrik verloren hatte. Christina hatte diese Worte nicht geschrieben, aber ich litt unter Schuldgefühlen und fragte mich, ob sie dadurch, dass sie Hendriks Briefe gelesen hatte, den Mut aufgebracht hatte, tatsächlich mit Jack Newell wegzugehen … weil sie wusste, wie die Sache für mich und Hendrik ausgegangen war.

„Wir müssen sie suchen", sagte ich zu Maarten.

„Nein, Geesje. Das können wir nicht. Selbst wenn wir sie in Chicago finden und sie nach Hause zurückholen würden, könnten wir sie nicht gegen ihren Willen hier festhalten."

„Was sollen wir dann tun?"

„Wir können nur beten und darauf vertrauen, dass Gott sie zu uns zurückbringt. Jesus hat gesagt, dass er alle seine Schafe kennt und dass niemand sie ihm aus der Hand reißen kann."

Jetzt, als ich an Christinas Grab stehe, denke ich darüber nach, wie unterschiedlich Mütter und Väter die Dinge sehen. Eine Mutter betrachtet das Scheitern ihrer Kinder als ihr eigenes Versagen. Ein Vater betrachtet es als das Ergebnis ihrer gottgegebenen freien Entscheidung, sich dem Allmächtigen zu widersetzen.

„Sie war auf dem Weg nach Hause zu uns", sage ich und wische mir eine Träne fort. „Sie schrieb, sie hätte uns etwas Wichtiges zu sagen, etwas, von dem sie fürchtete, wir könnten es ihr nie vergeben. Aber nach all den Jahren warte ich immer noch darauf, dass Gott mir ein letztes Gebet beantwortet."

„Was für ein Gebet denn, *Moeder*?"

„Ich habe ihn um die Gewissheit gebeten, dass Christina vor

ihrem Tod zum Glauben zurückgefunden hat. Ich wünschte, ich wüsste das mit Sicherheit."

Arie legt den Arm um meine Schultern. „Das wüsste ich auch gerne, Mama."

Als er noch lebte, zitierte Maarten immer die Verheißung Jesu, wenn ich zweifelte und trauerte: „‚Meine Schafe hören meine Stimme … und ich gebe ihnen das ewige Leben, und sie werden nimmermehr umkommen, und niemand wird sie aus meiner Hand reißen.'" Er hat mir immer versichert, dass Jesus Christina fest in der Hand hielt, wo auch immer sie war, und dass er dem Bösen nie erlauben würde, sie ihm für die Ewigkeit zu entreißen.

Maartens Grab haben wir uns für den Schluss aufgehoben. Arie und Jakob hatten mir bei der Auswahl seines Grabsteins geholfen, auf dem steht: *Wohlbehalten zu Hause bei seinem Heiland.* „Du weißt, was dein Vater sagen würde, wenn er hier wäre, nicht wahr?", frage ich Arie.

Er lächelt ein wenig. „‚Trauert nicht um mich. Ich bin an einem viel besseren Ort.'"

„Das stimmt." Ich lächele auch. „Er hat immer gesagt, unsere kurzen, mühseligen Jahre auf der Erde seien nur dazu da, uns auf eine Ewigkeit vorzubereiten, die viel, viel großartiger ist." Ich knie mich ins Gras, um die Blumen zu arrangieren und sage Maarten im Stillen, dass ich ihn liebe und wie sehr ich mich darauf freue, die Ewigkeit mit ihm zu verbringen. Arie hilft mir wieder hoch.

„Gehen wir heim", sage ich. „Das Abendessen wartet."

33. Kapitel

Anna

Hotel Ottawa
1897

Als ich mich bettfertig mache, bin ich das reinste Nervenbündel. Ich will morgen nicht mit William Ruderboot fahren. Ich will nicht den Dampfer zurück nach Chicago nehmen. Ich habe das Gefühl, nicht atmen zu können, wenn ich an die lange Fahrt über den Atlantik bei unserer Hochzeitsreise denke. Das Beten ist mir noch sehr fremd, aber ich krieche unter die Bettdecke und rolle mich zusammen und flehe Gott an, mir zu helfen. Ich bitte ihn, die aufgewühlten Wellen in meiner Seele zu beruhigen, so wie Jesus den See Genezareth für seine verängstigten Jünger beruhigt hat. Ich bitte ihn, mir zu zeigen, wer ich wirklich bin und welchen Plan er für mein Leben hat. Ich bete und bete, bis mir die Worte ausgehen – und dann geschieht etwas Bemerkenswertes. Ich spüre seinen friedvollen Segen auf mir, als läge eine liebevolle Hand segnend auf meinem Kopf. Es ist genau wie in meinem Traum, als Mama vor dem Altar in der Schlossturmkirche kniet und der Pastor seine Hand auf ihren Kopf legt. Ich schlafe ruhig ein.

Das Geräusch von rennenden Füßen und Stimmen auf dem Gang weckt mich. Mit rasendem Herzen setze ich mich im Bett auf. In meinem Zimmer ist es noch immer sehr dunkel, aber am Rand der Vorhänge flackert ein schwacher orangefarbener Lichtschein. Ich habe das Fenster offen stehen lassen und die Luft, die hereinströmt, riecht nach Lagerfeuer. Die Aufregung auf dem Flur nimmt zu. Ich höre, wie jemand das Wort *Feuer* sagt.

Schnell springe ich aus dem Bett und reiße die Gardinen zur Seite. Nicht weit entfernt, auf der gegenüberliegenden Seite des Black

Lake, lodert ein riesiges Feuer. Die Flammen hüpfen und tanzen, während sie eines der großen Ferienhotels auf der anderen Seite des Sees verschlingen. Die Spiegelung der Flammen im Wasser lässt es so aussehen, als stünde auch der See in Flammen. Dicke schwarze Rauchwolken steigen in den Himmel auf und verdecken die Sterne über dem brennenden Gebäude. Funkenregen sprüht zusammen mit dem Qualm wie ein Schwarm Feuervögel durch die Luft. An dieser Stelle ist der Black Lake nicht sehr breit. Könnten die Funken über das glühende Wasser fliegen und auch unser Hotel in Brand setzen?

Ich eile zu der Tür, die in Mutters Zimmer führt, und klopfe, um sie zu wecken. „Auf der anderen Seite des Sees brennt es. Es ist ein riesiges Feuer", sage ich zu ihr. „Ich finde, wir sollten uns anziehen und unsere Sachen packen, nur für den Fall, dass wir evakuiert werden müssen." Mein Leben lang habe ich Geschichten über den Großen Brand von Chicago gehört, der die Stadt 1871 zerstört hat, nur drei Jahre, bevor ich geboren wurde. Die Leute sagen, das Feuer hätte sich schneller ausgebreitet, als die Feuerwehrmänner es bekämpfen konnten. Eine Zeit lang hatten sie gehofft, der Chicago River würde die Flammen aufhalten, doch dann trug der Wind brennende Trümmerteile übers Wasser, die die Stadt in Brand steckten. Wenn der Wind heute entsprechend steht, könnten dann auch Trümmerteile den See überqueren?

Abgesehen von den Schuhen bin ich vollständig angekleidet, als es an meiner Zimmertür klopft. Ich öffne und sehe, dass William davorsteht. Er trägt seine Hose ohne Gürtel oder Hosenträger und hat Schuhe an, aber keine Socken. Sein Leinenjackett hat er über die Jacke seines Schlafanzugs gezogen. „Anna, Gott sei Dank geht es dir gut!", sagt er, als er vortritt, um mich zu umarmen. „Als ich aufgewacht bin und den Rauch gerochen habe, dachte ich, unser Hotel stände in Flammen."

„Das dachte ich zuerst auch."

„Die Leute sagen, es sei das Jenison Park Hotel, das brennt, aber ich wollte mich trotzdem selbst davon überzeugen, dass du in Sicherheit bist. Bei der Vorstellung, dass du in den Flammen gefangen sein könntest, hatte ich solche Angst, dass ich mir schnell die Kleider übergeworfen habe und hergekommen bin."

„Es geht mir gut. Ich habe mich auch angezogen, nur für den Fall ..."

William hält mich im Arm und streicht mir über die vom Schlaf zerzausten Haare. „Ich bin ja so froh, dass ich hier war, um dich zu beschützen. Wenn dir etwas zustieße, wüsste ich nicht, was ich tun sollte." Seine Worte berühren mich und ich erwidere seine Umarmung. Einen Augenblick später lässt er mich los, weil Mutter die Tür zwischen unseren beiden Zimmern öffnet.

„Oh, William, wie gut, dass du hier bist, um die Dinge in die Hand zu nehmen. Ich bin ja so erleichtert." Plötzlich verstehe ich, warum Frauen wie meine Mutter und Honoria Stevens ein Auge zudrücken, wenn ihre Ehemänner kurze Affären haben. Mutter wäre ohne die Sicherheit, die ein Mann in ihrem Leben bedeutet, völlig verloren. Mein Vater gibt ihr ein Gefühl der Geborgenheit und eine Identität. Er macht sie zu der Frau, die sie ist – Mrs Arthur Nicholson. Jetzt, wo William hier ist, um sich um uns zu kümmern, fühlt sie sich sicher. Und mir geht es genauso. Es ist dasselbe Gefühl der Geborgenheit, das ich in meinem Traum immer habe, wenn Vaters starke Hände mich über den Wellen halten, damit ich nicht untergehe.

„Ich glaube nicht, dass wir derzeit in Gefahr sind", sagt William. „Aber es ist sicher klug, wachsam zu sein, bis das Feuer unter Kontrolle ist. Der Wind scheint sehr heftig zu wehen."

„Ich möchte gerne hinausgehen und zusehen", sage ich und ziehe meine Schuhe an. „Kommst du mit uns, Mutter?"

„Ich sehe lieber vom Fenster aus zu. So bin ich nicht vorzeigbar." Sie sagt dies, obwohl sie vollständig bekleidet ist. Aber ihre Haare sind für die Nacht noch zu einem einzigen langen Zopf geflochten.

„Falls irgendeine Gefahr bestehen sollte, komme ich und hole Sie", verspricht William ihr.

Hand in Hand gehen wir die Treppe hinunter zum Haupteingang. Weil in dieser warmen Sommernacht so viele Fenster geöffnet sind, ist der Rauch in die Flure und Treppenhäuser gezogen. Draußen gesellen wir uns zu Dutzenden anderer Gäste unseres Hotels und stehen in einer bunten Kleidervielfalt da, während wir das Inferno am anderen Ufer beobachten. Am gegenüberliegenden Strand drängen sich Menschen, die dem brennenden Gebäude entflohen sind. Ich kann mir ihren Schrecken ausmalen. Das Jenison Park Hotel ähnelt einem brennenden Skelett. Flammen umhüllen das Dach und züngeln durch die Fenster.

„Mir tun all die Menschen da drüben leid, die zusehen müssen, wie ihr Hotel abbrennt", sage ich. „Ich hoffe, es konnten sich alle in Sicherheit bringen."

„Ja ... wie es aussieht, ist das Gebäude nicht mehr zu retten."

„Wie schrecklich Feuer doch ist! Ich habe Fotografien gesehen, die in Chicago nach dem Großen Brand gemacht wurden. Wenn ich bedenke, dass das nur wenige Jahre, bevor ich geboren wurde, geschehen ist ..." *Bevor meine leiblichen Eltern mich ausgesetzt haben.* Der Gedanke treibt mir die Tränen in die Augen, die vom Qualm ohnehin brennen. William legt den Arm um meine Taille und ich lege meinen Arm um ihn. Die Ungewissheit und Angst in dieser seltsamen Nacht haben die Distanz zwischen uns überbrückt. Nach einer Weile bemerke ich, dass William mich ansieht und nicht mehr das Feuer.

„Du bist so schön, Anna", sagt er und streicht mir eine wehende Haarsträhne aus dem Gesicht. „Das Leuchten des Feuerscheins hat dein Haar in reines Gold verwandelt."

Meine Haare. Sie sind noch eine Erinnerung daran, dass ich nicht weiß, wer ich bin oder woher ich komme. Ich weiß noch, wie Derk mich am ersten Tag für eine andere – eine Niederländerin – gehalten hat, und aus einem Impuls heraus sage ich: „William, es gibt etwas, von dem ich mir nicht sicher bin, ob du es weißt ... Ich wurde adoptiert. Mein Vater und meine Mutter sind nicht wirklich meine ... Ich meine, sie haben mich aufgezogen, seit ich ein Baby war, aber ... aber ich bin nicht ihre leibliche Tochter."

„Das wusste ich nicht."

„Macht es dir etwas aus, dass ich nichts über meine Herkunft weiß?"

„Keineswegs." Er zieht mich näher. „Ich liebe die Frau, die du jetzt bist." Wir sehen zu, wie ein Teil der Hotelmauer wie ein Turm aus Bauklötzen einstürzt. Das dazugehörige Grollen hören wir wenige Sekunden später. „Als ich heute Nacht aufwachte und dachte, unser Hotel stände in Flammen, Anna ... Als ich mir vorstellte, ich könnte dich verlieren ... Uns wird wohl erst bewusst, wie wichtig die Menschen in unserem Leben wirklich sind, wenn wir Angst haben, sie zu verlieren. Ich will dich nicht verlieren, Anna. Es tut mir leid, dass wir uns gestritten haben."

Ich blicke zu ihm auf und lächele. Sein Gesicht ist mit dunklen

Bartstoppeln gesprenkelt, die abrasiert werden müssen. Ich habe William noch nie anders als mit sorgfältig gestutztem Bart gesehen und ich hebe die Hand, um mit den Fingerspitzen über seine Wange zu fahren. „Mir tut es auch leid."

„Ich weiß, dass ich wahrscheinlich überreagiert habe, aber ich habe Geschichten von Leuten gehört, denen von skrupellosen Geistlichen und sogenannten religiösen Gemeinschaften ihr ganzes Geld aus der Tasche gezogen wurde. Ich gebe zu, dass ich über diese spezielle Kirche, zu der du gegangen bist, nicht viel weiß, außer dass sie nicht so sind wie wir."

„Du meinst nicht so wohlhabend?"

„So könnte man es sagen."

„Der Pastor der Kirche ist nicht skrupellos. Und es gibt tatsächlich viele Arbeiter in der Gemeinde. Aber ich habe in diesem Sommer viel in der Bibel gelesen und eine Menge gelernt. Reichen Menschen, wie wir es sind, fällt es schwer, sich nicht auf ihren Wohlstand zu verlassen, und Jesus warnt uns, dass wir nicht auf Geld bauen sollen, sondern auf ihn. Ich habe nicht vor, unüberlegt mein Geld wegzugeben, aber ich möchte im Glauben wachsen und lernen, Gott mehr zu vertrauen. Ich möchte weiter in meiner Bibel lesen und selbst herausfinden, was Jesus gelehrt hat. Ich hoffe, dass du mir das erlauben wirst, wenn wir verheiratet sind."

William atmete hörbar aus. „Ich gebe zu, dass ich deinen plötzlichen religiösen Eifer nicht verstehe. Andere Leute in unseren Kreisen scheinen mit der Rolle zufrieden zu sein, die die Religion seit jeher in unserem Leben spielt." Er verstummt und wir betrachten weiter die erschütternde Szene am anderen Ufer, während die Flammen gänzlich außer Kontrolle geraten und das ehemals beeindruckende Gebäude verschlingen. Williams Arm hält mich fester um die Taille und zieht mich noch näher. „Na gut. Ich bin bereit, von jetzt an besser zuzuhören, wenn du etwas sagst. Ich will nicht, dass deine Suche nach Gott oder dem Glauben oder der Religion oder wie auch immer du es nennen würdest, noch einmal zwischen uns gerät."

Ich spüre einen Anflug von Hoffnung. Mir fällt wieder ein, welcher Friede mich am Abend überkommen hat. „Einer der Gründe, warum ich immer wieder zu der Kirche gegangen bin, war, dass ich Antworten auf alle meine Fragen gesucht habe. Aber während der

Zeit, die ich hier verbracht habe, ist mir klar geworden, dass Gott mich zu den Antworten führen wird, wenn ich ihn suche. Ich kann deine Wünsche respektieren und nicht wieder in diese Kirche gehen, William."

Er wendet sich von dem Feuer ab und sieht auf mich hinunter. „Ich bin froh darüber. Und ich möchte dich auch glücklich machen, Anna."

Bei seinen Worten kommen mir wieder die Tränen, aber zugleich muss ich lächeln. Er meint es wirklich ernst. Ich wünsche mir, dass unsere Ehe so wird wie diese Nacht. Dass wir einander immer so nahe sind. Dass wir so offen und ehrlich miteinander reden und einander auch wirklich zuhören können. Ich weiß, dass Eheleute in unseren Kreisen für gewöhnlich keine so enge Verbindung haben, aber warum sollte es bei mir und William nicht anders sein? Vielleicht ist das ein Ziel, das ich anstreben kann.

Wir beobachten das Feuer, bis es kaum noch etwas gibt, was die Flammen verzehren könnten. Zum Glück hat der Wind inzwischen nachgelassen und die Gefahr, dass der Brand sich durch verwehte Funken ausbreitet, scheint geringer geworden zu sein. Als wir wieder hineingehen, fühle ich mich William näher als jemals zuvor.

„Lass uns einen Hochzeitstermin festlegen, wenn wir wieder in Chicago sind", sagt er. „Damit wir unser gemeinsames Leben beginnen können."

„Das würde ich gerne." Es ist die Wahrheit. William küsst mich lange und leidenschaftlich, sodass mir ganz schwindelig wird.

Ohne mir die Mühe zu machen, mein Nachthemd noch einmal anzuziehen, lege ich mich aufs Bett, unsicher, ob ich einschlafen kann, obwohl es draußen noch dunkel ist. Zwischen William und mir scheint sich etwas verändert zu haben. *Er* scheint sich verändert zu haben. Das Beharren darauf, dass er mir den Besuch der Kirche in der LaSalle Street erlaubt, erscheint mir jetzt albern und sehr kindisch. Wie Derk mir versichert hat, kann ich im Gebet überall und jederzeit mit Gott sprechen. Mit demselben Gefühl des Friedens, das ich nach meinen Gebeten am Abend hatte, schlafe ich wieder ein.

Als ich aufwache, ist es noch sehr früh am Morgen. Trotzdem springe ich förmlich aus dem Bett, weil ich den starken inneren Drang verspüre hinauszugehen und Derk zu suchen. Ich möchte noch ein letztes Mal mit ihm reden, bevor ich nach Chicago zurückkehre, und ihm von den Veränderungen erzählen, die ich gestern Nacht in William wahrgenommen habe. Außerdem möchte ich ihm für seine Freundschaft danken und für die Bibel, die er mir geschenkt hat. Und ich will herausfinden, was er wegen seiner Freundin Caroline zu tun gedenkt.

Das Gras ist vom Tau feucht und die Luft riecht noch immer etwas nach Rauch, als ich zu der Bank gehe, auf der wir uns so oft unterhalten haben. Ich sehe Derk nirgends, also setze ich mich und blicke zum Black Lake und zu den verkohlten, noch immer qualmenden Überresten des Jenison Park Hotels hinüber.

„Sie sind heute aber früh auf", sagt jemand hinter mir. Noch bevor ich mich umdrehe, weiß ich, dass es Derk ist.

„Ja, ich …"

„Ich habe gehört, es hat gestern Abend ziemlich heftig gebrannt."

„Allerdings. William und ich haben das Feuer von hier aus mit angesehen. Ich hoffe, dass sich alle in Sicherheit bringen konnten."

„In den Nachrichten heute Morgen steht, dass sich alle retten konnten, Gott sei Dank."

„Da bin ich aber froh … Hören Sie, ich bin extra früh aufgestanden, weil ich mit Ihnen sprechen wollte. Haben Sie einen Augenblick Zeit?"

„Natürlich." Er setzt sich neben mich auf die Bank, sorgfältig darauf bedacht, einen schicklichen Abstand zwischen uns zu wahren.

„Ich kann mir denken, was Sie von William halten, nachdem Sie ihm begegnet sind."

„Es steht mir nicht zu, ein Urteil zu fällen …"

„Ich weiß, dass er gelegentlich sehr dominant sein kann, aber um seine Arbeit gut zu machen und um es im Bankenwesen zu etwas zu bringen, muss er aggressiv sein. Aber er kann auch sehr zärtlich und liebevoll sein. Gestern Nacht, als das Feuer alle geweckt hatte, war er sehr um mich besorgt. Wir hatten die Gelegenheit, miteinander zu reden, während wir das Feuer beobachtet haben, und er hat mir gesagt, wie wichtig ich ihm bin. Er hat versprochen, mehr Verständnis zu zeigen, wenn ich auf alle meine Fragen Antworten suche. Ich bin mir jetzt ganz sicher, dass es richtig ist, ihn zu heiraten. Ich weiß, dass er gut zu mir sein wird."

„Das freut mich … Aber darf ich Ihnen noch einen Rat geben?"

Ich zögere, weil ich nicht will, dass Derk den Frieden, den ich endlich verspüre, zunichtemacht. „Ich glaube schon."

„In Ihrer Welt lernen Sie, sich vornehm zurückzuhalten und sich unterzuordnen. Sie sind eine stille, sanfte Frau und behalten Ihre Gefühle für sich. Aber ich weiß, dass Sie eine Meinung haben, Anna. Als wir den Mount Pisgah hinaufgestiegen sind, haben Sie mir unverblümt gesagt, was Sie dachten. Sie hatten keine Angst, Ihre Meinung zu sagen."

„Tut mir leid, wenn ich –"

„Nein, lassen Sie mich ausreden. Dasselbe müssen Sie bei William auch tun. Lassen Sie nicht zu, dass er Sie überfährt wie ein Pferdegespann. Wenn Sie nicht rudern gehen wollen, dann sagen Sie es ihm. Lassen Sie sich nicht drängen."

„Es klingt so einfach, wenn Sie das sagen. Aber das ist es nicht."

„Das verstehe ich. Vielleicht können Sie einfach eine Weile so tun, als wäre er ich, und ihm dann sagen, was Sie wirklich denken." Wir lachen beide und ich weiß, dass Derk und ich wieder gute Freunde sind.

„Danke für diesen Rat. Und jetzt hoffe ich, dass Sie mir meine Neugier verzeihen, aber ich wüsste zu gerne, was geschehen ist, als Sie mit Caroline gesprochen haben. Es sei denn, Sie sind der Meinung, das geht mich nichts an."

Derk stößt einen tiefen Seufzer aus. „Es ist nicht so gelaufen, wie ich gehofft hatte. Tante Geesje hat mir geholfen zu verstehen, dass ich mich zwischen meinem eigenen Willen und Gottes Willen für mein Leben entscheiden musste. Also habe ich Caroline gesagt, dass ich ihren Kompromissvorschlag nicht akzeptieren könne. Meine Berufung zum Pastorendienst habe sich nicht geändert. Wenn sie mich so sehr liebe, dass sie versuchen wolle, mit den Anforderungen meines Berufs zurechtzukommen, würde ich ihr jedoch versprechen, mich von meiner Gemeinde nicht auf Kosten meiner Familie ausnutzen zu lassen. Ich habe ihr also versprochen, auf sie und unsere Kinder Rücksicht zu nehmen. Aber ich bin dazu berufen und ausgebildet, Gemeindepastor zu sein, und ich muss Gott gehorchen."

„Was hat sie gesagt?"

Derk atmet zischend ein. „Sie hat angefangen zu weinen und gesagt, ich solle gehen. Es ist schrecklich zu wissen, dass ich an diesen Tränen schuld bin."

„War es echter Kummer oder wollte sie Sie mit ihren Tränen umstimmen?"

Derk wirkt überrascht, so als wäre ihm dieser Gedanke gar nicht gekommen. „Ich weiß es nicht. Aber ich glaube, zwischen uns ist es endgültig aus."

„Sie haben mir geraten, William gegenüber standhaft zu sein, und ich bin froh, dass Sie es bei Caroline auch waren."

„Tante Geesje sagt, wenn Gott will, dass Caroline und ich zusammen sind, dann wird sich alles fügen. Wenn nicht … dann entscheide ich mich für Gottes Willen und nicht für meinen."

„Das ist ein sehr guter Rat. Es tut mir leid, dass ich Ihre Tante nicht kennengelernt habe. Sie scheint eine kluge und wundervolle Frau zu sein." Ich blicke zu den Ruderbooten hinüber, und während ich daran denke, dass ich vermutlich später mit William mit dem Dampfschiff über den See fahren werde, kommt mir eine Idee. „Fangen Sie jetzt an zu arbeiten, Derk?"

„Eigentlich arbeite ich heute nicht. Es ist Sonntag und am Sabbat arbeite ich nicht." Erst jetzt bemerke ich, dass er nicht seine Arbeitskleidung trägt. Er hat eine schicke Hose und ein Anzughemd an. Ein Jackett, aus dessen Tasche eine Krawatte lugt, hat er sich über die Schulter geworfen.

„Warum sind Sie dann hier?"

Derk sieht verlegen aus, als er auf den Strand starrt, anstatt mich anzusehen. „Ich hatte gehofft, ich könnte ein letztes Mal mit Ihnen reden. Ich habe ja gehört, dass William sagte, er sei gekommen, um Sie nach Hause zu bringen."

Es dauert einen Moment, bis ich begreife, was er da gesagt hat. Ich bin heute früh aufgestanden, weil ich Derk sehen wollte, und er hat dasselbe getan, um mich zu treffen. Ich weiß nicht, was ich von diesem Zufall halten soll. Vielleicht hat Gott uns beide aus irgendeinem unerfindlichen Grund dazu angestoßen. Mein Blick wandert wieder zu den Ruderbooten und ich sage: „Ich möchte Sie um einen Gefallen bitten. Ich möchte eines Ihrer Ruderboote mieten."

„Sie meinen, nachher irgendwann? Mit William?"

„Nein. Jetzt gleich. Ich möchte, dass Sie mit mir auf den See hinausfahren, damit ich meine Angst vor dem Wasser überwinden kann. Ich muss heute mit William rudern gehen und später mit dem Dampfer nach Chicago zurückreisen, und auf unserer Hochzeitsreise werden wir nach Europa fahren und die Kanäle in Italien sehen. Da kann ich nicht ständig Angst haben."

„Sind Sie sich sicher, dass Sie jetzt eine Bootstour machen wollen?"

„Ganz sicher. Ich vertraue Ihnen, Derk. Nehmen Sie mich mit?"

Er steht auf. „Gehen wir."

34. Kapitel

Geesje

Holland, Michigan
1897

Ich weiß nicht, warum ich heute Morgen so früh aufgewacht bin. Unser Sonntagsgottesdienst beginnt erst in einigen Stunden. Die Sonne ist noch nicht einmal aufgegangen. Aber anstatt mich im Bett hin und her zu wälzen, kann ich genauso gut aufstehen, mir einen Tee kochen und mich an das letzte Kapitel meiner Geschichte setzen. Es liegt mir wie ein schweres Gewicht auf dem Herzen und ich bezweifle, dass die Last dieses Kummers sich heben wird, bevor ich mit dem Schreiben fertig bin.

Ich spitze meinen Bleistift, der nach all den Worten, die ich geschrieben habe, nur noch ein Stummel ist, und beginne.

Geesjes Geschichte

Holland, Michigan
20 Jahre früher

Ich kann gar nicht beschreiben, wie aufgewühlt ich war, als ich Christinas Brief erhielt, in dem sie uns sagte, sie würde nach Hause kommen. Beinahe sieben Jahre lang hatten wir sie weder gesehen noch von ihr gehört. Obwohl es an diesem Septembertag außergewöhnlich heiß war, rannte ich aus dem Haus und lief den ganzen Weg durch die Stadt zu unserer neuen Druckerei, um Maarten und Arie den Brief zu zeigen. Wir hatten die Werkstatt in der westlichen Seventh Street neu aufgebaut, diesmal aus Steinen. Außerdem hatten wir unser ursprüngliches Grundstück verkauft und das Haus gebaut, in dem ich heute noch lebe. Da das Feuer uns gelehrt hatte, wie sinnlos es ist, irdische Güter anzuhäufen, hatten Maarten und ich beschlossen, dass uns eine Handvoll Zimmer reichte. Arie lebte inzwischen in einer Wohnung hinter der Druckerei und Jakob hatte geheiratet und war in den Nachbarort Noordeloos gezogen, um dort Pastor einer Gemeinde zu werden.

Als er Christinas Brief las, rannen Tränen über Maartens Wangen. „Gott sei gedankt! Danke, Gott", wiederholte er immer wieder. Er hatte darauf vertraut, dass Gott unsere Tochter zu uns nach Hause bringen würde, und Gott war treu gewesen.

„Was meint sie wohl damit", fragte ich Maarten, „wenn sie sagt, wir würden ihr vielleicht nicht vergeben? Natürlich werden wir ihr vergeben. Ich kann mir keinen Grund vorstellen, warum wir es nicht tun sollten, du etwa? Sie ist doch unsere geliebte Tochter."

Auch Arie hatte Tränen in den Augen, als er den Brief las. „Ich möchte mit euch nach Grand Haven fahren, um sie am Schiff abzuholen. Wir können die Druckerei doch einen halben Tag schließen, oder? Für ein solch wunderbares Ereignis?"

Maarten lächelte und wischte sich über die Wangen. „Für sie würde ich ein gemästetes Kalb schlachten, wenn ich eins hätte."

Christina hatte auf einem Schiff namens *Ironsides* die Überfahrt von Milwaukee in Wisconsin nach Grand Haven in Michigan gebucht. An dem Septembermorgen, an dem sie ankommen sollte, fuhren Maarten, Arie und ich noch vor Tagesanbruch in unserer Kutsche los, um die dreißig Kilometer gen Norden zu ihrem Ankunftsort am Lake Michigan zurückzulegen. Ich machte mir Sorgen, dass ihr Schiff Verspätung haben könnte, da in der Nacht ein heftiger Sturm gewütet hatte, aber wir waren alle der Ansicht, dass wir, nachdem wir all die Jahre gewartet hatten, gut auch in Grand Haven noch so lange warten konnten, wie es nötig war, bis Christina ankam.

Der Wind wehte weiterhin stürmisch, als wir aufbrachen, und es regnete während der Fahrt so heftig, dass wir völlig durchnässt und frierend in Grand Haven ankamen. Durch schlammige Straßen und abgebrochene Äste hatte die Fahrt länger gedauert, als wir gehofft hatten, aber als wir ankamen, erfuhren wir, dass Christinas Schiff noch nicht angelegt hatte.

„Das ist die *Ironsides* da draußen", erklärte uns einer der Angestellten, während wir uns im Büro der Schifffahrtsgesellschaft aufwärmten. Er zeigte auf eine dunkle Silhouette, die vor der Küste auf dem Wasser tanzte, kaum sichtbar durch die Wolken und den peitschenden Regen. Riesige Wellen wühlten den See auf und schlugen an den Pier und die Gischt spritzte, als wollten die Wellen jeden fortwischen, der es wagte, den Anleger zu betreten. „Der Kapitän hat schon einmal versucht, sie in den Kanal zu lenken", fuhr der Angestellte fort, „aber die Wellen haben ihn vom Kurs abgebracht. Jetzt wendet er das Schiff, um es erneut zu versuchen."

In das Büro drängten immer mehr Menschen, die auf die Ankunft des Dampfschiffs warteten. Niemand sprach lauter als im Flüsterton, während wir alle angespannt nach draußen starrten. In mir stieg die Angst auf wie hohe Wellen. Ich konnte nur Maartens Hand halten und beten.

„Jetzt kommt es", sagte jemand. „Sieht aus, als würde das Schiff wieder auf den Kanal zusteuern." Wir scharten uns alle um das beschlagene Fenster. Arie ging mit einigen anderen Männern in den Regen hinaus, um das Geschehen besser beobachten zu können. Die *Ironsides* hob und senkte sich mit den Wellen, war einen Moment sichtbar, dann wieder in einem Wassergraben verschwunden, bis wir nur noch ihre zwei rauchenden Schornsteine sehen konnten. In mir stiegen Erinnerungen an das Unwetter auf, das wir auf dem Atlantik überstanden hatten, und daran, wie seekrank wir alle gewesen waren. Ich hielt den Atem an und drückte Maartens Hand noch fester.

Gegen die erbarmungslosen Wellen hatte das Schiff keine Chance. Wieder brachten sie die *Ironsides* vom Kurs ab, sodass sie die Mündung des Kanals verpasste, während sie auf und ab geschleudert wurde wie ein hilfloses Spielzeug. Zum zweiten Mal war der Kapitän gezwungen, das Schiff zu wenden, bevor er erneut versuchen konnte anzulegen. „Hauptsache, er achtet auf die Sandbänke", sagte jemand. „Die wandern da draußen immer."

Der dritte Versuch scheiterte, kaum dass er begonnen hatte. „Was ist geschehen?", fragte einer der besorgten Wartenden den Angestellten. „Was macht das Schiff denn jetzt? Fährt es wieder zurück?"

„Sieht so aus. Anscheinend will der Kapitän es nicht noch einmal versuchen. Wahrscheinlich wird er vor der Küste abwarten, bis der Sturm sich legt."

Arie kam wieder herein und kurz darauf hörte ich, wie er zu einem der Angestellten sagte: „Ich habe bemerkt, dass aus den Schornsteinen des Schiffs kein Rauch mehr aufsteigt. Ist das normal?"

Der Angestellte nahm sein Fernglas und öffnete die Tür, um besser sehen zu können. „Sie haben recht … Ihr Dampfkessel muss ausgefallen sein."

„Und was kann der Grund dafür sein?", fragte Arie.

„Vielleicht ist Wasser eingedrungen … Sieht aus, als wäre das Schiff in Schwierigkeiten." Selbst ohne Fernglas konnte ich sehen, dass Christinas Schiff hilflos auf den Wellen tanzte. „Oh … oh", sagte der Angestellte, während er das treibende Schiff weiter im Blick behielt. „Sie haben die Seenotflagge gehisst. Offensichtlich brauchen sie Hilfe." Er lief nach draußen und schrie in den Wind: „Schnell, eine Rettungsmannschaft! Die *Ironsides* ist in Seenot!" Dann setzte er eine Alarmglocke in Gang, die Hilfe herbeiholen sollte.

Maarten ließ meine Hand los. „Sagen Sie uns, was wir tun können", sagte er, als er und Arie mit den anderen Männern hinausliefen. „Wie können wir helfen?"

Ich stand in der Tür und lauschte, während die Hafenarbeiter und Freiwilligen die Rettungsaktion besprachen. „Wir können keine Boote rausschicken. Der See würde sie verschlingen und wieder ausspucken."

„Wir müssen warten und im Auge behalten, ob sie die Rettungsboote herablassen. In der Zwischenzeit können wir ein Feuer machen und dafür sorgen, dass Hilfe bereitsteht, wenn sie an Land gehen."

„Glauben Sie, die Rettungsboote werden es bis ans Ufer schaffen?"

Lange herrschte Schweigen, bis jemand sagte: „Es ist riskant."

„Aber wenn das Schiff sinkt …"

„Genau. Ich vermute, dass der Kapitän so lange wie möglich warten wird, bevor er die Rettungsboote zu Wasser lässt, in der Hoffnung, dass der Sturm etwas nachlässt."

Entsetzt schlug ich mir die Hand vor den Mund. Maarten und Arie zogen mit einer immer größer werdenden Schar Arbeiter und Einwohner der Stadt und freiwilliger Helfer, die von der Glocke alarmiert worden waren, los. Es konnte nicht sein, dass dies wirklich geschah. Nicht, nachdem wir so lange gewartet und gebetet hatten, dass unsere Christina nach Hause kommen möge. Nicht, wenn sie so nah war. Jetzt konnte ich nur noch beten.

Noch eine Stunde verging. Die *Ironsides* schien jetzt tiefer im Wasser zu liegen, das Heck tiefer als der Bug. Für mich sah es so aus, als würde das Schiff sinken. Am Ufer wurden Rufe laut, als die Männer schließlich bemerkten, dass Rettungsboote zu Wasser gelassen wurden – fünf Stück zählten sie. Ich lief mit den anderen Frauen nach draußen, ohne den Wind oder den peitschenden Regen zu spüren. Die Rettungsboote sahen aus wie winzige Flecken. Umgeben von turmhohen Wellen versuchten sie die Entfernung zwischen dem treibenden Schiff und dem Ufer zu überwinden. Während der See die kleinen Boote erbarmungslos auf und ab schleuderte, trug der Wind die Schreie und Rufe der verängstigen Passagiere zu uns herüber.

Ich schloss die Augen. *Bitte, Gott … bitte, Gott … bitte, Gott …*

Als die versammelte Menge wie ein Mann aufschrie, öffnete ich die Augen wieder. „Großer Gott, nein!“, rief Arie. Eine riesige Welle hatte eines der Rettungsboote erfasst und umgedreht, sodass die hilflosen Passagiere ins Wasser geschleudert wurden. Dann kam eine noch größere Welle und verschluckte zwei weitere Boote, die ebenfalls kenterten. Die beiden übrigen Rettungsboote bemühten sich, das Ufer zu erreichen. Ich hielt mir die Ohren zu, um die herzzerreißenden Schreie und Hilferufe nicht hören zu müssen.

Nicht Christina … Bitte, Gott, nicht meine Christina …

Selbst der beste Schwimmer wagte sich nicht in solche riesigen, hämmernden Wellen hinaus. Verzweifelt fingen die Freiwilligen an, Menschenketten zu bilden, indem sie einander bei den Händen hielten und vom Ufer ins Wasser hineinwateten, um möglichst viele Menschen zu retten. Ich sah Maarten mitten in einer Kette im eisigen Wasser stehen, rechts und links je einen Mann an der starken Hand. Arie hatte die Krücken beiseitegeschleudert und sich am Ufer in den Sand gegraben, um das Ende einer anderen Kette zu verankern. Die Brandung warf die drei gekenterten Boote Richtung Ufer, zusammen mit den leblosen Körpern der Toten, Männer in dunklen Anzügen und Frauen mit bunten Röcken, ihre langen Haare fächerartig im Wasser treibend.

Ich sank auf die Knie und übergab mich. Ich konnte nicht länger zusehen. Meine Gebete wurden ein langes, verzweifeltes Heulen, Gott möge Gnade walten lassen … *Gnade* …

Ich weiß nicht, wie viel Zeit verstrich. Als ich wieder aufstehen konnte, wankte ich zu der Stelle, an der es der ersten Kette gelungen war, einen Mann an Land zu ziehen. Ein riesiges Feuer brannte am Strand und die freiwilligen Helfer wickelten den Mann in eine Decke und brachten ihn dorthin. Einige der durchnässten Männer wärmten sich selbst kurz auf, bevor sie wieder zurückliefen und versuchten, noch jemanden zu retten. Ich stand in der Nähe des Feuers zwischen einer Reihe Frauen aus dem Ort, die mit Steppdecken und Wolldecken warteten, um die Überlebenden zu wärmen. Ich zitterte vor Angst und Kälte und konnte nicht aufhören zu stöhnen und zu weinen, bis eine freundliche Frau ihre bunte Patchworkdecke und ihre Arme um mich legte.

„Meine Tochter … meine Tochter ist auf dem Schiff", erklärte ich ihr. Sie hielt mich fest im Arm und betete mit mir.

Endlich schafften die beiden übrigen Rettungsboote es bis ans Ufer. Ich verließ die tröstende Umarmung der Fremden und wankte mit den anderen Frauen auf die Boote zu, bereit zu helfen, die Decke noch immer um die Schultern geschlungen. Ich würde sie Christina geben. Ich würde sie darin einwickeln und nie mehr loslassen.

Aber Christina war in keinem der beiden Boote unter den frierenden Überlebenden.

Während die nächste schreckliche Stunde verstrich, zogen die Menschenketten so viele Menschen wie möglich in Sicherheit. Ich blieb beim Feuer und suchte unter den Lebenden nach Christina – aber ich konnte sie unter den überlebenden Passagieren und Besatzungsmitgliedern nirgends entdecken. Als ich einen jungen Vater sah, der sein verängstigtes Kind an sich presste, gab ich ihnen die Decke, die ich getragen hatte, und legte sie um seine Schultern.

Als jemand an meinem Rock zog, blickte ich zu Boden. Dort lag Arie, der im Sand vor dem Feuer zusammengebrochen war. Sein Gesicht war blau vor Kälte, seine Augen gerötet vor Erschöpfung.

„Hast du sie gesehen? Haben sie sie gefunden?“, fragte er mit klappernden Zähnen.

Ich schüttelte den Kopf und lief weiter zwischen den benommenen Überlebenden herum. Immer wieder rief ich: „Christina … Christina.“ Ich suchte die Gesichter ab, suchte und suchte, während die Verzweiflung mich übermannte. Dann sah ich in der Ferne eine Gruppe Männer, die Leichen aus dem Wasser zogen und am Strand aufreihten. Andere Männer standen über sie gebeugt und suchten nach Lebenszeichen. Einer dieser Männer war Maarten.

Ich nahm meine letzte Kraft zusammen und rannte zu ihm, während ich unablässig seinen Namen rief. Der Wind verschluckte fast alle meine Rufe, aber einen musste er gehört haben, denn er blickte auf und sah mich kommen. Hastig richtete er sich auf und wankte auf mich zu, während er den Kopf schüttelte und die Hände ausstreckte, um mich aufzuhalten.

Er hatte sie gefunden.

„NEIN!“, schrie ich. „Oh Gott, nein! Nein!“

Maarten schloss mich in die Arme, damit ich nicht weiterlief, und wir sanken gemeinsam zu Boden. „Sag, dass sie es nicht ist, Maarten … Bitte, bitte, sag mir, dass Christina nicht tot ist!“

Sein schmerzerfülltes Schluchzen und die Kraft seiner Umarmung sagten mir jedoch, dass sie es war. Alles Leben wich aus mir. Ich sollte tot sein, nicht meine Tochter.

Ich weiß nicht, wie lange wir so umschlungen im Sand kauerten, aber irgendwann raffte Maarten sich auf, hob mich hoch und trug mich zu dem Büro der Schifffahrtsgesellschaft, in dem wir zuerst gewartet hatten. Es war, als wären Tage vergangen, seit wir an diesem Morgen voller Hoffnung und Vorfreude von zu Hause aufgebrochen waren. Ich sah nicht aus dem Fenster, als die *Ironsides* schließlich in den Wellen verschwand und unterging, aber Maarten tat es.

Völlig betäubt vor Kummer hörte ich zu, wie die Schifffahrtsgesellschaft Arie dabei half zu organisieren, dass Christina für die Beerdigung nach Holland gebracht wurde. Nur durch seine Tapferkeit und seine Stärke konnten Maarten und ich das überstehen. Insgesamt waren einundzwanzig Menschen an diesem Morgen gestorben: elf Passagiere und zehn Besatzungsmitglieder, darunter auch der Kapitän des Schiffs.

Unsere wundervolle Christina war tot und ich verstand nicht, warum. Warum ließ Gott diese sinnlose Tragödie zu? Warum dies, nach all den anderen Tragödien, die wir bereits durchlitten hatten?

Diesmal hatte Maarten keine Antwort.

Holland, Michigan
1897

Ich klappe mein Notizbuch zu und lege den Bleistift nieder. Dann gehe ich in meine Küche und starre zum Fenster hinaus, ohne etwas zu sehen. Ich bin am Ende angelangt. Nun habe ich alle meine Erinnerungen aufgeschrieben. Dieser letzte Teil der Geschichte, wie wir Christina verloren haben, war am schwersten zu erzählen. Ich habe es für Derk getan. Er weiß schon alles darüber, wie die *Ironsides* gesunken ist, schließlich ist seine Mutter dabei genauso ums Leben gekommen wie unsere Christina. Aber ich will, dass er weiß, wie viel Mühe wir alle uns gegeben haben – alle, die an jenem Tag dort am Strand waren –, um so viele Menschen wie möglich zu retten, und viele haben dabei ihr eigenes Leben aufs Spiel gesetzt.

Über Christinas Begräbnis kann ich nicht schreiben, denn ich glaube nicht, dass ich in Worte fassen kann, wie nah mir Gott an jenem Tag war, trotz all meiner Trauer und Verwirrung. Es war, als hätte er mich in seine Patchworkdecke gehüllt und mich an sein Herz gedrückt, und seine starke, tröstliche Gegenwart war für Maarten und mich ein Segen. Danach umwarb Gott uns durch die vielen kleinen Freundlichkeiten, die seine Familie uns zuteilwerden ließ, und zog uns sanft wieder an seine Seite. Wir konnten nicht verstehen, warum er Christina hatte sterben lassen, aber langsam, Schritt für Schritt, während unsere Trauer sich hob, versicherte er uns, dass wir es eines Tages verstehen würden. Der Tod war nicht das Ende, sondern nur ein neuer Anfang, so wie ein Säugling den Mutterleib verlassen muss, um ein neues Leben im Licht zu beginnen.

Die Sonne geht am Himmel auf, deshalb setze ich mich an meinen Küchentisch und frühstücke. Ich muss mich bald für die Kirche fertig machen. Mein Blick wandert zu Derks Haus hinüber und ich erinnere mich an den Schock, als ich erfuhr, dass seine Mutter – Hendriks Tochter Rosie – auch auf der *Ironsides* gewesen und ums Leben gekommen war. Ich habe mich oft gefragt, ob Christina und sie sich getroffen und einander in diesen entsetzlichen letzten Stunden getröstet haben. Haben sie sich daran erinnert, wie schnell sie sich damals vor der Schusterwerkstatt miteinander angefreundet hatten?

Als ich vor Christinas Beerdigung einen Moment allein im Bestattungsinstitut stand, kam Hendrik zu mir. „Ist das unsere Strafe, Geesje?", fragte er. „Straft Gott uns dafür, dass wir einander mehr geliebt haben, als wir unsere Ehegatten all die Jahre geliebt haben?"

Seine Worte schockierten mich. Einen Augenblick lang fragte ich mich, ob sie wahr sein konnten. Aber dann schüttelte ich bestimmt den Kopf und sagte: „Nein, so etwas tut Gott nicht, Hendrik. Er bestraft seine Kinder nicht für die Sünden ihrer Väter. Außerdem ist es nicht wahr. Ich liebe Maarten, meinen Mann." Ich sah, dass meine Worte ihn verletzten. „Du solltest jetzt zu Nella gehen", sagte ich zu ihm. „Sie trauert doch auch."

Nach dem Frühstück wasche ich mir das Gesicht und putze mir die Zähne, dann schlüpfe ich in meine Sonntagskleidung. Gedanklich bin ich noch in der Vergangenheit. Sechs Monate, nachdem die *Ironsides* gesunken war, verkauften Derk und sein Vater ihr Haus in Zeeland und zogen in das Haus neben meinem. „In dem anderen Haus gab es zu viele Erinnerungen", erklärte Derks Vater mir. „Jedes Mal, wenn ich ein Zimmer betrat, sah ich Rosie vor mir. Und doch war sie nicht da. Dies wird für Derk und mich ein Neuanfang."

Auch für mich war es ein Neuanfang. Maarten hatte sich fürchterlich erkältet, als er an dem Tag, an dem die *Ironsides* untergegangen war, gegen die eisigen Wellen gekämpft hatte. Er hatte eine Lungenentzündung bekommen und war drei Monate nach Christina gestorben.

Vom ersten Augenblick an, als ich Derk sah, liebte ich diesen traurigen kleinen Blondschopf. Ich machte Pfannkuchen für ihn und hielt ihn auf dem Schoß und trocknete seine Tränen. Als er älter wurde, kam er jeden Tag nach der Schule zu mir, bis sein Vater von der Arbeit nach Hause kam, und ich half ihm bei seinen Hausaufgaben, erzählte ihm Geschichten und gab ihm Plätzchen zu essen. Wir waren Gottes Geschenk füreinander, das uns half zu heilen. Und indem ich Derk aus seinem Kummer führte, fand ich auch einen Weg aus meiner eigenen Trauer.

35. Kapitel

Anna

Hotel Ottawa
1897

Ich sehe zu, wie Derk seine Schuhe und Socken auszieht und sie mit seiner Anzugjacke und der Krawatte auf der Bank zurücklässt. Dann krempelt er seine Ärmel und Hosenbeine auf. Ich hoffe, dass er sich nicht seine gute Sonntagskleidung ruiniert, weil er mit mir diese Tour unternimmt. Meine Knie fühlen sich an, als wären sie aus Pudding, als ich ihm zum Ufer des Black Lake folge. Das Wasser ist so still, dass es aussieht, als könnte man darüberlaufen, aber ich bekomme trotzdem Zweifel. Derk dreht eines der am Ufer liegenden Ruderboote um und wirft ein Paar Ruder hinein. Dann zieht er es in das flache Wasser. Wir waren nicht am Empfang, um das Boot ordnungsgemäß zu mieten. Wahrscheinlich hat Derk Angst, dass ich es mir in der Zeit, die er brauchen würde, um zum Hotel und zurück zu laufen, anders überlegen könnte. Das wäre durchaus möglich.

Doch ich will nicht den Rest meines Lebens von Angst gefesselt sein. Als Derk mit den Vorbereitungen fertig ist, hole ich tief Luft und frage: „Wie steige ich ein?" Das Ruderboot ist halb an Land, halb im Wasser.

„Kommen Sie und geben Sie mir Ihre Hand." Ich gehorche, weil ich ihm vertraue. Er steht bis zu den Knöcheln im Wasser. „Sie müssen nur über die Bootseite steigen und sich auf den Holzsitz setzen. Ich werde Ihre Hand halten, bis Sie sitzen. Das Boot wird ein wenig unter Ihrem Gewicht schwanken, wenn Sie einsteigen, aber lassen Sie sich davon nicht beunruhigen. Selbst wenn es kentern sollte, werden Sie im schlimmsten Fall nass. Das Wasser ist hier kaum dreißig Zentimeter tief."

Ich lache nervös und sage: „Ich würde lieber trocken bleiben, wenn es Ihnen nichts ausmacht."

Derk lacht und sagt: „Ich auch!" Als ich sitze, lasse ich seine Hand los und umklammere das Brett, auf dem ich sitze, als wollte ich es nie wieder loslassen. „Jetzt werde ich das Boot vom Ufer abstoßen und einsteigen", sagt Derk. „Dabei wird das Boot wieder schwanken, aber Sie brauchen keine Angst zu haben. Es wird nichts passieren. Ruhigeres Wasser könnten Sie sich gar nicht wünschen."

Er versetzt dem Boot einen energischen Stoß und ich spüre, wie es über den Boden kratzt, als es den Strand verlässt. Das Boot fängt an zu treiben. Derk klettert hinein und hält gekonnt das Gleichgewicht, als das Boot einen Moment lang wackelt. Er setzt sich mir gegenüber und nimmt die Ruder. „Bis jetzt noch alles in Ordnung?", fragt er. Ich nicke verkrampft, weil ich Angst habe, auch nur einen Muskel zu bewegen und das Boot dadurch zu erschüttern. Mit einem der Ruder stößt Derk uns noch weiter vom Ufer ab, dann legt er sie in die Riemendollen und taucht sie ins Wasser. Als er zu rudern beginnt, gleiten wir sanft auf den See hinaus. „Ich verspreche, dass ich nahe am Ufer bleibe. Und sobald Sie umkehren wollen, tue ich es."

„Danke." Zuerst habe ich so panische Angst, dass ich mich nicht rühre und kaum atme, aber die sanften Bewegungen des Bootes und das leise Geräusch der Ruder und das Plätschern des Wassers beruhigen mich. Der Black Lake ist wunderschön an diesem Morgen, die Sonne scheint mir warm auf Gesicht und Haare, der Himmel ist wolkenlos. Mir wird bewusst, dass es eine Lektion in Sachen Vertrauen ist, dass ich mich mit Derk in diesem winzigen Boot hinauswage, und eine Metapher für ein Leben im Glauben an Gott. Ohne ihn bin ich hilflos. Mein Leben liegt in seiner Hand. Aber Jesus hat versprochen, dass mir kein Haar vom Kopf fällt, ohne dass der himmlische Vater es weiß. Allmählich fange ich an, mich zu entspannen. Wir rudern in östliche Richtung. Dabei entfernen wir uns vom Lake Michigan und nähern uns der Stadt Holland. Am Ufer zu unserer Linken stehen dicht gedrängt Bäume und kleine Häuser.

„Vielen Dank, dass Sie das tun, Derk."

„Gern geschehen. Ich genieße es und ich hoffe, Ihnen geht es auch so."

„Dass ich es genieße, würde ich nicht gerade sagen ... jedenfalls noch nicht. Aber ich muss meine Angst überwinden."

Derk taucht die Ruder ein-, zweimal ins Wasser und fragt dann: „Wissen Sie eigentlich, was Ihre Angst ausgelöst hat? Haben Sie irgendwann schlechte Erfahrungen mit Wasser gemacht?"

Ich lächele gequält. „Ich gebe es ja nur ungerne zu – vor allem William gegenüber –, aber der Grund ist ein Albtraum, den ich immer wieder habe, seit ich klein war. William würde das für albern halten und er hätte recht damit. Es ist wirklich albern, dass ich mich als erwachsene Frau von einem Kindheitstraum ängstigen lasse. Deshalb muss ich diese Angst überwinden. Und deshalb habe ich Sie gebeten, mit mir rudern zu gehen."

„Ich hatte selbst lange Zeit panische Angst vor Wasser. Das lag nicht an meiner eigenen Erfahrung, aber ich glaube, ich habe Ihnen erzählt, dass meine Mutter bei einem Schiffsunglück auf dem Lake Michigan umgekommen ist, ein Stück weiter nördlich von hier, nicht wahr?"

Mich fröstelt. „Das tut mir schrecklich leid, Derk. Niemand könnte es Ihnen verübeln, wenn Sie immer noch Angst vor dem Wasser hätten. Wie alt waren Sie damals?"

„Ich war vier. Als ich älter wurde, wollte ich meine Angst überwinden, so wie Sie es jetzt tun, deshalb habe ich meinen Vater gebeten, mir das Schwimmen beizubringen und mich Segelunterricht nehmen zu lassen. Mir war klar, dass das meine Mutter nicht wieder lebendig machen würde, aber ich wollte das Gefühl haben, dass ich die Situation beherrschen konnte. Und dann stellte sich heraus, dass ich für mein Leben gern segle."

Ich bemerke, dass sich unter Derks Armen dunkle Schweißflecken bilden, während er rudert. Er ist für die Kirche fein angezogen und ich habe ein schlechtes Gewissen, weil er in seiner Sonntagskleidung für mich arbeiten muss. Er ist nahe am Ufer geblieben, wie er es versprochen hat, aber während wir die Ruine des Jenison Park Hotels auf der gegenüberliegenden Seite des Sees betrachten, nimmt er einen Moment lang die Ruder aus dem Wasser. Das Boot schaukelt sanft auf dem Wasser. Ein Schornstein und ein Teil der Mauer sind alles, was noch übrig ist. An einigen Stellen, an denen Menschen in den Trümmern wühlen, steigt Rauch auf.

„Das Leben kann sich so plötzlich ändern", sage ich. „Für all die

Menschen, die letzte Nacht in dem Hotel waren, muss das furchtbar sein."

„Das stimmt. Ich werde nie verstehen, wie Menschen, die Gott nicht kennen, weitermachen, wenn solche Dinge geschehen." Derk senkt die Ruder wieder ins Wasser und rudert weiter. „Tante Geesje hat mir ihre Lebensgeschichte zum Lesen gegeben. Sie hat so viele Tragödien erlitten und doch hat ihr Glaube ihr durch alles hindurchgeholfen."

„Das klingt nach einer beeindruckenden Geschichte."

„Das ist es. Und ich habe etwas erfahren, was ich nicht wusste. Der Soldat, in den sie so verliebt war, war mein Großvater."

„Wirklich?"

„Er hat auch ein schreckliches Schiffsunglück miterlebt. Er war an Bord der *Phoenix*, als diese Feuer fing und sank und –"

„Oh, Derk! Das ist schrecklich."

Er hört auf zu rudern. „Tut mir leid. Ich sollte nicht über Schiffsunglücke sprechen, wenn Sie versuchen ... Sie wissen schon ... mutig zu sein."

„Das spielt keine Rolle. Im Moment habe ich keine große Angst. Ich dachte nur, wie schrecklich es ist, dass Ihre Familie zwei solche Tragödien durchgemacht hat, zwei Schiffsunglücke. Bitte erzählen Sie weiter. Sie sprachen gerade von Ihrem Großvater."

Derk streicht sich das blonde Haar aus der Stirn und betätigt die Ruder wieder. „Von etwa dreihundert Passagieren haben nur wenige überlebt. Einer der Überlebenden war mein Großvater. In der Bibel steht, dass alle Tage unseres Lebens in Gottes Buch geschrieben sind, bevor einer von ihnen tatsächlich geschieht. Gott wusste, wann das Leben meiner Mutter enden würde. Und er wusste auch, dass er mit meinem Großvater noch etwas anderes vorhatte. Ich bin hier, weil er überlebt hat."

„Und was ist mit all den anderen Menschen, die gestorben sind?"

„Das kann ich Ihnen nicht beantworten. Vielleicht werden wir erst erfahren, warum sie an dem Tag gestorben sind, wenn wir in den Himmel kommen. Dann werden wir sagen: ‚Ach, jetzt verstehe ich es. Jetzt ergibt alles einen Sinn.' Das hat Tante Geesje immer zu mir gesagt. Ihre Tochter war auf demselben Schiff wie meine Mutter und sie ist auch ertrunken."

Ich beobachte, wie ein Segelboot an uns vorbeigleitet. Es fährt in Richtung Westen, auf den großen See zu. Irgendwie spüre ich, dass Derk über das, was seiner Mutter und seinem Großvater widerfahren ist, sprechen muss, dass es ihn tröstet, sich an sie zu erinnern, also verdränge ich meine selbstsüchtigen Ängste und sage: „Erzählen Sie mir von Ihrer Mutter, Derk. Warum war sie auf dem Schiff?"

„Sie war in Milwaukee, um meine Großmutter zu besuchen, die sehr krank war. Ich blieb solange bei meinen anderen Großeltern in Zeeland. Auf dem Heimweg geriet das Schiff, das meine Mutter genommen hatte, in ein schreckliches Unwetter. Orkanartige Winde peitschten riesige Wellen auf. Sie waren schon beinahe in Grand Haven, sie konnten die Küste schon sehen. Der Kapitän hat sogar zwei- oder dreimal versucht, in den Hafen einzufahren, aber die Wellen waren zu stark und haben das Schiff immer wieder vom Kurs abgebracht. Offenbar ist die *Ironsides* dann auf eine Sandbank aufgelaufen und Leck geschlagen. Alle Passagiere und Besatzungsmitglieder mussten das Schiff verlassen und in Rettungsboote klettern."

Mein ganzer Körper beginnt zu zittern. Derk beschreibt meinen Traum! Ich bringe kein Wort heraus und kann kaum atmen, während er fortfährt.

„Die Rettungsboote waren auf dem Weg zum Ufer, als eine riesige Welle sie kentern ließ. Meine Mutter und Geesjes Tochter Christina sind beide ertrunken. Einige der Überlebenden sagten, die schweren Röcke der Frauen hätten sie hinuntergezogen ..."

„Halt! Hören Sie auf, Derk! Ich will sofort an Land! Bitte, bitte! Ich muss an Land!"

Derk erstarrt und reißt überrascht die Augen auf. Die Ruder ragen bewegungslos in die Luft. Merkt er nicht, dass das ganze Boot mit mir bebt? In panischer Angst klammere ich mich an den Sitz, während ich unkontrolliert zittere. Endlich erholt Derk sich von dem Schrecken und rudert mit voller Kraft zum nächstgelegenen Strand. Es ist ein rauer Küstenstrich ohne Häuser in der Nähe und ich spüre, wie das Ruderboot aufsetzt, als wir schließlich ankommen. Derk springt aus dem Boot und watet ins Wasser, um das Boot so weit an Land zu ziehen, wie er kann. Anschließend ist er ganz außer Atem. „Bitte verzeihen Sie mir. Es tut mir schrecklich leid, dass ich Ihnen Angst gemacht habe."

„Es kann nicht sein … es kann einfach nicht sein …“, stammele ich mit klappernden Zähnen.

„Was ist los, Anna?“

„Sie haben genau meinen Albtraum beschrieben! Wie ist das möglich?“

„Ihren Albtraum? Ich weiß nicht.“ Derk reicht mir die Hand, um mir aus dem Boot zu helfen, aber ich schüttele den Kopf. Ich kann mich nicht von der Stelle rühren. Derk steigt wieder ins Boot und setzt sich mir gegenüber. „Erzählen Sie mir davon.“

„In meinem Albtraum sind wir in einem schrecklichen Unwetter an Bord eines Schiffes. Ich sitze auf Mamas Schoß und wir können uns kaum an unseren Sitzen festhalten, weil das Schiff so hin und her geworfen wird. Die Leute werden seekrank. Wir sind fast da, das Land können wir schon sehen, aber das Schiff verpasst den Hafen immer wieder. Dann halten wir an. Jemand sagt, wir seien auf eine Sandbank aufgelaufen. Wasser dringt in das Schiff ein und die Maschinen, die die ganze Nacht gedröhnt und gepoltert haben, werden still. Die Stille ist schlimmer als der Lärm, weil wir hören, wie die Wellen an den Schiffsrumpf schlagen und der Wind um uns herum heult. Wir sitzen alle da. Menschen weinen und beten. Mama wiegt mich im Arm und singt mir etwas vor und verspricht mir, dass alles gut wird, dass Gott bei uns ist.“

Ich weiß nicht, wieso, aber als ich Derk von meinem Traum erzähle, fallen mir mehr Einzelheiten ein als die, an die ich mich sonst nach dem Aufwachen erinnern kann. Derk streckt die Hände aus, um meine Arme von dem Sitz zu lösen, und umfasst meine Hände. „Erzählen Sie weiter“, drängt er.

„Die Besatzung hat allen in die Rettungsboote geholfen. Aber das ist ein Fehler gewesen! Jetzt werden wir noch mehr herumgeschleudert als auf dem Schiff. Riesige Wellen schlagen über dem Boot zusammen und durchnässen uns mit eiskaltem Wasser. Mama und ich klammern uns mit aller Kraft aneinander. Dann hebt eine riesige Welle unser Boot hoch und dreht es auf den Kopf. Wir stürzen ins Wasser. Meine Haut brennt, als wir untertauchen, und ich höre das gurgelnde Geräusch, das Wasser macht. Alles ist schwarz. Ich kann nicht sehen, nicht atmen. Ich fühle, dass Mama mit ganzer Kraft strampelt und es kommt mir vor, als wären wir stundenlang in dem dunklen, erstickenden Wasser gefangen. Endlich kommen wir wieder an die Oberfläche. Ich hole tief Luft. Mama und ich husten und würgen beide. Mein Vater versucht nur wenige Meter von uns entfernt, an der Wasseroberfläche zu bleiben, und Mama schiebt mich in seine Arme und sagt: ‚Meine Tochter! Retten Sie meine Tochter!' Ich will Mama nicht loslassen, aber mein Vater packt mich und hält meinen Kopf über Wasser. Als ich mich umdrehe, ist Mama verschwunden. Ich sehe nur noch ihre Hand, als wollte sie zum Abschied winken. Vater versucht sie zu fassen, aber es ist zu spät. Sie ist untergegangen."

Als ich geendet habe, laufen mir die Tränen übers Gesicht. Derk setzt sich neben mich und nimmt mich in den Arm. „Es tut mir leid, Anna. Es tut mir so leid." Ich lasse mich von ihm trösten, so wie Mutter es früher getan hat, wenn ich als Kind von dem Albtraum erwacht bin. Als wir uns schließlich voneinander lösen, nimmt Derk wieder meine Hand und sagt: „Ich möchte Sie nicht noch mehr quälen, aber … könnte es sein … Also, meinen Sie, es könnte vielleicht nicht nur ein Traum gewesen sein? Könnte es sein, dass Ihr Albtraum wirklich geschehen ist und Sie auch an Bord der *Ironsides* waren? Die Ereignisse sind erstaunlich gleich."

„Ich weiß es nicht. Ich habe diesen Albtraum, solange ich denken kann … Wann ist das Schiff gesunken?"

„Im September 1877."

„Dann wäre ich drei Jahre alt gewesen … Derk, der Traum ist immer genau gleich und so lebendig, dass ich spüren kann, wie der Wind mir die Haare in die Augen weht, wie kalt das Wasser ist und wie stark die Hände meines Vaters sind, als er mich festhält." Und die Angst. Immer erinnere ich mich an die entsetzliche Angst. „Meinen Sie, ich könnte das tatsächlich erlebt haben?"

„Es hat einige Überlebende gegeben. Nicht alle sind ertrunken. Vielleicht haben Ihre Eltern nie darüber gesprochen, weil sie hofften, Sie würden irgendwann vergessen, was geschehen ist. Für sie muss es auch schlimm gewesen sein."

„Das ergibt einen Sinn … Aber trotzdem … in meinem Albtraum sehe ich immer, wie Mama im Wasser verschwindet. Sie kommt nie zurück. In meinem Traum ertrinkt meine Mama."

„Ich finde, Sie sollten Ihre Eltern danach fragen."

„Ja, ich werde Mutter fragen, sobald wir im Hotel sind. Ich will die Wahrheit wissen."

„Haben Sie sie Mama genannt, als Sie klein waren?"
„Wie meinen Sie das … Warum?"
„Als Sie gerade von ihr sprachen, haben Sie ‚Mutter' gesagt. Aber als Sie Ihren Traum beschrieben haben, haben Sie sie ‚Mama' genannt. Und etwas anderes ist mir noch aufgefallen. Sie haben gesagt, als Ihre Mutter Sie Ihrem Vater übergeben hat, hätte sie gesagt: ‚Retten Sie meine Tochter', und nicht: ‚Rette unsere Tochter'."
Wieder fange ich an zu zittern. „Was wollen Sie damit sagen?"
„Haben Sie mir nicht erzählt, dass Sie adoptiert wurden?"
„Ja, als Säugling."
„Wissen Sie etwas über die Umstände? Oder über Ihre leiblichen Eltern?"
„Nur, dass meine leiblichen Eltern mich ausgesetzt haben und dass mein Vater auf Geschäftsreise war, als … Nein. Nein. Sie glauben doch nicht …?" Ich kann den Satz nicht beenden.
„Es würde erklären, warum Sie sich an einige Worte in einer fremden Sprache erinnern. Wenn Ihre leibliche Mutter Niederländerin war und an dem Tag ertrunken ist … und wenn sie Sie Ihrem Vater gegeben hat, damit er Sie rettet …"
„Aber sie haben mir erzählt, dass sie mich als Neugeborenes adoptiert haben." Wenn das eine Lüge war, wenn sie mich gefunden haben, als ich drei Jahre alt war, dann passen die Puzzlestücke, die Derk zusammengesetzt hat, zusammen und alles ergibt einen Sinn. Auch der Traum, in dem ich mich in meinem Zimmer befinde und nach meiner Mama weine, obwohl Mutter gleich neben mir steht. Könnte es so gewesen sein? „Wir müssen zum Hotel zurück. Ich muss mit meiner Mutter reden."
Derk betrachtet die Bäume und Büsche, die das Ufer säumen. „Leider befürchte ich, dass wir zurückrudern müssen. Ich glaube nicht, dass wir von hier aus laufen können. Es tut mir leid …"
„Wir können ruhig rudern. Es geht schon."
Derk drückt noch einmal meine Hand, bevor er sie loslässt. Dann steht er auf und steigt aus dem Boot, um es vom Ufer abzustoßen. Anschließend springt er wieder hinein. Meine Gedanken überschlagen sich und meine Gefühle sind derart in Aufruhr, dass ich die schaukelnde Bewegung des Bootes kaum bemerke. Derk taucht die Ruder ins Wasser und rudert mit voller Kraft. Wenig später legen wir beim Hotel an. Als Derk mir an Land hilft, sind meine Muskeln

von der Anspannung und Angst ganz steif. Ich hoffe, meine Beine tragen mich.

„Ich möchte, dass Sie mitkommen, wenn ich mit meiner Mutter spreche", sage ich zu Derk. Er krempelt seine Ärmel und Hosenbeine wieder herunter. Als er sich auf die Bank fallen lässt, um seine Schuhe und die Socken anzuziehen, seufzt er.

„Das würde ich ja gerne, aber ich glaube nicht, dass es eine gute Idee ist. Ihre Mutter wird nicht begeistert sein, mich wiederzusehen und zu erfahren, dass wir beide zusammen allein waren – und William sicher auch nicht."

Derk hat recht. Doch ich bin mir nicht sicher, ob ich mich der Wahrheit alleine stellen kann. Ich sehe zu, wie er seine Schuhe bindet, und sage: „Aber Sie wissen alles über die *Ironsides* und darüber, wie sehr ich Ihrer niederländischen Freundin ähnele und … und über alles andere."

Derk steht auf und wirft sich die Anzugjacke über die Schulter. „Bitten Sie Ihre Mutter einfach darum, dass sie Ihnen die Wahrheit sagt, Anna. Entweder waren Sie an Bord dieses Schiffes oder nicht. Entweder Sie wurden als Baby adoptiert oder als Sie drei Jahre alt waren. Bestimmt war es für Ihre Eltern schwer, so viele Geheimnisse all die Jahre für sich zu behalten. Versichern Sie Ihren Eltern aber, dass die Wahrheit nichts an Ihren Gefühlen für sie ändern wird."

Das ist ein guter Rat. Aber trotzdem will ich nicht, dass Derk geht. „Wo finde ich Sie denn, falls ich später mit Ihnen reden muss?"

„In den nächsten paar Stunden werde ich in der Pillar Church in Holland sein", sagt er grinsend. „Das ist das große weiße Gebäude in der Ninth Street mit den sechs Säulen davor. Das können Sie gar nicht verfehlen." Er nimmt noch einmal meine Hände und beugt sich vor, um mir einen Kuss auf die Wange zu geben. „Sie brauchen mich nicht, Anna. Sie sind eine Kämpferin. Sie schaffen das."

Dann geht er und ich sehe ihm nach.

36. Kapitel

Anna

Hotel Ottawa
1897

Ich lasse mir Zeit, während ich zum Hotel hinaufgehe. Zum einen, weil meine Knie immer noch zittern. Zum anderen, weil ich Angst vor der Wahrheit habe – Angst davor zu erfahren, dass meine Eltern mich die ganze Zeit angelogen haben. Und vor dem Gedanken, dass ich vielleicht ein katastrophales Schiffsunglück überlebt habe, während unschuldige Menschen wie Derks Mutter – und vielleicht meine eigene Mutter – gestorben sind. Ich klopfe an Mutters Tür, und als ich hineingehe, sehe ich, dass sie bereits fürs Frühstück angekleidet ist. Sie steht vor dem Spiegel und frisiert ihre Haare.

„Da bist du ja", sagt sie. „Warst du spazieren?"

„Waren wir in einem Schiffsunglück, als ich klein war?" Sie dreht sich zu mir um, mit offenem Mund und erschrockenen Augen. Bevor sie antworten kann, rede ich weiter: „Ich habe gerade von einem Dampfer namens *Ironsides* gehört, der im Lake Michigan gesunken ist, als ich drei Jahre alt war. Die Einzelheiten von diesem Schiffsunglück decken sich genau mit denen meines Albtraums."

Mutter sinkt auf ihre Bettkannte. Ihre Hände und die Bürste fallen matt in ihren Schoß. „Oh, Anna."

„Mein Albtraum ist also nicht nur ein Traum, oder? Er ist eine Erinnerung." Ich durchquere den Raum und bleibe vor ihr stehen. „Sag mir die Wahrheit, Mutter, bitte. Das bist du mir schuldig."

„Ich finde, wir sollten warten, bis dein Vater –"

„Nein! Ich will nicht warten. Ich will es jetzt sofort wissen! Haben wir dieses Schiffsunglück miterlebt oder nicht?"

Sie senkt den Kopf und starrt auf ihren Schoß. Ich zwinge mich, geduldig zu sein und zu warten, weil ich weiß, wie schwierig es für Mutter sein wird zuzugeben, dass sie mir diese Information vorenthalten hat. Ein ganzes Leben scheint zu verstreichen, bis sie endlich den Blick hebt. „Ja“, sagt sie. „Du warst an Bord der *Ironsides*, bevor sie sank.“ Ihre Stimme hat einen Flüsterton angenommen, als würde im Zimmer ein Baby schlafen.

„Warst du und Vater bei mir?“

Sie schüttelt den Kopf. „Nur dein Vater.“

„Aber du bist auch immer in meinem Traum. Du übergibst mich Vater und dann gehst du in den Wellen unter.“ Derk hat mich darauf hingewiesen, wie merkwürdig ich die Geschichte erzählt habe: *Retten Sie meine Tochter*. Wieder warte ich eine Ewigkeit auf Mutters Antwort.

„Es war deine leibliche Mutter, die an jenem Tag ertrunken ist.“

Ich kann nicht atmen, so sehr überwältigen mich meine Gefühle. Meine Stimme klingt heiser, als ich schließlich herausbringe: „Hat Vater sie gekannt?“

„Nein. Er hatte sie noch nie zuvor gesehen. Er sah, wie du dich im Rettungsboot an sie klammertest, bevor das Boot kenterte. Sie hielt dich immer noch fest, als er sie im Wasser wiedersah. Aber sie konnte sich nicht länger halten, also hat sie dich ihm in die Arme gedrückt. Sie wollte, dass du lebst. Und dein Vater wollte das auch.“

Das ist die Stelle, an der ich immer vor Schreck weinend aus dem Traum erwacht bin. Ich setze mich neben meine Mutter aufs Bett und meine Augen brennen, als ich mich jetzt an neue Dinge erinnere. „Eine lange Kette aus Männern stand im Wasser. Sie hielten sich bei den Händen. Der letzte in der Kette packte Vater am Revers und zog uns an Land … Da war ein Feuer … Jemand hat eine Decke um Vaters Schultern gelegt, aber er hat sie mir gegeben. Er hat mich eingewickelt, weil ich so nass und kalt war … Ich habe die ganze Zeit geweint. Ich wollte meine Mama, aber sie war in den Wellen untergegangen.“

Mutter nimmt mich in den Arm, so wie sie es früher getan hat, wenn ich von dem Albtraum erwacht bin. „Wir glauben, dass sie ertrunken ist, Anna. Es tut mir so leid. Vielleicht ist dein leiblicher Vater auch ertrunken, obwohl keiner der Überlebenden sich daran erinnern konnte, einen Mann bei dir und deiner Mutter gesehen zu haben."

„Ich kann mich auch nicht an einen Mann erinnern. Mama und ich waren allein."

„Wir haben die Behörden informiert und Anzeigen in allen Zeitungen geschaltet – in Grand Haven und Grand Rapids und Milwaukee. Während wir warteten, durften wir für dich sorgen, aber es kam niemand, um dich zu holen. Nachdem einige Wochen verstrichen waren, war es für uns eine Erleichterung, dass niemand sich meldete. Wir haben dich von Anfang an geliebt."

„Aber ihr habt gesagt, ich sei ein Säugling gewesen, als ihr mich adoptiert habt. Also habt ihr mich angelogen."

„Das war die Idee deines Vaters. Er wollte, dass du vergisst, was geschehen war. Er selbst wollte das Schiffsunglück auch vergessen. Für ihn war das ebenfalls ein sehr traumatisches Erlebnis, Anna. Du bist nicht die Einzige, die von diesem schrecklichen Tag Albträume hatte."

„Das wusste ich nicht."

„Er hoffte, alle deine schlimmen Erinnerungen würden verblassen, wenn du dachtest, du wärst als Säugling zu uns gekommen. Wir wollten, dass du glücklich bist. Und abgesehen von den Albträumen warst du das ja auch. Wir dachten, du wärst zu klein gewesen, um dich an deine Mutter zu erinnern oder daran, wie du sie verloren hast."

„Das heißt, die Handvoll niederländischer Wörter, an die ich mich erinnere, müssen von meiner Mutter stammen. Dann war sie aus den Niederlanden."

„Ich weiß es nicht. Du konntest kaum sprechen. Genau genommen hast du ganz lange überhaupt nicht geredet. Du hast immer nur nach deiner Mama geschrien und du hast uns gesagt, dass du Anna heißt."

„Nein …", sage ich, weil ich mich plötzlich erinnere. „Anneke. Ich hieß Anneke."

Was, wenn alle meine anderen Träume auch Erinnerungen sind? Der Traum mit den Wasserflecken an der Decke. Die Männer, die sich nebenan streiten. Mama, die verspricht, mich von diesem Ort wegzubringen. Die Zugfahrt zum Anleger. Und das große Schiff. Wann immer ich davon geträumt habe, wie ich dieses Schiff betrete, bin ich schreiend aufgewacht, weil ich wusste, was passieren würde. Plötzlich weiß ich mit absoluter Gewissheit, dass all diese Dinge, von denen ich geträumt habe, wirklich geschehen sind.

„Und die Kirche in der LaSalle Street auch", sage ich laut. „Deshalb kam sie mir so vertraut vor, als ich sie zum ersten Mal sah. Ich bin mit Mama dort hingegangen." Ich springe auf. „Ich muss nach Holland fahren. Ich muss noch einmal mit Derk sprechen."

„Jetzt gleich? Warum?"

Ich will Derk erzählen, dass er recht hatte. Ich will ihm alles erzählen, was Mutter mir gerade erzählt hat, und ihm dafür danken, dass er mir geholfen hat, die Puzzleteile zusammenzufügen. Ich möchte über meine Erinnerungen an diesen Tag sprechen, weil seine Mutter auch dabei war. Wir sind auf ganz tiefe Weise durch die Tragödie der *Ironsides* miteinander verbunden, weil wir beide unsere Mütter bei dem Unglück verloren haben. Aber diese Gründe kann ich Mutter nicht nennen. Ich überlege krampfhaft. „Weil … weil es doch Aufzeichnungen von allen niederländischen Frauen aus der Region geben muss, die an diesem Tag ertrunken sind. Die Leute würden es doch wissen und sich erinnern. Vielleicht kann ich herausfinden, wer meine Mutter war, wie sie hieß."

„Aber Anna, ich habe dir doch gesagt, dass wir in allen Zeitungen Anzeigen geschaltet haben. Niemand hat sich gemeldet."

„Auch in den Zeitungen in Holland? Gab es Anzeigen auf Niederländisch?"

„Das nicht. An Holland haben wir nicht gedacht. Wir wussten ja nicht, dass deine Mutter mit dir Niederländisch gesprochen hat."

„Vielleicht hat sich niemand gemeldet, weil sie die Anzeigen nicht gesehen haben. Derk sagt, die Leute in dieser Gegend sprechen immer noch Niederländisch miteinander und sie lesen niederländische Zeitungen."

„Ich weiß nicht, was ich sagen soll, Anna … Ich bin ganz durcheinander …" Langsam steht sie auf. Sie sieht ebenso erschüttert aus, wie ich es bin. „Gehen wir hinunter und suchen wir William. Wir wollten uns doch mit ihm treffen, nicht wahr? Dann können wir beim Frühstück darüber reden, vielleicht weiß er, was zu tun ist."

Derk hatte mir geraten, meinen Eltern zu versichern, dass sich nichts ändern wird. Ich umarme Mutter und drücke sie ganz fest. „Du bist meine Mutter und wirst es auch immer sein. Ich liebe dich.

Nichts wird daran etwas ändern. Unser Leben wird so weitergehen wie bisher, auch wenn ich die Wahrheit herausfinde. Wir werden nach Chicago zurückkehren und ich werde William heiraten und wir werden alle glücklich sein. Ich muss nur wissen, wer ich bin."

Als wir uns aus der Umarmung lösen, hat Mutter Tränen in den Augen. „Ich verstehe", sagt sie.

Ich kann mir nicht vorstellen, dass sie das jemals wirklich wird verstehen können.

„Am besten, du gehst schon hinunter und suchst William", sage ich zu ihr. „Ich muss mich umziehen und meine Haare richten. Sobald ich fertig bin, komme ich nach." Sie geht nach unten und ich lege schnell meine verrauchte, verknitterte Kleidung ab. Ich habe darin den Brand beobachtet, geschlafen und eine Bootstour auf dem See gemacht.

Vor Aufregung bin ich so aufgedreht, dass ich Mühe habe, mir die Haare hochzustecken, aber schließlich bin ich vorzeigbar. Ich treffe Mutter und William gemeinsam im Speisesaal an. William steht auf, um mich zu begrüßen, nimmt meine Hand und beugt sich vor, um mir einen Kuss auf die Wange zu geben. Dasselbe hat Derk vorhin getan, als er sich von mir verabschiedet hat. Ich kann es kaum erwarten, Derk wiederzusehen und ihm die Neuigkeiten zu erzählen. Ich war tatsächlich auf demselben Schiff wie seine Mutter. Und wie die Tochter seiner Tante Geesje. Vielleicht erinnert seine Tante sich an die Namen der anderen Frauen, die damals gestorben sind. Ich muss auch mit ihr reden. Nur mit Mühe gelingt es mir, meine wachsende Erregung zu beherrschen, als ich am Tisch Platz nehme und meine Serviette auf meinen Schoß lege.

„Hat Mutter dir erklärt, was ich erfahren habe?", frage ich William.

„Ja. Was für eine ungewöhnliche Geschichte!" Bevor er noch mehr sagen kann, kommt der Kellner und nimmt unsere Bestellung entgegen. Ich bin zu aufgeregt, um zu essen, und zu ungeduldig, um zu warten, während William und Mutter es tun. Trotzdem bestelle ich Toast und Tee, weil mir bewusst wird, dass ich langsamer machen und ihnen Zeit geben muss, das Geschehene zu verdauen. Wenn ich unter Schock stehe, muss es Mutter genauso gehen. Immerhin hat sie dieses Geheimnis zwanzig Jahre lang sorgfältig gehütet. Es gelingt mir, den Mund zu halten, auch wenn ich kaum zuhöre, als William uns erzählt, was er über den Brand des Jenison

Park Hotels in Erfahrung gebracht hat. „Zum Glück ist niemand dabei umgekommen“, beendet er seinen Bericht.

Als unser Essen kommt, habe ich mir einen Plan zurechtgelegt. „Ich weiß, dass wir heute nach Hause reisen wollten“, beginne ich, „aber ich muss noch ein paar Tage hierbleiben und versuchen –“

„Anna“, unterbricht William mich. „Ich verstehe jetzt völlig, warum du nicht mit dem Dampfer nach Hause reisen möchtest.“

„Nein, es geht nicht darum, dass ich Angst hätte, heute heimzureisen ...“ Ich zögere. Ganz stimmt das nicht. Nachdem ich die Erinnerungen an das Schiffsunglück noch einmal durchlebt habe, habe ich sogar große Angst. „Ich will nur noch ein wenig länger bleiben, um mehr über meine Mutter herauszufinden. Das ist wichtig für mich, William. Ich muss herausfinden, wer ich bin.“

„Aber ich kann nicht länger bleiben. In Chicago warten Arbeit und wichtige Besprechungen auf mich.“

Derk hat mir geraten, meine Meinung zu sagen und William die Stirn zu bieten. Also nehme ich all meinen Mut zusammen. „Dann solltest du ohne mich nach Hause fahren. Du auch, Mutter. Ich komme gut alleine zurecht. Ich bleibe einfach noch ein paar Tage und sehe, was ich herausfinden kann.“

Wenn William das nicht akzeptieren kann, wenn er auf stur schaltet, muss ich meine Entscheidung, ihn zu heiraten, noch einmal überdenken. Er sieht mich über den Tisch hinweg an und die Sekunden ticken, während ich seinen inneren Kampf spüre. Er ist es gewohnt, dass er Befehle gibt und dass andere sie befolgen, ohne sie infrage zu stellen. Als ich mich weigerte, meine Besuche in der Schlossturmkirche einzustellen, war er aufgebracht. Das war das Ende unserer Beziehung. Gestern Abend hat William gesagt, dass er mich nicht noch einmal verlieren will, und ich vermute, dass er sich darüber klar zu werden versucht, wie weit er mich drängen darf, um seinen Willen zu bekommen.

„Ist dir deine Vergangenheit wirklich so wichtig? Du warst ein Kind, Anna. Das Leben, dass du jetzt führst, und unsere gemeinsame Zukunft – sind sie nicht wichtiger?“

„Meine Mutter ist bei dem Versuch, mich zu retten, ertrunken“, sage ich ruhig. „Sie hat mich nicht ausgesetzt. Ich muss wissen, wer sie war. Dann können wir mit allem, was wir geplant haben, fortfahren.“

William kaut auf seiner Unterlippe und überlegt. „Weißt du, die Niederländer in Holland haben den Ruf, Fremden gegenüber unfreundlich zu sein. Ihre Religion ist sehr streng und moralisch unnachgiebig. Sie können auf Menschen mit einem anderen religiösen Hintergrund intolerant wirken. Ich möchte nicht, dass du verletzt wirst."

„Trotzdem sind sie meine Verwandten. Ich muss wissen, wer ich bin."

37. Kapitel

Geesje

Holland, Michigan
1897

Nachdem das letzte Lied gesungen und das letzte Gebet gesprochen ist, verlasse ich meine Kirchenbank. Der Gottesdienst an diesem Morgen hat mir sehr gutgetan, aber mein Herz schmerzt immer noch, als ich allein den Gang hinunter in Richtung Ausgang gehe. Es ist zwanzig Jahre her, dass Maarten und ich Seite an Seite in dieser Bank gesessen haben.

Natürlich bin ich nicht wirklich allein. Ich bin von Mitgliedern meiner Gemeindefamilie umgeben, von Männern und Frauen, die in all den Jahren an meiner Seite waren, von Kindern, für die ich gebetet habe, während ich sie zu Erwachsenen heranreifen, heiraten und selbst Kinder bekommen sah. So gerne ich die Predigten des *Dominee* höre, ist mir doch das Liebste am Sonntagmorgen, nach dem Gottesdienst einige Minuten mit all den Menschen zu verbringen, die ich kenne und liebe. Manchmal denke ich, diese gemeinsame Zeit ist für uns alle ebenso wichtig wie der offizielle Gottesdienst.

Aber ich vermisse es, anschließend zusammen mit Maarten nach Hause zu gehen, mich bei ihm unterzuhaken, über die Predigt zu diskutieren und mit ihm über Freunde und Bekannte zu sprechen, die in der kommenden Woche unsere Gebete brauchen. Arie versucht so oft wie möglich, zum Sonntagsessen zu mir zu kommen, aber ich glaube, es fällt ihm schwer, an einem Tisch Platz zu nehmen, der von leeren Stühlen umgeben ist – Stühlen, auf denen früher Menschen saßen, die wir liebten. Wenigstens einmal im Monat lade ich Freunde zum Sonntagsessen ein und ich werde selbst auch oft in ihre Häuser eingeladen. Aber nicht an diesem Vormittag. An diesem Sonntagmorgen fügt es sich so, dass ich alleine nach Hause gehe.

Jemand ruft meinen Namen und ich sehe hinten im Gottesdienstraum eine liebe Freundin, die mir winkt. Während ich mir einen Weg durch die dichte Menschenmenge bahne, genieße ich das fröhliche Summen der Stimmen und die lachenden Kinder, die sich zwischen den Erwachsenen hindurchschlängeln. Ich weiß noch, dass meine eigenen Kinder immer voller Energie waren, wenn der lange Gottesdienst endlich zu Ende war, sodass sie durch die Tür nach draußen stürmten wie Kälber, die aus ihren Ställen gelassen werden. Vor allem Christina. Sie war immer als Erste zur Tür hinaus. Ich sehe sie noch vor mir, wie sie an einem schönen Sommertag wie diesem Schuhe und Strümpfe unter den Säulen abstreifte und ihren Rock raffte, um barfuß über das Gras vor der Kirche zu laufen.

Meine Freundin erzählt mir gerade die jüngsten Neuigkeiten, als ich Derk auf mich zukommen sehe. Er will nicht stören, aber ich merke, dass er mit mir sprechen will. In seiner Miene sehe ich etwas Merkwürdiges – ist es Nervosität? Aufregung? Ich kann es nicht deuten. Aber ich mache mir Sorgen, dass es Neuigkeiten von seiner Freundin Caroline gibt und sie immer noch mit ihm spielt wie eine Katze mit der Maus. Ich hebe den Finger, um ihm zu signalisieren, dass ich gleich Zeit für ihn habe. Derk nickt und zeigt auf eine der Türen. Er wird dort auf mich warten.

Wenige Minuten später verabschieden meine Freundin und ich uns mit einer herzlichen Umarmung voneinander. Während sie sich abwendet, um mit einer anderen Freundin zu sprechen, sehe ich mich nach Derk um. Ich sehe ihn nirgends – aber ich stelle überrascht fest, dass meine Enkelin Elizabeth alleine im Eingangsbereich steht und sich umsieht. Ich gehe auf sie zu und lege den Arm um ihre Taille.

„Elizabeth! Du liebe Güte! Warum hast du mir nicht erzählt, dass du heute herkommst?“ Sie dreht sich um und ich starre sie überrascht an. „Aber Sie sind ja gar nicht Elizabeth!“

„Nein, aber ich … Man hat mir gesagt, dass ich ihr ähnlich sehe und …“ Ihre Stimme verliert sich. Wir sind beide verlegen.

„Suchen Sie denn jemanden Bestimmtes, meine Liebe?“

„Ja. Ich versuche Derk zu finden … Derk Vander Veen."

„Das ist seltsam … den suche ich auch." Wir sehen ihn beide im selben Augenblick. Und er sieht uns. Er rennt so überschwänglich durch das überfüllte Foyer, dass ich fürchte, er könnte jemanden umstoßen.

„Anna! Was haben Sie herausgefunden? Hat Ihre Mutter Ihnen erzählt, ob es stimmt?"

„Ja! Alles ist wahr. Es war genau so, wie Sie es vermutet haben. Ich war wirklich auf dem Schiff und meine Mutter war wahrscheinlich Niederländerin und meine Eltern haben mich adoptiert, als ich drei Jahre alt war, und nicht als Säugling!" Die junge Frau ist ebenso atemlos und aufgeregt wie Derk. Sie können sich gerade noch beherrschen, einander nicht in die Arme zu fallen.

„Wie ich sehe, haben Sie meine Tante Geesje de Jonge getroffen", sagt Derk schließlich, als er sich wieder etwas beruhigt hat, und zeigt auf mich. Die junge Frau wirkt ganz benommen.

„Oh, ich wollte Sie so gerne kennenlernen. Derk hat mir so viel von Ihnen erzählt."

„Tante Geesje, dies ist meine Freundin Anna Nicholson aus Chicago. Sie ist der Gast aus dem Hotel, von dem ich dir erzählt habe."

Jetzt ergibt alles einen Sinn und ich bin erleichtert, weil sie nicht Caroline ist. „Freut mich sehr, Miss Nicholson. Bitte verzeihen Sie mir mein Versehen … Ich habe sie für Elizabeth gehalten", erkläre ich Derk. Ich muss Anna immer wieder ansehen, erstaunt über die bemerkenswerte Ähnlichkeit zwischen ihr und meiner Enkelin. Sie sind ungefähr gleich groß, haben die gleiche schlanke Figur und die gleichen lockigen, goldenen Haare.

„Ich habe sie beim ersten Mal auch mit Elizabeth verwechselt", sagt Derk. „Die Ähnlichkeit ist erstaunlich, nicht wahr?"

„Bitte nennen Sie mich Anna", sagt sie. „Allmählich hätte ich Lust, diese Elizabeth einmal kennenzulernen."

„Sie ist meine Enkelin. Die Tochter meines Sohnes Jakob."

Anna wendet sich wieder an Derk und die Worte sprudeln nur so aus ihr heraus, als hätte sie sie stundenlang zurückgehalten. „Können wir irgendwo reden? Vielleicht draußen? Mutter und William warten vor der Kirche auf mich. Wir haben einen Wagen gemietet und nicht viel Zeit, weil wir heute eigentlich nach Chicago zurückfahren sollen. Aber ich habe immer noch so viele Fragen." Als ich mich verabschiede und Anstalten mache zu gehen, hält Anna mich zurück. „Nein, bitte bleiben Sie, Mrs de Jonge. Ich würde wirklich gerne mit Ihnen sprechen, wenn es Ihnen nichts ausmacht. Natürlich nur, wenn Sie Zeit haben."

Derk zieht mich am Arm. „Ja, bitte, Tante Geesje. Du musst es auch hören." Der Ausdruck der Erregung und Vorfreude in seinem Gesicht macht mich neugierig.

„Natürlich. Warum gehen wir nicht alle zu mir nach Hause und reden dort? Es ist nur ein kurzer Fußweg." Während wir die Treppe vor dem Eingang hinuntergehen, versuche ich mich an alles zu erinnern, was Derk mir über Anna Nicholson erzählt hat. Er mag sie sehr gerne, das merke ich, aber sie stammt aus einer reichen Chicagoer Familie und er ist ein einfacher Theologiestudent aus der Arbeiterklasse. Derk hatte gesagt, dass Anna mich kennenlernen und meinen Rat in Bezug auf Liebe und Ehe hören wolle – und dass sie Fragen zur Bibel habe. Wenn ich mich recht entsinne, ist sie mit einem wohlhabenden Gentleman aus Chicago verlobt, und ich frage mich, ob das der attraktive junge Mann mit Bart ist, der draußen neben einer Mietdroschke des Hotels wartet. Eine aristokratisch aussehende Frau mit vorgerecktem Kinn wartet in der Kutsche – die Mutter des Mädchens, vermute ich. Dieselbe Mutter, die nicht erbaut war, von der Freundschaft ihrer Tochter mit einem Hotelangestellten zu erfahren. Ich kann mir nicht vorstellen, wie es dazu gekommen ist, dass sie ihre Meinung über Derk geändert hat und in die Stadt gekommen ist, um ihn zu suchen, aber ich bin gespannt auf die Erklärung.

Anna stellt mich ihrer Mutter und William vor und wir quetschen uns alle in die Kutsche, um den kurzen Weg zu meinem Haus zurückzulegen. Meine Gedanken überschlagen sich, als ich daran denke, wen ich gleich zu Gast haben werde. Wahrscheinlich ging es so auch Martha, der Freundin Jesu in der Bibel. Habe ich genug Kaffee, um all diese Menschen zu bewirten – oder trinken sie vielleicht Tee? Habe ich überhaupt Tee? Und werden ihnen meine Plätzchen schmecken? Und – ach, du liebe Güte! Habe ich etwa dreckiges Geschirr vom Frühstück im Spülstein stehen lassen? Ich hatte noch nie reiche Leute zu Gast.

Ich gehe allen voran die Treppe zu meiner Veranda und zum Eingang hinauf. „Schließen Sie nicht ab?", fragt William erstaunt, als ich die Tür öffne.

„Ich habe nichts, das sich zu stehlen lohnt. Und ich kenne alle meine Nachbarn. Sie sind ehrliche, gottesfürchtige Menschen … Bitte setzen Sie sich doch." Ich merke, wie fehl am Platze sie sich in meinem Wohnzimmer fühlen – so fehl am Platze, wie ich mich gewiss in ihren eleganten Anwesen fühlen würde. „Kann ich Ihnen Kaffee oder Tee anbieten?"

Derk nimmt meinen Arm und führt mich zu einem meiner eigenen Sessel. „Vielleicht gleich, Tante Geesje. Ich kann keinen Augenblick länger abwarten zu hören, was Miss Nicholson uns zu erzählen hat."

Ich hebe den schlafenden getigerten Kater von meinem Lieblingssessel und setze mich, dann nehme ich das Tier auf den Schoß. Diese ungewöhnlichen Ereignisse faszinieren mich.

Anna

Ich spüre Mutters Ungeduld, als wir uns in Geesje de Jonges Haus drängen. Es ist sehr ordentlich und makellos sauber, aber so klein, dass es kaum größer ist als Salon und Speisezimmer bei uns zu Hause. Trotz seiner geringen Größe fühlt sich das Haus jedoch nicht so klaustrophobisch an wie unser Salon in Chicago, der mit nutzlosem Schnickschnack und Nippes überladen ist. Geesje ist eine hübsche Frau Ende sechzig mit blonden, langsam grau werdenden Haaren und porzellanblauen Augen. Sie ist zierlich und klein und ihre Augen funkeln so voller Freude, dass sie mich an die gute Fee in einem Märchenbuch erinnert, das ich als Kind hatte. Von dem Moment an, als sie mich im Foyer der Kirche versehentlich umarmt hat, habe ich mich bei ihr wohlgefühlt.

Mutter und William hingegen scheinen sich in diesem so einfachen Haus mit seinen schlichten, abgenutzten Möbeln äußerst unwohl zu fühlen. Wir setzen uns alle, außer William, der wie eine Wache hinter meinem Stuhl stehen bleibt, als könnte er sich nicht entspannen. Ich sehe, wie er einen Blick auf seine Taschenuhr wirft, und weiß, dass er sich Sorgen macht, wir könnten unseren Dampfer verpassen. Es hat mich überrascht, aber auch gefreut, dass er sich bereit erklärt hat, eine Kutsche zu mieten, um Mutter und mich in die Stadt zu fahren und Derk zu suchen. Ich habe ihm versprochen, mich zu beeilen.

„Ich fasse mal kurz zusammen, was wir bis jetzt zusammengetragen haben", sagt Derk zu Geesje. „Es ist ein erstaunlicher Zufall, aber Miss Nicholson und ihr Vater waren Passagiere an Bord der *Ironsides*, als sie sank – genau wie meine Mutter und deine Tochter."

Geesje schnappt nach Luft. „Das waren Sie? Ich erinnere mich daran, dass ich an dem Tag ein kleines Mädchen in den Armen seines Vaters gesehen habe, der am Lagerfeuer stand. Ich habe ihm meine Decke gegeben."

„Davon habe ich dir erzählt!", sage ich aufgeregt zu meiner Mutter. „Genau davon habe ich dir doch vorhin erzählt!" Mir läuft ein Schauer über den Rücken, als mir bewusst wird, wie nah Geesje und ich uns an jenem Tag waren, dass unsere Wege sich vor zwanzig Jahren ganz kurz gekreuzt haben. „Aber der Mann war nicht mein Vater", erzähle ich die Geschichte weiter. „Jedenfalls damals noch nicht. Er hat mir an jenem Tag das Leben gerettet, nachdem meine Mama ertrunken war. Später haben Mutter und er mich dann adoptiert. Niemand weiß, wer meine leibliche Mutter war. Meine Herkunftsfamilie wurde nie gefunden."

„Das tut mir sehr leid", sagt Geesje. „Das war ein schrecklicher, tragischer Tag für uns alle. Die meisten Schiffe hatten damals keine Passagierlisten, wenn ich mich recht entsinne. Mein Mann hatte die schreckliche Aufgabe, unsere Tochter zu identifizieren. Und Derks Vater musste seine Frau ebenfalls identifizieren. Es war für alle Familien ein furchtbares Erlebnis."

„Wurden alle Opfer identifiziert?", fragt Derk.

„Ich habe keine Ahnung", antwortet Geesje. „Ich vermute, diese Information findet sich irgendwo in den Akten."

„Wir haben alles getan, was uns einfiel, um Annas Eltern zu finden", ergreift Mutter das Wort. „Selbst die Behörden waren nicht in der Lage, sie zu finden."

Ich sehe, wie Geesje verstehend nickt, während sie die Katze auf ihrem Schoß streichelt. „Ich erinnere mich vage daran, dass von einem Waisenkind die Rede war", sagt sie, „und dass die Behörden nach seiner Familie gesucht haben. Aber ich war so in meiner Trauer um Christina gefangen, dass ich kaum darauf geachtet habe."

„Ich hoffe, Sie können mir jetzt helfen, Mrs de Jonge", sage ich.

„Das würde ich gerne, aber wie?“

Gespannt rutsche ich auf meinem Stuhl bis an die vordere Kante. Ich versuche, mir keine übertriebenen Hoffnungen zu machen, aber ich habe eine kleine Schachtel mit Pfefferminzbonbons auf dem Beistelltisch neben Geesjes Sessel bemerkt – dieselbe Sorte, die Mama in meinem Traum in ihrer Handtasche hatte – und kann kaum still sitzen. „Ich weiß, dass meine Mutter Niederländerin war, weil ich mich daran erinnere, dass sie in einer fremden Sprache mit mir geredet hat. Und Derk hat mir bestätigt, dass die Sätze, an die ich mich erinnere, Niederländisch sind. Eigentlich heiße ich Anneke …“

„Das ist ein niederländischer Name“, unterbricht Derk mich.

„Das dachte ich mir. Ich hoffe, dass Sie, Mrs de Jonge, sich vielleicht an die Namen der anderen niederländischen Frauen aus der Gegend erinnern können, die gestorben sind, als die *Ironsides* gesunken ist.“

Sie scheint nachzudenken, während ihr Blick in die Ferne wandert. „Hier in der Gegend um Holland weiß ich nur von zwei Frauen, die an dem Tag gestorben sind – Derks Mutter und meine Tochter Christina. Wir sind als Gemeinde eng miteinander verbunden und selbst in den umliegenden Städten gibt es immer irgendjemanden, der mit irgendeinem verwandt ist. Unsere Gemeindemitglieder kommen bei Tragödien und Verlusten stets zusammen, deshalb bin ich mir sicher, dass ich davon gehört hätte, wenn eine weitere Familie aus einer nahe gelegenen niederländischen Gemeinde getrauert hätte.“

Mir kommen vor Enttäuschung die Tränen und ich lehne mich auf meinem Stuhl zurück. William legt tröstend eine Hand auf meine Schulter. Er und Mutter werden meine Suche für fruchtlos erklären und mich auffordern, mit ihnen nach Chicago zurückzukehren.

„Es tut mir wirklich leid, dass ich Ihnen nicht helfen kann, meine Liebe“, sagt Geesje. „Aber … hmm … eine Idee habe ich noch. Meine Tochter ist nach dem Feuer in Holland von zu Hause weggegangen, um als Dienstmädchen in Chicago zu leben. Fast sieben Jahre lang hörten wir nichts von ihr, und wenn ihr in der Zeit etwas zugestoßen wäre, hätten wir es wahrscheinlich nie erfahren. Vielleicht war Ihre Mutter eine junge Niederländerin, die das Gleiche getan hatte. Und vielleicht hatte sie ihrer Familie nicht erzählt, dass sie mit der *Ironsides* zurückkommen würde.“

„Ich verstehe … das könnte sein“, sage ich.

Geesjes Blick ist so mitfühlend. Sie versteht meine Enttäuschung. „Hören Sie, mein Sohn Jakob ist Pastor einer Gemeinde hier im Umland“, sagt sie. „Wenn Sie möchten, könnte ich ihn bitten, bei seinen Kollegen diskret nachzuforschen, ob irgendwelche Frauen aus der Gegend unauffindbar sind. Vielleicht können wir wenigstens einen Namen in Erfahrung bringen.“

„Danke, das ist sehr freundlich von Ihnen.“

William zieht wieder seine Taschenuhr heraus und wirft einen Blick darauf. „Anna, Liebling, wir haben Mrs de Jonge lange genug aufgehalten. Ich übernehme gerne jegliche Kosten, die bei der Suche nach deiner Mutter anfallen. Wenn du willst, könnte ich einen Pinkerton-Detektiv anheuern. Ich habe gehört, sie leisten gute Arbeit. Aber mir scheint, du wirst nichts mehr erreichen, indem du länger hier in Holland bleibst. Wenn die Leute, die so etwas beruflich machen, mehr über deine Mutter herausfinden, können wir ja wieder herkommen.“

Er hat recht. Und ich vertraue darauf, dass William Wort halten und mir bei meiner weiteren Suche helfen wird. Ich stehe auf und will Mrs de Jonge für ihre Zeit danken, als Derk aufspringt und mich unterbricht.

„Warten Sie! Seit wir heute Morgen beim Hotel miteinander sprachen, spukt mir ein verrückter Gedanke durch den Kopf.“ Er wendet sich an seine Tante. „Tante Geesje, würdest du mir bitte noch einmal sagen, was in Christinas Brief stand? In dem letzten Brief, den sie euch geschickt hat?“

„Sie schrieb, sie würde nach Hause kommen. Sie habe uns etwas Wichtiges zu sagen, aber das müsse sie persönlich tun. Sie hatte Angst, wir würden ihr nicht vergeben …“ Sie stockt und presst sich beide Hände aufs Herz. Dann weicht die Farbe so schnell aus ihrem Gesicht, dass ich befürchte, sie könnte ohnmächtig werden. Während sie mich so anstarrt, als würde sie mich zum ersten Mal richtig wahrnehmen, füllen sich ihre weit aufgerissenen Augen mit Tränen. „Du meinst doch nicht … Könnte es sein, dass …?“

„Es würde die erstaunliche Ähnlichkeit erklären“, sagt Derk. „Und warum niemand sich gemeldet hat.“

„Du lieber Himmel …“, murmelt Geesje. „Ja … ja …“

„Darf ich Anna von Christina erzählen?“, fragt Derk sie. Geesje nickt. Er durchquert den Raum und bleibt vor mir stehen. „Tante Geesjes Tochter ist mit ihrem Freund nach Chicago durchgebrannt. Sie war sieben Jahre fort, ohne jeden Kontakt zu ihrer Familie. Als sie zurückkam, waren Sie drei Jahre alt. Vielleicht könnte es sein, dass …"

Mir wird ganz schwindelig, als ich die Puzzleteile zusammenfüge. „Sie meinen, Christina könnte meine Mutter sein?"

„Es würde erklären, warum niemand sich gemeldet hat, um Sie zu holen", sagt Derk. „Ihre Familie wusste nicht, dass Christina eine Tochter hatte … Tante Geesje, darf ich ihr ein Foto von Christina zeigen?"

Sie nickt und schiebt den Kater von ihrem Schoß, damit sie aufstehen kann. Ich wage kaum zu atmen, während Geesje zu einem kleinen Schreibtisch in der Ecke des Zimmers geht und eine gerahmte Fotografie holt. „Auf diesem Bild ist Christina siebzehn", sagt sie. „Ich habe es vor dem Feuer gerettet."

„Glauben Sie, Sie würden Ihre Mutter erkennen?", fragt Derk. „Nach all den Jahren?"

„I…ich weiß nicht … Aber ich würde es gerne versuchen."

Ich kann mich nicht vom Fleck rühren, bin wie erstarrt vor Hoffnung und Angst. Auch in Geesjes Blick entdecke ich einen Anflug von Sehnsucht, als sie mir das Bild reicht. Alle im Raum beobachten mich, als ich das Foto mit zitternden Händen ergreife. Ich will mir keine falschen Hoffnungen machen. Und Mrs de Jonge auch nicht. Ich will mir sicher sein – ganz, ganz sicher –, bevor ich Ja oder Nein sage.

In der Mitte des Fotos ist ein unscheinbarer Mann zu sehen, der auf einem Stuhl sitzt. Er hat dunkle Haare und ein rundes Gesicht. Die Frau, die neben ihm steht und eine Hand auf seine Schulter gelegt hat, ist Geesje in jüngeren Jahren. Zwei groß gewachsene junge Männer stehen in der Mitte des Bildes hinter dem Stuhl ihres Vaters. Die junge Frau, die links von ihrem Vater steht, muss Christina sein. Sie ist sehr hübsch. Und sie ist die einzige Person auf dem Foto, die lächelt, so als würde sie über die anderen lachen, weil die so ernst dreinschauen. Selbst auf dieser Schwarz-Weiß-Fotografie kann ich erkennen, dass ihre Haare sehr hell sind. Und lockig. Wie meine.

Ich halte das Bild näher und starre in ihr Gesicht. Ihr Lächeln scheint breiter zu werden, während Tränen meinen Blick trüben. Ich höre ihre sanfte Stimme, die sagt: „Ich liebe dich, *lieverd.*“

Dann blicke ich zu Geesje auf. Es fällt mir schwer zu sprechen.

„Ja …“, flüstere ich. „Christina ist meine Mama.“

38. Kapitel

Geesje

Holland, Michigan
1897

Freude durchströmt mich, als ich diese schöne junge Frau in meine Arme ziehe. Christinas Tochter! Anneke. Meine Enkelin. Ich kann es kaum fassen. Wir beide weinen und klammern uns aneinander. „Du liebe Güte … ach, du liebe Güte …“ Mehr bringe ich nicht heraus.

Irgendwann lösen wir uns aus der Umarmung, weil wir uns beide setzen müssen. Ich fühle, dass Anneke zittert, und meine eigenen Knie sind weich wie Pudding. Wir setzen uns nebeneinander auf mein Sofa und halten einander an den Händen, während das Familienfoto auf ihrem Schoß liegt. Es gibt so viele Fragen, die ich ihr gerne stellen würde, so viele Lücken in Christinas Leben, von denen ich hoffe, dass Anneke sie füllen kann. Aber wahrscheinlich ist das von einem Kind, das erst drei Jahre alt war, als seine Mutter starb, zu viel verlangt. Ich habe bemerkt, dass ihr Verlobter William auf seine Taschenuhr sieht. Mir ist bewusst, dass Anneke ein Leben und eine Familie in Chicago hat, zu denen sie zurückkehren muss, aber ich will nicht, dass sie geht.

„Kannst du noch ein bisschen länger bleiben, Anneke? Bitte!“, bettele ich. „Wir haben einander doch gerade erst gefunden. Ich würde dich so gerne kennenlernen und du musst auch den Rest unserer Familie treffen. Dies ist mein Sohn Arie“, sage ich und zeige auf die Fotografie. „Er war ein Kriegsheld und führt jetzt die Druckerei, unser Familienunternehmen. Und das ist Jakob. Er ist Pastor und er und seine Frau Joanna haben vier Kinder, darunter auch deine Cousine Elizabeth. Du musst sie kennenlernen! Und dies ist mein Mann Maarten – dein Großvater. Er lebt nicht mehr, aber ich würde dir gerne alles über ihn erzählen. Er hat immer geglaubt, dass Gott Christina zu uns zurückbringen würde – und jetzt bist du hier! Ihre Tochter!" Ich lege die Hände um Annekes Gesicht und sauge ihren Anblick in mich auf. Dann drücke ich einen Kuss auf ihre Stirn und ziehe sie wieder an mein Herz.

„Ja!", sagt sie. „Ja, ich will so gerne bleiben!" Als wir uns voneinander lösen, blickt sie zu ihrer Mutter und zu William auf. Mrs Nicholson trocknet verstohlen eine Träne mit ihrem Spitzentaschentuch. William ist auch gerührt, aber er runzelt die Stirn und kaut auf seiner Unterlippe, als hätte er Mühe, sich zu beherrschen. „Ich weiß, dass ihr beide gehen müsst", sagt Anneke zu ihnen, „aber ich fahre nicht mit euch."

„Sie kann hier bei mir bleiben, solange sie will. Ich werde gut für sie sorgen", versichere ich ihnen. Wahrscheinlich werde ich sie keinen Augenblick aus den Augen lassen.

„Wir sorgen dafür, dass sie heil zu Ihnen zurückkommt", sagt Derk. „Ich gebe Ihnen mein Wort." Auch er hat Tränen in den Augen, aber er strahlt vor Glück, weil er sich für uns beide freut. Ich bemerke, dass William ihn mit einem Anflug von Eifersucht betrachtet.

„Gehören Sie auch zur Familie, Mr Vander Veen?"

„Bitte nennen Sie mich Derk. Und nein, ich gehöre eigentlich nicht zur Familie, aber Tante Geesje ist für mich eine zweite Mutter geworden, nachdem meine eigene Mama gestorben war. Ich wohne im Haus nebenan."

Anneke erhebt sich, geht zu ihrer Mutter und legt die Hände auf ihre Schultern. „Nichts wird sich ändern, Mutter. Ich liebe dich. Und bitte sag Vater, dass ich ihn auch liebe. Er ist ein Held. Er hat mir das Leben gerettet. Aber ich bin jetzt eine erwachsene Frau. Sag ihm, dass ich in etwa einer Woche nach Hause komme." Dann geht sie zu William und stellt sich auf die Zehenspitzen, um ihm einen Kuss auf die Wange zu geben. „Danke für dein Verständnis, William. Ich glaube, ihr solltet euch jetzt besser beeilen. Ihr wollt doch nicht euren Dampfer verpassen. Könntet ihr dem Fahrer bitte sagen, dass er meine Taschen hereinbringen soll, bevor ihr fahrt?"

Selig schließe ich die Augen. Anneke bleibt noch eine Zeit bei mir. Christinas Tochter! Mein Kelch fließt über vor Glück.

Als sie sich verabschieden, stehe ich mit ihnen vor meinem Haus. Ich kann sehen, dass William Anneke liebt – und dass er über ihre Entscheidung zu bleiben nicht glücklich ist. Vermutlich hat er gerne die Fäden in der Hand, übernimmt in jeder Situation sofort das Kommando und schafft Probleme schnell aus dem Weg. Und wahrscheinlich wünscht er sich eine Frau, die alle Entscheidungen ihm überlässt. Wenn Anneke so eigensinnig und unabhängig ist, wie ihre Mutter es war, dann sehe ich eine stürmische See für die beiden voraus.

Ich kann auch den ungeheuren Verlust spüren, den Annekes Mutter empfindet. Bevor William ihr in die Kutsche hilft, gehe ich zu ihr und sage: „Ich verstehe, wie Sie sich fühlen müssen. Wir haben unsere beiden älteren Söhne adoptiert, nachdem ihre Eltern gestorben waren. Ich glaube, jede Adoptivmutter auf der Welt fürchtet, dass irgendwann der Tag kommt, an dem sie ihr Kind an seine ‚wahre' Familie verliert. Aber bitte machen Sie sich keine Sorgen. Ich glaube nicht, dass es bei Anneke so sein wird."

„Das wird es nicht, Mutter", bestätigt Anneke.

„Mrs Nicholson, ich habe im Laufe der Jahre gelernt, dass alle unsere Kinder uns nur von Gott geliehen sind", fahre ich fort. „Sie gehören ihm, nicht uns. Unser Sohn Gerrit starb im Krieg, als er neunzehn Jahre alt war. Und unsere Christina haben wir verloren, als sie vierundzwanzig war. Arie und Jakob sind noch bei mir, aber sie sind erwachsen und haben ihr eigenes Leben. Ich habe gelernt, auch sie loszulassen. Aber ich danke Gott jeden Tag für all die Jahre, die er sie mir geliehen hat."

Während wir der Kutsche nachblicken, greift Anneke nach meiner Hand. Ich bin überglücklich, dass sie noch ein paar Tage bei mir sein wird und wir einander kennenlernen können. „Gehen wir hinein", sage ich. „Ich mache uns etwas zu essen."

„Ich gehe dann mal nach Hause", sagt Derk, „und lasse euch zwei allein, damit ihr euch austauschen könnt."

„Nein!", sagen Anneke und ich gleichzeitig. „Dir haben wir doch diesen wundervollen Tag zu verdanken", sage ich zu ihm. „Du musst bleiben und mit uns essen." Die beiden setzen sich an meinen Küchentisch und sehen zu, während ich mein selbst gebackenes Brot, etwas Käse und Tomaten aus meinem Garten aufschneide. „Tut mir leid, dass ich dir nicht mehr anbieten kann, aber ich hatte keinen Besuch erwartet und normalerweise koche ich am Tag des Herrn nicht."

„Das sieht wunderbar aus", sagt Anneke. „Ich brauche kein großes Mittagessen, Mrs de Jonge."

„Du kannst mich Oma nennen, wenn du magt. So nennen niederländische Kinder ihre Großmütter."

Annekes Lächeln erleuchtet ihr ganzes Gesicht. „Ich würde dich liebend gerne Oma nennen." Ich schenke Kaffee ein und setze mich zu den beiden an den Tisch, aber wir sind alle zu aufgeregt, um zu essen. „Seit ich denken kann", sagt Anneke, „habe ich denselben Albtraum von dem Schiffsunglück. Aber bis heute wusste ich nicht, dass ich das wirklich erlebt habe. Ich hatte auch noch andere Träume von Mama und mir und jetzt glaube ich, dass sie wahrscheinlich auch Erinnerungen sind."

„Ich würde gerne alles hören, woran du dich in Bezug auf deine Mama erinnerst – wenn es nicht zu schmerzlich für dich ist. Weißt du, wir haben niemals erfahren, wo Christina war oder was sie getan hat, nachdem sie uns verlassen hatte. Wir hatten nie die Gelegenheit, uns von ihr zu verabschieden. Sie hatte sich in einen jungen Mann namens Jack Newell verliebt."

„Glaubst du, dass er mein Vater war?"

„Ich weiß es nicht. Sie hat uns erzählt, dass er ursprünglich aus Ohio stammte und aus schwierigen Verhältnissen kam. Er wollte eigentlich nach Chicago, fand aber dann hier in Holland Arbeit und lernte Christina kennen. Nachdem der Brand einen Großteil der Stadt zerstört hatte – darunter auch die Gerberei, in der Jack arbeitete –, lief sie mit ihm fort. Irgendwann davor hatte Christina mal gesagt, dass sie sich in Chicago Arbeit als Dienstmädchen bei einer reichen Familie wie deiner suchen wolle."

„Aber Chicago wurde natürlich zur selben Zeit zerstört wie Holland", fügt Derk hinzu. „Das konnten die beiden nicht wissen, als sie von hier fortgingen, aber vielleicht hat Jack Arbeit beim Wiederaufbau der Stadt gefunden."

Es fällt mir schwer, die Wahrheit zuzugeben, aber dann sage ich sie doch: „Ehrlich gesagt weiß ich nicht einmal, ob er und deine Mama überhaupt verheiratet waren. Sie hat uns nie geschrieben."

„Vielleicht kann William seine Pinkerton-Detektive beauftragen, die Heiratsregister in Chicago zu überprüfen", schlägt Derk vor.

„Ich kann mich nicht erinnern, vor dem Schiffsunglück einen Vater gehabt zu haben“, sagt Anneke. „In meinen Träumen sind Mama und ich immer allein. Ich träume, dass wir in einem winzigen Raum wohnen, in dem kaum mehr als ein Bett steht. Es ist schäbig und stinkt fürchterlich und wir können hören, wie sich Männer nebenan streiten. Dann sagt Mama: ‚Ich bringe uns hier heraus, Anneke. Ich bringe dich nach Hause.‘ Wenn das alles wirklich so geschehen ist, wollte sie mit mir wohl hierher … In einem anderen Traum fahren wir mit einem Zug, der voller armer Leute ist, so wie wir es sind. Die Sonne geht hinter uns unter, als wir am Anleger ankommen, und ich sehe ein großes Dampfschiff …“ Anneke hält inne und ich sehe, dass es ihr schwerfällt weiterzusprechen. „In dem Albtraum, den ich seit meiner Kindheit habe, bin ich bei einem schrecklichen Unwetter auf See. Es donnert und die Blitze erhellen den Himmel draußen, als wäre helllichter Tag, aber wir können nur Wasser sehen. Mama hält mich ganz fest und tröstet mich. Sie singt mir etwas vor. Sie hat eine so schöne Stimme.“

Mir kommen die Tränen, als ich daran denke, wie Christina in der Kirche neben mir gestanden und mit ihrem klaren, reinen Sopran die Psalmen gesungen hat. „Ja, du hast recht … sie hatte eine wunderschöne Stimme.“

„Als das Schiff anfängt zu sinken und sie uns sagen, dass wir in die Rettungsboote steigen sollen, haben alle schreckliche Angst! Plötzlich spült eine riesige Welle uns alle aus dem Boot und wir gehen unter. Ich spüre, wie Mama sich mit aller Kraft an die Oberfläche kämpft, aber ich glaube, ihre Röcke erschweren ihr das Strampeln und ziehen sie hinunter. Vater versucht auch, sich über Wasser zu halten, nur ein kleines Stück entfernt. Er war mit uns in dem Rettungsboot. Mama hat mich an ihn übergeben und gesagt: ‚Retten Sie meine Tochter!‘ Dann, als sie wusste, dass ich in seinen Armen in Sicherheit war, ist sie untergegangen.“

Wieder hält Anneke inne und ich könnte weinen vor Entsetzen über die letzten Augenblicke, die Christina erlebt hat. Ich hoffe, sie blickt jetzt vom Himmel auf uns herab und weiß, dass die Tochter, die sie bis zu ihrem letzten Atemzug geliebt hat, überlebt hat. Wie stolz Christina auf diese reizende, selbstbewusste junge Frau wäre. Ich würde gerne ihren Adoptivvater kennenlernen und ihm dafür danken, dass er meine Enkelin gerettet hat. Er hätte auch nur an sich selbst denken können.

„Vater hatte Mühe, uns über den Wellen zu halten“, fährt Anneke fort. „Er wurde müde und hat ganz schwer geatmet. Dann sah ich einen Mann, der die Hand nach uns ausstreckte. Er war der letzte Mann in einer langen Kette von Männern, die einander bei den Händen hielten. Er packte Vater am Revers und sagte: ‚Ich habe Sie … jetzt habe ich Sie … Halten Sie sich fest, dann sind Sie beide in Sicherheit!‘“

„Dein Großvater war einer dieser Männer. Und dein Onkel Arie. Sie haben geholfen, euch und die anderen Überlebenden an Land zu ziehen.“ Ich warte, während Anneke sich sammelt. Es muss sehr schwer für sie sein, mir das zu erzählen, aber ich will noch mehr hören.

„Das ist alles, was ich von meiner Mama noch weiß“, sagt Anneke mit einem Schulterzucken. „Es tut mir leid.“

„Es braucht dir nicht leid zu tun. Danke, dass du mich an diesen Erinnerungen teilhaben lässt. Ich weiß, dass es sehr schwer sein muss, diesen Tag noch einmal zu durchleben.“

„Mama hat mich von ganzem Herzen geliebt“, sagt sie und wischt sich die Tränen fort. „Das weiß ich. Ich war mir dessen immer sicher. Als ich bei ihr war, habe ich mich geborgen und glücklich gefühlt … und allein und verloren, als sie nicht mehr da war. Selbst jetzt als Erwachsene fühle ich mich manchmal einsam, als gehörte ich gar nicht zu all den Menschen in unseren gesellschaftlichen Kreisen. Jetzt weiß ich wohl auch, warum.“ Sie blickt zu mir auf und sagt: „Ich freue mich darauf, mehr über meine Mama zu erfahren.“

Ich muss lächeln. Ich lächele immer, wenn ich daran denke, wie viel Freude Christina unserer Familie gebracht hat. „Vom ersten Tag an war sie schön und unabhängig und eigensinnig – immer fröhlich und sorglos und voller Leben. Sie hatte drei ältere Brüder und wollte immer so sein wie die Jungen und alles tun, was sie taten. Aber als sie älter wurde, genügte ihr das ruhige Leben in Holland nicht mehr. Sie wollte die Welt außerhalb unserer Stadtgrenzen erkunden. Sie ist in der Gemeinde aufgewachsen, wie alle unsere Kinder. Wir haben sie Recht und Unrecht gelehrt und wie wir der Bibel zufolge leben sollen. Als sie siebzehn war, lernte sie dann Jack Newell kennen und er säte in ihr Zweifel an ihren christlichen Glauben. Christina wusste, dass es eine Sünde war, mit ihm durchzubrennen, ohne mit ihm verheiratet zu sein, und so ging sie fort, ohne uns auch nur Lebewohl zu sagen. Indem sie das tat, brach sie uns das Herz, aber unser Kummer war noch größer, weil wir wussten, dass sie sich auch von Gott entfernte. Jahre später dann war ich überglücklich, als sie schrieb, dass sie zu uns nach Hause kommen würde. Ich wünschte, ich wüsste, ob sie auch zu Gott zurückkehren wollte."

Anneke blickt auf und starrt mich an, als wäre ihr plötzlich etwas eingefallen. „Sie ist zu ihm zurückgekehrt – sie hat zu Gott zurückgefunden!"

Mir ist, als würde mein Herz einen Schlag aussetzen. „Was? Woher weißt du das?"

„Im vergangenen Winter bin ich zufällig in eine Kirche in der LaSalle Street in Chicago geraten. Sie hatten eine besondere Veranstaltung dort und das Gebäude erschien mir so vertraut, dass ich aus der Kutsche gestiegen und hineingegangen bin. Sobald ich die Kirche betrat, wusste ich, dass ich schon einmal dort gewesen war. Die Musik, das Licht, die Anordnung der Bänke – alles war mir vertraut. Ich lauschte dem Prediger ein paar Minuten und seine Predigt fesselte mich. Er sagte, Gott liebe mich und wolle, dass ich sein Kind bin. Nach diesem ersten Tag bin ich immer wieder in jene Kirche gegangen. Es war, als würde mich jemand dort hinziehen. Als William davon erfuhr, verbot er mir, wieder hinzugehen, aber ich ging trotzdem. Ich konnte nicht anders. Dann fing ich an, von der Kirche zu träumen, und jetzt weiß ich auch, warum. Weil ich mit Mama dort war. Ich habe geträumt, dass ich neben ihr in der Bank sitze. Sie gibt mir Pfefferminzbonbons, so wie die, die in deinem Wohnzimmer auf dem Tisch liegen, während sie der Predigt zuhört. Die Worte des Predigers müssen ihr Herz berührt haben, denn sie trocknet ihre Tränen mit einem einfachen Baumwolltaschentuch, das mit winzigen blauen Blumen bestickt ist."

Ich schnappe nach Luft. „Christina hatte so ein Taschentuch. Ich habe es selbst für sie bestickt."

„In meinem Traum frage ich Mama, ob sie traurig sei, aber sie sagt Nein, es seien Freudentränen. Als ich letzten Winter in der Kirche war, lud der Pastor jedes Mal diejenigen, die ihre früheren Fehler bereuten, ein, zu Jesus zu kommen und Vergebung zu erfahren. Er forderte sie auf, nach vorne zu kommen, damit er für sie beten konnte. In einem meiner Träume nimmt Mama meine Hand und wir gehen zusammen den Gang hinunter. Sie hat sich vorne hingekniet und gebetet, da bin ich mir sicher."

Ich schlage mir die Hände vors Gesicht und beginne zu schluchzen, weil ich daran denken muss, dass Maarten mich immer an die Verheißung Jesu erinnert hat: „‚*Meine Schafe hören meine Stimme … und ich gebe ihnen das ewige Leben, und sie werden nimmermehr umkommen, und niemand wird sie aus meiner Hand reißen.*'" Nach zwanzig Jahren des Wartens und Zweifelns hat Gott mir mein Gebet endlich beantwortet. Jetzt bin ich gewiss: Wenn ich Maarten und Gerrit eines Tages im Himmel wiedersehe, wird Christina auch bei uns sein.

39. Kapitel

Anna

Holland, Michigan
1897

Ich bin jetzt schon beinahe eine Woche bei Oma Geesje und je länger ich bleibe, desto mehr fürchte ich mich vor meiner Rückkehr nach Chicago. Ich hasse mein verschwenderisches Leben in unserem Herrenhaus, in dem es mehr Schlafzimmer gibt, als wir jemals brauchen werden, unzählige Schränke voller Kleider, die ich nur ein- oder zweimal trage, und Tische, auf denen sich mehr Essen türmt, als wir überhaupt zu uns nehmen können. Omas einfacheres Leben gefällt mir. Hier mache ich alles selbst, ohne Dienstboten, sogar mein Bett. Ich fühle mich leichter und freier als mit meinen Reifröcken und Korsetts und Handschuhen und Strümpfen, die mich einengen. Statt langweilige Teestunden über mich ergehen zu lassen, versorge ich zusammen mit Oma die Kranken mit Essen und bringe warme Socken, die sie selbst gestrickt hat, zu bedürftigen Familien. „Die sind für den kalten Winter, der bestimmt kommt", sagt sie zu den Leuten, während sie lächelt und den Kindern über den Kopf streicht.

Ich habe gelernt, wie man Geschirr abtrocknet und Plätzchen backt, und zum ersten Mal in meinem Leben habe ich eine frische Tomate vom Strauch gepflückt. Ich habe meinen wunderbaren Onkel Arie kennengelernt, der im Krieg ein Bein verloren hat und der zu meiner Mama eine besonders enge Beziehung hatte. Er hat mir erzählt, wie Mama mit Oma zu dem Militärkrankenhaus gefahren ist und ihm das Leben gerettet hat, als er verwundet war und Schmerzen hatte und sterben wollte. Jetzt hat er eine Druckerei wie sein Vater und sein Großvater vor ihm. Auch Onkel Jakob und

Tante Joanna und ihre Kinder habe ich kennengelernt, darunter auch Elizabeth, die ebenso gut meine Schwester sein könnte wie meine Cousine. Und ich habe Zeit mit meinem lieben Freund Derk verbracht, der abends nach der Arbeit vorbeikommt, um sich mit Oma und mir zu unterhalten und die Plätzchen zu essen, die wir gebacken haben.

Wir sind in Omas Küche und spülen das Geschirr vom Mittagessen, als ein Bote mit einem Telegramm für mich an der Tür erscheint. Es ist von meinem Vater. Ich reiße den Umschlag auf, überfliege das Telegramm und stöhne laut auf. „Ich fasse es nicht! Mein Vater hat meine Rückkehr nach Chicago mit dem Zug arrangiert."

„Für wann?", fragt Oma.

„Morgen." Das ist zu früh – viel zu früh. Aber ob ich bereit bin oder nicht, die Reservierung ist getätigt. Morgen fahre ich nach Hause.

Oma sinkt auf einen Küchenstuhl und trocknet sich die Hände an ihrer Schürze ab. An ihrer Miene sehe ich, dass sie traurig und enttäuscht ist. Aber dann lächelt sie und sagt: „Nun, wir wussten beide, dass dieser Tag irgendwann kommen würde, nicht wahr?"

„Aber es ist zu früh! Ich habe das Gefühl, es gibt noch so viel mehr, worüber wir reden müssen. Ich habe so viele Fragen, die ich dir stellen möchte – über die Liebe und die Ehe und die Bibel und unsere Familie und …"

„Ich weiß", sagt sie. „Ich weiß." Sie betrachtet mich einen Moment lang und ich sehe, dass sie etwas überlegt. Dann steht sie auf und geht ins Wohnzimmer. Mit einem Winken bedeutet sie mir, dass ich ihr folgen soll. Sie zieht ein Notizbuch aus einer Schublade ihres Schreibtischs und reicht es mir.

„Hier. Ich möchte, dass du das liest. Es ist die Geschichte meines Lebens, Anneke, und auch ein Teil der Geschichte deiner Mutter. Die Vertreter der Stadt haben mich gebeten, meine Erinnerungen niederzuschreiben, damit sie anlässlich der 50-Jahr-Feier veröffentlicht werden können, aber ich glaube, meine Geschichte wird dir helfen, einige deiner Fragen in Bezug auf die Ehe und das Leben und den Glauben zu beantworten. Du kannst dich auf die Veranda setzen und lesen, wenn du magst. Ich räume solange weiter die Küche auf."

Ich gehe zu einem Lehnstuhl auf der schattigen Veranda und

blättere dabei in den linierten Seiten. Das Notizbuch ist vollgeschrieben, Seite um Seite, alles in Bleistift. Von den ersten Zeilen an werde ich in Oma Geesjes Geschichte hineingezogen. Sie beginnt mit den Worten: *Am Vorabend meines fünfzehnten Geburtstags zertrümmerte ein riesiger Ziegelstein das Fenster in Papas Druckerei und beendete meine Kindheit …*

Ich habe keine Ahnung, wie viel Zeit vergangen ist, aber als ich zu Ende gelesen habe, bin ich überwältigt davon, wie viel meine Großmutter in ihrem Leben durchgemacht hat. Jetzt sehe ich die Stadt Holland und die Menschen, die hierher gezogen sind und Häuser und Kirchen und Schulen gebaut haben, in einem ganz neuen Licht. Vor allem aber staune ich über Oma Geesjes treuen Glauben an Gott während der ganzen Zeit. Das sage ich ihr auch, als sie nach draußen kommt, um sich zu mir auf die Veranda zu setzen.

„Es hat mehr mit Gottes Treue zu mir zu tun als andersherum", erwidert sie.

„Aber du hast in deinem Leben so viel getan", sage ich zu ihr. „Ich weiß, dass Gott wahrscheinlich auch für mein Leben einen Plan hat, aber ich weiß nicht, wie der aussieht."

Sie lächelt und sagt auf ihre sanfte Art: „Oft ist es nicht eine große, dramatische Sache, die Gott von uns verlangt, sondern es sind Hunderte kleine alltägliche Dinge. Wenn wir uns von ihm gebrauchen lassen wollen, wenn wir dazu bereit sind, dass er durch uns wirkt, und wir uns nicht in unseren eigenen Plänen und Projekten verzetteln, dann wird er uns die Aufgabe zeigen, die er für uns im Sinn hat. Gott sieht dein Herz, Anneke. Du kannst darauf vertrauen, dass er dir den Weg zeigt."

Ich denke an die Bahnfahrkarte, die auf mich wartet, und spüre eine große Schwere in meiner Brust. „Ich bin mir nicht sicher, ob ich nach Chicago zurückkehren will, Oma. Manchmal habe ich das Gefühl, nicht dorthin zu gehören. Der Gedanke, dass ich wieder in all die Partys und Teenachmittage und dieses oberflächliche Leben hineingezogen werde, macht mir Angst. Ich möchte hierbleiben. Mama hat sich mit mir damals auf den Weg nach Holland gemacht, weil sie wollte, dass ich hier lebe. Bei dir."

Lange schweigt Oma und ich sehe, dass es ihr schwerfällt zu sagen, was sie gleich sagen wird. Als sie schließlich so weit ist, nimmt sie meine Hand. „Das war es vielleicht, was deine Mutter wollte, Anneke, aber ich glaube, Gott wollte, dass du in Chicago lebst. Denn wenn er gewollt hätte, dass du hier aufwächst, wären die Dinge nicht so geschehen, wie sie geschehen sind. Maarten und ich hätten erfahren, dass du Christinas Tochter bist, und wir hätten dich zu uns nach Hause geholt. Stattdessen hat Gott dich in die Arme des Vaters gegeben, den du haben solltest. So wunderbar es für mich wäre, dich hier bei mir zu haben, glaube ich doch, dass dein Platz in Chicago ist, in der Familie, in die Gott dich gestellt hat."

„Aber ich ...", beginne ich zu protestieren, doch dann verstumme ich, weil ich mich daran erinnere, dass die finanziellen Probleme meines Vaters der Grund waren, warum ich eingewilligt habe, mich mit William zu versöhnen. Vater hat mir das Leben gerettet und dabei sein eigenes Leben aufs Spiel gesetzt – vielleicht kann ich mich so revanchieren. Und als William und ich am Abend des Feuers miteinander gesprochen haben, schien er willens zu sein, sich zu ändern. Aber es gibt noch einen anderen Grund, warum ich hierbleiben möchte. Den will ich vor Oma Geesje allerdings nicht gerne zugeben.

„Da ist noch etwas, nicht wahr?", sagt sie, als könnte sie meine Gedanken lesen. „Ist es wegen deiner Gefühle für Derk? Es ist offensichtlich, dass ihr beide einander gernhabt."

Ich nicke und starre auf meinen Schoß. „Wir sind Freunde geworden und ich brauchte einen guten Freund, Oma. Jemanden, dem ich mich anvertrauen konnte. Derk ist der erste gute Freund, den ich seit Langem habe. Ich möchte die Bibel gerne besser verstehen und er hat in diesem Sommer so viele meiner Fragen beantwortet und jetzt ..." Jetzt sind meine Gefühle für ihn mit jedem Tag, den wir zusammen verbracht haben, stärker geworden.

„Ich bin froh, dass Derk dir ein Freund sein konnte. Ich merke, dass er dich auch sehr mag." Oma seufzt, bevor sie sagt: „Ich gebe zu, dass ich mir vorgestellt habe, wie wundervoll es wäre, wenn meine Enkelin Hendriks Enkel heiraten würde. Aber kannst du dir Derk in Chicago vorstellen, wo er tagtäglich für deinen Vater arbeitet? Kannst du dir vorstellen, dass er in deine gesellschaftlichen

Kreise hineinpasst und die richtigen Manieren und alle Regeln der Etikette lernt und all diese Dinge?"

„Er wäre wahrscheinlich noch viel unglücklicher, als ich es manchmal bin."

„Ich bezweifle nicht, dass Derk intelligent genug ist, die Arbeit zu machen, die dein Vater macht – aber dazu hat Gott ihn nicht berufen."

„Ich könnte hierbleiben ..."

„Du, mein liebes, süßes Mädchen, wärst als Derks Ehefrau wie ein Fisch auf dem Trockenen. Deine Tante Joanna kann dir erzählen, dass das Leben als Frau eines *Dominee* eine ganz besondere Berufung für eine Frau ist. Derk wird nicht sehr viel Geld verdienen, deshalb wird seine Frau alle Mahlzeiten selbst kochen und das Haus putzen und die Kinder großziehen müssen – während sie sich gleichzeitig um all die zusätzlichen Pflichten kümmert, die ihre Stellung als Pastorengattin mit sich bringt. Nein, ich glaube, Gott hat dich auf eine ganz andere Zukunft vorbereitet und dich dafür gerüstet."

„Das könnte schon sein ... und ich habe William mein Wort gegeben, dass ich ihn heiraten werde."

„Aber es eilt doch nicht, oder? Kannst du dir nicht noch etwas Zeit geben? Ihn erst besser kennenlernen? Ich rate dir außerdem, Gott zu fragen, ob dies sein Wille für dich ist, bevor du dein Eheversprechen abgibst."

Ich nicke und erinnere mich daran, wie Oma überstürzt Maarten geheiratet hat, ohne sich die Zeit zu nehmen, darüber zu beten. „Im Augenblick fühle ich mich Derk so viel näher als William, auch wenn wir uns erst kurze Zeit kennen. Mit ihm kann ich reden wie mit einem Freund und ihm sagen, wie es mir wirklich geht. Und er hört mir zu. Obwohl William und ich uns in der Nacht des Brandes auch gut unterhalten haben und er mir versprochen hat, mehr Verständnis für meine geistliche Suche aufzubringen. Ich mag William sehr, aber ich liebe ihn nicht so, wie du Hendrik geliebt hast." Ich zögere, bevor ich frage: „Glaubst du, ich könnte irgendwann lernen, ihn so zu lieben, wie du Maarten geliebt hast?"

„Das liegt an dir. Es bedeutet, jeden Tag neu die Entscheidung zu treffen, dass du ihn lieben willst. Es bedeutet eine liebevolle Handlung nach der anderen. Die Liebe ist ein mächtiges Gefühl, Anneke, aber sie ist auch eine Entscheidung – eine, die du bewusst treffen kannst. Ich hatte den Vorteil, dass Maarten ein so wunderbarer Mann mit einem starken Glauben war, der Gott liebte – und aus dem, was du mir erzählt hast, schließe ich, dass William seinen Glauben nicht annähernd so bewusst lebt, wie Maarten es getan hat. Oder wie Derk es tut."

„Nein, das tut er nicht."

„Dann solltest du ihm vielleicht erst noch ein wenig auf den Zahn fühlen, bevor ihr heiratet. Rede mit ihm über den Glauben und warte ab, wie er reagiert. Mit der Zeit könntest du denselben göttlichen Einfluss auf William haben, den Maarten auf mich hatte. Stell dir vor, was ein wohlhabender Mann wie William an Gutem tun könnte, wenn sein Herz sich für Gott öffnet. Ich kann mir jetzt schon vorstellen, was eine Frau in deiner Stellung tun könnte. Denk an all die jungen Frauen wie Christina, die in Chicago festsitzen, arm und allein in einer riesigen Stadt ohne Angehörige, die ihnen helfen, und in einem Zimmer wie dem, an das du dich erinnerst, umgeben von skrupellosen Männern."

„Ich verstehe, was du meinst." Zum ersten Mal spüre ich einen Anflug von Vorfreude bei dem Gedanken, nach Hause zurückzukehren.

„Gott wird dich jeden Schritt des Weges führen, Anneke. Er weiß, was er mit dir vorhat, und er will, dass du ein erfülltes Leben hast und Hoffnung und eine Zukunft. Deshalb hat er dich vor zwanzig Jahren bei dem Schiffsunglück gerettet und dir so wunderbare Eltern gegeben, die dich großgezogen haben." Oma streckt die Arme aus und drückt mich an sich – wie ich ihre Umarmungen liebe! Dann lächelt sie und sagt: „Jetzt muss ich aber anfangen, das Abendessen vorzubereiten."

„Ist es schon so spät?"

„Derk kommt bald von der Arbeit und ich dachte, wir könnten ihn einladen, heute mit uns zu essen." Oma verstaut ihr Notizbuch wieder in ihrem Schreibtisch und wir gehen in die Küche, um zusammen das Abendessen zu kochen.

Eine Stunde später, als Derk kommt, decke ich gerade den Tisch. Mein Herz schlägt automatisch schneller, als ich sehe, wie er sich unter dem Türsturz hindurchduckt, sein Gesicht und seine Arme von der Sommersonne gebräunt. „Wie war die Arbeit, mein Junge?", fragt Oma Geesje ihn.

„An Tagen wie heute fühlt es sich kaum wie Arbeit an", sagt er und fährt sich mit den Fingern durch die blonden Haare. „Heute war ich zweimal mit Gästen auf dem Black Lake segeln, einmal vormittags und einmal nachmittags. Das Wasser war traumhaft und der Wind gerade richtig. Es war herrlich!"

„Isst du mit uns zu Abend?", fragt Oma.

Er sieht mich an und sein Lächeln wird breiter. „Liebend gerne. Ich laufe nur schnell nach Hause und mache mich frisch, dann komme ich wieder."

Derk ist so fröhlich wie sonst, als wir uns schließlich an den Tisch setzen, aber mir ist noch immer traurig zumute wegen Omas Geschichte, die ich gelesen habe, und wegen der schlechten Nachricht, die ich ihm überbringen muss. „Morgen fahre ich mit dem Zug nach Chicago zurück", sage ich. „Vater hat mir heute ein Telegramm mit allen Einzelheiten geschickt."

„Oh. Ich verstehe. Ich hatte doch gleich den Eindruck, dass ihr beiden heute ernster ausseht." Jetzt ist Derk auch ernst. Sein breites, attraktives Lächeln ist erloschen. „Dein Vater hat dir nicht viel Zeit gelassen, oder?"

„Nein … aber ich habe ja auch gesagt, dass ich nur eine Woche bleiben würde." Wir geben unser Bestes, beim Essen eine fröhliche Unterhaltung zu führen, aber ohne viel Erfolg. Keiner von uns scheint großen Appetit zu haben.

Nach dem Essen bittet Oma Derk, den heutigen Bibeltext laut vorzulesen – ein Ritual, das sie jeden Tag einhält. Dann sagt sie: „Geht ihr beide doch schon mal auf die Veranda hinaus. Ich kümmere mich um das Geschirr und komme dann gleich nach."

Derk und ich sitzen nebeneinander auf den Stufen zur Veranda und starren geradeaus. Der Abendhimmel bleibt hier in den Sommermonaten lange hell, weil die Sonne erst um neun Uhr abends untergeht. Keiner von uns beiden weiß offenbar, was er sagen oder wo er anfangen soll.

„Tja!", sagt Derk schließlich und seufzt tief. „Ich kann nicht fassen, dass wir Lebewohl sagen müssen."

„Wir werden uns mit Sicherheit wiedersehen. Ich komme bald zurück und besuche Oma Geesje und …" Meine Stimme verliert sich, da mir die Worte ausgehen.

„Ich hatte wohl gehofft, dass es eine Zukunft für uns beide gibt

… gemeinsam …“ Wir sehen einander an und ich verspüre den überwältigenden Drang, ihn zu küssen. Schnell wende ich das Gesicht ab, weil ich spüre, dass er mich auch küssen will. „Ich weiß, dass ich dir niemals all die Dinge bieten könnte, die du gewohnt bist, Anna … und dass dein Leben …“

„Das ist es nicht!“, sage ich und sehe ihn wieder an. „Ich fände eine Zukunft mit dir wunderbar, Derk. Du bist der beste, erstaunlichste Mann, der mir jemals begegnet ist!“

„Aber …?“, fragt er mit seinem schiefen Grinsen.

Ich lasse mir Zeit, weil ich Derk alles so erklären muss, wie Oma es mir erklärt hat. Es fällt mir ja selbst noch schwer, es zu verstehen. „Oma Geesje glaubt, dass ich aus einem guten Grund gerettet und von meinen Eltern adoptiert wurde. Dass Gott in Chicago einen Plan für mich hat. Sie sagt, ich solle nach Hause zurückkehren und darauf vertrauen, dass Gott mir zeigt, wie dieser Plan aussieht. Vielleicht gehört dazu, dass ich William heirate – vielleicht auch nicht. Aber fürs Erste muss ich nach Hause zurückkehren.“

Wieder seufzt Derk. „Ich gebe es ja nur ungern zu, aber wahrscheinlich hat sie recht. Sie hat meistens recht.“

„Sie hat mich heute ihre Memoiren lesen lassen und ich fände es auch wunderbar, wenn du und ich am Ende zusammenkämen. Stell dir das mal vor, dass Geesjes Enkelin Hendriks Enkel heiratet. Aber das scheint nicht die Richtung zu sein, in die Gott uns beide führt. Du brauchst eine Partnerin für den Dienst, zu dem er dich berufen hat, und ich glaube nicht, dass ich eine bessere Frau für dich wäre, als Caroline es geworden wäre.“

Derk zieht mich in seine Arme und drückt mich ganz fest. Ich fühle mich dabei unendlich geborgen, und während ich seine Umarmung erwidere, wünsche ich mir von ganzem Herzen, es könnte einen anderen Weg für uns geben – aber den gibt es nicht.

„Ich glaube wirklich, dass Gott dich und mich und Oma Geesje aus einem guten Grund in diesem Sommer zusammengeführt hat. Für uns alle hat sich das Leben verändert. Jetzt … jetzt ist es nur sehr, sehr schwer, Lebewohl zu sagen.“

„Dann tun wir es einfach nicht“, sagt Derk und hält mich immer noch fest. „Wir sagen einfach … bis zum nächsten Mal.“ Endlich lösen wir uns voneinander und stehen gleichzeitig auf. „Ich werde immer für dich beten, Anna. Und ich hoffe, du wirst auch für mich beten."

Als ich nicke, habe ich einen Kloß in der Kehle. Sagen kann ich nichts. Derk beugt sich vor, um mir einen Kuss auf die Wange zu geben, und dann sehe ich zu, wie er sich abwendet und geht. Ich glaube, ich verstehe, wie schwer es für Oma Geesje damals gewesen sein muss, sich von Hendrik zu verabschieden und mit anzusehen, wie er in den Wald und für immer aus ihrem Leben verschwand.

40. Kapitel

Geesje

Holland, Michigan
1897

Arie holt uns mit seinem Wagen ab und fährt Anneke und mich zum Bahnhof. Ich glaube, er wird sie beinahe so sehr vermissen wie ich. Sie ist in vielerlei Hinsicht anders als ihre Mutter und doch hat die Zeit mit Anneke viele wunderbare Erinnerungen an Christina geweckt.

Als wir am Bahnhof ankommen, gehen wir hinein und setzen uns auf eine Bank. Dort warten wir darauf, dass der Zug einfährt. Ich will nicht, dass Anneke geht, aber ich weiß, dass sie es tun muss. Mir kommen die Tränen, als ich in der Ferne das Signal der Eisenbahn höre. Wenige Minuten später fährt die Lokomotive lautstark in den Bahnhof ein und kommt mit zischendem Dampf zum Stillstand. „Wir sehen einander doch wieder, Oma, nicht wahr?“, fragt sie, als wir zusammen auf dem Bahnsteig stehen.

„Natürlich tun wir das.“

„Du musst zu meiner Hochzeit nach Chicago kommen, wenn ich mich entscheide, William zu heiraten. Und du auch, Onkel Arie. Und Onkel Jakob und Tante Joanna und Elizabeth und all die anderen müssen auch kommen.“

„Ich würde sehr gerne deinen Hochzeitstag mit dir feiern“, sage ich zu ihr. Obwohl ich mir schon jetzt vorstellen kann, wie schrecklich fehl am Platze ich mir vorkommen würde. Ich habe das Notizbuch mit meiner Lebensgeschichte mitgebracht und das ziehe ich jetzt aus der Tasche und gebe es Anneke. „Ich möchte, dass du es bekommst, Liebes. Jetzt weiß ich, warum ich das Bedürfnis hatte, meine ganze Geschichte aufzuschreiben – die schönen Teile wie die schlimmen. Das habe ich für dich getan, damit du weißt, wer du bist und wer die Menschen waren, die vor dir gelebt und geliebt und auf Gott vertraut haben."

„Bist du dir sicher?"

„Oh ja. Ich bin mir ganz sicher." Anneke nimmt das Notizbuch mit beiden Händen entgegen und drückt es an ihre Brust, als hätte ich ihr etwas viel Wertvolleres geschenkt als ein billiges Notizbuch. Sie hat Tränen in den Augen, als der Zug einen warnenden Pfiff ausstößt. „Keine Tränen", sage ich und gebe mich tapferer, als ich bin. „Ich weiß ganz sicher, dass wir uns wiedersehen werden." Dann sehe ich zu, wie meine geliebte Enkelin in den Zug steigt. Ich bleibe auf dem Bahnsteig stehen und sehe ihr nach, bis der letzte Waggon verschwunden ist und es nichts mehr zu sehen gibt.

Arie legt einen Arm um meine Schulter und drückt mich. „Gehen wir nach Hause, Mama", sagt er. Ich nicke und weiß schon jetzt, wie leer mir mein kleines Haus ohne Anneke vorkommen wird.

An diesem Abend kommt mein Sohn Jakob vorbei. Er befestigt seinen Wagen an dem Pfosten vor dem Haus und setzt sich für ein paar Minuten zu mir auf die Veranda. „Anneke ist heute Morgen also nach Chicago zurückgefahren?"

„Ja. Es war traurig, sie abreisen zu sehen."

„Das kann ich mir vorstellen." Wir sitzen eine Weile schweigend da, bevor Jakob sagt: „Ich weiß, dass in letzter Zeit viel los war, aber ich habe mich gefragt, ob du eigentlich dazu gekommen bist, deine Erinnerungen an die Anfangszeit hier in Holland niederzuschreiben."

„Das bin ich. Ich gehe hinein und hole sie."

Die Endfassung der Geschichte, die ich Jakob zeige, umfasst zwölf Seiten. Er blättert darin und sagt: „Ich dachte, der Bericht würde länger."

„Ich habe erklärt, warum meine Eltern beschlossen haben, die Niederlande zu verlassen … und ich habe unsere Reise hierher und die Mühen der ersten Siedlerjahre beschrieben … was gibt es sonst noch zu sagen?", frage ich mit einem Achselzucken. „Lies die Geschichte, dann wirst du es selbst sehen."

In dieser neuen Fassung erwähne ich Hendrik nicht und auch nicht, welche Mühe ich immer wieder hatte, Gott zu vertrauen. Ich schreibe nicht über Maarten und darüber, wie wir an unserer Ehe gearbeitet und am Ende wahre Liebe empfunden haben. Als Jakob einige Minuten später zu Ende gelesen hat, sieht er zu mir auf.

„Das ist wunderbar, *Moeder*. Ich glaube, das Komitee wird sehr erfreut über deinen Beitrag sein."

„Das ist schön zu hören. Und du nimmst ihn mit und korrigierst mein Englisch für mich?"

„Ich werde Joanna bitten drüberzuschauen, aber viel ist nicht daran zu tun. Dein Englisch ist sehr gut."

„Das sollte es auch sein, nachdem ich schon fünfzig Jahre in Amerika lebe." Ich sehe, dass Jakob Anstalten macht zu gehen, deshalb lege ich schnell eine Hand auf seinen Arm, um ihn noch eine Minute länger aufzuhalten. „Ich weiß, dass ich dir das schon früher gesagt habe, mein Sohn, aber ich bin sehr stolz auf dich und darauf, was für ein feiner *Dominee* du geworden bist. Dein Vater wäre auch sehr stolz auf dich."

„Ich hoffe, mein Glaube ist wenigstens halb so stark wie der von Papa."

„Ja … Maarten war ein wahrer Gottesmann. Es vergeht kein Tag, an dem ich ihn nicht vermisse."

Die Dämmerung geht in die Nacht über, als Jakobs Kutsche in der Ferne verschwindet. Ich bin wieder allein – aber ich bin niemals wirklich allein. Mein liebender Vater, der mein ganzes Leben lang durch unzählige Freuden und Kümmernisse mit mir gegangen ist, hält mich immer noch ganz fest in seiner Hand. Ich weiß, dass nichts mich jemals von seiner Liebe trennen kann.

Anmerkungen der Autorin

Ich muss meinen lieben Freunden Paul und Jacki Kleinheksel für all ihre Hilfe und Ermutigung beim Schreiben dieses Buches danken. Sie haben ihre Liebe zu Holland und dem Hope College mit mir geteilt und auch ihre wunderbare Bibliothek voller Bücher über Hollands Geschichte. Den ausgezeichneten Historikern vor Ort, wie zum Beispiel Robert Swierenga und Randall Vande Water, die mir die Recherchen für diesen Roman sehr erleichtert haben, gilt ebenfalls mein Dank. Ich danke auch Ted VanderVeen dafür, dass er mir sein wertvolles Buch mit Erinnerungen niederländischer Einwanderer geliehen hat. Es hat mich auf die Idee mit Geesjes Memoiren gebracht.

Paul und Jacki Kleinheksel haben mich auch mit der faszinierenden Arbeit der Michigan Shipwreck Research Associates bekannt gemacht. Bücher der Unterwasserforscher Craig Rich und Valerie VanHeest haben mir geholfen, die streckenweise tragische Geschichte des Lake Michigan zum Leben zu erwecken. Der Bericht über das Unglück der *Phoenix* im Jahre 1847 ist eine wahre Geschichte. Dasselbe gilt für den Untergang der *Ironsides*; allerdings habe ich mir erlaubt, das Datum des Schiffbruchs vier Jahre zurückzudatieren, damit es besser in die Chronologie meiner Geschichte passt. Die *Ironsides* sank in Wirklichkeit am 15. September 1873 vor der Küste von Grand Haven in Michigan.

Alles, was von dem großen Hotel Ottawa heute noch übrig ist, ist eine historische Informationstafel am Ufer des Black Lake – heute als Lake Macatawa bekannt. Das beeindruckende Hotel brannte bei einem Feuer 1923 nieder und wurde nicht wieder aufgebaut. Der in meinem Roman erwähnte Brand, der das Jenison Park Hotel zerstörte, hat sich tatsächlich ereignet. Das Hotel brannte in der Nacht zum 24. Juli 1897 nieder. Auch die tragische Zerstörung der Stadt Holland am 7. Oktober 1871, am selben Wochenende, an dem auch der Große Brand von Chicago wütete, ist auf Feuer zurückzuführen. Das älteste Gebäude des Hope Colleges, die Van Vleck Hall, wurde verschont – und wurde mein Studentenwohnheim, als ich beinahe hundert Jahre später dort mein Studium aufnahm.

Wenn Ihnen „Töchter der Küste" gefallen hat, könnte Sie auch die folgenden Bücher interessieren.

Irma Joubert
Sehnsuchtsland
ISBN 978-3-86827-591-9
480 Seiten, gebunden

1905 aus St. Petersburg geflohen, findet die kleine Hildegard mit ihrer Familie auf dem Landgut der adligen Vorfahren in Königsberg ein neues Zuhause. Das aufgeweckte Mädchen steckt voller Energie und Wissensdurst, sehnt sich aber zutiefst nach Liebe und Anerkennung. Als sie dem Studenten Gustav aus Deutsch-Südwestafrika begegnet, beginnt sie zaghaft zu träumen – vom Sehnsuchtsland Afrika und von Gustav.

Doch dann bricht der Erste Weltkrieg aus und ihre Träume zerplatzen wie eine Seifenblase. Hildegard ahnt nicht, welch turbulente Zeiten ihr noch bevorstehen. Sie ahnt nicht, dass sie schon bald im Berlin der 20er-Jahre leben und nicht nur einen, sondern zwei Weltkriege wird meistern müssen. Vor allem aber ahnt sie nicht, welche Umwege das Leben sie noch führen wird, bevor sie endlich das findet, wonach sie sich am meisten sehnt: ein Zuhause.

Elizabeth Camden
Ein Schritt ins Ungewisse
ISBN 978-3-86827-596-4
304 Seiten, Paperback

Washington 1891

Kate Livingston ist begeistert, als ihr eine Stelle in der Forschungsabteilung eines renommierten Krankenhauses angeboten wird. Doch dann erfährt sie, dass sich hinter dem weltberühmten Arzt Dr. T. M. Kendall, ihrem zukünftigen Chef, kein anderer verbirgt als ihr einstiger Widersacher Trevor McDonough. Ausgerechnet für den Mann, der ihr einst das ersehnte Collegestipendium wegschnappte und damit ihre einzige Chance zu studieren nahm, soll sie jetzt arbeiten?

Als Kate die Stelle wider besseres Wissen antritt, ahnt sie nicht, dass dieser Schritt ins Ungewisse ihr Leben komplett auf den Kopf stellen wird …